普通高等 划教材

划教材

外国文学简编［亚非部分］

第五版

WAIGUO WENXUE JIANBIAN
YA-FEI BUFEN

主编　梁立基　何乃英
第一版主编　朱维之　雷石榆　梁立基
第二版主编　梁立基　陶德臻
第三版主编　梁立基　何乃英
第四版主编　梁立基　何乃英

中国人民大学出版社
·北京·

前后参加的执笔者名单

北京大学：范荷芳　韩振泉　李　谋　梁立基　刘安武　刘署雄
刘振瀛　朴忠禄　史习成　邬裕池　徐哲平　姚秉彦
张鸿年　仲跻昆

中国人民大学：管　珑

北京师范大学：何乃英　浦漫汀　谭得伶　陶德臻

南开大学：朱维之

天津师范大学：陈友书　赵双之

廊坊师范学院：边国恩

河北大学：何文林　雷石榆

辽宁大学：刘　铁　张朝柯

上海外国语大学：范绍民　钱鸿瑛

华中师范大学：彭端智

扬州大学：周而琨

浙江大学：华宇清

安徽师范大学：王维昌

南昌大学：彭可权

江西师范大学：刘国屏

厦门大学：甘章贞

宁夏大学：俞灏东

四川音乐学院：王慧才

序

季羡林

1983年，在朱维之、雷石榆、梁立基三位教授主持下，一些研究东方（亚非）文学的学者，编写了一本供高等学校使用的教材《外国文学简编》[亚非部分]。出版以后，受到了广大读者的欢迎，到目前为止，已经加印到120多万册。目前中国仍有少数研究西方文学的学者，脑海里仍然残存着西方文学至上主义思想，在这种情况下，能达到这样高的印数，实属难能可贵，十分令人欣慰。

时移势迁，在14年之后，世界形势和国内形势，已经有了很大的变化，旧版已经不能满足目前读者的需要。特别是，再过三年，一个新的世纪，甚至一个新的千纪，就要降临人间。到了那时，东方文化，其中当然包括东方文学，其意义将会更大白于天下。一本新的《外国文学简编》[亚非部分]一定会是广大读者所企盼出版的。

东西文化的升沉兴衰，早已是世界学术界一个比较热门的话题，中国学术界当然更不会是例外。不这样也是不可能的。西方文化彪炳辉煌了二三百年，给全世界各国人民带来了巨大的精神和物质福利。这一点无论如何也是不能忘掉的。西方文化中的精华，我们还是要继续学习又从而弘扬光大之。但是，西方文化在发展过程中所产生的弊端，我们也必须敢于正视。若视而不见，则无疑有类于盲人。若见而不想改正，不提高警觉，则无疑是自欺欺人。这话不仅能适用于东方人，对西方人也同样适用。

事实上，在西方，从18世纪末至19世纪初的英国浪漫诗人雪莱起，一直到20世纪20年代的斯宾格勒和20世纪中叶的汤因比，他们都对西方的技术革命、征服自然所带来的灾难性的后果，提出了警告。他们的警告不幸而言中。现在，广义的环境污染（包括大气污染、臭氧出洞、生态平衡破坏、淡水资源匮乏、新疾病的产生等等），已经威胁着人类生存的前途。若不迅速加以扭转和克服，则人类前途真不堪设想了。

几千年以来，人类创造的文化很多，但大而别之则不外乎东西两大体系。二者间，既然同为文化，必有其共同之处。但是，根据我个人的管见，最重要的还是其间不同之处。从历史上来看，二者实可互补而代兴。"西方不亮东方亮"，"三十年河东，三十年河西"。东西方有识之士，都能认识这个道理。西方文化出了问题，则乞灵于东方文化，济之以东方文化，是很自然的事。西方的有识之士，如斯宾格勒、汤因比等等正是这样想的。

但是，什么是东方文化呢？这个问题，三言两语难以说清楚。因此，一些专门从事东方文化研究的学者们，由于志同道合，走到一起来了。从几年前开始，他们分工协作，约请中国的东方学专家，正在编写一部多达五百种的《东方文化集成》，现在已经推出了十种，将来陆续出版。凡属于"东方"这个地理概念和政治概念的国家，不论地域大小，不论历史久暂，无不占有一定的地位。我们的目标是向中国人民、东方各国人民、世界各国人民，科学地、实事求是地介绍东方各国的情况，重点在文化方面，以期增强人们对东方文化的理解，从而加深东方各国人民以及世界各国人民的友谊，为21世纪的文化发展，做好准备工作，共同认识当前广义的环保工作的重要意义，各尽所能，共同协力，为人类生存的前途扫清障碍，铺平道路。

现在的这一部修订本的《外国文学简编》[亚非部分]叙述的是东方文学，文学是文化重要的组成部分，不了解文学是无法真正了解文化的。这一部书无疑是与《东方文化集成》殊途同归的。它一定会受到广大读者的热烈欢迎。故乐为之序。

1997年9月22日

2014 年修订版（第五版）前言

世界文化可分成四个体系：中国文化体系，印度文化体系，阿拉伯—伊斯兰文化体系，自古希腊、古罗马直到今日欧美的文化体系。前三者共同组成了东方文化体系，后一者则单独成为西方文化体系。世界各个国家和各个民族文化和文学的发展历史，可以说无一例外，都要受到四大文化中的一个或若干个文化体系的直接影响。《外国文学简编》［欧美部分］阐述的是西方文学，而《外国文学简编》［亚非部分］阐述的是东方文学。

亚洲和非洲是世界上两个最大的大陆，土地辽阔、人口众多、民族复杂、历史悠久、文化传统源远流长。不管是古代还是现代，这两个地区众多民族所创造的丰富多彩的文学，都是世界文学宝库中极为重要的组成部分。在整个亚非文学的发展史上，中国文学、印度文学，阿拉伯—伊斯兰文学和西方文学在不同地区和不同时期起了主导作用。

亚非是人类文化的发祥地，也是世界文学的摇篮，创造了人类最早的精神文明，结出了世界文学中最早的硕果。上古时期的亚非文学留下了人类童年时代的历史印迹，记载了人类历史上最早的重大变革，代表了古代世界文学的最高成就。

亚非在公元前三四世纪就开始跨进封建社会的门槛，到公元 10 世纪前后一些主要的国家创造了灿烂的封建文化。这个时期，亚非中古文学得到了更大的发展和繁荣，涌现出大批优秀的作家和作品，对世界文学的发展产生了更为深远的影响。

亚非在 17 世纪以后相继遭到西方殖民主义者的侵略，到 19 世纪，除日本以外大多数国家和地区都沦为殖民地或半殖民地。亚非优秀文化遭到了严重的摧残，有的甚至濒临灭绝。但西方在殖民入侵的同时，也把西方文化和文学带进了亚非地区，对亚非文化和文学后来的发展产生了巨大的影响。亚非的近代文学就是在这样的历史条件下，随着各民族的反殖民主义、反封建专制的民族民主运动的兴起迅速向前发展，在继承东方文学优秀传统的基础上，积极吸取西方文学的营养，创造出近代民族文学的新成果。

亚非在 20 世纪出现民族觉醒，开展了波澜壮阔的民族独立解放运动，涌现出大批优秀的作家作品，开始了亚非文学新的复兴。亚非现当代文学在当今世界文学百花园里重放光彩，其成就和影响越来越大。毫无疑问，在进入全球化的时代，亚非文学将和欧美文学一起，互相取长补短，共同推动整个世界文学向前发展。

亚非文学对世界文学的贡献和影响很大，本应受到重视，但是过去由于受“西方中心论”的影响，这一研究在我国外国文学的研究和教学领域里，长期遭到忽视和冷遇，没有得到应有的地位。改革开放伊始，高等院校开始恢复外国文学的课程，中国人民大学出版社准备出版《外国文学简编》，起初只有［欧美部分］而无［亚非部分］，这不能给学生以完整的外国文学知识。于是由 15 所高等院校的外国文学教师用将近四年的时间共同编写了［亚非部分］，使《外国文学简编》成为我国第一部最完整的外国文学教科书。

《外国文学简编》[亚非部分] 自1983年问世以来，一直受到全国各地高等院校师生和文学爱好者的欢迎，后来又经过不断修改补充，可以说已成为亚非文学历史最悠久、发行范围最广泛的教材。这是因为最初参加本书编写工作的主要是我国第一代多年从事亚非文学教学和研究工作的教师，后来在他们的带动下，又不断增加了新生力量。我国的亚非文学研究从此也大有起色，逐渐形成了一支老、中、青结合的亚非文学教学研究队伍。

本书的出版过程如下：1983年出第一版，参加编写工作的包括15所高等院校的26位教师。1998年出第二版，参加编写和修订工作的包括10所高等院校的23位教师。2004年出第三版，参加编写和修订工作的包括10所高等院校的24位教师。2010年出第四版，参加编写和修订工作的包括10所高等院校的24位教师。在这个过程中，先后担任本书主编、编委和编写工作的朱维之、雷石榆、刘振瀛、陶德臻、郅裕池、陈友书、史习成等老师已经先后过世，这是我国亚非文学教学和研究领域的巨大损失。他们对推动我国亚非文学教学和研究事业，特别是对编写本书所做出的重大贡献，我们将永志不忘。

本书的编写从一开始就得到了我国东方学泰斗季羡林教授的大力支持和鼓励，后来他还特地为本书写序，对此我们将永世不忘。同时，我们也向一贯支持本书编写出版工作的各高等院校的领导和中国人民大学出版社的责任编辑表示衷心的感谢。

目　录

第三编　近代亚非文学

第四编　现代当代亚非文学

导论

亚非文学的定义、地位和特征

按照我国东方学泰斗季羡林教授的说法，世界可分为四个文化体系，即中国文化体系、印度文化体系、阿拉伯—伊斯兰文化体系和自古希腊、古罗马一直到今天的欧美的文化体系。前三个文化体系都在亚洲和非洲，共同组成东方文化体系，主要影响的是亚洲和非洲的文学；后一者为西方文化体系，主要影响的是欧洲、北美洲、南美洲和大洋洲的文学。世界文学就是由东方文学和西方文学所组成的。从历史上看，上古到中古的封建王朝时期，东方文学处于领先地位，而到近古进入资本主义时期之后，西方文学突飞猛进，成为世界文学的先锋，东方文学的发展无不受其深远的影响。如今，世界已进入全球化时期，东西方文学将更加互相交融，取长补短，共同推动世界文学向更高阶段发展。

亚非文学（东方文学）和欧美文学（西方文学）是世界文学的两个组成部分。为何要把亚非文学当作世界文学中一个相对独立的组成部分并作为一门学科去进行研究和学习呢？要回答这个问题，必须用科学发展观，从地理、历史、政治和文化体系等方面加以考量。

从地理方面来说，亚洲和非洲都处于世界的东方，是东半球两个最大的洲。从历史和政治方面来说，亚洲和非洲是人类文明的摇篮，在上古和中古时期曾经创造过辉煌的文化，尤其中国文化、印度文化和阿拉伯—伊斯兰文化更是处在先进的行列。只是到了近代，由于欧美列强的殖民入侵，亚非国家大都沦为西方的殖民地或半殖民地。只有日本是少见的例外，它起初虽然也曾受到西方国家的侵略，但并没有沦为殖民地或半殖民地，相反，后来还发展成为帝国主义国家，对亚洲许多国家进行直接侵略。这就是说，亚洲和非洲在历史上、政治上有共同之处和相似的命运，并且在文化上的交融已深入到各国的上层建筑和意识形态领域。

最后应当指出的是，我们之所以建立亚非文学学科，还因为目前在世界各国（至少是绝大多数国家）研究世界文学的学术领域里，作为世界文学之一部分的欧美文学早已构成完整的体系，并且大有以这个体系取代世界文学体系的态势。（这恐怕是受到了“欧洲中心论”或者“西方中心论”的影响吧。众所周知，“欧洲中心论”或者“西方中心论”是带有殖民主义色彩的理论，在这种理论指导下所进行的东方学和东方文学研究当然不可能是公正的和科学的。可喜的是，自20世纪中期以来，随着殖民主义体系的全面瓦解，西方学术界也出现了新动向，一部分学者开始用新眼光审视东方，用新观点研究东方学和东方文学，如爱德华·W·赛义德出版于1978年的《东方学》便是其代表之一。）而作为世界文学之另一部分的亚非文学却尚未构成完整的体系，至少尚未为许多人所承认。不言而喻，随着世界各国文学的联系越来越紧密，交流越来越广泛，世界文学的形成趋势越来越明显，尤其在全球化的时代。我们的最终目标是要建立包括亚非文学和欧美文学在内的并且分别给亚非文学和欧美文学以应有地位的世界文学体系，而不是像过去那样以欧美文学取代世界文学，或者构建以欧美文学为主体而以亚非文学为陪衬的世界文学体系。为了实现这个最终目标，我们很有必要建立亚非文学体系和亚非文学学科，加强对亚非文学的教学和研究。

亚非文学是世界文学不可或缺的组成部分，在世界文学发展史上占有重要地位，对世界文学的发展和进步做出了巨大贡献。这是确凿无疑的事实。因此，要给学生以完整的世界文学知识，就必须开设亚非文学的课程。

在古代，亚非地区是世界文明的发源地，也是世界文学的发源地。在西亚的两河流域和北非的尼罗河流域，人类首先进入文明社会，并创作出第一批文学作品。其后，西亚的伊朗高原、南亚的印度河流域和恒河流域、东亚的黄河和长江流域以及西亚的巴勒斯坦地区也相继进入文明社会，开始创作文学作品。事实上，古代亚非文学不但产生最早，而且在数量上大大超过古代欧洲文学，在质量上也足以与古代欧洲文学媲美。尤其应当指出的是，其影响范围大大超过了古代欧洲文学。古代亚非文学对古代欧洲文学的影响要大于古代欧洲文学对古代亚非文学的影响。总之，古代亚非文学历史悠久，材料丰富，质量高，影响大。我们完全可以说，古代东方人在文学方面所取得的成就是非常突出的，他们对古代世界文学的发展所做出的贡献是非常大的。

当亚非的历史从古代进入中古时期（大致上相当于欧洲的中世纪时期），即封建社会前期，亚非的一些先进国家仍然走在世界各国的前列，有的国家进入封建社会的时间显然早于欧洲国家，其他若干国家进入封建社会的时间也不比欧洲国家晚。在这个时期，亚非文化发展到更高的阶段，形成三大文化体系，对亚非各国文化的发展产生了巨大的影响；而同一时期的欧洲国家却由于受到封建统治者和基督教教会的严格束缚以及其他原因，未能在文化和文学方面取得特别突出的成绩。这时的亚非文学在古代文学的坚实基础上进一步向前发展，涌现出许多优秀的作家，创作出许多不朽的作品，呈现出一派欣欣向荣的景象，可以当之无愧地被称为当时世界文学的高峰。如中国、印度和伊朗等继续保持着亚非文学大国的地位，阿拉伯和日本等则成为亚非新崛起的文学大国，爪哇、格鲁吉亚和乌兹别克也出现了许多优秀的作家和作品。

从14、15世纪起，亚非文学进入近古时期，即封建社会后期。这个时期，亚非绝大部分国家逐步沦为西方国家的殖民地或半殖民地，文学的发展情况各不相同，大致说来可以分为三类：中国和日本的文学继续向前发展，并且表现出平民化和市井化的倾向；印度以及朝鲜、越南、泰国、缅甸、马来西亚等的文学也在不断前进，并且表现出民族化和平民化的倾向；伊朗和阿拉伯的文学则由于种种复杂的原因，呈现出停滞甚至衰败的景象。但不论属于哪一类亚非国家的文学，若与同时期欧洲先进国家的文学比较，都显得落后了。这是因为，中世纪后期，文艺复兴和宗教改革之后，欧洲先进国家已渐次步入资产阶级革命时代，资产阶级文学开始取得突飞猛进的发展。这就使继续囿于封建框架之中的亚非文学在总体趋向上落在了后面，于是亚非文学和欧美文学的对比形势也就发生了巨大的变化。

所谓近代文学，在欧美主要是指资产阶级革命时期和资本主义社会初期的文学，在亚非情况则有所不同。对于亚非绝大多数国家来说，近代文学是殖民地、半殖民地和半封建社会的文学；只有日本例外。所以亚非文学在近代历史阶段所走的道路有别于欧美国家。亚非国家的封建社会发展较为缓慢，延续时间很长，直到进入19世纪以后，由于自身内部的变化和欧美资本主义的侵入，这些国家的社会才发生重大变化，开始出现东西方文化的冲撞和西方近代文学对东方近代文学的直接影响。因此亚非文学在近代历史阶段所走的道路与欧美国家的文学迥然不同。例如，亚非近代文学的产生比欧美近代文学晚，历史比欧美短；亚非近代文学的主要思想倾向不同于欧美近代文学；亚非近代文学的发展受欧美近代文学的影响较大；等等。当然，这是仅就一般情况而言，并不等于说亚非近代文坛上没有出现过出类拔萃的作家和作品。事实并非如此。我们必须看到亚非近代文学也取得了一定的成就，并且表现出鲜明的特色。在亚非文学发展史上，它是一个民族复兴时期的过渡阶段，起着承上启下的重要作用；在世界近代文学史上，它是必不可少的组成部分，并与欧美近代文学形成对比，自成一体，异彩纷呈。

现代亚非文学，一般是指从20世纪第一个10年至第二次世界大战结束时的文学。在这个时期，亚非绝大多数国家的社会性质与近代相同，仍然属于殖民地、半殖民地和半封建社会，但已普遍出现现代民族觉醒，因此其革命形势也与近代大不相同，即普遍展开了民族民主革命运动，反对殖民主义和封建主义的压迫，争取民族独立和解放。只有日本的情况有所不同，它发展成为军国主义国家，走上法西斯化的道路。在这个时期，亚非地区普遍出现的民族觉醒和民族民主运动促使亚非文学发生了重大的变化，以反帝、反封建为时代主题的真正意义上的亚非现代文学开始形成并得到迅速发展，作家队伍逐渐壮大，作品数量逐渐增多，作品质量也逐渐提高。

第二次世界大战以后，西方的旧殖民体系迅速瓦解，亚非地区的形势发生了翻天覆地的变化，纷纷出现新独立的国家。这些新独立的国家大致可分为三种不同的类型，走上了三种不同的发展道路：有的成为社会主义国家，有的成为民族独立国家，而日本则重新确立资本主义制度，成为经济高度发展的国家。由于当代亚非各国文学是在民族获得解放、国家取得独立和社会条件大为改善的条件下成长起来的，所以其前进的步伐大大加快，展现出蓬勃发展、蒸蒸日上的美好局面。在这个时期，从北亚到南非，从东亚到西非，许多国家的文学都得到了飞速发展，取得了重大成就。当然，我们在充分肯定亚非当代文学所取得的成绩的同时，也应当看到它的不足之处。这是由于亚非当代文学的底子终究比较薄弱。所谓底子薄弱，是指其前身——近代文学和现代文学的延续时间较短，发展不够充分。所以，亚非当代文学今后必须在深入、牢固地根植于各国现实生活土壤的基础上，一面积极大胆地、分析批判地继承本国的文学传统，一面积极大胆地、分析批判地吸收欧美近代文学、现代文学和当代文学的经验，使自己的文学既有浓厚的民族性，又有先进的世界性。

随着世界历史的不断演进和全球化时代的到来，包括亚非文学和欧美文学在内的“世界文学”的格局正在逐渐形成。结合当今社会和文学的发展趋势，我们可以预测，今后亚非文学和欧美文学将在保持自身特点的基础之上进一步互相融和，彼此吸收，取长补短，齐头并进。

在长期的嬗变过程中，亚非文学和欧美文学不仅分别形成了自己的体系，而且分别具有了自己的特征。那么，从文学历史发展的角度来看，与欧美文学相比，亚非文学具有哪些基本特征呢？我们认为至少可以举出以下几个方面。

亚非文学的第一个特征是历史悠久，源远流长。首先，就总体而言，如上所述，亚非文学显然比欧美文学产生早，历史长。非但如此，而且从古至今，整个亚非文学的发展过程犹如一条长江大河，昼夜不息，奔腾向前；尽管其间有过曲折，有过险滩，但却始终没有出现断流，没有濒临绝境，而是不断扩展，不断壮大。其次，就单个国家而言，无论是亚非还是欧美，当然都不乏文学大国；不过，若从历史悠久、源远流长的角度来看，亚非的印度文学和中国文学应当说是极其罕见的，欧美国家的文学恐怕没有能与之比肩者。

亚非文学的第二个特征是民族特色浓厚鲜明。大体说来，亚非各国文学浓厚鲜明的民族特色是通过文学作品思想内容和艺术形式的统一显示出来的，它既表现在一个国家文学的总体倾向上，也表现在一个作家的创作倾向上。亚非文学之所以具有浓厚鲜明的民族特色，原因是多方面的，它与亚非地区的人种、民族、语言和宗教比较复杂和多元化有关，与亚非古代文学产生于多个源头有关。而中国文化体系、印度文化体系和阿拉伯—伊斯兰文化体系的长期影响使这种浓厚鲜明的民族特色显得更加丰富多彩、变化无穷，给人以琳琅满目、美不胜收之感。这使亚非文学更加具有世界性，更加容易引起世界其他地区有识之士的关注和研究。

亚非文学的第三个特征是发展道路漫长，迂回曲折。这个特征归根结底是由亚非社会历史发展的特征决定的。在古代，由于亚非国家的奴隶制度具有比较早期和原始的性质，所以奴隶社会发展速度较为缓慢。到中古和近古，亚非国家封建制度的发展比较缓慢，延续时间也比较长。与亚非古代、中古和近古社会发展的长期性和缓慢性相适应，这个时期亚非文学的发展也具有长期性和缓慢性的特点。而这个特点还影响到亚非近代、现代和当代文学发展的历史进程，使之同样也走上一条迂回曲折的道路。

亚非文学的第四个特征是民间文学繁荣兴旺。在亚非文学中，民间文学历来就很发达，它所占的比重很大，所取得的成就很高。其具体表现如下：一是不少亚非文学古典名著是在民间创作的基础上整理和加工而成的，具有浓郁的民间文学色彩；二是不少亚非的民间文学作品达到了很高的艺术水平，产生了很大的社会影响，成为世界文学宝库中的精品；三是亚非许多优秀作家的创作与民间文学有着千丝万缕的联系。民间文学繁荣兴旺这个特征使得亚非文学显得更质朴，更清新，更具有无限的生命力。

亚非文学的第五个特征是受东方宗教影响既深且广。在古代，埃及、巴比伦、希伯来、印度和伊朗等国的文学都与宗教有着密不可分的联系，有的文学作品是正式的宗教经典，有的文学作品是重要的宗教文献，还有的文学作品在题材和思想方面与宗教联系密切；而不带任何宗教色彩的文学作品则较为少见。进入中古和近古时期，一般来说宗教对文学的影响有所减弱，但许多文学作品仍然不同程度地带有宗教色彩，受到宗教的制约。到了近代以后，文学与宗教的联系进一步减少，受宗教的影响也进一步减弱，但从西方来的宗教和文化思潮的影响却越来越大。总体来说，宗教对亚非文学的影响既有积极的一面，也有消极的一面。从积极的一面来说：宗教观念和宗教信仰有时会起到丰富文学作品的思想内容和增加文学作品浪漫色彩的作用，而许多文学作品往往要依靠宗教的力量才能保存下来并得到广泛的传播；从文学交流的角度来说，历史悠久国家的宗教流传到其他国家，不仅促进了后者宗教的发展，同时也促进了后者文学的发展，甚至使之产生飞跃。从消极的一面来说：宗教观念和宗教信仰有时会限制作家的思想，使文学作品产生消极、悲观、宿命、遁世等倾向；宗教势力和宗教思想有时也会制约作家的艺术创作，使文学作品长期囿于一定的思想框架之内，缺乏创新，延缓文学发展的速度。最后还应当指出，宗教对亚非文学的影响是随着时代的变化而变化的，尤其当西方殖民入侵时，宗教也可以成为反殖民主义的思想武器和抵抗力量，因此我们必须采取科学的历史发展观去进行全面的分析和评价。

第一编

古代亚非文学

概论

世界文学最早的源头

亚洲和非洲历史悠久，是古代世界文明的摇篮。据考古资料和历史记载证明，西亚的两河（幼发拉底河和底格里斯河）流域和北非的尼罗河流域是人类首先摆脱蒙昧状态、进入文明社会的地区。大约从公元前 4300 年起，苏美尔人就在两河流域创造了欧贝德文化；到了公元前 3100 年前后的杰姆代特奈斯尔文化时期，已经形成城邦国家；此后则有阿卡德、古巴比伦、亚述和新巴比伦等王国相继诞生。与此同时，尼罗河流域形成了人类文明的另一个发源地，人们在这里先后创造了拜达里文化、阿姆拉文化和格尔塞文化，而格尔塞文化则是当地进入文明时代的标志。继西亚的两河流域和北非的尼罗河流域之后，西亚的伊朗高原、南亚的印度河流域、东亚的黄河流域以及西亚的巴勒斯坦地区也相继进入文明社会。伊朗高原上的埃兰王国建立于公元前 3000 年前后。最初在印度河流域出现的印度文化约产生于公元前 2350 年至前 1750 年间。中国的黄河流域文化起源可以上溯到公元前 2200 年以前。巴勒斯坦地区的早期居民是迦南人，其后希伯来人来此定居，并于公元前 11 世纪建立起自己的王国。而欧洲文明的发源地——古希腊文明的起源可以追溯到公元前 3000 年前后的克里特文明和稍后的迈锡尼文明；但这两个文明后来中断，希腊文明的正式开端其实是在公元前 8 世纪。从这个简要说明中，我们不难看出，在人类从原始社会进入奴隶社会的过程中，亚洲和非洲人是走在前列的。

亚非两大洲的大河流域既是世界文明最早的发祥地，也是世界文学最早的源头。在尼罗河流域产生了古代埃及文学，在两河流域产生了古代巴比伦文学，在伊朗高原产生了古代伊朗（又称波斯）文学，在印度河、恒河流域产生了古代印度文学，在黄河、长江流域产生了古代中国文学，在巴勒斯坦产生了古代希伯来文学。此外，还有亚述、叙利亚、腓尼基等地也产生了早期的文学。

古代亚非文学是古代亚非社会生活的产物，主要是奴隶制社会生活的产物。亚非国家的奴隶制具有不同于欧洲奴隶制的某些特点。同古希腊、罗马的奴隶制相比，亚非奴隶制的发展是不充分的，它在相当长的历史时间内仍保留着原始农村公社制的残余，因而表现出缓慢性和停滞性的特点。同时，亚非国家的专制政体也与欧洲国家的奴隶主贵族民主政体有所区别。在亚非，一切政治权力都掌握在君主或国王的手中，君主或国王是最大的奴隶主，他们要求臣民绝对服从自己的昭示和指令，否则必定受到严惩。特别是亚非的专制统治者还经常利用宗教和迷信观念，把自己神化，宣扬“君权神授”的思想，用以达到巩固统治地位的目的。亚非国家奴隶制的这些特点，尽管影响了生产力的发展和思想的自由，但同原始公社制社会相比，它毕竟是一大进步。或许正是亚非国家奴隶制社会这种政治生活和经济生活的相对稳定性，为古代亚非文学的发展创造了有利条件，使古代亚非文学取得了突出成就。

古代亚非文学多方面地反映了从原始公社制社会末期到奴隶制社会的社会生活。就其内容而言，大体上包括了三个历史阶段的社会现实。

第一阶段，原始公社制社会末期的现实。这一阶段的文学是古代人类在共同生活和劳动中创作的口头文学。这种口传的文学，由于年代久远，很难完整地保存下来。现在我们看到的一些早期作品大都是在较晚的历史时期根据口头流传追记下来的。如远古的神话传说、劳动歌谣等 。

第二阶段，从原始公社制社会末期向奴隶制社会过渡时期的现实。这一阶段，在民族部落之间不断发生兼并战争的基础上，形成了早期形态的国家，逐渐向奴隶制社会过渡。在这一特定的历史时期，出现了一些规模宏大的民族史诗。这类史诗比较真实生动地反映了过渡时期的社会生活，体现了当时的历史特点；但由于形成时间的漫长以及在流传过程中不断被篡改和加工，其内容往往比较庞杂。

第三阶段，奴隶制社会的现实。进入奴隶制社会以后，尤其是到了它的晚期，随着阶级压迫和剥削的增强，广大奴隶和劳动者被剥夺了参与文化活动的权利，他们很难使自己创作的作品流传下来。在生产力发展的基础上，社会上出现了少数从事脑力劳动的文人，他们或把口头流传下来的作品进行加工整理，或自己进行创作，这就为文学的丰富和发展创造了条件。当时的杰出作家和诗人大都能站在社会进步势力一边，对黑暗现实有所揭露和批判，对奴隶和平民的命运表示关注和同情。

古代亚非文学在其形成和发展过程中形成了一些特点，比较重要的有以下几个方面：

其一，它是世界上最古老的文学，有着悠久的历史传统。亚非古代文学的产生大大早于欧洲古代文学。举例来说，世界最早的神话传说是在埃及、巴比伦、伊朗、印度、中国等国度产生的，世界最早编成的诗文集是埃及的《亡灵书》和伊朗的《阿维斯塔》，世界最早编成的诗集是印度的《吠陀》和中国的《诗经》，世界最早编成的史诗是巴比伦的《吉尔伽美什》等。

其二，古代亚非文学与西方文学相比，它的形成是多源性的。欧洲文学皆起源于古希腊罗马文学，而亚非文学却是在埃及、巴比伦、伊朗、印度、中国和希伯来等几大文明地区独立形成和发展起来的。这种多源性和欧洲文学的一脉相承是大不相同的。

其三，古代亚非文学是在人民口头创作的基础上发展起来的，与人民口头创作有着极为紧密的联系。它的早期作品本身就是口传文学，即使是作家的作品也不能不受到人民口头创作的滋养和影响。正因为如此，人民口头创作不仅是古代亚非文学的母体，而且也为它的进一步发展奠定了基础，对后世文学产生了深远的影响。

其四，体裁众多、丰富多彩是古代亚非文学另一个特点。古代亚非人民的口头创作，不仅内容纯真朴实，而且体裁多种多样。保留至今的作品有劳动歌谣、神话传说、民族史诗、抒情诗、叙事诗、颂神诗、情歌、故事、寓言、箴言、传记、戏剧等。这些文学样式既反映了古代亚非文学的创作水平，又为以后各种文学体裁的进一步发展提供了广阔的天地。

其五，古代亚非文学在形成之初就与宗教有着紧密的联系，它往往是伴随宗教产生的。有些作品本身就是宣传某种宗教观念的。比如，古代希伯来文学与犹太教分不开，古代印度文学与婆罗门教、佛教关系密切，古代伊朗文学深受琐罗亚斯德教影响等。由于历史的局限，某些宗教观念不能不对古代亚非文学产生一定的消极影响；但另一方面，宗教也对亚非文学的形成和发展起了积极的作用，使不少作品得以保存并呈现出神奇的浪漫的色彩，产生了发人深省、引人入胜的艺术效果。

古代亚非文学在世界文学中占有十分重要的地位。其中，我国古代文学相当丰富，出现了《诗经》、《楚辞》和先秦散文等一系列驰名世界的佳作，为人类文明做出了重大贡献。除我国外，成就较高、影响较大的还有埃及文学、巴比伦文学、印度文学、伊朗文学和希伯来文学。

古代埃及文学是世界上最古老的文学之一，以其悠久性、丰富性、真实性著称于世。它保留至今的各种诗歌、故事和诗文集《亡灵书》，不仅内容充实，而且在艺术上也取得了相当大的成就，对后世文学产生了较大的影响。古代巴比伦文学也是世界上最古老的文学之一。它继承了苏美尔和阿卡德文学的优秀传统，在神话传说、史诗、歌谣、寓言、故事等体裁方面都颇有成就和水平。其中史诗《吉尔伽美什》是巴比伦文学的光辉代表。这部史诗不仅影响了两河流域以及西亚各民族的文学，还辗转地影响了欧洲文学。古代印度文学以丰富多彩著称，它不仅反映社会生活较广较深，而且艺术水平也达到了相当的高度。其中如诗集《吠陀》、史诗《摩诃婆罗多》和《罗摩衍那》、故事集《佛本生故事》、寓言集《五卷书》等，都是脍炙人口的作品。古代伊朗的《阿维斯塔》不只是一部宗教经典，也是一部珍贵的文化和文学典籍。其中保存了不少伊朗古老的传说、诗歌、散文等，在伊朗文学发展史上占有重要地位。希伯来文学在世界文学中独树一帜，占有特殊的地位。它的作品集《旧约》中收入的神话传说、英雄故事、诗歌、戏剧和先知预言等，无论在思想上还是艺术上都达到了相当高的水平。《旧约》被基督教接纳并成为基督教《圣经》的组成部分之后，又对欧洲的社会生活和文学艺术产生了极为深远的影响，并成为欧洲文学的源流之一。

综上所述，古代亚非文学既是古代亚非各国人民的艺术创造，又是他们之间相互学习和影响的艺术结晶。各个国家和民族的文学开始时都是在各自的土壤上产生的，后来伴随着历史的发展和彼此的往来，才逐渐出现了文化和文学的交流。这种交流不仅有力地促进了亚非各国文学的丰富和繁荣，也直接或间接地推动了欧洲文学和世界文学的进步和发展。

思考题

1. 古代亚非文学的特点是什么？
2. 古代亚非文学的地位是怎样的？

第一章 古代埃及文学

第一节 概述

埃及位于非洲东北部和亚洲西南部，为亚、非、欧三洲之交通要冲。早在远古时代，埃及人就在尼罗河两岸生产劳动，繁衍生息。他们以自己的聪明才智创造了光辉灿烂的古埃及文化。古埃及文学是古埃及文化的重要组成部分，是人类文学史上一份宝贵的遗产。

古代埃及经历了漫长的史前时期，在原始公社制度逐渐解体以后，奴隶制开始居于统治地位。早期奴隶制国家的出现，是公元前 3000 多年以前的事，延续的时间很长，流传至今的古埃及文学作品，都是奴隶制社会形态下的产物。

大约到公元前 3300 年，埃及人就发明了文字。埃及最早的文字是象形文字，或称图形文字。有了文字，就有可能把大量流传在口头上的文学作品记录和保存下来。古代埃及人用纸草（纸草是下埃及尼罗河边的特产。先将芦苇状的纸草茎干剖为长条，再排齐连接成片，最后压平晒干成纸）书写，将写好的纸草卷起来，扎以细绳，以便保存。这样的纸草卷有长有短，有些作品手稿竟达十几米至几十米，古代许多文学作品就是这样保存下来的。

在埃及的古朴时期和古王国时期（公元前 3200—前 2280），就已产生了歌谣、诗歌、故事和箴言等。这时流传下来的比较突出的文学遗迹有两类：一类是金字塔祷文，即刻在金字塔墓壁上祈祷法老死后升天获福的诗歌；另一类是大臣墓地上的碑传。除此之外，也有少数民间文学的材料保留了下来。这主要是劳动过程中唱的民歌，如农夫、打谷工、脚夫的歌子，一般都比较朴实、真挚。这些民歌的原文是在古王国的墓壁上发现的。中王国时期（公元前2133—前1778），文学和其他艺术门类如建筑、绘画、雕塑一样，有了很大发展，作品中使用的是由中埃及语提炼的埃及古典文学语言。在这个时期，文学作品中人民口头创作的故事有了进一步发展。埃及的文学史家认为，中王国时期的文学作品是最精彩的，它在表达、描绘、修辞等方面是后来各个时期文学的典范，这是古代埃及文学的鼎盛时期。新王国时期（公元前1570—前1090）最突出的文学体裁是写实的旅行记，同时还留下不少对神和对统治者的颂歌。

由于有了纸草卷保存下来的古代文献资料和刻在金字塔墓壁、庙宇墙壁上的文字，近现代的学者才有可能了解、研究古代埃及文学的内容及其发展情况。但多数文学作品至今仍无法知道作者是谁，传统上把这种荣誉归于虚构的或半神话式的古代智者的名下。

古代埃及文学经历了漫长的发展过程，在艺术上取得了很高的成就。就其形式来说，先有诗歌，后有散文。诗歌包括世俗诗、宗教诗、赞美诗、宗教哲理诗等等。散文方面则有训言、箴言之类的作品以及比较丰富的故事和旅行记等。但是，由于年代久远，保存不易，许多作品都已荡然无存，流传至今的只是极少一部分。就各个时期保存下来的材料看，文学体裁的侧重点有所不同，但主要的却是以上所列的几类。古埃及文学无论在题材上或在体裁上，都长期地影响了古代希腊文学、希伯来文学和中古亚非文学。它的传统，在这些文学中得到了发扬光大。

公元前332年古希腊马其顿国王亚历山大征服埃及后，修筑了以他的名字命名的亚历山大城。这里不仅是后来希腊化世界的商业中心之一，也是一个著名的文化中心。公元前30年，埃及被罗马皇帝奥古斯都·屋大维征服，成为罗马领土的一部分。公元395年罗马帝国分为东西两部分，埃及成为东罗马帝国的一个行省，巴比伦城便是罗马人统治时期建立的一座名邑，是当时的埃及首都。公元641年该城为阿拉伯人所攻占，自此埃及由阿拉伯人统治，埃及文学逐渐成为阿拉伯文学的一个组成部分。

古代埃及文学的成就和影响举世瞩目，埃及的或其他国家的专家、学者都对它作了充分的肯定。古代埃及文学之所以值得提起，不仅由于它是世界上最古老的文学，而且由于现代文学也是通过古希腊罗马而继承了古代埃及的遗产的，也就是说古代埃及文学激励了古希腊人，使他们在诗歌和散文方面取得了辉煌的成就；同时，通过现代的研究工作也发现了古埃及文学给予《旧约》的影响，以及通过《旧约》给予现代文学的影响。

第二节
诗　歌

诗歌是古代埃及文学最早的形式。从内容上说，可以分作世俗诗、宗教诗和赞美歌等。其中许多是对神和国王的颂歌，有的则是下层群众的吟唱，以反映他们喜怒哀乐的感情。

古代埃及人以善于歌咏而著称，广大的下层农民、奴隶、城市贫民、穷苦手工业者和家奴等，往往一面劳动，一面唱歌。我们不妨把他们唱的歌曲称作劳动歌谣。他们认为吟唱可以消除身心劳顿，排遣胸中烦闷。如《庄稼人的歌谣》①：

赶快，领队的人，
快驱打那群公牛！
瞧，王爷正站在那儿，
望着我们呢。

又如《搬谷人的歌谣》②：

难道我们应该整天搬运大麦和小麦吗？
仓库已经装得满满，
一把把谷子流出了边沿；
大船上也已经装得满满，
谷子也都滚到了外面，
但还是逼着我们搬运，
好像我们的心是用青铜铸成！

这些歌谣语言朴实，含义隽永，是广大劳动者的心声，是他们思想、生活的真实写照，也反映了那个时代的阶级关系。当时埃及社会的结构像是一座巨大的金字塔。塔顶是高高在上被奉为神的法老，法老之下是由官吏、祭司等组成的奴隶主集团。中间为中等自由民，即商人、富裕手工业者、中小官吏以至农村上层分子。塔底则为被压迫、被剥削的奴隶以及被奴役的农民，他们担负着国家沉重的赋税和徭役。《庄稼人的歌谣》是写农业奴隶在看到前来监工的“王爷”时的紧张心理，要工头快领着大伙儿干。王爷当然是拥有土地、生产资料以及包括农业奴隶本身在内的奴隶主。这里已经明显地可以看出奴隶和奴隶主的对立。《搬谷人的歌谣》是奴隶们愤怒的抗议：既然仓库已经装得往外溢，大船也装得不能再装，为什么还要没完没了地搬呢？

在用笛子和竖琴伴唱的情歌里，男女情侣往往以兄妹相称，歌词优美、风趣。例如有这样一首情歌：

男：我没病装病，
为的是邻居——我的妹妹
好来看望我。
她见到为我治病的医生，
将会嘲笑我，
因为她知道我的病根。
这是妹妹的家，
但愿我是她的看门人。
即使这会使她生气，
听到她的嗔怪我也感到惬意。
我在她面前，

①② 戈宝权译，载《译文》，1957（1）。

敬畏地如同孩童站立。
但愿我是伴侍她的女奴，
整天形影不离，
目睹韶华，幸福无比。
…………

女：我的的确确惦记着你，
我的心在急剧地跳动。
爱情搅乱了我寻常的生活，
我不知道该怎么穿衣，
怎么收拾东西，
怎么抹上眉黛，
怎么遍身搽香水。
心儿啊，平静一些吧！
跳动不要这样急速，
否则别人说我疯疯癫癫。
心儿啊，平静一些吧！
在思念情人时应能自持，
不要这般心烦意乱、焦躁不宁。

这首远古时代的情歌，用男女对唱的形式表达了热恋者互相爱悦的纯真感情。青年男子为了能与钟爱的邻居姑娘相见，无病装病；为了能和她在一起，甚至愿做守门人，愿变成女奴。女子也被爱情缠绕着，心神不定，想使自己平静下来，又难以做到。这种内心独白的对照写法，过了几千年，仍然让人感受到它的魅力，感觉到一对情侣的心在跳动。

古代埃及盛行图腾崇拜。各地都有地方神。中央法老政权强化以后，在埃及兴起了统一的对太阳神的崇拜，太阳神赖①被奉为最高神。中王国时期的《阿顿太阳神颂诗》是古代颂歌中的名篇。这些颂歌是法老埃赫那通时期宣布太阳神为全国崇拜的唯一最高神时写成的，其中的一首写道：

他创造出世界上所有的一切，
从他的眼里出来了人类，
从他的嘴里出来了诸神，
为牛群，他创造了青草，
为人类，他创造了果树。
他把生命赋予河中的游鱼，
以及空中的飞鸟，
他给蛋壳中的小鸡以呼吸，
还保存了虫卵的生命。

把太阳神作为万神之王，作为万物的创造者来崇拜和歌颂，实际上是对法老的绝对

① 古埃及人对太阳神有许多不同的称呼，如“赖”、“拉”、“阿孟”、“阿芒”、“普塔”等，因时期而异。这些称呼有时也指创造天地万物之神。太阳神被奉为最高神后，其译音也不统一，有“阿吞”、“阿顿”、“阿登”、“阿通”等。

权力的神化。法老被看做太阳神之子，乃是古埃及人的一种君权神授的思想。从这里还可以看出文学是怎样和古埃及的宗教祭祀活动联系在一起的。另一首太阳神的颂诗开头是这样写的：

在天涯出现了您美丽的形象，
您这活的阿顿神，生命的开始呀！
当您从东方的天边升起时，
您将您的美丽普施于大地。
您是这样的仁慈，这样的闪耀，
您高悬在大地之上，
您的光芒环绕大地行走，
走到您所创造的一切的尽头，
您是“拉”神，您到达一切的尽头，
您使一切为您的爱子服役。
您虽然是那么远，您的光都照在大地上，
您虽然照在人们的脸上，
却没有人知道您在行走。
当您在西方落下时，
大地像死亡一样地陷在黑暗之中。①

全诗汉译文共127行。它热烈地赞颂使大地产生生命的太阳神的伟大力量，代表了古代埃及宗教诗方面的成就。它使我们了解到，古代埃及人之所以崇拜太阳，正是因为太阳的光芒普照人类，给万物带来生机。太阳神即阿顿神主宰一切，由阿顿神进而产生阿顿教，对阿顿教的信仰表明埃及宗教正在向一神教的方向发展。

赞颂尼罗河历来是埃及文学的重要主题之一，在古埃及就不乏这方面的名篇。古埃及人对尼罗河充满了热爱与崇敬之情。古埃及有名的尼罗河颂诗首推拉美西斯二世之子麦尔纳普塔（又译美楞普塔）时期的《尼罗河颂》。据埃及学者推论，该诗约为公元前13世纪的作品。《尼罗河颂》② 共14节，下面是它的第一节：

万岁，尼罗河！
你在这大地上出现，
平安地到来，给埃及以生命：
阿孟神啊，你将黑夜引导到白天，
你的引导使人高兴！
繁殖拉神所创造的花园，
给一切动物以生命；
不歇地灌溉着大地，
从天堂降下的行程。
食物的爱惜者，五谷的赐予者，

① 埃及考古学家艾哈迈德·费克里教授认为，伟大的《阿顿颂诗》对古代希伯来文学肯定有影响，特别是与《旧约·诗篇》第104首对照，两者非常相像。这首颂诗以及其他文学作品，西亚的人是非常喜爱的。

② 孙用译，载《译文》，1957（1）。

普塔神啊，你给家家户户带来了光明！

尼罗河每年定期泛滥，两岸土地肥沃，宜于耕种，开发很早。古埃及辉煌的文化艺术的发展，是与尼罗河两岸的开发、农耕的发展分不开的。尼罗河是埃及文明的摇篮，人们和它关系密切，向它讴歌礼赞，用美好的词句凝成绚丽的诗章，是很自然的。

古代埃及诗歌中有许多是赞颂国王的，下面这一节诗是对拉美西斯二世的赞美：

他的一双眼啊，看穿了一切生物。
他就是拉神，他用光线观看，
他比太阳更亮地照耀着埃及，
他比尼罗河更能使国家繁荣，
他给信徒以粮食，
追随他的人他都养活。

这里值得注意的是把国王比作拉神，比作太阳，比作尼罗河。国王是人化的神，而神则是神化的人。对太阳神的礼赞和对人间君王权力的礼赞，在古埃及奴隶主统治者眼里是一致的。

古埃及人的诗是有节奏的押韵诗，诗句较短，长度相等，有时不只押一个韵，它们往往三四行成为意思完整的一组。

第三节 故事

故事这种文学形式，历来为埃及人所喜爱。埃及古代故事起源于人民口头创作，到中王国时期，随着经济活动范围的扩大，随着文学事业的发展，文学作品中的故事也增多了。这些故事大都叙述主人公的游历冒险事迹，情节曲折。它表明当时埃及跟海外邻邦往来日益增多。有些故事与历史事件有关，另外一些故事则是虚构的。故事的开头，一般都有“从前有个时候”之类的话，表示一个笼统的年代。

中王国时期第十王朝的《能说善道的农夫的故事》[①]，是故事体文学的优秀作品之一。这个故事说，一个农夫从瓦迪·奈泰隆赶着驮盐巴的驴子到附近的村子去卖盐，半道上被仗势欺人的大官仆从抢光，还遭到一顿毒打。这个农夫到衙门里告状，审判官面对能言善辩、巧于辞令的农夫无可奈何，于是将这桩公案转呈法老。法老下旨不予断决，除非这个农夫能提出有理有据、说服力更强的辩词。农夫依靠自己的机智和辩才又作了申诉，最后法老宣判农夫告得有理，命令惩办那个抢劫者。这个故事被认为是古代埃及修辞的典范，农民的诉苦可谓妙语惊人。尖锐的奚落、巧妙的暗讽都淋漓尽致地揭露了当

① 这个故事的情节，说法很多，大同小异，这里根据《法老时代的埃及文明》（埃及教育部审定高二［文科］读本，1955）一书，该故事又译《有口才的庄稼人的故事》。

时的不良时尚和社会弊端。这个作品反映了当时的社会矛盾，也刻画了一个聪明智慧的劳动者的生动形象。

《赛努西的故事》是根据发生在第十二王朝初年的历史事件创作出来的写实作品。故事从王朝创立者阿曼迈哈特一世驾崩的噩耗传出开始，当时由王储赛努西尔特统率的大军正在利比亚沙漠作战。赛努西也是部队将领之一。当他得知法老去世的消息后，非常惊慌，决定立刻逃走。他向东到达阿里什沙漠，在那里转来转去，行踪不定，最后在巴勒斯坦游牧人的头人家里歇脚。那个头人为了使他长期住下，将大女儿嫁给他，并分给他一块最好的土地。头人对赛努西的钟爱引起一些心怀叵测的邻人的嫉妒与仇恨。有一天，突然来了一个相貌威严、英勇非凡的青年，他找到赛努西，并要他离开。两人争斗起来，赛努西射出一箭，正中对手颈部，又上前一斧子结果了他。之后，赛努西就在那里过起优裕而尊贵的生活，直到他的老年。但他常常思念故土，每次祈祷末了总是暗暗自语：但愿我能回到家园，我最大的奢望莫过于能葬在我出生的故土。赛努西思念故国的消息传到了宫中，法老宽恕了他，并传旨准他回国。当赛努西回来时，法老欢迎他，款待他，并恢复了他在宫廷的职位。

这个故事真实地反映了当时埃及国家的政治、经济和军事方面的状况，因为是事实的演义，所以有较高的认识价值。埃及人由于国力强盛，为了取得更多的奴隶、财富和土地而向外开拓，故事反映了与这种开拓相适应的冒险精神和异域情调，但也提倡热爱故土故国的情操。巴勒斯坦是古埃及人注目的地方，这个故事描写了埃及人在巴勒斯坦生活的真实情景。古埃及人非常喜爱这个故事，长期以来这个故事一直在他们中间传诵。

中王国时期的《遭难水手的故事》①（又译《沉舟记》）是一个饶有风趣和引人入胜的故事。故事说，一个埃及水手为完成法老交给他的一项使命乘船到远方某地去，中途遭遇风暴船只沉没。他漂到一个没有人烟的荒岛上，醒来后四处觅食时遇见一条大蛇。这条蛇没有伤害他，还把他送回埃及。这是一篇虚实结合、想象丰富的作品，在艺术上也很有特色。“我听到沙沙沙沙的声音，心里还以为是海浪呢，树木折断了，土地也震动了。等我把手从脸上放下时，发现有条大蛇向我爬来。它有三十肘长，它的须也有二肘多长，浑身涂着金，它的眉毛是玻璃色的，它把整个身子盘到我前面来。”——这是对大蛇出现和大蛇本身的生动描写，使人感到它既是一条现实的蛇，又是一条神奇的蛇。在故事情节的处理上，作者使用拟人化的写法，把蛇写得很善良，很仁慈。如蛇对他说：“不要害怕，神保全你的生命，把你带到这座遍地是好东西的岛上。”当他将要登船返回埃及时，蛇又对他说：“平安回家吧，回去看你的女儿，并且给我在你的城里留下一个好名声。这就是我所要向你要求的。”另外，蛇还给了他许多珍宝。

这个故事表达了美好、善良的感情，读来亲切动人。通篇充满惊险的场面，体现了主人公不畏艰险的精神，真实地反映了当时水手的生活和埃及人的爱国热忱。这类故事的出现，是与埃及当时手工业和对外交往的发展，与商业活动、探险活动、积极寻求财宝的活动的扩大分不开的。故事中这个人性化了的蛇，被写得很善良；它又是神，暗中给探险者以福佑，这当然是虚构，但却反映了埃及人的愿望。

新王国时期留下许多曲折离奇的故事。如第十九王朝的《两兄弟的故事》，描写昂普、瓦塔兄弟俩不寻常的经历，特别是弟弟遭受种种挫折和苦难，最后终于报仇雪恨的经过。故事说，由于嫂嫂的诬陷，弟弟被迫和哥哥分离，前往胶树谷。弟弟临行前告诉哥哥，他的灵魂在那棵胶树所开的花上，他若遇难，哥哥要找到那朵花并把它放进一杯

① 见《古代埃及故事》，倪罗译，北京，作家出版社，1957。

冷水中。弟弟在胶树谷定居，九位神仙给他塑造了一个女子伴他生活。后来这女子被大海追赶、吞没，又被献给埃及法老。由于她的背叛，胶树被砍倒，瓦塔也突然摔倒断气。哥哥前来搭救，在胶树四周徘徊，寻找弟弟的灵魂，后来找到一粒种子，将它投进一杯冷水里。瓦塔复活了，兄弟俩高兴地互相拥抱。之后瓦塔变为一头公牛，又变为两棵贝尔赛阿树，最后投胎到王后，即九位神仙给他塑造的那个女子的肚子里。法老得子，封他为一国嗣君，并在升天时传位给他。他召集大臣会议，也把王后叫来，当面审问了她。他当了 30 年埃及王。他死后，哥哥继承了他的王位。

在这个故事中，弟弟瓦塔是个善良、正直、本分的人物，他虽然多次遭到女人的陷害，多次变形，受到种种磨难和屈辱，但最终正气得到伸张，仇恨得以洗雪。弟弟的形象影射了古代植物与水之神、自然界死而复苏之神奥西里斯。奸诈的女人屡次要置他于死地，他却如种子得水，复苏萌生。这说明正直、善良是任何时候也扼杀不了的，事物发展的趋势总是善良战胜邪恶，正直克服诡诈。这从一个侧面反映了古埃及人善恶是非的道德观念。这篇故事想象丰富，情节起伏，读来颇为引人入胜。这个时期，其他著名故事还有《倒霉的王子》、《占领尤巴城》、《关于真理和非真理的故事》等。

新王国时期另一个突出的文学体裁是纪实的旅行记。著名的《威纳蒙旅行记》（一译《韦南门的航行》）完成于第二十王朝末期，叙述威纳蒙前往腓尼基毕布鲁斯城采购木料的故事。威纳蒙在叙利亚的一个地方被窃，毕布鲁斯的长官不肯给他木材。在回来的路上他死里逃生漂到塞浦路斯岛，又被岛上居民抓住；他历尽千辛万苦，最后得以逃脱。当时埃及国力衰落，内外困难重重，因而威纳蒙的公务旅行充满了艰难，蒙受了屈辱和不幸。

许多埃及古代故事既有写实的一面，又有虚构的一面。这种写实与虚构交织的风格深刻地影响着埃及古代的和现代的民间文学。

第四节
《亡灵书》

早在古王国时期，就已经有了在金字塔内法老陵墓的墓室和过道墙壁上，雕刻关于死后世界的符箓、诗歌、神话和礼仪文的风俗，这些文字被称为“金字塔文”。在中王国时期，这种东西的种类增多，而且连贵族、平民也可以在死者棺椁上雕刻“金字塔文”的若干章节，并且增加一些适合贵族、平民身份的内容，这些文字被称为“棺文”。到新王国时期，人们死后便要在墓中放入一本书，即《亡灵书》，据说另外还有《下界书》和《诸门书》。由此可见，《亡灵书》虽然产生于新王国时期，可是由于它是由“金字塔文”和“棺文”演化来的，它的很多材料来自“金字塔文”和“棺文”，内容包罗万象，形式多种多样，所以它可以说是古代埃及文学的汇编、古代埃及文学的代表作品。

古代埃及人相信，人死后要先经历一段冥国的生活，在那里通过诸门的考验以后，才能获得再生的机会。《亡灵书》实际就是死者去冥国的行动指南，保护亡灵在冥国中生活幸福，避免各种困厄，顺利地应付审判，平安地到达“真理的殿堂”，可以在五谷丰登、凉风习习的上界与神同住；倘若得到机会，也可以和大神奥西里斯一样再生。《亡灵书》包罗了古埃及人的思想信仰及其各种细节，从中也可以看到他们酷爱生命、向往欢乐的愿望，以及他们对神学、圣典和来世的概念。这一切都基于一种朴素的信念：以永远活着的形象来表明永恒的生命。因此，这部书无疑为我们了解古埃及人对生命的想法提供了珍贵的资料。

《亡灵书》[①] 由 140 章组成，每章长短不一，各有题目，下面是《死人起来，向太阳唱一篇礼赞》开头的三节，是赞美太阳神拉（赖）的：

礼赞你，阿拉，向着你的惊人的上升！
你上升，你照耀！诸天向一旁滚动！
你是众神之王，你是万有之神，
我们由你而来，在你的中间受人敬奉。

你的祭司们在黎明时出来，以欢笑洗涤了心；
神圣的风带着乐音，吹过了你黄金的琴弦。
在日落时分，他们拥抱了你，犹如每一片云
从你的翅膀上，闪现着反照的色彩。

你航过了天顶，你的心喜乐；
你的清晨与黄昏之舟，在阵阵清风中相遇；
在你面前，女神玛脱高举她决定命运的“羽片”，
阿努的殿堂，响遍了语声，说着你的名字。

诗句写得庄严典雅，气象宏阔，表现出古埃及人对太阳神的无限崇拜。他不仅能把生命和欢乐带给生者，也将把生命和欢乐带给死者，人们生前礼赞他，死后也礼赞他。他既是古埃及人的理想，也是他们的宗教。古埃及的宗教是奴隶主的宗教。奴隶主生前死后对太阳神的礼赞，是为了使他们建立在奴隶血泪和苦难之上的幸福能永远延续。此外，对冥王奥西里斯的赞颂，也表现了人们对这位大神崇拜和敬畏交织的感情。

在《亡灵书》里，还有一章是为死者顺利通过奥西里斯“真理的殿堂”的审判而准备的，内容是死者对自己生前行为的陈述，说明自己从来没有做过什么坏事，如没有欺侮别人，没有误入歧途，没有言而无信，没有窥视亲人的妻子，没有偷窃别人的钱财，没有撒谎骗人，没有违背神的意旨，没有诬陷他人的奴隶等等，然后请求奥西里斯高抬贵手，放自己过关。这好像是生者为死者准备好的陈诉书，我们可以从中看出古代埃及人的道德观念。

总之，古代埃及文学源远流长，是古代埃及文明的形象反映。尽管它离我们当今的年代已经非常久远，但仍以雄辩的事实说明古代埃及人是聪明智慧的。古代埃及文学取得了举世公认的成就，丰富了古代世界文化宝库，为人类文明做出了可贵的贡献。

思考题

1. 请简述古代埃及文学的成就和影响。
2. 请简述古代埃及诗歌和故事的主要内容。
3. 《亡灵书》是怎样一部作品？

① 《亡灵书》，锡金译，长春，吉林人民出版社，1957。

第一章 古代巴比伦文学

第一节 概述

巴比伦位于美索布达米亚的中心地带，正在底格里斯河和幼发拉底河的接近点上，现在伊拉克境内，是人类文明最古老的发源地之一。远在公元前3000多年，这里就先后出现了苏美尔、阿卡德等城邦国家。公元前19世纪中叶，来自叙利亚草原的游牧部落建立了以巴比伦城为中心的古巴比伦王国。第一王朝第六代国王汉谟拉比（约公元前1792—前1750）在位时，统一了两河流域，建立了奴隶制的中央集权国家。当时国势日益强大，出现了经济、文化和科学繁荣的局面。此后在相当长的历史阶段内，巴比伦城是两河流域政治、经济和文化的中心。

美索布达米亚北部多山，南部为冲积平原，土地肥沃，物产丰富。当地一年四季偏旱，农作物主要靠人工灌溉，但每年春季河水泛滥时又往往造成灾害。这种特殊的自然条件对人民生活和文学产生了直接的影响。

巴比伦文学源远流长，是世界上最古老的文学之一。它的起源可追溯到苏美尔和阿卡德文明时期。苏美尔人和阿卡德人在远古时期就创造了丰富的文化，他们用楔形文字保存了神话传说、英雄史诗等多种体裁的文学作品。这些作品带有浓重的宗教色彩，反映了两河流域的社会生活，表现出丰富的想象力和创造力。巴比伦文学是苏美尔和阿卡德文学的继承和发展，也是靠刻在泥板上的楔形文字记录下来的。这种文字在相当长的历史时期内未被人识别。到了近代，由于考古资料的发现和译读的成功，我们才有可能了解古代巴比伦文学的概貌。

古代巴比伦文学与民间口头创作有着紧密的联系。保留至今的古代巴比伦文学作品有神话传说、英雄叙事诗、劳动歌谣、寓言、赞歌、箴言和祈祷文等。其中神话传说、英雄叙事诗占有重要地位。这些作品从不同角度反映了当时人们对宇宙起源、自然变迁、英雄业绩、善与恶、生与死等问题的朴素理解和探求，具有一定的积极意义。比较有名的神话传说和英雄叙事诗有《埃努玛·埃立什》、《阿达帕》、《伊什塔尔下降冥府》、《吉尔伽美什》（详见本章第二节）等。

《埃努玛·埃立什》是一篇流传颇广、记载在七块泥板上的创世神话。该神话中说，起初太空中只有天地的生父阿卜苏和天地的生母提阿马特。提阿马特生下诸神，诸神反过来剥夺了她的权力。提阿马特大怒，向诸神发起进攻。诸神十分恐慌，请求大神安夏尔救援。安夏尔派自己的儿子马尔都克去抗击。马尔都克勇敢地战胜了提阿马特，把她的躯体撕成两半，一半做成天，一半做成地，继而创造了天上的星辰和地上的万物，并用黏土和神的血创造了人类。在完成创造宇宙的节日里，诸神在天上建立起神庙和巴比伦城，并一致拥戴和颂扬主神马尔都克。这篇神话是世界文学中创世神话的先驱，对后代创世神话产生了较大的影响。神话中不仅反映了古代两河流域居民对天地万物形成的想象和理解，而且通过对主神马尔都克的赞颂，突出了巴比伦城的中心地位，从中可以看出神话传说与现实生活的紧密联系。

《阿达帕》叙述埃阿神与凡女所生的儿子阿达帕的故事。阿达帕具有超凡的智慧，以粮食、饮料、野味和鱼类供应埃利那的神庙。一次在海中捞鱼时，南风吹翻了他的船，他用箭射伤了南风的翅膀，使之不能吹拂大地。天神阿努得知后要惩罚他，他据理辩护，结果天神不但没惩罚他，还赐给他永生的食物。阿达帕听从父亲的劝诫，唯恐食物有毒而未吃，因此失去了长生不死的机会。于是阿达帕被送回大地上过着劳苦的生活。由于这个神话只留下一些片断，很难掌握它的全貌，但仅从以上情节就可看出，它反映了人类对永生问题的探求，对劳动以及对与自然斗争的赞颂。

《伊什塔尔下降冥府》源出于苏美尔的神话《印尼娜降入冥府》，描写女神伊什塔尔赴下界地狱中搭救丈夫的故事。种子和植物之神坦姆兹落在下界被阴间女王扣留。他的妻子——掌管爱情和生命之神伊什塔尔为搭救他而深入到地狱中去。她历尽艰辛，为通过地狱的七道关门不得不把身上戴的一件件饰物送给守卫。结果她不仅未救出丈夫，自己也被囚禁起来。于是大地上百花凋零，万木枯萎，生长停止了，欢乐消失了，陷入一片混乱之中。天神们唯恐人类灭亡后无人献祭，乃将二神救出。从此，春回大地，草木复苏，大自然恢复生机，人间又充满欢乐。这篇神话以较为独特的表现形式和生动曲折的故事情节，赞颂了男女二神生死相恋、不畏艰险的斗争精神；同时也反映了古代巴比伦人对四季变化和草木荣枯奥秘的朴素理解和积极探求。

在古代巴比伦文学中，表现宗教哲理的箴言诗也具有一定的文学价值。这些箴言诗是格言和训诫的总汇，它们往往通过论辩表现被压迫者和奴隶们的思想情绪和反抗精神，具有启迪和教诲意义。其中《咏正直受难者的诗》和《主人和奴隶的对话》比较有代表性。

《咏正直受难者的诗》描写一个正直老实的人，竭力按天神和国王的要求办事，履行了全部义务，却依然生活于苦难之中。他试图找出产生不幸的原因，但分析结果，他确信自己是正直的，找不出自己对神和国王犯了什么罪，最后不能不对神的“公正”产生怀疑。这在一定程度上揭露了天神和人间统治者对人民群众约束的虚伪性和欺骗性。它构成了以后《圣经·旧约》中《约伯记》的情节基础。

《主人和奴隶的对话》描写一个奴隶敢于大胆嘲笑主人并回击主人的故事。故事说，有一个奴隶主向自己的奴隶说出了一系列彼此相反的愿望和见解，每一次奴隶都顺从地回答："是的，我的主人，是的。"奴隶主把自己的愿望和见解说尽以后，对奴隶威胁道："哦，奴隶，我要把你杀死，并叫你不得不走在我的前面。"奴隶听后马上讥讽地回答："说老实话，我的主人，我死后你也只能活三天。"结果使奴隶主失去了威风。这篇箴言诗通过问答的方式，揭示出奴隶和奴隶主之间的尖锐矛盾，表现了奴隶们不堪忍受欺凌而奋起反抗的斗争精神。

古代巴比伦文学以其古朴和丰富多彩著称，在世界文学发展史上占有极重要的地位。它不仅影响了古代西亚和中亚地区的文学，也影响了古代希腊文学。

第二节
《吉尔伽美什》

《吉尔伽美什》是目前已发现的世界最早的史诗，是古代巴比伦文学的杰出代表作品。

这部史诗以其古老丰厚的内容和较高的艺术表现著称于世。它可以说是古代两河流域神话传说和英雄故事的总集。史诗的基本内容早在公元前3000多年苏美尔和阿卡德时期就已粗具雏形了，它同早期的苏美尔的英雄传说《吉美伽美什和阿伽》等有直接的联系；史诗中的主要人物——吉尔伽美什和恩启都都来自苏美尔的民间口头创作。关于作为乌鲁克城统治者的传说中的国王吉尔伽美什的名字，保存在苏美尔最古老的国王名录中。从史诗内容的丰富性和复杂性来看，它显然不是出于一人之手，而是人民群众的集体创作，是在长期口头流传的基础上逐渐定型的。它大约在公元前2000年定型成文。史诗共有三千余行，用楔形文字记在12块泥板上；研究者大多认为，第12块泥板是后人增补的。

《吉尔伽美什》由于形成时间的漫长以及形成过程中所经过的历史阶段不同，它的思想内容和艺术结构显得比较复杂，甚至是互相矛盾的。

关于史诗的情节，学者们一般把它分为四个部分：第一部分，描写吉尔伽美什在乌鲁克城的统治以及他与恩启都苦战成交的过程；第二部分，记述吉尔伽美什和恩启都一同出走为民造福，成为被群众爱戴的英雄；第三部分，描述恩启都逝世后，吉尔伽美什为探索生命奥秘所进行的长途远游；第四部分，叙述在神的帮助下，吉尔伽美什与恩启都幽灵的谈话。

史诗的中心是颂扬以吉尔伽美什为代表的英雄和英雄行为。吉尔伽美什是一个由原始公社制社会向奴隶制社会转化时期的部落英雄。在民间口头流传的原始情节中，吉尔伽美什是一个勇武非凡的神化了的人物。史诗的第一部分就继承了口头文学的这种传统，以热情赞美的口吻描写他的气度、仪表和勇武精神。

自从吉尔伽美什被创造出来（?）
大力神［塑成了］他的形态，
天神舍马什授予他［俊美的面庞］，
阿达特赐给他堂堂丰采，
诸大神使吉尔伽美什姿容［秀逸］，
他有九［指尺］的宽胸，十一步尺的［身材］!
…………
他三分之二是神，［三分之一是人］。①

史诗从吉尔伽美什建造乌鲁克城的历史功绩、与恩启都一起出走为民造福以及探索生命奥秘等几个方面塑造了他的英雄性格。

吉尔伽美什开始出现时，是乌鲁克城的城主，是由军事民主制时期的酋长发展起来的城邦领袖。他不仅有超人的勇武，而且深谋远虑，机敏多智。为了防止敌人进犯，他组织群众修建了牢固的城垣，立下了不朽的功绩。诗中以歌颂和赞美的口吻描述道：

他修筑起拥有环城的乌鲁克的城墙，
圣埃安娜神苑的宝库也无非这样，
瞧那外壁吧，［铜］一般光亮；
瞧那内壁吧，任啥也比它不上，
跨进那门槛瞧瞧吧，是那么古色古香；
到那伊什塔尔居住的埃安那瞧瞧，
它无与伦比，任凭后代的哪家帝王！
登上乌鲁克城墙，步行向前，察一察那基石，验一验那些砖，
那砖岂不是烈火所炼！
那基石岂不是七［贤］所奠！

然而吉尔伽美什的这些成就是靠专横和强制完成的，他的严厉和粗暴激起了贵族和武士等乌鲁克居民的不满和愤怒。

乌鲁克的贵族在［他们的屋］里怨怼不已：
“吉尔伽美什不给父亲们保留儿子，
［日日夜夜］，他的残暴从不敛息。
［吉尔伽美什］是拥有环城的乌鲁克的保［护人］吗?
这是［我们的］保护人吗?［（虽然）强悍、聪颖、秀逸］!
［吉尔伽美什不给母亲们保留闺女］，
［即便是武］士的女儿，［贵族的爱妻］!”

吉尔伽美什与贵族、武士及其家庭成员的矛盾，是原始公社制社会向奴隶制社会过渡时期社会矛盾的反映。显然，史诗对他建城的功绩是颂扬的，对他的专横和特权是抱否定和批判态度的。

在乌鲁克居民的控诉下，天神令大神阿鲁鲁创造一个半人半兽的勇士恩启都来与吉尔伽美什对抗。二人经过激烈搏斗未分胜负，于是相互爱慕，成为好友。此后二人一同出走，为民造福。吉尔伽美什与恩启都苦战成交反映了先进的城市文化与落后的游牧文

① 《世界第一部史诗——吉尔伽美什》，赵乐生译，沈阳，辽宁人民出版社，1981。本节引诗均见此书。

化的矛盾和融合。这种融合带来了吉尔伽美什性格的转变。这一部分是史诗的核心，它比较突出地表现了吉尔伽美什和恩启都的英雄行为。

吉尔伽美什和恩启都出走后，创造了不少英雄业绩。他们先后战胜了沙漠的狮子，打败了杉树林中的恶人芬巴巴，又共同杀死了残害乌鲁克居民的天牛。芬巴巴十分厉害，他守护的杉树林无人敢接近，他“嘴一张就是烈火，他吐一口气就置人于死地”；他软禁了伊什塔尔女神，做了不少坏事。面对强敌，恩启都唯恐战斗失利，一再劝阻吉尔伽美什不要去征战，但吉尔伽美什却是无比坚定的，他说：“我一旦战死，就名扬身显——‘吉尔伽美什是征讨可怕的芬巴巴，战斗在沙场才把身献！’为我的子孙万代，芳名永传。”他和恩启都一起同芬巴巴激烈战斗，久久不分胜负，最后终于在天神舍马什的支援下战胜了芬巴巴，救出了被软禁的伊什塔尔女神。女神被救出后，向吉尔伽美什求爱，遭到拒绝。她恼羞成怒，乃求其父天神阿努造一头天牛来残害乌鲁克城居民。面对天神阿努的神威，吉尔伽美什与恩启都毫无惧色，他们勇敢地战胜了天牛，再一次拯救了乌鲁克居民。史诗中描述的芬巴巴和天牛等都是当时自然暴力的象征。因此，这里征服芬巴巴和杀死天牛的情节，既反映了人类战胜自然暴力的顽强斗争精神，又突显了吉尔伽美什和恩启都的英雄本色。

史诗在颂扬吉尔伽美什为民建立功勋的同时，也表现了他敢于违抗神意的积极探索精神。恩启都死后，吉尔伽美什怀着探索自然法则和人生奥秘的强烈愿望，开始了长途远游。他爬山越海，历尽艰辛。当途经马什山时，守山的沙索利人曾对他进行劝阻，告诉他，他的愿望难以实现。然而吉尔伽美什的决心却是坚定不移的。他经过艰险的长途跋涉，终于见到了他的先祖乌特那庇什提牟。先祖向他讲述了远古时代大洪水的故事以及他们夫妇获得永生并被列入神籍的经过，并告诉他世上的一切都是神的安排，是神“把死和生命注定”，凡人是无能为力的。吉尔伽美什听了先祖的话，虽然心情沉重，但并未因此失去信心。当他从先祖那里得知有一种仙草可以“将生命获取”时，就毫不犹豫地下到深海里去摘取。得到仙草以后，吉尔伽美什兴奋异常。可是谁知在他去水泉洗澡时，“有条蛇被草的香气吸引”，把仙草给叼跑了，使他空欢喜一场。于是他不得不怀着悲伤的心情回到乌鲁克城。吉尔伽美什的探索最后虽然没有得到什么成果，但他的这种积极进取精神是难能可贵的。是神主宰人的命运，还是人自己掌握自己的命运，自古以来就存在着唯物论同唯心论两种思想的斗争。史诗在一定程度上反映了人的主观能动作用，赞颂了吉尔伽美什不畏艰难险阻的英雄行为，这在宗教迷信观念占统治地位的远古时代是非常难得的，无疑具有进步意义。

在史诗中，吉尔伽美什的形象与恩启都的形象是相互衬托、彼此辉映的。吉尔伽美什的英雄行为不少地方是与恩启都一同表现的，然而史诗颂扬的主要人物仍是吉尔伽美什。吉尔伽美什的形象尽管在某些方面还显得不够完整和统一，但却在很大程度上体现了从原始公社制社会向奴隶制社会转化时期英雄人物的基本性格特征，具有一定的典型性。

《吉尔伽美什》无论在思想上还是艺术表现上都取得了很大成就。它通过原始的但却引人入胜的情节，真实地反映了古代巴比伦从原始公社制社会向奴隶制社会过渡时期的社会生活，展示了正在形成中的阶级关系，再现了古代两河流域居民与自然暴力以及社会暴力进行斗争的某些情景，颂扬为民建立功勋的英雄、英雄行为以及英雄人物之间的友谊，在一定程度上表现了古代巴比伦人认识自然法则、探索人生奥秘的斗争精神，具有很大的历史意义和认识价值。其中关于英雄应当为民造福的思想，直至今天仍有启示作用。

《吉尔伽美什》继承了苏美尔、阿卡德和巴比伦文学的优良传统，在许多方面保留着远古人民口头创作清新朴实、生动活泼的特点。

首先，史诗故事情节的发展比较自由灵活，在颂扬英雄的同时，纳入了一些远古神话传说。如伊什塔尔女神被救后向吉尔伽美什求爱遭到拒绝的故事、大洪水的故事等，都是颇为吸引人的。其中关于大洪水的神话传说具有重大的意义。它通过吉尔伽美什的先祖乌特那庇什提牟秉承神意躲避洪水并战胜洪水的过程，表现了古代两河流域居民同大自然斗争的朴素愿望和精神力量。这个神话传说是以后《圣经·旧约》中大洪水故事——“挪亚方舟”的原型。

其次，史诗具有浓郁的浪漫主义色彩。它既写人，又写神，善于把神话世界与现实世界紧密结合，赋予人神的特性，赋予神人的感情。在描写上，如芬巴巴神秘的杉树林，吉尔伽美什长途跋涉中不平凡的经历和见闻，战胜威力强大的天牛的场面等等，都给人以新奇之感。同时，在吉尔伽美什、恩启都以及众天神的刻画上，既带有很大的传奇性，又充满了人间社会生活气息，从而产生了引人入胜的艺术效果。

最后，史诗在语言运用上广泛地采取了联想、排比、反复、象征、夸张等艺术手法，比较生动形象地表现了人物性格，揭示了人物的精神世界。如多次通过梦境表现人物的内心活动，象征并预示即将发生的事件，通过哭泣的场面渲染感伤的气氛等等，都增强了艺术感染的力量。

《吉尔伽美什》在古代世界文学中占据着特殊的地位。它对古代西亚、中亚各民族文学以至古代希腊罗马文学都产生了深刻的影响，并通过古代希腊罗马文学辗转丰富了欧洲文学的创作。我们从不少作家的作品中都可以找到这种影响的痕迹和例证。

思考题

1. 请论述古代巴比伦文学的主要成就。
2.《吉尔伽美什》的思想内容和艺术特色是什么？

第三章 古代希伯来文学

第一节 概述

古希伯来人属于闪族的一支。它在公元前 2000 多年时游牧于幼发拉底河流域的草原，公元前 1500 年前后，侵入迦南，就是后来被称为巴勒斯坦的地区。当时的迦南人把入侵者叫做“希伯来人”，意思是“从河那边来的人”（“河”或“大河”指幼发拉底河）。游牧的希伯来人比较强悍，迦南当地的原住民文化较高而性格较为柔弱，且曾经历过埃及军的占领和蹂躏，元气大伤，终于逐渐被希伯来人征服和同化。

迦南是地中海东岸的一个狭小地区，有高峻的山岭，也有丰腴的河谷。它夹在埃及、巴比伦、亚述、波斯等大国之间，是军事上的要地，也是商业上的交通要道。早在公元前 2000 多年时，迦南人便脱离游牧生活而从事定居的农业，在周围各文明古国埃及、腓尼基、苏美尔、巴比伦的文化影响下，曾经创造了自己的“迦南文化”，并在公元前 18 世纪时达到了全盛时期。但从那时以后，经过埃及军的全面占领，便开始衰落了。到埃及军撤退时（公元前 15—前 14 世纪），希伯来人便乘机入侵，经过长期艰苦的斗争，克服当地各部落的抵抗，逐渐定居下来，并且创造了自己的希伯来文字。

到公元前 12 世纪时，希伯来人遇到一个新的强敌非利士人（一译“非利斯提人”）。非利士人是从地中海东岸附近诸岛上来的部落，被称为“海上民族”。他们已经懂得使用铁器，武器比较厉害。他们占据了迦南的西南沿海一带几个设防城市如迦萨、迦特等，还把迦南改名为“巴勒斯坦”，意思是“非利士人的土地”。希伯来人对非利士人的战争频仍，在战争中产生了一系列史诗式的英雄人物，如基田、耶弗他、参孙等。

公元前11世纪到前10世纪之间，埃及国力中衰，希伯来人乘机崛起，形成一个独立的王国，由部落联合选择以色列族便雅悯部落的英雄扫罗，出来做第一个国王，统辖以色列和犹太各个部落，形成一个初具规模的统一王国，有利于战胜非利士人。但因为内部不和，战争失利，扫罗和他的三个儿子都在战场上伏剑而死。非利士人把扫罗的首级拿去示众，把他们父子的尸首挂在伯珊城城墙上。伯珊城原是埃及人在以色列腹地的城堡，后来成为非利士人的了。希伯来人南北的宗派偏见早就存在，北方的以色列人和南方的犹太人时常兄弟阋墙；扫罗是北方人，南方人不太信任他。扫罗的败死，和他的部下——从南方犹太部落出身的青年将领大卫有关；大卫叛离了扫罗，投奔非利士人，大大削弱了以色列的势力。

大卫利用扫罗死后的国内混乱局势，利用以色列和犹太各部落贵族中不满分子的合作而登上了王位（公元前1013—前973在位），建都于迦南人的古都耶路撒冷。这座著名的古城位于犹太部落的境内，是耸立于高山上的天然堡垒。大卫以此为砦堡，与四周的部落进行战争，向约旦河东的摩押人、亚扪人和死海之南的以东人，以及西邻非利士人不断地用兵。战争的结果，大卫的王国强大了；同时，奴隶的人数大增，奴隶制度也大大发展了。大卫统一了以色列和犹太而强盛以后，便大力进攻非利士，占领了名城迦特，把非利士人逐出以色列和犹太。他还控制了从腓尼基到埃及的商队大道，促使商业繁荣。从那时开始，犹太人逐渐有了善于经营商业的传统。

大卫的儿子所罗门在位的时候（约公元前960—约前930），是这个王国的鼎盛时代，所罗门在大卫治绩的基础上使国家进一步繁荣富强起来。“所罗门的荣华”、“所罗门的智慧”成了世界性的成语。他对外不用武功，而用和亲的政策，交好四邻；对内则尽量歌舞升平，大兴土木，建筑豪华的圣殿、宫室和要塞。这时期正是希伯来文学开始发展的时代。

所罗门的一代繁华，宫廷贵族的奢侈豪华生活，建立在对人民群众的剥削上。他们对北方以色列族的剥削更加残酷，引起以色列人的强烈不满，酿成公开的由耶罗波安带头的起义。但起义一开始就被所罗门镇压下去了，耶罗波安逃亡到埃及。

所罗门死后，王子罗波安继位。不久北方以色列族的耶罗波安带头的起义又爆发了。因有埃及法老示撒（一译喜霞克）的帮助，起义胜利了，以色列人独立，另立一国。统一80年的以色列犹太王国，竟于公元前935年分裂成了南北对峙的两国。它们从此长期不和，双方都削弱了，而它们的邻国却增强了。

以色列和犹太分裂后，南国犹太一直在大卫后代的统治之下；北国以色列则频繁更换王朝，其中最著名的是公元前875年建立的暗利王朝，统治达半个世纪之久，可算是以色列王国的繁荣时代。这个王朝以撒玛利亚为首都，其地处于国家的中央、肥沃的河谷中间，战略上非常有利的高地，居高临下，是一个坚固的要塞。但它的军事政策和对外贸易的发展，使贵族发财，农民破产，贫民沦为奴隶。奴隶制度更加发展了，剥削也更加残酷了，引起大规模的社会运动，这些情况明显地反映在文学里，特别是反映在“先知书”里。从公元前8世纪中叶起，先知们揭发、控诉了富人欺压穷人的现象。

这两个南北对峙的小国，孤立而无外援，对强邻亚述的抗战耗尽了力量，而北国以色列受害更深。公元前722年，亚述王萨缦以色最后摧毁了以色列王国，攻陷其首都撒玛利亚，掳其王何细亚以及臣民二万七千多人去美索布达米亚，并迁移巴比伦等地的人去占住撒玛利亚。以色列王国就这样亡了，它的200年历史（公元前922—前722）从此结束。

亚述灭了以色列王国之后，继续穷兵黩武，骄奢淫逸，自己也就走了下坡路。犹太王国则警惕起来，乘机加强自己，整顿内政，修整法律以缓和阶级矛盾，并开始形成犹太教的法规，强调爱国主义思想。但另一强邻——新巴比伦的王尼布甲尼撒二世的军队，于公元前 597 年围攻耶路撒冷，终于在公元前 586 年彻底摧毁了它，带走了大量的俘虏。王公贵族、军队、手工业者、建筑师和男女歌手等五万多人被掳到巴比伦去，这就是著名的“巴比伦之囚”。犹太王国从此也不存在了。这个王国存在三百余年（公元前 922—前 586），然后进入仰人鼻息的生涯。

被掳到巴比伦去的犹太国人并不都做奴隶，其中有许多人从事手工业、建筑业，有些人本是奴隶主、高利贷者、祭司和文士，甚至还有志士计划返回故国，恢复故都。最可注意的是先知们的政治、宗教活动。有名的先知以西结还做出复国建都的详细方案。公元前 538 年波斯王古列（即居鲁士）战胜并统治了巴比伦，决定恢复耶路撒冷，作为征服埃及的据点，把被囚在巴比伦的犹太人一批批地放回去重建都城，成立傀儡政权。这工作直到公元前 4 世纪初才完成。那时适值马其顿的亚历山大东侵，于公元前 332 年击败了波斯，占领了西亚广大的区域。不久，亚历山大病死，国土被三分，西亚地区大部由塞琉古王朝统治，犹太人不堪忍受残酷的压迫，于公元前 142 年起义，成立了马加比王朝；但这复国的犹太人王朝只昙花一现，不久又被征服。公元前 64 年罗马的庞培东侵，将犹太征为属国。公元后犹太人不堪忍受罗马奴隶主的压迫，起义抗战达七年之久（公元 66—73），终于被残酷镇压，重建的京城和圣殿又被毁坏（公元 70）。古希伯来民族的历史到此结束。

第二节 《旧约》

自犹太人做了“巴比伦之囚”以后的 500 年中，希伯来人挣扎在死亡线上；但这 500 年恰恰是他们文化史上重要的时期——完成了一神论的犹太教义，重新编订了教规、信条，编纂了“圣经”，整理希伯来民族历代的文学遗产，作为民族文学的珍品而流传下来。这份希伯来的文学遗产，被后来的基督教徒接受，编入他们的“圣经”，称为《旧约全书》，以区别于公元后基督教徒写的《新约全书》（《新约全书》对于基督教而言是比《旧约全书》更重要的经典，却不能算是希伯来文学）。按照希伯来的传统，他们的“圣经”分为三部分：经律、先知、圣著。经律部分即所谓“摩西五经”。先知部分包含史书和先知书（他们把史书称为早期先知书，后期先知书除“以赛亚”、“耶利米”、“以西结”各为一卷外，其余 12 小先知合为一卷）。圣著部分即诗文集 11 卷，全经共 24 卷。

此外还有“次经”即“逸经”14 卷，“伪经”若干卷，因为写作时代较晚，未及编入“圣经”；后经基督教徒选编了《旧约次经》。《旧约次经》的原文多数是希伯来文，也有用希腊文写的。

《旧约全书》被“七十士”译成希腊文（包括《旧约次经》在内，至今为东正教教会所用）时正经被分为 39 卷（12 小先知分为 12 卷，其他如《列王记》等书的上、下卷也各分为两卷）。这 39 卷现在被分为四个部分，内容分述如下：

其一，经书或法律书，也就是所谓的“摩西五经”——《创世记》、《出埃及记》、《利未记》、《民数记》、《申命记》。这一部分成书最早，公元前444年就被确定为“圣经”了。它们的内容包括天地创造、伊甸乐园、洪水方舟等神话和族祖亚伯拉罕、雅各、摩西等的传说，以及犹太教制定的教规国法。因为是托名创国英雄摩西受命于天而写成的，所以被称为“经”或“律”。

其二，历史书——《约书亚记》、《士师记》、《撒母耳记》（上下）、《列王纪》（上下）、《历代志》（上下）、《以斯拉记》、《尼希米记》等10卷，是以色列和犹太立国到亡国的史记，成书年代大约是公元前300年前后（《旧约全书》历史类中，原有《路得记》和《以斯帖记》实际上是小说）。

其三，先知书——从《以赛亚书》、《耶利米书》以下15卷（《旧约全书》的目录中有先知书18卷，其中的《耶利米哀歌》、《约拿书》和《但以理书》3卷，是诗歌和小说，应归入第四类“诗文集”）。所谓“先知”是先知先觉的社会改革家和思想家，他们愤怒地谴责社会的不平等，奔走呼号、演说、诵诗以唤醒群众，警告欺压者。他们生活的年代大约是公元前8世纪到公元前3世纪，正是国家的多难之秋。

其四，诗文集——有《诗篇》、《雅歌》等抒情诗集，有《箴言》、《传道书》等哲理诗集，有《约伯记》那样大型的剧诗和《路得记》、《以斯帖记》、《但以理书》等小说。这部分作品成书年代最晚，大约在公元前400年到公元前150年之间；编入“圣经”的时间，最迟的在公元100年前后。

以上四部丛书，暗合我国《四库全书》或《四部丛刊》“经、史、子、集”的四分法。各卷的写作年代，上自公元前12世纪，下迄公元前2世纪，其间经过约一千年。被编为“圣经”的时间，最早的是“摩西五经”，于公元前5世纪时，最晚的是《雅歌》，在公元1世纪左右，历时约五百年。被收为基督教的《旧约全书》后，两千多年来，由于基督教的传播，各国翻译者的辛劳，传诵于世界各地，对各国的文学产生了深远的影响。

“摩西五经”是由四种资料汇编而成的，那些资料是根据古代流传的歌谣、神话、传说、风习和律法等由不同的手笔写成的。《创世记》从创造天地的神话开始，说到洪水方舟，族长亚伯拉罕西迁，定居迦南；说到以色列族的鼻祖雅各逃荒，他的儿子约瑟在埃及当宰相的故事。这一卷充满着史诗性的故事，最为后代的诗人、作家所乐诵或用为写作题材。《出埃及记》是一部英雄史诗，叙述摩西在万难中组织并率领以色列人从埃及人的奴役中逃出，在沙漠中流徙、长征而回迦南。《利未记》、《民数记》写旷野中苦斗的生活。后出的《申命记》写摩西在约旦河东的旷野向民众演讲，宣布自己年老不能领导他们渡河，改由约书亚领导，并殷切告诫他们严守纪律、法规。演说辞流利、丰富，是希伯来修辞的极致；但成书时代较晚，其中所定的清规戒律，不是沙漠旷野长征中所需要的，不过是后人伪托摩西的英名，自神其教而已。

历史书中的《士师记》用英雄史诗的故事来反映时代的社会生活。“士师”是身兼审判官和军事长官的智勇双全的英雄，如底波拉、基甸、耶弗他、参孙等都有可歌可泣的事件引人入胜。《撒母耳记》上下二卷写王国的建立，主要是扫罗和大卫的故事。《列王纪》上下卷写大卫以后的列王故事，特别是所罗门的行事和豪华生活。《撒母耳记》和《列王纪》所叙述的史实前后相衔接，可以合为一部完整的列王纪。二书都是公元前600年前后写的。但到公元前300年时又出了《历代志》上下二卷，从亚当说起，一直说到亡国被掳和放回时止，可以说是古希伯来民族通史。该书强调血统关系和以耶路撒冷为中心的爱国主义思想。

古希伯来的历史书表现出其散文的特色：简洁、生动、有力，既有史实，又有传说故事和诗歌，颇有文学价值，和我国的史书相似。如《撒母耳记》下卷第九到第二十章描述大卫的生活，其细节的描绘极为出色。第十八章写大卫的儿子押沙龙反对父王，正当他起兵进攻时，大卫兵分三路去讨伐。临阵前大卫吩咐大将们要刀下留情，不要杀害年轻的押沙龙。战正酣时，大卫坐在城瓮里，瞭望人上城门楼顶瞭望报信。这时大卫的心理十分复杂，一面希望王军战胜，一面又愁自己的儿子丧命。当他从报信人口中听到儿子的死耗时，便哀哭着走上城门。这里的描写表现出很高的艺术技巧。

“先知书”是希伯来文学中的一朵奇葩。先知大都有诗人的气质。所谓“先知的精神”，一方面是先知先觉之士，在社会处在危机的关头，大声疾呼，揭露富人的残暴、官僚的腐败和社会风气的堕落，敢说真话而不怕杀头牺牲的殉道精神；一方面又指表达和鼓动的能力，所谓“先知讲道之能”，即富于热情的说教、政论和诗歌，能激动人心。马克思所说的《旧约全书》中的语言、热情和幻想多半是指“先知书”而言。这里所说的先知不是早期的先知。早期先知权力极大，如撒母耳有权将扫罗封为国王，女先知底波拉自己是个元首。这里所说的是以色列将要亡国时崛起的先知、社会改革家或宣扬正义的志士。如劳动人民出身的阿摩司，在亡国前 30 年就写《阿摩司书》警告以色列的君王和臣民。他目睹社会的不合理，便满腔义愤地大声疾呼：“以色列人三番四次地犯罪，我必不免去他们的刑罚；因他们为银子卖了义人，为一双鞋卖了穷人。他们见穷人头上所蒙的灰也都垂涎。”

《哈巴谷书》是公元前 6 世纪至前 5 世纪之间写成的。作者是亲眼见犹太人被囚掳的先知，描写新巴比伦的骑兵比豹还快，如鹰鸟来抓食，骂他们的贪欲无底如阴间，不知正义。

《旧约全书》的诗文集部分，是世界文学遗产中的珍品。其中以诗歌和小说为主（诗歌部分详见本章第三节）。希伯来的小说在公元前 4 世纪时才发展起来，最早的是《路得记》。

《路得记》是公元前 400 年前后的作品，以“士师时代”的生活为题材，反映当时的生活，以古讽今，宣扬团结互助，不歧视与异族结亲。当时的领导人物以斯拉、尼希米要求民族信仰的纯洁，鼓吹民族偏见，反对与异族通婚，已婚的也要退离。《路得记》反对这种过分的做法。故事说的是，寡妇拿俄米带了两个儿子去摩押逃荒，并在那里娶了摩押族的儿媳妇。两个儿子死后，她决定回故乡，儿媳之一路得，一定要跟婆婆生活在一起。回家后，路得与农民波阿斯相爱而结婚，长老们也支持这个异族婚姻，相处得非常好。

《约拿书》产生于公元前 300 年，也是反对狭隘的民族偏见的。它情节简单：上帝派先知约拿到敌人亚述的首都尼尼微去传道，约拿不愿意去。约拿坐船去他施地方逃避这个不愉快的使命，在海中遇到大风大浪，船将沉没；约拿知道这风浪是因他而起的，便说明来历，请水手们把他抛入海中，使风浪平静。他被抛入海后，便为大鱼所吞。他在鱼腹中三天三夜，又被吐在旱地上。他既知罪，又经过再三的说服，才乐意到尼尼微去，在该城 12 万居民中宣传教义，劝他们弃恶从善。

《以斯帖记》作于公元前 168 年至前 165 年间，写两个希伯来人在波斯王朝为本民族斗争的故事，用以鼓励当时在叙利亚王安条克残酷压迫下的希伯来人矢志忠于本民族，英勇机智地斗争，直到取得胜利。小说以相当老练的情节结构和高度的散文技巧写成，而且没有宗教气味。

与《以斯帖记》同时出现的《但以理书》是一篇“启示”式的小说，用想象的幻境形象地教育人民要在极端恐怖的时代坚定胜利的信心。作者借历史上亡国被虏又被放回复国的事件，隐喻当前叙利亚塞琉古王朝统治下巴勒斯坦人民的苦难。公元前 175 年，叙利亚王安条克高举希腊化的大旗，压灭希伯来文化，为希腊主神宙斯设祭坛，以牛羊和犹太人为牺牲。在极端恐怖的时代，产生了像但以理这样献身的志士，在马加比家族的领导下，于公元前165年夺回耶路撒冷，建立了马加比王朝。小说的头六章写但以理和三个朋友被掳到巴比伦时的情况，后六章写他所见的幻象，其中有四只怪兽从碧绿的海水中翻腾起来，象征四个帝国——巴比伦、米提亚、波斯、希腊——必将如海市蜃楼般消失。天使长米迦勒启示他要坚强地斗争，坚定信心，终必胜利。关于作品的写作目的，恩格斯说得很清楚："但以理书的作者，在164年名王安条克死前不久的时候，把关于波斯、马其顿的世界统治的兴衰和罗马的世界统治的开始的预言，放到好像生在尼布甲尼撒时代的但以理的嘴里，以便通过这种证实自己预言的效验的办法，使读者能够接受最后关于以色列人会克服一切苦难，终将胜利的预言。"① 《但以理书》是启示文学的"白眉"，据说其后至少产生过15种这类作品。未收入《旧约全书》的"次经"中就有启示文学作品《以斯特拉二书》，"伪经"中也有《以诺书》、《以赛亚升天》、《巴路克启示录》等。启示文学的写作方法是象征主义的，用高度的形象性，隐蔽地表达作者的思想。

《次经全书》14卷中有8卷是《旧约》的补篇，如《以斯帖补篇》、《以斯拉》（上下），顾名思义为同书补篇；《苏撒娜的故事》、《彼勒与大蛇》、《三青年之歌》则为《但以理书》的补篇。智慧书两卷——《所罗门智训》、《便西拉智训》内容丰富，文字美丽。历史书两卷——《马加比传》（上下），记马加比家为首的革命事迹，可以激起爱国心。《托比传》为传奇故事。最可注意的是《犹滴传》，写一个美丽的年轻寡妇深入敌营，智斩敌军将领的故事，反映了希伯来小说艺术的发展水平。

综观古希伯来文学遗产，有以下几个特点：其一，它反映希伯来民族的发展和王国兴亡的全部历史。它的背景是原始氏族末期和奴隶制社会。其二，最早的作品离我们已经3 000多年了，最晚的也2 000多年了。其思想特点是一神论犹太教思想。两三千年前奴隶制的民族都信仰宗教，而希伯来民族尤为突出。它的文学思潮以宗教为中心。它最初不是严格的一神教，在被巴比伦俘囚后才逐渐完成犹太教义，编成"圣经"，成为后来基督教和伊斯兰教经书的土壤。其三，它受过四邻文化古国的影响，如天地创造、洪水方舟等神话和巴比伦的极相似；"智慧文学"深受埃及的影响（智慧文学包括《箴言》、《传道书》，在古代埃及曾流行这种文体，且给希伯来以影响）；戏曲、牧歌和小说等受希腊的影响。其四，希伯来文学的风格是简洁、生动，具有高度的形象性。其五，它被译成世界各国的文字，对世界各国的文学，特别是对欧美文学有无可比拟的深远影响。其六，它和希腊神话、史诗一样有"永久的魅力"，到现在还能受到各国爱好文学者的欣赏，尽管读者绝大多数不信犹太教和希腊教。

第三节 诗歌

闻一多在《文学的历史动向》一文中说，对近代文明影响最大、最深的四个古老国

① 《马克思恩格斯全集》，中文1版，第22卷，534页，北京，人民出版社，1965。

家——中国、印度、希伯来、希腊，都在差不多同时抬头而歌唱起来。但那些歌的性质并不一致，印度和希腊是在歌中讲故事，近乎小说、戏剧，篇幅很长；而中国和希伯来“则都唱着以人生与宗教为主题的较短的抒情诗”。他又说中国从“诗三百篇”到北宋约两千年间的文学史主要是诗的历史；从南宋起转变了路线，接受外来的影响，走向小说、戏剧的时代。我们同意这个看法，在考察古希伯来文学时，注意到它虽只有一千多年的文学史，但也有同样的动向：它起初也是以诗为主，在后期（公元前5世纪以后）受了西亚各国和希腊的影响，才发展了小说和戏曲。

希伯来诗歌在形式上的特点是不用脚韵。希伯来文的字母只有声母而没有韵母，所以其诗歌不押脚韵。希伯来诗的标志是“并行体”，有两行并行的，有三行、四行并行的。两行的如《箴言》第十五章第一、第二节：

回答柔和，使怒气消退；
言语暴戾，触动怒气。

三句并行的如《诗篇》第一首的头三句：

不从恶人的计谋，
不站罪人的道路，
不坐亵慢人的座位。

四句并行的如《诗篇》第140首，形容神的威严：

沧海看见就奔逃；
约旦河水也倒流。
大山踊跃如公牛；
小山跳跃如羊羔。

这种并行句式的诗律，虽无脚韵，却有情思上的节奏。它也不同于我国的对句，却是意识、气运上的律吕，生活韵律的美感。它不像我们律诗中对句要求句对、字对、平仄对，而常有下句加强上句的作用。

希伯来的诗歌常用“贯顶”法，按照希伯来文22个字母的顺序，安排在22节首句的句首，即以第一个字母“阿雷弗”作为全诗第一节的第一字母，以第二个字母“背斯”作为第二节的第一字母，以最后一个字母“刀”作为末节的第一字母。

希伯来诗的风格也有其特点：一是绝妙的形象化，有明喻、暗喻和象征的笔法；二是常用拟人和夸张的手法；三是凝练和生动的语言以及对称、平衡的意象。

《旧约全书》中最大的诗歌集是《诗篇》，收录150首，其中最早的是公元前11世纪大卫的作品，最晚的是公元前2世纪的作品。大卫是牧羊人出身，从幼年时就善于弹琴唱歌。他的时代比古希腊的荷马还早，他聪明勇敢，被尊为伟大的国王。他的子孙世代为犹太王国的君主，一直到亡国时为止。一部《诗篇》被称为“大卫的诗”；其实这部诗集多数是无名氏的作品，诗集中有许多诗题名为“大卫的诗”。这四个字在希伯来文中有两种意思，一是大卫的手笔，二是献给大卫的诗。《诗篇》主要是抒情的，感情真挚，其中有不少是在巴比伦做俘虏时的作品，如第137首：

我们曾在巴比伦的河边坐下，
一追想锡安就哭了！
我们把琴挂在那里的柳树上，
因为在那里掳掠我们的要我们歌唱，

抢夺我们的要我们作乐。

《诗篇》的诗多数是合乐的，常注明“交与伶长”、“用丝弦乐器”、“用迦特乐器”。其中也有用填词的方法写的，注明“调用麻哈拉”、“调用百合花”、“调用第八”、“调用远方无声鸽”、“调用不要毁坏”等。诗多抒情，有表现个人的情绪，有表现忧国忧民的情绪，笔端常带宗教的感情，被视为犹太人的赞美诗。

《箴言》，一名《所罗门的箴言》，是另一种大规模的诗集，是“智慧文学”中最主要的一卷，被称为哲理诗的“集中之集”，是经过精选的。如云：

与智慧人同行的必得智慧；
与愚昧人做伴的必受亏损。

人有见识，就不轻易发怒；
宽恕人的过失，便是自己的荣耀。

愚昧的儿子，是父亲的祸患；
妻子的争吵，如雨连连滴漏。

这些都是人民的智慧结晶。书成于公元前300年前后，是作者从“巴比伦之囚”被放回来以后所收集的，表现这个民族经过多难多灾之后，见识多了，老成了。

另一本美丽的哲理诗集《传道书》（约公元前250—前200），大概是一个哲学家的手笔。那时希伯来人受到马其顿王朝的血腥统治，本族文化受到希腊文化的压制，人心沮丧，社会腐化，影响作者的人生哲学。全书充满着人世无常、及时行乐的思想。它所传的只是低沉消极之道，是颓废的乱世亡国之音。

《约伯记》是《旧约》中最重要的作品，是修辞华丽的哲理剧诗，大约是公元前5世纪下半叶，从“巴比伦之囚”回归重建都城时的作品。剧诗的引子是说明约伯的来历，接着是天上序幕、上帝和撒旦约定，由撒旦去考验约伯，看他是否真正的义人，信心是否坚定。于是约伯接连遭到不幸，牛羊成群成群地失去，七子三女都死光，自身又长满了恶疮，疼痛难忍。三个朋友来安慰他时，却说他一定犯了天条，罪有应得；约伯自己知道没有罪，受了冤枉，他和三个朋友辩论得很激烈。后来一个青年人出来，代表剧中的合唱队说话，拿出新见解，说受苦是上帝给人的锻炼。这个说法也不能说服约伯。正在辩论中，风云骤变，上帝在暴风雨中说话，证明约伯是义人，在极端的苦难中，怀疑并责难上帝是当然的。剧诗的结构颇似埃斯库罗斯的悲剧《被缚的普罗米修斯》。《约伯记》作者生活的年代比埃斯库罗斯稍晚，约与阿里斯托芬同时，可能受希腊剧的影响。《约伯记》所探讨的一个问题是好人为什么要受苦。对于这个问题，《约伯记》辩论的结果是，没有得到最后的解决。这是现实生活的真实和艺术的真实。剧中的人物都是氏族时代的富裕酋长，犹如《荷马史诗》和埃斯库罗斯悲剧中的人物都是神仙、国王、贵族一样，都是阶级社会形成前后的人物。在那个过渡的社会中，贫富的悬殊已经出现，约伯指出了侵吞穷人的现象，反映了当时的生活。剧中的上帝和撒旦之间，既对立又合作。上帝在剧的高潮中出现，但没有为约伯解答问题，只是肯定他是义人，为他昭雪冤案，并说他怀疑、责问上帝是应该的。剧中的撒旦不是恶魔，而是天上一个巡检，在地球上往返巡游。他怀疑一切，对上帝所称赞的义人要作进一步的考验，最后却证明约伯是好人。剧诗表现的实事求是、辩证地探讨问题的哲学思考，在《旧约》中是突出的。

《次经全书》中有两大卷智慧书，是当时哲理诗的精华。《所罗门智训》显然受过希腊斯多葛派哲学的影响，有了灵魂不灭、命运、良心等思想。《便西拉智训》为智慧与虔诚的混合物，共约两千五百条格言，为早期基督教教会所重视。有人说这两卷书是《新约》著作的指导思想。

还有两卷动人的抒情诗值得注意，那就是《耶利米哀歌》和《雅歌》。

耶利米是一个伟大的先知，是生在一个悲剧时代的悲剧性的先知诗人。他活动于公元前626年至前585年之间，历尽沧桑。他目睹亚述的灭亡，新巴比伦的西征，埃及大军的北上，两雄作龙虎斗时，犹太王约西亚出战于米吉多平原而阵亡（公元前609），巴比伦王尼布甲尼撒的第一次攻陷耶路撒冷，犹太国王约雅斤和大臣们被虏（公元前597）以及京城的彻底被毁灭，最后失去政治上的自主权（公元前586）。这就是耶利米所处的悲剧时代。耶利米热情善感，出生于一个乡村祭司的家庭，年轻的时候就出来做正义的呼吁（公元前626），常因直说统治者的罪恶，并预言将亡国、祖国必将遭受强邻的蹂躏而被逮捕，囚禁在地牢或警卫队的院子里。每次国家的危机加深时，他总是大声呼吁、警告，总是被捕、被禁，直到国家的最后灭亡。亡国是他的时代悲剧的高潮，他在悲愤时，用彩笔写下著名的"哀歌"五首，被后人尊为民族的绝唱。《耶利米哀歌》以后虽也产生过不少诗歌，但作为民族喉舌的歌声，就没有更雄大的了。《耶利米哀歌》也是希伯来诗歌发展到顶峰的标志。它（除第五歌外）不仅用严格的"贯顶体"，而且创造了"气纳体"的句法。气纳体句法在句中间有间歇或停顿，象征哭泣吞声，不能一口气说出来，说到半句停顿一下，表示呜咽不成声的样子。与我国的"骚体"在句中用个"兮"字相仿佛。《耶利米哀歌》每句中间停顿，顿前三个音步，顿后两个音步。例如第四歌的前几节，可用骚体拟译如下：

一　何黄金之变色兮，纯金黯淡，
　　彼神阙之圣石兮，弃诸路畔！
二　叹锡安之众子兮，贵比精金，
　　今贱于陶工手兮，所制瓦瓶。
三　顾猛犬能哺幼兮，厥性柔和；
　　何民女而犷悍兮，沙漠之鸵。
四　彼婴儿之失乳兮，舌贴焦膛，
　　儿求饼而嗷嗷兮，孰与干粮？
五　享珍馔之王孙兮，伏路孤寒，
　　曾衣锦而褥朱兮，偃卧粪壤。

《耶利米哀歌》五首是一组诗，很明显地表现了一种爱国主义的感情和思想。无论是描写京城的改色，败瓦颓垣的景象，人民的贫困、苦难，还是自己谴责前非，祈求复兴，都是出于爱国的至诚。耶利米不是国君，而是爱国的志士，他的哀歌既有深切沉痛的悲愁、深刻的自咎，又有复兴故国的祈愿。在诗人的身后，果见旧京耶路撒冷的重建，在惊涛骇浪的艰苦挣扎中延续了几百年。后来犹太人每逢国耻纪念的集会，必定朗诵歌唱《耶利米哀歌》。犹太人后来虽然漂泊于世界各地，《耶利米哀歌》所表现的精神纽带却依然存在。但这个精神纽带和复兴祈愿，都只寄托于神的意志，这是他们民族的特点，同时也是2 500年前的时代局限，也是民族思潮的局限。

《耶利米哀歌》的艺术特点值得注意：首先是它用严格的"贯顶体"和"气纳体"的韵律，是希伯来诗歌中格律最严整的作品；其次是高度的形象性，如在第二歌中说神发怒，使黑云压城，把荣华从天上扔在地下，像火焰四围吞火，烧毁雅各的子孙，使外郭和内城都悲哀，城墙流泪成河，昼夜不息。这种拟人化、象征化的笔法，也是诗歌的特色。

《雅歌》或《歌中之歌》是精选的抒情牧歌集。这一卷迷人的抒情诗是什么诗体的问题，两千年来众说纷纭。到了近代，至少有三种不同的说法：第一种，说是恋歌集；第二种，说是戏曲；第三种，说是抒情体的牧歌。牧歌说较为合理。牧歌这种诗体最初发生在古希腊文学史的后期。公元前 3 世纪时的提奥克里特被称为牧歌诗人的鼻祖。《雅歌》产生的年代要比古希腊牧歌的产生晚一个世纪，很有可能是受了希腊文化的影响而产生的。那时候西亚一带是在希腊化文化的笼盖之下。若从牧歌的体裁看，我们很容易揣摩《雅歌》的情节，它是这样的：在一个明媚的春天，所罗门王到黎巴嫩山林中自己的葡萄园去游玩，不意遇见一个书拉密的牧女，惊为天人，便向她求爱；她却翩然遁入山林。所罗门想尽方法都不能再见她。最后他乔装为牧童，只身独往山中，在朝阳初升、雾露未晞时对她高唱情歌，使她坠入情网。定情之后回宫去，用正式的婚礼迎她入宫。

全诗可以分为七篇牧歌：第一篇是结婚。第二篇是描写新娘回忆爱人初次来求爱的情景。第三篇写订婚那天的情形。第四篇是新娘做的噩梦。第五篇是国王想念他的情妇。第六篇是牧女在王宫里住得腻了，怀念当初在山林时初恋的快乐。她请求丈夫一同旅行到黎巴嫩去。第七篇，他们回到了黎巴嫩，众女子出来欢迎这一对情侣。在山林朴素的生活中，达到爱情的高潮。这七篇描写恋情的牧歌，从头到尾没有提起神，没有任何宗教的气味，它在《圣经》中是一枝清新自然的奇葩。它的艺术特点也是很突出，高度的形象性中带有深刻的象征性。它是《旧约全书》中最晚出的一卷，却是古希伯来民族遗留给世界各族人民的一束最鲜艳的花枝。

思考题

1. 请简述古代希伯来历史和文化的特点。
2. 《旧约全书》的内容和深远影响是什么？
3. 试分析希伯来诗歌的特点与价值。

第四章 古代印度文学

第一节 概述

印度是世界著名的文明古国之一。古代印度人民创造的璀璨文明，为人类文化的发展做出了巨大贡献。印度古代文学对东亚、西亚、中亚、欧洲，尤其对南亚和东南亚等地有过很大的影响。

印度自古以来是个多民族国家，古代文学除梵语文学外，流传至今的还有其他语言的文学。梵语是指古代印度通用的文言，也包括更古老的吠陀语。我们以介绍梵语文学作品为主，它的发展时期大体可分为吠陀时代、史诗时代和古典文学时代。

吠陀时代从公元前1500年至前700年，是印度从原始公社解体到阶级社会形成的过渡时期。

在古代印度，大型的祭祀典礼大都由婆罗门祭司主持，在仪式上吟唱诗句和经文。由于职务的需要，祭司们将自古流传下来的诗歌编订成四部《吠陀本集》，奉为圣典。它们是祭祀中必不可少的工具，用严格的方法保存下来，直到19世纪才印成书。

吠陀是译音，古译为“明”或“知识”，即学问、“神圣的知识”之意，现在也有人译为“智慧书”。《吠陀本集》共分为四种，即《梨俱吠陀》、《娑摩吠陀》（娑摩指祭祀用的歌曲，即颂神歌曲）、《夜柔吠陀》（“夜柔”即祭祀，是说明祭祀如何进行的书）以及《阿闼婆吠陀》。其中最古、最主要并具有文学价值的是《梨俱吠陀》，其次是《阿闼婆吠陀》。

《梨俱吠陀》大约在公元前15世纪前后编成，它的自然环境大致是印度河一带。在这部本集中，共收集诗歌1 028首（其中附加的有11首），是印度现存最古的诗歌总集。

《梨俱吠陀》（“梨俱”是书中诗节的名称）意为赞颂吠陀，它的核心部分是颂神赞歌，其他约有二三十首是直接反映古代印度人民的思想和生活情况的。如在一首婚歌中，举出一个好妻子的条件是：

没有坏的心眼，别伤害你丈夫，
善待牲畜，和蔼，精力充沛；
生育英雄，敬神，在快乐中生活；
给我们的飞禽走兽带来幸福。

另一首写青蛙欢迎雨季到来的诗也极为生动、活泼，如其中的第三、四节：

雨季到来了，雨落了下来，
落在这些渴望雨的青蛙身上。
像儿子走到了父亲的身边，
一个鸣蛙走到另一个鸣蛙身旁。

一对蛙一个揪住另一个，
它们在大雨滂沱中欢乐无边。
青蛙淋着雨，跳跳蹦蹦，
花蛙和黄蛙的叫声响成一片。

朴素的诗句，借助对青蛙的描写，真实地抒发了滂沱大雨给古印度人带来的欢快情绪和乐观精神。

在《梨俱吠陀》的颂诗中，歌唱最多的是天神因陀罗、火神阿耆尼以及一种可以榨取苏摩酒的名叫苏摩的植物，由于他们与祭祀所行的宗教仪式有关，所以颂诗大多是祭司们举行仪式时吟唱的诗。

颂诗就其内容而言，包含着许多神话传说，《梨俱吠陀》中有四分之一以上的诗是赞颂天神因陀罗的。这位天神手持雷杵（金刚杵），“给人类带来甘润的霖雨”，是旱魃和黑暗的敌人。他最大的战绩是杀死巨龙（蛇），劈山引水，制服弗栗多（意为障碍者），夺得牛群，以及占领城堡等。《梨俱吠陀》第10卷中有一节诗叙述了他的功绩：

杀死弗栗多；斧劈森林般的城堡；
又掘开了许许多多河流；
劈开大山像新造的瓦罐；
因陀罗和他的队伍带来了群牛。

因陀罗是古印度民族的主神，在《梨俱吠陀》中，人们为赞颂他的恩惠和功德，留下了气势磅礴的优美诗篇，如其中一节：

他使摇荡的地球恒定，
他给原始的山岳形体，
他举起拱环的穹苍，
他划分浩瀚的天空，
他是——听着我的歌——

因陀罗，宇宙的统治者！

诗篇以丰富的想象力，形象地描绘了上古印度人心目中瞬息万变的大自然景象。

《梨俱吠陀》产生于人类的幼年时期，上古的印度人还不了解大自然的奥妙，往往带着幼稚的想象和主观的幻想去认识神秘莫测的外部世界。一方面，他们希望神能为人除灾降福，保佑安宁；另一方面，却又把天、地、日、月、晓、火、水、雷、风等都奉为神衹，并把他们完全人格化，使这些体现自然力量的神具有人的形体与性格。如第4卷第52首对黎明女神的赞颂：

这个光华四射的快活的女人，从她的姊妹那儿来到我们面前了。天的女儿啊！

像闪耀着红光的牝马似的黎明，遵守自然的节令，是奶牛的母亲，是双马童的朋友。

你又是双马童的朋友，又是奶牛的母亲，黎明啊！你又是财富的主人。

你是驱逐敌人的，欢乐的女人呵！我们醒来了，用颂歌迎接你。

像刚放出栏的一群奶牛，欢乐的光芒，到了我们面前。黎明弥漫广阔的空间。

光辉远照的女人呵！你布满空间，用光明揭破了黑暗。黎明呵！照你的习惯赐福吧！

你用光芒遍覆天穹。黎明呵！你用明朗的光照耀广阔的太空。

诗中把女神比作一个开朗爽快的女人，歌颂她“是驱逐敌人的”，请求她赐福于人间，并列举了许多只有人间才有的亲属关系，如说她有“姊妹”，有“朋友”，是“奶牛的母亲”，是“天的女儿”等。诗还把人们喜爱的奶牛、牝马，甚至财富都与她联系起来，这些都是自然力量人格化的典型表现。

《阿闼婆吠陀》意为禳灾吠陀，它的定型可能比《梨俱吠陀》晚些。《阿闼婆吠陀》中的大部分诗是婆罗门做巫师时当咒语使用的，其中有些是禳灾求福的诗，有些是治病和驱逐邪恶的诗，此外，还有一些诗和散文意义晦涩。在作为咒语的诗中，有不少与生活有密切的联系，如治咳嗽咒语和求雨诗就是一些风格清新、生活气息比较浓厚的小诗：

像太阳的光芒，
迅速飞向远方，
咳嗽啊！远远飞去吧，
跟着大海的波浪。

雷啊！怒吼吧。请你使大海的波涛汹涌。
雨啊！请你用甜蜜的乳水浇洒大地。
请在求庇护的人身上浇下倾盆大雨；
让那些瘦牛的主人快快回家去。

上述两首诗，以丰富的想象和形象的比喻，表达了古印度人的愿望和对神的祈求，体现了他们的艺术才华，至今读来仍感亲切、生动。

史诗时代大约指公元前10世纪到公元前1世纪这一时期。

随着奴隶制国家的出现，印度社会出现了等级制度，即种姓（瓦尔那）制度。种姓共分为四个等级：婆罗门（祭司贵族）、刹帝利（军事贵族）、吠舍（小生产者）和首陀罗（雇工或手工业者）。

与种姓制度密切相结合的是婆罗门教。它大约形成于公元前7世纪，信奉多神，以《吠陀》为经典，宣扬人的行动造成“业”[①]，死后轮回。

公元前6世纪到公元前5世纪中叶，随着社会阶级关系的变化，代表一般平民利益的佛教和耆那教兴起。这两个教的政治观点和宗教观念大体相同，都不信吠陀，反对婆罗门的特权地位；但佛教后来继承了婆罗门教关于造业和轮回的思想。

这一时期，由于统治阶级内部对政权的争夺和各王国之间的斗争不断激化，社会上的阶级矛盾日益尖锐，思想领域发生了重大变化。哲学思想形成了许多派别，除婆罗门祭司仍然尊吠陀重祭祀外，还有代表唯物主义观点的顺世派、信仰苦行出家修行的极端派，以及由婆罗门上层人物中的一些改良主义者形成的唯心主义哲学流派——吠檀多派等。

吠檀多派因自己的哲学讨论记录附在吠陀文献的末尾而得名，意为“吠陀的终结”。他们提出的“梵”（宇宙精神）和“我”（个体精神、灵魂）等有关哲学方面的问题和理论，后来大有发展，对后世有深远的影响。

上述几种宗教与各学派的思想观点，给这一时期的文学打上了很深的烙印。

首先，这一时期的文学，主要的有以口头创作形式在民间长期流传的两部史诗《摩诃婆罗多》（详见本章第二节）和《罗摩衍那》（详见本章第三节）。

其次，有传授“吠陀”的各个派别编订的一些文献，称为《梵书》（或译《净行书》）。它们大都附加在每部吠陀本集的后面，对本集进行一系列的解释。《梵书》主要记载举行各种祭祀的规定和论述。书中虽有不少神秘枯燥的说教，但它在印度是最早的散文，保存了一些反映当时时代面貌的神话传说，在文学史上有一定的地位。《爱达罗氏梵书》（或译《他氏梵书》）第一篇第四章中所描述的天上两个敌对阵营之间的斗争，就曲折地反映了人世间各王国之间的战争；该书第七篇第三章的狗尾（人名）故事，形象地写出了自由民沦落为奴隶的悲惨情景。《百道梵书》第十一篇第五章将《梨俱吠陀》中补卢罗婆娑和优哩婆湿的对唱情歌发展成了一个完整的爱情故事，印度后世有不少文学家喜欢以这一故事为题材进行创作。

各派的《森林书》（或译《阿兰若书》）附于各派《梵书》之后，这些书据说只能秘密地在森林中传授，内容以神秘主义的理论为主，不着重讲祭祀。

各派的《奥义书》附于各派《森林书》之后，是一种独立类型的书的总名。《奥义书》出现时，“吠陀”时代已临近结束。《奥义书》又被称为“吠檀多”，其内容除神秘主义的说教外，还有一些包含唯心主义成分的哲学思想的讨论记录，以及一部分具有民主倾向的文学成分等。如《歌者奥义书》中车夫教训国王和婆罗门收留一个低种姓青年为学生的故事等。

这一时期的文学，除史诗、吠陀文献外，佛教和耆那教文献中还有不少富于文学成分的著作。大约从12世纪开始，随着佛教寺院组织遭到大规模的摧毁，佛教文献在印度本国大部分失传，而在国外，如锡兰、缅甸、泰国等一直保留着大量巴利语文献。在我国则有从原文翻译过来的汉语和藏语译本几千卷，是世界上现存最完备的佛教经典。佛教的典籍在解说教义时，为了通俗易懂、增强吸引力，往往利用古代印度民间文学作品进行宣传。因而，使佛经蕴含着鲜明的文学色彩。佛经文学作品，有韵文诗歌、散文故事，也有韵散相间的作品。如《法句经》、《上座僧伽他》和《上座尼伽他》，都是诗歌作品；而《佛本生故事》（详见本章第四节）是散文寓言故事，其中也夹杂着诗歌。

① “业”，指人由于有了欲望，因而体现在思想行为中的各种表现和活动。

这些作品虽然出于宗教的目的进行过明显的修改和润色，但是依然保留着民间口头文学的特点。

公元前5世纪到公元2世纪出现的泰米尔语桑伽姆文学，在古代印度文学中占有重要地位。《八卷诗集》是一部短诗集，汇编了近500位不同阶层诗人的2 000多首诗作。《十卷长歌》搜集了10位诗人的10首长诗。这些长诗，不仅广泛地反映了古代泰米尔族的社会生活，而且具有较高的文学价值，是深受泰米尔族和印度各族人民喜爱的永世流芳的瑰丽文学遗产。

古典文学时代大约指公元1世纪到4世纪或5世纪这一时期。

大约在公元1世纪中叶，在古印度的西北部（现属巴基斯坦），出现了一个号称为贵霜的大帝国，其领土曾扩展到北印度恒河流域一带。从公元3世纪起，贵霜帝国逐渐衰落，北印度又重新分裂成许多小国。公元4世纪初，摩揭陀重新兴起，旃多罗笈多一世建立起笈多王朝（大约从320年至6世纪中叶），其统治区域包括恒河流域、中印度和旁遮普的一部分。笈多王朝全盛时，政治统一，经济繁荣，梵语文学与佛教艺术均有发展。我国东晋僧人法显曾于此时（5世纪初）旅居印度，他对当时印度的社会情况有所记载，著有《佛国记》，并带回大量佛教经典。

这时正是文学作品与宗教文献逐渐分离的时期，是抒情诗、叙事诗、戏剧、故事和小说等纯文学形式产生的时期，也是印度古代文学进一步提高和成熟的时期。尽管不少材料已经丧失，但保存至今的作品仍然相当可观。这里着重介绍一下故事和戏剧。

这一时期，属于故事一类的创作极为流行，流传下来的故事集很多，其中影响最大的有《五卷书》（详见本章第五节）。另外用诗体记叙神话和英雄传记的长篇叙事诗，则继承《摩诃婆罗多》的形式而有所发展，总称为“往世书”，流传至今的共有18部，主要内容是关于印度教三大主神的神话传说。其中流传最广的是《薄伽梵往世书》，内容主要写黑天的故事。该书第十篇专门写他的传记，在印度是脍炙人口的艺术杰作。传记中的黑天是一个敢于反抗压迫的牧童的形象。

戏剧是梵语古典文学极重要的组成部分，作品大多出于古典作家之手。他们之中第一个有名的作家是公元纪年后不久出现的佛教诗人和戏剧家马鸣。现存的他的作品有三部梵剧残卷和长诗《佛所行赞》、《美难陀传》等。与马鸣同一时代的还有戏剧家跋娑等，但他们的作品早已失传。1901年在南印度寺庙中先后发现的13个剧本，据推论是跋娑的作品（还未最后定论）。在这些具有民间创作特点的剧本中，值得注意的是四幕剧《善施传》。它的内容相当于名剧《小泥车》的前半部，而这个剧的后半部却被删掉了，这大概是因为这部分触犯了统治阶级利益的缘故。另一个是以政治斗争为主题的五幕剧《神童传》，这个剧写的是黑天的故事，着重突出了他诛戮自己的暴君舅父这一情节。

首陀罗迦是这时最重要的剧作家之一。他是十幕剧《小泥车》的作者，据推测大约生活在公元二三世纪，《小泥车》以妓女春军和穷婆罗门商人善施的恋爱故事为主要情节，同时通过国舅蹲蹲儿横行霸道和法庭误断公案、草菅人命等情节，有力地揭露了统治阶级的暴虐无道以及法律的“也不尽公道”等重大社会政治问题，而作品对牧人起义推翻暴君等的描写，则是这个剧本最有价值的部分。《小泥车》是现存唯一的以社会政治问题为题材、反映城市中贫民和贵族进行斗争并取得胜利的作品。因此，它在印度古典文学中占有特殊的地位。

第二节
《摩诃婆罗多》

《摩诃婆罗多》和《罗摩衍那》并称为印度古代两大史诗。两大史诗是在长达数世纪的过程中，在民间口头流传的基础上发展起来的，因而，史诗中纳入了许多各具特色的诗篇，汇集了大量的民间口头创作。

《摩诃婆罗多》(意思是伟大的婆罗多族)，照印度的计算方法，它大约有10万“颂”。一个“颂”是32音的双行诗，汉译为4句。所以全部译出来就会有40万行左右，其规模相当于古希腊两大史诗总和的8倍，是目前记录整理编订成书的最长史诗。

史诗的故事说：婆罗多族的奇武王有二子，长子持国自幼双目失明，故由次子般度主持政事。后来，般度去林中修行，将政事交给持国。持国有百子，人称俱卢族，长兄难敌；般度有五子，人称般度族，长兄坚战。持国为105个子侄请一位身手不凡的师傅传授武艺，般度五子成绩突出，引起难敌的嫉妒，总想谋害他们，甚至想放火在紫胶宫中烧死他们，因而，般度族被迫逃走。在选婿大典中，因箭法高强，五兄弟合娶了般遮罗国的黑公主。持国王接受建议，派人接回般度族和黑公主，并将一半不好的国土分给他们。经过艰苦努力，他们把荒芜的土地变成了富饶的国土，坚战被尊为王中之王。难敌更加嫉妒，经过密谋，利用掷骰子的骗局夺得了般度族的一切财富。般度族和黑公主沦为俱卢族的奴隶。俱卢族百般虐待、侮辱般度族，甚至在众人面前想要剥光黑公主的衣服……持国王唯恐家族灾难临头，决定恢复般度族五兄弟的自由，归还了他们原来的国土。但是，难敌歹心不死，再一次利用掷骰子的赌博夺得土地，逼得般度族不得不流浪13年，第13年还要在隐姓埋名中度过。13年过后，按原来双方约定，般度族要求归还土地，但难敌不给。坚战做了退让，要一半的一半，难敌还是不给。坚战又退让，只要几个村庄。难敌却说：立锥之地也不给。般度族忍无可忍，双方决定通过战争解决问题。经18天的鏖战，俱卢族百兄弟相继阵亡，般度族取得了最后胜利。后来，般度族五兄弟去雪山修道，把国家交给子孙。最后，两族死者在天堂相会，变成了天神。在凡人的形象消失之后，愤怒的仇恨也就随之烟消云散了。

史诗描写的是婆罗多家族内部的矛盾和斗争，通过般度族和俱卢族的冲突，有力地批判了狂热的贪欲、争权夺势和不义的战争，深刻地表现了古代印度人民的愿望：维护正法，坚持善行，反对卑劣的占有欲望；维持家族内部的和睦，提倡兄弟之间的友爱；争取繁荣幸福的美好生活，实现国家的和平统一，施行仁政。大史诗中所宣扬的具有鲜明政治倾向的主题思想，是符合当时广大人民群众利益的。

坚战，是般度族的代表人物，常常被称为“仁慈的化身”。他的最突出的性格特征就是容忍。他总是坚定地宣传：“容忍是最高美德。”坚战能用理智控制自己的愤怒，能忍耐和宽恕别人的轻慢与侮辱。

当多象城居民公开称赞般度族，并坚决表示“只有坚战一人配做国王”的时候，当持国王警告难敌“坚战继承了他父亲的一切美德，敬佩他高尚人格的文武大臣都支持他，人民像崇拜偶像一样崇拜他”的时候，坚战和他的兄弟却被阴谋篡位的难敌骗到多象城的紫胶宫去。临行时，维杜罗的隐语使他完全明白了难敌的歹心。但是，他容忍和宽恕了难敌的暗害和谋杀。

当看到般度族都城华丽富庶而产生嫉妒和仇恨的难敌想用掷骰子这种古老的娱乐夺取般度族一切财富的时候，坚战明明知道“赌博能引起刹帝利的冲突”，“赌博是靠运气，不是靠勇武和德行”，“聪明人总是尽可能避免赌博”，但他为什么还参加掷骰子的赌博而输掉一切财富和兄弟、妻子呢？其决定性的因素也是由于容忍这一性格特征。因为坚战曾经发誓，为了不引起冲突，绝不使用粗暴的语言，绝不让自己发怒。他坚持要跟难敌族兄弟维持友好关系。当时，坚战绝没有想到，正是这种急欲培育和睦的容忍，却孕育出仇恨和征伐的罪恶种子。

13年过后，当难敌食言、拒绝按赌博时的规约归还一半国土的时候，当战争迫在眉睫的时候，坚战的容忍精神也还是很突出的。他让使者转告自己对持国王的请求：“在我们幼小的时候，不是由于你的慷慨我们才分得了一份国土吗？你曾经使我成了国王，现在绝不应拒绝给我们应得的一份而驱使我们去依靠别人的施舍过活。亲爱的伯父，世界很大，足够容纳我们和俱卢族。”同时，他也转告难敌：“跟我们和解，你至少得给我们五个村庄。这样做了，我们也就满意了。”在这两段话中，也同样洋溢着容忍和宽恕的精神。

在史诗中，坚战还被描写为一个坚持善行、维护正法和毫无私心的英雄。当坚战的父亲——死神阎摩乔装成鹿和夜叉对他加以考验时，他不仅在回答问题时说：“善行的结果就是幸福”，“放弃了欲望就成为富有”，“正法是人唯一的保护者”……而且在行动上也主张让异母的儿子无种先复活，而没有让同母胞弟阿周那先复活。他是一个言行一致的毫无私心的人——不追随邪恶，不跟朋友争吵，不贪图别人的财产，不受贪欲支配，不留恋世间的无常之物。坚战的这些品质，正是古老氏族道德遗风的反映。

但是，他也开始变了，也干了违反正法的虚伪勾当。在战场上，坚战和黑天都想到：不违背正法，就不能战胜德罗纳的进攻。于是，坚战用谎言和诡计扭转了败局。怖军杀死的本是巨象马勇，但却故意含糊其辞地扬言“马勇被杀”，让德罗纳误以为自己儿子马勇被杀，使他受到沉重打击，终于丧命。

史诗的作者对坚战总是满怀同情地给以歌颂。这个从前曾是“仁慈的化身”的坚战，后来变得狂暴、虚伪了，而作者对他的缺点仍然要加以辩解和庇护。坚战性格的发展变化恰恰反映了从军事酋长转化为奴隶主的发展变化。

难敌是俱卢族中突出的代表人物。他是一个狡猾奸诈、谋害家族、篡夺王位的政治野心家，心毒手狠、贪婪嫉妒是他的性格特征。为了夺取王位，他设法谋害堂兄弟怖军。他心里想：自己的父亲是瞎子，王位由叔父般度承袭；般度一死，坚战就要登基为王。为了阻止坚战登基，难敌兄弟策划先将怖军投入恒河，再把阿周那和坚战禁闭起来，然后夺取王位。然而，难敌设下的种种奸计终未得逞。当他听到人民议论只有坚战配做国王时，就像吃了毒药一样忍受不了，在胸中又燃起愤怒和妒忌的烈火。他一想到坚战的子孙做国王，而自己将变得一无所有，就比进地狱还难受。于是，他网罗党羽，阴谋策划，把般度母子骗到多象城去。事先，难敌派人赶到多象城用容易着火的材料为他们建造一座美丽的行宫，想要在这里把般度母子烧死。不久，当难敌知道般度兄弟逃出行宫，跟般遮罗国王结亲，变得更强大了的时候，他对般度族的嫉妒和仇恨比从前更加深了一倍。

嫉妒是私有观念的反映，是卑劣贪欲的产物。正是这种占有财产的狂热贪欲，成为破坏家族血缘关系和堂兄弟间亲属感情的主要因素。难敌的卑劣欲望，是旧的血缘亲属团体日益遭到排斥，氏族制度遭到失败时的必然产物。

对别人财产的贪欲和嫉妒，使难敌常常产生无法忍受的痛苦和忧愁。在坚战举行“王祭”时，难敌在天帝城看到了般度族的富庶，这使他比损失自己所有的财产还要痛苦，他再也不能满足于自己的财富和享受了。他引经据典地说明：忍耐和满足是平民的德性，却非国王的美德；刹帝利的责任是不断追求胜利，不管道德不道德。难敌所谓的胜利就是巧取豪夺别人的财富。难敌密谋策划用掷骰子的办法，不费一兵一卒地把般度族的财富赢过来，霸为己有。这一大骗局正是他那种国王“美德”的具体表现。难敌，是古代印度文学史上最早出现的奴隶主贵族形象。

在俱卢族中所发生的一切，特别是难敌的师心自用、褒如充耳和难降的助纣为虐、旁若无人，都鲜明地使人看到，氏族制度已经走到了尽头，奴隶社会兴起的这一历史趋势是再也无法阻挡了。

《摩诃婆罗多》产生后，在不同的时代里，经过不同文人的润色、增删或修改，不断膨胀，变成了一个复杂的艺术混合体。但是，大史诗依然表现出卓越的艺术成就，显示出鲜明的民间口头文学的创作特征。

用奇特幻想和真实描绘相结合的艺术手法，塑造出一系列栩栩如生、具有鲜明性格特征的半人半神式的人物形象，这是大史诗一个相当突出的艺术特点。

大史诗中的人物形象，多半是理想和现实、神话传说和英雄行为相结合的产物。在每一个人物身上，既有美妙奇特的幻想，也有社会生活的真实再现；既有上天神力的渲染，也有英雄活动的准确描写。在大史诗核心故事中的主要人物，几乎都具有这种人神混杂、离奇莫测、虚实多变、引人入胜的艺术魅力。例如，婆罗多族的老族长毗湿摩是福身王和恒河女神的儿子，坚战是死神之子，怖军是风神之子，阿周那是因陀罗神之子，迦尔那是太阳神之子……

史诗中的这一类描写使人清楚地看到，在英雄人物身上充满了神话色彩。这是古代文艺从原始阶段带来的痕迹，是早期民间口头文学的艺术特点，同时也是古代史诗有别于近代长篇叙事诗的明显标志之一。

大史诗在艺术结构上的突出特点，是在主要故事情节的发展过程中贯穿着一系列的插话。这些插话既有宣传政治思想、道德教训的，也有宣传哲学思想、宗教神学的，其中涉及各种不同的观点。

在大史诗中，属于文学创作方面的插话也是相当多的，其中有神话、传说、寓言、故事等等。这些插话，随着情节的发展，穿插在主要故事之中，有的与主要故事毫无关系，但也有不少与主要故事有着不可分割的联系，发挥着应有的作用。例如，《那罗和达摩衍蒂》和《萨维德丽》都描写国王遭受流放的苦难和王权失而复得的过程，极似大史诗的缩影。

据统计，大史诗中大小插话的总数在200个以上，这可能比古代任何一部史诗的插话都多。这恰恰是大史诗在艺术结构上表现出来的民间口头文学的创作特征。

大史诗在语言的运用上，也具有民间口头文学的艺术特点，它的艺术语言增添了动人心弦的表现力，像磁石一样吸引着人民群众。

大史诗中的比喻异常丰富。它往往用人民群众喜闻乐见的事物进行比喻，使人感到形象生动，鲜明准确，富有表现力。例如，难敌请求毗湿摩做最高统帅时说：“请求你率领我们获得胜利，远播威名，像天神中的元帅、战神鸠摩罗一样。我们愿意像小牛犊跟随老牛那样跟随你。”在一句话中就接连运用两个比喻。当持国王开始悔悟时曾说：“像梦中见到的黄金一样，光荣已消失了。”这生动贴切地反映出丧失百子、毁掉一切的空虚心境。

大史诗采用夸张手法，想象神奇，变化万千，给读者留下了难以磨灭的印象。例如，在大战结束之后，怖军要见持国王时，黑天很聪明，知道持国王是在极端愤怒之中，便轻轻推开怖军，将一尊铁像移到瞎眼王面前。持国王把铁像紧紧抱在怀里，他想这人杀害了自己所有的儿子，于是越来越愤怒，抱得越来越紧，终于把那尊铁像挤得粉碎。这一夸张描写，生动地表现了持国王怒火中烧的情景。

大史诗中的谚语随处可见，言词精练，寓意深刻，耐人寻味。例如，“高尚的人是不吹嘘自己的德行的”，“以德报德是一个人的天职，是最高尚的美德”，“情欲是不能用纵情来扑灭的，就像火不能用油来扑灭一样”等等。这些谚语富有概括力，是人民群众长期生活经验的结晶，也是在长期流传过程中经过群众千锤百炼的结果。

第三节
《罗摩衍那》

《罗摩衍那》（意思是“罗摩的传记”），约有 24 000“颂”，将近 100 000 行，大约是《摩诃婆罗多》的四分之一，相当于古希腊两大史诗总和的两倍。

史诗中描写阿逾陀城的十车王通过祭祀求子，毗湿奴大神同意化身为四，下凡托生为他的四个儿子。他们长大后，经过十车王的提议和群众大会的推选，十车王宣布：立罗摩为太子，继承王位。小王后吉迦伊受侍女教唆，根据国王过去的许诺，逼国王满足她的两个要求：让自己的儿子婆罗多继承王位，并流放罗摩 14 年。罗摩决心让父王的诺言得到兑现，甘愿出去流浪，同妻子悉多、三弟罗什曼那共同进入森林。不久，十车王忧郁而死。婆罗多不同意继承王位，去森林追罗摩。然而，罗摩坚决不回城。婆罗多不得不将罗摩的“那双镶金的鞋子”带回阿逾陀城，放在王位上供起来，权且代兄摄政。

在森林中，十首罗刹王的妹妹追求罗摩，遭到拒绝；又追求罗什曼那，被割掉耳鼻。她求哥哥为她报仇。十首罗刹王使罗刹化身为金鹿，以调虎离山之计引走罗摩和罗什曼那，将悉多劫掠到楞伽城，诱逼悉多嫁给他，遭到坚决反抗和严词拒绝。

罗摩在寻找悉多过程中，与猴国国王结成盟友，并帮助这一国王打败了篡夺王位、霸占弟媳的不义兄长，因而得到了猴国国王的帮助。神猴哈奴曼设法找到了悉多。罗摩和猴军在天神帮助下，跨海攻入楞伽城，终于消灭了十首罗刹王，救出悉多，夫妻团圆。这时，14 年流放期满，罗摩夫妻乘云车回国，罗摩登上王位。但罗摩再三怀疑悉多不贞，悉多向地母求助，投入大地的怀抱。大梵天预言：罗摩全家将在天上团圆。

史诗宣扬的是，一个人的言行必须符合“正法”，并应维护“正法”；在家族内部的王位问题上，提倡兄弟之间的互让、互爱，毫无私心地做出自我牺牲的禅位；在对外关系上，主张符合真理和道德的正义之战，强调不畏强暴和反对掠夺；同时，认为对兄弟应该互相支持和帮助，对百姓应该关怀和爱护。另一方面，史诗通过罗摩的美好品德颂扬忍受千难万险、坚守信义的言行，敢于赴汤蹈火、战胜顽敌的斗志，以及以弱胜强、坚信胜利的乐观精神。这些体现了百姓对美好品德的向往。

罗摩是史诗赞颂的主要对象，是古代印度被神化了的、理想的英雄形象。他是由大神毗显奴化身托生出来的。在史诗中，他被描写为最完美的英雄典型——道德超群，智谋出众，武力过人，勇敢无比，善于保护人民，深受群众爱戴。

罗摩的品德深受人民群众喜爱，人们称颂道："这些品德在身上闪耀，像太阳那样发出万道光彩。"①

罗摩的高尚品德，首先表现在家族内部的王位继承问题上。十车王根据罗摩的优秀品质，同群臣们议定，立罗摩为太子。这一决定使所有大臣、城镇居民、乡村百姓都非常高兴。但是，吉迦伊由于受到侍女的煽动，要求十车王放逐罗摩，立她自己的儿子婆罗多为王。罗摩知道了这个十分不合理的决定以后，心情平静，泰然处之。为了使父亲履行诺言，维护十车王的声誉，罗摩决定放弃阿逾陀的城市、国家和整个大地。他坚定地对十车王说："这一片大地连同国家，连同人民、财产和粮食，我现在把它都放弃，就让婆罗多来统治。"他决心丢弃荣华富贵和一切享受，脱下华美的衣裳，换上树皮衣，准备走进森林，接受14年的艰苦考验。

罗摩心甘情愿地做出最大的牺牲，这种不谋私利、克己待人、宽恕忍让的精神，无疑是值得肯定的。

罗摩在接受流放考验的过程中，始终没有忘记自己的誓言。无论谁来劝他，用什么理由劝他，他都不回去，不继承王位。这是他品德高尚的又一表现。他说："我既然已经答应了父亲，我要到森林里去居住；我怎么能够听婆罗多的话，置父亲说的话于不顾?"罗摩认为："一个人的行为会透露"出"他是纯洁还是污秽"；自己的行为不端，就会影响百姓。"国王们是什么样子，百姓也就有什么举动"，"因此，国王的根底是真理，人民也就站在真理之中"。罗摩把真理看成是人世间的最高达摩。罗摩在履行誓言方面，是言行一致的。在当时社会中，可以说是坚守真理的典范。

罗摩的勇武也是无与伦比的。早在流放之前的宫廷生活中，他就已经显示了膂力过人和武艺超群。在遮那竭国王选婿时，罗摩拉断宝弓的情节，生动而突出地表现了他高超的武力。遮那竭国王的宝弓，放在一只有八个轮子的大铁箱里时，需要有五千个强壮的汉子"费上大劲才拉动"；"所有的那些英武有力的国王，都不能把那一张弓拉满"；那些凡人，"谁也拉不开这张弓，装不上弦，上不上箭，摇不动，也拿不动"。史诗中写道：

成千上万的人们，
看到虔诚的罗摩，
把弓弦装到弓上，
仿佛在游耍欢乐。

这有力的人装上弓弦，
把弓一直拉到耳边；
这光辉的人中英豪，
把这张弓从中间拉断。

迸出了巨大的响声，

① ［印度］蚁垤：《罗摩衍那》，季羡林译，北京，人民文学出版社，1980—1984。本节引文均见此书。

像是扫过来的飓风；
又像是那大山崩裂，
大地为之激烈震动。

为这声音所震撼，
所有的人都跪在地上，
只有罗摩兄弟俩除外，
还有牟尼之尊和国王。

罗摩的惊人武力，受到了热情的称赞。遮那竭国王说："这真十分神奇不可思议，我从来没有这样预料。"

值得注意的是，罗摩的勇武总是受到他的高尚品德的约束，他从来没有把自己的勇武运用到贪婪的掠夺和罪恶的征伐上。在悉多被劫之后，他同猴王建立了生死与共的友谊。他们共同发誓：在任何情况下，都要同心协力，抵抗共同的敌人。罗摩的百发百中的利箭，像是因陀罗的钢叉和闪电，使须羯哩婆的政敌波林死亡，使须羯哩婆重新得到了妻子和王国。可见，罗摩的勇武总是使用在正义事业上的。楞伽城的鏖战，更是属于正义之战，罗摩的勇武表现了空前的威力和无比的优势，终于战胜了强大的、难于击败的十首王。在这次生死搏斗中，罗摩不仅得到了猴王的可靠支援，也赢得了天神们的大力帮助。罗摩的胜利，生动地展示了得道多助、正义必胜的真理。

在森林流放生活中，罗摩被描写为一个饱经忧患、不断战胜苦难的森林居民和平凡人物。他远离了城市和宫廷，在毫无后盾和支援的情况下，过着几乎和野人一样的艰苦生活，在他身上几乎找不出一点皇家贵胄的气息。在悉多遭到劫难之后，他也是依靠自己的智慧和勇敢，克服了重重困难，终于战胜了吃人的魔王，救出了自己的爱妻。他和猴王的军队友爱互助、团结御敌、以弱胜强的最后胜利，反映了正义力量战胜邪恶势力的信心，鼓舞了人民群众敢于同强大敌人进行斗争的勇气。

然而，罗摩的形象并不是完美无缺的，也还有许多明显的弱点。例如，史诗把罗摩描写为一个相信命运的人。罗摩认为：一个人不能成为"自己的主宰"，"命运反正总是把他摆了过去又摆了过来"。这种相信命运的思想与他的顽强斗争精神，是相互矛盾的。又如，第七篇《后篇》中的罗摩形象，与以前各篇中的形象相比，简直判若两人。这时的罗摩变成了丧失人性的残暴统治者，他无端地怀疑悉多的贞操，把怀孕的妻子遗弃在恒河岸边，直到最后也不肯承认自己的错误。罗摩形象的前后矛盾是不大符合人物性格发展的逻辑的，这可能是在补编《后篇》的过程中，篡改和歪曲的结果。

悉多这一妇女形象塑造得相当生动感人。悉多是犁沟的意思，辽阔的大地是她的母亲，遮那竭国王在犁地时发现了她，收养她做了女儿。她虽在宫廷里长大，但毫无娇贵之气。她忠实于自己的丈夫，有着坚贞的爱情；勇于迎接困难的考验，敢于抗击邪恶势力；狂风巨浪动摇不了她的坚强意志，千难万险磨灭不了她的斗争决心，这构成了她鲜明的性格特征。

悉多在成为罗摩妻子之后，面临的第一个考验是，罗摩不让她跟随自己到森林中过流放生活，而是让她留在家中，礼拜父亲，尊敬母亲，服侍国王婆罗多。悉多坚决不同意。罗摩又向她历数森林生活的各种艰难困苦，让她留在家里。悉多还是不同意。结果，不是妻子服从了丈夫，而是坚定不移的妻子说服了丈夫。悉多并不是夫唱妇随的顺从妻子，她有自己的主张和见解，而且往往不可动摇。当遭到十首王劫持时，悉多顽强斗争的性格和忠于爱情的情操，再一次得到了鲜明的表现。十首王的威逼利诱丝毫动摇不了她对罗摩的爱情。她义正词严地向十首王表示：即使能在饿狮嘴里拔牙，能把大山移走，也不能动摇罗摩妻子的忠心。在遭劫后，她无限怀念罗摩，愤怒痛骂十首王，充分显示了富贵不能淫、威武不能屈的高尚品德。

但当罗摩登上国王宝座后摆出一副道貌岸然的面孔怀疑她不贞时，悉多绝不示弱。她严厉地质问和斥责罗摩，最后无畏地投进了熊熊的烈火之中，表现出宁死不屈的精神。悉多这一勇敢坚强的妇女形象受到历代人民群众的赞赏。

《罗摩衍那》突出地显示了印度古代口头文学创作的卓越成就。塑造的英雄人物具有鲜明的神话色彩，乃其一大艺术特色。古代印度丰富多彩的神话和传说，为史诗的创作提供了良好的土壤。《罗摩衍那》中的英雄人物往往同神有着天然的联系，人神混合，人具有神的特点，神又带有人的品德。罗摩兄弟就是神的化身，是大神毗湿奴下凡托生的。因而，他们力量强大，甚至可以死而复生。正是由于他们出身于神，所以能得到诸神的照顾和帮助。在楞伽城的大战中，罗摩和罗什曼那第一次倒下去，是因为半禽半神金翅鸟的法力而得以复活的；第二次战死，是神猴哈奴曼用复生草使其起死回生的；罗摩的最后胜利，也是因为天神因陀罗的帮助。史诗中浓重而鲜明的神话色彩，清楚地反映了古代印度人“由野蛮时代带入文明时代的主要遗产”的一个艺术特色。

善于塑造生动而富有性格特征的人物形象，是《罗摩衍那》的又一艺术特色。史诗中主要人物形象个个性格鲜明，栩栩如生。通过对话揭示人物形象的精神面貌和性格特征，是其常用的艺术手段。如：在商议罗摩灌顶加冕的会议上，史诗正是通过十车王和众人的对话表现了罗摩的高尚品德。在关于悉多是否应该跟随罗摩一起流放的争论中，史诗生动地表现了夫妻双方的精神面貌和性格特征。罗摩恪守信仰、尊敬父母、维护家族团结、注重兄弟友爱、不争王权、不谋私利的精神面貌和悉多热爱丈夫但不盲目听从丈夫的性格特征，都是借助对话显示出来的。

《罗摩衍那》对自然景色的描绘，突破了前代文学的传统，取得了新的艺术成就。季羡林先生说：“在《梨俱吠陀》里，对自然风光的描绘不算太多。描绘生动感人的就更少……只有对朝霞女神的几首颂歌差强人意，但也以淳朴简明胜，雕绘藻饰是谈不到的。到了《摩诃婆罗多》，在这方面是进了一步，但基本上还停留在淳朴的阶段，没能给人以深刻的印象。一直到《罗摩衍那》，情况才真正有了转变。在描绘自然景色方面，它开辟了一个崭新的天地。”① 史诗中对印度六个季节自然景色的描绘，都十分生动，对夜景的描写也很出色；并且又能做到情景交融，以景抒情，借助景色烘托人物形象的思想感情。

《罗摩衍那》在语言的运用上，富有鲜明的口头文学的特色。比喻和夸张的艺术手法层出不穷，不胜枚举。如赞颂罗摩时说：“他坚定得像喜马拉雅山”，“他勇武像毗湿奴，他美丽像苏摩神”，借助比喻生动地展示了人物的性格特征。夸张也是史诗中常见的艺术手法。在描写被罗摩拉断的宝弓时，史诗叙述：那张弓是放在一个有八个轮子的大铁箱里，得有五千个强壮的男人才能拉得动。这一夸张间接地展示了宝弓的巨大和沉重。在描写国王给女儿的嫁妆时说，送了“几十万头大牛”，给了“成亿件”的衣服。从表面上看，有些失真，但实际上，恰恰是通过这些夸张的、丰富的想象，史诗突出表现了国王对女儿的感情。夸张并不等于歪曲真实，而是更能突出地表现真实。史诗中，类似的例子俯拾即是，美不胜收，充分显示了口头文学作者的艺术才华。

① 季羡林：《〈罗摩衍那〉初探》，123页，北京，外国文学出版社，1979。

第四节
《佛本生故事》

在公元前6世纪佛教创立之后，随着影响的扩大，神化教主释迦牟尼的传说不断出现。佛教的信徒充分了解文学的作用。他们为了达到传播教义、阐释教规与道德准则和神化教主释迦牟尼的目的，收集、加工、整理了许多生动的民间故事、寓言、童话。总名为《佛本生故事》的故事集就是其主要结集。

所谓《佛本生故事》或《佛本生经》，原文是巴利文"Jataka"，旧译社得迦，意思是有关出生的事。由于是有关佛的出生事迹的，就成了佛本生故事了。在总数547个佛本生故事中，有很多是关于释迦牟尼作为一个菩萨投胎转世的故事的。据说，在释迦牟尼成佛以前，他只是一个菩萨，即积极争取成佛的人，还摆脱不了轮回。只有当他一次又一次投胎转世，具备成佛的条件后，才能摆脱轮回。有人说，还有不少的佛本生故事未列入这部结集中。不过，在这547个故事中，也有一些故事并不是释迦牟尼投胎转世的故事，而是他作为树神或其他旁观者观察到的某些社会现象，甚至在有的故事中他根本没有出过场。

这些故事产生的年代及其原始状态已经无稽可考，但可以肯定地说，它们不是一时一地的产物，而是经过较长一段时间的积累而成的。公元前3世纪建成的帕尔胡德和桑吉地方的大塔周围的石门上就有一些本生故事的浮雕。也是在公元前3世纪，在佛教徒举行的第二次佛经结集时，以偈颂的形式收入经藏的《小部》，成为《小部》15经中的一种，即《本生经》。在公元前1世纪举行的第四次佛经结集时，才记录在贝叶上，但后来失传了。公元3世纪（?）佛教大师玛亨德长老到斯里兰卡传教时口授了全部547个佛本生故事的内容，由斯里兰卡的僧人记录、翻译、整理甚至加工成僧伽罗语。公元5世纪僧人佛音去斯里兰卡译经，将《佛本生故事》从僧伽罗文译回巴利文，流传至今的就是这个本子；而僧伽罗文本后来也失传了，从巴利文又译回僧伽罗文已经是14世纪的事了。

从全部本生故事来看，佛教徒从民间取材后，大体上按照一定的原理加工而成。这个原理就是：一个人或动物或神出生或转世后，必有行为，有善行或恶行，善行就有善报善果，恶行就有恶报恶果，这就决定其下一辈子的好坏。既可转生为任何动物或神，也可转生为上至国王下至平民的人，所以上述原理不难附会在任何民间故事上。结果，每个故事大体都可以分作以下四部分：一是今生故事，说明释迦牟尼作为菩萨讲述前生故事的地点或其他条件。二是前生故事，这是最重要的部分，所谓本生故事即指此。三是带总结、归纳性质的或阐释性质的偈颂诗歌。四是点明故事中的人物关系。大多数故事都是出于这种格式或模式，只有少数故事例外。区别在于今生故事和前生故事中的主要人物或动物，是不是以菩萨的身份出现；至于后面说教性质的结论和阐释的倾向性则是一致的。

本生故事中的角色大多数是人，这些人要么是婆罗门、祭司、隐士、苦行者，要么是刹帝利国王、王子、贵族大臣，要么是吠舍种姓的商主，还有就是首陀罗。出身最低种姓的人物也出现过几次，甚至还出现过赌徒、强盗。也有一些是天神，甚至是神王帝释天（因陀罗），或者是树神和其他小神如紧那罗。还有不少角色是动物，大到大象，小到虫豸苍蝇，但大多是猴子、牛、马、鹿、虎、骡、驴、狼、豺、豹、狗、猪、羊、兔、猫、鼠，还有天鹅、鹰、苍鹭、孔雀、乌鸦、鸡、鸽子、鹌鹑、鹦鹉、乌龟、蛇、蛙、鱼、蟹、蜥蜴、鳄鱼等鸟兽虫鱼，应有尽有。这些动物都人格化了，它们有思想，能说话，不过带上了某种程度的动物本能和特性。

全部547个佛本生故事分成22篇，每篇的故事多少不等。第一篇有150个故事，每个故事有一首偈颂诗歌。第二篇有100个故事，每个故事有两首偈颂诗歌。往后每篇故事越来越少，而偈颂诗歌越来越多。当然，篇幅也就越来越长，第一篇开头一些故事只有几百字，第22篇的最后一个故事则达10万字以上，偈颂也多达700余首。最后的几个故事已经不再是短篇故事，而是比较完整的诗文混合的中长篇小说了。

佛本生故事的内容主要有以下几个方面：首先是寓言故事。这类故事中的主要角色是动物，是借动物的习性、特点和活动来说明人类社会一定的哲理、教训和处世的经验或方法。比如《齐心协力本生》中讲一大群鹌鹑，有些往往被猎人撒的网网住。后来菩萨转世的鹌鹑王告诉大家，一旦被网住了，便要齐心协力向一个方向飞，然后落在树上，这样就可以摆脱罗网。这个办法确实有效，可是后来它们中间发生内讧，不齐心了，各行其是，结果被网住后无法逃脱。这是教人要团结一心对付逆境。又如《苍鹭本生》中，菩萨作为树神，亲眼看到一只苍鹭欺骗池中的鱼。苍鹭对池中的鱼儿们说，池水日益浅了，它们将面临危险；不过它可以把它们叼到大池塘去，让它们逃脱苦难。鱼儿们开头也想到，自从开天辟地时起，苍鹭就不会为它们操心，只不过想吃掉它们。后来，它们被苍鹭的花言巧语迷惑了。苍鹭一再表白，如果不相信它，它们可以推举一条鱼作代表，它可以叼它到大池塘去看，然后安全地把它送回。这一招果然有效，被叼去叼回的鱼儿代表证实既有大池塘，又来去安然无恙。于是它们让苍鹭一只只叼走。苍鹭叼走一只，就在远处吃掉一只，再回来叼另一只。结果，鱼儿就这样被吃光了。最后剩下一只螃蟹。螃蟹有心计得多，它有点怀疑，便不让苍鹭用嘴叼住，而是用两支螯钳住苍鹭的脖子。当苍鹭故伎重施时，它看到了成堆的鱼骨，这证实了它的怀疑。于是它用它那如两把尖刀的螯钳断了苍鹭的脖子。这个故事也是教人识别恶人，并设法制服恶人。以上两篇寓言故事实际上是人间社会一幅幅生死斗争的图画。类似这样的寓言故事不少。

其次是神话传说故事。《尸毗王本生》说的是尸毗国王施舍的故事。尸毗国王是菩萨转世，他慷慨好施，不仅施舍身外之物，而且宣布可以施舍自己身上的任何部件，包括心、血、肉、眼睛等。帝释天知道后，为了考验他，便化作双眼失明的婆罗门，要求他施舍一只眼睛。尸毗国王立即把自己的一双眼睛挖了出来，给了失明的婆罗门。后来帝释天运用神力，又给了他一对慧眼。这种故事大约反映了婆罗门的一种理想，或者说是老百姓对理想国王的期望。《月亮紧那罗本生》说的是紧那罗小神夫妇的故事。男紧那罗是菩萨转世。在一个皓月当空的夜晚，这一对小神正快乐地歌舞。有一个国王看见女紧那罗生得美貌，心想如果把男紧那罗射死，就可以占有她了。于是他悄悄射杀男紧那罗，但没有如愿以偿。女紧那罗呼救，帝释天下凡来救活了男紧那罗。故事谴责了破坏一对情侣幸福美好生活的邪恶的国王。

再次是劝善惩恶故事。这类故事数量很大。所谓善有善报、恶有恶报的思想充分反映在这类故事中。在《有德象本生》中，菩萨投胎为一头有德的象，它不与那些有破坏行为的象为伍，而是搭救了一个迷失在森林里的人。但这个人得救后不思报答，反而一再地锯它的象牙卖钱。第三次要锯它的牙根时，忽然山崩地裂，这个人堕入地狱里。又如《宽心本生》中说，在森林里有一头象的脚为木刺所伤，溃烂了，伐木工人治好了它的伤。它为了报答伐木工人，便给他们干活，后来还把儿子小象叫来供他们驱使。小象后来被国王接走。国王去世后留下了一个遗腹子名叫宽心，宽心即菩萨转生。这时外国入侵，在危难关头，小象击退了敌人的进攻，报答了伐木工人和国王的厚恩。

最后一类可以说是现实社会的斗争故事。这类故事现实性较强，尽管一般带有传奇性或神秘色彩。《精通脚印青年本生》中说，一个由菩萨转世的少年，从其母——一个母夜叉那里学会了一种特技，能够在12年内辨认出任何行人走过留下的脚印。国王和祭司偷了王宫里的珍宝，企图嫁祸于人，叫他去找。他找到了珍宝，但不明言认出了谁的脚印。在国王的一再追问下，他只好点明。老百姓愤怒地谴责国王无道，起来打死了国王。《箴言本生》说，有一个王子凶狠残暴，人人都恨他。有一次他要随从们陪他到河里洗澡，被随从们推入江心。他抓住了一截枯木，枯木上还有一条蛇、一只老鼠和一只鹦鹉，后来他和这些动物都被菩萨转世的苦行者救起。苦行者先照料三个濒死的动物，然后才照料王子，王子怀恨在心。在三个动物报答苦行者时，王子当了国王，要把苦行者抓来砍掉他的脑袋。老百姓明白真相后，用武器处死了国王。以上两篇故事描绘了人民起义推翻暴君的生动场景。

除上述几种主要类型的故事外，还有其他形形色色的故事，涉及社会生活的各个方面。需要指出的是，既不是所有故事中都有菩萨转世，也不是所有菩萨转世的人或动物都是善者。在《红夹竹桃本生》中，菩萨投胎成为强盗；在《苏松蒂本生》中，菩萨转世为大鹏鸟，曾化作人诱奸王后。这类个别故事是如何收集整理进来的，值得研究。毫无疑问，《佛本生故事》中大量的故事都有着积极的意义，像揭露统治者的残暴，抨击婆罗门的种姓优越论，赞扬公正无私的精神，对美丑表现爱和憎，对受难的表示同情，对美德的加以歌颂等。但同时也存在着不少消极的因素，比如不加分析地倡导忍受、退让，不加区别地反对杀生，赞扬无原则的牺牲精神，还有歧视妇女，更不用说因果报应了，因为整部作品就是建立在因果报应循环论的原理之上的。

本生故事采用散文体和偈颂诗歌结合的方法。这种方法是受到人民群众欢迎的，也是成功的。散文讲故事，偈颂诗歌起总结性的作用。全书按偈颂诗歌的多少排列，可见重视偈颂的程度。然而，作为整体来说，它不仅有不少篇名相同，有些故事内容也大同小异，甚至完全相同、重复，似乎没有经过统一的编排整理。按偈颂诗歌多少排列没有什么意义，第一篇有150个故事，因为各只有一首偈颂所以排在一起。那么先后顺序又按什么标准呢？总该由初级到高级吧。既然一般说来，菩萨转世都做了好事，按其业死去，升入了天界、梵界，总不该投胎转世到较低的动物中去吧？如果投胎转世到更低等的动物中去了，那是对他的奖赏还是惩罚呢？他是更接近佛性还是远离佛性了呢？从客观效果来看，这不利于吸引同情者和追随者，他们会被吓跑的。他们会认为：要追随释迦牟尼，也要这样无休止地投胎转世，而且还要无缘无故投生到低等的禽兽中去，那不是遭到“万劫不复”的悲惨命运吗？还不如敬而远之为好。这也许是加工整理这些故事的佛教徒始料不及的。

还有一个理论问题，那就是佛教教义不承认灵魂存在的问题。早在公元前3世纪，当佛的投胎转世的传说故事开始出现时，弥兰陀国王就曾询问比丘那先：如果不存在灵魂，没有灵魂从一个躯体进入另一个躯体，那如何体现投胎转世呢？那先解释说：正如点着的一盏灯引燃另一盏灯，或者说正如师尊的教诲被传入耳记住一样。那先用这样的比喻来排除灵魂的存在。那么，所谓按其业死后进入天界或梵界的又是什么呢？其实问题依然如故，只是被含糊过去了。这种问题是在佛教早期出现的，以后随着佛祖及其弟子和追随者先后被神化，教义被一再重新解释，人死后升入天界或堕入地狱的理论被普遍接受，佛教不承认灵魂存在的理论终于维持不下去，进而和其他宗教在这个问题上没有什么差别了，也就不需要宗教大师们绞尽脑汁去进行辩解了。

《佛本生故事》既发挥着佛教经典的作用，又有文学欣赏的价值。因此，随着佛教在东亚和东南亚的传播，《佛本生故事》在那些地区也广为流传；尤其是10世纪以后，在东南亚一些佛教盛行的国家，《佛本生故事》更成为那些国家古典文学的重要题材来源，影响特别深远。

第五节
《五卷书》

在印度古代文学史上，民间故事、寓言、童话占有重要的地位。《佛本生故事》是重要例证之一，而《五卷书》则是另一个重要例证。从影响的广度来说，《五卷书》超过了《佛本生故事》。

《佛本生故事》是佛教徒收集民间故事后，经过加工剪裁，使之成为一篇篇阐明佛教教义、伦理道德、神化佛祖的生动的文学作品。编撰者的高明之处在于，他们深深地认识到了文学作品能深入人心，比干巴巴的说教有效得多。《五卷书》的收集整理者同样也是高明之士，不过他们整理此书不是用来宣传教义，而是用来宣传自己世俗的思想和观点。

《五卷书》在“前言”中说：一个国王找来一个婆罗门学者，让他启迪自己三个愚蠢的儿子的头脑，以便使其学会为人处世的道理。婆罗门保证6个月就能达到目的。他采用的办法就是通过编出教材《五卷书》，也就是通过文学作品，形象地深入他们的内心，使其感情上产生共鸣，进而“茅塞顿开”。所以，《五卷书》的产生和作用是有现实基础的，不完全是假托、虚构或说说而已。

《五卷书》中各篇故事考证不出产生的年代，但是作为一部结集，它应该有成书的年代。由于最早的写本早已失传，学者们推测最早的写本可能产生于公元二三世纪。现在的各种传本中最晚的是12世纪编定的。据考证，大约在6世纪时，《五卷书》的传本传到了波斯，当时一名医生奉波斯国王之命把它译成了巴列维语（中古波斯语）。这个译本也失传了，但6世纪下半叶根据这个译本转译的古叙利亚语译本（残本）和8世纪中叶的阿拉伯语译本却保存了下来。书名不再是《五卷书》，而是以书中故事开头的两只豺的名字（大体相当的音译）作为书名：《卡里莱和笛木乃》。阿拉伯语本在11世纪后传入欧洲，多次被辗转翻译成欧洲一些国家和民族的语言。《五卷书》也先后传入到一些东方国家。这样，除东方外，欧洲一些国家和民族的故事集中，往往也可以看到被改头换面了的印度故事。在欧洲封建社会末期，《五卷书》更受到新兴市民阶层的欢迎，因为其中有些思想符合他们的兴趣和要求。《五卷书》的内容按卷分为五部分，即《朋友的分裂》、《朋友的获得》、《乌鸦和猫头鹰从事于战争与和平等等》、《已经得到的东西的丧失》和《不思而行》(也有人译成《绝交篇》、《结交篇》、《鸦枭篇》、《得而复失篇》和《轻举妄动篇》)。

第一卷有一个主干故事，还串联了30个小故事。主干故事说：一头被主人遗弃的公牛和森林中的兽王——狮子交上了朋友，它们的友谊引起了狮子的两只退职豺狗大臣的两个儿子的嫉恨。这两只豺狗采取挑拨离间的手段，破坏狮子和公牛的关系，最后让狮子置公牛于死地。在两条豺狗策划这个计谋时，先后引证了许多小故事，总结出一系列的经验教训。这些经验教训并不限于朋友之间的绝交，而是涉及社会生活领域中为人处世的方法和应变措施，上至国王下至平民都可以参考借鉴。

第二卷的主干故事串联了9个小故事。主干故事说：乌鸦、老鼠、乌龟和鹿结成了朋友，通过团结互助，成功地避免了猎人的捕杀，得到了安全。这些弱者运用巧妙的策略战胜了强者。这种思想更接近平民，因为他们是弱者，经常受到强者的威胁。

第三卷的主干故事涉及国家和民族的问题。主干故事串联了17个小故事。主干故事说：猫头鹰族和乌鸦族结仇，乌鸦大臣运用苦肉计，到猫头鹰那里去诈降，里应外合，乘猫头鹰白天什么也看不见的有利时机，焚烧了猫头鹰的巢穴，使乌鸦族大胜。这一卷中的小故事并非都是有关战争的，而是从各个角度说明一个中心思想：不能轻信敌人。这一教训在社会上也是普遍适用的。

第四卷的主干故事串联了11个小故事。主干故事说：猴子和海怪交上了朋友，海怪为了迎合妻子雌海怪，要取猴子的心让雌海怪解馋。猴子发现后，从容不迫地找了一个借口，机灵地脱险。这故事提醒人们，要防止朋友背信弃义；朋友一旦变心，便要采取相应的自救措施。这一教训也适用于各种社会人物，有普遍意义。

第五卷的主干故事串联了11个小故事。主干故事说：有一个商主做梦，梦见“莲花宝”告诉他，它将化作游方僧到他家来，只要他用木棒猛击它的头部，它就将化作一堆黄金。一位理发师正巧到商主家理发，目睹了商主用木棒击打游方僧获得黄金的一幕。出于贪欲，理发师邀请一些游方僧到他家来，他也用木棒猛击游方僧，人死了却没有变成黄金，理发师犯了杀人罪。这故事说明莽撞的理发师没有了解情况，不作周密的调查研究，贸然行事带来了杀身之祸。这个教训也有普遍意义。

《五卷书》除散文故事外，还有很多诗。这些诗是在故事进行到转折时以“常言道”、“俗话说”等形式总结出来的格言似的教训。据学者考证，很多诗是大史诗《摩诃婆罗多》和《摩奴法论》中已有的，不过词句稍有不同，看来是古代流行的格言。

《五卷书》总的倾向是教导人们如何为人处世，所以学者们都说它是“世故教科书”，意思是处世经验的汇编，而不是指那种手段圆滑、不得罪人的意思。处世是指如何处理各方面的关系，即与人的交往，与陌生人的交往，与朋友的交往，与敌对者的交往等等。第一、第二、第四各卷都与交友有关。指导交友是平民百姓的需要，王子、王孙、亲王、贵族也是需要的。因为在古代印度列国纷争的情况下，很多小王国也处于受威胁或危险的境地，它们也需要联合友邦，避免孤立。不过，平民百姓是社会主体，占社会人口的绝大多数。他们是弱者，生活在种种桎梏和束缚之下，既没有政治上的地位，也没有经济上的势力，势单力薄，容易被各个击破。只有团结、联合起来，哪怕只有三两个人也比孤孤单单的好，而当时社会还没有进步和发展到后世那种有组织的社会。一个人不仅要去交朋友，还要防备朋友的背弃，甚至要警惕坏人的挑拨离间。第一卷中的公牛和狮子成了朋友，它没有防备狮子周围的仆从的暗算，结果被残害了。《五卷书》的编者悲叹：“在树林子里狮子和公牛间日益亲密的友谊，给那两个非常贪婪奸诈的豺破坏得一干二净。”① 如果我们再深入一层去探讨，还有什么更深刻的启示呢？有的，那就是你公牛虽然也是一个庞然大物，但在狮子面前你仍是弱者。在陌生的地方和陌生的群体里，你去高攀强者百兽之王的狮子做什么呢？岂不是不自量力和自埋祸根吗？从这一角度，故事告诫人们，应该远离强者才是。

有重要意义的是第二卷中的乌鸦、老鼠、乌龟和鹿的故事。从个体来看，它们都是动物中的弱者。鹿虽然躯体不小，但也属于温顺动物。它们中有的甚至是微不足道的动物，别说对付人，就是对付比它们稍强的兽也很困难。然而它们合作了，发挥了各自的长处，乌鸦会飞，老鼠善咬，乌龟能潜入深水，鹿跑得快，在运用智慧和发挥特长的情况下它们胜利了。这告诉人们，团结合作，运用智慧，是可以战胜强敌的；不团结合作，不运用智慧，则达不到目的。第四卷中猴子如果没有随机应变的智慧，也就成了母海怪的美味佳肴。所以书中处处赞扬智慧，同时也处处嘲笑傻瓜，贬损愚昧。

《五卷书》虽然有其积极可取的思想内容，但也存在着消极落后的东西，比如轻视妇女。轻视妇女在任何性质的社会中都是一种消极落后的思想。自从以男性为主的社会出现（原始公社社会晚期）以来，妇女普遍受压迫，比男人低一等。就是今天，不少国家还存在着夫权或变相的夫权，所以在历史上轻视妇女的思想不仅统治阶级身上有，老百姓身上也有，《五卷书》的编者表现出轻视妇女的思想也就不足为怪了。

有些学者指出，《五卷书》中还普遍存在着宿命论的观点和吹捧颂扬金钱的倾向。这也是事实，但要具体分析和全面地去看。在生产力很低下的古代社会里，人们没有科学的头脑，迷信鬼神和命运，这是可以理解的。《五卷书》的编者也是这样，所以书中有一些相信命运的格言，如：“即使人们一点也不努力，他前生做下的事是各种各样，善有善报，恶又有恶报，命运早已安排得妥妥当当。”还有“由于命运的力量，一个人应该得到什么样的东西，他终究会得到的，即使他躺在铺上，一动也不动；虽然世界上的万物群生用上很大的力量去努力争取，不该发生的事情不会发生，应该发生的也不会落空”。这的确表明了编者的宿命论观点，可是在书中其他地方也会看到如下的格言诗：“对那个永远精勤不懈的人，命运也一定会加以垂青；只有那些可怜的家伙才老喊：这是命呀这是命！把命运打倒吧，要尽上自己的力量做人应该做的事情，如果努力而未能大功告成，那么你还有什么过错呢？”又如：“不要放弃自己的努力，而想到一切都由命运去安排。如果不努力的话，连芝麻粒也压榨不出油来。”这不是明确否定命运，强调靠自己主观的努力吗？这些格言诗与上面所列的可谓针锋相对。为什么会出现这种现象呢？解释之一是：《五卷书》的编者不是一个人，所以各种不同的思想都带进来了，这有一定的道理。不过更为合理的解释是：这是编者思想上宿命论和反宿命论斗争的结果，而且是反宿命论斗争胜利的结果，因为这种进步的符合时代潮流的新思想冲破了旧的闸门，奔涌而出了。这是很宝贵的，所以笼统地说编者存在着宿命论的观点是不公正的。

还有关于颂扬金钱的问题。《五卷书》中说：“一个人如果穷了，连他的亲属们也不再听他的指挥，他的骄气就要收缩，他那冷月般的温柔也就要消退，朋友们也都掉头而去，倒霉的事情接二连三地增加，罪恶的事情，还有别人应该负责的事情都往他头上推。”又如：“没有钱的人，朋友都离开他走，儿子、老婆和亲戚也不会留。他一有钱，他们就又都回来了，在这个世界上，钱才是真正的朋友。”再如：“一个人之所以永远劲头挺大，一个人之所以把别人压下，一个人之所以说一些盛气凌人的话，这都是钱财支使着他。”“只要手中有钱，没有什么事情办不成；聪明人必须加倍努力，为金钱而拼

① 《五卷书》，季羡林译，北京，人民文学出版社，1981。本节引文均见此书。

命。”这些格言式的论断也许夸大了钱的重要性，然而这确是封建社会的写照，那就是有钱就有了一切，没有钱就失去了一切。这不是歌颂和宣扬金钱财富，而是披露了封建社会的严酷事实。这和中国俗语说的一样：“贫在闹市无人问，富在深山有远亲”；“有钱能使鬼推磨”，“钱能通神”等。至于编者劝聪明人拼命挣钱也许有些过分，但不是没有合理的内核。如今不是也说“钱不是万能的，但没有钱是万万不能的”吗？《五卷书》的编者没有进行仁义道德的说教，而是鲜明地提出物质利益的问题，应该说是有道理的；何况在肯定金钱作用的同时，也提出了“即使是没有钱，一个勇敢的人仍然会受到尊敬，有威望；即使是堆满了钱，一个懦夫仍然会成为被轻视的对象”的观点。另外，还应该看到，编者所概括和归纳的社会现象，有时是他本人赞同的，有时是他本人反对的，这要具体地、全面地分析和比较，如此才能对存在的问题作出比较公正的恰如其分的评价。

在两千年的中印文化交流史上，《五卷书》迟至1947年才有中文译本，这可能因为它不是佛教的典籍，因而不被重视。相反在东南亚一些受印度宗教文化影响较深的国家，《五卷书》早在中古时期就已广为流传，后来随着伊斯兰教的传入，《卡里莱和笛木乃》在一些国家也广泛流行。

思考题

1. 请简述古代印度文学发展概况与特点。
2. 请简述《摩诃婆罗多》核心故事的主要内容及其思想倾向。
3. 请简述《罗摩衍那》核心故事的主要内容及其思想倾向。
4. 《佛本生故事》的内容包括哪几个方面？请问它是如何发挥佛教的经典作用的？
5. 怎样认识《五卷书》中的积极思想和消极思想？

第五章 古代伊朗文学

第一节 概述

文明古国伊朗（波斯）位于伊朗高原，处于亚非欧三大洲的中间地带。伊朗是正式国名，可能是从“雅利安”一词衍化而来。波斯是伊朗南方沿波斯湾的地区名（现为法尔斯省），波斯人是伊朗的主体民族。伊朗内部有一环形山脉，山脉中间是大片盐沼地，只是在北部里海沿岸、南部法尔斯地区及东部霍拉桑地区有少量平地。这一独特的内外地理条件与伊朗民族特性的形成、社会的发展和历史的走向有着密切的关系。

伊朗有沟通东西方交通的天然条件。但其国内可耕地少，河流水源不够丰沛，农业及其相关的制造业发展受到限制，迫使伊朗人大力经商，以国外商品及资源弥补自身经济资源的不足，获取商业利润，增加本国财富。在古代，伊朗凭借其位于亚非欧三洲交界处的优势与周边各国有着频繁密切的商业往来，同时也是丝绸之路上极其活跃的一环。

由于伊朗与中、印、希腊、罗马等东西方文明古国的频繁交往，也由于伊朗民族是一个具有高度文明的思想敏锐的民族，所以东西方哲学与宗教思想都相继传入伊朗，经由伊朗人的消化补充，再由伊朗传向各地。古希腊哲学、印度佛教、基督教和伊斯兰教的传播与变异都与伊朗人有一定的关系。此外，伊朗人本身也向世界贡献了琐罗亚斯德教和摩尼教。在中世纪，波斯文明涵盖的地区东起中印西界，西至地中海沿岸，北至高加索，南到波斯湾。有学者认为，在公元前 6 世纪波斯帝国东接希腊，西接印度，因此希腊人最初由波斯人知道印度的名字 Indoi，印度人也从波斯人最初听说希腊的名字 Yona。

伊朗自古就是兵家必争之地。亚历山大东征，阿拉伯人走出半岛，征服半个世界，突厥人西迁，蒙古人西进，都以伊朗作为进一步远征的跳板。这四大民族都在伊朗国土上建立了统治权。古代伊朗先后约有 600 年之久处于异族统治之下。每次外族的入侵与统治都带来政治、经济、文化及社会生活的巨大变化，对伊朗都是一次民族浩劫，同时也是一次不同民族文化的融合。值得注意的是，波斯文明始终未被消灭，伊朗人以其较高的文明征服了一个个征服者，保护了自己的文明未陷入中东其他几个古老民族文明的命运（如巴比伦、埃及、叙利亚在历史发展过程中，由于种种事变，其文明发展中断）。因此，也才有可能在漫长的年代中发挥沟通东西方文明的历史作用。

以公元 651 年（即伊朗萨桑王朝完全被阿拉伯人推翻之时）为分界，伊朗历史可划分为两大时期，即伊斯兰化以前时期和伊斯兰化以后时期。公元 651 年以前，其历史主要有三大王朝：阿契美尼德王朝（公元前 558—前 330）、安息王朝（公元前 250 年—公元 226 年，公元前 330 年至公元前 250 年是希腊人统治时期）、萨桑王朝（226—651）。

居鲁士大帝（卒于公元前 529 年）所建立的阿契美尼德王朝是幅员辽阔的奴隶制大帝国。在中央集权统治下，全国设 20 个郡，由中央派出郡首，各郡独立处理税收、募兵、司法和行政事务。各郡与首都之间、郡与郡之间有大道相通。从巴比伦到印度边境有贯穿东西的大道，道上设驿站，并办理官邮。现设拉子市附近的阿契美尼德古都苏撒遗迹，显示出当年建筑的宏大规模，充分体现了这一古代世界强国的气魄与实力。

在阿契美尼德王朝时期，琐罗亚斯德教已在伊朗传播。著名的《阿维斯塔》（详见本章第二节）就是这一宗教的经书，同时也是伊朗古代神话传说的总汇。这部著作所使用的语言被后世称为阿维斯塔语，这是伊朗东部语言。而阿契美尼德时期所使用的古波斯语则是伊朗西部语言。

安息王朝统治 474 年之久。这一王朝介于阿契美尼德王朝与萨桑王朝之间，发挥了承上启下的作用。首先，安息王朝的奠基者从希腊人手中夺回了国土。他们废止了当时流行的希腊语，恢复民族语言，即北巴列维语（中古波斯语的一种）。他们抵御了中亚野蛮民族的侵略。更值得肯定的是他们与中国的汉朝建立了官方联系，从而为打开贯通东西的丝绸之路做出了贡献。但安息王朝时期的巴列维语文献典籍流传下来的很少，只有几种铭文和少数地契文书。

萨桑王朝时期是伊朗古代文明的高峰时期。3 世纪中叶，在伊朗南方胡泽斯坦省已经开办了医科大学，并设附属医院。除本国医生，还聘请希腊、印度医生授课讲学，也接受外国学生入学学习，并组织人员翻译希腊和印度学术著作。医科大学所在地坎迪沙普尔是当时世界科学文化中心之一，在阿努席拉旺国王当政时（531—579），这座城市的科学文化发展达到高潮。这位国王亲自参加坎迪沙普尔的学术讨论会，请希腊学者讲授哲学。529 年东罗马以不信基督教为由，驱逐了七名本国学者。阿努席拉旺国王接待了他们，请他们译书授课。

萨桑王朝统治者全力奖掖科学艺术，鼓励以民族语言进行文学创作和撰写学术著作（这一时期的语言是南巴列维语）。所以萨桑王朝时期流传下来的巴列维语文献远比安息王朝时期的丰富。但是，7 世纪阿拉伯人入侵以后，巴列维语文献遭到一次大规模的破坏。这次浩劫后，巴列维语书籍只保存了十分之二三。其中有科学著作、宗教著作、历史及文学著作。文学著作中有散文及诗歌。这一时期流传下来的主要巴列维语典籍除《阿维斯塔》的译文外，还有以下几种：

《本达赫什》是琐罗亚斯德教的"创世记"，是一部内容丰富的社会宗教文献。原书

30 000 字，流传下来 13 000 字。内容记述传说中俾什达迪王朝和基扬王朝的神话，其中第 17 章描述了天神创造矿物、植物和动物的过程。

《丁卡尔特》是关于琐罗亚斯德教仪礼的著作。原书 9 卷160 000字。前两卷散佚。此书是阿拉伯人入侵后由伊朗人撰写的，其内容是叙述琐罗亚斯德教仪礼规范以及萨桑王朝时期流行的历史传说、民族传说、宗教故事和文学故事。

《阿尔达细尔·巴伯康的业绩》是一本传记，写萨桑王朝奠基人阿尔达细尔·巴伯康的成长过程和取得政权的经过。此书是菲尔多西创作《列王纪》的参考资料之一。

《阿努席拉旺与侍臣问答录》的内容为萨桑王朝国王霍斯陆·阿努席拉旺与一侍臣的对话，涉及动物、植物、游猎、骑射、运动、音乐和起居饮食等方面的知识及经验。此书约 1 770 字，反映了伊朗古代文明的面貌。

《阿尔达维夫集》的内容为大祭司阿尔达维夫神游天堂与地府的故事，全书8 855字。

此外，还有不少巴列维语文学作品虽已失传，但从后世的文献记载中得知它们确曾存在，并发挥过积极作用。有的作品原文未传，但某种译文尚在。例如：

《一千个故事》，这是闻名世界的《一千零一夜》的主要蓝本。

《五卷书》巴列维文译本。此书原为梵文故事集，印度宫廷教育课本。6 世纪时，萨桑国王霍斯陆·阿努席拉旺派人携回并译为巴列维语。8 世纪时，由伊本·穆格法译为阿拉伯语。后在伊朗萨曼王朝（874—999）时曾译为达里波斯语，译本已失传。12 世纪中又由纳斯罗拉译为达里波斯语。7 世纪阿拉伯人入侵后，巴列维语与阿拉伯语并用，阿拉伯语终未取代巴列维语，代之而兴的是直到现在仍沿用的伊朗国语，即达里波斯语，又名近代波斯语。

《维斯与朗明》，是一部爱情叙事诗。11 世纪时，诗人古尔冈尼把此诗从巴列维语译为达里波斯语。

《帝王纪》，是一部古代宫廷正史。7 世纪阿拉伯人入侵后译为阿拉伯文，后又由阿拉伯文译为达里波斯语，此书是菲尔多西创作《列王纪》的主要参考资料之一。

《缅怀扎里尔》，是一部有代表意义的叙事诗，共 3 000 字。这部作品体现了巴列维语文学的发展程度，描写伊朗古代英雄扎里尔为国捐躯的事迹。扎里尔是基扬王朝（传说中的王朝）国王戈什塔斯帕的弟弟。由于戈什塔斯帕皈依琐罗亚斯德教，敌国土兰国王阿尔贾斯帕兴兵征讨。扎里尔为保卫国家，率兵迎战，不幸阵亡。在这部诗中，两军的战斗场面描写得有声有色：

战鼓声响，军号嘹亮，
人如潮涌，来自四面八方。
大象队、骆驼队和战车队，
队队行行，整齐而且雄壮。
兵士们高擎战斧，披挂箭囊，
铜盔铁甲闪耀着金光。

对主要人物的描写，突出他的勇敢与威武：

他挥舞着闪光的利剑，
奋勇冲杀锐不可当。
随着每一次手起剑落

管叫他十名敌兵命丧。①

除上述文献外，还有许多民间故事也属于巴列维语文学之列，如《亚历山大故事》(译自希腊文)、《鲁斯坦姆家族故事》、《王子夏瓦什故事》、《巴赫拉姆楚宾故事》和《巴赫堤亚尔故事》等多种。

综合上述情况，可以看到巴列维语文学已发展到较高水平，给后世的波斯文学以明显影响，在世界范围的文化交流中发挥过积极作用。直到10世纪，即阿拉伯人入侵并统治伊朗200多年以后，巴列维语仍然是伊朗实际通用语之一，琐罗亚斯德宗教人士仍以其进行写作。10世纪时，新兴的达里波斯语取代了巴列维语，从10世纪到15世纪则是达里波斯语文学创作的繁荣时期。

第二节
《阿维斯塔》

《阿维斯塔》是伊朗琐罗亚斯德教（拜火教）古经，也是伊朗古代神话传说和英雄故事的滥觞，伊朗古代社会生活和民族风习的百科全书。

琐罗亚斯德教的创立及传播与其奠基人琐罗亚斯德（又译查尔多什特）的生平有密不可分的联系。但是，时至今日，关于历史上是否真有琐罗亚斯德其人，仍是一个争论不休的问题。主张实有其人的学者中，对他的生卒年也持不同观点，比较一致的看法是他大约生活于公元前700年至公元前500年之间，也就是伊朗第一个奴隶制大帝国阿契美尼德王朝建立前不久。琐罗亚斯德的故乡可能是伊朗西北阿塞拜疆地区，他传道的地方可能是伊朗东部霍拉桑。根据历史资料及文字分析，《阿维斯塔》并非琐罗亚斯德一人的著作。这部古经是在较长的历史时期内由不同作者分别创作的，民间创作占了相当大的比重。《阿维斯塔》原书分5编21节，但也有人把它分为6编，即把第一编《亚斯纳》中的17节“伽萨”独立看待，自成一编。相传这部分文字最古，为琐罗亚斯德所作。

在阿契美尼德王朝时期，只有两部《阿维斯塔》，据说是书写在12 000张牛皮上。其使用的文字后世称为阿维斯塔语。亚历山大进攻伊朗时（公元前331年），其中一部被毁。另一部被运回希腊，译为希腊文后，将原书毁掉。安息王朝和萨桑王朝时期，都进行过搜集残卷及整理工作。萨桑王朝初期，整理工作告一段落。由于语言文字变化，整理时所使用的语言已不是原书的语言，而是用一种称为“丁达比里”的文字。萨桑王朝时期整理本有340 000词。流传至今的，只剩80 000余词。

《阿维斯塔》的内容反映了伊朗雅利安族迁徙、发展成长以及建立国家漫长而艰苦的斗争过程。

雅利安族最早的栖息地是中亚，公元前1500年前后，这一游牧民族南迁。一支到印度旁遮普地区定居，即印度雅利安人。一支西下，进入伊朗高原定居，即伊朗雅利安人，

① 张鸿年编选：《波斯古代诗选》，北京，人民文学出版社，1995。本章以下引诗均见此书。

也就是现代伊朗人的始祖。他们又经过近千年的垦殖劳作、部族冲突以及与大自然的斗争，终于在公元前6世纪，建立了集权的奴隶制帝国，即阿契美尼德王朝。正是在伊朗雅利安人从游牧到定居的过程中，在其各个部族内部和部族的冲突斗争中，产生了琐罗亚斯德教及其经书《阿维斯塔》。

《阿维斯塔》一书内容有五大部分。

其一，《亚斯纳》为诗歌体，"亚斯纳"一词意为"节庆"或"颂词"。这编分72节，其中有17节可独立，即《伽萨》。据称这是琐罗亚斯德本人的作品。从语言上分析，可以断定《伽萨》较此书的其他部分为古。《伽萨》的主要内容是赞颂天神阿胡拉玛兹达和其助神（天神有六大助神），也有对教义的阐发和传教过程的描述。

其二，《亚什特》，也是诗歌体，共分21节。"亚什特"一词的意思与亚斯纳相似，也是"赞颂"。不过这两部分内容并不相同。《亚斯纳》主要歌颂天神，《亚什特》则主要歌颂各助神。在《亚什特》的21节中，每节提及一个助神。《亚什特》中包括了大量早期神话传说。

其三，《万迪达德》，这是《阿维斯塔》中保存比较多的部分。这部分的内容是法典与教规，此外还有传说中的国王蒋姆席德建立国家和征服自然的经过，以及有关医疗、葬仪和避邪的咒语。

其四，《维斯佩拉德》，共27节，是一年中不同时期与节日的颂词。

其五，《小阿维斯塔》，这部分是萨桑王朝国王沙普尔二世（309—379）时的大祭司阿兹尔巴德·梅赫拉斯帕根据《阿维斯塔》的内容编写的普及本。《小阿维斯塔》中包括原书中佚失的某些内容。

《阿维斯塔》中所反映的琐罗亚斯德教的教义内容主要是：宇宙（包括人世）的一切，如江河、湖海、山岳、平原、矿产、植物、动物都是至高无上的神阿胡拉玛兹达所创造的。也就是说，神创造了四大元素水、土、火、风所构成的一切。在宇宙中始终存在善恶两种力量，这两种力量处于不断的斗争之中。善的最高代表是天神阿胡拉玛兹达，恶的代表是恶魔阿赫里曼。阿赫里曼率领他手下的众妖魔对阿胡拉玛兹达所创造的人世进行破坏摧残。他们遭到惨败而逃窜时，把灾难、痛苦、疾病、贫困、猛兽、害虫……留在世上，危害人类。琐罗亚斯德就是阿胡拉玛兹达派到世上拯救人们于水深火热之中的使者。与上述列举的恶的代表相对，在琐罗亚斯德教看来，善的体现便是光明、坦诚、正直、健康等，善终于会战胜恶。

以善、恶二元斗争为其教义核心，琐罗亚斯德教向世人宣传的主要思想就是"三善"，即善思、善言、善行。《阿维斯塔》的达里波斯语译本认为，"从原始洪荒，就有两个本原并存。这两个本原体现在善思、善言、善行与恶思、恶言、恶行之中。思善者唯真，思恶者向伪"①。

按照教义，善有善报，恶有恶报。人死后，灵魂不灭。生前行善者升入天堂，生前作恶者被投入地狱。灵魂在去天堂或地狱的路上需经过一座桥（萨拉特）。行善者过桥，桥面宽广平坦。作恶者过桥，桥面细如发丝，利如刀锋，难以通过，不得不堕入地狱。"到末日，一切以真与善为立身之本的人都升入天堂，得天神保护；一切虚伪邪恶之徒都在阿赫里曼所在的地狱中栖身。"

这里，琐罗亚斯德教把善这一观念确定为世间最高的道德准则，谆谆教导世人向善。当然，一切美好的事物及有利于人类进步的行为都可以认为是善，如上述的光明、坦诚、

① 译自《阿维斯塔》（波斯文译本），38～39页。

正直、健康等。但这是在任何时代都可以归结为善的思想与行动。而琐罗亚斯德教在特定的历史条件下所提倡的善的特定内容是什么呢？这是一个需要认真思考的问题。

如上所述，琐罗亚斯德教产生和传播于伊朗雅利安族由中亚迁徙至伊朗高原的过程中；同时，也产生在伊朗第一个奴隶制帝国建立及开始其集权统治的时期。在这一漫长的历史时期内，伊朗民族必须完成两种过渡：首先，要由逐水草而居的游牧生活方式过渡到耕作稼穑的定居生活；其次，要由分散的各自为政的部落过渡到权力比较集中的统一的部落联盟。宗教，作为现实反映的观念形态，也在完成着由多神崇拜向一神崇拜的过渡。这就是在阿契美尼德王朝建立前后伊朗民族社会生活和意识形态总的发展趋向。而这种社会发展趋势必然向人们提出具体的时代要求，被当时宣传为最高道德准则的善的内容应该就是这种时代要求的体现。当我们深入探讨琐罗亚斯德教所提倡的善的具体内涵时，可以看到：

首先，善就是敬神，也就是崇敬最高的神阿胡拉玛兹达。

以善思、善言和善行取悦神主，
向玛兹达顶礼膜拜，焚香祷祝，
并为使者传教开辟前进的道路，
这种人理应在永恒的天国享受清福。

呵，阿胡拉！请你告诉我
力撑大地架天于高空者是谁？
创造江河育花草树木者是谁？
风起云涌变化莫测的指挥者是谁？
神主呵，善良的主宰又是谁？

宗教崇敬与歌颂自己的神是经书应有之义。但是，值得注意的乃是把这种对神的崇敬与对世俗统治者的崇敬紧密联系起来。应该说，这是琐罗亚斯德教的善的第二个内容，也是最重要的内容。简言之，就是把人世的统治者描绘为奉天承运的天子，明确指出他们与神主的特殊关系从而使他们的形象神圣化，营造一种服从国王就是服从神的氛围。在《阿维斯塔》中，神与人（世上统治者）联系的体现乃是一种特有的观念，即所谓"灵光"。灵光并不限于字面上的意义，并无一定形象，它可能幻化成各种形象。灵光光顾何人，这人便得到神主阿胡拉玛兹达的佑助，交逢好运，遇难呈祥。反之，灵光若离谁而去，此人便注定命运悲惨。《阿维斯塔》中的《亚什特》，以热情的语句赞扬接受了琐罗亚斯德教的基扬王朝国王古什塔斯帕，说他"按照正教的信条思想，按照正教的信条讲话，按照正教的信条行动"，"统治者中他最贤能，威严者中他最神圣，他的灵光最辉煌，胜利者中他最英明"。这里，他的灵光最辉煌，就表示天神是佑助他的；反之，邪恶的人，不敬神的人，不会有灵光伴随，也就是说得不到神主的佑助。

那灵光属于伊朗部族，
和纯洁的琐罗亚斯德。
邪恶的突朗人阿弗拉西亚布，
妄想夺走灵光，从法拉赫·卡尔特，
于是他脱掉衣服，纵身跳进大河。
为摆脱阿弗拉西亚布的追逐，
那灵光骤然加快速度——

只见它从法拉赫·卡尔特河，
一跃而出，迅即潜入霍斯鲁湖。

俾什达迪王朝的国王蒋姆席德的遭遇具有更为典型的意义，当他听从神主的指示一心治国时，国家兴旺，百姓幸福，这时灵光也伴随着他；可是，当他骄傲了，口出狂言，违背了天神旨意，灵光也就离他而去了。总之，正反面的事例都告诉人们，敬神与尊敬有灵光佑助的伊朗国王是一致的，灵光则是世俗统治者与神相通的纽带。百姓们在敬神的前提下，必须同时服从世上的统治者。这点应该说是琐罗亚斯德教所宣称的善的最核心的内容。

真诚，也是琐罗亚斯德所宣扬的善的内容之一。在琐罗亚斯德教中人看来，真诚是善的体现，虚伪是恶的源头。

真诚和虚伪，智慧和愚昧都在高呼，
善与恶两大本原在召唤各自的依靠信徒，
何去何从，动摇者将得到神的佑助。

呵，阿胡拉请告诉我：
原始之初是谁创造了真诚？
是谁令太阳星辰在空中运行？
是谁让月亮盈亏圆缺？
神主呵，我愿知道一切真情！

把真诚这一人的品质与天上的日月星辰并列，可见其受到重视的程度。在这点上，或许阿契美尼德王朝国王大流士（公元前522—前486在位）在伊朗西部比斯通山岩上刻下的一组文字可作注解：“我以后的诸王呵！你们应力戒谎言，如果你们愿我的江山永固，应严惩说谎者。”这里把反对虚伪与谎言视为巩固政权的首要条件。从中可以看到琐罗亚斯德教提倡真诚是有明确的现实意义的。

重视农耕是琐罗亚斯德教的善的第四个内容。在《阿维斯塔》中明确强调农耕与畜牧的重要性。这反映了伊朗民族从游牧到定居，从原始公社制向奴隶制过渡的客观需要，所以理所当然把从事农耕和保护牲畜也视为善的内容。

卡拉潘、乌西杰和卡维[1]
宰牲献祭手段何其残忍！
休道伪善者也养殖畜群，
那并非为了荒地的开垦。

神主呵！愿你将期待已久的奖赏，
赐予耕田种地精心养畜的行善者，
正是你智慧的宗教使农牧业发达兴旺。

综上所述，可以看到琐罗亚斯德教的善主要就是崇拜天神阿胡拉玛兹达；所谓要真诚而不虚伪，主要是要对国家统治者真诚，服从天神所庇佑的伊朗国王，对他们绝对忠诚；要从事农耕和养殖牲畜。这些反映了古代处于变动中的伊朗社会的需要，具有推动

① 卡拉潘、乌西杰和卡维是琐罗亚斯德的对头，是属于妖魔一方的部族或其首领的名字。

社会前进的积极意义。

《阿维斯塔》是一部值得研究和重视的世界古代文献。这部著作对研究亚洲及伊朗古代历史，研究世界文明发祥地之一的西亚文明，研究伊朗的文明及文学有十分重要的意义。我们经常提到，产生于11世纪初的菲尔多西的史诗《列王纪》是伊朗文学发展史上的承上启下之作。所谓承上，主要是指继承了《阿维斯塔》的文学传统，菲尔多西的《列王纪》中的人物、故事，甚至整个史诗所叙述的脉络和结构都与《阿维斯塔》有十分密切的关系。《列王纪》中神话及英雄故事部分的俾什达迪王朝和基扬王朝以及许多国王都在《阿维斯塔》中出现过。有不少故事也大体相似，如上文提到的蒋姆席德国王由于骄傲而口出狂言致使灵光离开，从而遭到厄运。又如，土兰的阿夫拉西亚伯由于弟弟阿格里列斯在双方交战中同情伊朗，而亲手把他杀死的情节等。总之，可以说，没有《阿维斯塔》也就不可能产生菲尔多西的《列王纪》，而没有菲尔多西的《列王纪》，后世高度发展闻名世界的达里波斯语文学也就不会是今天我们所见到的样子。

思考题

1. 请简述古代伊朗文学发展概况。
2. 《阿维斯塔》所提倡的善的具体内涵是什么？

第二编

中古近古亚非文学

概论

东方三大文化体系的形成和世界影响

从公元2世纪或3世纪起至19世纪中叶止的亚非文学，是亚非地区的封建社会文学。亚非封建社会的文学又可以以14—15世纪为界，分为中古亚非文学和近古亚非文学两个时期。所谓中古亚非文学是指亚非封建社会前期的文学，大体上相当于欧洲的中世纪文学时期；所谓近古亚非文学是指亚非封建社会后期的文学，大体上相当于欧洲文艺复兴至19世纪中叶文学时期。

当人类的历史从古代进入到中古时期，即封建社会时，亚非的一些先进国家仍然走在世界各国的前列。就进入封建社会的时间来说，中国可能是最早的。尽管历史学家对于中国究竟在何时进入封建社会持有不同看法，如有人认为应从战国时期（公元前475年）算起，有人认为应从秦王朝统一中国（公元前221年）算起，还有人认为应从汉王朝建立（公元前202年）算起；但无论哪种看法，中国进入封建社会的时间均较世界其他地区为早。亚非其他一些较为先进的国家也在公元6世纪或7世纪以前相继进入封建社会。而欧洲的封建时代一般是从公元476年西罗马帝国崩溃算起，各个国家真正进入封建社会则是在这之后若干世纪的事。这就是说，亚非有的国家（如中国和印度）进入封建社会的时间显然早于欧洲大多数国家，亚非其他一些国家（如印度、阿拉伯、伊朗和日本）进入封建社会的时间也不比欧洲大多数国家晚，而且亚非先进国家的农业和手工业生产相当发达，在很长一段时间里达到了当时世界先进水平。

在中古时期，亚非各国人民显示了自己的聪明才智，创造了大量的文化财富和文学财富；而同时期的欧洲国家却由于种种原因，未能在文化和文学方面取得特别突出的成绩。在文化方面，亚非地区的三大文化体系逐渐成熟和完备。作为中国文化体系之核心的中国文化，早在古代业已形成，进入中古时期以后则更加充实、丰富和提高，并通过思想（儒家）、宗教（佛教）、语言（汉语）和文字（汉字）等，对朝鲜、日本、越南以及其他东南亚国家等周边地区的文化产生了广泛而深刻的影响，终于形成了中国文化体系。印度文化体系也与中国文化体系同步发展，印度文化通过宗教（印度教和佛教）、语言（梵语和巴利语）和文字（梵文和巴利文）等，大大地影响了斯里兰卡、缅甸、泰国、柬埔寨、印度尼西亚以及其他东南亚国家的文化，并最终形成了印度文化体系。阿拉伯—伊斯兰文化体系的形成稍晚一些。作为该体系之核心的阿拉伯文化在公元7世纪或8世纪产生于阿拉伯半岛，它一面吸收伊朗、印度、希腊、罗马、犹太教和基督教文化，一面通过宗教（伊斯兰教）、语言（阿拉伯语）和文字（阿拉伯文）等，向西亚、中亚、东南亚和非洲等广大地区的众多国家传播（自己的文化），其影响大有后来居上之势。这个时期东方一些先进国家，如中国、印度、伊朗和阿拉伯等国家，在社会科学和自然科学诸多领域都取得了辉煌的成就，超过了同时代欧洲先进国家的水平。正如恩格斯所指出的那样："阿拉伯人留传下十进位制、代数学的发端、现代的数字和炼金术；基督教的中世纪什么也没有留下。"① 例如，中国的火药、指南针、造纸术和印刷术"四大发明"处于世界领先地位，它们通过丝绸之路等途径传到欧洲以后，对欧洲经济和文化的发展起了一定的促进作用。印度和阿拉伯在数学研究上成绩卓著，印度人创造了零的符号和十进位制，阿拉伯人加以改进和推广，并将它们传给欧洲人，取代了欧洲原有的比较烦琐的罗马数字，这种被称为阿拉伯数字的符号直接推动了现代数学的产生。阿拉伯人还一面广泛吸收东西方许多文明国家的文化，一面进行大规模的研究工作，在数学、医学、化学、地理学、天文学以及哲学和历史学等领域取得了丰硕的成果。在数学领域，他们对代数学、几何学和三角学的研究成绩历来为人称道，穆罕默德·伊本·穆沙的《代数学》把代数知识发展成一门独立的学科，并被欧洲许多国家的大学用做代数学教科书。在医学领域，拉齐的《秘典》是欧洲许多大学医学课的主要教材之一。伊朗学者伊本·西拿（阿维森纳）所著的《医典》，早在12世纪便被译成拉丁文，堪称当时医学的百科全书，长期成为欧洲医学教学研究的指南等。在化学领域，贾比尔·伊本·哈扬的著作曾经长期影响欧洲化学界。在地理学领域，伊德里西的《世界地理志》为欧洲不少大学地理课所采用。在天文学领域，巴塔尼和阿布·比鲁尼的研究成果引人注目。

在文学方面，尽管这时欧洲的中世纪文学也取得了一定的成果，但是除了被恩格斯誉为中世纪的最后一位诗人，同时又是新时代的最初一位诗人的但丁特别出类拔萃之外，总体水平并不很高，不如亚非文学丰富多彩。这时的亚非文学继承并发扬了古代文学的优良传统，在创作题材的丰富性和形式的多样化方面，在作品思想内容的深度、广度和艺术表现的鲜明生动方面，都有不同程度的进步，涌现出不少优秀的作家，创作出不少优秀的作品，呈现出一派欣欣向荣的景象，堪称当时世界文学的高峰。中国文学的成就是人所共知的。在这个时期，中国出现了司马迁、陶渊明、李白、杜甫、韩愈、白居易、柳宗元、欧阳修、苏轼、陆游、辛弃疾、关汉卿、王实甫、罗贯中和施耐庵等一系列杰出的文学家，在散文、诗歌、戏剧和小说等领域获得了全面的丰收。文明古国印度继续保持着文学大国的地位。迦梨陀娑的长篇抒情诗《云使》和戏剧《沙恭达罗》名扬四海；另外，诗歌方面还可以举出婆罗维的长篇叙事诗《野人和阿周那》、伐致呵利的抒情诗集《三百咏》、胜天的长篇抒情诗《牧童歌》和阿密尔·霍斯陆的长篇叙事诗《赫哲尔的故事》等。戏剧方面可以举出戒日王的《龙喜记》和薄婆菩提的《后罗摩传》等。小说方面可以举出波那的《迦丹波利》和檀丁的《十王子传》等。另一文明古国伊朗的文学（特别是诗歌）得到进一步发扬光大。从"诗歌之父"鲁达基起，菲尔多西的长篇史诗《列王纪》、欧玛尔·海亚姆的四行诗、内扎米的长篇叙事诗《五卷诗》、莫拉维的长篇叙事诗《玛斯纳维》、萨迪的诗文集《果园》和《蔷薇园》、哈菲兹的抒情诗等都是这个时

① 《马克思恩格斯选集》，2版，第4卷，263页，北京，人民出版社，1995。

代的产物，真可谓名家如林、名作如林，难怪德国诗人歌德感叹道：据说波斯人认为，他们在500年间所产生的众多诗人中，只有七位是出众的；但是，就是在这七位之外的其余诗人中，仍然有许多人是我所不及的。日本是这时新崛起的文学大国之一，重要作品有和歌总集《万叶集》、女作家紫式部的长篇小说《源氏物语》、大型故事集《今昔物语集》和长篇小说《平家物语》等，其中《源氏物语》是亚非文学中的第一部长篇小说，也是世界文学中最早的长篇小说之一。阿拉伯是亚非另一个新崛起的文学大国，重要作品有既是伊斯兰教经典又是散文著作典范的《古兰经》，乌姆鲁勒·盖斯、艾布·努瓦斯、穆太奈比等人创作的多彩的古典诗歌，传遍世界的伊本·穆格法的故事集《卡里莱与笛木乃》和民间故事集《一千零一夜》。此外，爪哇、格鲁吉亚和乌兹别克等国家或地区也出现了达到世界水平的作家和作品。爪哇文学的代表是思蒲·甘瓦的长篇叙事诗《阿周那姻缘》，格鲁吉亚文学的代表是卢斯塔维里的长篇叙事诗《虎皮武士》，乌兹别克文学的代表是纳沃伊的长篇叙事诗《五诗集》。

不过，亚非各国封建社会的发展是不平衡的，速度有快有慢，总的看来比较缓慢。这可能与下列因素有关：在封建制度形成时，亚非国家没有出现像欧洲许多国家所发生的那种急剧而重大的变革；封建主义残酷的政治压迫和经济剥削，使劳动人民陷于水深火热之中，几乎丧失了推动社会生产的积极性和发展社会经济的可能性；自给自足的自然经济制度长期居于统治地位，农民自己生产自己消费，并供地主享用，商品交换和货币经济不够发达，对社会发展产生了相当大的消极作用；此外，异族的入侵和统治（尤其是比较落后的民族侵略比较先进的民族），对于许多国家的发展也有不同程度的阻碍和破坏作用。总之，亚非国家封建社会发展速度较为缓慢，有的甚至长期处于停滞状态，而到19世纪中叶前后绝大多数国家又相继沦为西方的殖民地或半殖民地，因此与欧洲相比，在中古时期曾处于先进行列的亚非一些国家，到近古时期便逐步落后了。

与中古近古亚非封建社会由先进变落后的状态大体上相适应，中古近古亚非地区的文化和文学也经历了类似的变化过程。进入近古时期之后，亚非各国文学显示出不同的态势，大致说来可分为三种类型：第一种类型——中国和日本的文学，在中古时期的基础上继续向前发展，并且显示出平民化和市井化的倾向。中国在小说和戏剧两方面取得了特大丰收，小说方面有吴承恩的《西游记》、蒲松龄的《聊斋志异》、吴敬梓的《儒林外史》和曹雪芹的《红楼梦》等，戏剧方面有汤显祖的《牡丹亭》、洪昇的《长生殿》和孔尚任的《桃花扇》等。日本文学在17世纪以后的江户时期取得很大成绩，小说方面的代表是井原西鹤，诗歌方面的代表是松尾芭蕉，戏剧方面的代表是近松门左卫门。第二种类型——印度和朝鲜、马来、越南、泰国、缅甸等国家和地区的文学，也在中古时期的基础上不断前进，并且显示出民族化和平民化的倾向。印度诗歌和戏剧的成就较突出，格比尔达斯的四行诗、加耶西的长篇叙事诗《伯德马沃德》、苏尔达斯的抒情诗集《苏尔诗海》和杜勒西达斯的长篇叙事诗《罗摩功行之湖》等是其代表；朝鲜的说唱脚本小说《春香传》，马来的历史传记文学《马来由史话》（又译《马来纪年》）和长篇传奇小说《杭·杜亚传》，越南诗人阮攸的长诗《金云翘传》，泰国的长篇叙事诗《昆昌与昆平》，缅甸吴邦雅的诗歌和剧本等，也是这个时期的重要收获。第三种类型——伊朗和阿拉伯等国家和地区的文学，由于社会、政治和宗教等方面种种复杂的原因，逐渐从中古时期的繁荣走向衰微，没有产生令人瞩目的作家和作品。不过，以上所说近古时期三种不同类型国家文学的情况，还是仅就亚非文学内部的比较而言，若与同时期的欧洲文学加以比较，便会发现这时的亚非文学，不论哪种类型国家和地区的文学，都逐渐落在了欧洲先进国家的后面。这是因为，从14—15世纪起，欧洲先进国家已经渐次步入资产阶级革命时代，资产阶级文学开始取得突飞猛进的发展，相继出现了文艺复兴、古典主义、启蒙主义、浪漫主义、现实主义等文学思潮和文学运动，产生了一系列大诗人和大作家，所以继续囿于封建框架之内的亚非文学就显得落后了。

从中古近古时期亚非文学的发展过程和文学作品的内容形式来看，可以归纳出如下几个显著特点：

第一，多民族文学共同发展繁荣。古代的亚非文学限于几个文明古国，其余大部分地区仍然处于蒙昧状态。中古近古亚非文学产生的地域却大大扩展了。除了在古代业已取得光辉成就的中国文学、印度文学和伊朗文学继续向前发展以外，又有许多新的国家和民族文学兴起，出现了不少优秀的作家和作品，为亚非文学以至世界文学发展做出了自己的贡献。这些新兴的国家和民族文学遍及亚洲和北非广大地区，其中主要有日本、朝鲜、爪哇、马来、越南、泰国、缅甸、阿拉伯、格鲁吉亚、乌兹别克和土耳其等。

第二，各民族文学交流空前频繁。在古代，由于经济不发展和交通不发达等种种条件的限制，各民族之间的文学交流不够频繁。到了中古近古时期，随着经济的发展和交通的发达，各民族之间的文学交流也空前频繁起来。这对各民族文学的发展产生了积极的影响。这种交流与三大文化体系的形成有密切关系。在各个文化体系内，主要是文学水平较高的核心国家的文学作品流传到其他国家，对其他国家文学的发展起了推动作用。例如，中国与日本、朝鲜、越南等国的文学交流由来已久，这几个国家的不少诗人和作家精通汉诗和汉文，并在创作上受到汉诗和汉文的深刻影响；印度与斯里兰卡、爪哇、马来、缅甸、泰国、柬埔寨等国家和民族中文学交流关系密切，印度史诗和佛教故事在这几个国家和民族中广泛流传，并且成为重新创作的题材来源；在阿拉伯—伊斯兰文化体系内，伊斯兰教经典《古兰经》成为各国作家进行创作的楷模和取材的源泉，阿拉伯和伊朗的诗文也成为各个国家的共同财富。与此同时，中国、印度、阿拉伯和伊朗文学也接受了本体系内其他国家文学的影响。除此之外，在三大文化体系之间的文学交流和东西方之间的文学交流也是不可忽视的。

第三，文学内容趋向复杂化，文学形式趋向多样化。与古代文学相比，中古近古亚非文学作品的题材更加广泛，思想更加丰富，倾向更加复杂，反映了封建社会生活的各个方面。其中自然有不少是为封建统治阶级歌功颂德、维护封建统治秩序的作品；但是也有许多优秀作品或直接或间接、或有意或无意地反映封建社会的矛盾，暴露统治阶级的罪恶，表现人民大众的愿望，有时甚至达到相当深刻、相当尖锐、相当鲜明的地步。同时，文学作品的形式也有新的发展，体裁也有新的变化。在各种文学体裁之中，诗歌的发展最为充分，民族史诗、叙事诗、抒情诗和哲理诗等百花齐放，争妍斗艳；此外，各民族的小说、戏剧和散文也取得了长足的进步，有的已经达到了相当成熟的地步。

第四，民间文学继续蓬勃发展，显示出强大的生命力。古代亚非文学是以民间文学为基础的。到了中古近古时期，民间文学并没有衰退，而是继续向前发展。民歌、民谣、民间寓言、民间故事、民间说唱、民间戏剧以及由民间歌谣和神话传说发展而来的民族史诗、由民间故事和说唱文学演变而成的小说等大量涌现，对亚非各民族文学的发展，甚至世界文学的进步，都发挥了一定的作用。尽管这些民间创作也往往在不同程度上受到剥削阶级思想和种种落后观念的影响，并在形成过程中几经删改，可是与文人创作相比，还是能够更真实地反映人民大众的生活，更直接地表达人民大众的思想愿望。非但如此，这些民间文学作品还对文人创作产生了良好的影响。不少杰出的作家和诗人都善于从民间文学宝库中吸取养料，使自己的创作内容更加充实，思想更加明确，语言更加生动，风格更加纯朴。

第五，文学与宗教的关系仍然相当密切，受宗教的影响仍然比较深刻。亚非文学史进入中古近古时期后，许多作品仍然带有浓厚的宗教色彩。中古近古对亚非文学影响较大的宗教有佛教、伊斯兰教和印度教等。佛教的影响除涉及中国外，还涉及东北亚的日本、朝鲜、蒙古，东南亚的缅甸、老挝、柬埔寨、泰国、越南等国；伊斯兰教的影响及于非洲、西亚、中亚、南亚等广大地区和东南亚的爪哇、马来地区；印度教的影响则除印度本土外，还涉及南亚和东南亚的一些国家和地区。

中古近古亚非文学和欧美文学之间的交流和影响日益增多。大致说来，在中古时期，主要是亚非文学影响欧洲文学，如安达卢西亚文学（阿拉伯文学与当地文学之结晶）的形成和《一千零一夜》在欧洲的广泛流传便是两个突出的例子；到近古时期，主要是欧洲文学影响亚非文学，这种影响是随着欧洲列强推行殖民主义政策逐渐显示出来的，而最先显示出这种影响的是那些最早受殖民主义侵略的国家和民族。

思考题

1. 请简述中古近古亚非文学的成就和地位。
2. 中古近古亚非文学的特点有哪些?

第一章 中古近古东北亚文学

第一节 概 述

中古近古东北亚文学主要是指日本和朝鲜的文学。

日本列岛大约在纪元前后开始从原始社会向奴隶社会过渡。公元 8 世纪初，定都奈良，史称奈良时期。日本原来没有文字，文学创作依靠口耳相传。5 世纪中叶，开始采用汉字记载日语。8 世纪初叶，出现了两部比较完整的著作：《古事记》和《日本书纪》。《古事记》(712) 是以汉字表意和注音的方法写成的，内容分帝纪和本辞两部分，帝纪记载历代天皇的概况，本辞则是神话、传说、故事和歌谣的汇编。天皇下令编纂这部书的目的，本是为了建立以天皇为中心的绝对权威；而作为一部神话、传说、故事和歌谣集，它又有一定的文学价值。《日本书纪》(720) 具有正史性质，历史价值较高，但文学价值却不如《古事记》。

8 世纪中叶先后编成的汉诗集《怀风藻》(751) 与和歌集《万叶集》(详见本章第二节) 是这一时期最重要的两部诗集。前者固然不乏优秀作品，但是由于主要表现君臣行幸、从驾、应召一类的生活，所以多数作品现实性不强，格调也不很高。后者反映社会生活深广，风格比较质朴、清新，充分显示了古代日本民族的艺术创造力，因而足以代表这一时期诗歌创作的水平。

平安时期 (8 世纪末—12 世纪末) 日本文学发展成长的一个重要因素是假名文字的

创造。假名由汉字改造而成，可以自由地、准确地记录日本语音。假名的作用在诗歌领域首先发挥出来，即汉诗的正统地位渐渐动摇，和歌重新抬起头来。虽然这时仍有天皇敕撰汉诗集问世，但是引人注目的却在和歌方面。913年，第一部天皇敕撰和歌集——《古今集》编成。全书20卷，收入自《万叶集》以后至当代的作品。其后，敕撰和歌集日趋隆盛。《古今集》和它的续集《后撰集》(951)、《拾遗集》(1006) 合称“三代集”；“三代集”又和以后的《后拾遗集》(1086)、《金叶集》(1127)、《词花集》(1151)、《千载集》(1188)、《新古今集》(1205) 合称“八代集”。从形式上看，和歌确实夺得了宫廷正统文学的宝座；但从实质上说，和歌反而从此逐渐丧失了生命力。

平安时期文学的主要成就不在诗歌方面而在散文方面，物语、日记、随笔等新的散文文学得到飞速发展。

物语起初是在神话传说、故事、童话等民间口头创作的基础上产生的，以后又不断从这些民间口头创作中吸取素材和营养，成为一种新的文学体裁。物语文学初期存在两个不同流派：一是传奇物语，即富有传奇色彩的物语；二是和歌物语，即以和歌为中心的物语。传奇物语的早期代表是《竹取物语》，和歌物语的早期代表是《伊势物语》。其后，传奇物语与和歌物语逐渐合流，10世纪后期产生的《宇津保物语》可以说是合流的过渡作品，而出现在11世纪初的紫式部的《源氏物语》(详见本章第三节) 则是一部思想内容和艺术形式统一的杰作，足以代表这一时期物语文学的最高成就。《源氏物语》之后，又出现了一系列物语作品，但唯有说话集《今昔物语集》(约1120) 具有较高价值。

第一部用假名文字写成的日记文学作品是纪贯之 (872—945) 的《土佐日记》(935)。此后的日记文学作品，几乎都出于贵族妇女之手。这些作品通过作者的亲身体验，表现她们的生活状况，反映她们对于男尊女卑观念和一夫多妻制度的不满，具有一定的思想价值。主要有《蜻蛉日记》(约794)、《和泉式部日记》(约1008)、《紫式部日记》(约1010) 和《更级日记》(1060) 等。

随笔文学的代表作品是清少纳言 (966—1025) 的《枕草子》(996)。全书共约三百段，可以分为类聚、日记、随想三部分，描绘自然景物，回忆后宫生活，抒发个人感受，笔调明快，感觉敏锐。

12世纪末，得到全国武士支持的新政权机构——镰仓幕府成立，中经南北朝对立，直到室町幕府灭亡，前后共四百余年。在这期间，表现皇家贵族生活、适应皇家贵族需要的贵族文学被表现武士生活、适应武士需要的武士文学取代，此外平民文学也逐渐抬起头来。

这个时期文学的特色之一是战记物语的兴盛。镰仓时期是在激烈的战乱中开始的，武士们是通过激烈的战斗登上政治舞台的，所以反映战争生活的战记物语活跃起来，并且取得了较高的成就。最初的战记物语作品是《保元物语》和《平家物语》。战记物语的代表《平家物语》(1201—1221)，记述1156年至1185年间源氏和平氏两大武士集团在中央和地方争夺权力的兴衰始末，反映从平安时期向镰仓时期过渡、从贵族掌权向武士掌权转化的历史进程。这部作品在文体方面也有所创新，日文汉文交织，韵文散文并列，雅语俗语杂陈，读来音节铿锵，朗朗上口。《平家物语》之后，战记物语继续出现，其中以《太平记》(1372) 较为出色。

随笔和日记文学也有一些佳作产生。为了躲避乱世，不少人移居山林，成为隐者，随笔文学应运而生。鸭长明 (1155—1216) 的《方丈记》(1212) 和吉田兼好 (1283—1350) 的《徒然草》(1330—1331) 最为有名。前者描述居于乱世之苦和隐遁山林之乐；后者表述关于自然、人生、趣味之类的随想。日记文学应当举出《十六夜日记》(1280)。

作者阿佛尼（？—1283）为了解决家产继承问题，从京城到镰仓，这部作品便是她的旅行日记。

戏剧文学的出现是这个时期文学发展的新因素。日本过去没有戏剧，这时受到中国戏剧的刺激，开始产生“能”和“狂言”，构成初期的戏剧。观阿弥（1333—1384）和世阿弥（1363—1443）父子被认为是能乐之集大成者。

进入江户时期（17 世纪初—19 世纪后期）以后，随着商人和市民的增多，商人市民文学也就在诗歌、小说和戏剧方面逐步成为主流。不过，这时的商人市民文学一面呈现出群芳吐艳的景象，一面也孕育着颓废腐化的危机。

占据这时诗坛中心地位的是俳句。俳句由和歌变化而来，最初作为余兴吟诵，以后独立出来成为一种新的诗体。松永贞德（1570—1653）首先倡导俳句，使之推广于世，被称为贞门。西山宗因（1605—1682）继之而起，创立了谈林派。随后，松尾芭蕉（1644—1694）在继承贞门和谈林两派的基础上形成独自的风格——蕉风，把俳句推上了更高的境界，因而荣获“俳圣”之美称。芭蕉以后，有名的诗人是与谢芜村（1716—1783）和小林一茶（1763—1827）等。

小说方面的主要形式是浮世草子。浮世草子是以表现现实生活为内容的小说。井原西鹤（1642—1693）是它的代表作家。西鹤本身是个商人，所以他不大看到商人生活的消极面，对商人抱肯定态度，对生活持乐观态度。他的作品很多，主要有两类：属于商人小说的，有《日本永代藏》、《世间费心机》等，描写商人发家致富、破产衰败的故事；属于色情小说的，有《一代好色男》、《五个好色女》、《一代好色女》等，描写以妓院为中心的放荡生活，肯定商人旺盛的生活欲望。

净琉璃和歌舞伎是这时戏剧方面的主要形式。净琉璃本是由说唱艺术发展起来的木偶戏，歌舞伎则是由舞蹈演变而来的歌舞剧。近松门左卫门（1653—1725）的作品标志着当时戏剧文学创作的最高水平。他一生写过一百多种净琉璃剧本，二十余种歌舞伎剧本。净琉璃方面又可以分为历史剧和社会剧两类。历史剧如《景清出家》和《国姓爷会战》，前者取材于《平家物语》，描写一个充满悲剧色彩的复仇故事，表现武士的英勇精神；后者写的是我国民族英雄郑成功恢复明朝的斗争。社会剧直接反映现实社会的商人生活，表现社会上的金钱统治与人们争取自由幸福生活愿望的矛盾，结局往往是悲剧性的，具有一定的思想深度，代表作有《曾根崎殉情》和《天网岛殉情》等。

朝鲜进入阶级社会大约是在公元 1 世纪前后，当时形成了高句丽、新罗、百济三国鼎立的局面。朝鲜文学史的开端可以上溯到公元 1 世纪以前，主要形式是口口相传的神话、传说、祷词、歌谣等。进入三国时期（约 1 世纪—9 世纪）以后，汉字传入朝鲜，书面文学随之产生，有的直接采用汉文形式，有的则用汉字记载朝语。汉文文学方面以崔致远（857—？）取得的成就最大，但他的作品散失很多，只有《桂苑笔耕》20 卷和收在《东文选》等书中的少量诗歌保存下来。在一系列诗歌中，他对社会的黑暗和丑恶加以讽刺，对被压迫者表示同情，表现了鲜明的爱憎和高洁的人格。他被公认为汉文文学的奠基者。国语文学的发端是一系列新罗乡歌的创作。这类作品据说数量很多，但是目前仅存 25 首。其中有的是民间创作，有的是文人创作；有的描写世俗生活和风土人情，有的赞美佛法。

高丽时期（10 世纪初—14 世纪末）文坛的主流是汉文文学，尤其是汉诗。其中以李奎报和李齐贤最负盛名，二人被誉为高丽文学的双璧。李奎报（1169—1241）一生写过近万首诗，可是保存下来的只有 2 000 余首，名篇有《东明王篇》、《代农夫吟》等，前者描述高丽始祖东明王的开国业绩，后者诉说农村的贫困和农民的苦难。李齐贤（1288—

1367）也写有大量诗词，并在写景诗（如《蜀道》、《金刚山二绝》）方面自成一格，备受后代诗人推崇。与此同时，国语文学的形式则呈现出多样化的趋势，民间歌谣（高丽歌谣）、文人诗歌（翰林别曲、时调）、传记文学（如金富轼的《三国史记》）、传说（如一然的《三国遗事》）、小品文、杂录和诗话等都取得了一定成果。

1444 年朝鲜文字“训民正音”的创制，是李朝时期（14—20 世纪）文化生活中的一件大事，为国语文学的发展开辟了广阔的道路。

首先是国语诗歌获得了蓬勃发展。国语诗歌的主要形式有时调和歌辞。时调最初产生于高丽末期，李朝时期逐渐构成一种定型诗体。尹善道（1587—1671）堪称时调名家。他的名篇《山中新曲》和《渔夫四时词》等，都是出色的风景诗，感情饱满，笔法细腻，生动地再现了四时景物的变化。歌辞受到时调影响，形式较为自由，长短可随内容而定。郑澈（1536—1598）是歌辞初期的代表。他的代表作《关东别曲》和《思美人曲》等，写景细致，抒情大胆，语言生动，形式优美。朴仁老（1561—1642）继续从事歌辞创作。他的作品往往与战争有关，充满爱国精神。主要作品有《太平词》和《船上叹》等。

其次是国语小说取得了重大成就。许筠（1569—1618）是国语小说的第一位重要作家，其代表作《洪吉童传》写的是农民起义领袖洪吉童组织活贫党惩办贪官，劫富济贫，并在海岛建立理想国的故事。金万重（1637—1692）进而将国语小说推向成熟，他的《谢氏南征记》和《九云梦》对后世小说产生了很大影响。18 世纪以后，国语小说更加繁荣兴旺，《兴夫传》、《沈清传》和《春香传》（详见本章第四节）等都是在民间创作基础之上加工而成的。《春香传》位于三传之首，无论在思想上还是艺术上都不愧为国语小说的代表作。

李朝时期的汉文文学仍然为文人所重视。汉诗的内容结合现实更加紧密，反映现实更加深刻。特别值得提出的是，18 世纪前后进步文学流派——实学派兴起，实学派的代表作家朴趾源和丁若镛在汉文文学创作方面取得了突出成就。朴趾源（1737—1805）在小说和散文领域成绩卓著。他留传下来的小说共有九篇，数量不多，篇幅不长，但篇篇均为佳作，思想深邃，言简意赅，耐人寻味。他的散文集《热河日记》被誉为朝鲜古典文学中最优秀的旅行记。丁若镛（1762—1836）一生写有2 500余首汉诗，其中有的抒发自己忧国忧民的思想（如《述志》），有的描述百姓所受的苦难（如《奉旨廉察到积城村舍作》、《饥民诗》），有的揭露贪官污吏的丑恶嘴脸（如《猎虎行》、《狸奴行》、《龙山吏》），有的提出改革社会的理想（如《夏日对酒》）等。

由于地理环境、民族性格以及其他种种因素的关系，自古以来日本、朝鲜的文化文学同当时历史比较悠久的中国的文化文学有着密切的交往，受到中国文化文学的深远影响，因而也就使得日本、朝鲜的文化文学之间形成了一定的联系，产生了某些共同性。

在语言和文字上，日本和朝鲜起初都没有自己的文字，以后都采用汉字注音、表义，最后都借助汉字创立民族文字；与此同时，大量的汉语词语融入日语和朝语之中，成为日语和朝语的有机组成部分。因此，在日本和朝鲜文学史上，都曾长期存在汉文文学和国语文学并立的现象。

在文学创作的内容和形式上，日本和朝鲜的作家常以中国文学为规范，在思想、题材、体裁、格律、语言、典故等方面向中国文学学习，从中吸取营养。当然，那些优秀的作家都是既善于学习外国的长处，又善于保持本民族的传统的，所以他们所写出的作品仍然具有鲜明的民族特色。

在作家的世界观和作品的思想性上，日本和朝鲜文学都受到中国的儒家思想和从中国传过去的佛教思想的深远影响。自然，由于社会历史的变迁，儒家思想和佛教思想所起的作用也有变化。

第二节
《万叶集》

《万叶集》是日本第一部和歌总集，它在日本文学史上的地位有些类似于《诗经》在我国文学史上的地位。

关于“万叶”一词，日本学者有不同的解释。或说“万语”之意，表示内容丰富多彩；或说“万世”之意，表示生命万古长新。至今没有定论。全书共收入和歌 4 500 余首（由于根据的本子不同，对相近作品看做一首还是两首的计算方法不同等原因，所以统计出来的数字有出入，相差 200 余首），分为 20 卷。关于本书的编者和编辑年代，缺乏确切资料。从各卷体例极不一致的情况来看，可以确定本书各卷并非经由一人之手编成。全书编者到底是谁，历来众说纷纭；但多数学者认为，大伴家持参与其事是无可怀疑的。760 年前后可能已经大体编成，后来有人又作了修订。

《万叶集》原来完全是用汉字写的，以汉字记述日语的音或义，用法十分复杂，被称为“万叶假名”。这种假名后人很难读懂，于是历代许多学者不断注音、注释，逐步改为现代汉字和现代假名混合的文体，完全使用汉字的本子已经湮没不传。

《万叶集》中的和歌，就内容来说，大体上可分为相闻、挽歌、杂歌三类。相闻是互相闻问的意思，是表示男女相爱、长幼相亲等的作品。挽歌是哀悼死者的作品。杂歌包括范围很广，凡不属于上述两类的作品都属此类。就形式来说，分为短歌、长歌、旋头歌、佛足石体歌四类。短歌每首 31 个音节，分五句，各句分别为五、七、五、七、七。长歌句数不限，可以看做是短歌的复合；长歌后面往往附有反歌，用以概括长歌大意，或者补充长歌未尽之意。旋头歌和佛足石体歌与短歌差别不大，旋头歌为五、七、七、五、七、七，佛足石体歌为五、七、五、七、七、七。

《万叶集》中最早的作品大约写于 4 世纪上半期，最晚的作品则作于 759 年，上下经过 400 余年；不过其中年代分明的作品，多数产生于 7 世纪中叶至 8 世纪中叶的 130 年间。这时以天皇为中心的中央集权制国家已经建立，贵族充任各级官吏，全国划分为国、郡、里；经济上实行班田制，按年龄、性别分配土地，课以租、庸、调。这些制度和政策在开始阶段对于生产发展曾经起过促进作用。但是，社会矛盾也逐渐暴露并且日趋尖锐。这表现在皇室贵族生活奢侈腐化，不断迁都，大兴土木，加之战乱频繁，人民受到沉重压迫和剥削，大批逃亡，造成班田制的破坏和庄园制的发展；随着班田制的没落和庄园制的兴起，天皇势力渐次衰落，贵族势力渐次增强，双方夺权斗争愈演愈烈。《万叶集》对这个特定历史阶段的社会生活面貌有所反映。

《万叶集》诗歌的作者，上有天皇、皇族、贵族、官吏以及专业歌人（以上一般是署名作家），下有士兵、农民、渔民、妓女、乞丐以及行吟艺人（以上一般是无名作家），几乎包括了各个阶级和各个阶层的人。

署名作家的创作可以大致划分为三个时期，即初期、中期和末期。

万叶初期一般是指7世纪末叶以前的300余年间，为日本古代抒情诗开始确立的时期。这个时期虽然很长，可是保存下来的作品不多。尽管如此，其中颇有一些内容充实、气魄雄大、感情明朗、风格典雅而又朴素的佳作。舒明天皇、天智天皇、有间皇子、天武天皇、额田王、高市皇子、但马皇女等是这时有代表性的歌人。这些歌人虽然大多是天皇和皇族，但是由于他们当时尚处于创业阶段，所以显示出一定的艺术创造力。

万叶中期包括7世纪末叶至8世纪初期的40余年，是名家辈出、名作迭起的时期。大津皇子、柿本人麻吕、高市黑人、川岛皇子、圣武天皇、大伴旅人、山上忆良、山部赤人、高桥虫麻吕和坂上郎女等是这时比较重要的歌人，其中柿本人麻吕、大伴旅人、山上忆良和山部赤人都能各自代表一个方面。

柿本人麻吕（？——约708）是《万叶集》中最早出现的专业歌人。他大概是宫廷歌人，所以很多作品都与天皇、皇子、皇女有关；最后似乎任石见国地方官，并且死于该地。他通晓日、汉文学，信仰佛教，敬畏神灵。他在诗歌方面造诣很高，既长于长歌，也长于短歌，尤其善于自由运用枕词、序词、对句等修辞手法，感情深厚，格调高亢，颇有动人力量。他的作品大多含有悲剧色彩，悲叹生离死别是他经常表现的主题。他一生写有长歌20首，短歌75首；其中以《从石见国别妻上京时歌二首并短歌》和《高市皇子尊城上殡宫之时作歌一首并短歌》最有名气。

大伴旅人（665—731）出身名门贵族，官位很高，死时67岁。他一生官运亨通，但也不得不陷入大伴氏和藤原氏的纠葛之中，不能不感到自己家族的没落，因而产生无限的哀愁。他长于短歌，特别是抒情短歌，如《赞酒歌十三首》，以平易的风格和轻快的韵律抒发自己内心深处哀怨和苦闷的感情，不过缺乏柿本人麻吕作品那种激动人心的力量。他的作品有长歌1首，短歌70首。

山部赤人（？—736）是圣武天皇朝廷的下级官吏。他擅长写短歌，擅长描绘自然景物。《望不尽山歌一首并短歌》是他的名作，其中以清新、雄浑的笔调描写富士山的风光，表达热爱乡土、热爱祖国的深厚感情。他并未直接抒发主观感受，仿佛自己已经投入大自然的怀抱之中。他共写有长歌13首，短歌37首。

万叶末期是指8世纪中叶约20余年的时间。这时的万叶歌风已经渐趋没落，作品在内容上大多逐渐脱离现实，吟风弄月；在表现上过度注重形式，偏于纤巧。这些弱点不仅在汤原王、笠女郎、阿部女郎等人身上有所表现，而且就连名气最大的大伴家持也未能幸免。

大伴家持（718—785）是大伴旅人的儿子。他一生浮游于宦海，作品普遍带有感伤情调。他的和歌在数量上远远超过其他歌人，计有长歌46首，短歌431首，旋头歌1首，连歌1首，不过其中大多数是对前人作品的模拟，并且极力在艺术技巧上下工夫。他的3首《依兴作歌》历来为人称道，被认为是登峰造极之作，其实格调并不很高，而且给人以纤弱之感。他为防人所作的歌，倒有一读之价值。他的诗风，日后为《古今集》的歌人们所继承和发扬。

在所有这些署名歌人之中，山上忆良（660—733）占有特殊重要的地位。他一生写有长歌11首，短歌65首，旋头歌1首，汉诗2首，汉文序若干。他以“社会诗人”著称，作品大多富有思想性和社会性。这是由于他生活经历坎坷，加上深受儒家思想影响，所以不满现状，并且能够推己及人，同情贫苦人民。他似乎没有歌咏自然和恋爱的诗歌，他的作品几乎都离不开老、贫、病、死之苦的主题。从这个意义上说，他是《万叶集》中独放异彩的歌人。《贫穷问答歌一首并短歌》是他的代表作。这首歌通过两个穷人的互相问答，诉说饥寒交迫的可怜处境，哀叹充满忧患的人生之苦。长歌的第一节是问。在一个“风兼雨”、“雨夹雪”的凄寒夜晚，一个贫苦的文士无法抵御寒冷，只好边嚼黑盐粒，边饮糟汤酒。可贵的是，他不独感到自身的痛苦，而且能够想到比自己更为穷苦的人们：

较我更贫者，
父母饥且寒，
妻儿求且泣，
试问此时节，
如何维生计？

第二节是答。这个贫苦文士尚有黑盐粒和糟汤酒聊以充饥御寒，比他更加贫苦的劳动者就简直难以维持了，不但穿得褴褛不堪，住所低矮狭窄，而且早已灭火断炊，饥饿难当：

灶上无火气，
甑中蛛网牢。
炊事似已忘，
呻吟如哀鸟。

然而，祸不单行，在这样饥寒交迫的情况下，又有里长前来讨租派差，逼得这个劳动者走投无路，终于发出了“无术竟如斯/此系何世道”的惨痛呼声。总之，《贫穷问答歌》通过具体的艺术形象表现了处于当时社会底层的人民大众的生活情景，从而在题材和思想方面开拓了万叶其他署名作家的作品从未涉足的新境地，达到了他们从未攀登的新高度。

民谣是《万叶集》诗歌的另一个重要组成部分。属于这方面的有第14卷的东歌、第20卷的防人歌，此外还有其他一些散见于各卷的民间歌谣。这类作品不但在数量上相当多，而且代表万叶和歌的一个方面，体现万叶和歌的某些特点。民谣一般不是纯粹个人的创作，而是集体智慧的结晶，其中有的恐怕是在民众兴奋的集会过程中产生的。此外，日常生活和劳动过程以及从军、服役等异常境遇，也能够进行民谣的创作和传布。在收入《万叶集》之前，这些作品一般不是像署名歌人作品那样用文字记载着，而是在口头流传着。在编入《万叶集》的过程中，又有一大部分被编者当做“劣作”删掉，保留下来的也大都经过加工修改，所以我们今天所见到的，常常不是真正的民谣，只能说是经文人删削加工过的民谣作品。

民谣中有一大部分是爱情歌谣。这类作品在一定程度上表现当时人民大众的爱情生活，表达他们要求从不合理的婚姻制度下解放出来和追求幸福的愿望。大约由于编者的删削，劳动歌谣极其少见，直接表现劳动人民的穷困和痛苦的歌谣更加难得。尽管如此，在爱情歌谣中用作比兴的生活素材，却包括种田、开荒、狩猎、捕鱼、种麻、养蚕、织布、制铁、畜牧、造船等各式各样的生产劳动。不言而喻，这些歌谣的风格是与皇家、贵族笔下的爱情诗迥然不同的，它的特点是健康、奔放、淳朴、直率。

防人歌在民谣中占有重要地位，并且具有独特性质。防人制度（让农民服兵役、戍守国家的制度）是664年开始实行的，到757年由于百姓不堪其苦，难以维持下去，朝廷才不得不下令废止。《万叶集》里的防人歌大部分作于755年。这些作品从不同角度描写了防人的痛苦境遇，表现了他们对沉重负担的苦恼和对骨肉亲人的思念，属于防人和亲人的别离歌。尤其值得注意的是，防人歌里还有相当一部分作品不仅表达这种离愁别恨，而且还把矛头指向强制百姓戍边的人，甚至指向最高统治者——天皇，公然表示对于他们的不满。就思想的大胆和尖锐而言，这类防人歌在万叶民谣中也是不多见的。这可能是因为防人制度最不得人心，最损害庶民百姓利益的缘故吧。

《万叶集》中的民谣在思想内容上是丰富多样的，在艺术表现上也有自己的特色。虽然它们在语言上可能不如署名歌人作品那样洗练，在构思上也有类型化的地方，但是它们所显示出来的健康明朗的情调和质朴清新的风格，却自有一种魅力，非署名歌人作品所能比的。同时，我们还应当看到，许多署名歌人都与民间创作有着紧密的联系，不断从它们中间吸取营养，从而使自己的创作获得新的生命。

在日本古代的许多和歌集中，《万叶集》无疑是其中最出色的一部。它汇集了当时存在的各种歌体，显示了日本民族的艺术创造力，并且形成了日本和歌的独特风格。万叶风格的特色，虽然因不同的时期、地区和作者而有所差异，但是与后来的一系列和歌集比较起来，总的来说是清新、真挚、明快的。

《万叶集》具有很高的学术价值。它是研究日本古代社会的历史、风俗、习惯、思想、制度等的重要资料之一，尤其是为研究当时的语言（如文字、语法、词汇等）和文学（如长歌的衰亡、短歌的兴起等）提供了极其宝贵的资料。

《万叶集》对于日本的后来文学的影响很大。这种影响不仅表现在歌集的编辑方法和分类方法等外在形式方面，更主要的是表现在和歌创作的精神实质方面。历史事实一再证明，每当新的和歌运动开始兴起时，《万叶集》往往成为推动的力量。自古至今，提倡继承和发扬《万叶集》传统的歌人络绎不绝。

最后应当提到，《万叶集》也是中日友好交往最早结出的硕果之一。用汉字做记录符号，编入部分汉诗，使用中国文学的题材，仿照中国文学的分类法，受到儒家和老庄思想影响，以及收入一些直接表现遣唐使情况的作品等，都是生动有力的证明。

第三节 紫式部

紫式部（约 978—1015）是日本平安时期的著名女作家，长篇小说《源氏物语》的作者。

不过，紫式部并非她的真实姓名。据说可能由于她是“紫物语”（即《源氏物语》）的作者，她父亲官居式部丞，所以人们这样称呼她。紫式部出身于藤原氏，但祖上已经降为中等贵族。她父亲擅长汉诗文，曾做过两任地方官。她 22 岁时，和一个做过地方官的中等贵族结婚（但她并非她丈夫的正妻），婚后两年，她的丈夫就死去了。1006 年，她入宫做了一条天皇皇后藤原彰子（藤原道长的女儿）的女官。

紫式部对文学的理解也有独到之处。在《源氏物语》中，她借作品人物之口，表明了如下见解：“《日本书纪》不过是记录事实的一面而已。只有这种物语，才精细地记录了许许多多有用的事实。”① 她又说：“物语虽说是写某个人，但并非将那个人的事原封不动地记录下来。好事也罢，坏事也罢，都是从世上实有的人的行动当中，将那些百看不厌、百听不烦的事，将那些希望传之于后世的情节，通过作者有动于衷、情不获已的感受，把它写出来的。”从这些见解中可以看出，作者的创作态度是非常严肃的，她认为物语担负着正史所不能担负的使命。在创作方法上，她认为不能原封不动地写真事，而是应该将那些足以引起作者创作激情的典型事例写下来，这样才能达到艺术上的真实。

紫式部的作品有三部，即《紫式部集》、《紫式部日记》和《源氏物语》。《紫式部集》是她创作的和歌集，共收各个时期和歌128首，据说是作者为了总结自己的一生而编辑的。《紫式部日记》记述1008年7月至1010年1月间，一条天皇的第二皇子和第三皇子诞生前后藤原道长家的盛况，其中有对后宫生活的详细描写，也有对人物性格和心理活动的敏锐观察。不过，紫式部的主要创作成果还不是上述两部作品，而是长篇小说《源氏物语》。

紫式部所生活和创作的10世纪末和11世纪初，正是日本古代贵族阶级开始走向没落的时期。当时的摄政藤原道长，拥有从全国各地的庄园搜刮来的巨大财富，过着穷奢极欲的生活，历史上称之为“藤原氏荣华绝顶”时期。而究其实际，贵族内部却矛盾重重，天皇一族与藤原氏的矛盾，藤原氏内部各支派为取得摄关地位进行的争斗，中下层贵族对藤原氏专政的不满，以及地方豪族势力的抬头，如此等等，说明整个贵族阶级正面临着危机四伏的局面。在这样的局面下，藤原氏这些大贵族及成为藤原氏傀儡的、以天皇为首的宫廷贵族，却过着纸醉金迷的生活，他们除了热衷于搞宫廷阴谋、争夺皇位与摄关的权柄之外，便是尽情享乐。特别是掌握政治实权的藤原氏（严格地说，应说是“藤原北家”这一支派）为了巩固他们的摄关地位，形成了一种惯例：将他们的女儿送给天皇做后妃，一旦生下皇子，就迫使天皇退位，以便挟持幼小的天皇，由自己来独揽大权。在藤原氏内部，为了使自己的女儿能获得君宠，早日生下皇子，各支派之间相互竞争，竞相招纳有才艺的中层贵族妇女做他们女儿的侍从女官，随同入宫，协助击败其他妃嫔以固恩邀宠。这种风气促使这个时期出现了许多贵族阶级有才华的女作者。

《源氏物语》共分54卷，80余万字。各卷都有卷名，如“桐壶”、“帚木”、“空蝉”、“夕颜”、“末摘花”等。各卷的命名，根据不一，有的以作品中人物居住的地方而得名，有的利用该卷中主要人物所咏的和歌中某一词语而得名，有的根据贵族的行乐内容而得名。如“空蝉”、“夕颜”、“末摘花”等，既是卷名，同时又作为作品中妇女的代称。这是因为当时妇女地位低下，一般都没有名字的缘故。

这部作品虽然篇幅很长，但实际上类似于短篇集锦，而以源氏和薰大将贯穿全篇。作品前40卷写源氏50余年的一生；第41卷只有卷名，而无本文，暗示源氏之死；第42卷至第44卷写源氏死后的一些事，起着承前启后的作用；最后10卷写源氏之子薰大将的情欲生活造成的悲剧性事件，由于这些事件主要发生在宇治地方，所以又称“宇治10卷”。

这部作品以男主人公光源氏为中心，围绕他的生平遭际，出现相关联的男女各色人物不下400个，随着情节的展开最后到结局，不论地位尊卑，许多人都归于毁灭的命运。

《源氏物语》通过光源氏一生政治上的浮沉及他一生渔色生活的描绘，展示了宫廷贵族错综复杂的权势之争，各贵族门第之间的聚合离散，特别是整个宫廷贵族紊乱的男女关系，细致地、真实地反映了他们腐朽的精神面貌。

---

① ［日］紫式部：《源氏物语》，丰子恺译，北京，人民文学出版社，1980—1983。本节以下引文均见此书。

这一时期的男贵族们利用一夫多妻制这种落后的婚姻制度，利用这种婚姻中非常松散的男女关系（男女结合后，女方仍留在女家，并无家庭这种形式来维系男女双方的关系），以妇女为工具进行政治交易，或把妇女作为渔色生活的享乐对象。尽管这些贵族妇女被养在深闺，锦衣玉食，珠帘绣幕，由侍女、乳母围绕侍奉，自幼被教以种种贵族必备的技艺；但她们所处的地位，不过是一种高等的女奴隶而已。《源氏物语》作者紫式部，正是由于本身是个中层贵族妇女，出于自身的生活感受，出于对众多贵族妇女的同情，真实生动地描写了贵族妇女在一夫多妻制下遭受的种种不幸与痛苦。《源氏物语》通过对这些妇女的悲惨处境的描绘，有力地反映出贵族们行为上荒淫无耻、精神上空虚委靡的真实面貌。

这部作品描写的贵族妇女不下数十人，她们的命运都充满痛苦，甚至是非常悲惨的。她们自身不能决定自己的命运。有的作为政治结婚的工具，由她们的父母来摆布；有的在一夫多妻制下，一任男贵族朝秦暮楚，肆意加以玩弄与凌辱。在作品中，每当这些妇女遭受种种不幸时，她们总要发出“宿世罪业”的叹息；也就是说，当她们无法解释妇女为什么总是被置于这种悲惨处境时，她们只能用“前世罪业造成今世生为妇女”的宿命论来麻痹自己。当她们痛苦达于极点，或无法摆脱悲惨处境时，摆在她们面前的唯一出路就是落发为尼。《源氏物语》中有好几个妇女，最后都逃脱不了这样的结局。在最后的“宇治10卷”中，女主人公浮舟在两个贵公子都去占有她的情况下，无法摆脱自己的痛苦处境，被迫投河自尽，得救以后还是落发为尼。《源氏物语》最后以这样一个结尾来做54卷长篇故事的收场，绝不是偶然的。它象征着整个贵族妇女群体已经陷入绝望的境地，也象征着整个贵族阶级已经腐朽到不可救药的地步。

即以源氏一生所结识的妇女来看。空蝉是个有夫之妇，她嫁给了一个老地方官，不幸可知。源氏追求她，不过是为了满足自己“偷情”的好奇心；但这却引起了空蝉理智与感情的矛盾，平白给她增添了无限痛苦。幸而她理智战胜了感情，没有落入源氏的圈套。可是在她年老的丈夫死后，她丈夫前妻的儿子又来纠缠她，终于迫使她落发为尼。

末摘花的身世则更为可怜。她虽然是亲王的女儿，门第高贵，但她成人时父母已经双亡，家道已经中落。她作为一个孤女，又容貌丑陋，才艺全无。她是没落贵族妇女的典型。源氏与她结识，发现她是个丑女人后，对她仍给予经济上的照顾，完全是出于怜悯。尽管源氏没有抛弃她，但却在和她进行和歌赠答中不断嘲笑她的丑陋。源氏谪居须磨期间，她饱尝艰辛，屡遭不幸。后来虽然受到源氏的照料，可是仍然被当做取笑的玩物。

作者还在书中塑造了一个以忍从为美德的妇女形象，这就是源氏的正妻紫姬。紫姬是源氏按照自己的“理想”教育出来的妇女，是所谓“永远的理想女性”。紫姬作为一个贵妇人，不但才貌出众，而且具备男贵族所要求的忍从的“美德”。即使如此，源氏还是认为她的为人虽近于完美无缺，但还有一个缺点——嫉妒。在三公主嫁过来后，源氏贪恋新欢，紫姬表面上没有吐露一句怨言，但背地里却珠泪暗弹，把痛苦深深埋藏在心里。由于源氏一生放纵，因而紫姬心力交瘁，身体逐渐衰弱，终于在中年就死去了。在生命的最后几年，她几次要求源氏允许她出家，源氏不许。这说明紫姬绝不是什么幸福的正夫人，她也不过是贵族阶级纵欲生活的另一种形式的牺牲者罢了。

以上只是《源氏物语》中着重刻画的几个贵族妇女形象，其他次要一些的妇女形象还有很多。不管书中出现的妇女遭遇和结局多么不同，但她们都是男贵族的渔色对象，都是被损害者。这是毫无疑问的。

本书对于贵族政治的担当者，即那些男贵族的描写，却不像对贵族妇女的描写那样深刻。在写男贵族时，既有暴露、批判他们的一面，也有美化他们的一面；而在塑造源氏这个形象时，则批判少而美化多。

总的说来，作者在写源氏及包括天皇一族在内的其他大贵族时，除了写他们一无例外的穷奢极欲的物质享受外，还写了他们淫靡的纵欲生活，以及他们空虚、委靡、纤弱、颓废的内心世界。书中所塑造的这些男贵族形象，一方面追求感官的刺激，拼命享乐；另一方面又总想到人世的无常，"厌离秽土"，动辄就要出家。他们在男女关系上十分混乱，但在表面上又显出一副温文尔雅的嘴脸，时常临风洒泪，对月伤怀；对妇女则柔情蜜语，如醉如痴。一遇到爱欲生活不如意时，则长吁短叹，涕泪涟涟。他们十分迷信，经常请神官、僧官、阴阳师做祈祷、诵咒。这些都说明贵族阶级的精神世界已完全处于腐朽状态之中。

作者在塑造源氏这个形象时，在很多地方加以美化。这不但表现在对源氏的仪容、才艺等方面的赞美上，更主要的表现在把源氏写成一个放荡不羁的渔色家的同时，又把他描绘为一个有始有终的人，一个博爱主义者。对源氏所结识的众多妇女的种种痛苦遭遇与处境，作者只是从"宿世罪业"的角度发出叹息，而很少对源氏有所讥评。在"玉鬘"卷的开头，作者通过一个侍女之口来评论源氏说："他即便对那些不是他所深爱的妇女，也绝不轻易遗弃，而总要给予照顾。"为了把源氏写成这样一个人，作者描写了源氏兴建六条院这所大宅邸，并把它分成春夏秋冬四个区划，各区划中广植奇花异树，筑成假山泉水，把他一生中结识的许多妇女都收养在里边。这恐怕是作者对男贵族所抱的不切实际的幻想。当然，作者在虚构这种调和世界的同时，并未掩盖隐藏在一夫多妻制下贵族家庭内部的种种矛盾与冲突。

本书虽然着重写上层贵族的权势之争以及他们的渔色生活，但它塑造的男贵族形象却并未局限在宫廷及大贵族这一狭隘的圈子内，还包括若干中下层贵族。如明石姬的父亲明石道人，就是一个利用女儿巴结上层的典型人物。源氏谪居明石以后，明石道人认为时机已到，不顾妻子和女儿明石姬的强烈反对，想方设法诱使源氏与女儿结合。后来，当得知源氏和明石姬所生的女儿生下皇子，并被立为东宫太子时，明石道人欣喜若狂，以为自己现世的希望完全得到满足，剩下的唯一愿望就是死后进入西方极乐世界了。小说通过明石道人这个形象，活画出"摄关政治"时期贵族的丑恶灵魂，他们以女儿为奇货，利用女儿向上巴结，以便满足自己对地位、权势和财富的欲望。他们不但执拗地追求现世的欲望，还想死后继续过享乐的生活，这正说明他们作为剥削者的极端贪婪和自私。

《源氏物语》不但真实而具体地展示了平安贵族奢靡生活的长幅画卷，给后世提供了一般史书所不能提供的贵族阶级内面史；而且在艺术成就上也独放异彩，灿然屹立在日本古典文学的群峰之上。

这首先表现在对作品人物性格的精细刻画上，表现在对隐微的爱欲心理的描绘上。作为主人公的源氏，在他的爱欲经历当中，充分显示出他那内向的性格。作为处于由盛转衰的平安贵族的典型，源氏这种思前想后、多情善感、柔弱纤靡的性格特征，恰恰反映了当时贵族阶级已经失去前一时期（奈良时期）处于古代国家上升阶段那种进取有为的精神境界，已经变成一群柔弱无力的、动辄陷于冥想或低回瞻顾的人物。这种性格特征，必然给他们带来种种纤细隐微的内心世界的起伏。比如在描写源氏将夕颜带往一所废邸的那段描写里，源氏一方面陶醉在与夕颜的爱欲旋涡里，一方面内心里想的却是父帝如寻他不着，将会如何惊慌；同时又想到他所新结识的另一个妇女——六条妃子，如果得知他与夕颜的缱绻，将会如何嫉妒得发狂；最后则又想及六条妃子的嫉妒，也是理所当然。作者始终使用这种细微的心理描写来刻画源氏思前想后的性格特征，这就难怪人们认为《源氏物语》在描写男女爱欲的隐微心理方面，已摩近代心理小说的壁垒了。

作者在描写众多贵族妇女时，极力赋予每个人物以鲜明的性格特征。伊豫介的后妻空蝉之明敏而富于自我克制的性格，没落亲王的女儿末摘花之古板及执一而终的性格，以及明石姬之稳重、紫姬之贤淑、葵姬之偏执等等，所有这些性格特征都写得鲜明而可信，都与她们各自的不同身世、处境相吻合。即使写那些在某些方面处境相似的人，作者也善于突出她们各自的鲜明性格来说明她们最终导致的不同结局。如在“夕颜”卷中，作者同时写了两个与源氏情交的妇女——夕颜与六条妃子，前者是个弃妇，后者是个寡妇。她们在结识源氏之前，都已有过男女关系的不幸遭遇，都抚育着一个幼女，都度着凄凉的岁月。但当她们与源氏结识后，却由于性格各异，形成了两个迥然不同的形象。夕颜的婉转依人、婉约温顺的性格与六条妃子将热情压抑在内心，一旦爆发出来立即化为火焰的性格，形成极其鲜明的对照。而这两种迥异的性格，恰恰说明为什么她们与源氏结识后走向了两种不同的结局。动辄依人摆布的弱女子夕颜，最后在源氏轻率的举动中暴亡；身份高贵、性格执拗的六条妃子，在痛恨源氏薄情之余，毅然割断情缘，随女儿离京南下。这说明作者在描写同是贵族妇女所遭受的悲惨命运时，总是在她们身上赋予鲜明的性格特征。

作品另一个很重要的艺术特色，在于利用环境描写来渲染情节所需要的气氛。在描写源氏执拗地追逐夕颜时，作者着意渲染了源氏以高贵的身份，微行到夕颜的家中时，侍女、乳娘众目睽睽的气氛，并在这种气氛中突出了源氏那种急于偷情而不可得的焦急心理。在描写夕颜暴亡时，作者着力渲染了废邸中阴森怪异的气氛。在描写末摘花失去源氏这个经济靠山之后的处境时，则着力渲染了末摘花那座破宅邸的颓垣断瓦和草木凋零的冷落气氛。在描写源氏失意远谪、退居须磨海滨时，又着力渲染了严酷的大自然的肆虐，以此来衬托源氏失意寡欢的心情。这类渲染气氛的描写，在这部作品中是随处可见的，它形成了“王朝物语”所独有的人事与自然交融的浓郁的抒情性，而这部作品正是其中最具有代表性的巨著。如在开头的“桐壶”卷中，在描写桐壶帝派遣宫中女官——禁卫命妇去吊问死去的桐壶更衣的娘家时，作者是这样描写的：

> 刮着凄风的傍晚，突然使人感到一阵侵入肌肤的寒意。帝触物添悲，思念更衣不已，乃使禁卫命妇去探更衣的母亲。当此良宵月夜，帝遣走命妇后，独自凭栏眺月。过去每值此良宵，游宴取乐，更衣时常调弄丝竹，弹出一曲情意缠绵的琴音，或低吟一首和歌，以显示其过人的才艺。死去的更衣形影和容貌，仿佛紧偎在身旁。然而幻影毕竟比不上现实。

通过以上的描写，可以看出作者是如何善于驱使情景交融的手法来渲染气氛的。而这种凄清怅惋、情意缠绵、凄楚动人的抒情主调，正是这部反映王朝贵族没落命运的作品所不可缺少的。

这部作品的艺术特点还表现在日本民族语言之中。如作品中大量插入贵族男女在爱欲生活中相互赠答的和歌，在叙事行文中也每每融进古代的名歌或汉诗。这些抒情的诗歌，为这部作品的整个情调增加了无比感人的力量。这部作品所使用的文体可称“连绵体”，与描写这些贵族男女复杂隐微的心理活动相适应，形成了婉约多姿、缠绵悱恻、典雅艳丽的独特风格。

总之，《源氏物语》是日本王朝文化臻于烂熟阶段开出的一朵妖艳之花，它的艺术形式恰恰适应了它的主题的需要，达到了它独自的和谐的境地，后世许多追随者是难以望其项背的。

第四节
《春香传》

《春香传》是朝鲜于18世纪形成的一部著名古典小说。早在16世纪前后，有关春香故事的多种传说就在民间广为流传，其中包括一些烈女传说、申冤传说和御使传说。

李氏封建王朝濒于衰败的英、正时期①，有关春香的传说从口传文学发展成为小说，原因是多方面的：18世纪末，朝鲜资本主义在封建体制内开始萌芽，市民阶层开始活跃于政治舞台；地主、高利贷者对农民的剥削更为残酷，贵族阶级骄奢淫逸，两班政权黑暗腐朽，社会矛盾尖锐；在思想领域，先进的实学思想家在创作中首开批判现实文学之先河，从而促进了后来朝鲜近现代文学的发展。口传文学在这种历史背景和思想基础上臻于完善并定型为小说，于是平民文学出现于朝鲜文坛上。

在朝鲜，《春香传》的故事是家喻户晓的。它分上、下两卷。上卷写退籍艺妓月梅之女成春香清明游春于广寒楼，巧遇两班翰林之子李梦龙，二人相互倾慕，私自结为夫妇。李翰林不久调任京师，命梦龙先行，春香、梦龙不得不依依惜别。下卷写新任南原使道卞学道到任后强迫春香为守厅，即作侍妾。春香不从，被迫下狱，命在旦夕。梦龙在京应试中举，任全罗御使，暗察南原。他查明卞学道作恶真相，微服亲赴卞学道寿宴，丢下讽刺诗一首予以抨击，事后将卞学道革职惩处。春香、梦龙重获团圆，共赴京师。

《春香传》情节曲折，人物众多，作品浓墨重彩地刻画了三个人物。

小说主人公是退籍艺妓月梅之女成春香，作者对她的刻画具有强烈的感情倾向：同情她的不幸，赞颂她的超群美质、刚强性格和纯洁高尚的爱情。她是李朝末年争取爱情婚姻自由的妇女代表。

小说写成春香"国色天香、针黹超群、文才出众"②，虽是退籍艺妓之女，但"自幼刚强有志，气量过人"。她对自己的终身大事早有主张，"从不喜那儇薄之辈"，而梦想着"共结同心"的爱情。就是说，她认定婚姻应该是爱情的结合。广寒楼巧遇两班翰林之子李梦龙，春香突破了身份等级思想的束缚，毅然与梦龙结为夫妻。但婚姻问题毕竟是社会问题，摇摇欲坠的李朝统治者仍继续维护森严的等级身份制度来延续其黑暗统治。所以在梦龙不得不随父进京离开南原之际，他们自由结合的婚姻愈益显出身份和等级的高低差别。为了维护自己的权利和人格，春香起而与封建社会等级制度展开了正面的冲突与斗争。

春香与社会的第一次冲突发生在春香与梦龙之间，属于两种思想的矛盾。一方面，春香始终对爱情坚贞不渝。她选择梦龙绝非为了攀附名门，在热恋中她曾提醒梦龙两家

① 英、正时期系指李朝第22代王英祖（1724—1776）和第23代王正宗（1776—1800）统治时期。
②《春香传》，冰蔚、张友鸾译，北京，作家出版社，1956。本节引文均见此书。

之间有“贵介”与“蓬门”之别，直待梦龙“意决情真”方才结合。另一方面，贵公子梦龙在即将离别南原的关键时刻，竟相信封建家训，“娶艺妓之女做妾，不但败坏门庭，而且……一定要断送前程”，并向他曾热恋过的春香表示“我二人就不能不分手了”。这无疑是梦龙对封建传统观念屈服的表现。矛盾虽然发生在春香、梦龙之间，实际却是具有民主倾向的自由婚姻和“尊卑贵贱”身份等级制度的冲突。当时，春香就向梦龙指出：“你休以为春香是个贱女，因而任意抛弃！”进而斥责不合理的等级制度：“贵族两班，个个狠毒！恨哉！恨哉！尊卑贵贱，委实可恨！谁都愿天下有情人终成眷属，不曾想世界上竟有这等狠毒的两班！”这是春香出自肺腑要求爱情自由的呼声，也是对身份等级制度的悲愤抗议和严肃批判。

春香与社会的第二次冲突发生在春香与卞学道之间，这是春香对两班贵族、封建制度直接的、尖锐的斗争。这场斗争是统治者与被统治者、压迫者与反抗者之间的阶级冲突。这场冲突的起因是春香不从卞学道为守厅，卞学道先以杖刑逼其屈从，春香唱出“十杖歌”表现不畏强暴的态度和对爱情的忠贞；继而卞学道又以特权将春香囚入死牢。春香是封建暴政的受害者，同时又是它的揭露者。公堂之上，春香当面斥责卞学道：“那劫夺有夫之妇的人，为何无罪？”“你是临此治民还是专用酷刑来把人薅恼？”接着又进一步揭露：“使道士大夫，不把四政司，不知四十八方南原百姓的苦，但知枉法去徇私。”她公开提出，要“申冤雪恨”，“愿得七尺剑，刺杀贼谗奸”。她相信，“无罪之人总有翻身日”，“使道必然没有好下场”。这里，春香从争取个人爱情自由到维护自己人格尊严逐步展开的反对官僚暴政的斗争，正表达了当时朝鲜人民对封建制度久积的愤懑和仇恨，这场冲突和揭露大大增强了春香形象的社会意义。

李梦龙是封建末期出身于两班阶级但具有一定进步思想的知识分子。早期，他是一个追求个性解放、要求婚姻自主的贵公子。他写给春香的“爱歌”就是他纯真爱情的表白；科试及第任全罗御使后的梦龙，则是封建统治阶级内部与卞学道相对立的“清官”形象。他与当时社会腐朽的两班不同之处在于，他和人民群众有一定的联系。他暗察南原，注意倾听下层群众的呼声。他曾说过：“要知城里事，须问种田人。”他还能在自己力所能及的范围内按照民意惩处贪官污吏。他在卞学道的生辰寿宴上丢下讽刺诗一首：

金樽美酒千人血，
玉盘佳肴万姓膏，
烛泪落时民泪落，
歌声高处怨声高。

诗歌无情地揭露了卞学道一伙花天酒地残酷剥削人民的罪行，集中表达了广大群众对道德腐败、行为丑恶的封建官僚的愤懑与抗议。事后，他及时免掉卞学道的官职，清理狱犯，与春香团圆，一同返京。在封建制度败落、人民斗争高涨的年代，出现李梦龙这样的“清官”是可能的；但要彻底解决李朝封建制度与人民群众之间的尖锐矛盾，靠个别“清官”是不可能做到的。梦龙的形象在于表明当时的朝鲜人民需要借理想“清官”的形象来表达自己反对社会丑恶、要求改变社会现状的强烈愿望。

卞学道是李朝末年封建官僚的典型。骄奢淫逸、枉法徇私是他的特征。小说中他与春香、梦龙及广大群众处于尖锐对立的地位。他本来就是一个“刁钻乖僻”的“失德小人”，却被官僚统治集团任命为南原使道。他身负重任却不理政事，反依仗权势迫害百姓，甚至欲置春香于死地。卞学道的贪婪、横暴，正说明李朝封建社会腐朽败落，已接近灭亡的边缘。

成春香、李梦龙、卞学道是代表当时朝鲜社会不同阶级人物的典型形象。此外，书中还刻画了侍女、书童、艺妓等人物形象，丰富了作品的社会生活画面，表现了对下层人民的同情。

从《春香传》小说情节展开和人物形象塑造来看，作品犹如一首对纯洁、坚贞爱情的赞歌；但它又不是那种单纯的恋爱小说，它以爱情故事为线索，重点描述了春香勇斗卞学道这个中心事件，将歌颂爱情和抨击官僚封建统治始终联系在一起。

在艺术上，《春香传》是一部具有浓郁民族特色和民间风格的中篇小说。

《春香传》取材于乡土传说，描写了民情民俗。小说依据全罗道南原地方的烈女传说、申冤传说再糅合御使传说组成情节，广泛描绘了端阳节荡秋千、拜神、占卜、服饰、房屋结构、庭院布局、书画陈设等民情风习、生活场景；在此基础上，相对立的两组人物一一登场演出了一幕幕时代的悲喜剧，从而真实地再现了18世纪末朝鲜社会生活的时空画面。

《春香传》主要是在全州土版本《烈女春香守节歌》说唱台本的基础上发展为中篇小说的，所以作品在结构上具有戏剧的特点：情节在矛盾中展开、发展乃至高潮、结局。小说上卷男女主人公从“结缘”开端，以“离别”告终；下卷春香与卞学道的斗争步步升级，又以卞学道被撤职、罢官作喜剧结局。小说情节紧凑、简洁、统一、和谐，具有古典艺术的情趣。作品对人物性格的塑造也是让他们在相互联系、相互矛盾冲突中显现各自的性格特征。此外，小说还结合情节的发展对人物外形进行描写、刻画，对人物心理作深入剖析，对生活环境作真实描写，从而使作品完成了从戏剧台本到小说形式的过渡。

《春香传》的文体和语言具有朝鲜民族民间文学的特点，“说”“唱”结合。“说”的部分用散文，“唱”的部分则用韵文。散文通俗易懂，用于叙事；韵文优美典雅，用于描写和抒情。人物的语言也用散文、韵文写成。春香的语言散、韵相间，时而高亢激越，时而低沉婉转，表现了她丰富的内心世界和高尚的品质；梦龙的语言多用韵文，反映了他的教养和身份；卞学道的语言皆用散文，显得矫揉、粗暴、武断；农夫的歌词朴实而又和谐，表现了劳动者的本色。

《春香传》引用了许多民歌、童谣、成语、警句、俚语和小故事，更增加了作品的民族、民间文学特色。书中还提到不少中国古代作家的诗歌典故，这些和具有朝鲜民族特色的东西融合在一起，浑然一体，相映成趣，更体现了小说的古典风格。

当然，《春香传》在长期流传过程中也受到了一些封建意识的渗透，然而瑕不掩瑜。它一直是朝鲜人民十分钟爱的一部著名的古典小说。

思考题

1. 请简述中古近古日本和朝鲜文学的发展概况。
2. 《万叶集》的主要内容是什么？
3. 《源氏物语》的思想内容和艺术特色是什么？
4. 请分析《春香传》中春香的形象及其意义。

第二章 中古近古东南亚文学

第一节 概述

东南亚包括现今 11 个国家，即越南、老挝、柬埔寨、泰国、缅甸、马来西亚、新加坡、菲律宾、文莱、东帝汶和印度尼西亚。这一地区气候炎热潮湿，土地肥沃，物产丰富，民族复杂。东南亚中古近古的文化先后受到中国、印度和阿拉伯—伊斯兰三大文化体系的深刻影响，但仍保持着各民族自身的特色，形成了缤纷繁复的文化景观。

从东南亚早期口头文学和最初的书面文学中就可以发现中国、印度两大文化的影响已经不小，但难以判明它们传入的先后和确切的时间。从这一地区的民族来看，绝大多数都属蒙古人种，与中国境内民族同源。这可以从古代的神话传说中看出一些端倪来，譬如越南《天柱神》、菲律宾《阿陶的故事》等创世神话中就与我国《盘古神话》有惊人的相似之处。缅甸《三个龙蛋》、越南《骆龙君传》等神话中都说到他们与中国民族出自同宗，本国帝王是天帝之子，出自龙种。又如柬埔寨的《高棉王与龙公主》、老挝的《九龙的传说》以及东南亚其他龙蛇故事都表现对龙的崇拜，这与我国的龙文化和自诩为龙的传人恐怕有一定的关联。再如，解释自然现象的缅甸《月中老人》、越南《月亮》故事与我国吴刚伐桂故事或“月中何有？玉兔捣药”之说等如出一辙，而缅甸的《腐烂哥儿吞月》、泰国的《拉霍》传说又与我国民间天狗吞月的传说雷同。

神话《苏伐刺蒲迷的形成》、印度尼西亚《爪哇岛的出现》、老挝《吠陀神—因陀罗》

等故事明显是印度神话的变异。今日印度尼西亚、泰国国徽上的雄鹰形象实际是印度神话中的大鹏金翅鸟咖咙。泰国以至我国西南边疆傣族《孔雀公主》的故事源自印度神话中人面鸟身的紧那梨神鸟。这些都足以说明印度文化早就对东南亚产生影响了。

当然东南亚也有许多神话故事明显地表现出地区特色。如关于人类起源说，菲律宾、印度尼西亚都有不同的“人从竹生”的传说。又如缅甸的《拇指哥儿》、越南的《癞蛤蟆告玉皇大帝》、柬埔寨的《为什么蛤蟆叫就会下雨》等故事，虽然情节各异，但都说明热带民众对雨的特殊感情。东南亚有许多动物故事，尤以在马来群岛地区广为流传的《小鼷鹿的故事》最为精彩。故事大多以兔子或小鼷鹿、老虎和乌鸦为主角，表达了对弱小者的同情、对强暴者的憎恶，赞颂弱小者以自己的机智和相互支援战胜凶恶的强暴者，反映人民对抑强扶弱的企盼。有的故事仿佛与我国的动物故事相似，有的则受到印度《五卷书》、《佛本生故事》的影响，但有的是本地区所独有的，很难判定其真正的源头。

东南亚早期诗歌——民歌民谣，活泼明快，表现出这一地区民众热情奔放的性格。这一带民族语言大多声调丰富，所以民歌显得富有音乐性，抑扬顿挫，优美动听。内容以反映劳动、爱情者居多，可以从印度尼西亚和马来西亚的板顿、缅甸的插秧歌、越南的劳动民歌、柬埔寨的采桑歌中找到生动的实例。从形式上说，印度尼西亚、马来西亚的板顿诗皆为四句式，与印度古诗偈陀近似。另外板顿诗中常用比兴手法，这又与我国《诗经》的“风”与“小雅”相仿。从内容上看，越南民歌有儒家思想影响的痕迹，而半岛其他国家的民歌中轮回因果思想显然与印度佛教哲学有关。

东南亚书面文学的出现都较晚。这一地区文化的发展晚于中国和印度许多，所以初期的书面文学大都是借用中国汉文或印度梵文、巴利文写成的。后来在创造各族的文字时，也分别借鉴了汉字和南印度文字。东南亚地区民族文字的文学出现大都在 10 世纪以后。最早是古爪哇语文学，10 世纪时已有印度史诗《罗摩衍那》的古爪哇语改写本。后来出现以印度两大史诗史为内容的“篇章文学”和“格卡温文学”以及影响到泰缅的爪哇《班基故事》（详见本章第二节）。略晚于古爪哇文学出现的是柬埔寨和缅甸的碑铭文学。柬埔寨以诗碑居多，韵脚工整，内容佛事俗事皆有。而缅甸碑铭大多是简洁的散文，内容以记载佛事者居多，其他的甚少。柬埔寨、缅甸，乃至更晚出现的其他国家的碑铭文学之间虽互有差异，风格不同，但有一点是共同的，即皆深受印度佛教文化的影响。

受中国文化影响最为典型的是越南，早期只有汉语的书面文学，13 世纪阮诠在汉字的基础上创造了越南的民族文字——字喃。他的《祭鳄鱼文》(1282) 开创了字喃律诗的先河，人们把阮诠比作我国唐朝的韩愈，故又名韩诠。字喃的产生直接推动了越南诗歌的创作，相继创造了“六八诗体”（字数六、八相间）和“双七六八体”（四句一组，字数为七、七、六、八）。16 世纪字喃文学得到发展，18 世纪日臻成熟。汉语文学则一直与字喃文学长期并存。汉语文学最早的名作家是阮廌（1380—1442），他用汉文也用字喃写作，作品很多。他为黎朝开国皇帝黎利起草的开国文献《平吴大诰》，被越南人誉为“千古雄文”，影响颇大。其他保存至今的还有《军中词命集》、《抑斋诗集》等。黎朝皇帝黎圣宗（即黎思诚，1442—1497）组织了“骚坛会”，推进了越南诗歌的发展。阮屿（16 世纪）的《传奇漫录》，用汉文写成，全书 4 卷共 20 个故事，被誉为越南的《聊斋志异》。邓陈琨（1710—1745）著有汉文 477 句乐府诗《征妇吟曲》，以一个征人妻子口吻讲述她心中的孤寂和哀怨，谴责长年的封建混战给人民带来的苦难。黎贵惇（1726—1784）的诗文内容涉及面较广，此外，他还对越南古代文史名著进行了整理工作。阮嘉韶（1741—1798）的代表作《宫怨吟曲》是用双七六八体写成的，全诗 365 行，揭露宫廷对宫女的摧残和迫害。越南字喃文学中最具代表性的作家是阮攸（详见本章第四节），他的长诗《金云翘传》是家喻户晓的佳作。女诗人胡春香（19 世纪初）敢于向封建礼教宣战，具有叛逆精神，所作诗文大多散佚，至今仅存含 50 首诗的《春香诗集》。她用犀利尖刻的语言批判伪君子，抨击封建礼教。人们认为她把字喃诗推向了成熟阶段。

与中国文化相比，印度文化对东南亚影响的范围更广。印度文化是宗教文化，以印度教和佛教为主。东南亚南面的马来群岛受印度教文化文学的影响最深，尤其印度的两大史诗《罗摩衍那》和《摩诃婆罗多》对古爪哇语文学的影响最为深远；而北面的老挝、柬埔寨、缅甸和泰国则以佛教为国教，印度佛教文化文学的影响最大。

柬埔寨是东南亚地区建国最早的国家。扶南王国始建于公元 1 世纪，当时就受到婆罗门教和大乘佛教的影响。初期的书面文学为梵文文学，后期开始形成古高棉文与梵文并用的局面。现传于世的文本最古者只有吴哥王朝（802—1431）年间的传本。当时著名的诗人有迪华格拉、雅德哈玛拉皮瓦、西威桑姆、因陀罗黛维等。长篇叙事诗《林给的故事》是在史诗《罗摩衍那》的基础上改写而成的，但也增添了不少柬埔寨的神话传说。可惜的是因吴哥王朝为暹罗所灭，大量文献毁于战火之中，现在许多文献已失传。吴哥王朝以后直至 19 世纪法国将柬埔寨变为自己的殖民地，中间经过约 4 个世纪。宫廷文学与世俗文学都有所发展，著名的作品有高萨特巴蒂·高（18 世纪）的《格龙苏皮密特》（1798）、翁萨拉本·侬（19 世纪）的《少年波果儿》（1804）、安东（？—1861）的《佳姬王后》（1813）和桑托沃哈·莫克（1846—1908）的《东姆与狄欧》（1859）。世俗文学一类的代表作品有《特明吉的故事》和《阿勒沃的故事》，谴责了统治者的残暴，歌颂了农民的机智勇敢。

老挝在 749 年建立了澜沧王国，但现有材料表明只有 14 世纪以后才有文学作品存世。其中由《佛本生经》改写而成的《十戒》最为著名。印度史诗《罗摩衍那》也有老挝文改写本。马哈维汉所著《娘丹黛》是印度《五卷书》的改写本。世俗文学中有一类是写爱情和英雄人物的诗体小说，如皮亚乔东达的《爷爷教育孙子》、因梯央的《因梯央的教导》等。16 世纪以后开始有小说、戏剧和史诗作品问世。小说有《本通与洛乍娜》、《妖女和十二嫔妃》、《大象和蚂蚁》、《巴亚的故事》等。史诗有《澜沧史记》和《万象王朝史记》等。长篇叙事诗中以邦坎的《信赛》最著名，该诗表现了人们对幸福的追求，反映了善恶之间的斗争。

泰国境内统一王朝的形成是 13 世纪中叶以后的事。中古文学也分为宗教文学与宫廷文学两大部分。泰国中古佛教文学的代表作是素可泰五世王立泰根据 30 部佛经综合编成的《三界经》（1345），反映了当时泰国人的宗教观、哲学观和科学观。但目前流传的是依据 1778 年手抄本印成的版本。1482 年根据佛本生故事《维丹达亚》译成的《大世赋》和 1627 年由宫廷诗人进一步改写成的《大世词》都很有名。诗人西巴拉（约 1658—1693）的长诗《西巴拉悲歌》，共 129 节 1 070 行，描绘祖国河山，表达对宫廷的不满，抒发个人的感情，是泰国诗作的楷模。昭披耶帕康（？—1805）曾奉命把孟族史书《罗阇提烈》改写成故事《拉差蒂叻》，后来在国王授意下与华人合作翻译《三国演义》，从而开创泰国著名的“三国文体”，对泰国后来的文学发展影响深远。诗人顺吞蒲（1786—1855）发展了泰国八言诗“格仑”，代表作为长篇叙事诗《帕阿派玛尼》（19 世纪初）。他还参与《拉玛坚》、《伊瑙》、《昆昌与昆平》等文学名著的校订与整理。长篇叙事诗《昆昌与昆平》出现于阿瑜陀耶王朝时期，原为民间故事，后被写成诗歌、话本，最后改编为宫廷诗，作者已无从查考，1767 年缅泰战争时散佚。曼谷王朝拉玛二世时召集众多著名诗人集体整理校订，1917 年重新出版，全诗达 43 100 行，在泰国文学史中占有重要地位。

13世纪末叶以后，缅甸的佛教文学有了很大发展，不再仅仅是记录佛事的简洁短小的记叙文体——碑文，而是以各种体裁的诗歌为主，先后出现了不少著名僧侣作家，如信摩诃蒂拉温达（1453—1518）、信摩诃拉塔达拉（1468—1530）、信乌达玛觉（1453—1542）等人。特别值得一提的是吴邦雅（详见本章第五节），他前半生为僧，40岁后入朝为官，但他的创作并未局限于佛教文学与宫廷文学，在一定程度上反映了社会现实和人民疾苦。在漫长的封建社会中，还产生了不少宫廷文学的代表作家。如被誉为雅都大师的那信囊（1578—1612），他的雅都诗《出征》是同类诗中的杰作；平民大臣巴德塔亚扎（1672—1752）是第一个将劳动人民的生活写进诗中的诗人，他的诗作《农夫》、《爬棕榈树的人》、《船夫》等被人誉为古代缅甸文学中的新文学；吴基（19世纪上半叶）、吴桑（19世纪上半叶）以写抒怀诗见长，描写农村的习俗与风光；兰太康丁（1833—1875）等一批宫廷女诗人则以闺怨诗著称；王朝末期反帝爱国诗人塞耶佩（1838—1894）以连韵诗最为著名，笔调辛辣尖刻。散文方面最著名的有吴格拉（约1678—1738）的《大史》和巴基道王在位时宫廷学者集体编成的《琉璃宫史》。剧作方面最著名的创新者是吴全吴（约1773—1838），他根据佛本生故事和神话传说写了不少讽喻时政的剧作，受到当时人们的欢迎。妙瓦底敏纪吴萨（1766—1852）从泰文译成的《罗摩》、《伊瑙》两剧也很有名。

十三四世纪阿拉伯—伊斯兰文化对东南亚海岛部分的影响日趋明显，尤其体现在印度尼西亚、马来西亚的古典文学中。初期很多作品是关于伊斯兰教的先知故事和伊斯兰教英雄故事，后来阿拉伯和波斯的神话传奇故事也流行起来。在马来地区出现伊斯兰教王朝之后，宫廷的历史传记文学兴起，《巴赛王列传》（14或15世纪）是这类文学作品的先声，而敦·斯里·拉囊的《马来纪年》（1612—1615）为其经典之作，全面记述马来王朝的盛衰过程，反映中古近古时期马来民族的社会风貌。（详见本章第三节）另外，为了弘扬伊斯兰教，巩固王权的基础，宫廷还兴起宗教经典文学，其中最主要的作家作品有布哈里·乔哈里的《众王冠》（1603）和努鲁丁的《御花苑》（1638）。在伊斯兰文学的影响下，马来古典文学还出现了两种主要的文学体裁：一是叫做“希卡雅特”的传奇小说，其中最著名的代表作品是《杭·杜亚传》（详见本章第三节）；二是叫做“沙依尔”的长叙事诗，每行8个至12个音节，每节4行，由每行最后一个音节押韵，长者可达数千行。内容有描写爱情故事的，也有叙述历史事件的，如以爪哇班基故事为题材的《庚·丹布罕》，反映封建等级制度下爱情悲剧的寓言诗《猫头鹰之歌》，以描写“红溪事件”（1740年华人和原住民的联合抗荷起义）为内容的《华人与荷兰人打仗的故事》等，都是具有代表性的沙依尔作品。

总之，东南亚各民族的中古近古文学一方面各有特色，另一方面又有共同点。中古期的东南亚各国均处于封建社会的上升时期，近古期则处于衰落时期，而西方的殖民主义入侵更加速了东南亚封建社会的没落，最后除泰国外逐个沦为西方的殖民地。这一历史变迁在东南亚的中古近古文学中都得到了充分的反映。东南亚中古近古文学明显地受到中国文化、印度文化和阿拉伯—伊斯兰文化三者错综复杂的影响，但这些外来文化的影响再大也只是外因，只有与本民族的固有文化相融合，也就是通过内因，才能起作用。至于哪一个文化的影响起主导作用，这取决于该国发展的需要和统治阶级的选择。越南是受中国文化影响最深的典型，柬、老、泰、缅是受印度佛教文化影响最深的典型，而印度尼西亚和马来西亚前期是受印度教文化的影响、后期是受阿拉伯—伊斯兰文化影响最深的典型。至于菲律宾，可以说是一个特殊的例外。若按其人种和地理位置来看，似乎也应属于上述第三种类型，但由于很早就受到西班牙殖民者的奴役，其早期文学已荡然无存。较晚时期的文学，基本上是仿效西方的骑士文学和宗教文学，但多少也反映了当时存在的民族矛盾。此外，从体裁上来看，东南亚中古文学大多以诗歌为主，这与东南亚地区的民族语言声调丰富、节奏感强、诗歌传统悠久恐怕有一定的关系；散文文学的发展都比较晚，受外来文学的影响较大。

第二节 古爪哇语文学

中古时期的东南亚文学，除越南文学外，无不受印度文化文学的影响，其中以古爪哇语文学所受的影响最早、最深。10世纪，在中爪哇就已出现用古爪哇语改写的仿梵体诗《罗摩衍那》。后来爪哇的政治文化中心从中爪哇转移到东爪哇，建立了以印度教作为精神支柱的东爪哇王朝。991年达尔玛旺夏王为了巩固王权的统治基础，大力弘扬印度教，授命宫廷文人把被视为印度教经典的《摩诃婆罗多》与《罗摩衍那》按篇章用古爪哇语改写成散文（《罗摩衍那》只改写其《后篇》，前几篇在中爪哇时期已有改写本），这就是所谓的古爪哇语“篇章文学”。至此，印度两大史诗可以说已全部被移植过来并直接影响着古爪哇语文学后来的发展。史称这个时期的爪哇文学为印度文化影响时期的文学。

1006年东爪哇王朝遭到外敌侵袭，达尔玛旺夏王战死，其女婿爱尔朗卡逃到宫外，后来在婆罗门僧侣和地方代表的支持下，于1019年打退了敌人，恢复东爪哇王朝的统治并继承了王位。他作为非嫡亲出身的新王，极需利用已有长期影响的印度教宫廷文学从意识形态上巩固自己刚确立的王位。而达尔玛旺夏王时期初创的“篇章文学”只是印度两大史诗的移植和改写，所反映的是印度的社会历史，只能起到一般的宣扬印度教的作用而不能直接为本朝帝王歌功颂德。因此，摆在宫廷作家面前的新任务是，如何利用和借鉴两大史诗，写出具有爪哇特色的、既能弘扬印度教又能歌颂本朝帝王的新作品。

第一个完成这一创作使命的是恩蒲·甘瓦，这位宫廷作家曾伴随爱尔朗卡经历了王朝失而复得的全过程。如今爱尔朗卡刚登上王位而且即将与苏门答腊一公主完婚，作为宫廷作家的恩蒲·甘瓦将拿出什么样的新作品作为献礼呢？他发现《摩诃婆罗多》的《森林篇》中有关阿周那修行求神赐宝和因替天庭除魔有功而与仙女结下美满姻缘的故事，与爱尔朗卡的一段经历有某些相似之处，大可加以利用，于是便以《森林篇》的《阿周那出行篇》、《凯拉达篇》、《因陀罗天廷篇》、《阿周那与尼哇达卡瓦查战斗篇》等诸小篇为基础写出他的第一部古爪哇语仿梵体诗作品《阿周那姻缘》。下面先介绍其故事梗概：

话说天庭遭到罗刹王尼哇达卡瓦查的侵扰，无一天神能抵挡得住，只好求助于人间的英雄。帝释天看中正在因陀罗峰苦修的阿周那，便派苏帕尔巴等七仙女下去进行诱惑，以试探他是否已功德圆满。七仙女来到阿周那修行的洞穴，对他施展各种诱惑手段，但阿周那不为所惑，证明他已功德圆满。帝释天还想进一步考察阿周那修行的动机和目的，便亲自出马化作出家人就有关刹帝利的职责等考问阿周那。帝释天得到满意的答复后便现出原形，并告诉阿周那他将得到湿婆大神的恩典。罗刹王听到消息后，立即派罗刹化作一头野猪去进行破坏。野猪捣毁周围的山林，搅得鸡犬不宁。阿周那出来朝野猪射去一箭，而化身为猎人的湿婆大神也在同一时间里射去一箭，两箭中一的。两人都说野猪是自己射中的，于是大打起来。阿周那打不过那猎人，一把抓住猎人的脚不放，湿婆大神现出原形，赐阿周那神箭“兽主之宝”并向他传授各种武艺。阿周那学成后，帝释天便派仙人接他去天庭抵御罗刹王的进攻。罗刹王威力无比，为了刺探其神通之所在，阿周那带苏帕尔巴仙女一起飞往罗刹国。苏帕尔巴假意愿以身相许，只要罗刹王说出其神通之所在。原来罗刹王的神通就在他的舌尖上。他刚把秘密说出来，隐身一旁的阿周那便出来捣毁宫门，并趁乱带苏帕尔巴一起逃回天庭。尼哇达卡瓦查知道上当，立刻发兵攻打天庭。天兵天将节节败退，阿周那佯装被败兵推倒在地，手里则准备好弓箭，趁尼哇达卡瓦查大喊大叫之际一箭射中其舌尖。尼哇达卡瓦查应声倒地身亡，天庭恢复了安宁。为表彰其功绩，帝释天让阿周那当7天（等于人间7个月）的天国之王，并把最美的仙女苏帕尔巴赐予他为妻。在天上过了7天之后，阿周那返回人间与其兄弟相会合，以完成人间大业。

全诗共36章，比原作大大压缩，且表现的主题思想也大为不同。《摩诃婆罗多》里的这段故事是为即将到来的般度族和俱卢族的大战作铺垫的，是为阿周那将来成为战场上的大英雄打基础的，而求神赐宝也是为了应付未来的大战。恩蒲·甘瓦创作《阿周那的姻缘》则另有所图，他想以史诗英雄阿周那暗喻爱尔朗卡王，歌颂他在打退敌人和恢复王朝统治的过程中所建立的丰功伟绩以及他与苏门答腊公主所结下的美满姻缘。作者写这部作品时采用一种叫“格卡温”的诗体，是仿效印度两大史诗的梵文诗律而创造的一种古爪哇语诗体，这也可以看做是印度史诗在文学形式上对爪哇宫廷文学的深刻影响。格卡温诗体成了最初的爪哇宫廷文学的最主要的形式。

格卡温诗在柬义里王朝时期（1042—1222）最盛，作家辈出，名著连篇，其中最著名的两部作品是《爱神遭焚》和《婆罗多大战记》。前者讲爱神卡玛夫妻为拯救天庭而献身的感人故事，是专门为歌颂卡默斯哇拉王（1115—1130）而写的。后者是查耶巴雅在争夺王位战争中打败查耶沙巴而当上国王之后，于1131年授命两位宫廷作家写的。作者借《摩诃婆罗多》中般度族与俱卢族的18日大战故事，以般度族最后战胜俱卢族来反映和歌颂查耶巴雅王的最后胜利。

1293年麻喏巴歇王朝的建立标志着爪哇封建王朝进入鼎盛时期，爪哇封建文化已日臻成熟。整个麻喏巴歇王朝时期（1293—1478）的文学明显地朝民族化和爪哇化的方向发展，印度教文化的影响在明显减弱，宫廷作家不再一味地仿效印度的梵文文学，也无须再借助印度的史诗和神话故事来美化和歌颂本朝帝王。他们现在可以直接取材于本民族的王朝历史和现实来完成歌颂统治者的任务，使作品内容更贴近本民族的社会生活，更符合本民族的审美取向。这个时期最有代表性的格卡温作品是普拉班扎创作的《纳卡拉克达卡玛》（国家昌盛记），作者把随驾出巡所看到的繁荣景象一一记录下来，以此来歌颂哈奄·武禄国王的丰功伟绩。此后格卡温诗的创作便逐渐式微，代之而兴的是源于爪哇民间唱词的“吉冬”诗体。这种诗体更符合爪哇语言的特点，作品内容也以叙述麻喏巴歇王朝的宫廷历史和传奇人物为主，例如第一部作品《哈尔沙·威加耶》就是讲麻喏巴歇王朝开国元君威加耶的故事的。吉冬作品以印度两大史诗和神话故事为题材的日渐稀少，而描写本民族王朝历史演变的作品则日益增多，反映了爪哇民族的自信心和自豪感在增强。

除了诗歌，也开始出现历史散文和人物传奇的作品。在历史散文作品中最重要的是

《爪哇诸王志》，着重叙述从新柯沙里王朝到麻喏巴歇王朝整个历史演变的过程，尤其集中描写两个王朝的开国君主庚·阿洛和拉登·威查耶的非凡经历。人物传奇作品最突出和影响最大的是《班基故事》，有人把它说成是爪哇古典文学的一次“革命”，是爪哇古典文学朝民族化爪哇化发展的顶峰。班基故事有多达数十种传本，虽然都是以固里班（戎牙路）王子和达哈（柬义里）公主的爱情故事为经纬线，但编制出来的故事在细节上却千差万别。我们无法确定哪一部是原本，更无法考证其作者和产生的确切年代，很可能源于民间的话本，以至于出现纷繁不一的传本，其中比较完整的一部是《班基·固达·斯米朗传》。

班基故事的基本框架，各传本在枝节上差别很大，简繁不一，但一般来说，由两个部分的故事组成。头一部分主要讲伊努王子与村女（有的传本是与大臣之女）的一段爱情故事，以村女遭王后杀害而告终，是一出爱情悲剧。后一部分主要讲伊努王子与赞德拉公主的爱情磨难，经过无数的悲欢离合，终于花好月圆，是一出爱情喜剧。所谓班基故事，一般就是这个爱情悲剧和爱情喜剧的组合，但二者之间并不完全一致，有一明显的断层。前一部分在思想内容上更胜一筹，表现了主人公对爱情的执着和对封建礼教的叛逆精神。伊努王子不顾出身而舍公主娶村女，这是他叛逆精神的具体表现。而村女的最后惨遭王后毒手以致他们的爱情被彻底摧残，是对封建等级观念的有力鞭挞。班基故事最感人的部分就在这里。后来有的作品就专拿这一部分作为内容，突出伊努对爱情的执着和追求。有的甚至还让伊努王子在心上人的尸体旁自刎殉情，以增强其悲剧效果。后一部分则以情节曲折、富有戏剧性和传奇性取胜，着重于表现好事多磨和有情人终成眷属这一传统主题。这一部分在班基故事里占有很大的比重，内容比较庞杂，精华糟粕兼而有之，各传本在细节上出入较大，人物名字也五花八门。班基故事以其在文学艺术上的突出成就，不仅风行于爪哇，还传播到马来西亚、泰国和缅甸一带，在那里被称作“伊瑙故事”，对那些国家的古典文学产生了深刻的影响。

麻惹巴歇王朝是最后一个印度教王朝，盛行几百年的爪哇宫廷文学也走到了尽头。随着印度教王朝的灭亡和伊斯兰教王朝的崛起，爪哇的印度文化影响时期也宣告结束，从此便开始进入阿拉伯—伊斯兰文化影响时期。

第三节
《马来纪年》和《杭·杜亚传》

在阿拉伯—伊斯兰文化影响时期，《马来纪年》是马来王朝历史传记文学中最重要和最有影响的作品，被马来民族奉为最高的经典著作。该书内容十分广泛，涉及马来王族的起源、马来王朝的历史演变、伊斯兰化的经过以及最后为葡萄牙殖民者所灭的过程，可以说是一部描绘马来民族和马来王朝全部兴衰过程的历史画卷，历来为国内外学者所重视，成为研究15世纪前后马来封建社会历史文化的一个重点对象。一般认为作者是曾任柔佛王朝宰相的敦·斯利·拉囊，因为从书中后面部分对马六甲王朝灭亡的前后、素丹的逃亡和柔佛王朝的偏安所作的详细描述来看，似乎只有熟悉马来宫廷内幕和曾身历其境的人才可能写得出来。

《马来纪年》全书共34章，叙述马来王族的起源、王族的系谱、第一个马来王朝的出现、马来王朝的伊斯兰化经过，直到马六甲王朝的全盛和最后为葡萄牙殖民者所灭这一漫长的历史演变过程。有的传本还加续四章，写到亚齐王朝对柔佛王朝的征服经过。尽管书名叫《马来纪年》（直译是《马来由历史》），但里面所记载的史实不少来自神话传说，特别是前面部分讲到的有关马来王族的起源、第一个马来王朝的建立和伊斯兰化的过程，基本上都是根据神话传说来写的，不是历史事实的记载。但后面部分所讲的马六甲王朝兴衰的过程则比较接近历史事实，有较大的史料价值。在马来民族眼里，《马来纪年》确实是唯一一部最全面、最权威的阐述马来王朝发展历史的经典巨著。

《马来纪年》的前九章主要叙述马来王族的由来和马来族第一个伊斯兰教王朝建立的经过。关于马来王族的由来完全是以神话传说为依据的，作者有意把伊斯坎达（亚历山大大帝）说成是马来王族的先祖。伊斯坎达征服印度后娶了美丽的印度公主巴丽娅为妻，生一子叫阿里斯顿，传了几代之后，其后裔叫苏栾王的成为印度所向无敌的国王。在征服周围所有国家之后，苏栾王想远征中国，最后中国皇帝用智谋使其不战而退，避免了一场大流血。苏栾王回国后潜入海底国，与马达布尔公主结婚。生下的三个王子长大后从海底返回陆地。他们出现在苏门答腊巨港附近的希昆当山上，其中一王子被命名为苏巴尔帕，人们奉他为王，这就是马来王族的第一代王和王朝。马来王族的世系就这样通过印度王族与伊斯坎达联系上了。中国皇帝闻讯后即派人前来说亲，娶了大公主赞德拉·黛薇。这位马来公主生下的子女及其后代便成为中国的历代皇帝，也就是说，中国皇帝与伊斯坎达也有血脉关系，与马来王族是姻亲。这一部分旨在显示马来王族与伊斯兰教和中国的关系源远流长。

第十、十一章主要叙述马六甲（满剌加）王朝建立的经过。话说杜马锡（新加坡）遭麻喏巴歇进攻，伊斯坎达尔王仓皇出逃，来到马来半岛南端，在一棵大树下休憩，见那里地势甚佳，便决定就地建立一个新王朝。那棵大树叫马六甲树，国王便以此树名命名新王朝。

第十二章起着重叙述马六甲王朝如何日趋繁荣昌盛，成为东南亚的贸易和伊斯兰教政治文化的中心。传位到格吉尔·布沙王的时候，国王晚上梦见了穆罕默德先知，翌晨发现自己已行过割礼并能念诵《古兰经》，不久从朱达来的沙伊德·阿卜杜尔·阿齐兹为国王举行伊斯兰教仪式，全马六甲王朝的人都皈依伊斯兰教，国王改称穆罕默德·沙素丹。马六甲王朝的伊斯兰化过程基本上沿袭了《巴赛列王传》。穆罕默德·沙素丹开始着手按伊斯兰教的教法教规建立王朝的典章制度，使王朝走上正轨，以此名扬天下。

中国皇帝想与马六甲王朝修好，决定将汉丽宝公主下嫁给马六甲国王。中国皇帝命大将狄甫带500名出身宦家而又眉清目秀的童男童女作为陪嫁，乘百舸护送汉丽宝公主前往马六甲完婚。中国公主的到来受到马六甲国王盛大而隆重的欢迎。曼苏尔·沙素丹让中国公主入伊斯兰教，然后举行婚礼。那500名童男童女也都入了伊斯兰教，被安置在"中国山"居住，在那里繁衍后代。但根据中国明朝的史书，历史上并没有汉丽宝公主其人，更没有下嫁给马六甲国王的记载，倒是有马六甲国王亲自率团访问中国的详细记载，人数也是500多人。

接着讲忠臣良将的典范杭·杜亚尽忠报君的事迹和马六甲王朝的盛世。不少著名的伊斯兰教学者前来马六甲讲经，马六甲王朝也经常派人到巴赛研讨宗教问题。马六甲的繁荣安定遐迩闻名，四方无不臣服。

最后几章主要叙述马六甲王朝末期统治集团内部如何腐败和互相倾轧，最后导致马六甲王朝亡于葡萄牙殖民者之手。这部分写得相当生动和深刻，作者通过艺术形象把促使马六甲王朝灭亡的内因和外因比较全面地揭示出来。马六甲王朝的灭亡乃是国王的暴虐无道和权臣的贪赃枉法所造成的必然结果，最后国家终于落入葡萄牙殖民者的手中。

尽管书中所述史实多不可信，有的纯属神话传说，但该书一向被视为马来民族的唯一史书，记载了马来王族完整的谱系和马来王朝兴衰的整个过程。所以今日的印度尼西亚和马来西亚都把《马来纪年》视为自己古典文学的巅峰之作。

与《马来纪年》齐名的是《杭·杜亚传》，它是近古时期马来古典文学中最著名的长篇传奇小说，描写14世纪以来马来民族传奇英雄杭·杜亚一生光辉的业绩，被人誉为马来文学的《奥德赛》。几世纪以来，杭·杜亚这个名字在印度尼西亚和马来西亚可谓家喻户晓，一直被当做最完美的民族英雄的典型而受到崇拜和歌颂。

《杭·杜亚传》讲的是一个历史人物的传奇，但在马来民族历史上，究竟有无杭·杜亚其人，仍是一个谜。据《马来纪年》这部更早的马来史书记载，杭·杜亚与麻喏巴歇名宰相卡查·玛达（卒于1364）是同时代的人，但直至1641年荷兰与葡萄牙争夺马六甲时，他仍然活着。他一生竟能活二三百年之久，这未免过于荒诞。因此，与其说他是真实的历史人物，毋宁说他是马来民族给自己塑造出来的一个理想的民族英雄典型更为合适。

《杭·杜亚传》产生的年代和作者也无法查考，成书估计不会早于17世纪，至少是在葡萄牙和荷兰殖民主义者入侵并灭亡马六甲王朝之后。它的出现并非偶然，有其时代的背景和需要。1511年马六甲王朝灭亡后，马来民族面临西方殖民主义者的全面侵略，国土一天天沦丧，民族遭到空前浩劫。这时人们格外怀念自己民族的光荣历史，并企盼能有盖世英雄出来拯救民族于危难，恢复民族的地位和尊严。《杭·杜亚传》就是应时代的这一需要而产生的。

杭·杜亚是作为最理想的民族英雄形象被塑造出来的，在他身上体现了马来民族的光荣和希望。从他出身卑微和来自社会最底层来看，《杭·杜亚传》可能是出自民间创作。后来不知经过哪一个封建文人的整理和加工才成为今天的样子。可以看出，后来的加工者在着力渲染封建的忠君思想，力图把杭·杜亚塑造成一生不事二君的忠臣典型。但杭·杜亚之所以深受马来民族的喜爱和崇敬，仍然是因为他能以大无畏的英雄气概捍卫马来民族的独立和尊严，唤起马来民族的自豪感和自信心。目前已知的《杭·杜亚传》传本不下20种，已出版的有三种比较完整的版本，内容大同小异，说明《杭·杜亚传》在长期流传中一直被精心地保存下来。下面先简单介绍一下《杭·杜亚传》的主要内容。

杭·杜亚出身贫寒，父母在民丹岛开小饭铺。他自小在家劳动，帮父母劈柴烧火。他和杭·直巴等几人结拜为兄弟，他们都学得一身好武艺，杭·杜亚尤其出众。10岁起，杭·杜亚就大显身手，和他的四个结义弟兄一起奋力击退前来骚扰的一群海盗，平息了岛上的一起暴乱。由于救宰相有功，他们被引荐给国王当侍从。杭·杜亚以智勇双全、人品出众尤受国王器重。国王欲娶因陀罗布拉宰相之女敦·德佳未成，便派杭·杜亚去麻喏巴歇求亲。麻喏巴歇当时已称雄东南亚，早已觊觎马六甲王国。宰相卡查·玛达发现杭·杜亚武艺非凡，恐其日后成为自己的心腹大患，便决心除掉他。卡查·玛达先后十来次设计陷害杭·杜亚，但每次均为杭·杜亚的大智大勇所挫败，最后麻喏巴歇赔了夫人又折兵。卡查·玛达与杭·杜亚之间惊心动魄的较量，实质上反映了麻喏巴歇王朝与马六甲王朝之间征服与反征服的斗争。杭·杜亚的胜利意味着维护了马来王朝的独立和尊严。杭·杜亚由于功勋彪炳被提升为海军统帅，掌管全国军权，成为马六甲国王最宠信的大臣。这不免要引起宫廷贵族和佞臣的嫉妒，他们合谋陷害杭·杜亚。国王听信谗言，把杭·杜亚驱逐出国。杭·杜亚为表白忠心，设法将国王朝思暮想的因陀罗布拉宰相之女敦·德佳拐走献给国王。因此杭·杜亚重新获得国王的恩宠。之后，战事迭起，杭·杜亚率军御敌和出征，屡建奇功，扬名四海。杭·杜亚的辉煌功绩和显赫地位更遭贵族大臣的嫉恨，他们又多方设计陷害他。这次国王竟下令处死他，幸亏宰相把他藏匿起来，他才得以保住性命。后来，杭·直巴接替了杭·杜亚的职务，但他不满国王对自己结义兄弟杭·杜亚的处置而起来造反。国王被迫逃到宰相府中避难，这时他才后悔杀了杭·杜亚，因为无人可对付杭·直巴。宰相趁机把杭·杜亚的情况禀告国王。国王大喜，立即召回杭·杜亚并命令他杀死杭·直巴。杭·杜亚为效忠国王不惜用不光明的手段杀了为他抱不平的结义兄弟杭·直巴。

小说用了很大的篇幅详述杭·杜亚先后出使印度、中国、阿拉伯、埃及、罗马等国的情景和冒险经历，反映了马六甲王朝强盛时期的国际交往和地位。其中出使中国的一段写得相当生动和精彩，详述杭·杜亚如何受到中国皇帝的破格接待以及他如何设巧计得以亲睹中国皇帝的“龙颜”。从这段描写中，可以看出两国的友好关系由来已久。那时正值明朝永乐时期，从《明史》中也可以找到有关当时中马友好交往的大量记载。

此外，小说还着重描述杭·杜亚与葡萄牙殖民主义者的英勇战斗。在出使中国期间，杭·杜亚第一次遇上葡萄牙殖民主义者的挑衅。为了维护马来民族的尊严，杭·杜亚在海战中给了他们狠狠的教训。葡萄牙殖民主义者不甘心失败，从本国调遣庞大舰队卷土重来，直犯马六甲。这时，杭·杜亚已年老多病，但他仍抱病迎战，奋勇杀敌，毙敌统帅，他自己也身负重伤。打退敌人之后，杭·杜亚便告老引退，从此隐居山林，不知所终。后来，葡萄牙殖民主义者再次进犯马六甲。由于杭·杜亚已不在，马六甲终于被葡军用狡诈的计谋攻陷，显赫一时的马六甲王朝遂告灭亡。

小说充满传奇的色彩和浪漫的情调。杭·杜亚被塑造成马来民族英雄的最高典范，在他身上集中了马来民族一切优秀的品质。他既是勇猛善战的武将，又是治国安邦的能臣。他满腹经纶，通晓天文地理，能上天入地，甚至精通各国语言，简直是个全才。他与马来民族的存亡息息相关。杭·杜亚在，则国泰民安；杭·杜亚不在，则国破家亡。可见，小说中的杭·杜亚是民族精神的象征而不是实际存在的人物，但作者通过浓墨重彩和细致入微的性格刻画，却成功地把他塑造成一个有血有肉、具有鲜明个性的艺术形象，使人感到真有其人，确有其事。

小说在艺术上的突出成就在于它能紧紧地抓住杭·杜亚的性格特征加以精雕细刻和反复锤炼，使人物形象既高大又丰满。杭·杜亚的性格特征可用“忠”、“勇”二字简要概括，小说的着力点也在这二字上。杭·杜亚的“忠”，首先表现为他对捍卫民族利益和民族尊严的不屈不挠和敢于舍身为国的精神。他与卡查·玛达之间十来次惊心动魄的斗争，他与葡萄牙殖民侵略者的几场恶战，都是围绕着捍卫民族独立和尊严而进行的。杭·杜亚的赤胆忠心也正是通过那些剧烈复杂的斗争而得到充分的表现的。当然，杭·杜亚的“忠”也带上了忠君的封建色彩，尤其经后来封建文人的加工，封建性的糟粕更显突出。加工者给小说标上这样的副题：“这里讲的是关于无限忠于其君主、处处为其君主效力的杭·杜亚的传记。”但总的来看，杭·杜亚的忠君和爱国是结合在一起的。在当时的历史条件下，二者往往是不可分开的。作为封建王朝的臣子，只有通过对国王的效忠才能实现报国的夙愿，特别在民族矛盾上升的时候更是如此。“忠”可以说是杭·杜亚的本质特征，而“勇”则是杭·杜亚这个本质特征的具体表现。他的勇是有智有谋的勇，不是匹夫之勇，这充分体现在他一生的战斗中。

杭·杜亚忠于民族的最高利益，勇于捍卫民族的最高利益，这是富有航海冒险精神的马来民族性格的艺术体现。这种忠勇的性格特征，在民族遭到异族蹂躏而处于危难之际时，更是需要加以大大发扬的。《杭·杜亚传》几世纪以来之所以在印度尼西亚和马来西亚大受欢迎，杭·杜亚这个人物形象之所以被印度尼西亚和马来西亚人民当做是自己的民族英雄来崇拜和歌颂，原因就在于此。

第四节
阮　攸

阮攸（1765—1820）字素如，号清轩，越南河静省人。家庭出身显赫，家族人中多文士，号称“鸿山文派”。20岁时中乡试三场，出仕“正首校”。当时正值黎朝衰败之际，西山农民起义军声势浩大，封建王朝岌岌可危。阮攸力图挽救黎氏王朝的覆灭未成，严峻的现实使他感到时代变迁，回天乏力。他内心忧虑颓丧，彷徨无着，经过长期颠沛流离、贫病交集的生活之后，隐居故乡，寄情吟咏，成为一个“国破家败”的落魄政客。这期间，他接触到下层人民，亲眼目睹了人民的疾苦，痛感社会的动乱和权势的专横，这对他后来的创作影响甚大。

1802年，阮福映在法国资本势力的支持下，击败西山农民起义军，称帝越南。阮攸被迫应召出仕任职。面对统治集团的争权夺利，他采取了明哲保身的态度。因此，他虽身居高位，处境却十分孤独。1812年，阮攸出使中国，接触到中国的古典文学，对当时中国流行的“才子书”产生浓厚兴趣。由于这些小说在不同程度上反映的中国封建社会现实与当时越南的状况颇为相似，他回国后即借用中国《金云翘传》的故事，用六八诗体写出长诗《金云翘传》。阮攸于1820年病逝，他的作品还有诗文集《十类众生祭文》、《清轩前后集》等。

《金云翘传》是阮攸的代表作，也是越南字喃文学的经典之作，全诗凡12卷3 254行。

第一卷至第三卷，描述女主人公翠翘出身名门，才貌出众，知书达理。她与书生金重相识，互相倾慕，私订终身。后不幸金重父病逝，需回乡奔丧，二人只好惜别。

第四卷至第六卷，叙述翠翘家庭惨遭奸商与贪官谋害，老父、幼弟含冤入狱，翠翘卖身赎救，沦为娼妓。

第七卷至第八卷，描写翠翘想跳出火坑，争取新生。她嫁给纨绔子弟束生为妾，受尽地主家庭对她的种种折磨，虽有尼姑觉缘等人相助，但终摆脱不掉邪恶势力的包围，再度落入苦难深渊。

第九卷，叙述一个揭竿而起、重整乾坤的英雄徐海，持义除奸，横扫人间污浊，帮助翠翘跳出火坑，并为她报仇雪恨，严惩贪官污吏等邪恶人物。

第十卷，描写翠翘在“夫贵妻荣”封建观念支配下，力劝丈夫徐海“归顺”官军，结果双双中计，徐海身死战场，翠翘受尽凌辱投江自尽。

第十一卷至第十二卷，回应全诗开首，补叙金重办过丧事，再寻翠翘不得，后补官上任，查访翠翘下落。最后，在觉缘指引下，金重见到被搭救脱险、隐居尼庵的翠翘。翠翘与金重终于欢聚团圆。

从《金云翘传》所描写的整个内容，我们可以清楚地看到，作者通过生动的艺术手法和曲折的情节描绘了一幅基本上符合历史真实的越南封建社会末期的图画。通过翠翘这一典型人物的一生，反映出当时越南广大妇女和被压迫群众的悲惨命运。全诗具有明显的现实主义因素和强烈的人道主义精神，它的基本倾向是进步的。

《金云翘传》所选择的题材具有一定的特殊性。它以出身“书香门第”的翠翘作为全书的主人公，以她家庭的破产、没落为背景，细致地描绘了她所遭到的种种苦难与不幸。由于封建社会末期矛盾重重，罪恶势力横行，即使名门出身，也一样“劫数”难逃，“命运”莫测。《金云翘传》具体而生动地描绘了一个封建家庭及其成员遭殃蒙难的过程，深刻地反映出封建社会气数已尽、崩溃在即的历史面貌。

《金云翘传》从多方面揭示了造成翠翘悲惨命运的社会因素。这里既有封建官僚的专横暴虐、营私舞弊，又有新兴商人的贪婪狠毒、恣意妄为；既有贵族豪门的倚势凌弱、欺压善良，又有花街柳巷的淫荡堕落、乌烟瘴气……正是在地主、官吏、商人、纨绔子弟、地痞流氓、人口贩子接连不断和串通一气的残酷迫害下，“名门闺秀”出身的翠翘才一步一步地沦为被侮辱、被损害的妓女、侍妾、奴仆和尼姑，从精神到肉体，无不横遭摧残。黑暗、残暴的封建社会环境，决定了翠翘无法逃避的悲惨命运。因此，这部作品不仅反映了比较广阔的社会生活画面，而且有力地揭发、批判了当时的封建统治阶级。

阮攸善于刻画人物的典型特征，仅用淡淡的几笔就勾画出官府的蛮横残暴，暴露出他们的豺狼本性。

大家不及寒暄，
衙役四面声喧。
挟棒持刀，
个个似牛头马面。
老人幼弟戴上枷锁，
父子紧紧绑缠。
青蝇声嗡嗡一片，
机织捣毁，女红散乱一边。
不管家私细软，
歹徒恣意抢掠，无一幸免。①

作品对于翠翘沦落成娼、被迫为妾的痛苦生活，作了比较集中、细致的描绘，表达了作者深切的同情。

不幸生为女子身，
多少危难忍受。
风尘堕落复何言，
堪叹一生含垢！

翠翘的苦难生活正是当时处在封建制度下广大越南人民悲惨境遇的真实写照。作者对当时人民的苦难倾注了忧愤悲慨之情，流露出强烈的人道主义精神。作品在描绘翠翘

① ［越南］阮攸：《金云翘传》，黄铁球译，北京，人民文学出版社，1959。本节以下引文均见此书。

苦难命运的同时，也着重描绘了她性格和品质的优点：她心地善良，聪敏贤惠，不仅尊老怜幼，而且忠于爱情，富于自我牺牲精神。她因未能对老父尽孝而感到非常自责，她说：

自恨女儿身，
未曾点滴报答亲恩。
上书有愧缇萦，
窃比李娘孝顺。
椿萱鹤寿年高，
支撑万叶千枝，还靠树身独任。
我如不忍离去，
难免风雨摧残，同归于尽。
唯有自我牺牲，
花谢了，留得枝叶长存。

在封建邪恶势力的迫害下，她只能忍气吞声，无力反抗，但她始终没有消沉颓丧，而是热切地期望跳出火坑，盼望出头之日。徐海聚众起义，横扫妖魔鬼怪，她敢于跟着他去报仇雪恨。即使后来徐海不幸身亡，自己也上当受骗，她仍没有与封建势力同流合污，而是悔恨交加地投江以图自尽，这表明她与社会邪恶势力势不两立，显示出她性格坚毅顽强的一面。

但是，翠翘的性格也有软弱和不足的一面。在她身上，不时流露出“三从四德”、“夫贵妻荣”、“忠君报国”、“逆来顺受”等封建传统观念。这些封建的传统观念有时甚至支配了她的思想、感情和行动。其实这也是作者思想局限性的表现，因此作者在揭示翠翘苦难命运的根源时，也只能把它归结为“天命注就”、“祸由情起”，而没能揭示出其社会历史的真正根源。

除了翠翘，徐海是作者着力刻画和歌颂的人物，他是英雄形象的典型。在乱世之秋、民怨沸腾之际，徐海揭竿而起，锄强济弱，严惩奸顽，把斗争的矛头直指当权的封建统治者，表现出大无畏的英雄气概。即使在受骗被杀时，他仍临危不惧，视死如归：

徐公阵前殉难，
仍然意气轩昂。
英灵宛在，
遗骸直立不僵，
恍似一柱擎天，
哪怕千斤击撞。

徐海完美的英雄形象体现了人民的理想和希望，因为只有这样的英雄人物才能拯救人民于水深火热之中。然而，在肯定他的同时，也应看到其不足的一面，那就是他多少对封建统治阶级还存有幻想，以至于上了“归顺”的当而被害。

《金云翘传》在艺术上的成就相当突出。整部长诗结构严谨，不仅卷卷相接，联系紧凑，而且首尾呼应，构思完整。人物形象刻画生动，性格鲜明，既有个性特色的肖像描绘，又有细致深刻的心理分析。语言简洁凝练，用词贴切自然，音调铿锵动听，富于音乐美感。阮攸驾驭越南语言的才能达到了炉火纯青的地步，他创造的精美诗句变成了今日越南老幼皆能背诵的名句，经常被人们引用，以表达自己的情怀。

如果拿中越两部《金云翘传》加以对比，可以看出阮攸所作的《金云翘传》是相当成功的，有其独特的地方。首先从题材上看，翠翘与徐海的故事早见于我国明朝茅坤的《纪剿徐海本末》和余怀的《王翠翘传》。到了青心才人的《金云翘传》，已发展成了近140 000字20回的章回小说。人物、情节也都有了不少的提高与增删。阮攸基本上原封不动地采用了青心才人所写的故事内容与情节，但改用叙事长诗写就，字数虽大大减少，人物形象在不少地方却反而显得更加丰满和突出。在中国，青心才人的《金云翘传》并非名著名篇；而在越南，阮攸的《金云翘传》却成了古典文学中的经典佳作。阮攸能巧妙地利用我国明代的故事来反映越南黎末阮初丑恶的社会现实乃是其成功的根本原因。阮攸的《金云翘传》无论思想性还是艺术性，可以说都代表了越南古典文学的最高水平。

第五节 吴邦雅

吴邦雅（1812—1866）是缅甸诗人、剧作家，生于缅甸中部实戾镇，属官宦世家。他8岁时剃度，法号为僧邦雅比达扎，20岁正式为僧。1837年沙耶瓦底王登基后，因吴邦雅之父已去世，拟请其还俗，将原许封给其父的实戾、帕坎两镇赐封给他。吴邦雅不愿接受，仍在寺中挂褡。因诗人经常为女施主们赋诗、讲道、看病，以致流言蜚语颇多，被迫脱掉袈裟。1841年沙耶瓦底王巡幸大光（即今日仰光），吴邦雅也随往，在巴罕寺再度出家。1852年敏东王登基，诗人时年40，还俗在王储加囊亲王门下任内廷诗人。敏东王非常喜爱他的诗文，遂令御弟加囊亲王割爱，召进宫内任侍茶官，御赐“敏拉丁卡耶”勋衔（意为温文尔雅无可比拟者），并赐育西村食邑。1866年因被控参与敏贡、敏空岱王子叛乱事件而被害，年仅55岁。另有一说，他被人暗中营救而脱险，隐居于毛淡棉一带，1875年才亡故。

诗人的右臂是先天性残疾，左手却写得一手好字。他博读经书，所著诗文往往构思新颖，用词优美，诙谐幽默。写作经常是一气呵成，还是个多产作家。

吴邦雅先后写过“茂贡”诗（纪事诗）3篇，其中以《珍宝河志》（1862）最为有名，讲述曼德勒王都的由来，记载曼德勒运河之开凿。他的讲道故事诗（即诗体小说）有30篇，以讲解佛教教义为目的，多有寓意。其中代表作首推《六彩牙象王》，叙述的是这样一个故事：象王之一妃误认为象王偏爱别的象，忌妒成疾郁郁而死，投胎成为一王后。为报前世之仇，王后撒娇求国王重金聘猎手捕杀象王，截六彩象牙作耳饰。应选猎手至象王住处，搭毒箭暗射。象王中箭后询猎手为何加害，猎人告以实情。象王听后，舍给象牙，并指引道路令其返回。诗人对王后的忌妒、国王的昏庸、猎人的粗野、象王的仁厚都作了绝妙的描述。开篇的愉悦抒情，篇中的怨恨愤懑，结尾的悲切怀恋都给人以深刻印象。

他写的“密达萨”（情谊书简）约有60篇，虽然大都系诗人的来往书信，但所涉内容甚广，读起来并不枯燥，为我们了解作者生活的年代以及作者的思想主张提供了很多材料。其中《回复》、《香艾草油》、《没有追逐姑娘》等篇最为突出。作者采用散韵相间的手法，文笔流畅，感情奔放。

他所著剧本部数其说不一，最多的说有8部，少的说有5部，有的已散佚。所写剧本有的取材于佛本生故事，有的则取材于传说，但都是晓谕世事之作，有所影射，有所隐喻。《巴东玛》相传系诗人应加囊亲王所求而写。敏东王沉溺女色，正名皇妃竟有57人之多，宠姬不计其数，宫内生活十分糜烂。为了进谏，他以193号佛本生故事《小莲花本生》为素材写了此剧。《卖水郎》则为劝国王勿与加囊亲王不和而作。该剧取材于第421号佛本生故事《冈伽摩拉本生》中的一个插曲，描写一个赤贫的卖水郎与同命运的卖水女结成秦晋之好。为了取回藏在城墙缝中的血汗钱——四个铜板，他不顾赤日炎炎在荒郊奔走。国王见此情景，召来询问，赐八个铜板劝其勿再去取，卖水郎不答应。国王再加倍赏赐，卖水郎仍不答应。最后国王立他为王储。卖水郎当了王储后还是取回了那四个铜板，并把卖水女接进宫里。一天国王与王储在御花园游玩，国王枕王储腿部鼾睡。王储竟萌弑君篡位之恶念，三次想动手，均因良心发现而未果。国王醒后，王储实言奏明，国王不但不予追究，反而决定逊位隐居。王储也参悟而决心出家。作者对卖水郎的寒酸、贪婪而又诚实，对国王的慈悲和宽容，做了精心的描写，对戏剧情节的安排也作了缜密的构思和布置。著名缅甸学者吴佩貌丁在其所著《缅甸文学史》中曾这样评价："看来《卖水郎》一剧系吴邦雅倾注全部精力写成的。大家公认此剧是吴邦雅最佳之剧作。"

此外，吴邦雅先后还写过数百首其他题材和内容的诗歌。

吴邦雅所著诗文从表面上看多属佛教文学或宫廷文学，但仔细剖析，却可发现在他许多作品中充满着对贫苦人民的深切同情，对社会恶习和腐败现象乃至对宗教内部和宫廷内部黑暗面的无情揭露和鞭笞，其中甚至还隐约表露出他对时政的不满。

当时，英帝国主义侵略者已经入侵，半壁江山丢了，而以敏东王为首的缅甸王国政府却偏安于上缅甸。敏东王又公布了新的税收制度，很多农民为生活所迫逃往英属下缅甸。人民生活的困苦，诗人亲有所闻，所以他的诗文充满了对贫苦百姓的同情。《卖水郎》一剧就有多处关于人民贫困生活的描写，而以《化缘租船金》（密达萨）中的一段描最为深刻：

鳄鱼背积灰土，田螺壳内无肉。
腰系一层单布，饭食隔夜入肚，
每日清水充饥，举世无比穷苦。
向穷汉们化缘，讲遍佛经劫数，
即使口干舌断，倒毙讲坛成佛，
一碗雪白大米，亦难真正收获。

虽然吴邦雅本人笃信佛教，但对宗教界存在的恶习却深恶痛绝。例如有一女施主米瑞娣送给他的明明是一桶煤油，却说是一桶贵重的香艾草油。在致函女施主米瑞娣时，他没有直接怪罪，也没有暴躁发火，而是采用了幽默的手法，予以讽刺。这便是著名的《香艾草油》一诗的由来。诗人写道：

香艾草油，在世不长。
死后轮回，费人思量。
投胎煤油，初生世上。
吾师不知，亦未提防。
佛陀一尊，心中敬仰。

善心施舍，香油奉上，
斜捧油桶，直浇佛像。
可怜吾佛，其味难当，
只好缩头，无法评讲，
紧锁双眉，强忍此赃。

当时有些人为佛像贴金也是如此，并非对佛虔诚相敬，而是只图自己贴金的部位比他人显著。一位叫吴兼披的施主在给佛像贴金时，竟将佛像一侧耳朵踩掉。诗人幽默地以佛祖的口气写道：

只缘贴金一小张，
踩断洒家金耳长。
奉劝施主吴兼披，
速还吾耳免惆怅。

对那些不循佛门教规胡作非为的僧侣，吴邦雅更是厌恶之极，痛骂他们是牛。在一首“雅甘”诗中，诗人大胆地讽刺道：

佛历未始阿罗汉，
脱身尘世参禅人。
饥肠辘辘餐野果，
袈裟僧衣裹真身。
成串念珠颈间挂，
牛头系铃比喻真。

从这几句诗中，我们也可以看出吴邦雅机智过人。为了避免被人责难攻击佛教，他巧妙地在这首诗中写上“佛历未始”几个字，似乎讲的是很久以前的事，但又好像是讲现在的某些僧侣。同样，他对宫廷的黑暗面也写过不少名句进行影射和讽刺。

吴邦雅看到了半壁河山受洋人百般蹂躏，而当政者却只图安乐，不思中兴，国力日衰，处于岌岌可危的地步。诗人心中难以平静，在《回复》（密达萨）一诗中，明确地表达了他忧国忧民的心情。

国事官场，变化无常，
凡此种种，前途渺茫。
吾似天神，慧眼智囊，
人间俗事，尽悉端详。
世运将终，不再久长。
投生世间，男子儿郎，
追逐官场，无边奢望。
吾师有意，退避一旁。

吴邦雅敢于面对社会现实，用自己的笔站在人民一边进行战斗。他虽然是位僧人，后期又当了宫廷诗人，但他的作品并没有局限在佛教文学或宫廷文学范畴之内，而有更为广阔的社会视野和广泛的群众基础。当时，他的诗文已经很有名气，受到同期文人塞耶佩的高度赞扬。

正因为他的文章辛辣尖刻，所以他得罪了统治阶层，这也是他最后死于非命的真正原因。敏贡、敏空岱王子叛乱，吴邦雅被指控为两王子策划谋叛。敏东王下令大臣吴达欧负责将其软禁，后吴达欧秘密将其处死。事实上犯罪的证据并不确凿，连后来编的《贡榜王朝大史》，在记载为王子策划谋叛的名单中也未见吴邦雅之名。可见，他的死是因为封建统治者对他的蓄意加害。

在20世纪初，缅甸文学界开始有人称吴邦雅为缅甸的莎士比亚。时至今日，包括缅甸许多作家在内，大多数人仍这样赞誉吴邦雅。例如缅甸当代名作家佐基就有这样的评价：人们称他为缅甸的莎士比亚并非因其善写剧作，也并非因其写作技巧高超使人有美的感受，而是因为他对社会、人的本性敏锐的洞察力与莎氏相同。名作家德贡达亚则直接称吴邦雅为“政治诗人”。另一位著名作家貌廷认为吴邦雅的作品好比为人类生活立起了一面镜子，不仅与缅甸人有关系，也与全世界有关联。总之，人们认为虽然莎士比亚与吴邦雅出生的年代相差约250年，但都处于各自国家封建社会没落之时，他们都善于利用旧素材推陈出新并寓以新意，而且在观察社会、暴露社会、语言生动等方面也多有相似之处。1963年3月由世界和平理事会（缅甸）等组织在缅甸专门为他组织了隆重盛大的系列纪念活动，还印发了纪念论文专辑。这些都足以说明吴邦雅的影响至今不减，他已成为缅甸妇孺皆知的人物，他的名字也逐渐为世人所知。

思考题

1. 请简述世界四大文化对中古近古东南亚文学的影响。
2. 请简述印度两大史诗对古爪哇语文学发展所产生的影响和所起的作用。
3. 请简述《马来纪年》和《杭·杜亚传》在马来古典文学中的地位。
4. 请分析《金云翘传》中翠翘的艺术形象和社会特征。
5. 请分析吴邦雅诗文的思想倾向和他在缅甸文学发展中的历史地位。

第三章 中古近古南亚文学

第一节 概述

中古近古南亚文学，主要是指这个时期的印度文学，其中包括梵语古典文学和地方语言文学两部分。

从4世纪或5世纪至10世纪前后，梵语古典文学继续在古代梵语古典文学的基础上向前发展，并在诗歌、戏剧和小说等领域取得了相当可观的成果。迦梨陀娑（详见本章第二节）无疑是这个时期梵语古典文学最杰出的代表，也是整个梵语古典文学最杰出的代表。在迦梨陀娑之后，又涌现出许多著名的作家和作品。诗歌方面可以举出婆罗维（约5世纪—6世纪）的长篇叙事诗《野人和阿周那》、伐致呵利（约7世纪）的抒情诗集《伐致呵利三百咏》和胜天（约12世纪）的长篇抒情诗《牧童歌》等；戏剧方面可以举出戒日王（606—647年在位）的《龙喜记》和薄婆菩提（约7世纪—8世纪）的《后罗摩传》等；小说方面可以举出波那（7世纪）的《迦丹波利》和檀丁（7世纪）的《十王子传》等。不过，就总体而言，迦梨陀娑的创作已经达到梵语古典文学的高峰，虽然后来有些作家在文学史上的地位甚至可与迦梨陀娑并称，但遗憾的是他们不少作品中的形式主义因素却在不断增加，其衰亡趋势业已难于避免。

一般认为，印度的梵语古典文学在10世纪以后逐渐衰落，代之而起的是接近人民生活的、用各种地方语言书写的文学。

10世纪前后的印度社会，已经是封建社会的中期。当时大大小小的封建王朝林立，未能形成强大统一的中央集权国家，因此信仰伊斯兰教的民族得以从西北边境连续不断地乘虚而入。在老的入侵者还没有建立稳定的政权时，新的入侵者又来了。这种状况持续了几百年。早期，外来的入侵曾遭到印度教封建王公们的抵抗，这种矛盾和斗争主要是民族之间的矛盾和斗争。但是，当入侵的民族长期定居下来后，其统治阶级又与印度教统治阶级联合起来共同压迫人民，使民族矛盾下降到次要地位，而阶级矛盾则逐渐上升为主要矛盾。直到16世纪初，才出现了比较统一的莫卧儿王朝。不久，统一王朝的势力又逐渐削弱，各地封建主的地方势力相继崛起。后来，葡萄牙、英国殖民者相继侵入印度。从18世纪中叶起，印度沦为英国的殖民地。

在整个中古近古期（到19世纪中叶止），印度社会的主要矛盾是阶级矛盾，尽管中期和后期的民族矛盾越来越突出。阶级矛盾不仅表现在农民、手工业者与大大小小的王公贵族领主之间，而且反映在种姓制度和宗教制度上。种姓制度是印度特有的社会现象，它与印度教结合在一起，从来就起着加深和激化阶级矛盾的作用。另外，随着伊斯兰教的传入，伊斯兰教和印度教也产生了矛盾。结果，有不少印度教的低等种姓教徒加入了伊斯兰教。

另外一方面，代表两种宗教的两种不同的文化也相互渗透和交流。由于种种内外的因素，新的社会思潮首先从宗教改革方面表现出来。印度教和伊斯兰教各自兴起了一些革新的派别，并相继出现了一些改革家，他们改革宗教的理想实际上包含着改革社会的要求。印度教的改革家罗摩难陀（1356—1467）提倡消除宗教偏见，不赞成高等种姓对低等种姓的歧视，主张给予“不可接触者”以拜神的权利。他的目的是维护印度教的传统和文化。为此，他倡导建立罗摩教派。伊斯兰教内部也出现了苏菲派。这一教派宣传平等和泛爱，主张消除宗教差异，提倡爱最高的神明，反对偶像崇拜。无疑，这些教派在当时的历史条件下，都具有一定的积极意义。但是，宗教改革解决不了社会的根本问题，最多起一些缓和矛盾的作用。后来，由于封建制度进一步腐朽没落，具有社会改革内容的思潮也很少出现了。

这个时期的文学在梵语古典文学衰落以后，各种地方语言文学相继兴起。其中，除了印地语文学以外，还有乌尔都语文学、孟加拉语文学、阿萨密语文学、奥里萨语文学、古吉拉特语文学、马拉提语文学、旁遮普语文学、克什米尔语文学、信德语文学。在南方，还有泰米尔语文学（它的历史较久，在梵语文学产生不久就出现了）、泰卢固语文学、马拉雅兰语文学、卡纳尔语文学。这十数种语言文学的产生和发展，大体都有着相同的背景和特点，特别是都继承了梵语史诗文学和古典文学的传统。在长时期内，梵语文学中的两部大史诗、神话传说以及其他优秀作品，在各个地方语言中，一再被翻译、改写或再创作，人物也一再被重新塑造。总之，它们成了各地方语言进行文学创作时取之不尽的题材来源。

印地语文学是这些语言文学中有代表性的文学，它包括印度北部、中部广大地区不少方言的文学创作。10世纪前后到14世纪是印地语文学的英雄史诗时期，出现了一批歌颂封建王公贵族抵御信仰伊斯兰教民族入侵的长篇叙事诗，主要有金德·伯勒达伊的《地王颂》、德勒伯蒂·维杰耶的《库芒王颂》、纳勒伯蒂·那尔赫的《比斯勒德沃王颂》、夏尔格特尔的《赫米尔王颂》、纳勒辛赫的《维杰耶巴尔王颂》、加格尼格的《伯勒马尔王颂》等。这些长诗的写本当时都未流传下来，是较晚的时候才陆续发现的。它们在流传的过程中被加工、补充，原来的面目已不可辨。这些长诗歌颂抵抗外族的入侵，表达了人民反对异族统治的愿望。不过，由于它们包含了王公贵族相互兼并的许多情节以及其他内容，因而反侵略的主题已被冲淡。

最有名的长篇叙事诗《地王颂》是《摩诃婆罗多》型的作品，到现在为止，已经发现有十几个传本。最大型的本子是16世纪末记下来的，分69章，有一万几千节双行诗。哪些是13世纪的原始部分已难以分辨。但一般学者认为，其中有相当大一部分是当时的产物。《地王颂》的主要内容是写一个有名的封建主——地王的世系源流、出生和成长，记述他即位、举行王祭、结婚、抵抗外族入侵和被俘牺牲等事迹。其中，较有意义的是写他在强大的入侵者面前英勇战斗、临危不惧和被俘后继续斗争的章节。

15世纪中叶去世的维德亚伯蒂是有名的抒情诗人，他写过一部长篇叙事诗《吉尔蒂颂歌》。这部诗分四章，169节，约1 500行。其内容也涉及抵抗外来侵略的问题，歌颂了一个王子向外来民族的侵略者复仇的斗争。但是他影响最大的是抒情诗，描写大神化身为黑天青少年时和牧区女子罗陀的爱情。这些诗反映了封建社会的青年男女追求自由爱情的理想。

15世纪到17世纪中叶被称为虔诚时期。这是印度文学史家把宗教改革的虔诚运动运用到文学领域的一个说法。的确，这一时期的文学大都和宗教的虔诚运动有着直接或间接的关系。诗人格比尔达斯是虔诚运动中的激进派，关于格比尔达斯的生平，流传下来的可靠材料甚少。他大体生活在14世纪末至16世纪初的某一段时期内。他出身于社会地位比较低的织布工人家庭，自己也是织布工人，这在他的诗中都有记载。织布工人这一阶层原属印度教的低等种姓，但早在格比尔达斯出生前就脱离了印度教而加入了伊斯兰教。格比尔达斯没有投靠过任何封建主，他是民间诗人。他的思想，有反对宗教和种姓制度的一面。他谴责印度教，也谴责伊斯兰教。他蔑视印度教中高等种姓的婆罗门，也蔑视伊斯兰教执教的教士。他反对偶像崇拜等宗教活动，认为神明无形，神明存在于万物之中，万物中皆有神明。他实际上是提倡一种泛神论，这种泛神论包括了他的某种朴素的唯物主义观点和平等大同的理想。他还主张通过理智和理性来求得和神明的统一，所以他的思想从根本上来说还没有摆脱唯心主义的体系。文学史上把他列为虔诚时期无形派明理支诗人的代表。格比尔达斯有妻小，不是出家人。他死在一个据说死后要入地狱的地方，有意避开被认为死后可升入天堂的圣地贝拿勒斯。他的追随者——穷苦的下层人民——在他死后奉他为一个教派的始祖，这是与他的思想相违背的。几百年来，伊斯兰教的上层反对他，指责他出身伊斯兰教家庭却背弃伊斯兰教。他又受到印度教的婆罗门和祭司的攻击，因为他们不能容忍一个异教徒谴责他们的宗教。他的诗是其追随者记录下来的，当时没有定本流传，到底有多少诗是他的作品，也无从查考。有的传本多达几千首，有的则只有几百首。他的诗绝大部分是四行诗，类似于我国的绝句。

与格比尔达斯类似的诗人还有勒维达斯（作品有《勒维达斯之声》和《勒维达斯之歌》）、特尔默达斯（作品有《福地》）、达杜德雅尔（作品有《达杜德雅尔之声》）和松德尔达斯（主要作品有《松德尔达斯之欢乐》、《知识之海》）。

诗人加耶西是伊斯兰教的“苏菲派”成员。他与虔诚运动并没有直接的关系，但是他的某些思想是和这一运动相吻合的。加耶西（1493—1542）生于印度北方邦的加耶斯村，他的真名叫默利格·穆罕默德，后人习惯把这位出生于加耶斯的诗人称作加耶西。他出身农民家庭，七岁时死了父母。他自幼盲了一只眼睛，生活很苦，跟随印度教修行人生活。关于他的生平没有留下更多的材料。他是民间诗人。他的宗教信仰属于印度伊斯兰教的“苏菲派”。这一派主张平等和泛爱，主张以爱而不是以虔诚和膜拜对待神明。他认为神明无形，神明和灵魂是统一的。他对宗教无偏见，曾和印度教徒长期相处。他的思想影响了当时不少人，有些人追随他，其中既有伊斯兰教徒，也有印度教徒。他被认为是虔诚时期无形派泛爱支诗人的代表。据说他的作品有 21 种之多，但现仅发现三种。《最后的话》共有 60 节诗，每节 18 行，共 1 000 余行。《字母表诗》共有 53 节诗，每节 22 行，共 1 100 多行。前者是他 30 岁左右写的，当时他还不是“苏菲派”；后者是他成了“苏菲派”后写的。这两篇作品主要表达他的宗教哲学思想以及某些社会观点，虽然是诗体，但文学性不强。加耶西最有名的作品是他的长篇爱情叙事诗《伯德马沃德》。这部长诗共分 58 章，600 多节，每节 18 行，共 11 000 余行。

与加耶西相近也创作了长篇爱情叙事诗的有古杜本（《默里迦沃蒂》）、门钦（《默吐马尔蒂》）、乌斯曼（《吉德拉沃利》）等。苏尔达斯（详见本章第三节）是虔诚运动中崇拜大神毗湿奴的化身黑天的诗人，但他写的关于黑天的诗，主要是歌颂黑天人性的一面，而不是其神性的一面。其他以黑天为题材写诗的还有南德达斯（主要作品有《五章乐歌》、《黑蜂歌》）、米拉巴伊·勒斯康（作品有《智慧的勒斯康》、《爱的花坛》）、纳罗德默达斯等。纳罗德默达斯的长诗《苏达马的生平》虽然也写了黑天，但主要却是写一个穷苦农民苏达马的经历。诗人杜勒西达斯（详见本章第四节）是虔诚运动的温和派。他努力使虔诚运动符合传统的印度教及其种姓制度，倡导崇拜毗湿奴的另一化身罗摩。他的《罗摩功行之湖》被当做宗教的经典，他的影响超过了当时的其他诗人。同样写罗摩故事的诗人还有纳帕达斯（《虔诚花环》）、阿格尔达斯（主要作品有《贡德里亚罗摩衍那》、《罗摩花簇》）等。

17 世纪中叶至 19 世纪中叶被称作法式时期。这一时期的文学作品很多是庸俗和低级趣味的艳情诗。诗人大都是为封建王公领主服务的宫廷诗人，他们写作的目的是为自己的庇护者提供刺激和消遣的材料。从形式上说，诗人追求辞藻的华丽和比喻的新颖，矫揉造作，陈陈相因，已成为一种法式。当然也有少数例外，普生即他们的代表。他歌颂了一个反抗皇帝的起义领袖西瓦吉，写了《西瓦吉五十二首》，反映了他的民族主义精神。

第二节 迦梨陀娑

迦梨陀娑是享有世界声誉的、印度中古最著名的诗人和剧作家。他约生于公元 350 年至公元 472 年之间，即印度笈多王朝的旃陀罗笈多二世在位前后的一段时期。这一时期，印度封建社会的经济获得了高度的发展，城市繁荣，商业活跃，对外贸易极为兴旺。在文化方面，由于持续几百年的梵语规范化已告完成，梵语已成为当时流行的文学语言。加之笈多王朝几代皇帝的热爱和提倡，梵文文学遂在这一时期出现了空前繁荣的局面。迦梨陀娑就是这一时期梵文文学最杰出的代表。

根据迦梨陀娑作品中所反映的情况，我们还可以大致推断：他出生于喜马拉雅山南麓印度邬阇衍那（优禅尼）城的一个较贫寒的家庭。他接近和同情下层人民的生活，后来成为一位有特殊成就的宫廷诗人，被誉为笈多王朝的“宫廷九宝”之一。

迦梨陀娑知识渊博，文学造诣很深，一生写过许多作品，流传至今的经学者确认的有叙事诗两部、抒情诗两部和剧本三种。

迦梨陀娑的叙事诗，其一为《罗怙世系》，共 19 章，属于作者的晚年之作，技巧成熟，被后世赞誉为印度“大诗”（叙事诗）的典范。诗中所写的不是帝王的文治武功，而只是通过他们的故事，抒发当时普通印度人的思想和感情。诗人选取了罗怙世系里每一个皇帝事迹中最典型的部分。而在 21 位皇帝之中，又用了七章的篇幅突出地描写了罗摩，勾画出《罗摩衍那》的故事概要。不过，他所写的帝王世系和罗摩的故事以及作品风格，都不同于史诗《罗摩衍那》。

其二是《鸠摩罗出世》，或译《战神的诞生》、《仙童出世》。鸠摩罗意为“童子”，计 17 章。这是一个美丽动人的神话传说，是《罗摩衍那》的插话之一。长诗一至八章，叙述大神湿婆和喜马拉雅山的女儿乌玛恋爱和结婚的故事：天上的群神恳请大神湿婆娶妻，让他生一个勇武的儿子去征服恶魔。湿婆在雪山修行，几经波折，终于与乌玛成亲。第九章以后，叙述湿婆的儿子鸠摩罗的诞生、成长、锻炼以及成人后如何降伏罗刹而成为战神的故事。

《云使》是一首优美动人的抒情长诗，分为“前云”、“后云”两部分，总计 125 节，每节 4 行。长诗写的是：一个小神仙药叉因失职被贬谪到罗摩山的森林，被迫离妻独居一年。在那里住了几个月，当雨季到来时，他将对妻子的思念托付给飘浮峰顶的一片雨云，让它作为自己心灵的使者，去给妻子传递安然无恙的消息和相思眷恋的深情。

抒情短诗集《时令之怀》，又译《六季杂咏》或《六时杂咏》，共收抒情短诗 144 首，一说有 150 多首。一般认为这是诗人青年时代的作品。诗篇通过对印度六个时令（夏季、雨季、秋季、寒季、冬季、春季）自然景色的吟咏，抒发诗人因景色变迁而引起的不同感情。诗集中有许多表现爱情生活的诗篇，描述了离人思妇的抑郁心境。

迦梨陀娑在世界上早就享有“印度的莎士比亚”的美称。他一生写过很多剧本，流传至今的有《摩罗维迦与火友王》、《优哩婆湿》和《沙恭达罗》。

五幕剧《摩罗维迦与火友王》（即《胜鬘与火天友》，又译《摩罗毗迦与阿祇你密多罗》）是以历史故事为题材的，剧中的主要人物火友王及其与之交战的毗达罗跋王等都在历史上实有其人，剧中记载两国之间发生的战争（在剧中放在后台处理）也是实有其事的。作家巧妙地用摩罗维迦作为贯穿全部戏剧冲突的中心人物，使剧情曲折多变，合情合理。剧中女主人公摩罗维迦原是一位国王的妹妹，因战乱而沦为别国宫廷中的舞女。她在国破家亡之前毫无社会经验，在生活中只能任凭旁人摆布，她的命运自始至终引起观众深切的焦虑和同情。在这里，原是公主的摩罗维迦，经过艺术的集中概括，似乎已成为普通印度妇女的典型形象。

五幕剧《优哩婆湿》取材于一个古代传说，在《梨俱吠陀》、《百道梵书》、两大史诗和一些往世书中都有这一故事。该剧主要写天宫歌舞伎优哩婆湿与国王补卢婆娑一见倾心、几经波折终获团聚的故事。迦梨陀娑创造性地处理了这一题材，使剧本充满了浪漫色彩和抒情韵味。

七幕剧《沙恭达罗》[①] 是迦梨陀娑最成功的作品，也是使诗人获得世界声誉的代表作。

《沙恭达罗》的基本情节来自史诗《摩诃婆罗多》，也曾见于《莲花往世书》，但史诗和往世书中的故事比较简单。史诗中说的是：国王豆扇陀在一次狩猎中，走进了一座净

① ［印度］迦梨陀娑：《沙恭达罗》，季羡林译，北京，人民文学出版社，1956。

修林，和净修林主人干婆的义女沙恭达罗相爱，并用干闼婆方式结了婚。豆扇陀回城后，担心因不告而娶会使干婆生气，不敢迎娶。待到干婆派人护送已怀孕的沙恭达罗去见国王时，豆扇陀又惧怕舆论的压力而不敢相认。幸亏其时上天传来叫他接受沙恭达罗的旨意，夫妻才得以团圆。迦梨陀娑将这个情节进行了创造性的改造，增强了它的思想内涵和艺术魅力。

《沙恭达罗》以净修女沙恭达罗和国王豆扇陀的爱情故事为主要线索，揭露和抨击了统治阶级的罪恶，鞭挞和斥责了王公贵族摧残妇女、“始乱终弃”的猥亵行径，极为有力地表达和宣扬了作家对社会政治制度和爱情婚姻生活的美好理想和强烈愿望。

剧中女主人公沙恭达罗是王族仙人和天女的女儿。在幽美、恬静的净修林中生长起来的沙恭达罗，并不像当时社会生活中的净修者那样，抑制着活人的一切天性，死守着净修的清规戒律。净修林中美丽的自然环境培养了她热爱生活的感情。她爱护大自然中的一切生物：她把花木当成自己的姊妹，整天给它们浇水；她把小鹿看成是自己的义子，经常关心它、抚爱它。她憧憬着为净修的清规所反对的人间幸福，向往着为净修者所厌弃的世俗生活。这种想法，使她誓死也要冲破苦行的枷锁和净修的樊笼；追求爱情的强烈欲望，使她丝毫也不畏惧净修林中的清规戒律。

沙恭达罗在冲破了苦行的束缚和考验了豆扇陀的爱情之后，终于用干闼婆方式和豆扇陀结婚了。这种不需要父母之命、媒妁之言，也不举行任何仪式的干闼婆方式，只要男女相爱就可以自由结成夫妇。沙恭达罗采取这种方式结婚，正表现了她在爱情和婚姻问题上的自由愿望和自主要求。她的大胆而果敢的行动，正是和宗法家族制度相矛盾的。它在婚姻问题上的自由和自主的行为，已经变成了冲击家长绝对权威的反抗力量了。

在豆扇陀回到宫廷之后，沙恭达罗怀着千丝万缕的别情和恋恋不舍的忧伤离开了净修林，去找豆扇陀。但是，由于达罗婆娑仙人的诅咒，豆扇陀已经失去了对沙恭达罗爱情的记忆，他已经不认识站到自己面前的沙恭达罗了。豆扇陀否认他们曾结过婚。在戒备森严的宫廷中，沙恭达罗尖锐有力地斥责了豆扇陀，说国王是“卑鄙无耻的人”，说补卢的子孙是“口蜜腹剑”的骗子……这不仅表现了沙恭达罗坚强和勇敢的性格，而且也表现了她对豆扇陀所作所为的愤恨。于是，她被接到天上去了。

在古代印度社会中，妇女完全从属于男子，在任何情况下，妻子也没有和丈夫离婚的权利。《摩奴法典》上说：“丈夫操行虽有可指摘，虽另有所欢和品质不好，但有德的妻子，应经常敬之如神”，“出卖和遗弃都不能使妇女有脱离丈夫的权利：我们是这样认识过去由造物主公布的法律的”①。然而，古代的法典和传统的习俗并没有约束住沙恭达罗。她对豆扇陀的斥责，不只是表现了她的刚毅和坚强的性格特征，同时也表现了被压迫妇女对于夫权至上的不满以及对自由和自主的强烈追求。沙恭达罗的出走行为，同当时社会的统治思想形成了尖锐的矛盾，这无疑是对古代印度的法典规定、传统习俗和宗法家长制权威的极大蔑视。

沙恭达罗相信命运，顺从命运：她把春藤在没到季节时就结满了花骨朵儿看成是好运或婚期快到了，把豆扇陀遗忘了对她的爱情看成是“一切都是命运呀”，同样，把她和豆扇陀的重新团圆也看成是“转了运了”。

国王豆扇陀和沙恭达罗一样，是迦梨陀娑满蘸着人民理想的浓墨描绘出来的形象。在古代印度社会的现实生活中，绝对找不到像豆扇陀这样的既能来往于地上又能回旋于天际的国王！

---

① 《摩奴法典》，马香雪转译，130、215页，北京，商务印书馆，1982。

当豆扇陀的猎箭正要射向一只惊跑着的小鹿时，有两个苦行者前来阻挡他："你的如飞的利箭，它如何能受得了？赶快把你准备好要射出去的箭放下！你的武器要用来拯救苦难，不能把无辜的乱杀。"豆扇陀鞠躬赔礼说："箭就放下！"阻拦的话语虽然是出自婆罗门之口，但是也可以看出豆扇陀并不是为了纵情享乐而为所欲为的暴君，他倾听和接受来自下方的呼声和劝谏。所以，苦行者说他"真不愧是补卢的后裔，真不愧是国王中的明灯"。

豆扇陀比较重视人民的生活和关心人民的疾苦。大臣处理了一件市民案件，在提请国王审阅的报告中说道：一个十分富有的航海商人因沉船而遇难了，身后无子，他的财产应依法收归皇家所有。国王豆扇陀在裁断这一案件时决定：将全部财产让商人的遗腹子继承。豆扇陀不仅放弃了一笔依法应得的富商财产，而且还取消了按理应废的这一法律。迦梨陀娑对理想国王的这种描写，实质上是对现实国王冷酷和贪婪行为的一种批判和否定。

在《沙恭达罗》中，迦梨陀娑并不想更多地描写豆扇陀的善行和德政，他要着重表现的是豆扇陀生活中的爱情和爱情中的言行。

在净修林中，豆扇陀对沙恭达罗一见倾心，单纯地从沙恭达罗"秀色天成"的美丽出发，想要同她结婚。然而，在爱情的追求中，豆扇陀并没有忘掉理性，没有放情纵欲和肆无忌惮，他的行动依然没有逾越理性和礼法所划定的疆界。

豆扇陀心目中的理性和礼法，正表示了他比较重视为广大人民所维护的古老的习俗、正义的舆论和公认的道德。因而，他没有接受摩陀毕耶的建议："快快去抢"来沙恭达罗。很明显，豆扇陀这一形象，是迦梨陀娑在憎恶和否定封建统治阶级不顾理性、为所欲为的野蛮行径的基础上，用彰善瘅恶的理想所创造出来的形象。

在豆扇陀和沙恭达罗的"爱情的果实"成熟之后，豆扇陀说："这爱情是双方的，我是非常幸福的。"并且对沙恭达罗说："住在我心里的人呀！我的心里绝没有任何人，只有你。"

豆扇陀在获得了沙恭达罗的爱情之后，终于和她用干闼婆的方式结婚了。这说明，他没有为了满足粗野的情欲强迫一个女人和自己结婚，他也没有像现实社会中的国王那样去掠夺和霸占沙恭达罗。他的行动正表现了他的思想——爱情是双方的，才是幸福的。

在恢复了记忆之后，豆扇陀的悔恨正是对沙恭达罗爱情的表现。他用自己的言行兑现了对沙恭达罗的诺言。迦梨陀娑通过豆扇陀这一形象强调了男人对女人应该有始终如一的爱情，爱情唯有是双方的才是幸福的。

但是，在肯定豆扇陀爱情的同时，也必须看到，在他爱情的悔恨和痛苦中依然铭刻着封建帝王的印记。他曾悲痛和忧伤地说："一向清白相传的补卢家族因我无子不能继续，正如萨罗萨伐底河流入不光荣的地区。"在豆扇陀爱情的烦恼中也饱含着王位和财产无人继承的忧伤。因而，我们不能不看到在豆扇陀的爱情中蕴藏着继承王位和财产的利害关系。

《沙恭达罗》的浪漫主义创作特色是非常鲜明的。

在人物形象的塑造中，迦梨陀娑没有受到原来史诗题材的限制，他把理想和愿望熔铸到形象中去了，使剧中人物成为当时社会中应该合理发展的艺术形象。例如，沙恭达罗虽然是国王仙人和天女所生下来的、在净修林中长大的苦行者，但她却有着强烈的生活愿望，大胆追求爱情，敢于用干闼婆方式同自己的心上人结婚，对丈夫的忘恩负义深恶痛绝，坚决地不顾习俗的约束勇敢地离开自己的丈夫……这正是当时被压迫的妇女所追求的和所希望的。沙恭达罗，这个仙人、天女所生并能来往于天堂和人间的形象，在现实生活中是绝对找不到的。然而，她却真实地概括和表现了当时被压迫妇女的理想和愿望。因此，这一形象又是植根于现实、产生于现实的。

在戏剧冲突的处理上，《沙恭达罗》也表现了浪漫主义的艺术特色。当豆扇陀走后，沙恭达罗沉浸在爱情的追忆中时，没有注意达罗婆娑仙人的到来，因而遭到了他的诅咒。这个偶然性的事件对《沙恭达罗》戏剧结构和情节的发展起了很大的作用。在史诗故事中虽没有达罗婆娑的诅咒，但在《莲花往世书》中是有的，迦梨陀娑利用了后者，在《沙恭达罗》中进行了再创造。然而，根据印度古代的迷信习俗，这一诅咒又显得合情合理，并不会使印度人感到生硬和突然。

泰戈尔认为，大仙的诅咒，象征着社会对她的谴责。实际上，“最容易生气的大仙人达罗婆娑”正是当时社会保守势力的代表，他的诅咒是社会上保守的舆论力量的象征。这保守势力是爱情的破坏者。

剧作家还善于通过自然景物创造适合情节发展的戏剧气氛，加强戏剧的艺术感染力。《沙恭达罗》中的自然景物，都不是和剧中人物无关的孤立的静止的布景，都被作家拟人化了，和剧中人物形象发生了密切的联系。可以说，自然景物和人物形象的思想感情已经达到了水乳交融的地步。例如，在《沙恭达罗》第四幕中，当沙恭达罗离开净修林时，所有的花草树木、飞禽走兽都向沙恭达罗表达了恋恋不舍的惜别之情。这正像她的朋友毕哩阎婆陀说的：“你同净修林分别，伤心的并不只是你一个人。你也注意一下在你离别时净修林的情况吧！”

> 小鹿吐出了满嘴的达梨薄草，孔雀不再舞蹈，
> 蔓藤甩掉褪了色的叶子，仿佛是把自己的肢体甩掉。

也正像她的另一个朋友阿奴苏耶说的：

> 朋友啊，在我们净修林里，没有一个有情的动物今天不为了你的别离而伤心。你看呀！
> 那野鸭不理藏在荷花丛里叫唤的母鸭，
> 它只注视着你，藕从它嘴里掉在地下。

迦梨陀娑善于让不会说话的自然景物表达人的感情，创造惜别的气氛，在这一氛围中烘托沙恭达罗离别时的心绪。同时，通过自然景物又进一步表现了沙恭达罗热衷于世间生活的心境——她关心“由于怀了孕而走路迟缓的母鹿”，她流着眼泪同没有母亲的小鹿告别……迦梨陀娑在自然景物的描写中也同样使人看到了浪漫主义的色彩。

第三节
苏尔达斯

苏尔达斯的生平也和印度古代其他许多诗人一样，缺少确切的历史材料。有一本名叫《八十四轶事》的书记载了他的一点事迹。他大约生活在15世纪70年代至16世纪90

年代之间的某一段时期内。他出生于以歌唱为职业的民间艺人家庭，本人也是说唱艺人；出生地点一说在马吐拉，一说在德里附近。据该书记载，苏尔达斯见过当时的阿克巴大帝，阿克巴大帝叫他充当宫廷诗人，被他拒绝了。他双目失明，传说他是天生的盲人，其实这不可能，他诗中所描写的景物不是天生的盲人所能描绘出来的。现在他的名字成了盲人的别名了。

苏尔达斯的思想受宗教影响很深，他很早就出家，对宗教和大神特别是对毗湿奴大神的化身黑天很虔诚，因此人们把他当做有形派黑天支的虔诚诗人的代表。狂热的宗教徒把他的作品当做宗教的赞美诗。其实他有很多诗歌唱的不是神性，而是人性；描绘的不是带灵光的圣像，而是活生生的人的形象；表达的不是抽象的神秘的感情，而是普通人的感情。

他的作品《苏尔诗海》是一部诗歌总集。至于以他的名字流传的《苏尔诗选》和《文学之波》是不是他所作，尚存有争论。《苏尔诗海》中有 4 000 多首诗，都有调（相当于我国的词牌或曲牌），可以唱。诗的长短不一，有的几行，有的数十行，个别的甚至有 300 多行，但一般都在 10 行左右。每首诗或每行诗的音节也不一样，比较自由，这是符合口头创作的特点的。现在流行的《苏尔诗海》是否包括了作者的全部作品，还很难说。因为传说作者的诗比这 4 000 多首要多得多。另外，现在的本子中哪些不是他的作品而是后人加上去的，也不清楚。从整部诗集来看，矛盾之处也是有的。

谈到《苏尔诗海》，有必要谈一谈它和梵语古典文学中的《薄伽梵往世书》的关系。有些人认为《苏尔诗海》是苏尔达斯的创作，还有些人认为是《薄伽梵往世书》的意译本，这两种说法都不确切。《薄伽梵往世书》共分 12 篇，其中第 10 篇分上、下两部分，占全诗的四分之一以上。全诗共 3 万行左右，所写内容是大神毗湿奴化身下凡的故事。其中提到下凡 24 次，其实有较完整故事的只有十多次。全书以第 10 篇描写黑天这一化身的故事最长。《苏尔诗海》也分 12 篇，第 10 篇也分上、下两部分，占全诗的百分之八九十。内容也写毗湿奴历次下凡的故事，但以黑天的故事为最多，其他的故事只简单地提了一下。在写黑天事迹时补充了许多情节，并增加了罗陀这一女主角，这是从梵语诗人胜天的《牧童歌》中继承来的。应该说，《苏尔诗海》是以《薄伽梵往世书》为蓝本加工修改而成的。这并不妨碍苏尔达斯的创造性，因为他创作的不是叙事诗，而是以《薄伽梵往世书》所提供的题材来抒发他自己的感情，因而有时对某一内容从各个角度反复咏唱多次。他的诗是他吟唱时别人记录的，现在的《苏尔诗海》是后人按《薄伽梵往世书》的情节编辑整理而成的。

在《苏尔诗海》中，篇幅最长的第 10 篇有相对的独立性，大体上有一个故事的基本线索。其情节的发展是：作为毗湿奴大神化身的黑天出生在牢房里，原来黑天的生父受黑天的舅舅的迫害，连同黑天的生母一起被关进牢房。黑天一生下来，其父便连夜把他送到牧人聚居的牛庄的一个牧人家里。牧人夫妇第二天早上发现床上有一个婴儿，以为就是自己的儿子。于是，黑天在牧人家里从一个婴儿成长为美少年，他和好多牧童成了好朋友，牧区许多女子都爱上了他，特别是一个名叫罗陀的姑娘和他的感情最深。后来黑天到京城杀死了他舅舅。他怀念牧区的女子们，牧区女子们更怀念他。她们多方打听消息，托人送信，但杳无回音。他为了安慰牧区的人们，派了使者来到牧区。牧区女子们围着这个使者打听黑天的情况，情节发展到这里，宗教神秘色彩比较浓了，使者和牧区女子们争论的《黑蜂歌》也成了宗教膜拜方式的答辩。另外，在黑天从小到大的成长过程中，还穿插了他为人民降妖除害的一些事迹。

苏尔达斯集中地并且反复地描写了黑天从婴儿到少年的各个方面的生活，形成了一组一组的抒情诗，如母子之爱、偷吃奶油、森林放牧、夏日野游、河中戏水、花丛游乐、欢度节日、喜荡秋千等。诗人描绘了一个为人们所喜爱的人格化了的黑天的形象，他一会儿是在地上爬的满身泥土的幼儿，一会儿是天真而又淘气的儿童，一会儿是活泼而又调皮的放牛娃，一会儿是多情而又风趣的美少年。黑天出身贵族，然而真正抚育他的却是牧民，实际上他是普通人民中间的一员。在他身上，没有贵族公子的气息，而有普通人的思想感情；表现出来的主要不是神性，而是人性。他不仅是普通人民中的一员，而且是他们中理想的一员，是保护他们和热爱他们的一员。

诗人细致地描写了表现母子亲情的种种情景：母亲对孩子的希望，摇摇篮时母亲慈祥的目光，孩子天真的微笑，当孩子会说话时向母亲天真发问，孩子与母亲纠缠等。这些，在当时的文学中还是未曾有过的新的题材。比如在题为《母亲的希望》这首诗里写道：

母亲心里这样祈求：
何时孩子会爬着走？
何时孩子会用脚走路？
叫爸爸妈妈又在什么时候？
何时宝宝牵着我的衣角和我闹个不休？
何时慢慢吃饭用自己的双手？
望着我笑着和我说话又在什么时候？
什么时候我可以为他一点不发愁？

诗人刻画儿童心理、少年心理和孩子不懂事的幼稚行为很生动，在《黑天和孩子们玩耍时耍赖皮》这首诗中有这样一段描写：

黑天！游戏中不看情面。
你输了，达玛赢了，你为何这样闹翻天？
你出身的种姓和我们也相同，
我们也不靠你家吃饭。
只不过你家的牛多几头，
你就仗势这样闹一番。
爱胡闹的孩子谁和他玩？
于是所有的小伙伴都远远坐在一边。
苏尔达斯说：我的主想和他们一起玩，
他拿父亲来发誓再也不捣乱。

在这首诗的末尾，诗人把黑天这样一个娃娃当做教主显得不伦不类，这在好多诗的结尾部分都是如此，末尾的一两句就成了他颂神的符号。如果去掉这一两句意思仍然完整。

下面是诗人在《黑天要去放牛》中写长到五六岁的黑天向往放牛的迫切心情和兴奋感受：

妈！我要去放牛，我已长大，
你跟爸爸说我不会害怕。
有哥哥、纳达、拜达许多放牛娃。
和放牛娃在一起我心高兴，
给我备好午饭我带往森林。
我捧叶木纳河的圣水向你发誓愿，

到河里去玩水的事我绝不干。

诗人在《黑天到森林放牛》中写道：

黑天一见森林，
心头无比高兴。
牛往哪儿走，他就与放牛娃随后跟。
他对哥哥讲：千万别丢下我，
我还要随你来森林，
今天妈妈好歹算答应，
也许明日不能成行。
你向我发誓吧：
明天一定叫我，当我睡着未醒。
苏尔达斯说：
黑天当着好多放牛娃恳求哥哥答应。

《黑天向妈妈控告哥哥欺负他》反映了一个孩子受了委屈的心情，也颇有趣味：

妈妈，哥哥是坏蛋！
他说林中很好看，叫大家跟他去玩，
把我也哄了去，那儿长着好多树。
突然他喊道：跑呀跑呀！来了吃人的大老虎。
我害了怕，身子发抖，急得直哭。
没有一个人把我扶。
我又怕又跑不动，他们个个跑得快如风。
哥哥还说："你是用钱买来的，还装糊涂！"
苏尔达斯说：你哥哥说谎是坏蛋，
又碰上了说谎的孩子们作同伴。

苏尔达斯确有不少诗带有宗教色彩，就是描写儿童生活的诗，也有"我的主"、"三界之主"、"宇宙之主"等称号，这表明他虽然写的是活生生的人的形象和生活，然而这个人却是神的化身，不完全是普通的人。他描写爱情的诗，有些也表现出神秘倾向，因为印度教中写黑天诗的这一教派认为，人间最强烈的感情是爱情，对大神及其化身应该用最强烈的感情去爱，于是对大神的虔诚往往和爱情融合在一起。苏尔达斯所描绘的牧区女子和罗陀对黑天的爱就是这种感情的体现。这是非印度教派的人所不容易理解的。

第四节 杜勒西达斯

杜勒西达斯（1532—1623）是印度近古文学中影响最大的诗人，他的长篇叙事诗

《罗摩功行之湖》（又译《罗摩功行录》）是印度北部影响最大的文学作品。三四百年来，这部加工改写而成的作品的影响，在印度北部甚至超过了梵语史诗——蚁垤仙人的原本《罗摩衍那》。

关于杜勒西达斯的生平传说很多，不少都带有宗教神秘色彩，不足为信。较为可靠的生平是，他于1532年出生于北方邦的阿拉哈巴德附近农村的一个婆罗门家庭，自幼父母双亡，孤苦伶仃，受了不少折磨和痛苦，甚至不得不沿门乞讨，后来被人收养。青年时期遇到一个师父，随师父在宗教圣地贝拿勒斯学习梵语和宗教经典，听师父宣讲作为大神化身下凡的罗摩的事迹。长大后结过婚，后弃家修行。他一生中大部分时间是在印度教的几处圣地度过的，他周游过许多地方，目睹了各种复杂的社会现象，接触过许多人物，包括当时的诗人、宗教家、出家人和王公贵族。他还从事过许多宗教改革活动。后来，他在叫阿逾陀的地方开始写《罗摩功行之湖》，在贝拿勒斯写完。晚年定居于贝拿勒斯。

杜勒西达斯长期受印度教的熏陶，所以宗教思想很浓，是虔诚的印度教徒。他一方面追求解脱，出家修行，以求升入天堂；另一方面他也关心世俗的生活，深知民间的疾苦，愿意为社会和人民寻找一条出路。结果，他给社会找到的出路就是建立罗摩王朝式的国家，给个人找到的出路就是虔诚地膜拜罗摩。由于他具有这种思想，他在宗教改革的虔诚运动中被认为是温和派，被列为有形派罗摩支的代表诗人。

他的作品共有12种，全部是诗歌。最重要的是《罗摩功行之湖》，其次还有《谦恭书》、《歌集》和《双行诗集》等。《谦恭书》中共有279首诗，内容是歌颂传统罗摩故事中罗摩的各种非凡业绩，祈求罗摩给以解脱，是名副其实的宗教赞美诗。《歌集》是罗摩故事的提要。《双行诗集》中共有诗573首，大部分是格言诗。例如，在患难中才能分辨是否是真正的朋友，在战场上才能鉴别有没有勇气；坏人即使和好人在一起也不会变好，正像毒蛇在檀香木的林中仍然有毒；坏人一时变好必有蹊跷，正像蛇进洞时必须把身子伸直；等等。此外，还有少数诗谴责了无道昏君。

《罗摩功行之湖》与梵语文学中蚁垤仙人所写的《罗摩衍那》以及其后无名氏改写的《神灵罗摩衍那》都有密切的关系，三者的结构和所写中心故事也相同。《罗摩功行之湖》是以上述《罗摩衍那》和《神灵罗摩衍那》为蓝本用当时的地方语言加工改写而成的，但它有自己的特色。从篇幅来说，《罗摩功行之湖》只有蚁垤的《罗摩衍那》的一半多一点，它只保留了中心故事和有关情节，舍弃了无关的情节和公式化的烦琐的描写部分。应该说，在故事情节的剪裁方面它大大前进了一步。

《罗摩功行之湖》和《罗摩衍那》一样分成七篇，除了一篇外其他六篇的篇名都相同，这里对各篇的特点略作说明如下：

第一篇《童年篇》，开头也写了神话故事、罗摩的出生、成长、降妖和结婚。但结构比较严谨，情节与主题都有直接或间接的关系。它刻画的女主人公悉多生来就是公主，不是犁地时从垄沟里捡来的。

第二篇《阿逾陀篇》，着重处理了两个情节：一个是罗摩即位未成被流放到森林，另一个是婆罗多去森林想把罗摩请回来，中心目的是刻画几个人物形象。《罗摩衍那》已经把罗摩等几个人物理想化了，而《罗摩功行之湖》仍嫌不足，它使这些人物的表现更合乎理想的标准。罗摩的母亲、罗摩，特别是罗什曼那，在罗摩失掉王位和被放逐的过程中都没有流露一点怨言、不满、愤慨或反抗的情绪。

第三篇《森林篇》、第四篇《猴国篇》和第五篇《美妙篇》都写得比较简单，这三篇的篇幅总共只占全诗的七分之一。第三篇中强调了罗摩和悉多对罗什曼那的平等兄弟关系，突出了罗摩的神性，他的身份并不像一个落难王子。第四篇对罗摩射死猴王哥哥的情节处理得比较合理。第五篇对哈奴曼的活动写得比较集中。另外，《罗摩功行之湖》调整了十首王的弟弟投靠罗摩的情节。这三篇的共同点是抛弃了《罗摩衍那》中无关紧要的情节、烦琐和公式化的描写以及累赘的层层转述，从而使故事的情节比较紧凑。

第六篇《楞伽篇》(《罗摩衍那》中称《战斗篇》)写了罗摩和十首王大战、罗摩得胜以及悉多回到罗摩的身边，抛弃了罗摩对悉多产生怀疑的有关情节。

第七篇《后篇》摒弃了罗摩遗弃怀了孕的妻子、悉多投入大地的怀抱以及罗摩杀死低等种姓的人等内容，着重写了罗摩即位后的太平盛世，还着重写了乌鸦和大鹏的现身说法和进行膜拜罗摩的说教。

《罗摩衍那》的产生有其特定的历史背景，《罗摩功行之湖》的产生也有其特定的历史背景，两者产生的时间相距一千几百年。前者有人认为是奴隶制社会晚期的作品，也有人认为是封建社会初期的作品，它为当时的先进社会制度——封建社会制度提供了完整的道德意识标准。而后者则肯定是封建社会后期的作品。《罗摩功行之湖》成书之时，封建的意识形态已日趋腐朽，但作者却仍然倡导《罗摩衍那》中所宣扬的那一套伦理道德准则，这是为什么呢?

有些人认为，杜勒西达斯写《罗摩功行之湖》的目的是为了维护印度教的精神文明。由于伊斯兰教民族的入侵和定居，以及伊斯兰教的传播和渗透，特别是由于最高的封建统治者倡导伊斯兰教和伊斯兰文化，印度教和印度教文化受到了很大的冲击。正如 12、13 世纪的诗人在自己的长篇叙事诗里描写政治上军事上反抗外来侵略维护本民族文明一样，几百年后杜勒西达斯从改写古代的伟大的史诗着手，从文化方面来抵制伊斯兰教和伊斯兰文化的渗透，从而维护了印度教和印度教文明。

《罗摩衍那》和《罗摩功行之湖》的主题都是写王室内部的夺权斗争及其解决矛盾的途径。在奴隶制或封建制的王国里，王室内部争权夺位的斗争是经常发生的，而且有时发展到极其尖锐的程度。这就给为王朝的命运而操心的思想家和文学家提出了任务，即如何解决这个矛盾，才能使王室的统治得到巩固而又不发生动乱。两部长诗都提出了相同的方案，就是通过核心人物的自我牺牲来解决。从作者们的思想看来，他们提倡的办法是理想的方案，没有发生什么大的冲突，更没有流血，罗摩甘愿让位，婆罗多坚决不肯即位，最后还是罗摩回国当国王。然而这只是一种理想，现实生活中是不存在这种事实的，奴隶主或封建主是不会有这种谦让精神的。

由于作者们认为找到了理想的解决办法，于是他们就以此为出发点，让理想的道德标准体现在他们所写的人物特别是罗摩身上，并多方加以刻画和描绘，甚至不惜借助于将他神化的手法。如果说《罗摩衍那》所树立的道德准则对于奴隶制社会或封建社会早期来说还算先进的意识形态的话，那么，《罗摩功行之湖》的作者仍然试图进一步在其人物身上体现"父义、母慈、兄友、弟恭、子孝"和"君臣义、父子亲、夫妇顺"等一套伦理道德则是落后的了，至少它提出的并不是什么新鲜的东西。

长诗的另一个中心，即罗摩的妻子被劫持和经过斗争被救回，却是一个正义和非正义的问题。十首王代表非正义的邪恶势力，罗摩是正义的一方。作者们甚至都支持十首王的弟弟投靠正义的罗摩一边，而没有宣扬愚忠或不分原则的"弟恭"，这显然是具有一定的进步意义的。作为陪衬，猴子国的兄弟之间也有强占妻子的情节，也想说明正义和非正义的问题，《罗摩衍那》处理得比较粗糙，《罗摩功行之湖》处理得比较合理。

《罗摩功行之湖》和《罗摩衍那》一样，曲折地反映了当时的现实社会。王室内部斗争的丑恶虽然被美化了，但是猴子国王室内部相互残害和十首王的无恶不作又何尝不是封建社会王室和封建主的真实写照？此外，《罗摩功行之湖》还直接写了当时混乱的时代，虽然作者转弯抹角地作了解释，但仍是当时社会的反映。

争斗时代无四阶段、不分种姓[1]，
所有的男女都反对吠陀经。
婆罗门出卖吠陀，国王鱼肉人民，
吠陀经的教义没有人遵循。

人们个个都独断独行，
会吹嘘的人算是婆罗门。
伪君子和愚弄人的骗子，
人们却尊之为圣人。

抢劫别人的财富算聪明，
欺骗的行为算善行。
有人撒谎和胡作非为，
迦利时代都当成崇高的德行。

干害人勾当的人，
他感到光荣和受到尊敬。
彻头彻尾的胡言乱语，
迦利时代却奉为福音。

作者还写了人民痛苦，没有幸福。当然，像上面这样的披露还是不够的，有的甚至是非颠倒了。另外，他还提出了一个理想王朝的太平盛世图景，虽然距离现实社会十分遥远，但对当时受尽苦难的人民来说却是一种安慰。

罗摩王朝没有人身痛苦，
也没有天灾人祸流行，
所有的人都相亲相爱，
都把吠陀经的教义来遵循。

没有夭折，没有呻吟，
所有的人长得俊美无疾病，
没有痛苦也没有穷困，
没有愚昧也没有不祥的象征。

男男女女都慷慨舍己为人，
都给婆罗门当仆人。
所有的男人都只娶一个妻子，

① 根据印度教传说，世界分四个阶段，即圆满时、三分时、二分时、争斗时。争斗时是最后一个阶段，这个阶段长达432 000年，社会最黑暗。最后世界毁灭，再出现新的圆满时，便是人类最幸福的日子。然后又慢慢演变，周而复始。

妻子也诚心用言行来侍奉夫君。

林中树木四季常青，
大象和狮子双双同行。
走兽飞禽不相残害，
相互增长着和睦的感情。

《罗摩功行之湖》继承了《罗摩衍那》倡导的一夫一妻的原则，这一点，不论在奴隶制社会还是在封建社会都是很有意义的。《罗摩功行之湖》的作者更同情悉多的遭遇，没有让她被罗摩遗弃。但是，作者对妇女的观点是陈旧落后的，一有机会就发议论。比如说妇女天生愚昧，使人堕落，宣称妇女的神就是丈夫，甚至把妇女骂作“所有虚伪、罪恶和缺陷的根本”，“使人痛苦和烦恼的原因”。这些都是宗教气息和封建色彩很浓的陈腐的论调。

宣传宗教迷信是这部长诗的主要目的之一，它大大发展了《罗摩衍那》的这一倾向。作者通过许多情节和例子以及罗摩的崇拜者的现身说法，甚至还通过罗摩本人的自我吹嘘，来说明膜拜罗摩是唯一的解脱的道路和包治百病的万灵圣药。《后篇》中精心设计的乌鸦和大鹏关于罗摩的说教，是最集中的宗教宣传。维护种姓制度和抬高婆罗门的地位是这部长诗的另一个主要目的。《罗摩衍那》中已经给婆罗门作了宣传和歌颂，这是当时整理、传诵、加工的婆罗门对自己种姓的自我吹捧，本来就是糟粕；而《罗摩功行之湖》又大大发展了这一思想。作者称婆罗门是“人间的神”、“圣贤”、“十全十美的完人”；他还露骨地说“一无是处的婆罗门也值得崇拜，完美无缺的智者首陀罗却不值得尊敬”；他神化婆罗门诅咒的威力，他甚至断言印度教的三大神对敬奉婆罗门的人都“俯首听令”。

有些人认为《罗摩功行之湖》取得成功的最大原因是作者刻画了理想的人物。不仅罗摩的形象更为高大完整，几乎十全十美，其他如罗摩的母亲、弟弟婆罗多与罗什曼那的形象也更为美好。于是读者被这些人物形象吸引，被他们的行为触动，被他们的品德感染。

《罗摩功行之湖》的全部故事是通过三个人物口述、三个听众逐一转述的方式进行的。全诗都是工整的格律诗，一般由四首四行诗和一首双行诗组成，18 行诗为一节，共 1 000 多节，20 000 多行。每篇开头有少量梵文诗，起公式化的赞颂作用。

几百年来，《罗摩功行之湖》在印度中部和北部有着极大的影响，有人把它当做文学的典范、宗教的经典、伦理道德的宝库、生活的百科全书。正因为如此，印度北部和中部几乎家家户户都有这部作品。诗人杜勒西达斯也享有崇高的声誉，有些地方甚至为他立了庙，他受到人们的祭祀。

思考题

1. 请简述中古近古印度文学的发展概况。
2. 请简述《沙恭达罗》的思想内容和艺术特色。
3. 《苏尔诗海》是怎样描绘黑天的形象的？
4. 《罗摩功行之湖》与《罗摩衍那》有哪些相同之处和不同之处？

第四章 中古近古中亚西亚北非文学

第一节 概述

中古时期阿拉伯人的崛起，伊斯兰宗教和文化的形成，地跨亚、非、欧的强大的阿拉伯帝国的出现，是人类历史上的重大事件。它改变了人类古代历史的面貌，形成了中古时期历史的新风貌和新格局。

阿拉伯人是闪族的一支，与古代的巴比伦人、亚述人和希伯来人是同族。它分为定居城镇的居民和游牧散居的居民两部分。前者主要从事农业、手工业和商业；后者被称为贝都因，他们骁勇善战，经常发生部落纠纷。公元5世纪或6世纪时，阿拉伯人近邻的两个奴隶制帝国——拜占庭帝国（东罗马帝国）和波斯人的萨桑王朝逐渐衰落并解体，阿拉伯半岛也处于四分五裂的状态，民族和部落矛盾尖锐，战乱频仍，社会动荡，阿拉伯人民渴望统一。在这种情况下，穆罕默德（570—632）于610年创立伊斯兰教，自称为真主的使者。经过艰辛的斗争，推广了伊斯兰教，并且建立政教合一的政体，组成军队，通过不断征战统一了阿拉伯半岛，也确认了穆罕默德的先知地位。穆罕默德谢世之后，他的后继者（哈里发）将其事业加以继承和发展，迅速扩张阿拉伯—伊斯兰的势力，先后建立了伍麦叶王朝（我国史称“白衣大食”）、阿拔斯王朝（我国史称“黑衣大食”）和法蒂玛王朝（我国史称“绿衣大食”），形成一个横跨欧、亚、非三大洲的阿拉伯封建帝国，历时六七百年。从11世纪初起，西方人以圣战为名，7次入侵；13世纪蒙古举兵攻占了巴格达，灭亡了阿拉伯帝国。15世纪突厥人的一支——奥斯曼土耳其兴起，建立了奥斯曼帝国，控制了西亚和北非地区，但是奥斯曼土耳其人接受了伊斯兰教。

阿拉伯帝国的形成，伊斯兰教的兴起和发展，确立了以阿拉伯半岛为中心的阿拉伯—伊斯兰文化。它既吸收了古代西亚地区巴比伦文化、希伯来文化的因素，也融合了古代波斯、印度、希腊和罗马文化，甚至东亚的中国文化因素，构成一种新型的文化。阿拉伯地区自古就是东西方的交通要冲和国际贸易的重要地段。因此，大量先进的东方文化科学经过这里输入西方，不仅促进了西方文化的发展，也加速了阿拉伯人的文化发展。当时，阿拉伯人的医学、数学、天文学、地理学等都处于世界领先地位。随着伊斯兰教的扩展，它的文化也扩展到许多地区，形成了绵延至今的伊斯兰文化体系。

阿拉伯中古近古文学是在这样的历史、宗教、文化背景下形成的。它分为伊斯兰教兴起之前的“贾希利叶时期”、伊斯兰教形成时期、阿拔斯王朝时期以及衰落的奥斯曼统治时期。阿拉伯是诗之国，诗歌是阿拉伯人最喜欢的文学形式，诗人是阿拉伯人最敬重的人。自游牧散居部落时期起就有赛诗的盛会，被选中的诗篇悬挂在寺院供人们欣赏，因而被称为“悬诗”，代表诗人是乌姆鲁斯·盖斯（500—540）。“悬诗”无论内容还是形式都体现了游牧生活的特点。阿拉伯帝国建立之后，多数诗人进入宫廷，成为宫廷诗人。尤其是在阿拔斯王朝时期，统治者采取宽松和奖掖的政策，促进了诗歌的发展，形成了繁荣的局面，先后出现了艾布·努瓦斯（762—813）、穆太奈比（915—965）、麦阿里（973—1057）等著名诗人。此后诗歌走向形式主义，过分讲究辞藻、修辞格式，只有13世纪蒲绥里（1213—1296）的长诗《斗篷颂》拥有一定的成就（详见本章第三节）。

阿拉伯人在8世纪征服了西班牙和葡萄牙地区，称该地区为“安达卢西亚”。开始它是阿拉伯帝国的一个省份，后于8世纪中叶独立成国，名为伍麦叶王朝。由于地处欧洲，民俗与人情不同于阿拉伯本土，形成了具有特色的“安达卢西亚”文学，出现了一批颇有成就的诗人，如伊本·哈尼、伊本·宰敦（1003—1071）、伊本·法海捷（1058—1138）、女诗人哈芙莎（？—1190）等。产生于9世纪的“彩诗”，是不同于阿拉伯本土的格律诗，它是由民歌演化而来的，形式更具变化性和自由。它对中世纪欧洲的骑士行吟诗歌产生了影响（详见本章第三节）。

在中古阿拉伯文学中，散文和民间故事文学也是令人瞩目的。由穆罕默德后继者主持编定的《古兰经》，不仅是伊斯兰教的经文，也是阿拉伯的第一部巨型散文著作。为了传教的目的，其中编入了大量的神话、传说、历史故事、格言、谚语等等，富有文学色彩；同时它还突出地体现了宗教天启文学的特色，用一切文学和语言手段阐发真主的深奥和神秘教义。除《古兰经》之外，与其同类的《圣训》也是阿拉伯—伊斯兰教的早期散文著作（详见本章第二节）。阿拔斯王朝时期，散文文学发展，产生了两位著名的散文大师伊本·穆格法（详见本章第四节）和贾希兹。伊本·穆格法翻译、编写的《卡里莱和笛木乃》是世界文学名著，对亚洲和欧洲文学均有影响。他的箴言集《大礼集》和《小礼集》也是重要作品。贾希兹的《动物书》、《吝人传》等也是传世之作，语言生动、幽默，知识广博，情趣盎然是其特点。稍后的麦阿里不仅是一位大诗人，也是一位著名的散文家，他的《章节书》、《宽恕书》是杰出的散文作品。阿拉伯人爱好故事，善于讲故事、编故事，所以民间故事异常盛行。除了集印度、波斯和阿拉伯故事之大成的《一千零一夜》（详见本章第五节）之外，还有长篇传奇故事《安塔拉传奇》和来自民间后由文人写定的“玛卡梅”体韵文故事。《安塔拉传奇》流传甚广，由“悬诗”诗人安塔拉生平衍变而来，歌颂一位出身微贱、能文善武、忠于爱情、为国奋战、殉难而死的骑士英雄，被誉为“阿拉伯的《伊利亚特》”。阿拉伯城市兴起、市民出现之后，体现市井生活的故事作品大量产生。“玛卡梅”意为“集会”，即在大庭广众中讲授故事。它类似于我国的说唱文学，音韵和谐，词句骈俪，以讲故事人的身份来讲述故事主人公的种种奇遇。主人公大多数是机智多谋、能诗善文的乞丐（流浪汉），他们浪迹社会，有种种趣闻逸事。赫迈扎尼（969—1007）的《玛卡梅集》和哈里里（1054—1122）的《玛卡梅集》最为著名。“玛卡梅”体故事后来传入欧洲，引起了巨大反响，对文艺复兴时期西班牙出现的“流浪汉小说”产生了影响。

中古波斯文学是人类文学史上的一颗明珠，得到18世纪德国大诗人歌德的盛赞：“星光灿烂的五百年，我不如它的二流诗人。”波斯帝国在7世纪衰落，不久被阿拉伯人征服，并接受了伊斯兰教。百年之后，波斯人出现了对抗阿拉伯人的爱国思潮“舒毕思潮”①。在这种民族思潮背景下，先后出现了几个有独立意识的封建王朝，推动了民族文化与文学的发展。波斯本来是文明古国，9世纪以后的文化繁荣，可以说是它的中兴。中古波斯是诗之国，诗歌成就高于其他文学，出现了一批诗歌伟人。中古波斯文学是指9世纪以后的达里波斯语文学，它随着王朝的更迭和文化中心的转移，可以分为三个阶段。

早期文化中心位于东部霍拉桑地区，著名诗人有鲁达基（850—941）、菲尔多西（详见本章第六节）和欧玛尔·海亚姆（详见本章第七节）。鲁达基被称为“波斯诗歌之父”，他一生勤于笔耕，写了大量的诗歌，运用了各种诗歌形式，并且予以完善和定型，开创了中古波斯诗歌之路。他的诗歌有明显的民族倾向，体现了波斯古教琐罗亚斯德教的思想，崇尚知识和理智，也揭露了社会贫富不均的罪恶现象。在著名诗篇《暮年》里，诗人回顾了自己早年的辉煌，描述了凄惨的晚景。菲尔多西耗尽一生的心血，建筑了一座文学丰碑，写出了12万行的巨型史诗《列王纪》（《王书》）。《列王纪》追述波斯几千年的历史，颂扬波斯人民的伟大业绩，激励人民的民族情感，堪称波斯文学的代表。海亚姆的哲理诗集《鲁拜集》（《柔巴依集》），句句凝结着诗人对人生、宇宙、社会、宗教的深邃思考，为读者带来了一个广阔的思想空间，表达了诗人人道的思想和叛逆的意识。

其后波斯文化中心西移，形成“伊拉克体”诗歌时期。内扎米·甘哲维（1141—1209）是这时的大诗人之一。他继承菲尔多西《列王纪》的叙事传统，但有新的发展和变革，即改变以历史为依托的叙事模式，充分发挥自己的艺术想象，创作具有传奇色彩的叙事诗。这种诗歌更贴近生活，更有文学色彩，尽管缺乏史诗的壮丽与宏伟。《五卷诗》是内扎米的代表作，由五卷诗组成：第一卷《秘宝之卷》是以故事为中心进行劝诫的诗作。第二卷《霍斯陆与西琳》描写波斯国王霍斯陆与亚美尼亚公主西琳曲折多变的爱情故事。第三卷《蕾莉与马杰农》流传最广，是一部感人肺腑的爱情悲剧，一部悲怆的“梁祝哀史”。女主人公蕾莉与男主人公盖斯属于不同部落，他们倾心相爱，终因封建压力与束缚，未成眷属。盖斯因痛苦而疯癫，被称为“马杰农”（意为“疯人”、“痴情汉”）；蕾莉被逼另嫁，后郁郁而死，盖斯也随其死去。内扎米用彩笔把这个流传于西亚地区的民间爱情传奇故事叙述得有声有色，富于艺术感染力；同时赋予其新意，体现了作者追求人性、个人幸福和自由的人本精神。第四卷《七美人》也是爱情传奇叙事诗，写的是伊朗萨桑王朝的故事。第五卷《亚历山大的故事》以希腊马其顿王亚历山大大帝

① 舒毕：阿拉伯语，民族、种族之意。

东征为背景，描绘他作为国君、哲人与先知的事迹。与此同时，苏菲教派文学兴盛发展。苏菲教派是伊斯兰教神秘主义教派之一，它来自阿拉伯民间，强调内修与苦练。苏菲派诗人用诗歌形式阐释神秘、深奥的教义，产生了不少优美的抒情诗和动人的叙事诗，出现了一批才华横溢的诗人，萨纳伊（1080—1140）、阿塔尔（1145—1212）和莫拉维（鲁米，1207—1273）为其代表。阿塔尔的叙事诗《百鸟朝凤》运用寓言故事，阐明静心苦修才能神人合一的道理。莫拉维被看做是苏菲文学的集大成者，他的抒情诗集《沙姆斯丁·大不里士集》和叙事诗集《玛斯纳维全集》被称作苏菲派的经典。后者广集民间故事，并且赋予其深刻的哲理。其中有阐释苏菲派教义的名篇，如《中国人与罗马人》、《修辞学家和海员》和《园丁的故事》等；也有现实倾向鲜明的故事，如《受惊的市民》、《戎哈和孩子》等。苏菲派思想对后代诗人产生了广泛的影响。

13世纪蒙古人入侵以后，波斯的文化中心向南方迁移，于是产生了波斯诗坛的“双子星”——萨迪（详见本章第八节）和哈菲兹（详见本章第九节），他们的诗作都带有苏菲思想。萨迪的两部著作《果园》和《蔷薇园》使诗人在人类文学史上英名永存。哈菲兹的抒情诗优美动人、感情炽热、哲理深刻，借助对醇酒和美人的歌颂，表达诗人对人生的热爱、幸福的追求和自由的向往。贾米（1414—1492）是波斯中古诗坛繁荣时期最后一位杰出诗人，他一面继承内扎米叙事诗的传统，写出了《七宝座》；一面遵循萨迪《蔷薇园》的格式，写出了《春园》。

中古波斯的散文虽然不如诗歌光彩，但也产生了不可忽视的作品，包括史书、小说、神话和训喻作品等。其中有著名的《帝王传》、《王书》、《义士萨玛克》、《游记》（纳赛尔·霍斯陆著）、《卡布斯教诲录》（昂苏里·阿玛里著）等。

14世纪或15世纪之后，发出耀眼光辉的阿拉伯中古文学和伊朗中古文学相继衰落；随着奥斯曼帝国的建立，土耳其近古文学取得了成就。在奥斯曼帝国鼎盛时期，出现了两位著名的诗人富祖里（1495—1556）和巴基（1526—1600）。前者以蕾莉与马杰农的爱情传说为依据，谱写出一部感人至深的同名爱情叙事诗，可以与波斯诗人内扎米的同名作品媲美。后者的诗作个人色彩浓厚，体现出诗人追求个性、倜傥不羁的特点。17世纪之后，国势衰微，但文学有所发展，出现了一批不满现实、以讽刺为笔法的作家，著名的有诗人维西（1561—1628）、内菲（1572—1635）等，这个时期史称“讽刺文学时代”。与此同时，民间文学也十分活跃，出现了人民喜闻乐见的神话、传说、笑话、寓言、小曲，丰富了土耳其文学。

在中亚地区，随着波斯势力的减弱，一些国家、民族势力抬头，具有民族倾向的文学兴起，乌兹别克、格鲁吉亚、亚美尼亚等国的文学得到发展。乌兹别克诗人纳沃依（详见本章第十一节）用民族语言所写的《五诗集》，虽有波斯文学的色彩，但也表现了与正统的波斯势力抗衡的民族倾向。格鲁吉亚诗人肖泰·卢斯达维里（详见本章第十节）的史诗《虎皮骑士》描写了印度青年骑士与印度公主的曲折的爱情故事，歌颂了忠君爱国、忠于爱情和友谊的高尚的骑士英雄精神。亚美尼亚的民族史诗《沙逊的大卫》也是世界著名的史诗，它描述了沙逊家族（王室）历经四代，浴血奋战，反对阿拉伯人入侵的故事，生动地刻画了抗击敌人的民族英雄形象，颂扬他英勇善战、为民除害、为国为民的正义精神。《虎皮骑士》和《沙逊的大卫》更具欧洲中世纪英雄史诗和骑士文学的特色。

第二节 《古兰经》与《圣训》

《古兰经》又译《可兰经》，原意为“诵读”或“读本”。它既是伊斯兰教具有绝对权威的根本经典，又是阿拉伯文学史上第一部成文的、最有影响的散文著作。

穆斯林认为《古兰经》是真主的启示，是由天使吉卜利勒（迦伯利）依照保存在第七层天上的原型口授给先知穆罕默德，再由他宣谕出来的。不过，很多学者认为，《古兰经》是穆罕默德在创立和传布伊斯兰教的二十余年（610—632）中，针对当时社会产生的具体问题，根据不同情况和需要，以天启的形式陆续发表的一些言论的汇编。

穆罕默德于570年生于麦加古莱氏部落哈希姆家族的一个没落贵族家庭里。父母早亡，先后由祖父、伯父抚养。早年放牧，曾随商队到过巴勒斯坦、叙利亚等地。25岁时受雇于麦加富孀赫蒂彻，为其经商，同年与她结婚，此后专心研究宗教问题。穆罕默德无疑是一位伟大的人物。他虽是文盲，但聪慧过人，处事果断，博闻强识，善于思索。当时，在阿拉伯半岛，除原始拜物教外，还流行犹太教、基督教和阿拉伯当地的一神教——“哈尼夫教”。穆罕默德接触人物广泛，社会经验丰富。他自幼就听过不少有关犹太教、基督教诸先知的传说故事，在出游经商过程中，也曾结识基督教的神职人员，同他们探讨过基督教的教义。其妻赫蒂彻的堂兄瓦莱盖也是个基督教徒，熟谙《圣经》，并将其部分内容译成了阿拉伯文。据载，穆罕默德早年还曾在集市上听过著名演说家、基督教在纳季兰的主教古斯·本·萨伊戴的布道与演说，并能传述其部分内容。

像所有宗教一样，伊斯兰教的创立被加上了一层神秘、传奇的色彩：穆罕默德常到麦加城郊希拉山山洞里，昼夜冥思苦想。610年，他40岁时，有一天在洞中，他精神恍惚，只听天使吉卜利勒的声音命令他：“你应当奉你的创造主的名义而宣读……”（96：1）[①] 据说，这就是真主第一次降下的“启示”。从此，他以“先知”自命，开始了宣教活动。

当时麦加古莱氏部落中以艾卜·苏福彦为首的伍麦叶贵族是最有权势的统治集团。他们担心伊斯兰教的传布会影响他们的利益，因而大肆诋毁穆罕默德，多方迫害穆斯林。622年，穆罕默德率部分信徒出走叶斯里卜（后改称麦地那），得到当地一些部落的热情支持，声势大振。他在当地继续传教，并组织政府，确立制度，建立武装，南征北战，为伊斯兰教建立了一个牢固的根据地。630年，他出师占领麦加，麦加贵族皈依了伊斯兰教，确认了穆罕默德的先知地位。此后不久，除个别部落外，整个半岛都接受了伊斯兰教，基本上统一起来。632年，穆罕默德在麦地那逝世。

《古兰经》是穆罕默德在二十余年中陆续宣谕的。逢其宣谕经文时，在场会写字的人便把它记录在兽皮、石板、骨片或枣椰树的树皮或叶柄上；不会写字的则记在心中，再反复背诵。穆罕默德死后，首任哈里发责成专人将人们笔录和心记的经文全部整理、汇

① 括号内前一数字表示《古兰经》的章数，后一数字表示节数。引文见《古兰经》，马坚译，北京，中国社会科学出版社，1981。本节引文均见此书。

集起来，妥为保存。第三任哈里发奥斯曼时，由于对民间流传的抄本经文读法不同，引起纠纷，故责成专人再次对经文进行校订、编纂，并确定为“范本”（或“奥斯曼本”），其余抄本一律销毁。

为便于斋月诵读，《古兰经》被均分为30卷，共114章，6 200余节。全部经文大体上又可以622年穆罕默德从麦加迁徙到麦地那为界，分为两部分：在这之前宣谕的称“麦加章”，在这之后宣谕的称“麦地那章”。

《古兰经》的主要内容是阐述教义和教法。其中规定了伊斯兰教最基本的信仰：(1) 笃信真主（安拉），认为真主是宇宙唯一的神，他全知全能，创造万物，主宰一切，至仁至慈，至高无上，无始无终，无所不在……(2) 信使者，认为穆罕默德是真主的使者，即先知，《古兰经》中提到过的先知有24位，如易卜拉欣（亚伯拉罕）、穆萨（摩西）、尔撒（耶稣）等，真主借“启示”（天启）与他们联系。穆罕默德是真主的最后使者，也是最伟大的先知。(3) 信天使，认为天使是听候真主差遣的天神，他们遍布天上人间，各司其职，但人的肉眼却无法看见。为首的称“四大天使”，向穆罕默德传达“天启”的吉布利勒（迦伯利）即为其中之一。(4) 信经典，认为《古兰经》是真主的“启示”（即“天启”），亦承认《旧约圣经》为“天启”的经典。(5) 信前定，认为世间一切事物都是由真主预先安排好的，无法改变，不可抗拒，只能顺从。(6) 信后世，认为人在今世死后会转入后世，其归宿有两种——善者入天堂，恶者入地狱；并认为世界将有末日，又称“清算日”，届时死人的灵魂都将复活，并受到清算。

《古兰经》为穆斯林规定了必须严守的功课：(1) 要诵念“除真主外，别无神祇，穆罕默德是真主的使者”（我国穆斯林俗称“清真言”），以公开表白和证明自己的信仰。(2) 每日应向麦加天房方向礼拜五次。(3) 需在伊斯兰历九月即“斋月”斋戒一月。该月内，每天破晓至日落，戒除一切饮食和房事等。(4) 需拿出一定的财产救济穷人，谓之“天课”。(5) 有条件者，一生至少要到麦加、麦地那朝觐一次。我国穆斯林依传统将这些功课总结为“念、拜、斋、课、朝”五功。

《古兰经》还为穆斯林制定了有关处理仇杀、偷盗、通奸、婚姻、遗产继承、释奴等刑事和民事的法律，定下了戒饮酒，戒赌博，戒食自死物、血液和猪肉等的禁令，并提出了伊斯兰教有关道德、伦理的价值标准：践约守信、坚忍刻苦、待人公道、扶弱济贫、宽容大度、廉洁、虔诚等。总之，它的内容包罗宏富，除伊斯兰教教义、教法外，还涉及当时的社会、政治、经济、军事、文化等诸多方面的问题。

穆斯林认为，无论是内容还是形式，《古兰经》都是空前绝后、无与伦比的“奇迹”。从文学的角度来看，《古兰经》在艺术上也的确有其独到的特点与魅力。

其一，独特的文体。它既不同于诗歌，也不同于普通散文，而是一种独特的散文：语句长短不一，参差互异，文辞虽不刻意讲究骈俪，却典雅流畅。每节经文能表达一个独立的意义，节末句尾的用词结构非常讲究，往往是可以拖腔的长音，且有时押一种较宽的韵。因此读起来抑扬顿挫、韵味十足。

其二，天启的形式。经文多用第一人称，以示此乃真主原话，而以命令语气讲出的“你说”之后的话，虽为穆罕默德的话，但却表明那是奉真主之命，由真主授意的。这种“天启”的形式，使得经文显得庄严、宏伟，易于形成一种威慑力。有的章节以某些未知其义的单字开头，更为这种“天启”经文增加了一种深奥难解、神秘莫测的色彩。

其三，多种风格。经文表现风格是变化多端的——有时是严厉的警告，有时是委婉的规劝；有严谨的教法，亦有优美的故事。“麦加章”的经文，由于常面对形形色色的非难、诘问和挑衅，经文章节多简短、明快，言辞激越、尖锐。而“麦地那章”，特别是那些阐释教法的章节，经文多用平实、繁丰的风格，语句也显得平淡、和缓、疏放一些。

其四，多种修辞手段。为了使经文更加雄辩，更具说服力，充分运用了排比、对照、反诘、比喻、夸张、反复、递进、呼语等修辞手段。如："真主是天地的光明，他的光明像一座灯台，那座灯台上有一盏明灯，那盏明灯在一个玻璃罩里，那个玻璃罩仿佛一颗灿烂的明星，用吉祥的橄榄油燃着那盏明灯。"（24：35）这类明喻、暗喻、借喻、博喻……妙语连珠，不胜枚举。又如在第 55 章（《至仁主》）13～78 节的 66 节经文中，由"你们究竟否认你们的主的哪一件恩典呢？"为引句的句组形式竟连续重复了 31 次。这种"反复"词格的使用，起到了抒发强烈感情、加强语气和语言节奏感的作用，使得经文显得紧凑、铿锵、气势恢宏。

其五，为了达到宣教的目的，穿插引述了很多神话、传说、历史故事、格言、谚语等。经文以真主的口气声称："我借着启示你这部《古兰经》而告诉你最美的故事……"（12：3）这些故事多与犹太教、基督教经典有着密切的渊源关系。如《旧约》中人所共知的亚当（阿丹）、夏娃（哈娲）的故事，诺亚（努哈）方舟、洪水的故事，约瑟（优素夫）生平的故事……都在《古兰经》中或详或略地多次被提及。此外，经文还用浓墨重彩反复描绘了天堂与地狱的情景，如："敬畏的人们所蒙应许的乐园，其情状是这样的：其中有水河，水质不腐；有乳河，乳质不变；有酒河，饮者称快；有蜜河，蜜质纯洁；他们在乐园中，有各种水果，可以享受……"（47：15）"火狱确是伺候着，它是悖逆者的归宿；他们将在其中逗留长久的时期。他们在其中不能睡眠，不得饮料，只饮沸水和脓汁。"（78：21～25）这些故事和描写是《古兰经》中最富有文学色彩的部分，生动、形象，既有丰富的想象力，又是现实曲折的反映，从而极大地增强了艺术感染力。

《古兰经》不仅对阿拉伯的宗教和文化产生了深远的影响，而且对阿拉伯的语言和文学也产生了广泛的影响。在语言方面，《古兰经》使阿拉伯语得到统一和保存。在文学方面，《古兰经》被认为是阿拉伯文学修辞的典范，《古兰经》为后世作家的创作提供了丰富的题材和思想。

《圣训》（al-Hadith）是穆罕默德的言行录，其中也有涉及其弟子言行的内容，这一点颇似我国古代经典名著《论语》。它是伊斯兰教阐述教义、规定教法和道德、伦理规范的重要依据之一，其权威性仅次于《古兰经》。

《圣训》不仅是宗教典籍，同时也是一部在阿拉伯文学史上占有一定地位的文学作品。

它不仅阐述了早期伊斯兰教的宗教思想，而且也反映了当时阿拉伯半岛的社会、历史、政治、经济、文化、军事和风土人情等，是当时的社会关系和意识形态生动、具体的写照，是研究早期阿拉伯社会和伊斯兰教发展的宝贵文献。

《圣训》本文言简意赅，具有警策性。如其中曾引述先知穆罕默德的话："一伙人共乘一只船。在船上大家各据一处。其中一人用斧凿自己所据处。人们问他：'你干什么？'他答：'这是我的地方。我愿干什么就干什么。'这时，人们若制止住他，他就得救了，大家也得救了；若听任他胡来，他将毁灭，大家也将毁灭。"话虽不多，但却生动、形象地说明了个人和集体的关系，"自由"应受到集体利益、公共利害的约束，没有绝对的"自由"。

第三节
阿拉伯诗歌

诗歌被认为是阿拉伯人的史册与文献。它真实而生动地反映了阿拉伯民族的历史与社会现实。流传至今最古老的阿拉伯诗歌可追溯至公元5世纪下半叶。最初的诗歌是人们在赶骆驼、打井、汲水、集会、饮酒、婚礼、战争、祭神、求雨……时吟唱的抒情诗。

伊斯兰教创立前最著名的诗歌是七篇（一说十篇）《悬诗》。“悬诗”的原意是“被悬挂的”。名称由来说法不一。通常的说法是：当时各部落著名诗人惯于在一年一度的欧卡兹集市上赛诗。人们把公认为最佳的作品用金水写在细亚麻布上，挂在克尔白神庙的墙上，故亦称“金诗”。但学者们多认为更合理的解释应是：因为它们珍贵，如同一串挂在美人颈下的珠宝项链，故此称“悬诗”。

《悬诗》被认为是世界诗苑里的一朵奇葩。黑格尔把它称为抒情而兼叙事的英雄诗歌集。乌姆鲁勒·盖斯（500—540）被评论家公认为阿拉伯贾希利叶时期（475—622，亦称蒙昧时期）的诗坛魁首。其作品为历代文学家所推崇。他生于纳季德（旧译内志）地区，祖籍也门。他出身为王族贵胄，其父曾统管两个部落。诗人一度放荡不羁，沉湎于声色犬马之中，被称为“浪荡王子”。部落谋反，其父被杀后，诗人遂矢志报仇复国，死于求援途中。前期作品写于其父被害前，内容多为恋情艳遇，颇具浪漫主义色彩；后期作品则主要抒发诗人矢志复仇的心愿，格调悲壮而深沉。其代表作《悬诗》被列为诸篇《悬诗》之首，在阿拉伯世界妇孺皆知。

乌姆鲁勒·盖斯的《悬诗》共81行。开头几句是：

> 朋友们，请站住，陪我哭，同纪念，
> 忆情人，吊旧居，沙丘中，废墟前。
> 南风、北风吹来吹去如穿梭，
> 落沙却未能将她故居遗迹掩。
> 此地曾追欢，不堪回首忆当年，
> 如今遍地羚羊粪，粒粒好似胡椒丸。

这种以驻足沙漠凭吊情人旧居遗址为起兴的模式被称为“纳西布”。在乌姆鲁勒·盖斯之前虽有这种模式，但在他的口中才臻于完美而定型。其《悬诗》的前半部分是谈情说爱，叙述了诗人与其堂妹欧奈扎以及其他女人的种种风流韵事。他将某些偷情艳遇写得非常大胆、露骨，有时近似淫亵。诗的后半部分则侧重写景状物。他写孤寂、忧伤、惆怅难忍的沙漠长夜；写清晨策马狩猎的场面，并借此用较大篇幅赞美他的骏马；最后则写荒漠景物——阴云、闪电、暴雨、山洪倾泻、雨过天晴、万象更新……从诗中我们可以看到诗人善于抒情，也长于写景。他特别擅长比喻，如把少女的发辫比作枣椰吐穗，把漫漫长夜比作长卧不起的懒骆驼等。

除《悬诗》诗人外，这一时期还有一批“侠寇诗人”也不容忽视。他们往往一贫如洗，专以打家劫舍、拦路行抢为生。但他们大多劫富济贫、行侠仗义。他们的诗歌往往真实地描绘下层平民百姓啼饥号寒的穷苦生活，反映他们对贫富不均、富贵者为富不仁的强烈不满，对自由、平等和幸福生活的追求与向往，同时也反映他们倔强、勇敢、吃苦耐劳、疾恶如仇的性格与感情。

伊斯兰教初创时期，即伊斯兰教先知穆罕默德及四大哈里发时代（622—661），诗歌相对于其他时期要逊色一些，诗坛一度显得有些沉寂、萧条，只有一些为先知穆罕默德和伊斯兰教歌功颂德的“宗教诗”和为伊斯兰“圣战”鼓吹的“征战诗”。

诗坛在伍麦叶朝（661—750）时期又恢复了喧腾、繁荣的局面，出现了大量的政治诗与情诗。伍麦叶朝时期与当权派对立的反对派有“什叶派”、“哈瓦利及派”、“祖拜里派”等。此外，在伊斯兰教初期被压制下去的部落宗族主义又开始回潮，阿拉伯民族与其他归顺的民族之间亦有矛盾……这些政治、宗教派别的矛盾反映在诗坛上，就产生了政治诗。诗人实际上成了各派的代言人，利用诗歌形式阐述本派的主张，进行斗争。而伍麦叶朝的统治者则利用矛盾转移目标，以便维护并巩固自己的统治，实际上纵容、鼓励诗人们相互舌战，并以优厚的俸禄、奖赏去笼络和收买一些诗人为他们歌功颂德。在这种奖掖下，“对驳诗”兴盛起来。

“对驳诗”是一位诗人吟一首诗，其内容往往是自我矜夸，并讽刺、攻击对方；而对方则需即席和诗，内容与之针锋相对，格律、韵脚亦需与前者完全相同。艾赫泰勒（640—710）、法拉兹达格（641—733）与哲利尔（653—733）之间的对驳诗战长达50年之久，如法拉兹达格在对驳诗中向哲利尔炫耀：

我光荣的家族巍然如山，
你的双手岂能将它摇撼？
我舅舅生擒过迦萨尼王，
迫使他每年把礼品送上。
我舅舅有这样的丰功伟绩，
驴崽子！你舅舅岂能相比？

哲利尔则在对驳诗中与之针锋相对：

人不犯我，我们像山一般稳重，
惹恼了我们，则会同敌人拼命。
你父亲、叔伯无能，就把舅舅炫耀，
可那不过是落水的人想抓一根枯草。
崇高的主赐我以远胜过你们的光荣，
这光荣在世界上谁也无法将它移动。

艾赫泰勒、法拉兹达格和哲利尔被认为是伍麦叶朝三大诗雄。

在伍麦叶朝时期，情诗摆脱了以往仅作为长诗起兴的性质，往往独立成篇。这时的情诗又可按内容分为“艳情诗”与“贞情诗”两类。

艳情诗主要盛行于汉志（又译希贾兹）地区的麦加、麦地那等城市。伍麦叶朝政治中心北移至大马士革后，哈里发为巩固自己的地位，就用金钱、财物、歌女等笼络留在麦加、麦地那的政治失势的后裔贵族，使他们整日沉湎于声色犬马中。这些人又常常喜欢将他们寻花问柳的偷情艳遇写成诗歌，供歌女演唱，是为“艳情诗”。代表诗人是欧麦尔·本·艾比·赖比阿（644—712）。他常在诗中一方面描写和赞美那些与之交往的美女名姬，另一方面也通过她们之口赞美自己。后人公认他是阿拉伯情诗之宗师。其诗特点是有故事情节，有对话调情，语言流畅，动人心弦，对女性的描写尤有魅力。

与“艳情诗”相对的是“贞情诗”，多产生并流行在汉志地区游牧民中。当时一些青年男女真诚相爱，但由于传统习俗，他们遭到亲人和社会反对，不能结合，酿成悲剧，不少人为此失去理智，甚至殉情。“贞情诗”就是这些人歌咏自己纯真的柏拉图式的情爱、苦恋、相思的诗篇。著名的贞情诗人有哲米勒（？—701）、盖斯·本·穆劳瓦哈（？—约688）等。

哲米勒少年时代就爱上了布赛娜，但不能如愿。他至死都对布赛娜苦恋不舍。

一旦布赛娜派人来要我的右手，
尽管右手对于我来说珍贵无比，
我也会给她，使她称心如意，
然后说：“还有什么要求，你再提！”

其诗着重表达了诗人的内心世界——炽烈如火的恋情，对爱情的专一、执着、坚贞……情感真挚、强烈、细腻、动人，诗句典雅流畅、明白如话，词语夸张但不过分，是哲米勒情诗的特点。

盖斯·本·穆劳瓦哈以“马季农·莱伊拉”（意为“莱伊拉的情痴”）著称。他自幼与美女莱伊拉相爱，但当他向她父亲求亲时，遭到了拒绝。莱伊拉被嫁给他人，盖斯苦恋不舍，后来因情而痴，整日在荒漠中呼唤着情人的名字，用诗歌倾诉自己的痛苦和悲伤，最后因痴情而死，葬于沙漠。其诗倾吐恋情缠绵悱恻，凄婉感人。其爱情悲剧被后世衍化成传奇故事，广为流传。中世纪许多著名的波斯、突厥语诗人以及后世的阿拉伯诗人曾多次以此为题材写成叙事诗或诗剧。

阿拔斯朝（750—1258）是阿拉伯诗歌发展的黄金时代。阿拔斯朝一些诗人从一开始就在诗歌内容、形式上进行创新，被称为“维新派”。代表诗人有盲诗人白沙尔（714—784）、艾布·努瓦斯（762—814）和艾布·阿塔希叶（748—825）等。

白沙尔被认为是阿拔斯朝维新诗歌的先驱。其诗承前启后：既有继承古代传统反映游牧生活内容、风格粗犷、语言凝练的一面，又有反映新的城居文明生活内容、风格细腻、语言清新的一面。

艾布·努瓦斯有12 000至13 000行诗传世，其中有颂诗、挽诗、情诗、讽刺诗、劝世诗、行猎诗等。但他写得最好的是咏酒诗，故有“酒诗人”之称。他往往借酒抒情，如：

喏，斟满杯！是酒就说明白！
别叫我偷偷地喝——如果能公开。
人生就是酒醉一场又一场，
唯有长醉岁月才逍遥自在。
清醒时，我总是失意潦倒，
醉如烂泥才走鸿运发大财。

他的诗一方面反映了阿拔斯朝鼎盛时期王公贵族们花天酒地、竞相奢靡的生活；另一方面也表现出诗人大胆反对宗教禁欲，主张个性解放、及时行乐的自由思想。他在诗作上反对因循守旧，主张创新，描写现实生活，因而他的诗自由、奔放，想象奇谲，笔墨新颖别致，臻于精妙。

与白沙尔、艾布·努瓦斯相比，艾布·阿塔希叶的诗篇更多地反映下层穷苦人民对上层贵族骄奢淫逸生活的不满。其诗多为劝世诗：告诫富贵者不要迷恋红尘、追求享乐；劝说贫贱者应乐天知命、安贫守道。他在诗中向哈里发良言苦谏，为民请命。

谁能代我向哈里发
传述我的良言苦谏：
我看到物价飞涨，
让百姓如何负担？
我看到他们挣得很少，
而需要则有增无减；
我看到愁云密布，
人民生计如此艰难。

他的诗歌流畅、通俗易懂，深受当时广大群众喜爱，常被谱成乐曲，广为传唱。继他们之后，在阿拔斯朝前期（750—945）著名的诗人还有艾布·泰马姆（788—846）、布赫图里（820—897）和伊本·鲁米（836—896）等。

在阿拔斯朝后期（945—1258），哈里发政权名存实亡，国势日衰。但这一时期的诗坛仍兴盛不衰。这一时期最著名的诗人是穆太奈比（915—965）和麦阿里（973—1057）。穆太奈比生于库法城。早年曾企图凭借诗才求取功名而未能如愿，遂自称“先知”，鼓动并领导部分游牧民抗税造反，结果被囚禁两年。948 年为阿勒颇的哈姆丹王赛弗·道莱所赏识。他们相处长达 9 年时间，这期间是诗人创作最盛的时期。后遭他人嫉妒进谗，君臣关系破裂，诗人投奔他乡，不得志，遇刺身亡。穆太奈比有诗集传世，共收诗 3 000 余首，包括各种题旨，但以矜夸诗、颂诗和哲理诗为最佳。诗人常在诗中抒发自己的豪情壮志，反映出诗人恃才傲物、愤世嫉俗、崇尚武力、要求个性解放、不畏艰险、勇于进取、敢于反抗的精神。如：

活，不能碌碌无为苟活在世，
死，不能窝窝囊囊不为人知。
纵然在地狱也要去追求荣誉，
即使在天堂也不能忍辱受屈。

他被认为是阿拉伯古代言语妙天下的伟大诗人之一。其诗雄浑豪放，劲健新奇，不落窠臼，言近旨远，富于哲理。不少诗句成为传世的格言、警句。

麦阿里出身名门贵族，幼时因患天花双目失明。他是位多才多艺多产的作家、诗人。其著作达 70 余种，但多已散佚。其代表诗作是诗集《鲁祖米亚特》，约有 11 000 余行诗。从其诗歌中可看出，他反对因陈袭旧，主张独立思考，崇尚理性，对宗教持怀疑态度。他一方面怀着忧国忧民的思想，愿与祖国、人民同患难，共命运；另一方面则将人生、世界看得过于灰暗，认为尘世社会就是罪恶之所，对一切抱着怀疑、悲观、绝望的态度。在诗歌语言方面，他过于追求雕琢、修辞，这是受当时文风影响的结果。

谈起中古的阿拉伯诗歌，安达卢西亚诗坛可谓异军突起，独树一帜。诗人们除了袭用阿拉伯原有的 16 种格律外，还创造了“彩诗”和“俚谣”。“彩诗”音译为“穆瓦舍赫”，产生于 9 世纪，兴盛于 11 世纪至 12 世纪。它是一种格律富于变化的多韵体诗，颇似我国古代的“词”。人们把它比喻成女人披于身上的彩锦饰带，故而得名。“彩诗”产生于安达卢西亚，可能与当地人能歌善舞有关。一韵到底的格律诗节奏呆板、单调，诗句有时也过于深奥难懂，不易歌唱，于是“彩诗”与“俚谣”便应运而生。“彩诗”实际上是一种歌词。它的结构、韵律多种多样，富于变化。但大体上亦有一定的模式。韵式大体上是 abab，cdcdcd，abab，efefef……其尾句一般用当地土语写成。“俚谣”与“彩诗”在结构上极为相似。它与“彩诗”的主要区别在于它的用词基本上是土语方言，行文也不严格遵照语法规则，实质上是一种更加通俗易懂的民歌。值得注意的是，“彩诗”与“俚谣”后来发展成为西班牙的民歌体裁“维良西科”。此外，学者们认为，11世纪晚期至13世纪晚期活跃在西班牙、法国南方及意大利北方的普罗旺斯游吟诗人曾受安达卢西亚出现的“彩诗”、“俚谣”的影响，而与阿拉伯诗歌有渊源关系。

第四节
伊本·穆格法

伊本·穆格法（724—759）是阿拉伯阿拔斯朝著名的作家。他祖籍波斯，原名鲁兹比。其父达祖维是位于设拉子附近的祖尔镇人，后住巴士拉，曾在伍麦叶朝著名酷吏哈加志治下税务署任职，因贪污受刑，致手伤残。伊本·穆格法（原意为“挛手者之子”）由此得名。

伊本·穆格法生长于当时的文化名城巴士拉，自幼受过良好的教育，精通波斯语和阿拉伯语两种语言。他才思敏捷，知识渊博，文笔流畅，故为统治者所赏识，曾先后在伊拉克、波斯的总督府任文书职。因得罪哈里发曼苏尔被残杀，死时年仅35岁。

伊本·穆格法生活于一个动荡不定的时代。当时统治阶级内部争权夺利，尔虞我诈；穷苦百姓民不聊生，怨声载道。他深知下层人民的疾苦，也谙熟王公官吏的腐败。这位深受波斯、希腊、印度等文化影响，又精通阿拉伯语的文人，便企图以自己的著译劝诫统治者，教育广大群众，为社会各阶级、阶层制定道德规范，以达到社会改良的目的。其著译颇多，其中最著名的是《卡里莱和笛木乃》。

《卡里莱和笛木乃》是一本寓言、童话故事集。其主要内容源于印度梵文《五卷书》。《五卷书》约在6世纪中叶，即波斯萨桑王朝国王艾努·施尔旺（531—579）统治期间，被译成古波斯巴列维文。伊本·穆格法于750年前后，根据巴列维文译本将其译成阿拉伯文。书以主体框架故事中出现的两只豺狗的名字得名。

这一主体框架故事内容如下：林中百兽之王狮子被森林附近新出现的黄牛叫声弄得胆战心惊，因为它从未见过黄牛。两只位卑职微的豺狗——卡里莱和笛木乃调查了黄牛的底细，使其归顺狮王，从而博得狮王欢心。忠厚的黄牛被狮王委以重臣，认作心腹，引起笛木乃的嫉妒。它不听同伴卡里莱的劝阻，竭力对狮王与黄牛进行挑拨离间，使两者相互残杀，结果黄牛战死，狮子负重伤。后来狮王发现受骗上当，又对奸诈的笛木乃进行审讯，查明事实真相后，将其处死。

从书的主体故事、所采取的大故事套小事的框架结构以及书中包括许多与《五卷书》相同或相近的寓言故事诸方面看，不难发现它与《五卷书》的渊源关系——《卡里莱和笛木乃》译自《五卷书》。既然如此，它又为什么会成为中古阿拉伯文苑里的一枝奇葩，并在文学史上占有重要地位呢？当然，其原因是多方面的。

第一，《卡里莱和笛木乃》并非只是《五卷书》的简单译本，而是译著者在原作基础上经过大量加工、再创作的译、著并重的作品。巴列维文的《五卷书》原本和阿拉伯文

《卡里莱和笛木乃》的巴列维文译本皆已失传，原貌究竟如何已不可考。但据学者考证，《五卷书》译成巴列维文时，已经过增删，加进了一些原书未有的印度故事和波斯故事。这就是说《五卷书》的巴列维文译本已是一部并非忠实于原著的经过加工再创作的作品。而伊本·穆格法在移植过程中，又根据需要，无论是在故事编排方面，还是在论述行文方面，都再度进行了大胆增删与改动。如已成为该书有机组成部分的绪论（包括《白哈努德·伊本·撒哈旺的序言》、《白尔才出使印度》、《白尔才外传》和《伊本·穆格法的序言》4 章，其中亦包含许多精妙的寓言故事），自然多是译本增加的内容。此外，从全书（包括绪论和正文两大部分，共 19 章）行文风格的一致，从它与现行流传的印度《五卷书》的比较对照，从书中通过各种寓言故事反映出的不同民族和宗教的哲理、思想、价值观念、道德标准诸方面，都可以清楚地看出，《卡里莱和笛木乃》与《一千零一夜》一样，是印度、波斯、阿拉伯东方民族的平民文学与文人学士共同创作的产物，而最后完成于伊本·穆格法之手。它集中地体现出东方乃至世界各主要文化及宗教源流的交汇、融合和相互影响。印度—婆罗门教—佛教文化、波斯—袄教（即琐罗亚斯德教）文化以及阿拉伯—伊斯兰教文化的影响及其在书中的反映自不待言，中国—儒家文化思想、希腊—罗马文化的影响在书中亦不难看出。

第二，伊本·穆格法在著译《卡里莱和笛木乃》一书时，有着明确的目的。如前所述，他生活于伍麦叶朝与阿拔斯朝交替时期，看到了当时政治、社会的种种弊端。他译著此书就是为了劝诫君主，教育群众，改良社会。他通过移植和创作的大约 70 个寓言、童话、故事，借鸟兽之言行，说明君王、臣民为人处世应遵奉的纲常、伦理道德，以期达到治理国家的目的。书中通过寓意、象征、借喻、影射等手法，针砭社会弊病，鞭笞种种假、恶、丑的现象，教育人民要追求真理、重视知识、明辨是非、择善而从、团结友爱、和睦相处……对君主、统治者进行了劝诫和谏诤。形形色色的故事隐约、曲折地反映了现实生活以及人民对真善美理想社会生活的追求。生动有趣、引人入胜的寓言故事形式，易于让人接受和传播书中蕴含的主旨思想。

第三，《卡里莱和笛木乃》一书，在阿拉伯文学史上影响很大。这首先是因为，它的问世在阿拉伯世界首开介绍不同民族文学之先河。其次，通过《卡里莱和笛木乃》一书，伊本·穆格法正式将寓言这一广大群众喜闻乐见、雅俗共赏的艺术形式引进了阿拉伯文学。更重要的是，他被认为是阿拉伯的一代散文宗师。《卡里莱和笛木乃》一书文字优美，其语言特点是凝练、典雅、流畅，因不刻意押韵、藻饰而显得清新自然，看似不假斧凿，实则是巨匠运斤，于易处见功，被人称作是“易而难及”的风格。故在阿拉伯文学史中，《卡里莱和笛木乃》是地位仅次于《古兰经》的散文经典名著，因而无论是在阿拔斯朝还是在其后，都产生了巨大影响，师法其人、效法其书者，大有人在。

第四，《卡里莱和笛木乃》在世界文学史上也产生了巨大的影响。如前所述，《五卷书》原始本及其巴列维文译本以及据巴列维文译本转译的古叙利亚文译本（约 570 年）皆已失传。因而《五卷书》的主要内容，加之波斯巴列维文译者和伊本·穆格法本人加入或创作的一些寓言故事，便借《卡里莱和笛木乃》一书的各种译本传播于世。正如季羡林所言：从亚洲到欧洲，又从欧洲到非洲，不管是热带、寒带，不管当地是什么种族，说的是什么语言，它到处都留下了痕迹。这些寓言和童话，一方面在民间流行；另一方面又进入欧洲的许多杰作里去，像意大利薄伽丘的《十日谈》、法国拉封丹的《寓言》、德国格林兄弟的《格林童话》、英国乔叟的《坎特伯雷故事集》等，除了《圣经》以外，这部书要算译成全世界语言最多的了。可以认为，《卡里莱和笛木乃》同《一千零一夜》两部作品，集中地体现了阿拉伯文学在世界文学史中“承前启后、贯通东西”的特点。

寓于《卡里莱和笛木乃》一书的主旨，还体现在伊本·穆格法的重要著作——《近臣书》、《大礼集》和《小礼集》中。

《近臣书》原为作家上奏哈里发曼苏尔的一封谏书，因其中涉及哈里发的近臣而得名。书以颂扬哈里发为引言，继而指出当时政治、社会、军队、经济等诸方面的弊端，并根据波斯的模式提出种种改革方案，主张根据波斯的制度立法，以法治代替人治。文章写得鞭辟入里，深中肯綮。

《小礼集》和《大礼集》是两本有关正心、修身、齐家、治国、平天下的箴言集。其中不少内容是译自波斯、希腊、印度等地的格言和警语。《小礼集》主要是有关社会伦理、道德方面的箴言，目的在于指导人们如何明辨是非、择善而从，如何陶冶自身情操，并处理好与君王、亲友之间的关系。《大礼集》则分为两部分：前一部分主要是对君王的谏诤，提出他们应奉行的统治政策和正确的君臣关系；后一部分则是有关友谊和朋友品质的箴言，指导人们如何区分和对待敌友、善恶。

伊本·穆格法的这些著作同《卡里莱和笛木乃》，实际上是同一思想的两种表现形式，可以相互参照，加以阐释。其目的都在于规劝君王、教育百姓、改良社会。故有的学者认为，《近臣书》的直谏可能触怒了哈里发，成为作家被害而致死的原因。

除上述作品外，伊本·穆格法还译有《波斯诸王传》、《波斯习俗与文化》、《王冠》（《艾努·施尔旺传》）、《珍珠瑰宝》（《贤哲轶闻》）、《玛兹达格》。此外，据说他还从巴列维文转译了亚里士多德的《范畴篇》、《解释篇》等，从而以自己的大量著译为中古时期各族文化、文学的融汇和阿拉伯文学的发展做出了巨大的贡献。

第五节

《一千零一夜》

《一千零一夜》（又译《天方夜谭》）是阿拉伯著名的民间故事集，有“世界最大奇书”之称。

《一千零一夜》的故事来源颇为复杂。据学者考证，主要有以下三个方面：一是印度和伊朗的故事，即收入《一千零一夜》的故事有些来源于伊朗故事集《一千个故事》，而《一千个故事》原来又出自印度，这些故事先由梵文译为波斯文，再由波斯文译为阿拉伯文。二是以巴格达为中心的阿拔斯王朝故事。三是以开罗为中心的埃及故事。在这个意义上说，《一千零一夜》是印度、伊朗和阿拉伯文化结合的产物。

《一千零一夜》编辑成书似乎经过了许多人的努力，并且历经相当长的岁月。一般认为，其中最古老的故事大约产生于8世纪，核心的故事大约形成于10世纪，最晚出的故事大约出现于16世纪，而全书基本成型则大约在13世纪。

《一千零一夜》的规模相当庞大，共计收入300多个故事。这些故事几乎全部采用故事套故事的方法组织起来，所有这些故事都套在第一个故事——《国王山鲁亚尔及其兄弟的故事》里。这个故事说：山鲁亚尔是个暴君。他发现王后背着自己与宫女、奴仆一起玩乐，便下令杀死王后及宫女、奴仆，并决心从此以后对天下妇女进行报复，即每日娶一少女，次晨加以杀害。宰相之女山鲁佐德，为拯救天下无辜妇女，自愿嫁给国王。山鲁佐德进宫以后，首先设法引起国王听故事的兴趣，然后开始讲《商人和魔鬼的故事》。当故事讲到关键之处，天色已明，山鲁佐德也就住口不讲下去。国王想继续听故事，决定破例暂不杀她。自此以后，山鲁佐德一夜接着一夜，一个故事接着一个故事地讲下去，一直讲了一千零一个夜晚。在这期间，山鲁佐德先后生下三个男孩。当她把故事全部讲完后，便领着孩子去见国王，恳求免其一死。国王大为感动，下令赦免山鲁佐德，并且正式立她为王后，还传令史官记下她在一千零一夜里所讲的故事。

《一千零一夜》的故事是多种多样的，诸如神话、传说、寓言、童话、故事、奇谈怪说、逸事趣闻等，可谓五花八门；人物也是形形色色，从神到人，从帝王、王族、将相，到工匠、渔夫、妓女、乞丐等，可谓应有尽有。这些故事和人物构成了一幅幅色彩斑斓的图画，形象地表现了中古时期阿拉伯国家以及周边国家的社会面貌和风土人情。

《一千零一夜》的思想内容是丰富多彩的，大致说来其思想内容主要包括以下几个方面。

有些故事反映当时社会的矛盾，揭露剥削压迫的罪恶，表现人民大众的不幸。根据史书记载，由于不断对外进行侵略扩张耗费大量资金，加上统治阶层长期过着骄奢淫逸的生活，阿拉伯社会的阶级矛盾颇为尖锐，贫富悬殊，广大劳动群众处于水深火热之中。《一千零一夜》里有些故事直接或者间接地描写了哈里发、王公大臣以至土豪劣绅压迫和剥削劳动人民的罪行，同时也在不同程度上抒发了劳动人民对于这种现状的不满甚至愤慨情绪。如《死神的故事》，写了三个不同类型的坏国王，结果都没有得到好下场。第一个国王“骄傲自满，好大喜功”①；但当他正在自夸“世间有谁能和我比高下”时，死神突然出现，“从容拿走了他的灵魂，让他的尸体僵然倒在地上”。第二个国王“横征暴敛，刮削民脂民膏”；但当他正在大摆宴席准备吃喝时，死神突然出现，于是“国王坐在宝座上，望着席上的珍馐美味，还来不及吃喝……死神就毫不犹豫，拿走了他的灵魂，让他的尸体僵然倒在地上”。第三个国王“非常权威非常暴虐”；但当他正在威风凛凛地发号施令时，死神突然出现，不容分说立即拿走他的灵魂，让他到地狱里去受苦。

这个故事把讽喻的矛头直接对准当时封建社会的最高统治者，对于他们丑恶的灵魂和罪恶的行径表示无比愤恨；而死神则成为当时人民愿望的具体体现者和人民意志的执行者，他的语言代表了人民群众的心声，他的行动体现了人民群众的力量。

有些故事赞美人民大众依靠自己的智慧和勇气战胜邪恶势力和反动势力的斗争精神。正必压邪，善必胜恶，这是《一千零一夜》的重要思想之一。尽管人民大众在现实生活中困难重重，但是他们始终没有失去信心，一直坚信依靠自己的智慧和勇气能够战胜一切邪恶势力和反动势力。正因为如此，体现这种积极思想的故事便应运而生，并且受到欢迎。如《白侯图的故事》，写一个奴隶用说谎的办法报复主人的经过。白侯图在奴隶市场上被出卖时，已经声明他是有缺点的，其缺点是好说谎话，欺骗主人，不过多了不说，每年只说一次。有个商人自以为是，花钱把他买了下来。白侯图在商人家里唯命是从，小心伺候主人，辛辛苦苦、忙忙碌碌。可是，有一天当商人在城外大摆宴席，让白侯图回家去取东西时，他却乘机撒起谎来。他先跑回去对太太说：“老爷和他的朋友们坐在一堵古墙下面吃喝、谈笑，那堵古墙突然倒了下来，把他们都压死啦！”急得太太把自己的家砸个乱七八糟。然后他又跑回来对商人说：“堂屋的墙壁塌了下来，压在太太和少爷的

① 《一千零一夜》，纳训译，北京，人民文学出版社，1982—1984。本节引文均见此书。

身上了！”急得商人死去活来。最后两方面一对证，才知道上当受骗了。商人勃然大怒，要严惩白侯图，白侯图却不慌不忙地说道：“老爷，您不能惩罚我，因为这是我的缺点，当初买我的时候，这是其中的一个条件，经纪人证明过的。您是知道的，我每年要说一次谎话，这次不过说了一半，待年终我再说一半，这才成为一次呢。”商人理屈词穷，只好宣布给予白侯图自由。这个故事通过笑话的形式反映现实的问题。我们不难看出，这里讲的虽是笑话，其中却充满奴隶的血泪。白侯图说谎骗人，并不是品行不端，也不是一般的恶作剧，而是奴隶仇恨和反抗主人的表现；白侯图的智慧胜过他的主人，既捉弄了他，又让他有苦难言，可见说谎实际上变成了白侯图的斗争武器。

有些故事描绘了人民大众对于幸福生活和美满爱情的憧憬。人民大众既然相信依靠自己的智慧和勇气能够战胜一切邪恶势力和反动势力，自然就对前途充满希望，希望获得幸福的生活和美满的爱情。虽然现实环境是严酷的，现实条件是困难的，但他们也没有失去信心。如《阿拉丁和神灯的故事》，写一个穷裁缝的儿子依靠自己的顽强意志和神灯的大力帮助，经过种种艰难曲折，终于娶到了公主，并且继承了皇位的过程。这个故事的积极意义在于，在王权神圣的社会和等级森严的时代，一个普普通通的百姓竟然不怕皇帝的权势，不顾等级的差异，大胆追求公主，并且最后获得成功，这体现了人民大众追求美好幸福生活的远大理想，表现了他们要求改变黑暗现状的强烈愿望，因而具有鼓舞人心的力量。这个故事及其同类故事往往还有一样必不可少的东西——法宝。阿拉丁的神灯就是这样的法宝。这盏神灯表面看来又旧又脏，很不起眼；可是它却神通广大，什么事情都能马上办到，什么愿望都能立刻满足。正是在它的帮助下，阿拉丁给公主建造了豪华的宫殿，为皇帝送去了贵重的彩礼，终于获得了幸福。事实证明，法宝成为故事主人公实现美好理想必不可少的助手，帮助他们克服力不胜任的困难。这是因为，当时的人们还没有实现美好理想的实际条件和实际能力，于是只好借助想象，创造出各种法宝来。所以，这些法宝本身就具有积极意义。此外，这些法宝只是工具，它们并不是有意识地帮助谁，而是到谁手里就为谁服务；人们要想得到它们、使用它们，必须经过自己努力，必须有勇气有智慧。因此，这些法宝不是让人们消极等待，而是引导人们积极行动，鼓舞人们勇敢斗争，这就更有积极意义了。

有些故事描写了商人和航海家的经商航海活动。按照史书记载，阿拔斯王朝建都巴格达后，这个城市便成为阿拉伯帝国的政治中心和经济中心，在物质的繁华富庶方面是当时世界上屈指可数的几大名城之一。阿拉伯商人和航海家以这里为中心，从事活跃的国内贸易和国外贸易。他们的商船向东到达中国以及朝鲜和日本，向南抵达马达加斯加，向西向北远航至瑞典。巴格达城里则设有各种手工作坊，街上商店林立，生意兴隆，出售世界各地的产品，甚至还有专卖中国商品的市场。《辛伯达航海旅行的故事》等描写商人和航海家经商航海活动的故事都是在这种社会背景下产生的。这个故事写辛伯达7次经商航海旅行的非凡经历。从地域上说，他先后到过世界许多地方，有一次还到达过中国海岸。从时间上说，他前后经过了几十个年头，最后一次竟在外国生活了27年。这个故事的动人之处，首先在于它刻画了辛伯达这个阿拉伯航海商人有血有肉、栩栩如生的艺术形象。他一次次出海冒险，一方面是为了赚钱，所以无论处在什么情况之下，他都不忘记一个“钱”字，甚至在虎口余生之际也不忘捞一把，有时还会干些损人利己的勾当；另一方面是为了求知探险，即从不满足于现状，总是如饥似渴地探求新生活和新知识，而且还有聪明的头脑、丰富的经验和顽强的精神，所以能够度过千难万险，一次又一次地平安返航。这个故事的动人之处，还在于它描绘了阿拉伯航海商人五花八门、瑰丽多彩的海外见闻，表现了他们强烈的好奇心和丰富的想象力。其中既有对海外动植物庞大形体的夸张描写，对大自然伟大创造力的热烈赞叹，又有对海外凶猛的毒蛇猛兽的夸大描述，对土著民族的夸张形容。

以上所述主要限于《一千零一夜》的优秀故事和积极思想。不言而喻，这部作品的思想也是复杂多样的，也有不健康的内容，如为统治者歌功颂德，歧视和辱骂妇女，宣扬宿命论，描写色情，等等。

总体来说，与世界其他国家和民族的民间故事相比较，《一千零一夜》在思想内容上具有两个明显的特点：一是《一千零一夜》的故事大多数以城市为舞台，以城市居民，特别是手工业者、贫民和商人为主角。二是《一千零一夜》的故事大多数含有浓厚的宗教色彩，即伊斯兰教色彩。这些特点都是阿拉伯社会状况的反映。

《一千零一夜》之所以能够传遍世界并且历久不衰，一方面是因为它的思想内容丰富，另一方面是因为它在艺术表现上具有鲜明的特点和明显的长处，把民间故事这种体裁的水平提高了一大截。

如上所述，《一千零一夜》在结构上采用故事套故事的形式。全书几乎所有的故事（除几个作为补遗的故事外）都被套在开篇故事——《国王山鲁亚尔及其兄弟的故事》之中。这个开篇故事起着穿针引线的作用，把300多个故事串联起来。这种结构形式至少有两个好处：一是增加故事集的吸引力，让人一夜接一夜地读下去，一个故事接一个故事地听下去。因为一个故事套着一个故事，你如果不读或不听套着的故事就不知道原来故事的结局如何；而且一夜接着一夜，两夜衔接的地方往往又是故事的紧张之处，这有点像我国的章回小说，即所谓“欲知后事如何，且听下回分解”。二是使这样一部规模庞大的作品得以完整地保存下来。因为一夜接一夜，一个故事接一个故事，所以丢了一夜或一个故事马上就会接不下去。其他许多民族的民间故事由于没有采取这种方法，所以渐渐地散佚了。因此，有人说：“没有夜，便没有《一千零一夜》。”这话是有道理的。当然，目前各国流行的版本不同，对夜的处理也有很大差异。如英译本巴顿版从第一夜一直排到一千零一夜，共计250多个故事，另外还有50多个故事作为补遗；而纳训的中译本则只在《商人和魔鬼的故事》中分为三夜，以下不再分夜。

《一千零一夜》所使用的语言是明白流畅的阿拉伯语。它以当时阿拉伯人日常的、通俗的语言为主，甚至包括不少方言土语，尤其是伊拉克、埃及和叙利亚的方言土语。这些方言土语能够巧妙地表现出地方特色。一般来说，本书的语言是朴素的，并不加以过分的修饰，也不显得过分的华丽，只要能传达出作者所要表现的思想就满足了；同时本书的语言又是多变化的，有时采用极其庄重、严肃的语言（如《国王赭理尔德和太子瓦尔德·汗的故事》中，大臣向国王致贺词的语言即为一例），有时又使用十分简洁、鲜明的语言（如《哈西补·克里曼丁的故事》中，描绘战争场景的语言便是一例）。不过，《一千零一夜》的语言也存在一些缺欠，其中最明显的一个缺欠是经常使用一成不变的套语，如用从黑暗下界升起的太阳形容美少年，用与太阳争辉的月亮形容美少女，用珍珠形容美人的眼泪和牙齿，用满月形容美丽的面庞，用夜晚比喻美人黑色的头发，用柳枝比喻美人细瘦的腰身等。这些套语固然可以体现阿拉伯人的审美特点，但是使用过多不免给人以千篇一律之感。

《一千零一夜》在文体方面的特点是散文和诗歌互相配合，诗文并茂。书中主要采用散文体，但在不少地方穿插进诗歌，其总数达一万行左右。这些诗歌大部分是现成的，有的是阿拉伯古代诗歌（如从“悬诗”中引用的诗歌），有的是阿拉伯中古诗歌（从艾布·努瓦斯起，至哈里里止），有的是阿拉伯近古诗歌（包括15世纪、16世纪的诗歌）。这些诗歌为阿拉伯人所熟知和热爱，所以他们读起来感到格外亲切。这些诗歌不仅起到调节作用，使文章不会过于单调；而且辅助表现故事的思想内容，如有时作为说明某种道理的依据，有时作为抒发人物内心感情的手段等，从而成为故事的有机组成部分。正因为如此，可以说诗歌是本书不可缺少的因素，有人甚至认为“没有诗歌的《一千零一夜》，犹如没有太阳的白昼”。

《一千零一夜》的故事既有长的，也有短的。长故事洋洋洒洒，短故事简洁明快。二者互相穿插，显得富于变化。尤其值得称道的是它的长故事。这些长故事往往具有场面广阔、人物众多、情节曲折的特点，所以大大地扩大了故事的容量（包括广度和深度），提高了故事反映生活的能力。如《巴士拉银匠哈桑的故事》，长达七万多字，重要登场人物有十几个，他们的活动舞台从人间社会到鬼神世界，从热闹的都市到荒凉的旷野，故事的发展起伏不定、曲折多变，令人难以预测。与世界其他民族的同一类型故事相比，这个故事在内容丰富方面是极其突出的。

《一千零一夜》的故事既有丰富瑰丽的想象，又有具体精细的写实，二者巧妙地交织在一起。本书的想象因素特别出色，这已经是众所周知的了，如一夜之间建成的宫殿、一闻能治百病的苹果等，已经成为世界通用的典故。本书的写实因素也很突出。一般民间故事在写实上往往比较概括，《一千零一夜》中许多优秀作品的写实则是具体精细的，有的甚至已经接近近代写实小说对环境、人物和细节描写的水平了。

《一千零一夜》的故事不仅以故事情节取胜，而且注重描写人物形象，刻画人物性格。一般民间故事往往仅仅注重故事情节，人物形象描写比较概括，人物性格刻画比较粗糙，很少进行心理活动描绘。《一千零一夜》中有些优秀作品则加强了对人物形象的描写和人物性格的刻画，有时还对心理活动加以描绘，在一些关键时刻利用诗歌抒发内心感受。如《辛伯达航海旅行的故事》所描写的主人公辛伯达的形象就是成功的一例，这个故事比较充分地表现了他的性格的复杂性，并且达到了一定的深度。

《一千零一夜》是一部享有世界声誉的优秀作品，得到了许多作家的赞美，受到了广大读者的喜爱，在世界许多国家和地区几乎家喻户晓。在欧美国家，18 世纪以前还没有《一千零一夜》的译本时，它的故事就已经通过各种途径传播开来，种种迹象表明，欧美许多故事集都受到它的影响。18 世纪初安特瓦斯·格兰翻译出版的法文本《一千零一夜》可能是欧美各种译本的滥觞，此后不久，《一千零一夜》便风靡欧美各国。在亚非国家，《一千零一夜》的故事也流传很广。如日本出版的《一千零一夜》译本达 60 种以上。我国译介《一千零一夜》也已有百年以上的历史，近年来直接译自阿拉伯文的全译本就有好几种。

第六节 菲尔多西

菲尔多西（940—1020）是伊朗的伟大诗人，在世界文坛上也属于杰出诗人之列。菲尔多西以三十余年的时间所创作的民族史诗《列王纪》（又译《王书》）是伊朗文学史上最具有代表意义的作品，同时也是印欧语系民族创作的五部长篇史诗之一。

菲尔多西诞生在伊朗东部霍拉桑图斯城一个德赫甘家庭（德赫甘是土地所有者）。这个阶层是伊朗社会的上层，他们大多受过较好的教育，具有较高的文化修养。作为一种社会势力，这个阶层对阿拉伯人的统治表现出较强烈的反抗意识。菲尔多西诞生时，阿拉伯哈里发政权在伊朗的统治已走向衰落。诗人的故乡图斯隶属于相对独立的伊朗地方政权萨曼王朝（875—999）治地。菲尔多西幼年受过良好的教育，他懂阿拉伯语和巴列维语（中古波斯语），12 万行的《列王纪》说明，他是驾驭达里波斯语（近代波斯语）的大师。同时，他还具有广博的知识和高深的文学修养。为了创作《列王纪》，他进行过大量准备工作，甚至亲自调查访问，搜集民间创作和古代史籍。

菲尔多西开始创作《列王纪》是在 10 世纪 80 年代中期。公元 7 世纪中叶，阿拉伯人灭亡了波斯萨桑王朝并开始直接统治伊朗。对阿拉伯和伊朗两大民族这种新的政治格局，一度称雄世界的波斯帝国的伊朗人（遗民）是很难接受的。事实证明，他们从未停止过文武两方面的反抗。就文的反抗来说，他们热衷于推崇古代文明，恢复古代传统，搜集挖掘波斯古代帝王英雄故事，鼓励文人以巴列维语和达里波斯语写作，把巴列维语著作译为阿拉伯语，以便把文明典籍保存下来。在这种复兴民族文化的浪潮（后世称之为“舒毕思潮”）推动之下，以描写古代帝王英雄为内容的《王书》创作成为一种时尚。

菲尔多西创作《列王纪》前，已有五部达里波斯语的《王书》问世。其中三部散文体，两部诗歌体。最重要的一部《王书》是萨曼王朝霍拉桑总督下令，由被其召集到一起的熟悉古代传说的人口述、经人记录而成的散文体《王书》。这部《王书》是菲尔多西创作《列王纪》的主要蓝本。此外，他的比较重要的参考资料还有一本巴列维语的史书《帝王纪》，以及流传于西斯坦地区的鲁斯坦姆家族的英雄传说。萨曼王朝宫廷诗人塔吉基（卒于 978 年）曾受命创作《王书》。可惜他只写了 1 000 联（2 000 行）即被仆人杀害。菲尔多西把他这 1 000 联收到自己的《列王纪》中，以示对这位诗人的纪念。但是，对塔吉基所写的部分，菲尔多西评价并不高。

> 但他诗中语句无力，松散纤弱，
> 往昔岁月在他笔下未能复活。

真正以自己的诗复活伊朗古代历史的是菲尔多西。

《列王纪》从开天辟地的神话传说起，直写到公元 7 世纪中叶阿拉伯人灭萨桑王朝为止。全书可分为三大部分：神话故事，约有 4 300 联（8 600 行）；英雄故事，约有 28 500 联（57 000 行）；历史故事，约有 24 000 联（48 000 行）。神话故事部分写人类起源、文明开端、农耕开始、衣食制作、政权出现等。英雄故事部分是《列王纪》的核心部分，主要写伊朗与敌国土兰的战争和民族英雄鲁斯塔姆的功勋业绩。历史故事部分写萨桑王朝一些国王的事迹，这部分较前两部分更具现实色彩，但是《列王纪》是一部文学作品而不是史书，所以其内容与伊朗历史并不完全符合。例如，伊朗古代史是三个大王朝，但出现在《列王纪》中的却是四个王朝。

《列王纪》的核心思想是向善抑恶。这种思想源于琐罗亚斯德教教义，而在史诗中则主要表现在反对外族侵略、维护国王的权威与统治、镇压内部叛乱、反对暴君统治和压迫上。

在《列王纪》中，精彩的故事有 25 个左右。其中四大悲剧情节曲折有致、人物形象生动，而且都可独立成篇。特别是父杀亲子的“鲁斯塔姆与苏赫拉布”悲剧，在世界文坛上也具有一定影响。①

四大悲剧之一是伊拉治悲剧。伊拉治是国王法里东的第三个儿子。他的两个哥哥认为父王分封不公，偏袒伊拉治，设计把他杀害。

四大悲剧之二是苏赫拉布悲剧。苏赫拉布是英雄鲁斯塔姆未见过面的儿子。苏赫拉布率军进攻伊朗时，在战场被父亲杀死。

四大悲剧之三是夏瓦士悲剧。夏瓦士是卡乌斯国王之子，由鲁斯塔姆扶养成人。因拒绝王妃求爱，感到不能久居宫廷，在敌国土兰入侵时，他请兵出征抗敌。得胜后，卡乌斯不许讲和，于是夏瓦士流落土兰，终被土兰人杀害。

第四个悲剧是埃斯凡迪亚尔悲剧。他是国王戈什塔斯帕的儿子，立有战功，打败进攻的土兰军队，按前约要求继承王位。但国王不愿让位，让他去把鲁斯塔姆绑到宫廷(国王认为鲁斯塔姆对他不敬)，在与鲁斯塔姆交战中，埃斯凡迪亚尔被杀。

四个悲剧的主角都是年轻人。他们都少年英俊、正直善良、品质高尚、武艺超群，都是诗人心目中的理想人物。但是，他们的结局都是悲剧，酿成悲剧的原因又都是争取皇权的斗争。而且，他们都死于亲人之手。这四个年轻贵族人物的鲜血似乎告诉读者：伊朗古代的宫廷斗争多么错综复杂和残酷无情，统治者为了维护权力往往酿成兄弟反目、父子相残的悲剧。

四个悲剧主人公虽然命运类似，但性格与人生道路却又各不相同。伊拉治善良单纯，他看不到分封土地所造成的严重后果，也想不到两个哥哥会对他下毒手。苏赫拉布年少气盛，头一天他打败鲁斯塔姆，不细问缘由就放敌手走脱，致使自己次日反被鲁斯塔姆杀死。埃斯凡迪亚尔权欲强烈又自恃功高，急于登基，反因争取王权而送命。与这三人的遭遇相比，夏瓦什的悲剧更具有理想主义色彩，他的人生道路更加曲折，诗人笔下的这位王子的形象更为丰满。

夏瓦什比另外三人有更高的人生追求。伊拉治是为平息哥哥们的愤怒与不满，因而被害。苏赫拉布的理想是寻父，并辅佐父亲鲁斯塔姆为王。埃斯凡迪亚尔所求的是早日登上王位。夏瓦什的思想感情和他的道路却不这样简单。他拒绝王妃求爱，表明他的正直与忠诚。当国王要严惩王妃时，他反而为她求情，表明他对父王的思想矛盾及宫廷斗争的复杂性有较为清醒的认识。敌人入侵，他请缨出战，这虽是王子的义务，但他也有自己的考虑。他知道自己与王妃有过一场冲突之后，宫廷已不是久留之地。初战胜利，他并不穷兵黩武，乘势掠夺异国财富，而是在有利条件下言和，表现出政治家的胸襟。国王责他讲和，命他再战，他不愿悔约失信，经过反复权衡，决定远避异邦，誓不回朝，放弃唾手可得的王位，从而也种下了悲剧的种子。

夏瓦什身上最突出的特点就是忠诚。他忠于他的国王父亲，但更忠于信诺，在困难的条件下，决不苟且偷安，这是他最为宝贵的品质。他对国王是忠诚的，但不是愚忠。当国王令他撕毁和约，再起战端的时候，他便表示反抗。他忠于更高的原则，即信守双方约言，维护和平。这里，主人公的命运与崇高的道义原则联系起来。他的行动已不仅涉及个人道德操守，而是升华为维护正义的勇敢的抉择。他向土兰国借地避难，是迫不得已，但是已经注定了悲剧的下场。菲尔多西笔下的夏瓦什形象是一步步确立起来的：从一个正直忠诚的王子成长为大军统帅和胸襟坦荡的政治家，最后则拒绝再把两国投入一场残酷的战争之中。这时，他已经成为理想的英雄。他为反抗暴君的穷兵黩武而甘愿

① 四大悲剧之说始见于伊朗文学家莫哲塔比·米诺维的《菲尔多西及其地位》一文。他认为《列王纪》中精彩篇章虽多，但真正可称为悲剧的是这四个故事。

放弃王位，而埃斯凡迪亚尔却为早日登基而丧命。两相比较，这两个人物的胸襟和理想的差异是很明显的。

从表面上看，夏瓦什死于敌国土兰国王阿夫拉西亚伯之手；但实际上，是他的父亲伊朗国王把他逼到绝境的。

这 8 000 诗行的悲剧故事的后半部，即夏瓦什到土兰的部分，在艺术处理上略逊于前半部。前半部情节步步发展，层层深入，矛盾迭起，有声有色；后半部情节发展似乎停滞了。这可能与夏瓦什已不再是一国的大军统帅，在矛盾冲突中丧失了主导地位有关。

总之，在四大悲剧中，夏瓦什悲剧篇幅最大，除主要人物外，次要人物也都面目清晰，性格突出。如伊朗国王卡乌斯好大喜功、穷兵黩武，王妃诡计多端、阴险狠毒，鲁斯塔姆忠心耿耿、效命疆场，土兰国王阿夫拉西亚伯老谋深算又狡诈多疑等，在诗人笔下都有生动的描绘。

勇士鲁斯塔姆是《列王纪》中勇士故事部分的中心人物。他的整个一生是为国征战、保卫国家的一生。他的英雄本色在各种惊险卓绝的战斗考验中得到展示，他的高大形象逐渐丰满，并最终成为千古传颂的民族英雄。

鲁斯塔姆性格中的两个突出特点是忠与勇。作为伊朗军中的统帅，他对统治阶级的最高代表——国王的忠心是坚定不移的。敌人入侵，他率兵拒敌；国王遇难，他前去解救；王子出征，他随军辅佐。即使国王冤枉了他，他也一如既往，不存二心。忠诚是鲁斯塔姆的灵魂，是他一往无前的思想基础。

在忠诚与勇敢之外，鲁斯塔姆也有勇士的骄傲与自尊。国王责备他，说他不应在应召拒敌时拖延，他不能忍受，拂袖而去。

天神助我成功，赋予我神力，
我的力量不靠国王也不靠军旅。
战盔是我王冠，拉赫什是我王座，
大棒是我权杖，大地是我王国。

王子埃斯凡迪亚尔为早日登基为王，必须完成他父亲交给他的任务，把鲁斯塔姆绑来见国王。当王子要求鲁斯塔姆同意绑起自己的双手，随王子进京，并保证他安全和日后的荣华富贵时，鲁斯塔姆断然拒绝。他不能忍受无缘无故的屈辱。这表现出他那勇士的自尊。

许多评论者都注意到鲁斯塔姆性格中的一个侧面：他的某种程度的欺诈与狡猾。以他战苏赫拉布为例。第一天，在交手时，他被苏赫拉布打倒，但用话语激苏赫拉布，使自己得以解脱。第二天交战时，他乘苏赫拉布不备，把他打倒，并且不由分说，将他一刀杀死。可以说，鲁斯塔姆对敌手的这种不够光明磊落的行为，也成了这一震撼人心的悲剧的机因。

《列王纪》中也不乏脍炙人口的爱情故事。作者在描写重大政治斗争的同时，还塑造了一系列贵族少女形象，在复杂激烈的冲突中展示这些贵族少女的性格。诗人对土兰公主、阿夫拉西亚伯之女、夏瓦什之妻法兰吉斯的描写就很具代表性。

法兰吉斯对土兰统治者要加害夏瓦什是有所警惕的。她曾提醒丈夫要有戒备。夏瓦什被捉走，她企图凭自己的请求促使阿夫拉西亚伯赦免夏瓦什。但当她的哭求未能使她父亲改变决定时，她便改变态度，对父亲晓以大义，警告他不要听信谗言做出蠢事。最后，当看到一切努力都已无法改变夏瓦什的命运时，她感到极其愤怒。

让我双目失明吧，我不愿看到，
你被人捆绑拖拉，这样凄惨。

父亲如此待我，哪里有父女之情，
日月失去光芒，我身旁鼓荡着阴风。

这段描写表现出法兰吉斯由震惊到愤怒，由愤怒到绝望的心理变化，生动而细腻地描绘出忠于正义与爱情的贵族少女的形象。在艺术处理上层次分明，步步深入，表明诗人的高超技巧和深厚功力。

《列王纪》的艺术特色之一是诗人对他所描绘的事件与人物常常发表评论，表达他的见解。有时，他出于深厚的爱国感情，对祖国伊朗的覆亡发出感慨。

我为伊朗人而伤心痛哭，
我为萨桑王朝覆灭而焦灼痛苦。
多么令人痛心，我们将失去王位王冠，
多么令人痛心，我们将失去好运和尊严。
阿拉伯人一旦征服伊朗，
耶兹丹的子民就会罹难遭殃。

诗人对理智也发出了由衷的赞扬：

理智是君王的王冠，
理智增加贵人尊严。
理智是永燃不熄之火，
理智是生命的不竭的源泉。

《列王纪》是堪与印度史诗和希腊史诗并列的世界文学巨著。它的成就与影响是多方面的。

首先，《列王纪》在增强伊朗民族的凝聚力、增强伊朗人民的爱国热情、鼓励他们万众一心抵御外侮方面发挥了巨大作用。当外族入侵，人们为出征将士送行时就朗诵《列王纪》，以壮行色。平日，宫廷或贵族宅邸都供养《列王纪》的朗诵人。喜庆宴乐时，也要朗读《列王纪》。一直到20世纪，在茶馆酒肆中，仍有人以朗读《列王纪》为业。

在文学上，《列王纪》是达里波斯语诗歌创作第一个高峰的标志。《列王纪》是一部承上启下的作品。它继承了《阿维斯塔》和巴列维语文学的传统，吸收了丰富的民间文学创作的精华。菲尔多西在原有五部《王书》的基础上进行了再创作，使已有的情节更加生动、原有的人物形象更加丰满。同时，《列王纪》又给后世作家提供了创作素材，为他们的创作提供了有益经验。后世许多作家都以不同方式从《列王纪》中汲取营养，他们创作的语言及内容都明显地受到菲尔多西的影响。以12世纪杰出的叙事诗人内扎米为例，他的《五卷诗》中有两部诗的情节和人物与《列王纪》有密切关系。

菲尔多西创作的《列王纪》对达里波斯语的发展也做出了不可磨灭的贡献。阿拉伯人入侵并统治时期，他们在伊朗推行阿拉伯语，伊朗上层统治集团人士及文人则仍针锋相对地坚持使用巴列维语（中古波斯语）。9世纪，达里波斯语（近代波斯语）开始兴起。菲尔多西以准确流畅、典雅生动的达里波斯语创作《列王纪》，为确立这种语言成为民族通用语做出了历史性的贡献。诗人内扎米提到菲尔多西的语言成就时说："他把语言装扮得像新娘一样光彩照人。"另一位诗人伊本·亚明说："语言已从宝座跌落平地，是他把语言重新安置在宝座上。"这里，所谓"重新安置在宝座上"，似乎就是指《列王纪》继承了波斯语的历史传统，确立了达里波斯语作为民族通用语的地位。菲尔多西本人也对《列王纪》的语言成就颇为自豪。他写道："30年我辛劳不辍，用波斯语拯救了伊朗。"

《列王纪》迄今已被译为世界各种主要文字。主要的有阿拉伯文、土耳其文、英文、法文、德文、俄文、意文、中文、拉丁文等译本。俄、英、德、法、中都有诗体或散文体全译本。

俄国的车尔尼雪夫斯基在《小说中的小说》中说："弥尔顿、莎士比亚、薄伽丘、但丁、菲尔多西以及其他第一流诗人的主要力量在于他们都是民间传说的搜集者。"俄国东方学家茹科夫斯基和英国诗人阿诺德都以苏赫拉布的悲剧为素材，以他们各自的民族语言创作长诗。

我国《文学》杂志于1934年（第3卷第5号）发表伍实的文章《波斯诗人费尔多西千年祭》（费尔多西即菲尔多西），配合伊朗是年举行菲尔多西诞生千年纪念会，详细介绍了诗人和他的作品。郑振铎在《文学大纲》第15章"中古波斯诗人"中，也高度评价菲尔多西："他的诗名极高，在欧洲人所知道的波斯诗人中，他是他们所熟知的第一个大诗人，如希腊之荷马一样。《帝王之书》（即《列王纪》）包含波斯古代至弗达西（即菲尔多西）之前代，即阿拉伯人之侵入（636）时为止。他所用的文字是波斯文字的最纯粹者，阿拉伯字用得极少。《帝王之书》中有许多节是非常美丽的，其描写力之伟大与音律之谐和，没有一个诗人可以比得上他。"

创作了不朽巨著《列王纪》的诗人，晚年生活非常不幸。在他创作完成之际，统治霍拉桑的已是伽色尼王朝的玛赫穆德国王。诗人把《列王纪》献给他，不仅未获赏赐，反而被迫逃亡。其中原因可能有两点：(1)《列王纪》中反土兰的思想不合玛赫穆德心意（他属突厥族）；(2) 菲尔多西属伊斯兰教什叶派，国王属逊尼派。还有史料记载，可能有某些宫廷诗人惧怕菲尔多西得到赏识而取代他们，所以进了谗言。诗人逝世后，由于图斯宗教人士的反对，遗体竟不能葬入公墓，只能葬在自己家的后院。但诗人对自己三十余年的劳绩是珍视的，他了解《列王纪》的巨大意义。

我以诗歌高筑了巍峨的殿堂，
任风吹雨打它也不会倒塌毁伤。
这部书定将世世代代地流传，
凡有理智的人都会诵读瞻仰。

《列王纪》在思想内容上和艺术形式上都存在不足之处。它在歌颂本民族英雄的同时，往往流露出泛伊朗主义的情绪，认为伊朗是世界中心，伊朗民族优于其他民族。此外，字里行间还流露出宿命论观点，认为人的命运都是天定的。在艺术处理上，某些场景和诗句显得重复，语言中也有些陈词套语。

第七节 欧玛尔·海亚姆

欧玛尔·海亚姆（又译莪默·伽亚谟，1048—1122）是波斯著名的哲理诗人，生于伊朗霍拉桑名城内沙浦尔。

海亚姆生活的年代是伊朗突厥族政权塞尔柱王朝（1055—1194）全盛时期。他是科学家与哲学家，在天文学、数学和医学上都有较深的造诣。他为王子治过病，筹建过天文台，并主持改进历法，用阿拉伯文写过代数学论文。在他生前，人们都知道他是位学者，但并不知道他是一位诗人。后来，人们知道他间或写诗，但对他的诗歌成就重视不够。

1859年，英国诗人费兹吉拉德（1805—1883）译了他75首四行诗（鲁拜）①，后又补充至101首，这是海亚姆走向世界的开端。从此，他的四行诗便像一块磁铁一样吸引了越来越多的人，现在在全世界（尤其在西方各国）研究海亚姆已经成了一种专门的学问，英、美等国都有海亚姆研究会。新中国成立后，我国出版的海亚姆四行诗的译本也有5种之多。

海亚姆生活的年代是政治上外族统治、宗教上教派纷争的混乱时期。总的看来，塞尔柱王朝统治者不重视伊朗文化发展，伊朗人不满异族统治。当时，社会上流传着这样的歌谣：

只要突厥人在国土上肆虐逞狂，
正直人就一无钱财二无食粮。

宗教迫害更甚于政治压迫与种族歧视，统治者以残酷手段对付不同教派。伊斯兰教学者、诗人的朋友和学生埃因·古扎特（1098—1139）因神学观点分歧，被当权者加上"不信教和追求思想自由"的罪名而被施以火刑。与海亚姆同时代的诗人纳赛尔·霍斯陆（1004—1088）由于皈依与统治集团不同的教派，被迫生活于深山野林之中25年。难怪这位诗人提到家乡霍拉桑时，心情如此沉痛。

霍拉桑本是文明昌盛之邦，
如今却变成鬼蜮横行之乡。
巴尔赫②本是哲理的国土，
如今断壁残垣一片凄凉。

除政治压迫和宗教迫害外，统治者在思想领域也大张挞伐。哲学首当其冲，成为神学家的众矢之的。受攻击的主要人物就是文化巨人伊本·西拿（阿维森纳）。这位巨人逝世（1037）12年之后出生的海亚姆，对他心怀尊敬之情。一次在解答伊本·西拿的学生的一个哲学问题时，他公然宣称自己也是伊本·西拿的学生。这在当时是可能获罪的。因为不仅研究哲学，甚至研究代数、几何等自然科学也都被视为对神的亵渎。伊本·西拿的著作在被焚烧之列。据说，一位哲学家临终还不忘与伊本·西拿划清界限。他的遗言是："真理归于真主，伊本·西拿欺世骗人。"

以伊本·西拿为代表的哲学思想，其内容究竟是什么呢？简而言之有三条：（1）哲学家承认真主是至高无上的主宰，但并不认为真主决定世上任何一个具体事物。（2）哲学家不相信末日与彼世。（3）哲学家认为世界是物质的，是自然形成的。了解了这些基本分歧，再读海亚姆的四行诗便不难发现，他的诗的内容与当时社会上的思想斗争有密切关联。他的许多四行诗的内容就是诗化的哲学，是从希腊唯物主义哲学到波斯—阿拉伯进步哲学传统的完美的诗歌表现形式。比如，诗人对创世有自己的看法，他含蓄地说道：

如海的人群在冥冥中产生，

① 鲁拜为一阿拉伯文词，本意为"四个一组的"。此处意为四行诗。

② 巴尔赫是古霍拉桑四大重镇之一，遗址在现在阿富汗北部。

谁也无法把这神秘的珍珠钻孔[①]。
每个人都自作聪明妄说一通，
无人能把自己的话真正弄懂。

我们本是人体内精液一滴，
情欲冲动把我们驱出人体。
明天清风将扬起我们骨灰，
眼前片刻何不把杯儿高举？

我们来去匆匆的宇宙，
上不见渊源，下不见尽头。
从来无人能看透个中奥秘，
我们自何方来，向何方走。

诗人对彼世与天堂的见解，似乎表达得更为坦率。

看这漫长路上络绎不绝的旅人，
可有一个回答一声我们的问询？
当心，在阴阳两界的交叉路口，
切勿遗下什物，去后再无法回身。

切莫听信屈从命运者的指点，
还是接过美女手中醇酒的杯盏。
世上的人们一个接一个离去，
谁能指出有谁从去路返还？

当世上蓓蕾乍开鲜花怒放，
美人呵，请命人备足酒浆。
何必理会仙境仙女天堂地狱，
全是编造的故事，蓄意传播张扬。

关于神学与哲学第三点分歧，即世界是自然形成的，还是神造的，他的诗数量最大，表现形式最多，既有直抒胸臆的慨叹，也有寓意深刻的提示。

人生遂愿事少违愿事多，
开颜欢笑吧，虽然备受折磨。
应与明智之人交游为友，
你躯体本原不过是水土风火。

你我出世前日月已穿梭轮替，
苍穹原本就在悠悠运转不息。
当心，请把迈出的脚步放松，

① 珍珠钻孔，比喻解决一个问题。

或许美人明眸就在那片地底。

显然，这类诗的内容是与当时占统治地位的神学针锋相对的。每一首都向中世纪神学发出挑战，每一首都闪烁着哲理与智慧的光芒。如果说这类涉及原则探讨哲理的诗语调还比较舒缓平和，那么，当诗人的笔锋接触到神学在世界上的代表人物的时候，我们就可以感觉到他压抑不住的愤怒与藐视。

教长指责一个妓女轻狂淫乱，
时时都送走旧好，迎来新欢。
她答："教长，你的话千真万确，
可你自己就真的如此道貌岸然？"

教长，我们的劳作比你沉重，
纵使烂醉如泥也还比你清醒。
我们饮葡萄血汁你却喝人血，
凭良心，哪个更残酷无情？

你若不饮酒请别把酒徒责备，
也不应设计害人作歹为非。
你自诩从来就滴酒不沾，
可你所作所为更恶劣百倍。

对中世纪神学的揭露与抨击是海亚姆四行诗的主要内容。这类四行诗数量也最大，是诗人作品的核心与精华。除这部分诗作，有的四行诗反映了海亚姆对宇宙人生的思索和对社会人情的剖析，有时这两类诗也与反神学的诗在内容上彼此呼应。人生短暂，宇宙无穷，这是诗人海亚姆经常吟诵的主题之一。这种古往今来许多诗人的共同感受，时时给海亚姆带来痛苦。当他的诗人气质占上风时，他就劝人对酒当歌，借酒消愁；当他的学者意识明朗时，他就陷入不可知论，叹人生苦短，学海无涯。

生命在流逝，任它是苦是乐，
杯中酒满，任它在内沙浦尔或巴尔赫。
痛饮一杯吧，你我离去之后，
这月还将缺而复圆圆而复缺。

及时行乐吧，忧愁永无尽头，
天空的星星还会年年聚首。
用你的尸土烧制成的方砖，
又会为他人营建广厦高楼。

我的心智始终不渝把学问探讨，
使我困惑不解的问题已经很少。
七十二年我日日夜夜苦苦寻思，
终于懂得：我什么也不曾知晓。

海亚姆诗歌的内容是多方面的，诸如关于酒，关于人生意义与人的价值，关于人世上的不公和人的命运无常等。

四行诗是波斯诗歌中的古老诗体。这种诗体发展到海亚姆已臻完美。海亚姆的四行诗语言平实准确，思想精辟深刻，形式短小精悍，短短四行文字，自成一篇，或描绘一幅图景，或创造一种境界，或说明一个道理，只要一接触就立刻为它所吸引。这种四行诗是科学家的清醒认识、哲学家的深邃思考、诗人的敏感心灵与高度语言能力的完美结合。伊朗文学家都对海亚姆的诗歌语言给予高度评价。正因为海亚姆不是以写诗为业的诗人，他只是把自己的思想感情以文字表达出来，所以他达到了许多刻意求工的诗人做不到的自然与真淳。伊朗现代著名作家赫达亚特认为，海亚姆语言运用上的高度成就，连萨迪与哈菲兹也没有达到。

写下了这么多如火的诗句的海亚姆，在神学占统治地位的中世纪，为什么没有像别人一样受到迫害呢？很可能由于在生前，他的诗传播不广，影响不大，没有直接触犯到政教合一的统治者。有的研究者推测：他的诗很可能只是写给志同道合的朋友的，朋友们当然会深知这些四行诗的分量，因而也并不为他传播张扬。这种说法有一定道理。直到诗人逝世129年之后，《哲人传》的作者古夫蒂才发现了他的诗的真意，惊呼这乃是“一条噬咬教义的蛇”。

第八节 萨　迪

萨迪（1208—1292）是伊朗13世纪的大诗人，享有世界声誉。1958年联合国教科文组织号召全世界各国纪念他的名著《蔷薇园》问世700周年。萨迪的另一部名著《果园》早于《蔷薇园》成书，问世于1257年。他是公认的世界文化名人。

萨迪的故乡是伊朗南方的设拉子。他出生在一个下层神职人员家中。他出生时正值统治伊朗的突厥人政权塞尔柱王朝由于花剌子模入侵而灭亡。接着，蒙古人又于1219年及1256年两次入侵伊朗。1256年蒙古人在伊朗建立了旭烈兀王朝（伊尔汗国）。

萨迪曾在最高学府巴格达内扎米耶学院学习。由于动乱，也可能由于他性喜出游，他未完成学业就去旅行，他的前半生是在旅途中度过的。他的旅行生活大约开始于13世纪30年代，足迹遍及亚非广大地区，如埃及、摩洛哥、埃塞俄比亚、叙利亚、印度、阿富汗。他以一个伊斯兰教达尔维什（游方者）的身份出现在各国百姓之中，向他们传经布道。

长年的旅行生活使他能接触到各民族各阶层的人物，观察形形色色的社会现象，扩大视野，丰富人生经验。传道需要语言技巧。在《蔷薇园》中，他曾提到有一次讲话唤不起听众热情，他深为此而苦恼。显然，这成为他不断努力提高语言修养的动力。

《蔷薇园》分8章，包括171个短小故事。《果园》分10章，有160个短小故事。《蔷薇园》以散文（间有韵文）叙述，嵌以诗歌，后者发挥画龙点睛的作用。《果园》则全部为诗。在这两部作品中出现的人物有帝王将相、学者贤哲、宗教人士、贩夫走卒、市井无赖、巡官、妓女、强盗和小偷。每一个故事都像是手法简洁的人世风俗画，一幅幅并列到一起，构成中世纪东方伊斯兰世界的形象生动的生活图卷。

从总的思想倾向看，《蔷薇园》是一幅现实世界的图画，在这部作品中，现实生活中人的精神与道德面貌是什么样子，在作品中就被圆熟地表现成什么样子。而《果园》则是萨迪对理想世界向往的产物。这部书中充满善良、纯洁、理想和赤诚。在这一真理与理想的园林中，体现的是它所应该具有的样子。

萨迪在《蔷薇园》的第一个故事中提出一个耐人寻味的命题："好意的谎言胜过搬弄是非的真话。"其内容说的是，一个国王决定要杀的奴隶死到临头，无所畏惧，用家乡方言骂了起来。一个大臣解释说，奴隶在说真主喜欢善人，意在求饶。国王动了恻隐之心，有意免奴隶一死。但是，另一个大臣告诉国王实情，而这个大臣的话反倒使国王不悦。显然，萨迪欣赏前一位大臣的态度。从这里可以看出他本人提倡与人为善的用心。

全书最后一个故事也颇具特殊色彩（即第七章最后一个故事，因第八章全是格言警句，已没有故事）。首先，在全书171个故事中，这是唯一一个有标题的，即"萨迪和一个诡辩之徒辩论富人和穷人的优劣"。其次，这个故事比其他故事长五六倍，而且文字讲究，辩论双方唇枪舌剑，各不相让。最后，由一位高明的法官出来作结论，法官的话使得双方心悦诚服。他说："主所喜欢的正是那些像穷人一样谦恭的富人，像富人一样高尚的穷人，怜悯穷人的富人才是最好的富人，回避富人的穷人才是最好的穷人。"这里，萨迪看到了最严重的社会问题，而且也开出了医治社会顽症的药方。而这类劝诫对我们而言并不陌生，"贫而乐，富而好礼"，孔子早在几千年前就已经开出这类药方了。

《蔷薇园》的一头一尾故事都表现出诗人萨迪的仁爱胸怀。开头的故事提倡人与人关系中的仁爱，结尾的故事提倡社会集团间的仁爱，也就是调和贫富对立，主张一方怜悯，一方回避。应该指出，日常交往中与人为善的原则，在一定条件下，或有可能实现。至于贫富两个社会集团间的仁爱则是不切实际的幻想。但我们不能由于萨迪的理想不可能实现而否定他的善良意图。萨迪作品中所表达的主要思想倾向就是对普通人的深厚的爱。他的作品闪烁着人道主义的光辉。他的最为人所传诵的诗句集中体现了他的仁爱胸怀。

亚当子孙皆兄弟，
兄弟犹如手足亲。
造物之初本一体，
一肢罹病染全身。
为人不恤他人苦，
不配世上枉为人。

萨迪在接触到统治者与被统治者的关系时，总是提醒统治者关心被统治者。在他的两部名著中，谴责暴君的篇章很多，而且语气也十分强烈。如《蔷薇园》中写一个国王患病，需用一名青年的胆汁下药。国王用钱买通其父母同意杀子，法官也引经据典为国王辩护。然而，这青年的话才是对不公正的社会制度的控诉。他说："父母是爱护儿女的，法官是为民申冤的，国王是主持正义的。如今父母为了一点小惠把我断送，法官判我死刑，国王也只愿自己死里逃生，除真主之外，谁还能保护我呢？"的确，在权力与金钱面前，父母对子女的爱、法官的庄严职责、国王的神圣使命都不过是一句空话。统治者是时时刻刻担心不满的人们对他们的地位造成威胁的。听一听阿努席拉旺临终时对儿子的嘱咐，便可以明了他们是日夜生活在恐惧之中的。

执刀的强人行凶确能造成灾难，

更可怕的是孤儿寡母焦心的长叹。
往往寡妇点燃的一盏孤灯，
腾起烈焰，烧毁一座大城。

萨迪对宗教人士的态度值得注意。有时，他以辛辣的笔调讽刺某些圣徒长老的虚伪诡诈，欺世盗名。但他笔下的宗教人士并不都是伪善的人物，写到下层圣徒时，他往往流露出深深的同情，并赞扬他们贫贱不移、洁身自好的品质。他虽衷心赞美真主和伊斯兰教教义，但并不赞成弃绝世俗、闭门索居的苦修。在《蔷薇园》第二章第三十则故事中，他明确地在“学者”和“圣徒”中间划出界线。

圣徒只顾从水中捞取自家毛毯，
而学者却竭力拯救溺水的人。

《果园》的一段诗则把这种思想表达得更加明确。

敬主修行无非是为民效力，
否则念珠拜垫破袍又有何益？

修行敬主不在言词而在行动，
有言无实岂不似无根的浮萍？

在这里，萨迪把消极的宗教信条引到济世为民的积极方向。这与他深厚的仁爱思想是一脉相通的，显然比某些宗教人士的一味苦修更加具有现实意义。

从以上的分析中，我们看到了诗人萨迪的思想矛盾，也看到了他矛盾心情的主要倾向。他同情百姓疾苦，为改善他们的境遇而呼吁，因他们受压迫而不平。但是，他怕他们的过激行动。他毫不留情地谴责封建暴君，主要还是担心压迫会激起反抗。所以他不厌其烦地歌颂明君，希望统治者实行仁政，幻想出现太平盛世。

萨迪除了上述两部代表作以外，还写了大量的抒情诗、颂诗、四行诗，甚至还以阿拉伯文写诗。他的抒情诗想象丰富，感情充沛，语言流畅。他在抒情诗创作上的贡献在于继承了以前抒情诗的优良传统，为闻名世界的杰出抒情诗人哈菲兹的创作奠定了坚实基础。在颂诗创作上，萨迪也有革新。他在颂诗中体现了自己的高尚人格。他对被颂之人并不是一味赞扬，而是加入劝诫，这点是难能可贵的。

萨迪在语言上的成就是公认的。在伊朗，有人把波斯语称为“萨迪的语言”。伊朗文学史家把诗人法罗西（卒于1037年）开创而由萨迪发展的语言风格概括为“平中见奇”。他们的语言质朴平实，毫不造作，但却极富表现力，准确、自然、内涵丰富。《蔷薇园》的散文和诗歌优美，韵文既对仗工整，又极为自然。正是由于这个原因，《蔷薇园》几乎成了历来人们学习波斯语的理想课本。其中一些寓意深刻的箴言，以工整的韵文表达，形式与内容高度和谐。如：“学生没有恒心，如同情人没有金钱；旅人没有常识，如同飞鸟没有羽翼；学者不去实践，如同树木不结果实；圣徒没有学问，如同房屋没有门户。”这些段落以凝练的语言表达深刻的哲理，字里行间闪烁着智慧的光辉。

萨迪的政治理想与孔子的社会观点有许多相似之处。这两位东方文化的代表虽然生活在不同的时代和国度，但他们都有一颗爱人之心。他们都强调人的价值与尊严，提倡尊重人、爱护人。他们都反对暴政，主张实行仁政。他们都强调知识的重要性，指出教育在改造社会与人类上所起的巨大作用。在个人修养上，他们都提倡人要重视自己的社会责任，提倡“己所不欲，勿施于人”的原则。

萨迪在《蔷薇园》第五章第十七则故事中，记述他到过新疆喀什噶尔。[1] 这则故事记述在当地一个清真寺中，当诗人用阿拉伯语与一学童提到自己的著作时，学童对他说："在我们这里，他（指萨迪——引者注）的诗文多是波斯文的。你若说波斯文，便好懂些。"如果诗人记述的是事实，那么可以确定，在他生前，他的诗文已经传到喀什噶尔了。

摩洛哥旅行家伊本·白图泰记述了萨迪的一首抒情诗，于诗人逝世后 56 年，即 1348 年流传到中国的珍闻。那一年他旅行到杭州，受到地方官的盛情款待。在游运河泛舟时，他惊喜地听到一位中国歌人以波斯语演唱一首歌。主人非常喜欢这支歌，一再让歌手重唱。因此，白图泰得以记录下其中的一些词句。事后，人们按照他的记录，确定歌手所演唱的歌正是萨迪的一首抒情诗。白图泰记录下的诗句是：

我对你一见钟情，心潮如波涛汹涌，
恭立祈祷，壁龛中也浮现你的面影。

从这一则记录中，我们还可以了解到中国和伊朗这两大文明古国历史上的文化交流多么密切。

《蔷薇园》早在明清之际就已经成为中国穆斯林经院教育道德修养的课本，在穆斯林中享有崇高声誉。由于当时尚无汉文译本，所以在教学中采取口传心授的方式。由老师口头讲解，或重点讲授其中的某些内容。我国穆斯林学者王敬斋在抗日战争颠沛流离的旅途中翻译了《蔷薇园》，题名为《真境花园》，1947 年由北京牛街清真书报社出版。中国穆斯林和文学爱好者由此得以了解全书的内容。这也应视为我国直接从波斯文翻译波斯文学作品的开始。译者在该书序言中高度评价了诗人萨迪的作品："萨迪擅长文学，笔调新颖，亦庄亦谐，实开近代幽默体裁之先河，故其作品极为世人推崇，而其本人亦被列为四大文豪[2]之一。"

"笔调新颖，亦庄亦谐"的确是对萨迪文学成就最准确的评价。著名的抒情诗人哈菲兹也高度评价萨迪的语言。他说："萨迪文词优美，乃一代宗师。"所谓笔调新颖，我们还可理解为萨迪在波斯诗文的思想领域增添了许多新的因素，如上文曾指出的他对封建统治者的强烈的谴责，对普通百姓的深厚的仁爱思想；在颂诗中加强了劝诫色彩，强调敬主修行与勤政爱民的一致性等。他之所以取得这样的成果，在思想上达到超越大多数先辈诗人的高度，主要在于他是一个勤于探索，并且持有严肃创作态度的诗人。他在作品中多次强调创作要以自己的语言，写出自己的切身感受。在《果园》的一段诗中，他写道：

禽兽没有语言，唯人有语言本能，
人贵在沉默不语，沉默才见高明。
人若开口讲话，便应言之有物，
信口雌黄，岂不连禽兽都不如。
人的言语应该体现智慧与才能，
切不要鹦鹉学舌，重复空洞。

① 水建馥译《蔷薇园》未收这则故事。这则故事由张鸿年译出，载北京大学东语系《东方研究论文集》，1986。喀什噶尔，今我国新疆喀什的旧称。

② 波斯文学四大文豪之说，为伊朗文学家伏路基首倡。他提出伊朗文坛"四柱"说，认为菲尔多西、莫拉维（鲁米）、萨迪和哈菲兹是支撑文坛的四柱。

在《蔷薇园》的"跋"中更明确地申明：

与其借用别人的服装，
不如缝补自己的旧裳。

萨迪一生从未做过宫廷诗人。他漫游世界之后，回到故乡。这一时期，他虽与设拉子的上层人物和统治者交往比较密切，写过一些诗赞扬他们中的某些人，同时也得到了他们的尊重和支持，但他从未依附过任何达官贵人，也未效力于任何宫廷。他是一位心地善良、人格高尚的诗人（当然也是一个超越前人的散文作家）。在《果园》第二个故事的结尾，他这样告诫并勉励自己：

萨迪啊，你应直言不讳无所畏惧，
手执利剑，便应向前去夺取胜利。
不要受人贿赂也无须取悦于人，
要做到心口如一直言不隐。
人为贪心所迷就无法道出真理，
抛却私欲方能做到心口如一。

700年来，萨迪的作品经受了时间的考验，跨越了国界，超越了语言限制，成为人类文化宝库中的珍品。

第九节 哈菲兹

哈菲兹（1327—1390）以他独具特色的抒情诗驰名世界文坛。他的优美的抒情诗曾得到过黑格尔的赞誉，受到过恩格斯的称赞，大诗人歌德也以热情洋溢的语言歌颂他。黑格尔在《美学》中说："伊斯兰诗人哈菲兹的许多诗歌以及歌德的《西东诗集》之所以显出精神的自由和最优美的风趣，就是因为他们都具有这种毫无拘束的自由、心胸开展和从想象的形象中享受乐趣的习性。"① 恩格斯说："读放荡不羁的老哈菲兹的音调十分优美的原作，是令人十分快意的。"② 歌德晚年的《西东诗集》就是接触到哈菲兹的诗后，受到启发而开始创作的。他曾把哈菲兹称为自己的导师和知己。据称，在伊朗，他的诗集的销量仅次于《古兰经》。至今，伊朗人仍以他的诗集进行占卜，即占卜时，先翻开哈菲兹诗集，看该页的第一联诗句，联系自己要卜测的事加以考虑以确定结果。

哈菲兹祖籍伊斯法罕。他本人出生于设拉子。父亲经商。父亲去世后，家境艰难。他少年时期被迫独自谋生，受过一定的磨炼。他聪明好学，哈菲兹这一笔名的意思是"能背诵《古兰经》的人"。人们极其喜爱他的诗，由诗及人，所以送给他许多绰号，如

① ［德］黑格尔：《美学》，朱光潜译，第三卷下，26页，北京，商务印书馆，1979。
② 《马克思恩格斯论艺术》，104页，北京，人民文学出版社，1958。

“神舌”、“设拉子的夜莺”、“设拉子的学者”等。

哈菲兹生活在一个动荡不安的年代。当时阶级矛盾与民族矛盾错综复杂地交织在一起。蒙古人在伊朗建立的旭烈兀王朝（1256—1335）到13世纪末已开始走下坡路，伊朗人于14世纪30年代在东部及北部都举行过较大规模的起义。到14世纪末，在蒙古人统治之后，伊朗又遭受过一次民族浩劫，这就是帖木儿的入侵（1380—1393）。他占领了伊朗全境，残酷镇压百姓的反抗。1387年伊斯法罕城百姓抗税，杀死为帖木儿收税的官吏，帖木儿竟屠戮10万人之众。哈菲兹的故乡设拉子也是一个动乱中心。1353年设拉子经历了一次政权更迭。旭烈兀王朝分封的法尔斯统治者印诸家族政权被莫扎法尔家族推翻。哈菲兹与印诸家族统治者的关系较好，他曾写诗歌颂过他们。莫扎法尔王朝政权建立以后，诗人与统治者关系因此不谐。这时，诗人才26岁。这种与统治者的矛盾可能给他以后一生的创作都带来了某种影响。关于他所处的动乱时代，他在诗中多处涉及。如在一首诗中，他明显地指出：

> 我看到月儿四周昏暗朦胧，
> 我看到人间到处是杀戮与拼争。

新政权的第一位国王莫巴列兹尔丁生性残忍粗暴，由于宗教上的原因，他占领设拉子后，立即禁酒。哈菲兹对此举极其不满，他的很多诗句都是抨击这一举措的。

> 真主呵，你不必赞赏，他们虽把酒店之门关闭，
> 但是，却把伪善与诡诈之门开启。

后来莫巴列兹尔丁的长子舒查取其父而代之，自立为王。哈菲兹此后境遇虽有所改善，但至少在两件事情上与这位国王发生了冲突。一次是舒查评论哈菲兹的诗主旨不清，内容庞杂。哈菲兹则反唇相讥：“尽管我的诗有些不足之处，但我的诗名却传遍遐迩，人人都在吟咏我的诗。可是有些诗人（我不必说出他们的名字）的诗却不能传到城门以外。”这里哈菲兹是在影射舒查国王，因为国王也写诗，还自以为懂诗，所以才发出上述评论。所谓“主旨不清”的指责，可能是由于抒情诗的形式。波斯抒情诗名“卡扎尔”，其形式源于阿拉伯的一种诗体。“卡扎尔”每首在7～15联之间，第一联中的两行协韵，从第二联开始每一联协尾韵。每联（或两联）组成一个意义单位，全诗不一定有一个明确的中心，但细读又能感到作者的情绪与倾向，在每首诗的最后一联中，作者的名字要作为诗句的一个词出现。

哈菲兹与舒查国王的第二次冲突，带有更加严重的性质。哈菲兹在一首诗中写了这样的诗句：

> 如若哈菲兹所作所为符合伊斯兰真义，
> 天呐，那彼世岂不真的会替代今生。

这联诗传到舒查耳中，他决意追究。哈菲兹向一位苏菲派长老求教，经他指点，在这联诗前又加上一联，把上述诗句改为别人的话：

> 清晨，在酒肆门前伴着手鼓与笛声，
> 一个基督教徒讲得多么动听：
> 如若哈菲兹所作所为符合伊斯兰真义，
> 天呐，那彼世岂不真的会替代今生。

这样，哈菲兹总算避免了一场灾难。但是，在这次事件中，哈菲兹的家人焚烧了他的全

部诗稿。现在流传的五百余首抒情诗是他的好友古兰丹姆在他去世后搜集整理的。

从上述哈菲兹与统治者的关系和他的诗句中可以发现，他是一位孤高自许、向往自由的诗人。他不畏权势，也不愿受中世纪愚昧神学的束缚。他的诗是他作为诗人的心声的流露。或许，哈菲兹诗的灵魂就是真情。他容不得半点造作与虚伪。正因为如此，他的笔锋一接触到欺世骗人的伪善者，就会迸发出愤怒的火花：

布道者在讲坛上作势装腔，
到无人处却干另一番名堂。

伪善的邪火会把信仰的禾垛烧焦，
哈菲兹，走自己的路甩掉粗毛破袍①。
你可知竖琴乌德琴传达的是什么音讯？
私下饮吧，他们对饮者要惩罚究问。
酒是要饮的，长老、哈菲兹、穆夫蒂②和检察官，
仔细审视，无一例外都在作假骗人。

这类诗句在哈菲兹的诗集中占很大比重。正是因为哈菲兹是一位追求思想自由和歌唱自己纯真感情的诗人，所以他不可能不站在伪善的宗教人士的对立面。

哈菲兹既然如此强烈地谴责某些宗教人士，那么他对宗教本身的态度又如何呢？为什么他也有相当多的诗句赞美真主和歌唱天堂呢？这是一个复杂的问题。

首先，应该肯定的是哈菲兹是重视现世的。他曾说：

长生不老的甘泉与天堂的欢乐，
不过是畅饮一杯美酒流连在小溪岸边。

既然天堂就近在眼前，
何必轻信教士的虚妄诺言。
草坪上泛起二月的嫩绿，
错过眼前的天堂岂不过迂？

当然，哈菲兹也有许多诗句写到天堂：

哈菲兹死后烦请为他送葬，
大罪弥天，他也会登上天堂。

哈菲兹呵，末日若高擎一杯醇酒，
人们会把你从酒肆直送到天堂。

如若奴仆犯罪就遭严惩重办，
怎能说真主宽大为怀把人赦免？
圣徒希冀天堂之酒，哈菲兹却真贪杯，

① 粗毛破袍在哈菲兹诗中是宗教信仰的标志。当然，哈菲兹也有许多诗句写到天堂。

② “穆夫蒂”意为“阐释教法者”。这里“哈菲兹”意为“能背诵《古兰经》的人”，但又有双关意，即又为诗人笔名。这一联是全诗最后一联，照例应出现诗人笔名。

看哪个更符合真主的意愿。

这里诗人充满自信地把自己与圣徒作了对比。他认为自己是可以进入天堂的，尽管他“大罪弥天”。甚至“末日若高擎一杯醇酒”，也是进入天堂的条件。这实际上是告诉读者，“罪人”和“酒徒”比“圣徒”更符合真主的意愿。关于对真主的歌颂也有类似的情况。从我们看到的诗句中，完全可以说，哈菲兹心目中的真主与圣徒描绘的安拉是有区别的。诗人笔下的真主是仁慈宽厚关怀世人的，令人感到亲切，绝不像某些人所宣扬的，他时时刻刻都在监视并惩罚世人。

歌唱爱情是哈菲兹抒情诗的另一个重要内容。他的爱情诗感情炽烈，真挚动人。由于他从不同角度，以极其精练和优美的语言把对情人的爱表达到了极致，所以苏菲派①甚至借用这种情诗歌颂真主。这也正是哈菲兹的绚烂多彩的诗歌高度艺术成就的体现。诗人的好友古兰丹姆在《哈菲兹诗集》序言里就颇有见地地指出：“苏菲派歌颂真主时，听不到哈菲兹的激动人心的诗，就唤不起狂热的感情；酒徒欢聚时，不吟咏他的情意缠绵的诗句，就感到意犹未尽。”

哈菲兹的抒情诗是中世纪波斯诗歌发展的高峰。就他的某些抒情诗的思想内容来说，很像欧玛尔·海亚姆的四行诗。伊朗文艺评论家和作家阿里·达师堤提到哈菲兹所继承的传统时说，哈菲兹有莫拉维的灵魂、萨迪的语言和海亚姆的思想。这一论断的确精辟地指出了诗人哈菲兹的特点。

关于哈菲兹是否属于苏菲派诗人，这是历来争论不休的问题，而且也是正确理解哈菲兹所不能回避的问题。一些人由于哈菲兹大量使用了苏菲诗歌中特有的词语，由于他诗中所表现出的“莫拉维的灵魂”，又由于苏菲派大量利用他的诗歌作为颂主的材料，便断定哈菲兹是苏菲派诗人。另一些人则不以为然。他们所举出的理由是：（1）哈菲兹诗歌所表现的肯定人生、追求自由和歌唱爱情的总的思想倾向与要求禁欲苦修的苏菲派的思想特点是格格不入的。（2）哈菲兹诗中对苏菲派时有鄙薄之语，如“苏菲心有城府，腹怀机关”，“你看城里的苏菲，做事不明不白”，“请用醇酒洗净苏菲的破袍”，“苏菲的话语并不是句句坦诚之言”等。怎么可能是苏菲派呢？（3）苏菲派大诗人贾米（1414—1492），这位在生活年代上最接近哈菲兹的苏菲派长老，在他所写的《苏菲长老传》中，对哈菲兹是不是苏菲派诗人，持审慎态度。他只把哈菲兹生平作为该书附录，而未为哈菲兹正式列传。

从哈菲兹诗歌总的内涵来看，从论辩双方所陈述的理由来分析，似乎否认他是苏菲诗人一方的观点更能服人。

或许动乱的社会、暴虐的封建统治者和伪善的宗教人士在敏感的哈菲兹的心灵上激起了对人世的憎恶，所以他的抒情诗的字里行间往往回响着对世事无常、人生艰难的感慨。他在《酒歌》中曾沉重地唱道：

这世道千方百计把世人折磨，
我愿一醉不起，迷恋情人秋波。
它今天用刀把这个人砍杀，
明天又提笔把另一个人勾画。

对现实人生的诅咒、对美好生活的憧憬和要求改变现实的愿望是诗人一贯的思想。

① 苏菲派是伊斯兰教内的一种神秘主义思想派别。“苏菲”是阿拉伯词，意为“穿粗毛衫的人”。这派提倡苦修行善。苏菲派集会时要诵诗，他们有时把一般情诗拿来颂主，情诗与颂主诗在这种情况下难于区分。

他在另一首诗中则热切地呼唤一个新的世界。

来呵，让我们把鲜花撒遍，美酒斟满，
撕碎头顶上的天幕，再造一重青天。
人世上既然寻不到人的情义，
让我们再创造一个多情多义的人寰。

哈菲兹的诗风典雅凝重，语言准确优美、轻灵流畅。许多评论家指出，他有一种用平实质朴的词语创造出诗意氛围的本领。他本人也深知自己所具有的诗人的性灵和他的诗歌的影响。

拙于才情的诗人呵，何必心怀嫉意，
这乃是天赐的灵性，慧心妙语。

哈菲兹呵，凭你胸中的《古兰经》发誓，
我还从未见到过比你更好的诗人。

哈菲兹呵，你诗笔所向，伊拉克和法尔斯已经投降，
待明朝，让我们把巴格达和大不里士扫荡。

第十节
卢斯塔维里

肖泰·卢斯塔维里是格鲁吉亚的著名诗人，是格鲁吉亚古典文学的奠基人和杰出代表。关于卢斯塔维里的生平传记材料，人们所知甚少。据说他自幼失去双亲，被舅父抚养长大。他大约生活于12世纪后期和13世纪前期，约在1184年至1207年之间。当时，格鲁吉亚是塔玛尔女王的统治时期。他的杰出诗才，曾受到女王的欣赏，他因此被召进宫廷，做了宫廷司库。

相传卢斯塔维里写了许多作品，但流传至今的只有《虎皮武士》。研究者认为，《虎皮武士》不是他的第一部作品，在此之前他至少还写过两部作品，一部是关于约瑟的诗体小说，另一部是塔玛尔女王的颂诗。

从《虎皮武士》我们不难看出，卢斯塔维里受过良好的教育，尤其是格鲁吉亚世俗文学的教育，通晓格鲁吉亚以及东西方不少民族的语言和文学。在这部长诗中，他经常引用希腊文学家和哲学家的名言和警句，用以表达自己的见解；他还常常借助波斯和阿拉伯文学作品的人物形象，增强艺术的表现力；甚至于利用中国的格言，证明友谊的重要性等等。总之，这部作品表明他具有广博的知识、敏锐的思想和卓越的才华。

卢斯塔维里的《虎皮武士》促进了格鲁吉亚民族文学的发展，在格鲁吉亚民族文学史上占有重要地位。格鲁吉亚民族文学的发展历史大致可以分为三个时期：第一个时期

（约公元 4—7 世纪）的文学，以神话、史诗和小说为主要形式的世俗文学占据主导地位；第二个时期（约公元 8—11 世纪）的文学，在基督教的统治之下，教会文学日益发展，但世俗文学也深受人民群众的广泛喜爱；第三个时期（约公元 11—13 世纪）的文学，是格鲁吉亚古典文学发展的鼎盛时期，在文学上反对教会统治的思想倾向极为明显和强烈，《虎皮武士》便是这一倾向的杰出代表作。

从《虎皮武士》中可以看出，在卢斯塔维里的世界观中，具有明显的反对宗教的思想、否定命运的观念和蔑视禁欲主义的因素。他反对宗教，不相信上帝。他认为，人的斗争精神和积极行动是战胜邪恶和命运的根本力量。坚贞专一的爱情和富有牺牲精神的友谊，是诗人特别强调的崇高道德原则。他反对封建割据，主张国家的独立和统一，鼓励各民族之间的友好互助，提倡开明政治，反对暴君专政。

卢斯塔维里是一位伟大的人道主义者。他对宗教神学的反对和批判，对人民群众的同情和重视，对友爱平等人际关系的一再提倡，对禁欲主义和宿命观念的强烈反对，对个性解放的明确主张，使他成为欧洲文艺复兴前东方最早的人道主义者之一。但是，他仍把封建制度视为永恒的，并没有看到封建地主剥削的罪恶和封建专制统治的凶残，这反映了他的世界观的局限性。

《虎皮武士》的故事情节简述如下[①]：

阿拉伯的贤明君主罗斯杰万，只有独生女吉娜庆。阿夫坦季儿是个统帅的儿子，年轻的武士，对公主吉娜庆怀有爱情。罗斯杰万年老，决定让公主继承王位。年轻的武士心里想：从此每天都可以和吉娜庆女王见面了。

当罗斯杰万和阿夫坦季儿骑马驰向猎场比武时，罗斯杰万发现了一个年轻的外国骑士，戴虎皮帽，穿虎皮上衣，正在痛哭流涕。老国王罗斯杰万派人去请他，不知为什么，他不肯前来，反而打死了前去请他的士兵。这使老国王心中充满愤怒和忧伤，很想见到这个武士。于是，吉娜庆女王找来了阿夫坦季儿，请他为父王找到这个素昧平生的虎皮武士，同时向他表示了自己的爱情决心："我的武士，我声明：如果我嫁给别人，即使这个人间的青年是太阳神的化身，也叫我不能进天国，永远跌入地狱。"两人海誓山盟之后，阿夫坦季儿便一人穿过整个阿拉伯，到处寻求虎皮武士的下落。当三年的期限快到时，他突然发现了虎皮武士。经女奴阿丝玛的介绍，阿夫坦季儿终于认识了虎皮武士塔里爱尔。他们初次相见便互相拥抱，两人"好像是两个太阳"，十分相像。两人结下了深厚的友谊，"既然结为知己就不再考虑自己的安危，为了友谊挑重担，虽万死也不后悔"。

塔里爱尔对阿夫坦季儿讲述了自己的经历：父亲是印度的一个国王，称臣于最高皇帝法尔萨唐，被封为总司令。父亲死后，皇帝"让我继承父职，做全国的统帅"。皇帝的公主涅丝丹·达列姜在信中对塔里爱尔说："契丹人应该按规定向我们年年进贡，对他们的欺骗和诽谤为何宽容？""我很早就想嫁给你，这是我的夙愿……去向契丹人宣战，这是我明智的主张。到流血的战场上去争取荣誉和赞扬，与其泪洒玫瑰，不如以战斗巩固权力！"塔里爱尔在战场上取得了胜利，给爱人涅丝丹捎回来头巾和面网；涅丝丹也把玉镯作为定情之物送给了塔里爱尔。但是，不了解情况的皇帝却要把公主嫁给花剌子模的王子。塔里爱尔按照公主的主意，让这异族王子死于自己的刀下。突然，公主又被人劫走，不知下落。塔里爱尔在寻找公主的过程中，帮助穆尔加然查的国王佛里登战胜其不义的叔父，佛里登向塔里爱尔讲述了关于涅丝丹的消息。这使塔里爱尔因找不到公主而

① 参见［格］肖泰·卢斯塔维里：《虎皮武士》，汤毓强译，北京，外国文学出版社，1984。本节以下引文均见此书。

陷于万分痛苦之中。

阿夫坦季儿返回祖国，将这一情况报告给老国王，老国王非常高兴。女王也为情人的归来而欣喜若狂。但是，为了同塔里爱尔的友谊，阿夫坦季儿还要第二次出走。他想要帮助朋友塔里爱尔去寻找爱人涅丝丹。

两个朋友相见之后，阿夫坦季儿决心去找佛里登。佛里登赠给他财物、马匹和奴隶，送他上路，寻访涅丝丹。阿夫坦季儿终于了解到：著名商人乌欣的妻子法特曼曾搭救并保护过涅丝丹，但乌欣为了讨好海王竟说出了被妻子庇护的美女，海王派人抓走了涅丝丹。涅丝丹用珠宝买通了看守的士兵，得以逃脱，然而又被抓到卡吉国，囚禁于悬崖之上的高塔中，并有万余精兵把守。卡吉国女王准备把她嫁给自己的儿子罗商。为了阿夫坦季儿，法特曼派遣会魔法的黑奴飞往卡吉国，告诉涅丝丹：塔里爱尔的好朋友前来帮忙，你即将得救。涅丝丹让黑奴带给塔里爱尔一封信，表达了她忠于爱情的决心。

阿夫坦季儿带着涅丝丹的信，又回去与塔里爱尔相会，报告这一激动人心的好消息。他二人又去找佛里登，三人共同商量攻打卡吉国的办法。三个朋友各率部队奔向自己的战场，终于消灭了卡吉国士兵，救出了涅丝丹。

塔里爱尔将卡吉国赠送给海王。为了表示感谢，海王“亲自为他们的婚姻举行了七天的欢宴”。佛里登又为他们的新婚举行了八天的庆祝。

塔里爱尔又前去阿拉伯，为好朋友求情，请老国王罗斯杰万将女儿嫁给阿夫坦季儿。老国王罗斯杰万不仅同意他们结婚，而且还指着阿夫坦季儿向自己的部下宣布：“这是你们的君主，天意让他治理我的国土。我册立他为国君。”

当知道印度老王去世，契丹入侵的消息后，三个朋友又迅速赶到印度，消灭了敌人。塔里爱尔的母后让塔里爱尔和涅丝丹“坐在印度的王位上”，“获得了印度的七个宝座和全部领土”。于是，两个朋友告别了塔里爱尔，返回自己的国家。

此后，“三位强大的兄弟都忠于自己的友谊：他们经常相会，协力战胜顽敌”，“他们做的好事像纷纷的瑞雪”。

《虎皮武士》冲破了中古的封建传统观念，赞颂了忠贞不渝的爱情、助人为乐的友谊和誓除邪恶的英雄主义，突出宣扬了为友谊和爱情而献身的自我牺牲精神，反对宗教观念束缚、强调个性解放的人道主义精神以及基于爱国主义的各民族互助团结的美好愿望。这使《虎皮武士》高出一切同时代的英雄叙事诗和骑士文学，在格鲁吉亚古典文学史上占有极突出的地位。

《虎皮武士》的人物形象鲜明突出。阿拉伯武士阿夫坦季儿是足智多谋、沉着稳健和勇敢过人的贵族英雄。他最突出的性格特征是重视友谊，讲究信义。由于意中人女王吉娜庆的劝说，他长途跋涉，历经艰险，四处寻找虎皮武士。找到之后，与之结为刎颈之交，成了亲如手足的兄弟。为了朋友，他宁可远离爱人，忍受相思之苦，到处漂泊，一心寻找涅丝丹。他对友谊有深刻的理解，诗中说：“忠实的朋友急人之难，不顾自己的祸福。将心献给心，爱是通往幸福的道路。人人都会同情痴情人内心的悲痛，我不能置之不顾，无情最难宽容!”在这种对友谊的忠诚中，充满了忘我的、无私的助人为乐的精神。阿夫坦季儿对友谊的忠诚，不仅洋溢着舍己为人的英雄气概，而且体现了各民族友爱互助的理想。

印度武士塔里爱尔正直忠诚，善良宽厚，勇武超群，敏感聪明，但也多愁善感。他对涅丝丹的爱情，摆脱了个人的情欲，充满了为国家命运和民族利益献身的英雄主义精神。正是由于涅丝丹的鼓励——“契丹人如此嚣张，大军已逼近国门，去吧！愿上帝保佑你打败他们！……我将为你日夜不安！啊！把你的心留给我，让我的心跟你做伴”，塔里爱尔英勇杀敌，赶走侵略者，取得了胜利。他们的爱情是建立在爱国的基础上的。塔里爱尔在失去了涅丝丹之后，万分愁苦，痛不欲生。他对阿夫坦季儿说：“让我到阴间去会见姑娘……恋人失去了心爱的人，怎么能够生存?”这种悲痛欲绝、近于疯狂的忧伤，正是忠于爱情的自我牺牲精神的反映。

塔里爱尔和阿夫坦季儿之间的真诚友谊和生死与共的互助精神，不只是武士之间的友好交往，也体现了各民族之间友爱团结的愿望。

印度国王的独生女儿涅丝丹美绝人寰，温柔善良，坚贞顽强，敢于反抗，善于斗争，是中古时期理想的贵族妇女。她始终坚守爱情誓言，身陷卡吉国囹圄般的高塔之中，却依然捍卫着爱情的坚贞。她在信中说：“我的爱人啊，别以为我会失身于他人！如果失去了你，我也就失去了整个人生。我宁愿用利刃刺进悲苦的心，或跳进峡谷，也决不委身于卡吉人的恶棍。”值得重视的是，涅丝丹的爱情是以国家命运和民族利益为重的。她在信中说：“我的武士啊，你最好率领大军去印度，我孤立无援的父亲现在正被敌人围住。”她的爱国热情高于爱情，为了祖国可以牺牲爱情。这是一种难能可贵的自我牺牲精神、不亚于须眉的巾帼英雄主义。

阿拉伯的国王罗斯杰万是开明贤德的君主，也是智勇双全的武士。他善于治国，秉公执政，怜悯人民，慷慨好施，爱护下级，君臣无间。禅让王位的决定和想念武士的忧愁，都表现了他对国家前途的关心。这个人民理想的国王形象，同国王法尔萨唐的专横跋扈、违背诺言、不顾国家和民族的利益，恰恰形成了鲜明的对比。

从艺术成就上看，《虎皮武士》是一部现实主义和浪漫主义相结合的作品。长诗中的许多部分都是用现实主义艺术手法来表现的，如对印度国王法尔萨唐的描写，真实地表现了凶恶暴君的本质，对国王手下口是心非、信奉金钱万能的大臣的揭露，对商人乌欣狡诈阴险、毫无信义的抨击，都闪烁着现实主义光辉。然而，其浪漫主义特色多于现实主义因素。

《虎皮武士》在艺术形式上也表现出卓越的技巧和创新精神。学者们认为，诗人突破了长诗传统的常规韵律：把两种韵律——高音（长音）和低音（短音）诗——予以结合，避开只用一种韵律所导致的单调；用这种新的文艺形式——长音和短音的谐和的交替——达成一种独特的艺术效果。诗行较长，每行16音节，四行一段，每段有韵，富有音乐美。

长诗的语言生动流畅，比喻恰切、优美精练；重视运用象征夸张的手法，具有扣人心弦的感人力量。

《虎皮武士》自问世以来，在七百多年的时间里，对格鲁吉亚的文学创作产生了异常深刻的影响。卢斯塔维里被誉为“诗的基础”，成为后代景仰的“诗圣”和人们学习的楷模。同时，这部巨著已经成为格鲁吉亚文化传统和民间习俗中的重要组成部分。《虎皮武士》是孩子学习的课本、姑娘结婚时不可缺少的陪嫁，其诗篇成为婚礼上必唱的歌曲。卢斯塔维里的诗句，在银器上、陶瓷上和手帕上，随处可见。民间艺人可以伴着音乐吟唱长诗中的名句；美术家和雕塑家常常从《虎皮武士》中寻找创作题材，使长诗的生命延续在新的艺术作品里。

在中古世界各民族的英雄叙事诗中，《虎皮武士》以其先进的思想内容和卓越的艺术成就，成为饮誉世界的名篇，已有各种语言的译本，流传甚广。

第十一节
纳沃伊

纳沃伊·尼扎玛京·阿里舍尔（1442—1501）是乌兹别克著名诗人、思想家、政治活动家。他出生在赫拉特城一个贵族家庭，从小接受良好教育，与王子胡森·巴尔拉同学。纳沃伊天生聪慧过人，7岁能背诵波斯大诗人菲尔多西、萨迪的著名诗作；15岁开始诗歌的创作，既用乌兹别克语，也用波斯语。1468年胡森·巴尔拉即位为王，纳沃伊在第二年进入宫廷为官，开始了他的政治生涯。作为政治家，他主张爱国的、开明的国策，维护国家的独立和统一，反对封建贵族分裂国家的活动，尤其是贪污腐化的行动。他主持修理驿站和道路，发展经济和贸易；增设医院和学校，兴办教育和文化事业；对于文学艺术活动，更是大力支持。

由于他锐意改革，铲除恶弊，因而得罪了不少达官贵人，甚至国王本人。1487年纳沃伊遭到诬陷，被流放到外地。流放结束后，他决定从此不再为官，潜心于读书、写作和学术研究。

纳沃伊生活在乌兹别克经济、文化和文学较为发达的时期。他一生共写了三十余卷作品，其中以诗歌成就最大。他的创作奠定了乌兹别克民族文学的基础。在他之前，乌兹别克诗人大多抄袭波斯的诗歌，不仅用波斯语写作，还沿用波斯诗歌的诗体，而诗的内容则是风花雪月，无病呻吟，故作风雅，缺乏文学创作的生命。他一扫沉寂的诗坛之风，用自己民族的语言写作，还大大丰富了诗歌的内容，用自己的真情实感和丰厚的生活内涵改革了民族诗歌的创作。

纳沃伊的诗歌主要有两部分：抒情诗与叙事诗。抒情诗是他运用西亚、中亚地区惯用的诗体“加泽拉”写成的，共有两千五百余首。他生前把这些抒情诗汇编成集，名为《思想的宝库》，于1498年和1499年刊出。它分为四个诗组，即《童年的异事》、《青年的珍品》、《中年的异事》和《老年的训言》。纳沃伊赋予这种抒情诗体以新的生命，表达了自己真实生活的体验，其中既有对童年生活的美好回忆和深情怀念，青年时代对坚贞、纯洁爱情的向往和追求，也有对上层社会昏庸、黑暗、残忍、贪婪、腐败的揭露和批判，还有晚年不能再度施展才干的孤独和痛苦。其内容是丰富的，感情是复杂的，可以说是诗人一生不同时期的心声。他的诗由于诗律严整，感情真挚，产生了巨大的影响，在西亚、中亚地区广为传诵。《思想的宝库》是诗人继承阿拉伯、伊朗和乌兹别克文化传统的结晶。

纳沃伊成就最大、影响最深的作品是他用乌兹别克语写成的五部叙事诗——《五诗集》。他先后用了三年时间（1483—1485）创作这部卷帙浩繁的巨作。全书共有53 000余行，分为五篇独立的叙事诗：《正直者的不安》、《蕾莉与马杰农》、《法尔哈德和希琳》、《七星图》、《伊斯坎德尔城堡》。除第一篇外，其他四篇都取材于西亚、中亚地区人们所熟知的历史传说和民间传奇故事，与12世纪波斯大诗人内扎米的《五卷诗》相同，不是以历史事件为依托的史诗性的作品，而是带有鲜明的民俗色彩的传奇诗作。

在《正直者的不安》里，诗人通过追叙自己家族前辈的历史，表达了对君主的规劝，具有明显的训诫性质。他认为君主最大的罪恶是暴政、专制和虚伪，王者的统治应当建立在以善为基础的正义之上，充分表达了他的人道主义思想。

《蕾莉与马杰农》取材于西亚、中亚地区流传甚广的传奇爱情故事，揭示了传统的道德观念、社会习俗、不合理的社会现象对一对互相钟情的青年男女的爱情的扼杀。诗歌洋溢着热烈的情感，歌颂人性的觉醒，反对中世纪对人性的禁锢，体现了近代思想的曙光——对人性的肯定与赞美。

《七星图》和《伊斯坎德尔城堡》取材于真实历史人物的传说。前者叙述伊朗5世纪一位名叫巴赫拉姆·古尔的君主，晚年不理朝政，沉湎于狩猎，最后在狩猎中死去的故事；后者叙述公元前4世纪赫赫有名的亚历山大大帝的故事，描写他在治国、征战中的种种美德，写他赢得各地人民的拥戴。两部诗作有明显的用意，即通过两个国君的不同结果，表达诗人对贤明君主的歌颂和向往，影射当时君主生活的荒淫和腐败，并寄希望于君主的改变与革新。

《法尔哈德和希琳》是《五诗集》中最为出色的一部，它也取材于西亚流传甚广的民间传说——伊朗国王霍斯罗夫和亚美尼亚公主希琳的爱情故事。《法尔哈德和希琳》截取了其中的一段，并进行重新改写。故事说：昔日有一位名叫法尔哈德的王子不安于宫中生活，一心想要漫游世界，获取知识和阅历。他在漫游之时，战胜过暴风雨、怪兽、巨龙，并且得到了希腊古贤苏格拉底的教诲。他还得到了亚历山大大帝的宝镜，其中映出了理想的王国和美丽的公主，他为此倾倒。他来到亚美尼亚国，参加当地开凿运河的劳动，而且用自己发明的工具使劳动进程加快，成为英雄，得到希琳公主的接见。公主就是镜中美女，而公主也爱上了他。法尔哈德为了表达爱心，建造了城堡，修筑了水库。伊朗暴君霍斯罗夫垂涎公主的美貌，在求婚遭到拒绝后，起兵征伐。法尔哈德率兵抵抗，打退了伊朗的进攻。霍斯罗夫又施诡计，俘虏了法尔哈德，并蒙骗法尔哈德使其痛苦身亡。霍斯罗夫之子乘宫廷混乱杀死父王，取得王位，强娶希琳公主。希琳公主不从，死在法尔哈德身旁。法尔哈德之弟闻讯起兵为兄长和公主复仇，杀败了伊朗重兵，亚美尼亚从此又得到和平、安宁的生活。

纳沃伊的《法尔哈德和希琳》不单是讴歌爱情的叙事长诗。诗人首先改写了原来传说中伊朗国王霍斯罗夫的形象，他不再是一个忠于爱情的君主，而是贪图美色、为非作歹、残忍、奸诈的暴君。他迷恋希琳的美貌，嫉恨法尔哈德的成功，于是挑起战端；战事失败后，又用卑鄙手段，蒙骗法尔哈德，致其身死。他失掉了英雄国君的光彩，成为邪恶势力的代表。他不是诗中的主人公，而是反面角色和陪衬人物。他为儿子所杀是罪有应得，这也反映了伊朗宫廷的腐败。由于这个变化，诗人就把一场爱情纠葛写成了反抗异族入侵的正义爱国斗争，从而为这篇哀婉动人的爱情传奇增添了鲜明的爱国家和爱民族的情感。

其次，长诗以法尔哈德取代霍斯罗夫的主人公地位，用他的漫游和对爱情的追求作为全诗的中心情节；同时原来传奇中那个默默无闻的石匠，变成出身高贵的王子，并且具有高贵的人品和良好的教养。他犹如大鹏，志在千里，需要广阔的世界，展示自己的才华。在理想的亚美尼亚和美丽的希琳公主面前，他忘却了一切，为美和理想献出了一切。他赢得异国人民的爱戴和希琳公主的爱心，不是由于高贵的出身，而是由于创造性的劳动和超人的智慧。他为民造福，建造了运河、宫廷和水库，体现了劳动和创造的伟大，也体现了贤明君主的品德。他为亚美尼亚的国土而战，为保卫希琳公主而搏斗，在沙场上英勇抗敌，使暴君也畏惧三分。最后在敌人阴谋陷害之下，他完成英雄业绩而死去。他具有悲剧英雄崇高、伟大的美。他与霍斯罗夫的对照，构成了诗中美与丑、正义与邪恶的鲜明对峙。对法尔哈德的肯定和赞美，表现了诗人的勇敢与大胆，表现了他的人道主义思想、肯定和同情小人物的倾向。最后，长诗以希琳在情人尸体旁殉情结束了这篇催人泪下的爱情故事，改变了原来传说中希琳与霍斯罗夫经过曲折变故最后结合的喜剧性收尾。诗人运用悲剧艺术的创新纯化了诗歌的主题，用爱国与爱情主题的紧密交融净化了故事情节，使其结构单纯，情节集中，更加美化了希琳公主的形象。原传奇中的希琳是一个有个性、独立自主的女性，她与霍斯罗夫的爱情因多种误解而产生变故，她移情石匠法尔哈德不过是其中的插曲而已。纳沃伊却突出了她对法尔哈德的坚贞爱情，并以她坚决抵抗霍斯罗夫父子的残暴、威胁和利诱，完善了她的形象，使其在外貌、心灵、性格上达到完美统一，成为令人仰慕的理想女性。她拒绝霍斯罗夫的追求，不单是爱情的风波，也是对正统势力伊朗王权的否定。这是带有民族倾向和政治色彩的。

《法尔哈德和希琳》的改写与创新，体现了乌兹别克文学的新变化。这种民族化倾向的增强，反映了 15 世纪中亚地区政治和文化的新趋势。

纳沃伊还写了一部效仿伊朗诗人阿塔尔《百鸟朝凤》的同名长诗。此外他还有哲学著作《心之所爱》、语言学著作《两种语言的诉讼》以及诗学论文和关于回忆伊朗诗人贾米的《回忆录》等。纳沃伊是乌兹别克的民族文学之父。“纳沃伊”是诗人的笔名，意即“和谐”、“悦耳”，指民族语言的优美。

思考题

1. 请简述中古近古中亚西亚北非文学发展的概况。
2. 请简述《古兰经》的艺术特点。
3. 阿拉伯诗歌的主要成就何在？
4. 《卡里莱和笛木乃》为什么会在阿拉伯文学史上占有重要地位？
5. 请简述《一千零一夜》的思想内容和艺术特点。
6. 请简述《列王纪》的思想内容和重要价值。
7. 请简述海亚姆四行诗的思想意义。
8. 《果园》和《蔷薇园》的思想倾向是什么？
9. 哈菲兹抒情诗的特点是什么？
10. 请简述《虎皮武士》主要人物的性格特点。
11. 为什么说《法尔哈德和希琳》是纳沃伊最出色的长诗？

第三编

近代亚非文学

概论

西方文化的冲击和亚非的启蒙运动

亚非国家的历史发展快慢不一，其文学的近代期一般始于19世纪中叶，止于20世纪初叶，前后还不到一个世纪。虽然时间不长，但它具有重大的历史意义，是从封建旧文学向现代新文学过渡的历史转折期，起着承上启下和继往开来的作用，为亚非现代文学的诞生准备了条件。

十七八世纪时，一些亚非国家的封建社会内部已出现资本主义的萌芽，本来可以开始缓慢地步入近代化的进程，然而西方殖民主义和帝国主义的入侵却使这个进程被迫改变。到了19世纪初，菲律宾、印度尼西亚、缅甸、印度等已分别沦为西班牙、荷兰、英国的殖民地；19世纪末20世纪初，越南、朝鲜也先后沦为法国和日本的殖民地；19世纪30年代到50年代，伊朗、埃及和中国等则先后沦为半殖民地国家。所以，近代的亚非地区，除日本外，都沦为西方的殖民地或者半殖民地国家了。

当西方殖民主义和帝国主义大肆入侵的时候，亚非各国仍处于封建王朝的残酷统治下，落后的封建社会关系严重地阻碍着各国经济、文化的发展。对西方的殖民入侵，各国封建统治者起先还有反抗，后来在殖民主义者的威逼利诱下逐渐妥协，有的则投降甘当傀儡，并和西方殖民主义者互相勾结，共同镇压本国人民的反抗。到了19世纪下半叶，西方殖民主义、帝国主义与亚非人民之间的民族矛盾，封建主义与人民之间的阶级矛盾越来越尖锐，成为亚非近代的基本矛盾。

在民族处于存亡危机之时，亚非人民并没有停止过反对帝国主义和殖民主义的斗争，先后爆发了声势浩大的人民起义，如1825—1830年印度尼西亚爪哇人民的抗荷起义，1832—1847年阿尔及利亚人民的抗法战斗，1838—1842年阿富汗人民的反英殖民战争，1848—1852年伊朗的巴布教徒起义，1851—1864年中国的太平天国运动，1857—1859年的印度士兵起义，1896年菲律宾的卡的普南武装起义等。这些起义虽然失败了，但给亚非人民带来了历史的教训，开阔了他们的眼界，使他们看到了东西方的差距。

西方殖民主义和帝国主义的侵略给亚非人民带来苦难的同时，也带来了西方文明和文化。亚非人民从苦难和战斗中，领略了西方的船坚炮利，也开始接触先进的西方文化。在西学东渐之后，许多国家便出现启蒙运动和改良主义运动，西方的资本主义文化猛烈地冲击着东方的封建主义文化。日本自 1868 年“明治维新”后，首先摆脱了封建主义的束缚而走上资本主义的发展道路，成为东方唯一的资本主义和帝国主义国家。其他的许多亚非国家也在积极地吸收西方文化中先进的思想和新的理念，在 19 世纪末和 20 世纪初出现了改良主义运动的热潮，如中国的戊戌维新运动、朝鲜的爱国文化运动、越南的“东游运动”、菲律宾的“宣传运动”、印度的国大党运动、土耳其的新奥斯曼党人立宪运动、伊朗的君主立宪运动、阿拉伯国家的民族文化复兴运动等等。与此同时，亚非人民反对殖民主义、反对帝国主义的民族斗争烈火也愈烧愈旺，1894 年朝鲜爆发甲午农民战争，1885—1896 年越南出现“勤王运动”，1896—1902 年菲律宾爆发独立战争，1905—1911 年伊朗发生资产阶级革命，1905—1908 年印度出现民族运动的高潮，而 1911 年中国则爆发了推翻数千年帝制的辛亥革命。

起初，西方对东方进行殖民侵略是为了满足资本主义原始积累的需要，重点放在经济掠夺上，对文化问题一时还难以顾及。到了近代，西方对东方的殖民瓜分已基本完成，各自建立了直接的殖民统治或确定了各自的势力范围。这时大批的西方殖民驻扎官、军队、商人、传教士等来到各自的殖民地定居，形成了殖民地白人统治阶级的社会。随着白人殖民者的到来和白人社会的形成，西方文化对殖民地的冲击和影响便形成不可阻挡之势。而这时西方殖民国家的资本主义也已发展到更高阶段，需要把殖民地纳入自己的资本主义市场经济体系。这样，在东方殖民地的土地上便开始出现资本主义的市场经济和统一的殖民地行政机构。为了满足这一新形势对相应人才的需求，西方殖民统治者不得不在殖民地兴办西式学校，从原住民中培养一批掌握近代文化知识的人才。于是在殖民地开始出现与封建旧文人不同的新型知识分子。他们中间有不少人，在接受西方文化中先进的思想之后，便成为现代民族觉醒和民族运动的先锋，这是西方殖民主义者所始料不及的。当然，也有一部分人受殖民奴化教育的影响较深，甘当为殖民统治者服务的洋奴。

从世界发展的历史来看，亚非的近代期确实不同于西方，归纳起来，大致有以下几个特点。

第一，亚非国家不能正常地从封建主义向资本主义过渡，除日本外，大都成了西方的殖民地或半殖民地国家。亚非人民与殖民主义、帝国主义之间的民族矛盾和与封建主义之间的阶级矛盾成为近代的基本矛盾。

第二，随着资本主义世界市场的形成，各殖民地成为西方资本输出的场所、廉价劳动力和原料的来源以及商品倾销的市场，殖民地封建割据的自然经济开始被打破，逐步过渡到统一的资本主义市场经济。

第三，资本主义生产方式的引进和市场经济的发展，促使殖民地社会发生了结构性的变化，出现了新的阶级和阶层，其中最重要的是无产阶级和民族资产阶级以及新型的知识分子阶层，他们成为民族觉醒的先锋和新文化运动的倡导者。

第四，东西方文化发生正面的碰撞，西方文化的冲击动摇了东方封建传统文化的根基，西方文化的影响逐渐取代东方三大文化的影响而居于主导地位，出现了西方文化的启蒙运动、东西方文化的论战、新学旧学之争等。

第五，整个近代期是个过渡期，它为现代民族觉醒和新文化运动奠定了阶级基础和提供了必要的条件。

近代亚非文学就是在这样的新旧交替的历史转型时期形成的。它结束了封建的、停滞不前的旧文学，在新形势下和西方文学的影响下，逐步向民族的新文学迈进，从内容到形式、从思想观念到艺术手法都发生了根本性的变化。

近代亚非文学由于各国的具体历史条件不同，发展有快有慢，并不平衡。总的来说，那些传统文化基础雄厚而又较早接受西方文化影响的民族和民族民主运动发展较快的国家，其文学的发展就比较快而且成就较突出；而那些文化基础较差、社会发展较落后和受西方文化影响较晚的国家和民族，其文学的发展则较迟缓，甚至停滞不前。

在东亚地区，日本是亚非唯一的资本主义国家，其资本主义发展的道路比较独特，时间短、速度快，在短短几十年内就完成了整个资本主义的发展进程。日本近代文学的发展也有同样的特点，它始于1868年的明治维新，通过积极借鉴和吸收西方文化和文学而突飞猛进，在短短几十年内也基本上完成了西方近代文学几百年的进程。它派别众多，各种倾向并立交叉，涌现出一批有成就、有影响的作家和作品，如二叶亭四迷、岛崎藤村、夏目漱石等。

近代东南亚文学的发展相对来说比较缓慢，19世纪后，西方文化的影响才显露出来。它是在西方文化的冲击下和民族矛盾上升的时候发展起来的，最早宣扬西方文化的马来作家阿卜杜拉可以代表前者，菲律宾民族运动的先驱爱国诗人黎萨尔可以代表后者。

在南亚地区，印度的近代文学独树一帜。它是在印度人民反对殖民主义、反对封建主义的斗争中发展起来的，始于19世纪二三十年代，到19世纪后期取得显著的成就，诞生了具有世界影响的伟大诗人泰戈尔和著名的小说家萨拉特，以及著名的伊斯兰诗人伊克巴尔。印度近代文学的发展充满外来文化影响与民族文化传统、革新与保守、近代思潮与宗教思想之间的矛盾和冲突。这种复杂的现象构成了印度近代文学纷杂繁复的面貌。

在西亚、中亚、北非地区，19世纪开始出现文化复兴的曙光。埃及的近代文学起步最早，19世纪初就出现了复兴民族文学的运动，对阿拉伯地区产生了巨大的影响，其先驱者是巴鲁迪。随后阿拉伯本土的黎巴嫩、叙利亚，西亚的伊朗、土耳其等国的近代文学也有较大的发展，涌现出不少著名的诗人和作家，其中最负盛名的是黎巴嫩和叙利亚的“旅美派”诗人纪伯伦、伊朗的诗人巴哈尔、土耳其的作家赛斐汀等。至于北非以外的非洲近代文学，大都仍处于沉寂状态之中。

近代亚非文学是在与西方的民族矛盾日益尖锐和西方文化、文学的影响越来越深入的趋势下发展起来的，归纳起来大致有以下几个方面的特点。

第一，它反映近代亚非社会的基本矛盾，反对帝国主义、反对殖民主义和反对封建主义成为时代的主题。在反对帝国主义、反对殖民主义的民族斗争中涌现出一批爱国作家和充满爱国激情的作品，许多人既是民族诗人和作家，又是无畏的民族英雄，直接参加并领导民族斗争，有的还献出了自己的生命。

第二，近代亚非文学在19世纪后半期经历了一个较长的文学启蒙运动的阶段，出现了一批具有启蒙思想的作家。他们一方面要面对本民族的封建统治者，揭露他们的残暴和无道，批判封建的迷信落后思想；一方面要面对西方的殖民统治者，揭露他们的罪恶本质。在面对这个挑战时，他们需要拿出新的思想武器来进行战斗，而这个新的思想武器主要来自西方文化。对亚非殖民地和半殖民地国家来说，西方文化具有两重性，一方面它是随着西方的殖民侵略而来的，为殖民侵略服务；一方面它又是世界先进文化的代表，能给亚非人民带来进步的新思想和新观念。所以在接受西方文化影响的过程中充满着矛盾和冲突，正面、负面的影响兼而有之。

第三，近代亚非文学的发展主要以西方近代文学为鉴，许多国家是从翻译西方文学名著着手的。例如19世纪中叶，埃及就设立了翻译局和阿拉伯语学院，土耳其、印度、日本和东南亚一些国家也在同一时期大量翻译介绍西方文学作品，使亚非作家大开眼界，得到启发。

第四，随着历史的发展和西方文化、文学的引进，近代亚非文学的观念发生了变化。文学的内容摆脱了封建宫廷和宗教神话的束缚，更加贴近社会的现实生活。在艺术形式上大量吸收了西方近代文学的新式样和新体裁，如长篇小说和短篇小说、新体诗、戏剧等。而在文学语言方面，则采用了比较接近大众语言的新文体，使文学走出宫廷的高墙和文人的圈子而走向社会。

第五，近代亚非文学带有过渡性的特点，与现代亚非文学之间没有泾渭分明的界限。前者是后者的准备阶段，后者是前者的必然结果，都是在反帝、反殖和反封建的历史进程中传承下来的。总之，近代亚非文学，尽管各国的发展不平衡，所走的文学道路也不一样，但在反帝、反殖和反封建这一点上是相同的。近代亚非文学在亚非文学史上起着承上启下的作用，一方面继承自古以来优秀的文学传统，一方面积极吸收西方文化、文学的营养，打破了旧文学一潭死水的局面，为蓬勃发展的现代亚非文学铺平道路和奠定基础。

思考题

1. 请简述近代亚非文学的时代特点。
2. 请简述民族矛盾和西方文化对近代亚非文学的影响。
3. 请简述近代亚非文学的历史作用和主要成就。

第一章 近代东北亚文学

第一节 概述

在近代时期，东北亚的日本和朝鲜分别走上了两种不同的道路，分别属于两种不同的国家类型。日本是东方唯一一个走上资本主义道路的国家，朝鲜则与东方绝大多数国家一样变为殖民地、半殖民地和半封建的国家。

日本近代文学是比较发达的，同时又是比较特殊的。从 1868 年明治维新起，日本从封建社会逐步进入资本主义社会。比起西方国家来，日本资本主义发展的特点是时间短、速度快。自明治维新至第一次世界大战，日本的近代历史只有半个世纪，但这半个世纪却走过了西方资本主义国家将近三个世纪所走过的道路。与此相关，日本近代文学的发展也有时间短和速度快的特点。

日本近代文学的发展过程大致可以分为以下四个时期。

第一，从 1868 年到 1886 年是启蒙时期。这个时期一面在文学创作上进行试验，一面在文学理论上进行探索，为近代文学的产生和发展作了各种准备。明治维新以后，福泽谕吉等有识之士倡导在政治、经济、文化等各方面向西方先进国家学习，为日本的近代化而努力。于是，在文学方面也产生了一系列的变化。翻译文学的盛行（如坪内逍遥译司各特的《春风情话》等），政治小说的出现（如矢野龙溪的《经国美谈》、东海散士的《佳人之奇遇》、末广铁肠的《花间莺》等），文学改良运动的兴起（如《新体诗抄》、坪内逍遥的《小说神髓》和《当代书生气质》等），言文一致体小说的诞生（如三游亭圆朝的《牡丹灯笼》、山田美妙的嘲戒小说《天狗》等）等，均可列入其中。

第二，从1887年到1904年是确立时期。经过前一时期的准备和酝酿，大约到1887年前后，近代文学得以确立的条件业已具备，而其确立之标志则是二叶亭四迷（详见本章第二节）的长篇小说《浮云》的问世。《浮云》既出色地采用了言文一致体的语言，又真实地描绘了明治初期的社会面貌以及生活在其中的人物形象，从而成为日本近代现实主义文学的奠基作品。其后，二叶亭四迷又出版了《面影》和《平凡》等小说，发表了关于俄罗斯小说和评论的译文，也受到文坛好评，并对后辈产生了很大影响。如果说坪内逍遥（1859—1935）和二叶亭四迷开拓了现实主义文学的道路，那么森鸥外（1862—1922）的创作活动则在赋予文学以近代性的同时，又赋予文学以浪漫性。他从德国归来后，不但在诗集《面影》里展示出新颖的感情和诗美，而且在小说《舞姬》、《泡沫记》和《信使》里以西方为舞台，描绘青春的欢乐与悲哀，表现了浓厚的浪漫主义色调。此后，他还创作了《青年》和《雁》等取材于自己生活和社会现实的小说，《兴津弥五右卫门遗书》、《阿部一族》、《山椒大夫》和《高濑舟》等取材于历史事件的小说，为日本近代文坛添砖加瓦。除二叶亭四迷和森鸥外的文学活动外，属于这个时期的重要文学团体、文学流派和作家作品还有以下几个：一是1885年结成的砚友社。该社是日本第一个文学社团，出版刊物《我乐多文库》，主要成员有尾崎红叶（1868—1903）和幸田露伴（1867—1947）等，前者先后发表《两个比丘尼的色情忏悔》、《伽罗枕》和《多情多恨》等，以善于描写女性和风俗为特色；后者则有《风流佛》、《一口剑》和《五重塔》等，大多描写男性世界。二是北村透谷和"文学界"的活动。北村透谷（1868—1894）对砚友社持否定态度，他在诗剧《蓬莱曲》和一系列抒情诗里显示出卓越的才华，并与志同道合者于1893年创办《文学界》杂志，成为其实际的指导者。三是樋口一叶的活动。樋口一叶（1872—1896）以描写贫民和女性悲剧为己任，主要小说有《青梅竹马》等。四是正冈子规的业绩。正冈子规（1867—1902）在《芭蕉杂谈》里批判松尾芭蕉的权威，在《俳谐大要》里阐述写生（写实）的重要，开拓了俳句革新的道路。五是深刻小说（悲惨小说）和观念小说的登场。深刻小说强调表现社会和人间深刻、悲惨的一面，代表作品为广津柳浪（1861—1928）的《黑蜥蜴》等。观念小说大多表现对社会不合理现象的批判观念，代表作品有泉镜花（1873—1939）的《夜行巡查》等。六是诗歌的热潮。起初有岛崎藤村（详见本章第三节）和土井晚翠（1871—1952）以近代诗活跃于诗坛，推动了近代诗的进步；其后有上田敏（1874—1916）移植介绍了象征诗，与谢野铁干（1873—1935）和与谢野晶子（1878—1942）的明星派加重了恋爱至上、艺术至上的浪漫主义倾向，根岸短歌会则提倡和歌的革新。七是描绘自然景物的小说和散文流行。德富芦花（1868—1927）和国木田独步（1871—1908）开拓出清新的自然描写的新境地，受到读者欢迎。前者写有《不如归》和《自然与人生》等，后者写有《武藏野》等。最后应当提及的是木下尚江（1869—1937）的创作。他是社会主义小说的先驱者，作品有《火柱》和《良人的自白》等。

第三，1905年到1911年是成熟时期。这时文坛上存在着自然主义文学和反自然主义文学两大对立派系。自然主义是19世纪后半期兴起于法国的文学思潮，主张援用自然科学的方法，探求人类的真实。其中心是左拉在《实验小说论》中所阐述的理论，但在日本将属于印象派现实主义的福楼拜和龚古尔兄弟也作为自然主义作家加以接受。小杉天外（1865—1952）和永井荷风（1879—1959）的初期创作从左拉的方法论中学习了"遗传与环境"的观念，成为日本自然主义文学之先驱；但真正确立自然主义文学之基石的，乃是岛崎藤村和田山花袋（1871—1930）。藤村率先出版《破戒》，此作被誉为自然主义文学的奠基作品，随后又在《春》里描写青春的悲欢，在《家》里描写旧式家庭的没落。花袋则因在《棉被》里大胆进行自我告白和官能描写，而被视为自然主义文学的另一个中心人物，之后又有《乡村教师》等小说出世。除藤村和花袋外，国木田独步、德田秋声（1871—1943）、正宗白鸟（1879—1962）、真山青果（1878—1948）、岩野泡鸣（1873—1920）和岛村抱月（1871—1918）等也是自然主义文学的重要成员。独步在《竹栅门》等作品中，采用了客观的、写实的方法。秋声以《新家庭》引起世人瞩目，并以《霉》、《烂》等确立了自然主义作家的地位。白鸟早就持有厌世的、虚无的思想，其后则在《尘埃》、《向何处去》等小说里描述人生的空虚和徒劳。青果与白鸟齐名，以《南小泉村》获得众多读者。泡鸣本来以诗人和评论家的身份活跃于文坛，随后又因发表《耽溺》而成为小说家，并在《放浪》等五部作品里以有力感人的笔致表现丑恶残酷的人生。抱月是自然主义文学的评论家，从欧洲归来后，先后发表《被囚禁的文艺》、《文艺上的自然主义》等理论文章，对自然主义文学的发展起了很大促进作用。在他的推动下，许多人纷纷著书立说，为自然主义文学的兴盛呐喊助威。总之，自然主义是当时日本文坛上有理论、有实绩、人数众多、影响颇大的流派，它的出现是日本近代文学进入成熟时期的重要标志之一。

不过，当时的文坛绝不是自然主义文学一统天下，当自然主义文学产生并发展时，它的对立面——形形色色的反自然主义文学也就应运而生了。首先是文坛大家夏目漱石（详见本章第四节）的登场。他以幽默讽刺小说《我是猫》一举成名，继之有《哥儿》和《旅宿》等不同格调的作品问世，后来又在《三四郎》等前三部曲和《春分之后》等后三部曲以及晚年未完成的大作《明暗》里显示出批判社会和人生的倾向，描绘了独创的艺术世界，继承了二叶亭四迷的《浮云》所开创的现实主义方向，与自然主义明显地对立起来。其次是另外两位文坛大家二叶亭四迷和森鸥外的复归文坛。四迷在写作《浮云》近20年后，重新拿起笔来写作小说，继续沿着《浮云》所开辟的道路前进。森鸥外在写作《面影》和《舞姬》近20年后，重新回到文坛展开多方面的活动，既执笔创作，又成为唯美主义杂志《昴》和《三田文学》的精神支柱。再次是唯美主义文学的兴起。永井荷风1908年从美国和法国归来后，相继发表《美国物语》和《法国物语》，表现出颓废的美和文明批评的新倾向，因而率先成为唯美主义作家。谷崎润一郎（1886—1965）以《文身》登上文坛，其后又有《麒麟》、《秘密》等作品发表，大胆地表现女性的官能美和感觉美，描绘了色彩丰富的唯美世界，其错乱心理和异乎寻常的女性崇拜往往引起社会议论，被人们称为恶魔主义作家。最后还应提到小川未明（1882—1961）、近松秋江（1876—1944）、铃木三重吉（1882—1936）、森田草平（1881—1949）和上司小剑（1874—1947）等人的名字，他们也都被视为反自然主义作家。

第四，1912年到1918年是分化时期。这个时期近代文学队伍进一步分化，主要表现为三个反自然主义流派在文坛上得到充分发展。其一是唯美主义文学。永井荷风这时转向描写花街柳巷和娼妇世界，先后发表《妾宅》、《新桥夜话》、《焰火》等作品，并在长篇《较力》里达到顶点，该书以新桥花柳界为舞台，描绘艺妓的恋爱和生活。谷崎润一郎也继续走自己的路，显示出与自然主义的不同性质。他这时所发表的短篇《异端者的悲哀》，表现主人公的美好愿望与阴暗现实的矛盾，但他仍相信自己的才能，继续过着异端者的生活。其二是理想主义文学。1910年《白桦》杂志创刊，主要成员有武者小路实笃（1885—1976）、志贺直哉（1883—1971）、有岛武郎（1878—1923）、里见弴（1888—1983）和长与善郎（1888—1961）等。他们大多数是贵族和有产者子弟，强调理想主义精神，富于人道主义色彩，与自然主义文学形成对照。如实笃是白桦派的中心人物之一，他主张尊重自我，他的文学力图超越自然主义的抑郁性和唯美主义的享乐性，给人以光明，所写剧本《其妹》、《一个青年的梦》等具有反战倾向和人道主义色彩。又如直哉也具有强烈的自我意识和肯定自我的精神，其短篇《清兵卫和葫芦》、《范某的犯罪》等是这种精神的艺术体现，而中篇《和解》则是依据自身经历写成的，表现他和父亲的和解过程。其三是新现实主义文学。这是以第一次世界大战所引起的社会变化为背景而出现的新倾向。它力图站在近代个人主义的立场，以敏锐的理智和感性把握人生和社会，并且采用理智的方法进行写作，其中有的作家取材比较广泛，有的作家则以自己的生活体验为基础，被称为新现实主义或者新技巧派、理智主义、个性主义等。其主要作家有属于《新思潮》的芥川龙之介（1892—1927）、菊池宽（1888—1948），属于《奇迹》的葛西善藏（1887—1928），以及佐藤春夫（1892—1964）、室生犀星（1889—1962）等。如龙之介以《罗生门》和《鼻子》等短篇出世，之后写出《戏作三昧》和《地狱图》等名篇，非但是新现实主义代表作家，也是当时最优秀的作家之一。又如菊池宽起初写作剧本，不久转向小说，短篇《无名作家的日记》取材于现实生活，而《忠直卿形状记》则取材于历史事件，被称为“主题小说”。

朝鲜自1876年与日本签订《江华条约》起，便开始了殖民地化的过程；到1910年被日本正式吞并，完全变成了殖民地国家。在此期间，朝鲜的有识之士广泛地开展了以“内修外学”为口号的文化启蒙运动，在文学方面则相继涌现出新体诗歌、新体小说和新体戏剧，谱出了新文学的序曲。其中以新体小说的成就最为突出。李人植（1862—1916）是第一位新体小说作家，主要作品有《血之泪》、《鬼之声》、《雉岳山》等；此外，李海朝（1869—1927）的《自由钟》、《驱魔剑》，安国善（1873—1926）的《禽兽会议录》等也是这个时期有代表性的重要作品。这些作品大多具有反帝反封建的思想倾向，反映现实生活，使用日常口语。尽管由于种种条件的限制，朝鲜近代文学未能取得重大成就，但在新文学形式的创造方面却进行了不少有益的尝试，为现代朝鲜文学的发展开拓了道路。

第二节
二叶亭四迷

二叶亭四迷（1864—1909）是日本近代著名作家，现实主义文学奠基者之一。他本名长谷川辰之助，1864年4月4日生于江户（即今东京）的一个武士家庭，从小接受汉学教育，深受儒家思想熏陶，立志“俯仰无愧于天地”。由于日俄两国矛盾加剧，起初他想从军入伍，但因连续三次投考陆军士官学校失败，于是决心从事外交工作。为了了解俄国国情，1881年他考入东京外语学校俄语科，在校学习四年多；1886年因该校改革学制，愤然退学。其间，他对俄国文学产生了浓厚的兴趣，热心阅读果戈理、屠格涅夫、冈察洛夫、陀思妥耶夫斯基的小说，仔细研究别林斯基的评论，这对于他文艺观的形成起了重要作用。

1886年1月，二叶亭四迷走访当时被誉为新文学旗手的坪内逍遥，受到坪内逍遥以《小说神髓》等理论著作获得成功的启示，决心成为文学家。同年4月，二叶亭四迷发表著名文学理论文章《小说总论》，系统阐述自己的文艺观点。这是一篇以别林斯基的艺术论为基础的写实小说论，批判仅仅注重外形的写实主张。在这篇文章里，他论述文艺的实质，指出比起现象来其内在理念具有更本质的意义，文艺是通过感动直接感受真理的，在小说里真理不是抽象地显示出来的，而是具体地显示出来的，所以其方法只能是写实。同时，针对当时文坛流行的艺术至上和游离社会等不良倾向，他强调文学应当借助“实相”反映“虚相”，即通过现象表现本质。《小说总论》可以说是超越了坪内逍遥《小说神髓》的朴素写实论而具有近代现实主义骨架的小说论。

二叶亭四迷不仅提出现实主义的文学理论，而且将其付诸实践，1887年具体体现这种理论的长篇小说《浮云》便问世了。然而，尽管《浮云》日后被公认为日本近代现实主义文学的奠基之作，但在当时却未能得到充分的理解和肯定，甚至由于作者是无名小辈，所以只好在封面署上坪内逍遥的名字。诸如此类的不愉快事件，再加上思想的苦闷和生活的重担，终于迫使二叶亭四迷中断《浮云》的创作，离开文坛。他愤慨地表示，自己没有做文学家的资格，“文学不是大丈夫的终身事业”。他所用的笔名，在日语里与“该死的”谐音，恐怕也是这种愤慨情绪的一种表现。

离开文坛后，他在内阁官报局任职，负责英文、俄文报纸翻译和编辑《出版月评》工作，前后八年有余。1897年辞去官报局职务后，他先后当过陆军大学教授、海军部编修书记和东京外语学校教授。1902年10月，他出任中国北京警务学堂代理提调，1903年7月归国。自1904年起，他参加朝日新闻社的工作，随后又在友人的鼓励下重新拿起笔来进行创作，相继在《东京朝日新闻》上连载第二部长篇小说《面影》（1906）和第三部长篇小说《平凡》（1907），受到文坛欢迎和好评。

《面影》的男主人公小野哲也是大学教师。他是小野家的上门女婿，由于岳母和妻子对他冷淡无情，他对家庭生活感到十分厌倦。在这种情况下，唯有守寡在家的小姨子——小夜子的存在才是他从“死去”的世界复活的最后手段。不久，他和小夜子两人离家出走。但后来由于哲也的优柔寡断和小夜子的恐惧动摇，小夜子突然失踪，哲也大失所望，前往中国寻找小夜子，终归一无所获。这部小说仍然以《浮云》所探求的明治时代知识分子的生活方式为主题，小野哲也则被视为《浮云》主人公内海文三的后身，因此《面影》可以说是《浮云》的继续和发展。

《平凡》采取一个39岁的知识分子回忆自己前半生的形式，中间穿插了许多小故事，其中以小花狗的故事最有名。小说主人公的生活是平凡的，正如书中所说的那样：平凡的人，用平凡的笔，叙述平凡的半生，题名《平凡》再恰当不过了。但是，小说所包含的思想和意义却未必是平凡的。作者以讽刺幽默的笔调，表现自己对文学的疑问和对人生的态度，提出自己对当时的教育制度、官僚制度和文坛现象的批评，这些都不同于一般。

1908年6月，二叶亭四迷以《朝日新闻》特派记者的身份，从神户出发，经西伯利亚，抵达俄国首都圣彼得堡，实现了自己的夙愿。但不幸的是，由于身染肺结核，他不得不于第二年绕道伦敦归国，并且终因体力不支，当船行至孟加拉湾时病逝。

二叶亭四迷的贡献不仅表现在创作方面，也表现在翻译方面。果戈理、屠格涅夫等许多俄国作家的作品都经他手介绍到日本，给明治时代的文坛输入了新鲜的血液。他的不少译作（如屠格涅夫的《幽会》和《邂逅》，前者为《猎人笔记》的一节，后者即《三次会面》）都是采用言文一致文体和逐字翻译方法充分体现原作诗意的佳品，经得起推敲，给人以清新的感受。在日本近代文学史上，这些译作同他的小说《浮云》等一起，均被视为日本白话文学之先驱。

二叶亭四迷于 1886 年动手写《浮云》，第一部出版于 1887 年 6 月，第二部出版于 1888 年 2 月，第三部于 1889 年七八月间在《都之花》杂志上连载，1891 年出版单行本。当时正值明治维新 20 年左右，自由民权运动遭到失败之后不久。《浮云》所反映的正是在这种社会条件下，正直的小资产阶级知识分子既对现实不满，又无力加以改变的苦闷心情。

小说主人公内海文三就是这样一个知识分子。他从乡下到东京求学深造，由于刻苦努力，所以成绩优良。但毕业后却颇不得意，好长时间没有工作，只得闲住在叔叔家里。其后好不容易才找到一个办事员的职位，不久又被罢官免职。从此以后，婶母阿政辱骂他，堂妹阿势冷落他，趁机追求阿势的本田升也讥讽他，逼得他走投无路，终日在苦闷与幻想中受煎熬。作者在这种气氛中搁了笔，据说并没有按计划写完。

内海文三的生活理想应该说是卑微的、渺小的，只不过是正直地为人，勤恳地工作，以便将来能和阿势结婚，再把寡母从乡下接到东京，建立一个幸福的小家庭，从此美满地生活下去。然而，在当时的社会条件下，他这点可怜的理想也受到了沉重的打击，最后彻底破灭了。这是因为他在官场上正直不阿，既不肯卑躬屈膝巴结上司，也不愿同流合污讨好同事；在家庭中他拙口笨舌，既不会奉承婶母，又不会笼络堂妹。非但如此，当遭到打击时，他又显得懦弱无能，优柔寡断，只会关起门来苦苦思索，而且往往是想来想去始终得不出个结果来，始终陷在一种进退不得、无可奈何的境地，最后则往往是不了了之。总之，文三是既不肯与黑暗势力同流合污，又无力抗拒黑暗势力压迫的小知识分子。家庭的贫困、寡母的影响和学校的教育等，使他形成了卑微渺小的生活理想和正直不阿的性格特点。然而他所做的却与当时的社会环境发生冲突。因为明治时代是个半封建的资本主义社会，一方面还严重地存在着封建势力的残余，另一方面也已经暴露出资本主义的腐朽，官僚机构臃肿僵化，社会风气败坏，人际关系庸俗。为了实现自己的生活理想，他挣扎过，奋斗过，但却归于失败，终于成为一个无所作为的人，一个“多余的人”。

作者始终把文三放在当时的社会环境中，主要是家庭关系中，通过多方面的矛盾冲突刻画他的形象。在这个家庭里，文三的婶母阿政是一个典型的小市民，自私自利，嫌贫爱富，生就一对势利眼。在文三有工作时，她把希望寄托在他身上，一心盘算着要把女儿嫁给他；但文三一被撤职，她的态度马上发生 180 度的大转弯。他的堂妹阿势是当时徒有其表的所谓新女性，表面上赶时髦，学英语，织毛衣，反对封建道德，尊重个性自由，实际上却是一个浮华、轻佻、见异思迁的人。他的同事本田升在官场上善于阿谀逢迎，因而官运亨通，如鱼得水；在家庭中擅长玩弄手段，于是侮辱文三，笼络阿政，调戏阿势。

总体来说，小说通过内海文三被官僚机构排挤出来的事实，反映了正直的知识分子与天皇制专制政权的矛盾，揭露了这个政权的黑暗和腐朽；通过他与阿政、阿势、本田升的矛盾，表现了这类知识分子与周围种种社会势力的冲突，暴露了当时社会的许多弊病和缺陷；通过他自身的弱点，批判了这类知识分子在矛盾和困难面前的软弱无力。

就艺术表现而言，《浮云》在以下两方面具有鲜明的特色和重要意义。

第一，在塑造人物方面，作者依据现实主义典型化的原则，着力进行心理活动的描写。关于这部小说的人物是怎样塑造的，作者在《我半生的忏悔》一文中说过：谈到

《浮云》有没有模特儿的问题，恐怕不能说没有；不过模特儿只是参考，并非照样摹写。当然不是偶然发现一个模特儿，就觉得有趣，而是首先在自己头脑里，对当时日本青年男女的倾向产生某种模糊的、抽象的认识，然后考虑为了使之具体化，究竟描绘什么样的形象才好。在这样酝酿时，就会从在某处见过的人或者过去认识的人中，发现多少与自己的抽象认识血脉相通的人，于是便以此人为基础创造典型。由此可见，他所依据的是现实主义典型化的原则。小说里的人物并非偶然的产物，而是作者长期观察分析日本社会生活和思想倾向所得出的认识的形象化，具有广泛的代表性和鲜明的时代性。内海文三既不肯与现实妥协又无力改变现状的内心痛苦，本田升毫无廉耻、卖身投靠他人的卑劣行径，正是明治时代青年知识分子面对现实社会两种截然相反态度的反映。阿政的势利眼形象地勾勒出明治社会小市民的嘴脸，阿势的浅薄性则具体地表现出明治维新以后部分青年盲目欧化的结果。这些第一次出现在日本文学中的富有个性特征和时代色彩的艺术形象，生动地反映出当时社会的面貌和矛盾。在人物描写方法上，作者特别致力于心理活动的描写，通过主人公内心世界的微妙变化表现人物性格的发展演变。这可能是因为内海文三是个优柔寡断、好思索少行动的人，采用心理描写的方法最能够充分展示他的矛盾心态和软弱性情。譬如，当他和阿政、阿势母女公然闹翻之后，他仍然不想离开她们家，表面上像烟消火灭似的沉默下来，内心里却不住地翻腾，终日望着那间六铺席小屋的墙壁不停地叹息。小说写道：怎么办呢？他每天心里不知道要这样问多少次，但总是得不到答案，剩下的只有三个字——不满足而已。当然，他也并非什么都想不出来，有时候也想出一些可能有效的办法，但是又一细想，觉得这样处理未必妥当，于是又把好容易想出的办法扔在一边，另外再想其他的办法，结果是一个切实可行的办法也找不到。不言而喻，这种精细的心理描写，是使内海文三的形象丰满的重要条件之一，也是使《浮云》高出当时的一般小说，成为真正近代心理小说的重要条件之一。

第二，在语言运用方面，作者采取的是言文一致的原则。他在为《浮云》写的序言中指出：在社会迅速变化的时代，唯独文章莫名其妙地墨守成规。要想解决这个问题，只能采用言文一致的方法。其后又在《我的言文一致之由来》中进一步提出自己的原则：不用没有取得日语资格的汉语词语和日语中已死去的词语，尽量使用现在活着的词语。事实正是如此。《浮云》采用的是言文一致的语言，不仅在人物对话部分使用生动的口语，在叙述描写部分也力求做到口语化。当然，由于这是一个开创，所以其中不免还夹杂着一部分不大协调的汉语词汇，有些地方近似于江户滑稽文学作品的语言。不过，就总体而论，不必说当时仍在流行的江户文学、翻译小说和政治小说，就是赞成进行语言改革的砚友社作家和坪内逍遥的作品也难以与之媲美。《浮云》为日本近代文学语言的发展奠定了良好的基础。

第三节
岛崎藤村

岛崎藤村（1872—1943）原名岛崎春树，别号古藤庵，生于没落的地主家庭。父亲岛崎正树富有正义感和爱国心，是一个支持明治维新的国学者。藤村自幼受到父亲的教诲，深受其影响。10岁去东京上学，20岁毕业于明治学院。在当时文艺风潮的影响下，他开始创作浪漫主义诗歌，参加文学社团“文学界”。在“文学界”同人中间，他以北村透谷为师友，钦佩北村透谷的大胆卓识和勇于反抗社会、追求自由的精神。在北村透谷的影响下，他写了不少具有浪漫格调的诗歌。在东京学习和生活期间，受到西方近代文明的洗礼，崇拜西方近代著名的文学大家，熟读了莎士比亚、歌德、拜伦、华兹华斯的作品，这不仅增强了他的文学志向，也确立了他以理性为基点追求自由、个性解放的新观念。不久，北村透谷自缢，岛崎藤村的家庭又连遭不幸，加之爱情的波折，他的心情变得灰暗。此时，他的第一部诗文集《嫩菜集》（1897）出版。这是一部歌颂青春、爱情、光明的浪漫主义抒情作品集，它以明媚的春天象征着新时代的到来，象征着诗人的自我觉醒，突破了古典诗歌的格调和形式，表现了近代的自我意识，在寓意朦胧、愁思淡淡的诗行中，拨响了寻求自由、解放的时代音符，散发出浓郁的时代气息。《嫩菜集》鲜明的时代感和浪漫的艺术风格，唤出许多新诗人的登场，汇成浪漫主义诗歌的新潮流。“新的诗歌时代终于到来了……谁都陶醉在光明、新声和理想之中。”（《藤村诗集·序》）以后，藤村又连续推出《一叶舟》（1898）、《夏草》（1898）和《落梅集》（1901）三部诗文集，完成了他作为近代日本浪漫主义杰出诗人的业绩。

1899年家族败落，他不得不独立谋生，去故乡信州从事教学工作，从此揭开了他创作生涯的新的一页。信州是日本山区，那里的人们单纯、质朴、勤劳，那里的自然景色绮丽动人。他在教学余暇，观察自然，体察民情，改变了原有的创作思想和风格，接受了西方19世纪现实主义、自然主义文学的影响，形成了凝重、细腻、冷静、客观的写实风格。他以当地生活为素材，描绘了民情民俗以及变革时代个人与家庭的纠葛。著名的有短篇小说《旧主人》、《草鞋》、《水彩画家》等。尤其随笔集《千曲川速写》（1911—1912）是他新创作的起点。它展开千曲川流域的风土人情，表现祖国山川的壮丽优美；又以人道主义思想描写农民的淳朴、勤劳以及与自然斗争的艰辛，勾画他们与地主之间的矛盾。藤村在《绿阴集·序》中写道：“想从自己周围开始，把映在眼里、感在心头上的如实写出来，我就先从农民粗杂的生活写生起步。”1906年发表的长篇小说《破戒》是他的代表作和现实主义杰作，也是“千曲川作品群”的总结。

1906年为了更好地从事文学事业，藤村辞去信州的教职，回到东京定居，开始了他职业作家的生活。然而在东京生活不久，三个女儿相继病死，几年之后妻子又死于难产。生活的不幸并未使他消沉，他顽强地在逆境中继续创作，写出一系列带有自传色彩的小说，其中长篇小说《春》和《家》最为有名。

《春》（1908）是藤村回东京之后的第一部重要作品，也是作家第一部具有自然主义倾向的作品。这部小说是作家青年时期生活的艺术实录，描写了“文学界”时代的个人生活和思想变化：有他初涉文坛时的才华崭露，有初恋失败的痛苦，有知心好友愤然自杀的悲剧，有家族的不幸，也有摆脱一切困扰后的新奋进。小说贯穿了“春”的主题，它不只是作品人物青春时代的象征，也反映了他们探索生活道路的艰辛、苦恼和悲惨。小说以主人公岸本（作家化身）为中心铺叙情节，与其他人物的多重情节线索交织起来。因此，它既有自传体自然主义小说性质，又有再现社会生活的社会小说特点。两者交合，体现了《春》创作的过渡性的特点。《家》被誉为日本自然主义文学的代表作，也是藤村最负盛名的一部力作。它是作家信州执教生活的艺术写照。小说紧紧围绕家庭的主题，描写围绕作品主线的青年作家小泉三吉及其家庭生活，以及以森彦为代表的小泉家族的生活和以种、正太为主的桥本家族的生活，揭示了日本近代资本主义势力的兴起对封建家庭形成的冲击和使之衰败的过程，也表现了一代青年人受新思想的影响，在困境中挣扎，寻求自立、自主和追求个性解放的努力，展示他们与老一代的矛盾和冲突。它是一部家族的衰落史。对生活深刻、真实的描写，对人物心理刻画的细致、动人，对家族血缘遗传因素的表现，使这部小说成为日本自然主义文学少有的力作。

满载作家荣誉的藤村多年来独自生活，因与侄女有了暧昧关系，不得不离开日本，移居巴黎。三年的法国生活使他的思想、精神都发生了变化。回国后，他写下记叙这段经历的小说《新生》(1918)，用道德忏悔的方式揭示自己的“隐私”，可以说是日本近代文学中少有的“心境小说”（自白小说）的佳作。

藤村回国之后，受到时代发展的冲击，逐渐放弃自然主义自传体小说的创作，转而专注于现实生活与社会发展。晚年的随笔、杂感与小说创作体现了这一转变的轨迹。短篇小说《风暴》虽写独居的父亲教养儿女的艰辛，但我们透过孩子的行踪可感受到新时代的气息，父亲最后无限感叹：“家里、家外，劲风都在吹。”用七年时间完成的长篇历史小说《黎明前》(1929) 是作家晚年的巨著，也是他复归现实主义文学的标志。小说以作家的父亲岛崎正树的一生为原型，把个人经历与时代变革融为一体，艺术地再现了日本近代黎明时期（明治维新）前后的变化。主人公青山半藏出生于当地的武士家庭，作为一个国学者，他在青年时期支持“讨伐幕府”运动，拥护明治维新，后又反对政府的山林国有化政策，为民请命，因而被革去镇长之职。于是他便孑然一身来到东京，参加政治改革，不满社会崇洋媚外的恶习，愤然献诗给天皇，因而被拘捕。之后他又远去山区，传播国学而失败。晚年回归乡里，精神失态，不久气绝而亡。青山半藏是一个来自民间的维新志士，他表达了人民大众的意愿。他为民请命，献诗给天皇，是为了“表达一个来自草野之间的无名山民的爱国忧民心情”。从他追求和探索，到失意与死去，反映了明治维新前后的历史动向：以人民为动力而取得胜利的天皇政府，又以牺牲人民利益为代价推行自上而下的“维新”改革。小说围绕着主人公的活动，广泛地描绘了当时的各个历史事件，诸如民众欢庆“倒幕”的胜利，明治政府背离民意的措施遭到山民的反对，从而导致民众骚动与暴乱等，增强了作品的历史感和时代气息。《黎明前》是一幅内容丰富、场面宏伟、历时较长的历史画卷，它语调舒缓，娓娓动听，叙述平静、深刻、亲切，富有诗意，是日本近代文学中杰出的历史小说，被称为昭和时代里程碑式的作品。

藤村积极参加文学活动，曾创办过妇女刊物《处女地》。1935 年，他任日本“笔会”第一届主席，第二年赴南美参加国际笔会大会。回国途中曾到法国，后又来到中国上海，正值鲁迅逝世不久，他到鲁迅故居凭吊，表达日本作家和人民对鲁迅的敬意。1937 年，日本全面发动侵华战争以后，时局险恶，日本进一步法西斯化，尤其 1941 年太平洋战争爆发之后，在政府高压政策之下，作家没有创作自由。藤村不仅顽强地坚持创作，而且曾经拒绝参加官方设立的帝国艺术院，不愿与军国主义政府同流合污，表示“任何时候都做一名文学者的希望”。继《黎明前》之后，新的一部历史小说《东方门》开始创作，但新作尚未完成，藤村于 1943 年盛暑 8 月突然病逝。

藤村在漫长的生活道路上，一直遵循不断探求、不断更新自我、紧跟时代发展动向的原则。他正像他所欣赏的法国印象派大师塞尚的名言一样，“我每天都在进步”。他在文学上从浪漫主义抒情诗人起步，到 20 世纪初成为自然主义文学大家，后来又在日本文学多元化发展时期成为现实主义小说家，可以说体现了日本近代文学的发展历程、趋势和特点，是日本近代文学史上重要的、有代表性的作家。

藤村在回忆创作《破戒》时谈道：“在小诸市生活的七年里，曾听到山区里一位部落民教育工作者的传闻，他的悲惨命运促成了我的写作。因而在我心中也勾画出了人物的形象。小说里的丑松这个人物在现实生活中并没有直接的原型。但是，他却在无知无识的人群中生活着，又以人性觉醒的青年姿态出现，他的悲哀深深地吸引了我。”从中可以看出，《破戒》是作家感时而发的作品，是他目睹部落民（秽多）的不幸遭遇之后，在人道主义情感支配下创作出来的。它是作家深入生活，以艺术典型化为手段，以现实生活为基础写成的作品。它虽然被称作日本近代自然主义第一部代表作品，但它既不同于作家此后以自传为主的《春》、《家》和《新生》，也不同于田山花袋的《棉被》，而是带有鲜明的现实主义倾向。

作品情节简单，写的是山区小镇饭山一个出身部落民的青年教师濑川丑松的生活。他自幼受到父亲的告诫，要隐瞒自己的“部落民”身份，以免遭到社会的迫害。他为人正直、善良，工作勤奋能干，在学校受到学生的爱戴，但却遭到校长、督学的嫉恨和排挤。他深受同是部落民出身的思想家猪子莲太郎的影响，要做一个诚实的、人格完整的新人，向社会公开坦白自己的出身。可是他又缺少勇气，惧怕社会的压迫，所以行动迟缓，犹疑不决，思想矛盾重重。后来父亲在牧场暴亡，猪子惨遭政敌暗杀，使他猛醒，决心以自我忏悔的方式公开自己的部落民出身。然后，在情人阿志保的安慰及友人银之助的帮助下，丑松去了异国他乡寻找生活的“乐土”。

丑松生活在封建等级身份制严格的社会里，自幼饱尝等级偏见和压迫的痛苦，痛感社会给予部落民的不平等待遇。他虽有愤愤不平之气，但又十分惧怕社会上保守势力的迫害。他遵从父命，严守出身的秘密。然而他又是一个具有新时代意识的青年，不愿忍受屈辱的生活，决意要做一个真诚、坦率、性格完整的新人，尤其渴望民主与人权：“我是社会的一员，和别人一样，有生存的权利。”因此，父亲的告诫和猪子的感化成为他思想变化历程中两个磁力相反的磁场，使他在守戒与破戒之间摇摆不定，陷入了苦闷、矛盾、彷徨的思想境地之中。父亲死后，猪子又被残害，这大大震撼了他的心灵，使他从犹疑、苦恼之中挣脱出来，以公开坦白自己出身的“秘密”，完成了自我觉醒。他的觉醒以付出巨大的精神痛苦为代价，觉醒之后也没有彻底摆脱内心的苦恼。他那种忏悔式的自白、迟疑徘徊的表现，都说明在强大的保守势力面前，明治时代的知识分子的软弱。丑松的觉醒不但是一种个性解放的要求，更是与部落民的人权解放要求相结合的，因此更具时代的特色和深刻的社会内涵。

小说以浓墨重笔和抒情格调描写了丑松觉醒前后的悲伤和惆怅，构成了作品的主调，即“觉醒者的悲哀”。自然，这种悲哀的情调是人物自身的思想、情感发展必然形成的特点，同时也是作家藤村在自我近代化过程中的感受，他把这些化在作品和人物身上了。

《破戒》以丑松破除父亲戒约的思想觉醒为故事的主干，同时还广泛生动地再现了日本近代社会的乡镇生活。饭山是个山区乡镇，一片破败、贫困、凋敝的景象，虽然表面平和、宁静，却深藏着尖锐的矛盾和你死我活的格斗。同时，近代化的设施也逐渐完善，镇议会、学校、公路、邮电等，与落后、保守的乡镇生活形成对照，构成了一幅独特的日本近代社会的画面，即封建性的乡村生活与肤浅的资本主义化文明的混合。乡镇的教育事业被保守势力的代表——庸俗的校长和督学之流把持着，他们嫉贤妒能，思想保守，排斥异己，把学校纳入“军队的风纪”之中，维护“忠君孝国”的信念，反对民主、进步与人权的思想。政客高柳利三郎是个恶棍、投机者，为了当上议员，他不惜一切手段，甚至雇用打手，把揭露他的秘密的思想家、社会活动家猪子杀害。莲花寺的住持虽在佛门，却贪图女色，甚至要染指养女阿志保，引起家庭的纠纷。而社会上善良的人们则遭到不幸，不断地挣扎、反抗和追求。不论是阔佬大向日，还是小学生仙太，都因出身部落民而无辜遭受社会的歧视与迫害。青年教师银之助思想进步、为人正直，却受到校方的压制与排挤，不得不另谋出路。思想家猪子敢于为部落民的人权、社会的正义奔走呼号，最后却惨死在政敌的手下。小学教师风间敬之进忠厚、老实，生性懦弱，年老退休之后，被校方无情地扫地出门，成为沉落在社会底层的小人物。《破戒》是社会的广角镜，它把具有时代特点的人物和画面尽收笔下，让读者得到充分的感受。

《破戒》在艺术上并不拘泥于自然主义的逼真和琐细，它有虚构、想象和夸张的描写。

丑松的形象虽有现实生活中的具体人物为依托，但他的塑造是以作家观察现实生活为基础的，特别融进了作家自身的生活体验，他是一个具有时代特点和个性色彩的人物。作家是位诗人，除了客观、真实描写之外，还善于运用抒情笔法，传达人物感情、渲染气氛。丑松举步迟疑、逡巡摇摆的性格和他思虑深重以及总摆脱不掉的悲愁、哀婉之情，造成了作品的感伤主义情调，烘托出“觉醒者的悲哀”的主调。作品景物描写生动多彩，乡镇的寂静、寺院的钟声、山区牧场的荒凉以及富有传统色彩的山镇习俗，使作品呈现出一派田园风光并充满乡土色彩。加之文体的精美，语言的细腻、流畅、生动、清新、自然，大大增强了小说的艺术魅力。

《破戒》所具有的文学新观念和新手法，尤其是它对近代意识的追求与体现以及广阔的生活视野，使它赢得了广泛的称赞，被认为是社会的“问题作品”。夏目漱石在《致森田草平书》中高度评价了这部作品：“明治时代要说有了真正的小说，当然是《破戒》。”岛村抱月在《评〈破戒〉》一文中指出：“《破戒》是我在近代文坛上的新发现，我对这部作品怀有一种特殊的感情，觉得有此一作我国的小说界才达到一个更新的时期。由于这部作品的出现，我开始觉得欧洲近代自然主义社会小说具备的生命力，在我国文坛上也同样存在了。”

第四节 夏目漱石

夏目漱石（1867—1916）是日本近代著名作家。他在日本自然主义文学兴盛时期，与其针锋相对，以不同的文学观开拓自己的文学道路，完成了一位大作家的光辉业绩。

夏目漱石本名金之助，1867年生在武士家庭，明治维新之后家道败落，从小被送到盐田家做养子。他的童年是在养父家度过的，因养父母不和，他的生活异常痛苦。漱石自幼好学，在中学时期就深受汉学的熏陶，对汉诗文和小说极为爱好。1888年中学毕业后入大学本科英文专业，专习英国文学。这个时期他曾致力于汉诗文的创作，后蒐为一集，名为《木屑录》。该书序文表明“予有意于以文立身”。

大学毕业后，漱石在松山、熊本等地从事教学工作，并受到正冈子规影响参加俳句改革运动。1900年他被政府派往英国伦敦深造。在异国，他度过了两年“不愉快”的生活，用苦读和钻研学问送走孤苦、寂寞的日子。他从事文学理论的研究，以心理学、社会学的观点探索文学的规律；也研究英国文学的发展，尤其倾心于英国斯威夫特、奥斯汀、梅瑞狄斯等作家。后来他将这些研究成果写成《文学论》（1907）和《文学评论》（1909）两部著作。他1903年回国，在东京从事教学工作。

正当自然主义兴起之时，漱石于1905年完成第一部长篇作品《我是猫》。小说以独特的艺术风格、强烈的讽刺和批判精神惊动了日本文坛。此后他又连续发表《哥儿》（1906）、《旅宿》（1906）等众多作品，显示出多方面的才能，成为世人所瞩目的重要作家。1907年，他接受朝日新闻社的邀请，辞去教职，成为该社文艺专栏作家。他以更顽强的精神、勤奋的态度进行创作，先后发表十余部作品，几乎每年都要完成一部力作。由于过分劳累，积劳成疾，1909年患了严重的胃病，多次危及生命，不得不住进医院治疗。但他仍拖着病体，坚持创作，直至生命最后一瞬。1910年，他拒绝了天皇政府授予的文学博士称号，表现出一个富有正义感的作家骨气。1916年正当他执笔创作长篇小说《明暗》之时，病情恶化，治疗无效，于当年年底病故。

漱石晚年文名大振，被许多青年文学家颂为"人生导师"。他组织文社，举办"星期四聚会"，培养了一批有志于文学的青年，使他们成为有名的作家，如芥川龙之介、久米正雄、武者小路实笃、志贺直哉等人。他为日本近代现代文学的发展作出了积极贡献。

漱石一生作品甚丰，有诗歌、小说、评论、随笔等等，尤以小说成就最为突出。他共创作了十几部中、长篇作品和为数不少的短篇佳作，可以说这些作品耗尽了他一生的精力。他的创作生涯先后只有十余年，却经历了三个时期。

第一个时期是他作为业余作家的创作时期。他的第一部小说《我是猫》打开局面之后，他又连续发表了众多的作品。《哥儿》是依据他从事教学工作的经验写成的一部现实主义作品。小说通过一个青年知识分子"江户子"从事半年教育工作的经历，批判了教育界的腐败与黑暗。主人公"哥儿"诚实、憨厚、富有正义感，最后联合另一个有正义感的教员，痛打了教务长，发泄了自己心中的愤恨。小说还发展了《我是猫》的讽刺艺术的特点，吸取了民间艺术"洒落本"的用语，诙谐、幽默，富有情趣，深受日本人民的喜爱。以后漱石又创作《一百二十天》、《疾风》等短篇小说，表现了他干预社会生活和热烈希望改革社会的精神。另一方面，他也表现了一种唯美的、浪漫的倾向，写出了一系列梦幻式的作品，如随笔《伦敦塔》、《幻影之盾》、《薤露行》等，充满异邦情调和抒情、浪漫的色彩。1906年创作的中篇小说《旅宿》是这一倾向的集中表现。它通过画师的眼睛，描绘了一个超脱世俗的美的世界，使作品呈现出一派"世外桃源"的景色。总之，这一时期他对各种文学倾向都很关心，创作出各种类型的作品，表现出绚丽多彩的艺术风格，但是关注现实、描写社会，仍是他创作的基本倾向。

第二个时期是他辞去教职以后开始步入职业作家的创作时期。第一部长篇小说《虞美人草》（1907），集中批判了随日本资本主义发展而来的社会风气的腐化，揭露了拜金主义与利己主义的风气。1908年至1910年创作的《三四郎》、《后来的事》和《门》，构成了描写近代日本知识分子生活的三部曲。《三四郎》描写生长在山村僻地的青年三四郎，怀着青春的希望来到东京上大学。半年大学生活，使他领悟到世间的艰辛与不幸，目睹了大学教育的弊端，尤其是遭到他爱慕的新女性美祢子的拒绝，使他更感到幻想的破灭。《后来的事》刻画了一个旧式家庭的逆子代助的形象。他出身于富有的世家，但与身为官商、思想保守的父亲格格不入，可又依仗家庭供养过着悠闲的生活。不久他与旧日情人、嫁给友人平冈的千代子相遇。他不顾社会的阻力和家族的反对，要与千代子结合。但他又抵抗不了金钱主宰一切的社会压力，无力摆脱与家庭的联系去自寻出路，深陷于矛盾、苦恼之中。最后，他觉醒了，要自立于社会，在寻求职业的烦恼中小说结束。代助体现了日本近代知识分子的觉醒与反抗。他强烈地抨击了日本近代社会的现实："连一寸见方的光明之处都看不到。”他指责日本是“与牛竞争的青蛙”，迟早会“破腹”的。《门》描写一个小官吏宗助得到朋友妻子阿米的爱情，在穷街陋巷中居住，过着小市民的平庸生活。他虽然得到爱情的满足，却体会不到个性自由和生活的幸福。家庭生活的穷困和爱情纠葛所引起的内心道义上的内疚，使他心情郁闷。他为寻求精神解脱，去镰仓参拜佛门，但是终究与佛门的大彻大悟相距甚远，他感到自己是一个“站在门旁等待落日的不幸的人”。悲观、失望的情绪笼罩着作品，表现出一个个性觉醒者的悲哀。《三四郎》、《后来的事》、《门》尽管人物各异，情节不同，但是贯穿了一个中心主题，即反映日本近代知识分子思想成长、变化——追求、反抗、破灭——的历程，三部作品心理描写都十分出色，勾画了知识分子复杂、矛盾、敏锐的心理状态，显示出漱石精于心理分析的艺术才能。

1909 年进入作家的晚年时期。他患了严重的胃病，身体虚弱，这影响了他的精神的健康。1910 年“大逆事件”的发生，使日本呈现出一片黑暗，加重了作家的悲观情绪，作家以此步入他文学创作的第三个时期。这个时期他在艺术上更加娴熟精当，在思想上更加深沉和敏感。他从西方人道主义和东方禅学思想出发，提出一系列社会改革的主张，中心是用道德、伦理净化心灵，规范行动。他首先斥责了日本近代的文明开化，认为它是一种畸形的社会状态，是在西方文明的强烈刺激之下的“外发”，而不是植根于日本社会土壤的自然生成的“内发”。（参见《现代日本的开化》）其次，面对情欲横流的日本近代社会，他提出了“以自己为本位”的社会改革主张，要求实现确保个性完整的理想社会。（参见《我的个人主义》）同时，他还强调道德、伦理观念的重要，提倡富有哲理意味的“法天去私”的律己责人的伦理信条。（参见《明暗》）他的理想社会观念和道德伦理思想与日本近代社会相距甚远，因而他感到现实生活黑暗、沉重，晚年作品更增添了幽暗的色彩。

漱石晚年也创作了不少作品，有带有自传色彩的小说《路边草》（1915）、随笔《玻璃门内》（1915）等，还有三部曲《春分之后》（1912）、《使者》（1912—1913）和《心》（1914）以及未完成的小说《明暗》。它们显示出作家的风格变化：文笔凝重，描写苍劲有力，深入探索近代知识分子的苦恼、孤独以及义理与自私矛盾的心理，突出了知识分子的孤独感和悲观情绪，形成了鲜明的心理剖析和哲理探索的艺术倾向。《路边草》描写作家个人与封建家族的矛盾，最后得出绝望的宿命论的观点：“现世能够料理好的事情几乎没有。一件事情只要发生便不知继续到何时，并且以各种形式变成别人或者自己都无法解决的了。”小说《心》的主人公“先生”识破了人世的辛酸和人们自私自利的阴暗心理，过着与世隔绝的孤独、寂寞的生活，自身又背负着在爱情纠葛中背离友人的道德上的自我谴责而异常苦恼，深深感到落后于时代，最后以自杀了却了痛苦的一生。“先生”的孤独感和矛盾心理正是日本近代化时期知识分子的内心写照。《明暗》是心理小说的典范，它通过津田、阿延、清子、阿秀等人物的家庭和爱情的纠纷，揭示了隐藏于人物心底的利己主义思想，情节集中，描写细腻，充分暴露了人们灵魂中的卑劣。由于作家病故，作品只写出了丑恶的“暗”的部分，而显示善良、光明的“明”的部分未能完成。

在日本近代作家中，漱石是少有的严肃作家。他目光敏锐，笔锋犀利，勾画了日本明治社会的种种丑态，具有鲜明的现实主义倾向。但他思想较为消沉，对现实有绝望情绪，尤其晚年更为严重，因此在他的作品中总存在一个孤独、愤世、悲观的影子。

1905 年发表的长篇讽刺小说《我是猫》是夏目漱石的出世之作，也是他的代表作之一。作品没有完整的故事情节，以猫为故事的叙述者，通过它的感受和见闻，写出它的主人穷教师苦沙弥及其一家平庸、琐细的生活，以及他的朋友迷亭、寒月、东风、独仙等人经常谈论古今、嘲弄世俗、吟诗作文、故作风雅的无聊世态。作品还巧妙地写进了邻家金田小姐的婚事引起的风波，并把它贯穿于作品的始终。资本家金田的妻子为了选婿，到苦沙弥家里打听理学士寒月的情况。苦沙弥有些慢待，于是招来金田家的各种迫害，他们先是指使一伙人侮辱谩骂苦沙弥，接着唆使苦沙弥的同事进行报复，以后又买通小学生闹事，最后还叫苦沙弥过去的同学对他进行"规劝"与恫吓。

小说围绕金田小姐的婚事，有力地揭露了富有资产者的丑恶，批评拜金主义的风气。金田老爷是靠高利贷起家的，"穷凶极恶、又贪又狠"。他发财致富的"秘诀"是"要精通三缺"，即缺义理、缺人情、缺廉耻。他财大气粗，依势压人，面目可憎。他是社会上的"无冕之王"，他有让人"生就生、死就死的本领"。这充分暴露了日本近代资本主义社会金钱主宰一切的现实。"猫"也发现了社会的真相："我现在明白了使得世间一切事物运动的，确确实实是金钱。能够充分认识金钱的作用，并且能够灵活发挥金钱的威力的，除了资本家诸君之外，再没有其他的人物了。"

作品除了有力地批判资本家、金钱势力之外，也尖锐地批判了明治政府的暴力工具警察。

作品中的知识分子极为鄙视警察和侦探，苦沙弥痛骂"侦探是和小偷、强盗一个族类的东西，奇臭无比"。侦探"为了搜索证据，什么都做得出来"，"他甚至罗织虚构，陷害良心"。近代的日本是一个军国主义气味浓厚的国家，它广布警察和密探，钳制人民的行动，禁锢人民的思想。小说把矛头指向日本明治政府的军警统治，不能不说作者思想敏锐、目光犀利。

作品重点是描写以苦沙弥为代表的日本近代知识分子形象。他们正直、善良、鄙视世俗，不与败坏的社会时尚同流合污。穷教师苦沙弥对金钱与资本家的仇恨甚至到了"顽固不化"的程度。美学家迷亭一有机会便讽刺金田等资产者和社会一切弊端。他们不满现实，揭露时弊，挖苦世俗，从不留情。在他们尖刻、讥讽的语言中，表达了处在黑暗、不幸之中的人民愤懑的情绪。然而他们也有种种弱点甚至不良倾向。苦沙弥不谙"世道"，在与金田的斗争中虽有"雄壮"的"架势"，但一交锋就成了"银样镴枪头"；迷亭轻浮说谎、玩世不恭，往往故弄玄虚、哗众取宠。他们胸无大志、无所事事、自命清高，却又过着平庸、无聊的生活。这种矛盾的生活状态和性格特点，正是当时既不满上流社会，又不能与人民为伍的中下阶层知识分子的典型形象。作家来自这个阶层，在对他们进行辛辣讽刺的背后，也隐藏着自己的苦闷与悲哀："比起嘲笑他们来，我更嘲笑我自己，像我这样嬉笑怒骂是带有一种苦艾的余味的"。

《我是猫》是日本近代文学中一部视野广阔、描写深刻、贯穿着批判精神的讽刺小说。

它的艺术形式独特。小说的"我"（猫）是虚构的形象，它不仅有动物的习性，也有人的思想意识。在作品中，"猫"是叙事者，也是评判者，事事通过它的目光表现出来，起到了多方面的作用，因此"猫"的见闻和议论就构成了作品的内容。作品没有完整曲折的情节，也没有一般小说那样严谨的结构，正如作品初版序言中所说："《我是猫》像海参一样，不易分辨哪儿是它的头，哪儿是它的尾，因此随时随地都可以把它截断结束。"小说舒展自如，叙述流畅。这种艺术构思受到了德国浪漫主义小说家霍夫曼的《雄猫穆尔的生活观》的启示。

《我是猫》又是以讽刺辛辣著称的。作者继承和借鉴了日本俳谐文学和西方（尤其英国）讽刺小说的传统，善于运用风趣幽默、辛辣讽刺、夸张漫画式的方法进行揭露和批判，语言诙谐有趣。如对金田夫妇外貌的描写，就用了漫画夸张的手法，达到了讽刺效果。作家还善于运用突兀的滑稽手法达到批判的目的，正如作家所云："一顿胡说八道，竟会叫人信以为真"，"激起滑稽的美感"。如迷亭信口吹嘘意大利画家如何画自然从写生做起，苦沙弥信以为真，照章做起。后来迷亭又说这是胡诌捏造出来的，是一场笑话。这段令人发笑的幽默描写，让人感到滑稽可笑，同时使人体会到迷亭玩世不恭、戏弄别人的不良作风和苦沙弥愚直迟钝的性格特点，也使人认识到他们生活的空虚、无聊。应当说，作品幽默、诙谐的风格，处处闪烁着作者机智、讽刺的天分。

《我是猫》艺术精熟，自然流畅，诙谐幽默，表现了作家高超的艺术造诣。但是它也有结构不够紧凑、议论较多、描写中有油滑低俗之弊。然而，毕竟瑕不掩瑜，它是日本近代文学少有的讽刺文学的典范之作。

第五节 朝鲜"新小说"

朝鲜"新小说"产生于19世纪下半叶的启蒙时期，是在继承18、19世纪古典小说近代因素的基础上发展起来的，有人称之为"启蒙小说"。

19世纪末20世纪初，朝鲜各地展开反对日本帝国主义的义兵运动和反对封建专制的启蒙运动。"新小说"就是在这个爱国文化运动的浪潮中诞生的，它与近古时期的旧小说在内容上和形式上有明显的不同。"新小说"的内容主要是反封建和反侵略的，揭露封建统治的黑暗，反对封建礼教，主张新伦理道德和自主独立。"新小说"以社会事件为素材，比较真实地反映当前的社会现实，刻画现实中的人物，在细节描写上比旧小说真实和细腻。在叙述方式上，"新小说"也摒弃旧小说那种一开头就用"话说"、"却说"之类的套式，而改为直接描写小说的环境或者马上展开情节。在描写手法上，"新小说"克服了旧小说虚幻的、非现实的手法，而直接以当时的现实作为描写的对象，因此情节的发展合乎逻辑，人物的性格刻画也更有真实感。"新小说"还打破了旧小说"劝善惩恶"、"苦尽甘来"的思想框架而具有更广阔的社会内涵。近古时期旧小说所使用的语言一般是汉朝混用体，而"新小说"则只用朝鲜语，把日常生活语言变成文学语言，尽量少用汉语词汇和典故，因此言文是一致的。然而，"新小说"与现代小说相比，还是保存了旧小说的很多缺陷，如主题的劝善惩恶性、人物性格的公式化、缺乏中心情节、人为的故事结局等。

"新小说"的繁荣期是从1906年到1910年，前后不过五六年，代表作家作品有：李人植的《血之泪》、《雉岳山》、《鬼之声》，李海潮的《自由钟》、《鬓上雪》、《驱魔剑》，金教济的《显微镜》，安国善的寓言小说《禽兽会议录》等。

李人植（1862—1916）是朝鲜第一位"新小说"作家，号菊初，京畿道利川郡人。1900年留学日本，毕业于东京政治学校。他回国后曾历任《国民新闻》、《万岁报》总编和《大韩民报》社长等职。他任总编时，《万岁报》是卖国政府的御用报纸，所以他政治上是有污点和弱点的，这在他的作品《血之泪》中有所反映。但是他在文学上的成就还是不可否认的，他是第一位具有现实主义倾向的小说家，而且还参与创办了朝鲜最初的剧场“圆觉社”。

中篇小说《血之泪》（上篇写于1906年，下篇写于1907年）的主题思想是读书救国、自由恋爱、男女平等。这个主题思想是通过主人公金玉莲、具宛书、金观日等的具体形象表现出来的。小说总的思想倾向是亲日排清的。甲午战争使金观日家破人亡，女儿金玉莲在平壤牡丹峰下被日军打伤，日本红十字会护士发现后把她送往日军野战医院，日本军医井上少佐不但救了她，还收她为养女，送她到日本大阪学习，后来还留学美国。玉莲把井上的妻子视为自己的亲妈，亲日的倾向相当明显。至于对清军的描写则全是负面的，把清军描写成掠夺者，恣意掠夺朝鲜人民的财产。作者还把朝鲜遭受外来侵略说成是没有文明开化的结果，这都反映了作者立场和思想的局限性。

《雉岳山》（上卷是李人植写于1908年，下卷是金教济写于1911年）着重写洪参议家庭中后妻金氏与前妻儿子洪哲植夫妇的矛盾冲突，反映封建阶级家庭内部新旧思想的对立。洪哲植是文明开化思想的代表，他不顾父亲的反对去日本留学接受新思想，但回国后他并不关心当时朝鲜民族的反侵略斗争而忙于赴任加平郡守之事。这说明他的文明开化思想是有局限性的。小说通过洪参议封建家庭的没落来表现守旧派的失败和开化派的胜利，但开化派的所谓胜利也只是对某些封建保守思想而言，对外国的侵略则一点没有触动。小说的文体文风也还没有完全摆脱近古小说的框框，结构上过于集中在雉岳山一个点上；但对人物的刻画还是比较生动细致的，语言方面言文一致，比较接近现代小说。

《鬼之声》（1907）的思想倾向类似于《雉岳山》，但在表现时代精神和反抗精神方面比后者强些。小说除揭露蓄妾制所造成的家庭矛盾和社会矛盾外，还通过贵族家庭出身的金承旨和市民阶层出身的姜同知的阶级对立反映封建社会的阶级矛盾和市民阶层对封建贵族的个人反抗。小说在细节描写的真实性上和人物性格的塑造上，比近古小说已前进了一大步。

“新小说”的另一个奠基人是李海朝（1869—1927），京畿道抱川郡人。他一共创作了三十多部作品，主要的有《鬓上雪》（1908）、《驱魔剑》（1908）、《自由钟》（1910）、《牡丹屏》（1911）、《花之血》（1911）、《月下佳人》（1911）等。另外还有根据古典小说改写的《狱中花》（1912）等。

长篇小说《自由钟》是李海朝的代表作。小说以众妇人在一妇人的生日宴会上讨论问题来展现反封建的主题，所以小说的副题叫“讨论小说”。登场的人物都是开明的贵妇人，她们反对封建等级制度，倾向于资产阶级的民主自由。小说分两个部分：第一部分是众妇女的讨论，通过妇女们的议论表达作者反封建、向往文明开化和国家独立的理想；第二部分是众妇女的做梦，通过她们的梦境寄托作者“反对封建，要求文明开化、民主独立”的社会政治理想。但作者只是提出梦想而已，并没有指出实现梦想的途径。小说以两个部分双线进行，缺乏连贯的情节，也不重视人物性格的塑造，这是其不足之处。但它能把政论性和抒情性结合起来，在思想倾向性和政治气氛方面显得比其他小说更为突出。

反封建是“新小说”的重要主题，金教济的小说《显微镜》（1912）也不例外。小说的历史背景是启蒙运动蓬勃开展起来的朝鲜封建时代的末期，其基本情节如下：女主人公金冰柱的父亲因甲午农民战争而受株连，全家遭殃，财产被没收。这都是恶霸地主郑承旨和他的叔父法部大臣一手制造出来的。小说以冰柱为父报仇作为基本情节，揭露和批判封建统治阶级的残暴和贪婪，显示开化思想的胜利。小说仍旧表现出作者的局限性，没有摆脱旧小说“劝善惩恶”的思想框框。作为正面形象的冰柱没有很好地体现时代的精神，而代表开化派的李卸办等人也没有成为情节的中心，显得缺乏群众基础，未能成为反封建的社会推动力量。

安国善（1873—1926）的《禽兽会议录》（1908）则别具一格，它在“新小说”中开寓言小说之先河。整个小说采取寓言的形式通过各种禽兽在会议上的言行，揭露人的兽行，用拟人化的手法讽刺当时社会的丑恶现象和阴暗面。小说借助寓言形式揭露了日本帝国主义的侵略暴行，批判依附日本帝国主义的封建统治阶级的卖国行径，同时也谴责在民族危难之际不起来反抗的人们。拟人化的禽兽的讽刺和诙谐的语言、会议记录式的结构，使这部小说具有自己的艺术特色，对其后的寓言小说创作起了促进作用。

总之，“新小说”从资产阶级立场出发，艺术地反映了当时社会的反封建思潮，主张文明开化和实施新教育，渴望自主独立，这是其积极的一面。但是，它的反封建是不彻底的，而资产阶级的民主自由也只停留在口号上，没有实际行动，同时也较少涉及当时的民族矛盾——日本帝国主义的侵略，这是其不足的一面。尽管存在局限性和不足，但对“新小说”在朝鲜近代文学中的地位、作用和贡献还是应予充分的肯定。它是从近古小说向现代小说过渡的重要桥梁，为现代小说的创作打下了基础。

思考题

1. 请说明日本近代文学发展的四个时期。
2. 二叶亭四迷在日本近代文学史上的地位和贡献是什么？
3. 分析《破戒》的思想内容和艺术特点。
4. 《我是猫》的思想意义何在？
5. 概述朝鲜“新小说”的主要贡献。

第二章 近代东南亚文学

第一节 概述

东南亚文学的近代时期始于 19 世纪中期，止于 20 世纪初期，前后不过半个世纪左右，但在东南亚文学发展史上却占有重要的地位。它是从封建旧文学迈向民族觉醒时代反帝反封建新文学的一个过渡阶段，起着承前启后和继往开来的历史作用。

东南亚国家的社会发展受到西方殖民主义的严重阻挠和扭曲。16 世纪初，西方殖民主义者开始染指东南亚，葡萄牙打头阵，于 1528 年灭盛极一时的马六甲苏丹王朝。紧接着西班牙于 1565 年在菲律宾建立了第一块殖民地。随后，英、荷、法、美等国也蜂拥而至，加入争夺东南亚殖民地的斗争中。到 19 世纪下半期和 20 世纪初期，除泰国作为西方各殖民势力的缓冲国外，整个东南亚被瓜分完毕。越南、柬埔寨、老挝先后沦为法属殖民地；缅甸、马来、新加坡、北加里曼丹成为英属殖民地；整个印度尼西亚则成为荷属殖民地；菲律宾虽于 1898 年曾摆脱西班牙的殖民统治而取得短暂的独立，但很快又于 1901 年沦为美国的殖民地。所以东南亚封建社会的解体并非由内部的资本主义因素引起的，而是外部殖民主义势力侵略的结果。东南亚从此便由封建社会转入了半封建的殖民地社会。

19 世纪下半叶，东南亚国家已经全面殖民化，社会、政治、经济、文化都发生了深刻的变化，其主要表现如下。

其一，东南亚国家成了西方资本主义国家资本输出的场所、商品倾销的市场、廉价劳动力和原料的来源，整个东南亚殖民地经济被纳入了世界资本主义的经济体系，从而打破了封建自然经济的长期统治，逐步走向市场经济。

其二，为了适应和满足资本主义市场经济发展的需要和强化对殖民地的全面控制，殖民统治者建立了全国统一的近代化行政管理体制，从客观上结束了封建割据、各自为政的分治局面，为形成统一的民族国家奠定了初步基础。

其三，殖民统治者出于自身发展的需要不得不从原住民中培养能掌握近代知识和生产技能的人，这就为东南亚国家造就了第一批受西方教育的新型知识分子阶层和近代产业工人阶级。他们以全新的面貌开始登上东南亚近代历史的政治舞台，从自发到自觉地扮演着民族觉醒先锋队的角色。

其四，全面殖民化的结果加速了西方文化的全面渗透，使东西方文化发生猛烈的冲撞，西方文化的影响逐渐占据主导地位。东南亚殖民地的知识分子在接触西方文化的人文主义、科学民主、自由平等思想之后，开始以新的思维方式重新审视自己民族的命运和出路，对本民族的旧文化、旧思想展开批判。他们中的先进分子成了新文化的启蒙者和民族觉醒的先驱者。

其五，全面殖民化的结果也不可避免地导致东南亚各国与西方殖民统治者之间的民族矛盾日益激化，民族起义和反抗殖民统治的斗争此起彼伏。在越南，1885 年掀起了抗法的“勤王运动”，后来又出现“维新会”、“东京义塾”、“越南光复会”等政治活动，宣传新思想，鼓吹维新变法，以达救国之目的。在菲律宾，1869 年出现“教会菲律宾化运动”，1872 年爆发甲米地船坞工人和士兵抗人头税的武装起义，1896 年又爆发震撼殖民统治的卡的普南武装起义。在缅甸，1885 年被英国全面占领后，缅甸人民的抗英武装斗争从未停止过，一直延续到 20 世纪初。在印度尼西亚，1873 年爆发的“亚齐战争”也一直持续到 20 世纪初，给荷兰殖民统治者以沉重的打击。

以上表明，东南亚的近代时期是整个殖民地社会的转型时期，是现代民族觉醒的准备阶段。这也表现在其文学发展的过渡性上。这个时期，新旧文学并存而不相容。新文学尚处于萌芽阶段，旧文学则像百足之虫，死而不僵。新文学与旧文学的主要区别在以下几个方面。

第一，从性质上看，与封建旧文学不同，新文学属于新兴的资产阶级民族民主革命文学的范畴，具有反帝反封建的性质。

第二，从内容上看，新文学摒弃了旧文学脱离现实生活、以神话传说和宫廷宗教故事为基本题材的传统，改为以现实生活为创作的基础，直接反映殖民地社会的民族矛盾和阶级矛盾。

第三，从形式上看，新文学不再沿用旧文学一成不变的旧体诗和旧传奇故事的式样，开始借鉴西方文学的新式样，特别是西方的近代小说，不少作家的创作是从翻译改写西方近代小说入手的。

第四，从语言上看，新文学是面向市民阶层的，因此在文学语言上放弃远离人民大众的古典文学语言而采纳更接近人民大众的通俗语言，使文学更加贴近社会现实。

新文学的兴起，是 19 世纪下半叶东南亚殖民地社会向现代逐渐演变的结果。市场经济的发展加快了城市化的发展步伐。市民阶层的不断扩大，为新文学的产生和成长创造了必要的条件，因为只有他们才需要也可能接受新文学，同时也只有他们中受西方教育的知识分子才具备从事新文学创作的条件。此外，19 世纪下半期兴起的印刷出版业和近代报刊业，不但给新文学提供了生长的土壤，还造就了写作人才，不少近代作家是报界出身的。其中马来语国家的华裔尤其发挥了重要的作用，他们不但用通俗马来语大量翻译、改写中西方的文学名著，而且还进行大量的文学创作，对促进马来语国家文学向现代化发展做出了直接的贡献。

总而言之，西方文化的影响和反抗殖民压迫的民族斗争是直接推动东南亚近代文学发展的基本因素。

对西方文化影响第一个做出强烈反应的是马来作家阿卜杜拉·门希（详见本章第二节），他以满腔热情向西方文化欢呼，通过自己的作品极力颂扬西方文化的先进性，猛烈抨击本民族封建文化的落后性，在马来社会中引起了强烈的反响。但他的西方文化启蒙宣传并非出自民族意识的觉醒，因此也有其负面影响。

第一个以新文学作为武器向西方殖民统治者发难的是菲律宾的黎萨尔（详见本章第三节）。他可以说是东南亚也是亚非反帝反殖文学的第一位旗手。他充满爱国激情的诗歌和深刻揭露西班牙殖民统治者丑恶嘴脸的长篇小说，不但激励和教育了菲律宾的几代人，也为亚非的反帝反殖文学树立了光辉的典范。

东南亚各国的近代文学就是在这样的时代和文化背景下成长和发展起来的，但其发展不平衡，有先有后，有快有慢。

越南的近代文学是在抗法“勤王运动”的怒潮中诞生的，许多作家和诗人，如阮春温、阮光碧、潘文治等就是“勤王运动”的爱国将领或者积极参加者。著名的盲诗人阮廷瘤，还有阮劝、秀昌等虽未亲赴沙场，但也都以文学为武器参与抗法斗争。爱国主义和反殖斗争成为越南近代文学的基调。“勤王运动”后，西方文化的人文主义和民主思潮对越南文学的影响越来越大，涌现出像潘佩珠、潘周桢、阮尚阮等具有资产阶级民族民主革命思想的新文人，他们的创作紧密结合当时的民族斗争，体现了当时的时代精神。

缅甸近代文学的成长也明显地受到西方文学的影响。19世纪末，西方文学作品如英国的小说《天路历程》、《鲁滨孙漂流记》和希腊的《伊索寓言》等被陆续译介过来，给缅甸文学以直接的影响。缅甸的近代小说就是从这里开始起步的。詹姆斯拉觉（1866—1919）创作的缅甸第一部近代小说《貌迎貌玛梅玛》是受法国名著《基督山伯爵》的直接启示，拿它的某些情节作为基础而写成的。之后，小说创作成为时尚，涌现出一批优秀的作家和作品，如吴基和他的小说《卖玫瑰茄菜人貌迈》、吴腊和他的小说《瑞卑梭》、德钦哥都迈和他的小说《嘱咐》等。这些小说以青年男女的爱情生活为主题，反映缅甸市民阶层的现实生活，表现人们对自由幸福的向往；同时也警惕西方殖民主义的危害，对全盘西化的不良倾向有所批判。

印度尼西亚和马来西亚的近代文学在许多方面是相通的，二者使用同一种语言，即马来语。所以印度尼西亚和马来西亚都把阿卜杜拉·门希视为自己近代新文学的先驱。但阿卜杜拉·门希之后，所谓“新文学的曙光”似乎又缩回去了。后来出现的较著名的作家实际上都属于旧文学的范畴，如拉惹·哈吉·阿里（1809—1870），他的代表作《珍贵礼物》和讽喻诗集《古灵丹十二部》，从内容到形式都遵循着旧文学的传统。其他作家更无足轻重，远远落在时代的后头。只有异军突起的“通俗马来语文学”在一定程度上反映了时代的面貌。“通俗马来语文学”是一种大众化文学，其作家队伍大都非马来族人，以华裔和印欧混血作家为骨干，尤其以华裔作家影响和成就最大。他们大部分从事报刊业，用马来语报刊作为园地进行文学创作。华裔作家先是从大量翻译改写中国古典演义小说入手。19世纪80年代起，《三国演义》、《西游记》、《水浒传》等就已经陆续被译改成通俗马来文，翻改之风盛极一时。后来他们也把一些西方著名的近代小说如《基督山伯爵》、《三个火枪手》、《鲁滨孙漂流记》等逐一译改过来。华裔作家就这样从翻译改写中西方名著入手，进而自己进行创作。他们的创作大都以新闻报道中的真人真事为素材，所以作品带有纪实文学的特色，能直接反映当时殖民地社会错综复杂的民族矛盾和阶级矛盾，形成了独具特色的华裔马来语文学。著名的华裔作家有李金福、吴炳亮、张文振等，印欧血统的作家有弗兰西斯、戈麦尔等，而原住民作家中庞格玛南较为知名。“通俗马来语文学”是印度尼西亚殖民地社会的一种独特文学现象，是“通往现代文学发展链条中的主要一环”。

在东南亚，菲律宾的民族觉醒和民族运动要早于其他国家。19 世纪下半期，一批留学欧洲的青年学子即开始从事唤起民族觉醒的“宣传运动”，并以文学作为武器，打击敌人，鼓舞斗志，由此产生了以黎萨尔为旗手的“觉醒文学”。《团结报》半月刊是当时的主要阵地，团结了一批爱国作家，如德尔皮拉尔、哈思纳、何塞·潘干尼班等。他们的作品对唤起菲律宾民族觉醒发挥了启蒙和教育作用。菲律宾国内的民族起义也造就了一批优秀的爱国诗人和作家，如工人出身的波尼法秀、国歌歌词作者何塞·帕尔马、“诗中三杰”的格雷罗和阿波斯托尔等。他们的作品反帝性和战斗性强烈，代表了菲律宾近代文学的新气象。

泰国由于政治历史条件的不同，文学的发展是由上而下和由下而上结合进行的，王室起了重要的作用。19 世纪在西方文学进来之前，中国古典小说已对泰国文学的发展产生了巨大的影响。从 1802 年泰王拉玛一世授命把《三国演义》译改成泰文起，一种叫“三国文体”的新文体便大行于世，有力地推动了泰国散文文学的发展。19 世纪下半叶，王室为革故鼎新倡导向西方学习，向英、法等国派送大批留学生，这些人便成了西方文化的传播者。这时西方文学作品开始被译介过来，给泰国作家以直接的影响。1886 年功姆銮皮期巴里察贯模仿英国小说写出泰国的第一部短篇小说《沙奴的回忆》，因涉及宗教问题而引起轩然大波。1900 年迈宛翻译的英国长篇小说《仇敌》大受欢迎。銮维腊沙巴里瓦则反其意写出泰国的第一部长篇小说《并非仇敌》。这部小说在思想内容上是封建意识的反扑，但在文学形式上则是第一次突破，向现代文学迈进了一步。泰国的新文学从 19 世纪末开始孕育到 20 世纪 20 年代末分娩，经历了四十多个春秋。

总之，东南亚的近代文学带有过渡性的时代特征，是从旧文学向新文学的历史过渡，反映了东南亚民族逐步走向民族觉醒的历史进程。

第二节 阿卜杜拉·门希

从东南亚文学的近代期来看，马来著名作家阿卜杜拉·门希（1796—1864）的创作可以说是东西方文化互相碰撞所迸发出来的第一个火花。当其他作家还沉湎于中世纪东方文化的睡梦中时，他却已远远走在前面，向西方资产阶级文化敞开双臂热烈拥抱，并希图借用西方资产阶级文化来冲击马来封建保守文化的堤坝，以打破死水一潭的局面。他的超前行为在马来文学界引起了轩然大波，人们对他褒贬不一。有的人对他加以全面肯定，称赞他为“马来新文学之父”，认为19世纪的“阿卜杜拉时代”乃旧文学结束之时代，阿卜杜拉是刚刚升起的“新时代曙光”。有的人则对他全盘否定，指责他为死心塌地的“亲英派”，为英国殖民主义者张目和歌功颂德，甘为异教徒服务，讥讽他为“阿卜杜拉牧师”。以上两种截然相反的评价都不免有失偏颇。

所谓“阿卜杜拉时代”正值英国殖民势力向马来民族地区全面扩张、渗透和控制的时代。

自从英荷殖民主义者插足东南亚，经过两个世纪的互相争夺，于1814年两国终于达成了伦敦协议，最终划定两国在东南亚的殖民势力范围——马来半岛、新加坡、北加里曼丹归英国，整个印度尼西亚归荷兰。从此，两个殖民国家便致力于各自势力范围内的所谓“前进运动”，即向其殖民势力范围开展全面殖民地化的行动。19世纪初，英国派莱佛士到马来半岛任各邦的总督代办，他积极推行“前进运动”计划，在马来群岛大肆扩张殖民势力。马六甲和新加坡先后成为英国殖民统治的政治、经济、文化中心。那里不但集中了英国的殖民官吏、传教士、商人和人类学家，也招徕了一些马来文人充当各种文职雇员。那些受雇的马来文人与白人朝夕相处，有机会直接接触和观察与他们迥然相异的白人的生活方式，感受西方资产阶级文化科学的先进性，从而产生对西方文化的崇拜和羡慕。他们成为最早接受西方文化洗礼的马来人，而阿卜杜拉·门希是第一个公开亮相的马来作家。

阿卜杜拉全名阿卜杜拉·宾·阿卜杜卡迪·门希，1796年生于马六甲。他的曾祖父是也门阿拉伯人，是位宗教师和语言学家。其祖父也是宗教师和语言学家，后移居马六甲与当地宗教师的女儿结婚生下门希的父亲阿卜杜卡迪。父亲继承祖业，也当宗教师和语言学家，同时也给英国语言学家马斯顿当助手。阿卜杜拉·门希就出身于这样的世代书香门第，他从小受马来伊斯兰文化的熏陶和语言的严格训练，7岁开始练习写作，能写一手好字；14岁已掌握马来语、阿拉伯语和泰米尔语。这样的家庭背景和受到的教育使他日后能靠自己的语言文化知识在白人那里谋职而不必像一般文人那样依附于封建统治阶级充当御用文人。正因为他与封建统治阶级的关系不那么密切和直接，他后来也就可以比较超脱和比较清醒地看到封建统治阶级及其文化的落后性并敢于加以猛烈抨击。

1819年至1823年，阿卜杜拉给英国殖民统治者莱佛士当文秘和马来语教师，后来又给“基督教传教会”当翻译，同时还给好些英国传教士、学者和商人充当马来语教师。这期间他也抓住机会向英国人学习英语和近代科学知识，成为最早掌握近代印刷术的马来人。阿卜杜拉接触和交往的英国人大都文化层次较高，从他们身上他感受到了西方文化的民主、科学和法治精神，并得到了极大的思想启迪。而他为英国人的尽心尽力效劳也深得英国人的赏识和器重，他因此得以参与许多重大的历史事件，成为历史的见证人。这样的历史背景和机遇使阿卜杜拉能够冲出马来旧文化、旧文学的樊篱，为以后的新文学开辟道路。

阿卜杜拉的代表作是传记性作品《阿卜杜拉传》。该书在序言中提到，作者是于1840年应他的白人朋友的要求而写这部传记的。他的白人朋友是想通过这部传记具体了解马来民族的世情民风。然而阿卜杜拉写这部书却另有所图，他想把自己在为英国人效劳的大半生中所感受到的西方资产阶级文化的先进性和他所看到的本民族封建文化的落后性，通过一件件的事实加以对比，以显示孰优孰劣，以此向马来民族进行西方文化的启蒙教育。所以，与其说这是一部阿卜杜拉的自传，毋宁说它是一部有关作者目睹的19世纪上半叶英国殖民者推行“前进运动”计划和马来地区逐渐殖民地化的历史实录。

纵观全书，有关作者本人的生平事迹写得并不多，全书27章中只有前三章比较集中地写到了作者的出身和孩提时代所受到的严酷的旧式教育。其余各章则着重讲述作者从受雇于莱佛士之日起至1843年这一期间所经历的许多重大历史事件和世事变化。这个时期历史舞台上的主要角色是英国殖民主义者和马来封建统治者。他们在相互矛盾和相互勾结中的言谈举止和种种表现，作者都作了颇为翔实的描述，以便让人们看到东西方两种文化在较量中优胜劣汰的结果。

在与英国人的接触和交往中，有三种人给作者的印象和影响最为深刻，那就是英国的殖民地驻扎官、基督教传教士和人类学家。作者就是从这三种人身上看到了西方资产阶级文明进步的一面，特别是对莱佛士钦佩得五体投地。除了对莱佛士的处事方式、治学态度、钻研精神等大加赞扬外，对其夫人的高雅风度、治家有方也赞不绝口，说他们俩是“上帝配好的一对”，“应该成为当今所有人的楷模”。作者把莱佛士视为西方文明进步的化身，处处为他评功摆好，歌功颂德，其崇洋之表现确实非常突出。他甚至说了这样的话：“感谢真主，因为我在英国的旗帜下长大，可以过安逸的生活，不像那些生长在愚昧和险恶环境里的人，要受尽各种折磨和灾难。”但是，如果我们根据当时的历史条件来考虑，那么他的崇洋应该说也含有对近代文明进步的向往和对封建愚昧落后的厌弃，不完全是消极的。他对英国人崇尚科学知识甚为赞赏，并拿本民族的迷信落后作对比，以宣扬英国人严谨的科学精神。他对英国的法治精神也极为推崇，并拿本民族的封建专制作对比，以突出英国统治的文明进步。书中有这样一段赞语：“他们（指专制的马来封建贵族）全然不知英国制度之优越。别说王公贵族，就是国王自己，如做了违法之事，也都可以去告他。如无故杀人，他也要被处以死刑，因为英国法律绝不允许任何人滥杀无辜，不管他是大人物还是小人物，是君主还是庶民，法律面前人人平等。”在书中处处可以看到，作者一面对西方文明的科学、民主、法治大加赞扬，一面对马来封建统治阶级的愚昧无知和专制暴虐大加鞭笞，使二者形成鲜明的对比和强烈的反差。

诚然，作者对英国殖民者及其统治大唱赞歌，但他仍无法掩盖英国殖民入侵时犯下的种种罪行和背信弃义的行为。在《阿卜杜拉传》里有些记载就反映了这方面的历史事实。例如对英国殖民主义者初来马六甲时的海盗流氓行为和当地马来人对他们的憎恶心情，书里就有比较客观和生动的描写。从书中可以看到，英国水兵一到便国无宁日。他们个个喝得烂醉，奸淫烧杀无所不为，马来人视他们如同猛兽。那时如要制止孩子哭，只需喊声“英国醉鬼来了”，孩子便吓得不敢再哭了。又如新加坡如何落入英国殖民主义者手中，作者作为历史见证人也有相当详细的描述。英国殖民者先用甜言蜜语引诱封建主东古·朗出来，把他扶上新加坡素丹的宝座，让他签订出卖新加坡大部分主权的条约，使他成为食英国俸禄的傀儡。而英国人在新加坡站稳脚跟后，又以削减俸禄相威胁，逼他交出全部的管辖权。就这样，英国殖民主义者不费一兵一卒便拿下了新加坡。我们从中可以看到英国殖民主义者的老奸巨猾和背信弃义的嘴脸以及马来封建主的腐败无能。

另外，书中有关新加坡华人社会和鸦片战争的记载也有一定的历史参考价值。当时华人在新加坡已经是一支举足轻重的社会力量。华人的秘密结社“天地会”曾把新加坡殖民地社会搅得天翻地覆。阿卜杜拉对此也颇为关注，曾亲自去作深入的调查和了解。书中有一章专门讲新加坡华人“天地会”秘密结社及其开展反英活动的情况，是作者亲自冒险深入“天地会”秘密据点进行调查的记录。可惜的是，作者只看到了表面现象，把“天地会”看做是黑道的非法组织，只着重于描述其帮会特点而看不到其反帝的一面，这与他过于亲英不无关系。同样，在讲到鸦片战争的起因时，作者也偏听偏信英国人的诽谤，说“英国人要打中国是因为中国人在其国内对待英国人过于残忍”。当时新加坡是英国发动鸦片战争的一个后勤基地，作者比较详细地描述了新加坡各族人尤其是华人对鸦片战争所持的态度和立场。我们可以看到华人在战争初期所表现出的高涨的爱国热情和战争失败给他们带来的沉重打击。如此翔实地描述鸦片战争在华人社会中的反应在马来文学作品中是绝无仅有的。

《阿卜杜拉传》大部分内容是作者在马六甲和新加坡任职期间所经历的社会风云和时代变迁。作者通过两种文化的对比，敢于肯定和颂扬西方资产阶级文化的先进性，批判本民族封建阶级文化的落后性，应该说是难能可贵的。但是我们也应看到作者的立场是有问题的，当时民族觉醒的思潮尚未出现，作者显然缺乏民族意识，往往为西方资产阶级文明进步的一面所惑而对西方殖民主义的罪恶本质以及它给马来民族带来的深重灾难视而不见。这是作者最大的局限，也是这部作品最大的缺陷。

阿卜杜拉的作品主要是传记和游记。除《阿卜杜拉传》外，主要作品还有《阿卜杜拉赴克兰丹航游记》（1838）、《阿卜杜拉赴吉达航游记》（1854，未完成，作者死于途中）。这些作品都带有纪实文学的特色，含有社会批判的内容，不是一般的游山玩水的游记。作者通过途中之所见所闻直接议论当时的社会风气，针砭时弊，特别是拿西方文明进行对比，对马来封建统治者的腐败和无道从不放过批判的机会。阿卜杜拉也发表过一些诗作，较著名的有《新加坡大火记》（1838），也属纪实之作。此外他还整理出版了马来经典著作《马来纪年》，对马来语言文化的发展做出了重要的贡献。

阿卜杜拉独树一帜的文学创作无疑给马来旧文学以巨大的冲击，他的创作已冲出旧文学的樊篱，但尚未迈入新文学的门槛。他是一位过渡性的作家。他的最大贡献就在于他在从旧文学向新文学的过渡中迈出了历史性的第一步。然而他似乎又过于超前，当众人还在沉睡的时候，他已梦醒而起。因此他只好孤军作战，他向西方文化学习的呼声成了独行者的空谷足音，没有响应者。应该看到，由于阿卜杜拉当时还没有民族意识，其呼声并非为了唤起民族意识的觉醒，相反，他的过于崇洋的表现，不但会掩盖英国殖民主义者的罪恶本质，还会导致民族虚无主义。因此，他的创作还不能列入新文学的范畴。但无论如何，阿卜杜拉在传播西方先进文化和科学、民主、法治思想方面，在打破封建文化的传统堡垒和开展社会批判方面，在开创文学新式样方面做出了重要的贡献，功不可没。可是，由于他过于超前和缺乏民族意识，在他逝世后便没有后继者，有相当一段时间出现了空白。

第三节 何塞·黎萨尔

何塞·黎萨尔（1861—1896）是菲律宾民族独立运动的先驱，菲律宾国父，同时又是菲律宾乃至东方近代反帝反封建觉醒文学的伟大旗手。他把自己短暂而光辉的一生全部献给了菲律宾的民族解放事业。

黎萨尔于1861年6月19日出生在吕宋岛内湖省卡兰巴镇的一个富裕农民家庭，曾祖父是中国福建省泉州人。他3岁跟母亲习字，8岁已能用他加禄语写诗和短剧，被誉为

"神童"。10岁时，他母亲被诬告企图谋害西班牙军官而坐牢两年。这在他幼小的心灵中埋下了民族仇恨的种子。1872年爆发甲米地起义，三位领导"教会菲律宾化"的爱国神甫被西班牙殖民当局绞死。这又进一步激发了他的民族意识和爱国热忱，他下决心要为民族解放献出自己的一切。

1877年他在马尼拉阿登尼奥学院以最优成绩获文学学士学位，后又入圣托马斯大学攻读医学。1879年他发表著名的爱国诗篇《献给菲律宾青年》，号召青年们树立民族自豪感和自信心，为争取民族的美好前途而奋斗，并第一次提出祖国是菲律宾而不是西班牙，要求青年们"昂首阔步，焕发精神，用丰富的才干来显示祖国美好的希望、光辉和庄严"。而后他又写了一出讽刺短剧，对西班牙殖民官吏和传教士的虚伪狡诈进行揭露和鞭笞，为此他遭到迫害而不得不离开菲律宾。

1882年，黎萨尔到西班牙马德里入中央大学攻读医学、文学和哲学。获硕士学位后，他转赴法国巴黎专攻眼科。1886年他又转入德国海德堡大学攻读历史和心理学，同时潜心研究欧洲的古典文学，曾把德国席勒的名剧《威廉·退尔》和丹麦的安徒生童话集等译成他加禄语。可见黎萨尔在欧洲留学期间一直在努力学习和吸收西方先进的文化和文学，这为他开创菲律宾的新文学打下了坚实的基础。1887年，他创作的第一部反殖民主义长篇小说《不许犯我》（又译《社会毒瘤》）问世，对西班牙殖民统治者和反动教会的罪恶行径进行深刻的揭露和血泪的控诉，使殖民当局惊恐万状。小说出版不久便被列为禁书，而黎萨尔回国不到半年又被驱逐出境，重新回到欧洲过流亡生活。殖民统治者的迫害更加激发了他的斗志，1889年他在马德里同其他菲律宾爱国志士一起创办《团结报》，从事唤起民族觉醒、要求变革现状的革命宣传工作。

1891年，在极困难的条件下，他完成了《不许犯我》的续篇《起义者》（又译《贪婪的统治》）的创作。这是他的第二部也是最后一部长篇小说。这两部小说是黎萨尔的代表作，也是菲律宾人民反抗殖民压迫、争取民族独立的第一部檄文，后来被西班牙殖民当局定为他从事谋反的一部分罪证。1892年6月，黎萨尔返回祖国，一个月后创建"菲律宾联盟"，提出"把整个群岛统一成强大的民族共同体"这一明确的民族斗争纲领。不久他又被西班牙殖民当局逮捕并被流放到棉兰老岛的达比丹要塞达4年之久。1896年8月，卡的普南武装起义动摇了西班牙殖民统治的基础。殖民当局对起义实行疯狂的镇压，而黎萨尔这一次又被控犯有"组织非法团体"和"通过他的写作煽动人民叛乱"等罪状而被处以死刑。同年12月30日清晨，他在马尼拉巴贡巴扬广场慷慨就义，终年才35岁。关于黎萨尔就义时的悲壮情景有十分感人的记载。

他的未婚妻，旅居中国香港的爱尔兰姑娘约瑟芬·布蕾肯与他举行临刑前的婚礼。与此同时，他还写下长达70行的绝命诗《我最后的告别》（又译《最后书怀》），倾吐他对祖国的满腔热爱，表达一位爱国者为国捐躯而终生无憾的丹心。当刽子手朝他背部开枪时，他以非凡的毅力把身体转向右方，使自己的身体倒下时能脸部朝上，以便能最后看到祖国湛蓝的天空和冉冉升起的朝阳。

黎萨尔的一生很短暂，但所发出的光芒至今仍照耀着东方被压迫民族千千万万爱国者的心。他在文学上的辉煌成就也一直激励着后人继续高举反帝反封建的大旗，把东方文学推向现代发展的道路。黎萨尔的文学创作在诗歌和小说方面的成就最大。他的诗歌富有革命浪漫主义色彩，以抒情为主，表达的是一位爱国者对祖国执着的爱和对民族命运的无比关怀。黎萨尔创作的诗歌数量并不多，约有37首，但每一首诗都凝聚着他对祖国的深情厚爱。尤其在留欧期间，对祖国的眷恋成了他诗歌的基调。他在《致得尔堡之花》一诗中，对着德国的花朵低声嘱托：

去吧，异国的花朵，去到我的家乡，
让旅人把你们撒播在他的路上。
在那里，在祖国的蓝天下，
有我心爱者的住房。
请告诉他们我忠贞的信念，
就说游子在叹息，在思念他的故乡！

短短一节诗就把一个海外赤子之心表露无遗，越是远离祖国，对祖国的怀念就越强烈，诗人在诗中继续对着异国花朵嘱咐：

当你们飘落在我祖国的海岸，
请把我给你们的吻，
寄托给微风的翅膀，
让我的吻随风飘扬，
把我所热爱、敬慕和爱抚的一切吻遍。

诗人对祖国家乡魂牵梦绕的思念并非一般的思乡之情，而是拳拳爱国之忧的充分表露。

这种崇高的思想感情也贯穿在诗人的其他诗作中，尤其在他的最后一首诗《我最后的告别》中，表现得最强烈和最感人。面对着死亡的降临，诗人想到的只有祖国和她的命运。他一开头就向祖国呼唤：

永别了，敬爱的祖国，阳光爱抚的国土。
您是东海的明珠，我们失去的乐园。
我忧愤的生命，将为您而愉快地献出，
即使它将更加辉煌壮丽和生机盎然，
为了您的幸福，我也乐意向您奉献。

诗人知道生命很可贵，但能为祖国而死，躺在祖国的怀抱里，他便感到无比幸福而今生无悔。他在诗中继续写道：

啊，我倒下去有多么幸福，为了让您永远高耸云天，
我要为了您的永生而死在您的怀抱，
长眠在您的锦绣河山。

这就是鲁迅说的“真挚壮烈悲凉的”爱国者的心声。这声音不但大大地激发了菲律宾人民反抗西班牙殖民统治的爱国热忱，也深深地鼓舞了东方被压迫民族反帝反殖的斗志。这首响遏行云的爱国壮歌很早就传入了中国。梁启超把它翻译过来时将其标题改为《墓中呼声》。这首诗也于1944年传入印度尼西亚，给正在进行独立斗争的印度尼西亚人民以巨大的鼓舞。印度尼西亚作家罗西汉·安哇尔在《黎萨尔的名字在印度尼西亚》一文中说：“没有一个人——至少是所有的翻译者本人——能预见到黎萨尔的诗竟会引起如此巨大的反响，而且我们也没有料到《我最后的告别》一诗在印度尼西亚革命初期会如此反复地出现在各种报刊上。”这说明了黎萨尔的绝命诗已超越菲律宾的国界，成为东方被压迫民族的战斗号角。

如果说在诗歌创作上，黎萨尔是位热情的浪漫主义者，那么，在小说创作上他是一位清醒的现实主义者。他的两部小说《不许犯我》和《起义者》是19世纪下半叶菲律宾殖民地社会悲惨现实的真实写照。前者着重于揭露西班牙殖民统治者及反动教会的罪恶本质，向人们展示菲律宾人民血淋淋的受难图。后者着重于描写菲律宾爱国志士探索民

族出路的艰难历程，告诉人们要从失败中吸取教训，以不屈不挠的精神继续探索正确的道路。

黎萨尔写《不许犯我》时已意识到他是在冒大险，做前人从未做过的事。他在序言中写道："这本书包含着一些至今谁也没有讲过的问题，因为人们对这些问题都非常敏感，所以任何人都不敢轻易去接触。我想做在我之前谁也不愿意去做的事。我敢于回答几百年来对我们和我们祖国的诽谤。我写了社会情况，写了生活，写了我们的信念，我们的希望，我们的意愿，我们的不幸和悲苦。我揭露了伪善，这种伪善在宗教的面具下，在我们中间传播，把我们贬低，降到牲畜的地位。"的确，黎萨尔是第一个站出来敢于"横眉冷对千夫指"的作家，他的创作意图十分明确，就是要揭露殖民统治者的累累罪行和反动教会的伪善面孔，让菲律宾人民认清敌人，丢掉幻想，准备战斗。小说正是这样，通过主人公伊瓦腊的悲惨遭遇向人们揭示这样一条真理：在残酷的殖民统治下，企图通过改良主义的道路去实现民族理想，纯属幻想。

小说主人公伊瓦腊是位有远大理想的青年，出生于富裕的地主家庭。他的父亲被西班牙人和神甫们陷害惨死狱中，其尸体还被他们从坟墓中挖出扔进湖里。但这时伊瓦腊还为西班牙殖民统治者和反动教会神甫们的伪善面孔所蒙蔽，对他们仍存有幻想。他说："我心中的最大愿望就是我的国家繁荣幸福。这是要由西班牙母国和本国同胞的共同努力来实现的。"他满以为通过合法的改良主义道路就可以改善自己民族的命运。所以他从欧洲留学回来后，便致力于教育救国，积极兴办民族学校。殊不知连最温和的改良要求也不为西班牙殖民统治者和神甫们所容忍。就在兴办学校的过程中，一个阴谋接着一个阴谋向他袭来，先是想用鳄鱼将他咬死，后又在学校奠基典礼上制造事故想把他压死。所有的阴谋失败后就制造暴乱嫁祸于他，终于将他逮捕入狱，开除教籍，还强迫他的未婚妻克拉腊同他分手。伊瓦腊从自身的可怕遭遇以及许多菲律宾人的血泪家史中开始认清西班牙殖民统治者及其帮凶反动神甫们的罪恶本质，找到了民族灾难的真正根源。他说："现在，我已经看到侵蚀我们社会的那个可怕的毒瘤，它紧紧地附在社会的肌肉上，它需要我们采取激烈的措施把它连根挖掉。"他终于认识到改良主义的道路根本行不通，于是决心走另一种道路。他说："我要教会他们不去考虑什么爱情，世界上只有互相吞噬的狼；我要鼓动他们起来反抗压迫，并且宣布争取自由是一个人永恒的权利！"他决定采用暴力手段"以暴抗暴"，去实现他的民族理想。后来他越狱成功，逃亡古巴，准备开辟新的征途。

续篇《起义者》所集中描写的就是伊瓦腊的另一个战斗历程，也是他第二次探索民族解放的道路。他在古巴流亡 13 年后改名席蒙返回祖国，以大珠宝商和总督顾问的身份开始实行他的"以牙还牙，以暴抗暴，以罪恶对付罪恶"的新的斗争策略。他利用总督的贪婪，极力"怂恿他为非作歹，无恶不作"，以激起人民的普遍不满和强烈仇恨，加速社会毒瘤的溃烂。经过精心策划，他成功地让所有上层的殖民官吏和神甫们都去参加一个婚礼，然后准备用暗藏的炸药把他们"炸成一堆垃圾"，一举消灭"一切罪恶的根源"。然而，一个偶然的事件使他的爆炸计划彻底失败。他再次感到幻想破灭，在敌人的追捕中终于服毒自杀。

伊瓦腊的两次探索以失败而告终，这是其历史局限性和个人局限性所导致的结果，但对菲律宾的民族运动却有深刻的意义。首先，它打破了人们对殖民统治者和反动教会的幻想，认清了他们的真面目。其次，它告诉人们，通过改良主义或个人冒险主义的道路是不能挖掉这个"社会毒瘤"的，应该去探索更正确和更有效的民族解放之路，那就是动员人民群众，组成浩浩荡荡的革命大军，彻底摧毁殖民统治，去夺取民族的完全独立。

黎萨尔的这两部杰作，不但主题鲜明，思想性高，其艺术成就也十分突出。小说没有政治说教，而是通过形形色色的正反面人物的典型形象以及他们之间错综复杂的关系和矛盾冲突向我们展示那个时代菲律宾殖民地罪恶社会的全貌。小说的每个人物都有血有肉，给人以深刻的印象，尤其小说的主人公伊瓦腊，从他的身上可以看到当年叱咤风云的民族运动开拓者和先驱者的光辉形象和精神面貌。

黎萨尔战斗的一生和他的文学创作为东方被压迫民族和东方觉醒文学树立了光辉的榜样。他的诗歌将继续为争取平等自由的人们所传诵；他的两部小说《不许犯我》和《起义者》则已被列为世界名著，成为世界文学宝库中的珍品。

思考题

1. 简述殖民统治下的民族矛盾和西方文化的冲击对近代东南亚文学产生的影响及其带来的变化。

2. 如何分析和评价反映在阿卜杜拉·门希身上的东西方文化第一次冲撞？

3. 何塞·黎萨尔如何成为东南亚民族觉醒文学的先驱？

第三章 近代南亚文学

第一节 概述

在近代南亚各国文学中，印度取得了突出的成就，影响深远。而尼泊尔和斯里兰卡等国，也开创了民族文学的新局面。

尼泊尔是个古老的国家，在公元前 6 世纪已建立王国，它的文化与印度和中国有广泛的联系。在尼泊尔的历史上，一直以加德满都谷地的文化最发达，社会上流行着梵语、尼瓦尔语、阿沃提语和婆术布里语。尼泊尔的古代文学，大多用梵语创作。10 世纪以后，尼泊尔的民族语言得到了发展。18 世纪伯·纳·沙阿王朝时期，定廓尔喀语（即尼泊尔语）为国语，尼泊尔才出现国语文学，帕努帕格德·阿加里亚（1814—1869）被认为是尼泊尔的最早的诗人，他不仅首先用尼泊尔语从事创作，而且开始描写社会现实生活，开创了尼泊尔文学的新阶段。他写有《妻子的忠告》、《回答》等诗。他的长诗《罗摩衍那》，与印度史诗同名，但用尼泊尔语描写本民族的故事，并把罗摩形象尼泊尔化，富有尼泊尔民族特色。

如果说阿加里亚是尼泊尔近代文学的先驱者，那么莫迪拉姆·帕特（1866—1896）可以说是尼泊尔近代文学发展的奠基者。他被称为阿加里亚之后文坛上的一颗明珠，写有《帕努帕格德传》，推崇阿加里亚用尼泊尔语从事创作的精神。他以诗人著称，首先把乌尔都语的诗作技巧融合到尼泊尔诗歌中。他的著名的诗篇《杜鹃鸟使者》、《朝霞颂》、

《蜜蜂和莲花的会面》等通俗易懂，便于吟诵。他还与友人创办尼泊尔第一个月刊《摩尔喀婆罗多生活》，对推动尼泊尔民族文学的发展作出了贡献。

斯里兰卡也是个古老的国家，原名锡兰。锡兰岛的原始居民也许是伐陀人的祖先，现已绝迹。大约在公元前 6 世纪，僧伽罗人的祖先从北印度移居锡兰岛，同时又有南印度的泰米尔人移居锡兰岛。此后僧伽罗人成了岛国的主体民族。公元前 3 世纪，佛教开始传入锡兰，用巴利文和梵文写的佛教经典在岛国也流行起来，对岛国的文学产生了很大的影响。从这里可以看出，斯里兰卡的文学，主要是僧伽罗文学，还有泰米尔文学、巴利语文学以及梵语文学。16 世纪初叶，葡萄牙、荷兰和英国先后入侵锡兰岛。1815 年英国占领全岛，锡兰沦为英国殖民地。这时，西方文化也开始影响到锡兰文学。

锡兰的古代和中古时期，诗歌占主导地位，到 19 世纪后期，也就是锡兰的近代期开始，文学呈现新的状况，诗歌以四行诗和自由体诗为主，而小说占了主导地位。斯里·苏普蒂长老的《罪恶观之毁灭》(1898) 为锡兰近代优秀的诗篇。小说家中著名的有 S. 西尔瓦 (1876—1920) 和比亚达萨·西利生那 (1875—1946) 等。前者写的《米娜》被认为是斯里兰卡第一部真正的小说。后者写有十几部中长篇小说，如《贾亚提沙和罗萨琳》(1909)、《一个姑娘的爱情》(1910) 等作品，具有反殖民主义倾向。

印度的近代文学是与印度人民反封建、反殖民主义的斗争紧密地联系在一起的。它在 17 世纪下半叶开始萌芽，但真正的开端是在 19 世纪中叶，到 20 世纪有了长足的发展。

17 世纪中叶，随着印度资本主义生产关系的逐渐出现，阶级矛盾和民族矛盾日益尖锐，不仅连续发生了反封建的农民起义，而且也出现了多次城市商人、小手工业者的反封建斗争。正是在印度人民反封建斗争的基础上，印度近代文学开始萌芽，涌现了多迦罗摩、罗摩·达士等具有民族解放思想的著名歌手和许多优秀的反封建的诗篇及歌曲。18 世纪，正当印度封建社会解体之际，西方殖民者乘机扩大侵略，由原来通过贸易攫取暴利的方针，改变为直接侵占领土的政策。1849 年以后，印度彻底沦为英国的殖民地。这不仅给印度人民带来了深重的苦难，也阻碍了印度近代文学的发展。因此从 18 世纪起到 19 世纪上半期，整个印度文坛玄云黯锁，寂寞萧条，只是在民间创作中才出现了一些号召与英国殖民者进行斗争的歌曲。直到 19 世纪中叶，随着民族解放运动的开展，才真正产生了印度的近代文学。

19 世纪下半叶，随着英国殖民主义对印度的加紧掠夺，印度不仅成为英国的原料供应地和商品销售市场，还成为英国资本输出的场所。英国殖民者控制了印度的经济命脉，加重了对印度人民的剥削。但在客观上英国殖民主义在印度的投资，却促进了印度资本主义市场经济的发展和民族资产阶级的形成。英国殖民主义者为了巩固殖民统治，采取了一系列压制人民的反动政策，因而加深了英国殖民者与印度各族人民之间的矛盾。1857 年爆发了反抗英国殖民主义的民族大起义，掀开了印度民族独立斗争新的一页。

进入 20 世纪后，印度民族解放运动进一步高涨。印度民族文学也随着迅速发展，日臻繁荣，出现了艺术上成熟的、为数众多的、直接取材于社会生活的文学作品，有长、短篇小说，散文，戏剧和非宗教性的诗歌等。

当时的印度进步作家，看到了殖民主义对印度社会的重大危害。他们最初对于西方无条件的崇拜被后来的批判精神代替。他们认识到研究本国人民的历史、恢复民族传统的重要，并且要求文学为民族解放事业服务。印度作家为了唤起人民对自己国家、历史和民族的感情，多数都用地方语言进行创作，于是出现了许多用民族语言进行创作的著名作家和优秀作品。其中以东印度的孟加拉语、北印度的印地语、以德里和勒克瑙两地为中心的乌尔都语、南印度的泰米尔语文学成就较为突出。

东印度的孟加拉，在经济、文化等方面的发展都先进于其他地方，富有民族主义思想的资产阶级知识分子的出现也比其他地区为早。著名的孟加拉启蒙运动者罗姆·莫汗·罗易（1772—1833），是社会及宗教的改革家，对印度人民生活和文化的方方面面都产生过重大的影响，是印度社会新思潮的先驱者。他用孟加拉语写作和出版了27部著作，其中包括《奥义书》的翻译、孟加拉语法书等，为孟加拉语的发展作出了杰出的贡献。他也是著名的散文作家，其散文集《耶稣箴言》（1820），是当时散文的力作。他的这部作品语言明白晓畅，改变了孟加拉早期散文作品充满梵文、晦涩难懂的面貌。因此，罗易被认为是孟加拉散文的奠基者。后来，奥克霍伊库马尔·道陀（1820—1866）和伊绍尔钱德罗·比达沙戈尔（1820—1891）继续发展了孟加拉散文。罗易等人的散文创作也为印度近代长篇小说的出现铺平了道路。

古普特（1812—1859）和麦克尔·默厝苏登·达多（1824—1873）都是孟加拉语著名诗人，为近代孟加拉语文学的创立作出过贡献。前者写有《知识海》（1856）等诗集。他的诗题材广泛，大多针砭时弊，讽刺殖民主义者和崇拜英国人的官吏。他的诗风格幽默、诙谐，为孟加拉讽刺文学奠定了基础。后者写有叙事诗集《因陀罗吉特伏诛》、《情女诗抄》和第一部孟加拉现代话剧《王妃萨尔弥温达》。他首次引进了西方的十四行诗、无韵体诗和话剧技巧，不仅丰富了孟加拉语文学的体裁，而且还开创了民族传统与外来文化相融合的风气。

般金·钱德拉·查特吉（1838—1873）是孟加拉语文学的创始人之一。他于1838年6月20日生于加尔各答附近的一个小镇，父亲是一个英印机关的官吏。般金从小受到良好的教育，精通孟加拉语、梵语和英文。1858年从加尔各答大学毕业后在政府机关工作，担任过副县长、助理法官等职，但从没有停止过文学活动。他细致观察了殖民主义在印度人民生活中所造成的危害，用小说表现了剧烈变化的现实。般金创作的六七部以现实生活为题材的小说中，以长篇小说《毒树》（1872）最著名。在这部作品中，作者第一次提出了寡妇改嫁问题。小说构思巧妙，不落俗套。他还写了近十部长篇历史小说，其中影响最大的是《阿难陀寺院》（1882）。这部小说描写1772年“山耶西”（出家人）起义的故事，充满爱国热情。作品中有一首诗《礼拜母亲》，后来成为群众集会时歌唱的进行曲。般金最优秀的长篇小说是《拉吉·辛赫》（1891），写的是印度西部一个小土邦的国王拉吉·辛赫与莫卧儿王朝最后一个皇帝的斗争，及其通过曲折的道路，最后取得胜利的故事。小说启发人们积极起来与英国殖民统治者进行斗争，直至胜利。这部作品情节曲折、紧凑，是一部思想性和艺术性高度结合的历史小说。般金的历史小说，常常采用传奇式的情节，在某个历史事实的基础上，加以艺术虚构和夸张，并与现实社会的斗争紧密联系在一起，表现出反对殖民主义者的斗争精神和渴望民族独立的深沉感情。

小说家萨拉特·钱德拉·查特吉（详见本章第三节），是孟加拉语文坛上仅次于泰戈尔的大作家。1907年发表的第一部长篇小说《大姐》，引起了人们的注意。泰戈尔读了这部小说后说：“一位出类拔萃的文学家崭露在孟加拉的地平线上，有朝一日他将赢得自己文学上的宝座”。

孟加拉人第那·般豆·米特拉（1829—1874）是以写社会政治剧闻名的，他是近代孟加拉戏剧的创始人之一。在1860年创作的剧本《青镜》中，他尖锐地揭露了英国种植园主对印度劳动人民的残酷剥削，深深同情劳动人民的苦难。他的戏剧创作，对以后印度戏剧的发展具有重要意义。

近代印度文学最光辉的代表，世界闻名的泰戈尔（详见本章第二节）也是用孟加拉语进行创作的。泰戈尔丰富的文学遗产，反映了印度人民觉醒的过程，也充分体现了印度近代文学反帝反封建的重要倾向，为印度现代文学的发展奠定了坚实的基础。

北印度的印地语作家把自己的创作与民族解放运动联系起来，描写了人民最关心的社会问题。诗人、剧作家帕勒登杜·哈里什·钱德拉（1850—1855），为以文学反映社会的迫切问题，作出了不懈的努力。他的笑剧《按吠陀杀生不算杀生》（1873），开创了近代印地语戏剧的道路。他在《印度的惨状》（1880）和《蓝色的女神》（1881）等著名剧本中，力求恢复民族传统以表现新的社会内容。他的诗歌也富有时代气息。在诗篇《巴拉特——杜尔大沙》中，他以生动的生活画面，强烈的愤恨情绪，谴责了英国殖民者强加在印度人民头上的灾难。另一位印地语民族诗人迈提里谢苍古伯德（1886—?），在他的名篇《印度之声》里，直接号召人民起来，争取民族解放和国家的独立。他还写有《色彩的破灭》（1910）等叙事长诗。他的作品采用日常口语，在推广标准印地语方面有很大功绩。印地语文学的优秀传统，后来在普列姆昌德的作品中进一步得到发展。

乌尔都语文学中，也拥有许多优秀的作家。曾获桂冠诗人封号的迦利布（1796—1869）在印度人民中享有崇高的声誉。他的诗以完美、幽默的艺术风格和深奥的哲理著称。作品有《迦利布诗集》等。他的诗作，反映了印度现实的黑暗，表现了诗人对1857—1859年民族大起义的切身感受。还有一位抒情诗人勃拉志纳拉扬·恰克巴斯特（1882—1926），他的诗集《祖国的早晨》，用民族的传统形式表现了现实斗争的内容。诗人用口语写作，在民间大受欢迎。阿拉玛·穆罕默德·伊克巴尔（详见本章第四节）更是乌尔都语文学的杰出代表，后来被称为“巴基斯坦文学之父”。

在乌尔都的小说创作中纳兹尔（1836—1912）可以说是乌尔都语小说的开创者，他的《新娘的明镜》（1869）是乌尔都语文学史上的第一部小说，描写了穆斯林的家庭和日常生活，富有改革伊斯兰社会习俗的现实意义。此外他还写有《伊本努瓦卡特》等6部小说，促进了乌尔都语社会小说的发展。沙尔夏尔（1846—1902）为乌尔都语小说的发展也作出了积极的贡献，他的长篇小说《自由幻想的故事》（1878），描绘了勒克瑙社会多方面的生活和矛盾，充满幽默和讽刺。

在南印度的泰米尔语文学中，出现了诗人苏布拉马尼亚·布哈拉提（1882—1921），他是泰米尔最早的爱国诗人之一，精通印地文、梵文和英文。他继承了泰米尔文学的传统，用流行的民间语言进行创作，诗歌中充满了对英国殖民统治的愤怒和谴责，表现了对祖国的热爱。他号召同胞们从迷梦中觉醒，改变自己的奴隶地位。他的诗得到了人民的普遍欢迎。他还写有散文、小说，被认为是泰米尔短篇小说的奠基人，他的短篇小说想象丰富，充满浪漫主义色彩。

除了用民族语言进行文学创作的作家外，在印度近代文学史上也涌现了一批用英语写作的优秀作家。他们同样为印度文学的繁荣作出了不可磨灭的贡献。奈都夫人便是其中的杰出代表。萨罗季妮·奈都出生于海得拉巴的一个婆罗门家庭，很早就显示出了非凡的文学艺术才华。13岁时即写了一首2 000行的英文叙事诗。后来，她爱上了出生于低等种姓家庭的青年奈都，不顾父母的反对和种姓制度的束缚，毅然与奈都结婚。1905年，出版了第一部诗集《金色的门槛》。她积极参加社会活动，成为印度民族独立运动的著名妇女领袖。她的诗集还有《时间之鸟》（1912）和《折断了的翅膀》（1917）等。她被誉为“印度的夜莺”。

近代的印度文学，是深深地扎根于印度民族土壤的，但它的发展也受到了西方文化的影响，而有成就的作家则能够正确处理民族文化和西方文化的关系。这一点我们可以从泰戈尔的作品中得到验证。他的作品既汲取了西方进步的文化思想、写作技巧，又保留了鲜明的民族特色。他将东西方文化和谐地糅合在自己的创作中，架起了一座东西方文化交流的桥梁。

第二节 泰戈尔

罗宾德拉纳特·泰戈尔（1861—1941）是印度近代伟大的诗人、作家、哲学家和艺术家。他被誉为东方的“诗哲”，1861年5月7日生于西孟加拉邦加尔各答市的乔拉桑戈。他是在印度民族民主革命的环境中成长起来的。他的家庭成员差不多都参加了当时的宗教改革运动、文学革命运动和民族主义运动。泰戈尔的祖父德瓦尔卡纳特·泰戈尔（1794—1846）被称为“印度19世纪第一个有国际头脑的人”，他是印度启蒙思想家罗姆·莫汗·罗易（1772—1833）的可靠朋友，是罗易从事宗教和社会改革的坚定支持者。泰戈尔的父亲戴本德拉纳特·泰戈尔（1817—1905）也是一位宗教改革家和哲学家。泰戈尔的七个哥哥和五个姐姐中，大哥是哲学家，二哥是法学家，三哥是教育家，五哥久迪林德纳特（1849—1925）是印度著名的爱国志士，姐姐绍罗诺库玛丽（1855—1932）是第一个用孟加拉语写长篇小说的女作家。

泰戈尔的家庭是当时加尔各答进步思想家和文化界的中心。一些著名的哲学家、爱国人士、作家、诗人、音乐家、戏剧家经常在他们家聚会，讨论各种问题，举办音乐会和戏剧演出。家庭对他进步思想的形成和文艺创作的发展，都有深刻的影响。

泰戈尔从小不喜欢在殖民主义者办的学校读书，他没有受过系统的正规教育。他虽然去英国留过学，但实际上只在伦敦大学学过三个月左右，没等大学毕业就回国了。所以他是靠家庭教育和自学成才的。

泰戈尔从童年时代就开始写诗、小说和剧本。1875年在《甘露市场报》上第一次发表爱国诗篇《给印度教徒庙会》，1877年发表第一篇短篇小说《女乞丐》，1878年发表长诗《诗人的故事》。这些作品还属于练习，为他日后的创作打下了良好的基础。

从1880年英国留学回来开始一直到19世纪末大约20年时间，是泰戈尔早期的创作阶段。前10年间，他主要住在加尔各答，一面协助父亲进行社会和宗教改革，一面从事文艺创作。这时他出版的诗集有《暮歌集》（1882）、《晨歌集》（1883）、《画与歌集》（1884）、《刚与柔集》（1886）、《心声集》（1890）等，长篇历史小说有《王后市场》（1881）和《贤哲王》（1885），剧本有《大自然的报复》（1884）、《国王与王后》（1889）和《牺牲》（1890）等。这些作品都带有浪漫主义的情调，强烈地反对暴君，歌颂贤王；反对封建习俗，歌颂爱情和生命，赞美大自然，表达了印度民族觉醒时期的时代精神。特别是他的早期浪漫主义抒情诗，以活泼的思想、真挚的感情、浓郁的抒情、民族的韵律，激动过无数沉醉在青春梦想里的青年的心。有的人甚至把它当做“精神生活的灯塔”。

后10年间，泰戈尔遵照父亲的意愿，到农村管理祖传的产业。这期间，他大部分时间住在帕特玛河畔的谢里达农庄里。这使他有机会广泛接触农民，了解殖民地半封建的农村社会。随着对现实认识的深化，他这时的创作，减少了浪漫的幻想，增强了现实认识的因素。在谢里达时期，他写有《金色船集》(1894)、《缤纷集》(1896)、《江河集》(1896)、《收获集》(1896)、《幻想集》(1900)、《瞬息集》(1900)、《故事诗集》(1900)，其中《故事诗集》尤为印度人民所喜爱，被称为“广大青年的爱国主义教科书”。

《故事诗集》收有三十多篇故事诗和叙事诗《两亩地》。这些作品，篇幅短小，语言朴素生动，富有民族韵律，大都取材于民间故事和宗教、历史传说，经过艺术加工，借古喻今表现了印度人民的民族自豪感和与殖民统治者斗争到底的决心，表达了印度人民要求改变不合理的社会习俗和反对封建压迫者的强烈愿望。歌颂民族英雄的有《被俘的英雄》(1900)和《更多的给予》(1900)，揭露封建种姓制度的有《婆罗门》(1893)和《丈夫的收获》(1900)。此外，还有反映农民生活贫苦和地方珠宝商人虚伪面目的《比丘尼》(1900)等。最重要的故事诗要推揭露和控诉封建地主巧取豪夺的《两亩地》。

《两亩地》(1894)最初收在诗集《缤纷集》中，后来编入1900年出版的《故事诗集》里。主人公巫宾是一个贫苦农民，只有七代相传的两亩土地。地主（王爷）为了使自己的花园“长宽相等，四四方方”，竟抢走了这块土地。接着，巫宾被赶出家门，在旷野、市场、路边度过了16个春秋。但是，他日日夜夜忘不了那两亩土地。有一天，他“终于在渴望中回到了故乡的园地”。正当他坐在芒果树下，在痛苦中回忆童年的往事时，两只熟透了的芒果落在他的脚下，他以为是大地母亲给他的赐赠，不料却被王爷诬蔑为盗贼。作者通过这个现实的故事，深刻地揭露了印度封建主勾结法庭残酷剥削压迫农民的罪行，对贫苦农民的不幸遭遇表示了深切的同情。诗中揭示出真正的盗贼不是巫宾，而是那个“如今”的“圣贤”——王爷。诗人说：“王爷的双手偷去了穷人的所有，唉，在这世界，谁越贪得无厌谁就越富有。”在谢里达，泰戈尔还创作了近六十篇直接取材于现实生活的短篇小说。他以诗人的目光去捕捉题材，以诗人丰富的想象去构思小说，以诗人的激情来表现生活。因此他的短篇小说充满着诗意的美。

泰戈尔的短篇小说，具有悲剧的力度和悲剧的美，表现了以悲为美的诗意。他笔下的主人公，大多数都是受苦受难的妇女，如《河边的台阶》(1884)中的苦森、《活着还是死了》(1892)中的康塔宾尼等。作者写她们的苦难都体现了一种深沉的悲辛。

《摩诃摩耶》(1892)是泰戈尔短篇小说的代表作之一，描写一个24岁的姑娘摩诃摩耶正与青年罗耆波相爱，有一次在破庙约会时被她的哥哥撞见，哥哥就强迫妹妹嫁给一个垂死的老婆罗门。婚后第二天，她就成了寡妇，又被迫和她丈夫一起火葬，只因突然出现狂风暴雨而幸免于死。可是美丽的脸庞已被烧坏，她逃到了情人家里，要他发誓永不拉开她的面纱。后来，在一个月夜，他终于看到了她脸上可怕的疤痕。摩诃摩耶没有回答一个字，头也不回地走了。如果把女主人公活活烧死，与情人分离，这当然是悲惨的，但缺乏力度。而泰戈尔却采用了突变的手法，偏没有烧死，而把脸烧伤，最后安排摩诃摩耶出走的结局，这显得更为残酷，更能激起人们对封建包办婚姻和婆罗门寡妇殉葬制度的愤懑。

泰戈尔短篇小说的诗意美，还表现在哲理的深度上。小说《达利亚》(1892)揭示了因封建制度而引起的老一辈的仇恨，在自由选择情人的基础上冰消雪融，富有哲理的启示和理趣的美。在《太阳与乌云》(1894)中，更具有哲理的意境。“当太阳与乌云这两位演员，把整个的天空当做舞台，各自扮演它们的角色的时候，在尘世这个舞台上的不同区域里，也有数不清的剧本在上演。”生活中上演的剧本是沙西布山和小姑娘吉莉芭拉的故事。作者深刻地揭示了人生舞台上的戏，也像太阳和乌云那样上演。人世间虽然充满着虚伪和不义，但尚有吉莉芭拉的真诚的心、真诚的爱，透过乌云见到了阳光，也会给人世间带来亮色，带来希望。泰戈尔的短篇小说，常常将人物性格加以诗化。如《素芭》中的素芭，虽是个哑女，但却有一双垂着长睫毛的大而黑的眼睛，她心里有什么想法，嘴唇就像一片树叶一样地颤动着把它表露出来。泰戈尔诗化人物性格，特别对苦难妇女的性格诗化，增强了小说的诗意美。泰戈尔短篇小说的诗意美，还表现在作品的抒情风格方面。泰戈尔的短篇小说不以情节取胜，而以抒情和特别富有诗的情味见长。《太阳与乌云》、《弃绝》、《素芭》、《河边的台阶》等小说，都有代表性。《弃绝》中的抒情是深沉的，《太阳与乌云》中的抒情格调既轻松又浑厚，感人肺腑。

泰戈尔这时期的短篇小说，已表现出他的杰出才能，他吸取了孟加拉民间艺人的某些技巧，结构单纯，语言精练，形象生动，抒情和叙事相结合，富有诗情画意。因此泰戈尔被认为是印度近代短篇小说的开创者。

从20世纪初到1919年，是泰戈尔创作的中期阶段。1901年，泰戈尔为了进行民族传统教育离开谢里达庄园，到圣地尼克坦创办一所自然学院。这是一所不分种姓、不分宗教信仰、不分男女的在露天和树荫下上课的学校。泰戈尔亲自用民族语言授课，教导年轻一代要珍视和了解印度的民族文化。这所学校，后来在1912年发展成为印度著名的国际大学。泰戈尔在圣地尼克坦办学期间，除了写诗和剧本外，还创作了长篇小说《眼中沙》（1903）和《沉船》（1906）。

1905年，印度掀起了民族解放运动的第一次高潮。泰戈尔从圣地尼克坦到加尔各答，积极参加反抗殖民统治的民族解放运动。他唱着自己谱写的歌曲参加示威游行。他还公开发表演说支持民族自治运动。泰戈尔这时写了许多爱国诗，最著名的有《祖国的土地》、《你独自前进吧》、《当他们的锁链束得更紧的时候》、《祝福孟加拉国土》、《战胜自身》等。这些诗篇表达了诗人对祖国的深沉的爱，对爱国者的热切鼓励，对民族解放的前景充满着必胜的信念。

1907年，泰戈尔与领导民族自治运动的国大党领袖们在农村问题、宗教教派问题以及斗争方式等问题上发生意见分歧。他退出了运动，回到圣地尼克坦从事民族教育和文艺创作。从1908年到1919年，即民族解放运动处于低潮时期，泰戈尔的创作数量是惊人的。他出版了8部孟加拉文诗集，包括《歌之花环集》（1914）、《鸿雁集》（1916）和《遁逃集》（1916）等；8部英文诗集，包括《吉檀迦利》（1912）、《园丁集》（1913）、《新月集》（1913）、《飞鸟集》（1916）、《采果集》（1916）等；两部长篇小说《戈拉》（1910）和《家庭与世界》（1916）；一篇中篇小说《四个人》（1916）；14篇短篇小说；十余部剧本，包括《坚定寺院》（1911）、《邮局》（1911）和《暗室之王》（1919）等；此外还出版《回忆录》一部，书信集一部，歌曲集11部和论文、杂文集10部。

泰戈尔的中期创作，不仅作品数量众多，艺术表现高超，在内容上从主流来看也是非常积极的。当然，由于民族解放运动的曲折和变化，这些作品也同时反映了泰戈尔的思想矛盾。一方面，他强烈地要求印度民族的独立和解放；另一方面他又反对采取暴力斗争的手段，而幻想通过宣传宗教哲学和伦理道德等途径来实现社会改造的目的。《沉船》和《戈拉》是泰戈尔中期创作中长篇小说的代表作。

在《沉船》中，作者通过刚从大学毕业的青年知识分子罗梅西的曲折复杂的恋爱婚姻故事，不仅表现了对封建婚姻制度的批判，对封建习俗的谴责和对资产阶级知识分子理论脱离实际、动摇、软弱的批评，而且更主要地着力表现了印度第一次民族解放运动（1905—1908）前夕孟加拉青年的觉醒和印度社会生活的变迁。《沉船》在艺术上富有独创性，情节带有传奇色彩，富有悬念，引人入胜。其情节中的许多传奇式的巧合，绝非荒诞离奇，而是有着深厚的生活基础的。正如作者所说："这种极端离奇的事，只可能出现在现实生活中。”作者在描写人物的个性特征时，特别重视人物的心理活动，有时通过人物的细腻的内心活动来表现性格，有时则通过无言的动作来表现人物的心理状态。此外，泰戈尔在表现人物的心理特点时，还常常把它同周围环境的描写交融在一起。

《沉船》中，除了人物的个性化以外，另一个重要特点是人物都带有理想色彩，差不多每一个人物都在关心着别人的幸福，富有自我牺牲精神。卡克拉巴蒂大叔成了助人为乐的化身，纳里纳克夏实际上是一个利他主义者。这一切与泰戈尔的艺术主张有关，他认为艺术的真实应包含作者的社会理想，使“生活达到和谐统一”。

《沉船》标志着孟加拉文学中现实主义创作方法的成熟，而《戈拉》则是泰戈尔现实主义创作的最光辉的成就。

《戈拉》是一部具有强烈时代意识、洋溢着爱国主义激情的长篇小说，就反映社会生活的广度和深度、艺术的精湛而言堪称印度社会的史诗。正如印度著名批评家苏库马尔·森所说，它是“现代印度的《摩诃婆罗多》”。

泰戈尔写《戈拉》的时候，他已同领导民族自治运动的国大党领袖们发生了意见分歧，回到了圣地尼克坦，但他对民族解放运动依然非常关注。他创作这部小说是为了总结1905年到1908年民族解放运动的经验。泰戈尔并没有直接描写这次运动，他巧妙地描写了19世纪七八十年代的社会生活。他想借助那时的历史经验来回答20世纪头10年里才充分显露出来的问题。

《戈拉》广泛真实地再现了孟加拉的社会生活，展示了一个时代从城市到农村的社会风貌，刻画了各式各样富有典型意义的人物，揭示了社会的主要问题。所以这部作品，可以称得上是史诗式的小说。作者在表现方法上继承了印度史诗《罗摩衍那》的传统，即着意表现人物的品质特征，对优秀的品质加以颂扬。泰戈尔在《罗摩衍那》一文中说：“请记住，印度不是想叙述任何历史骄傲的故事，而是想叙述完善的理想品格。”① 作品中的戈拉，给人印象最深的是他的“正直不阿”、献身精神和自我反省的高贵品质；安南达摩依之所以光彩照人，也在于她的不分种姓、不分贵贱的高贵品质。当然，作者在刻画人物形象时，包含着他的社会理想，无论主要人物戈拉，还是次要人物农村中的理发师，也无论理想人物安南达摩依还是反面人物哈伦，都是现实的艺术的概括，因此不仅使人物性格鲜明，对比强烈，而且使人物的品质特征具有真实感和可信感。

《戈拉》在印度文学史上有很高的地位，而且也已成了世界文学中的一部名著。它在印度文学中的地位，犹如托尔斯泰的《战争与和平》在俄罗斯文学中的地位。

从1919年到泰戈尔逝世，是泰戈尔创作的后期。这一时期，印度的民族解放运动进入高潮。泰戈尔以极大的热情投入了新的斗争。当英国殖民主义者在旁遮普的阿姆里察屠杀手无寸铁的印度人民时，他愤怒地写信给英国总督，声明放弃1915年英王授予他的男爵爵位，以示抗议。此后他一直关心国内外大事，积极参加社会活动。从1920年起，他为了寻求印度民族解放的道路，更频繁地出国访问，仅在1920年到1921年间，他就先后访问过英国、法国、荷兰、美国、瑞典、奥地利和德国。在国外发表反对殖民主义的侵略政策和奴役政策的讲演。1924年，泰戈尔曾来中国访问，对当时苦难深重的中国人民表示了深切的同情；后来，当日本帝国主义侵略中国时，他又几次对日本法西斯进行了严词谴责。

在第二次民族解放运动期间，他写有长篇小说《最后的诗篇》（1929）和《纠缠》（1929）、散文诗和寓言集《随想集》（1922）、剧本《摩克多塔拉》（1925）和《红夹竹桃》

① 《泰戈尔论文学》，倪培耕等译，149页，上海，上海译文出版社，1988。

(1926)、散文集《在中国的演讲集》等。

1930年泰戈尔访问苏联后，思想有了新的发展和变化，他认识到过去不少观点是错误的。他不仅批判了自己"爱一切人"的观点，而且也批判了自己的"教育万能"论。同时，他对劳动人民的历史作用也有了新的认识。他说工人、农民、渔民"推进整个世界在前进"。从此，他的创作思想倾向更为明确了，不少作品表现了诗人明显的战斗精神。20世纪三四十年代，泰戈尔的创作主要是诗歌和散文。散文比较著名的有《俄国书简》(1930)，这是诗人在苏联访问期间和去美国途中给亲友们所写的一部书信集，共收书简14篇。这部书信集，真实地记录了诗人在苏联的见闻，热忱地表达了他自己的感受和对社会政治问题的探索和思考。《俄国书简》写得朴素真实，充满着高昂的激情，无论是对苏联人民新生活的赞颂，还是对殖民主义的愤怒，都有一股压抑不住的感情激流回荡在字里行间，因为"我们游历过的其他国家的社会都没有整个震动过我的心"。

泰戈尔后期的诗作，不仅能代表他后期的思想倾向，而且在艺术上也开辟了新的天地。诗人在后期出版的诗集有二十多部，主要有《随想集》(1922)、《总结集》(1932)、《再次集》(1932)、《五彩集》(1933)、《最后的星期集》(1935)、《叶盘集》(1936)、《黑牛集》(1936)、《边沿集》(1938)、《天灯集》(1939)、《新生集》(1940)、《病榻集》(1940)、《康复集》(1941)和《生辰集》(1941)等。

泰戈尔后期的诗，有不少是总结人生经验的抒情诗，还有不少是政治抒情诗，被认为是泰戈尔诗歌创作的精华。泰戈尔的后期政治抒情诗，不仅关心印度的命运，而且把世界人民的反帝斗争与印度人民反抗殖民统治的斗争紧密地联系在一起。如《叶盘集》中的《非洲》，诗人谴责了帝国主义对非洲的野蛮掠夺，表现了对非洲人民的深切同情；又如《叶盘集》中的《敬礼佛陀的人》，辛辣地讽刺和揭露了日本侵略军在佛寺祈祷侵华战争胜利的丑恶行径。在《边沿集》第18首中，表达了诗人对法西斯的愤怒，并向每一个家庭呼吁："准备战斗吧，反抗那披着人皮的野兽!"这些政治抒情诗，不仅没有神秘主义气息，而且也很少有温和的改良主义情调，而代之以昂扬的激情和战斗的号召。

泰戈尔后期的诗作，还开辟了现代意义的孟加拉语散文诗和自由体诗的新领域。他在1919年尝试写孟加拉语散文诗，后来收集在《随想集》中。1932年出版的《再次集》是孟加拉语散文诗的再一次实践。接着又写了《最后的星期集》、《叶盘集》和《黑牛集》。他非常重视这种新诗体，把它们比喻为他的诗歌"花园里的鲜花"。与他的英文散文诗相比，泰戈尔的孟加拉语散文诗的思想倾向比较明确，也极少有宗教的神秘色彩，更具有现实性。虽然他在诗中仍体现了生命哲学，但对生命本体有了新的认识，因此很少与"神"联系起来。他也不再热衷于追求人与神的和谐合一，而是更多地关注印度全民族的命运和世界风云的变化。在诗中，诗人有意识地表现出"简朴的、日常的生活气息"，给人一种朴实的生活的真实感。此外，他的这些孟加拉语散文诗，还采用了口语化的语言，打破了传统的格律，但仍具有内在的韵律、明显的节奏感和清新、质朴的艺术风格。

30年代，泰戈尔用自由体诗写的诗集还有：《边沿集》、《病榻集》、《康复集》、《生辰集》等。他认为这种无韵、长短句相间的自由体诗，充满着诗的激情和内在韵律，不仅改变了诗的形式，而且也改变了我们对诗的概念，甚至改变了其内容。

泰戈尔后期诗体形式上的开拓精神，也表现了泰戈尔晚年生命的活力，正如他的儿子罗亭德拉纳特所说，泰戈尔给人印象最深的是他头脑的惊人活力，他没有一天停止过发展。一般人在晚年就不愿再开拓新的天地，而泰戈尔在文学技巧方面的一些最大胆的探索，却都是在晚年进行的。他在年约七旬的时候，抛弃了格律转向了自由诗。

泰戈尔于1941年8月7日在加尔各答逝世。在他长达60多年的创作活动中，总共留下了50多部诗集，30种以上的散文著作，12部长、中篇小说，近百篇短篇小说和30多个剧本。此外，他还创作了2 000多首歌曲和2 000多幅美术作品，出版了有关语言、文学、哲学、政治、历史、宗教和化学等方面的论著。

在诗歌作品中，《吉檀迦利》是泰戈尔最著名的一部诗集。这是诗人在1912年春夏之间从自己孟加拉文诗作中选译成英文的一部杰作。它共收诗103首，其中50余首译自孟加拉文诗集《献歌集》（1910），其余译自《祭品集》（《奉献集》）（1901）、《献祭集》（1903）、《渡口集》（1906）等诗集。孟加拉文原作是有韵的格律诗，译成英文时，采用的是散文诗的形式，1912年在英国伦敦出版，1913年获得诺贝尔文学奖。

诗集题名《吉檀迦利》，在印度孟加拉语和印地语中都是"献歌"的意思，是以敬仰神、渴求与神的结合为主题的。诗人的歌是献给神的，但向神献的歌却非一般的超脱尘世的宗教颂神诗，而是"生命之歌"。他歌唱生命的荣枯和现实世界的欢乐与悲哀。诗集的主旋律回旋着时代脉搏的跳动："我的骄傲，是因为时代的脉搏，此刻在我的血液中跳动。"

《吉檀迦利》实际上是一部抒情哲理诗，表达了诗人对祖国前途的关怀，对人生理想的探索和追求。

诗人所敬仰的神是神秘的："他是谁呢?""真的，是说不出来的。"但诗人在诗中感到他无处不在，在一切生命中，在人类社会中。他是主人，是"万王之王"，他又是情人、兄弟和朋友。由此看来，他不是供人崇拜的"一神教"的神，不是超然的神，而是与万物化成一体的"泛神"。但诗人在诗歌中并不以表现"泛神论"为目的。诗人说："神学家可以追随学者，认为我写的一切都是泛神论，但是我不会崇拜这个术语，不会为保护它而抛弃活生生的真理。"因此，诗人在诗集中通过这泛神论色彩的神，主要是为了表现"活生生的真理"。

诗人所礼拜的这位神，并没有穿着高贵的服装，奔走于有钱有势的王公贵族之间，而是"穿着破敝的衣服"，"在最贫最贱最失所的人群中行走"，他和那"最贫最贱最失所的人们中没有朋友的人做伴"，他是在"锄着枯地的农夫那里，在敲石的造路工人那里。太阳下，阴雨里，他和他们同在，衣袍上蒙着尘土"。诗人歌颂这位神的高贵品质，实际上反映了诗人同情劳动人民、反对社会不平等的民主精神。

在诗人笔下的这位神，又是光明和自由的象征。诗人礼赞他是"永远光耀的太阳"，作为"最初的光明和形象，来呈现在我眼前，让他的眼光成为我觉醒的灵魂的最初的欢耀"。诗人还预言，现实世界也将以他的火焰点上"万盏不同的明灯"，把道路照亮。同时，诗人还感到，自己所寻求的自由，那无价之宝，也是在他那里，诗人写道：

在那里，心是无畏的，头也抬得高昂；
在那里，知识是自由的；
在那里，世界还没有被狭小的家园的墙隔成片断；
在那里，话是从真理的深处说出；
在那里，不懈的努力向着"完美"伸臂；
在那里，理智的清泉没有沉没在积习的荒漠之中；
在那里，心灵是受你的指引，走向那不断放宽的思想与行为——
进入那自由的天国，我的父啊，让我的国家觉醒起来吧。①

① 《吉檀迦利》，见《泰戈尔作品集》第一卷，谢冰心译，北京，人民出版社，1988。本书引诗均见此书。

诗人歌颂神、神的世界，正是表现了诗人在殖民主义统治下的黑暗现实中，追求光明和自由的强烈愿望。在泰戈尔的这部“生命的献歌”中，这位神也正如他在《缤纷集》中所提出的“生命之神”，成了无限生命的象征、无限人格的象征。在他的生命哲学中，人的生命与自然的生命是统一的，无限生命与有限生命是统一的，无限在有限中并通过有限来表现自己。“生命之神”“潜藏在万物的心里，培育着种子发芽，蓓蕾绽红，蓓蕾结实”，也潜藏在诗人生命的深处：“我生命的荣枯围绕着她起落。”她使万物具有急遽地前奔的力量，她使生命充满欢乐，显示出伟大的价值。诗人写道：

就是这股生命的泉水，日夜流穿我的血管，也流穿过世界，
　又应节地跳舞。
就是这同一的生命，从大地的尘土里快乐地伸放出无数片的芳草，
　迸发出繁花密叶的波纹。
就是这同一的生命，在潮汐里摇动着生和死的大海的摇篮。
我觉得我的四肢因受着生命世界的爱抚而光荣。我的骄傲，
　是因为时代的脉搏，此刻在我血液中跳动。

诗人礼赞生命之神，唱出生命之歌，实际上表达了诗人热爱人生、热爱自然，不断追求、不断进取的人生哲学。在诗集中，泰戈尔试图通过人与神的合一来寻求实现理想的道路。这就是泰戈尔所说的“诗人的宗教”。按他自己的解释，人分为两种，一种是没有人格的物质的人，另一种是有人性的“人格”的人。当一个有“人格”的人与“无限人格”结合的时候，就达到了理想的最高境界，就是印度人所说的“圆满”。这时，人就从“那狭窄自私的世界解放了”。在《吉檀迦利》中，诗人追求人与神的结合，渴望与神“完全合一的形象显现”。这里的神的世界，就是指“无限人格”。那么人与神即“人格”的人与“无限人格”怎样结合呢？诗人指出：“这个人格的‘我’与无限人格必然有着完美的联系，它不能有别的，因为我们曾爱，并在爱中得到了人格的无穷满足。所以我们才懂得我们和无限人格的关系是爱的关系。”在诗集第 17 首诗中，诗人也说：“因为我只等着爱，要最终把我交在他手里。”所以诗人是以爱为出发点来求得人与神的结合，求得“人格”的人与“无限人格”的结合。为了求得与神在爱中结合，诗人要求自己“人格”的完善，要从自己的“思想中摒除虚伪”，要从“心中驱除一切丑恶”，要把自己从“极欲的危险中拯救出来”，要“使我的爱开花”。这似乎是个人道德的自我完善，又像“独善其身”。但值得特别注意的是，泰戈尔特别要求“自己的爱在服务中得到果实”。这是泰戈尔这时期思想情绪的表现。他在第一次民族解放运动失败以后，曾号召每一个人“都要时刻关心我们的国家”，提出“爱国主义者要有组织有计划地为人民服务，与人民紧密结合起来”。他要完善自己的“人格”，目的就是为了要更好地为当时 3 亿印度同胞服务，他认为在服务中，才能使自己的爱得到果实。这与我行我素的个人的“独善其身”或“道德的自我完善”是不完全一样的，也是泰戈尔思想境界高出一筹的地方。

《吉檀迦利》虽然表现了诗人民主、平等、自由和进步的社会理想，但诗人并不从政治上着眼以求得理想的实现，而是从人与神合一的新的宗教上进行探索，这不仅使作品带上了浓厚的神秘色彩，而且也不能引导人们去从事现实的斗争。同时，泰戈尔又提倡“爱”，强调要爱穷人，爱劳动者，并以“爱”去为人民服务，认为只有通过爱才能实现个人的“人格”与“无限人格”的结合，这种“爱”表现了诗人的良知，对苦难深重的印度人民的真挚的感情。在当时虽有其积极的意义，但它毕竟是抽象的。试图用“泛爱”去求得社会矛盾的解决，求得理想的实现，这只能是幻想。一直到 20 世纪 30 年代，泰戈

尔才认识到："那些毒污了你的空气的，那些扑灭了你的光明的，你能饶恕他们？你能爱他们？"

《吉檀迦利》在艺术上是独具特色的。诗集里充满哲理，但它又是高度情感性的，抒情味很浓。诗人对理想的追求，对人生道路的探索，都是通过内心感受来表达的。诗人不避讳内心的矛盾，不隐瞒自己的弱点，如在第 14 首中，他道出了自己的"软弱动摇"的心理，第 29 首中，他懊恼地说出自己在高筑与生活隔绝的围墙，"看不见了真我"。这一切诗人都是坦然地表露出来，使读者感受到诗篇的真情实感，因而使诗集具有迷人的魅力。

诗集的另一特点是它的朴实性。诗人自己说过："只有经受过最高深复杂的训练才能谱写出最简单朴实的曲调。"诗集中的朴实性是通过诗与日常生活中最基本的东西相结合表现出来的。如习以为常的印度妇女的提灯顶罐，印度农民在枯地上的劳动，印度迷人的春日、夏夜，印度的秀丽风光等等，无不清晰地呈现在读者面前，使人感到一种朴素的美。这部诗集的朴实性还在于通过各种各样的比喻，使抽象的事物变得具体化。如描写死亡的一组诗（78～103），诗人表达热爱生活的人也能够在死后得到安慰时，用了婴孩吃奶的比喻："当母亲从婴儿口中挣开右乳的时候，他就啼哭，但他立刻又从左乳得到了安慰。"诗人表现人离开人世时，用了日常的比喻："像一群思乡的鹤鸟，日夜飞向它们的山巢"，"让我全部的生命，启程回到它永久的家乡"。

诗集还有一个比较突出的特点，是散文诗的优美韵律。孟加拉文本《吉檀迦利》、《奉献集》和《渡口集》等诗集，都是有韵的格律诗，诗人选译成英文时，采用了散文诗的形式。他认为散文诗应列于真正的诗歌之中，它可以不受诗体格律的限制而自由表达思想。

《吉檀迦利》这部诗集，随着时间的推移，已不像它问世时那样激起读者强烈的热情，但它所显示的某些生活的哲理，奔流着的生命的力量，以及它的诱人的艺术魅力，仍将有众多的读者去欣赏它，去研究它。它将作为一部世界文学的名著永留人世。

第三节
萨拉特

萨拉特·钱德拉·查特吉（1876—1938）是近代印度著名的孟加拉语现实主义作家。在印度文学史上，他与泰戈尔一起影响了一代作家的创作。他 1876 年 9 月 15 日生于印度西孟加拉邦村镇的职员家庭。父亲爱好文艺，这对作家走上文学道路起了重要的作用。不久由于家庭贫困，他寄居外祖父家。外祖父是个保守、严厉的印度教徒。萨拉特对压制个性的生活环境不满，偶有反抗，但思想深处却也受到传统的印度教观念的影响。在中学期间，他热爱文学，深受般金·查特吉和泰戈尔的影响，敬仰他们的文学事业。18 岁开始写作，与学友创办过手抄本刊物《幻影》，并在刊物上发表习作。不久因穷困中途辍学，后又因参加当地的政治改良派的活动与外祖父为首的保守派冲突，被赶出家门。

从此他云游各地，1903 年去仰光谋职，开始正式的文学创作，发表了第一篇短篇小说《庙殿》。1916 年从仰光回到加尔各答后，专门从事文学创作，成为印度第一位职业作家。十几年的缅甸异邦生活，使他接触到当地下层人民，了解了他们的生活、思想和情绪，为其后的创作打下了基础。在这期间发表的中篇小说《大姐》（1907）轰动了文坛。回国之后，开始了他的文学创作的黄金时代，写了众多的小说作品，影响遍于印度。1921 年结识了国大党激进派领袖奇·兰·达斯等，深受他的影响，成为一位激进的民族主义者，担任了地区的国大党主席。1925 年因奇·兰·达斯去世，听从泰戈尔的劝告，他隐居乡村，从事创作，写出他晚年最后的几部长篇小说。1936 年他与泰戈尔、普列姆昌德等著名作家联合声明，要求和平，反对法西斯，并且支持印度进步作家协会的成立。1938 年 1 月 16 日病逝。

萨拉特是一位爱国、民主和人道主义作家，他具有强烈的民族精神，反对殖民统治，支持民众的爱国民主的暴力斗争。他同情人民的疾苦，称自己是农民苦难和贫困的见证人。他主张妇女应有爱情、婚姻的自主和参加政治和宗教活动的自由。总之，他以人性、人权和人格衡量一切，以善与恶、民主与强权判断是非；同时在他的思想深处又含有传统的宗教、道德的观念。因此他的思想新与旧、革新与保守杂陈并存，时时相互矛盾。他是现实主义作家，深受 19 世纪英国现实主义作家狄更斯、萨克雷和当时印度诗圣泰戈尔的影响。他主张文学要深植于体现真理的生活土壤之中，文学的时代精神才是文学的永恒价值，强调文学要于人民有利，反对“为艺术而艺术”。他遵从现实主义的原则，创作态度认真，一生先后写了 8 部短篇小说集，30 余部中长篇小说。

萨拉特在仰光的早期创作和 1925 年回国后的中期创作，大多数以描写农民的苦难和妇女的不幸为主题。短篇小说《奥帕吉的天堂》描写了一个年仅 30 岁就死去的贫苦女性奥帕吉，通过她的不幸、早死以及死后简单的埋葬，揭示了农村中贫富悬殊、劳动者受富有地主欺压的情景。短篇小说《摩黑什》写与贫苦农家父女相依为命的一条叫摩黑什的牛被地主毒打致死的简短故事，揭露了地主对农民的重利盘剥和压迫。长篇小说《乡村社会》真实地再现了印度农村生活的黑暗与可怕，地主与政府、法院勾结，横行霸道，肆意妄为，使许多农民破产，流落他乡。在萨拉特的中长篇作品中，更受关注的是印度妇女在婚姻、恋爱中的不幸。《嫁不出去的女儿》（1917）描写在盛行奁资的封建婚姻制度下，一个既无嫁资又无容貌的小姑娘的痛苦与悲哀。在《大姐》、《婆罗门之女》（1920）、《代瓦达斯》等作品里，揭露了各种封建陋习在婚姻、爱情上给妇女带来的悲剧，寡妇被剥夺再婚的自由，种姓制度和门第观念造成青年男女的终身不幸。在肯定妇女为争取爱情自由和婚姻幸福而大胆追求并对传统礼教敢于反叛的同时，也歌颂了忠于责任、温顺善良、克己守节的女性，这暴露出作家还残留着陈旧的妇女观和婚姻观。

1922 年萨拉特参加国大党爱国政治活动以后，思想发生变化，创作也焕然一新，从具体的个人、家庭、社会生活的描写扩大到民族、国家的重大政治生活的描写。如反映甘地非暴力不合作运动的爱国政治运动的长篇小说《觉醒》（未完成），表现作家思想变化、反对迷信和专制、提倡民主与科学的《最后的疑问》，探索民族独立运动出路的《秘密组织——道路社》，以作家自己经历为主线、描写一代知识青年成长过程的长篇巨著《斯里甘特》（四部曲）等，都是萨拉特笔力深刻、感情浓烈的上乘之作。

《秘密组织——道路社》（1929）是萨拉特晚年的代表作，是他思想飞跃的重要标志。作品虽以缅甸异乡为背景，但直接取材于民族解放斗争，描写民族解放运动的发展和变化。正因为小说倾向性鲜明，现实性强，所以遭到了当局的禁刊处罚。小说以三个青年积极参加缅甸的印度爱国秘密组织道路社的活动开始，又因每个人经历、教养不同，以最后分手、组织分裂而告终。小说结尾有些灰暗，但整个作品始终洋溢着高昂的民族情感，从一个角度反映了当时高涨的民族独立运动。小说高奏“自治是天赋的权利”的主旋律，充分地展现了民族解放运动中激进派和温和派之间的斗争。职业革命家医生博学多识，具有不屈不挠的斗争精神，他斥责西方殖民主义者的罪恶，坚决主张暴力斗争，实现民族自治。当他的主张在组织中未能实现时，他毅然出走中国，支持中国的民族、民主斗争。他是20世纪初期印度的民族主义者，爱国的英雄。小说另一位主人公阿布尔沃缺乏明确的斗争信念和强烈的爱国热情，希望采取温和的办法达到救国的目的。出于不杀生的宗教观念，他反对暴力斗争，主张福利、教育救国。他虽然心地纯洁、善良，但性格软弱，甚至做出有害于组织的行为。他脱离组织后从事改善农民处境的慈善工作。作品中青年女性帕拉蒂是受西方近代文明影响的知识分子，她热爱自己的国家，也相信自由、平等、博爱，希望用东西方文明的“融合”达到民族自立。这三类不同知识分子的精神面貌反映了民族解放运动中三种不同的道路，显示斗争内部的多重性和复杂性。

萨拉特最有影响的作品，是耗费他十余年精力才完成的长篇大作四部曲《斯里甘特》(1917—1933)。这部小说带有自传色彩，是以作者少年和青年生活为主线，写出了作家学童时期、云游四方的青年时期、缅甸谋生时期以及归国后漂泊不定的生活时期，中间贯穿了他与歌女拉佳拉克什弥两度相爱同居后又忍痛分手的故事，可以说是作家个人成长历程的艺术概括。

《斯里甘特》第一部出版时名为《斯里甘特流浪记》，获得文坛的好评，被公认为是他最出色的作品，不久被译成多种外国文字，誉满海外。如法国大作家罗曼·罗兰读后便称赞不已。小说起笔写作者垂暮之年，回忆自己人生黎明时期被人们称作“可耻”的流浪生活。往事如云，但“整条记忆的锁链却不曾被扯断”[①]，在他心目中最值得怀念、留下印象最深的是少年时代与患难朋友英特拉·纳特共同冒险的经历和青年时代与歌女比雅丽的恋情波折。这两个经历就是回忆线索中的两个原点，又联系寄身于姑母家的学童生活、耍蛇人妻子安娜达姐姐的不幸以及寄食于土邦王子的食客生活、当出家人的经历等，构成其生活的完整历史画面。

英特拉是斯里甘特第一个好友，也是他走上流浪生涯的引路人。英特拉虽出身高贵的婆罗门，家庭富裕，但他没有按照世俗和家庭指定的道路走入社会。他生活质朴，生性坚强，富有同情心，敢于同邪恶的世俗势力斗争。他因戏弄上课睡觉的老师而被开除，但并不为此伤心；他依仗个人的勇气和力量救出了惨遭毒打的斯里甘特；他不顾个人生命安危，冒险偷鱼，拿去换钱帮助贫困的安娜达姐姐，保护安娜达姐姐。他爱憎分明，从不顾忌传统观念和陋习。在他心目中，善行与责任是人生的第一要素。他凭直觉的天性去感受，去实践。他是一位具有纯真灵魂的少年，在他身上葆有一种未被尘习污染的原始初民的单纯人性。他虽有些迷信和宗教偏见，但是遮掩不了达到至美境界的纯真与赤诚。他那种单纯的人性使他不能与世俗生活相融，最后“抛掉房屋、财产、亲友和一切，只穿着一件随身衣服出走了，从此再没有回来”。他浪迹天涯，与云鹤为伍，回到自然之中，做了一个自然之子。两位少年爱戴的安娜达姐姐是印度苦难女性的象征。她的一生被可恶的丈夫——一个恶棍式的耍蛇人萨赫吉毁掉了。她本是一个出身富有的婆罗门女子，定亲之后，就承担起妻子的责任。随丈夫出走，漂泊他乡，过着贫困的生活，还忍受丈夫的暴虐与欺侮。丈夫死后，她担负起偿还一切债务的责任。她勇敢地承担起严峻的命运所给她的种种不幸，她对丈夫的忠贞不是爱的奉献，而是妻子在圣坛上应尽

① ［印度］萨拉特：《斯里甘特（一）》，石真译，北京，人民出版社，1981。本节以下引文均见此书。

的职责。她善良、真诚、勤劳，在逆境面前又有一种顽强、坚定的性格，显露出一种自尊自爱的独立精神。她是作家笔下的理想女性，是以奉献精神为生的高贵女子。在她身上表现出作家追求的做人的价值。另一个高贵女子是歌女比雅丽，她与斯里甘特童年时相识、相爱，但命途多舛，沦落风尘，成为歌女。多年的歌舞场生活并没有使她人性泯灭，灵魂堕落，善心与爱心仍占住她的心田。与斯里甘特邂逅之后，旧情复萌。她用自己的爱心保护情人，激励斯里甘特弃旧图新，做一个自立的男人。她不冀求对方的回报，只尽到自己的爱心。她为报答家乡的养育之恩，收养了一个贫困青年做养子，供其上学。她在母爱与情侣之爱之间做了选择，放弃个人幸福，克制自己的情感，完成母亲的职责。斯里甘特在她的感召之下，摆脱了迷惘和困惑，走上正路，理智地离开了她。以后，她与由缅甸回国的斯里甘特再次相遇，虽然她献出自己的一切，但终因两人生活道路不同，再次分手。

斯里甘特是作家的化身，小说用他的目光来写出自己的少年与青年流浪的生活。少年时期的斯里甘特是一个单纯、善良的少年，青年时期他没有受到过严酷的人生磨炼，因而思想不成熟，性格不稳定，依然生活在十字路口而徘徊和迷惘。在人生旅途中，英纳特的友谊、与安娜达姐姐的交往、比雅丽的恋情，都留下了深深的印迹。英纳特使他在思想上摆脱了陈规旧念，正直、善良、勇敢地对待生活；安娜达使他明白社会的不公正以及做人应有的责任感；比雅丽的爱心使他从浑浑噩噩的生活状态中醒悟过来，寻求人生的真正之路。他最后以理智压制个人情感，使比雅丽做母亲的形象得以完善，这是他精神的升华，生活的新起点，也是他用道义、责任指导行动的结果。

小说是自传体回忆录式的作品，但它并没有呆板地按照时间顺序逐一地、机械地记录个人的生活经历，而是选择那些“在记忆的沃土中”，“深深地扎下了根”的“许多平凡的、微不足道的小事”。虽是凡人小事，却有着戏剧性的悬念和引人入胜的传奇色彩。作家还善于用环境的烘托、气氛的渲染来增强作品的艺术感染力。小说情节较为分散，结构也不甚紧凑，但它具有更多的艺术空间，为作家的描写提供了广阔的天地。小说用自叙、回忆的方式，自如地把抒情、叙事、议论融为一体，既表达了作家激越的情感，又发挥了作家哲理的深思。当安娜达姐姐失踪之后，斯里甘特禁不住对天公痛责，这不仅是对姐姐的同情、对社会不合理的愤怒，也是对友人的深情怀念。作品中的议论，表达一个进入晚年的老者从往事生活回忆中得到的启示和教训，用哲理性的语言闪耀出理性思考的光芒。

《斯里甘特》也体现了萨拉特创作的总体风格：注重平凡人物和事件的描写，擅长人物心理的刻画，语言细腻、婉约的特色和悲剧性结局使作品弥漫着感伤主义色彩。

第四节 伊克巴尔

穆罕默德·伊克巴尔（1877—1938）是印度和巴基斯坦的著名诗人、思想家、宗教家、社会活动家，被称为“阿拉玛”（学者、大师）。他虽然在巴基斯坦立国前已去世，但仍被巴基斯坦人民尊为巴基斯坦国的奠基者。他出生于一个虔诚的穆斯林家庭，又在伊斯兰教学堂学习，所以从小就受到伊斯兰文化的熏陶，对波斯语和苏非教派诗歌有较深的造诣。后来又在大学学习宗教、哲学与文学，并获得硕士学位。随后在大学任教，讲授哲学。1905 年赴欧洲学习，在德国学习哲学，在英国学习法律。1908 年在德国获得博士学位。同年回国，在国内从事律师工作，不久又在大学担任宗教、哲学和文学的教学工作。以后离开学校，专门从事哲学、宗教和文学的研究，并进行创作活动。1923 年因他的诗歌成就显著，被称为“东方诗人”，获“爵士”称号。1926 年开始担任议员，积极支持社会改革和教育普及工作。1930 年担任全印度穆斯林协会主席，提出建立伊斯兰国家的理论与构想。1931 年以后，作为宗教界代表人物多次参加英印谈判的圆桌会议。晚年积极从事政治活动，在国内主张民主、自治；在国际上，反对殖民主义和帝国主义，提出了泛伊斯兰主义的主张，在伊斯兰世界享有盛誉。

伊克巴尔一生留下了十几部诗集，用两种文字写成。乌尔都语诗集有《驼队的铃声》、《杰伯列尔的羽翼》、《汉志的赠礼》等抒情性的作品，波斯语诗集有《自我的秘密》、《无我的奥秘》、《东方信息》等哲理性的诗作。诗人用波斯语写作，不仅出于他的爱好和善于运用波斯古典诗体，也是为着扩大其影响，希望在伊斯兰世界得到广泛的回应。他的诗歌内容广泛，有政治抒情诗、宗教哲理诗、旅行随感诗和一般抒情诗等。他以政治抒情诗和宗教哲理诗为主，体现一位伟大的爱国、民主的伊斯兰诗人的精神风貌。虽然诗歌具有浓厚的伊斯兰精神，但诗人仍能用近代思想予以诠释，因此是传统的宗教观念与近代思想的融合。如果说泰戈尔是体现印度教精神的近代大诗人，那么伊克巴尔则是体现伊斯兰教精神的近代大诗人。

伊克巴尔早期诗歌以爱国主题为主导。诗人生在一个东方的文明古国，近代殖民者入侵之后，山河破碎、民不聊生的惨景使诗人悲愤不已。《苦难的图画》表达了诗人的这种心情。诗的开篇就写出了印度满目疮痍的现状，它撕裂了诗人的心肺，让诗人悲痛地呼出震撼肺腑的诗句：“哦！印度，你的容貌使我哭泣！”① 诗中指出当前印度的苦难是印度有史以来最可怕的一页。诗人认为最可怕的不是“折花者”（殖民者）对祖国这座大花园的践踏，而是他们的破坏行径未遭阻止，“折花者多么幸运，因为园丁们互相争斗不息”。国家内部不团结，导致入侵者乘虚而入。诗人呼唤祖国的觉醒：“你还要多么长时间这样默默无语，什么时候控诉你的灾难的时日”；“只有走上行动的途径时，对‘自然’才算亲密”。

《印度之歌》也是一篇爱国诗作的名篇，它用亲切的语调、真诚的情感唱出对祖国的热爱：“我们是它的夜莺而它是我们的花园。”美丽花园的形象是传统的形象，象征着可爱祖国的丰饶、和平。祖国人民只有栖身在这座美丽的家园，才能自由自在地生活。它有直入天际的高山，有流经其间的千条河水，有“比天堂还美丽”的仙境。人们和睦相处，他们都是同一土地的居民。诗人祈求祖国的英名永存，不要像其他人类文明古国希腊、罗马、埃及一样，成为历史的陈迹。全篇音律优美，激情荡漾，谱上乐曲后，广泛流传。

伊克巴尔中期诗歌创作，虽然保留了早期的爱国主题，但更多的是开拓诗歌新的领域，探索伊斯兰宗教的哲学观念。诗人写下了《自我的秘密》、《无我的奥秘》等波斯语诗集。其中《侍酒歌》、《生命与斗争》、《神与人》、《大天使与撒旦》等是其珍品。诗人

① 《伊克巴尔诗选》，邹荻帆、陈敬容译，北京，人民文学出版社，1958；《伊克巴尔诗选》，王家瑛译，北京，人民文学出版社，1977。本节引诗均见此二书。

是伊斯兰教信徒，一个有神论者、唯灵论者，他的哲理思想主要继承中世纪伊斯兰的苏菲教派的观点，阐明“呼啼”即“自我”的观念。“呼啼”既不同于追求个性自由的西方近代“自我”观念，也不同于具有潜在本能意识的弗洛伊德精神分析主义的“自我”。它既是个性，又是宇宙万物的通性，是生命，是光明，是永生的。《侍酒歌》对“呼啼”的赞美充分表达出这种“自我”观念。诗人不是停留在过去传统的宗教哲学的观念上，而是赋予了“呼啼”新的品格，它具有无限的生命创造力。“我运动，我才能活着，假如我停留，我就会死去。”运动即生命的本质，是“呼啼”存在的显现，它用无限的生命进行创造，“升腾、兴奋、飞翔、呼吸、燃烧、点燃、杀戮、死亡、生长。时间和空间是它的竞技场，天空是它通途上尘埃的波涛”。创造是“呼啼”的本性。在《大天使与撒旦》中，撒旦对大天使只会祈求上帝不会创造的行为做了尖刻的讽刺，他之所以反叛天庭，是因为他不需要近于圆寂的死静，那里“没有宫廷，没有热闹的道路”，他需要“暴风骤雨”、“奔腾”的“江河”和“海洋”、“灿烂光华”，他需要行动和创造。《神和人》借人与神的对话，人再次强调他用造物主（真主）提供的材料创造出“灯、杯盘、花园、镜子、蜜汁”等。所以诗人笔下的“呼啼”（自我）观念，不是“自我”与神的融合所达到的寂静，而是突出其具有强大的创造力。这不仅说明诗人受到西方近代哲学与社会思潮的影响，强调了行动与实践的伟大；同时也表明诗人面对殖民统治下山河破碎的祖国，倡导行动，振兴民族，为国家有所作为的新的探索。诗人还认为不断完美和发展“自我”可以达到一个全新境界——“无我”即“完人”。这首先要自强不息，充分发挥创造力，实现生存的目标。神是造物主，它的本质就是创造，“呼啼”（自我）的创造本性就是神性。其次，要用“爱”来协调、控制外界与自我内在的力量，使之按照一定规律而发展。“呼啼”（自我）的修炼，才能体现出神性和神力。《无我的奥秘》形象地指出：“个人一旦消失在集体之中，宛如水滴变成广阔无限的海洋。”诗人还认为应有信仰，在伊斯兰精神的指引下，充分发挥创造能力，来振兴个人、民族和宗教。而那些失去信仰陷入精神危机的“现代人”，尽管他们有发达的思维和科学的思想，能够“探求行星的轨道”，“捕捉太阳的光线”，但是“智慧”使他们失去了“目光”，“是非利害分辨不清”，“不能把生命的黑暗变成黎明”（《现代人》）。智力和科学的发展，精神的空虚、困惑构成了“现代人”的窘态，只有信仰才能医治他们的病根。

伊克巴尔诗歌另一突出的主题，是对国际和国内的政治事件和社会问题的关注，尤其他晚年以著名的社会活动家的身份参与社会活动，更拓宽了他这一领域的诗歌创作。他对东方国家的政治、经济、社会、教育、妇女、文学艺术、宗教信仰等广泛的问题，以诗的形式表述了自己的观点，形成他的诗歌中富有艺术生命力的政治抒情诗。在这些诗作中，突出的主题是歌颂人民革命，歌颂广大亚非地区的民族、民主的爱国斗争，以及揭露批判西方殖民主义者、帝国主义者的罪行。《卡尔·马克思》用简明的诗句歌颂了马克思这个共产主义运动的领袖，认为他是和摩西、基督一样的伟大圣哲，是人们思想力量的源泉。长诗《列宁》是印度文学中第一首赞颂俄国十月革命胜利的诗作，诗歌称十月革命为“诞生了新太阳”。《真主的命令》借用神的圣训号召：

起来，去唤醒我的世界里的穷苦人！
去震撼富人宫廷府第的门窗墙壁！
…………
人民的时代已经来到，
一旦发现旧有的标记，立即涂去。

在《西方的文明》里，他对西方只重物质文明而缺少精神文明的社会现象做了深刻的批判："清白的心地，崇高的思想，高雅的情趣，也难再现!"诗人还站在被压迫民族的立场上，怒斥了西方殖民主义者给东方民族带来的灾难。他在《列宁》一诗中，一针见血地写道：

东方的上帝是欧洲的白人！
西方的上帝是亮光闪闪的金属！
…………
一人获利换来数十万人意外死亡！
这就是科学、哲理、策略、政府！
喝的是鲜血，传授的是平等！
失业、淫逸、酗酒、贫困，
欧洲文明的胜利品何止这些？

在《欧洲和叙利亚》这首短诗里，诗人用鲜明的对照揭示了西方殖民主义者给东方人民带来的苦难："叙利亚土地献给欧洲人/一位纯洁、富有同情心和慈祥的先知/叙利亚从欧洲得到的酬劳是/酗酒，赌博和大批娼妓!"叙利亚为西方创造了仁慈的基督，而今天西方给叙利亚带来的却是罪恶、腐败和黑暗，这种巨大的反差强化了诗歌的艺术感染力。

在诗人的政治诗歌中，也不乏出色的讽刺诗。《政治领袖》嘲笑了当时政治庸人的保守、昏暗，《被西欧弄昏了头脑的人》讥讽了被洋化思想弄得失去灵魂（"自我"）徒有躯壳的行尸走肉。

伊克巴尔的诗歌是丰富多彩的，他那些富有诗情画意的抒情诗、随感诗也是非常迷人的。《孤独》、《黄昏》、《星之歌》等，有抒情有状物，景色优美，感情真挚，还渗透着诗人的哲理沉思。

伊克巴尔是信奉伊斯兰教的民族诗人，他的诗歌不仅散发着伊斯兰精神，而且还保留着民族诗歌的传统格式，韵律完美，节奏富有音乐性。他也采用古典诗歌惯用的比喻、意象手法，如花园与夜莺、灯蛾与萤火虫、玫瑰与鹿等等，既增强了诗歌的可读性，又可唤起读者的民族情感。他的诗歌以议论、哲理为主要特色，但形象化的描写也是非常出色的，如《萤火虫》借助萤火虫与飞蛾两种生物，表述了自然的和谐，万物的相辅相成，构成宇宙的融合，"一个是光亮构成，另一个依然把它找寻"。

伊克巴尔是近代乌尔都语诗歌的开拓者，他对传统诗歌做了大胆的革新，虽然在韵律、格式、意象上还袭用了传统的手法，但摒弃了借用咏诵美女和醇酒来抒发情感的陈旧的模式。他的诗歌直接来自生活，来自诗人的内心。他在《诗人》里，把诗人和国家、民族的命运紧紧联系在一起，诗人是民族生活的最为敏锐的感受者、反映者。这不仅表达了诗人的爱国、爱自己民族的思想和热情，也把诗的生命和价值深深扎根在民族生活的土壤里。他曾精辟地说过，熟悉民族的脉搏，并以自己的艺术医治民族病症的人，才是真正的文学艺术家。

思考题

1. 请简述近代南亚的时代特征及其文学中印度文学的地位和成就。
2. 请简述泰戈尔文学事业的巨大成就和贡献。
3. 《斯里甘特》是如何反映萨拉特人生经历和孟加拉的社会生活的？
4. 伊斯兰诗人伊克巴尔诗歌创作的思想和艺术特色是什么？

第四章 近代西亚北非和中亚文学

第一节 概述

16世纪以来，西亚北非和中亚地区几乎都被奥斯曼土耳其帝国控制，实行封建专制的统治。十七八世纪以后奥斯曼帝国逐渐衰落，这个地区各个国家的民族力量有所增强，但又为西方殖民主义国家所觊觎。从19世纪开始到第一次世界大战前后，这个地区的国家几乎都成为西方资本主义国家的殖民地或保护国。

近代西亚北非和中亚各国，一方面遭到殖民主义者的侵略、掠夺，另一方面在封建专制统治下处于贫困、落后和愚昧的状态。他们面临着振兴民族、改革社会的历史新任务，所以要求民主、自由、科学与民族独立成为历史发展的总趋势。从19世纪初期开始，这个地区便不断爆发人民反对殖民主义者的斗争，如19世纪初期的阿富汗人民反英斗争，19世纪中期的伊朗巴布教徒起义，19世纪后期埃及奥比领导的反英斗争等。进入20世纪后，斗争进一步深化，反殖民主义与反封建主义的斗争相结合，出现了1905年至1911年的伊朗“立宪运动”以及土耳其青年党领导的民主革命。这些斗争虽然没有取得成功，但大大地鼓舞了人民反殖民主义和反封建主义的斗志，推动了各国的近代化进程。

16世纪土耳其奥斯曼帝国在这个地区的统治确立之后，代表伊斯兰文化的阿拉伯和伊朗的中古辉煌时代宣告结束。在经过二百多年的低谷阶段之后，于19世纪又开始出现民族文化复兴的苗头。它是在民族觉醒和西方文化的影响下萌发出来的。首先，一些有识之士致力于重新整理、挖掘、研究与继承民族文化遗产，以此来激励人民的爱国热情和民族精神，唤起民族的觉醒。其次，随着殖民者的入侵，西方文化的冲击越来越大，促使这个地区的人民向西方文化学习和借鉴，接受新思想新观念，从而更加激发民族觉醒的意识。而近代印刷技术的引进，近代出版业、教育事业的迅速发展和出版物、报刊的大量出现又为文化的复兴创造了有利条件。文化复兴运动是与近代启蒙运动相结合的，是与近代民族解放运动紧密相连的，因此它表现出强烈的近代意识：追求民主和个性解放，提倡科学文明和社会改革，反对封建专制和落后迷信的陈规陋习，反对外来的民族压迫，要求弘扬民族精神。

西亚北非和中亚的近代文学就是在这样的历史和文化背景下产生、发展起来的。近代文学是文化复兴运动的重要组成部分，首先出现在接受西方文化较早的经济比较发达的地区和国家。

阿拉伯最早接触西方文学是通过翻译的途径，其留欧学生和旅居西方的人是西方文学的最早引进者。首批留法学者雷法阿·塔赫塔（1801—1873）就是19世纪中叶新翻译运动的先驱者，曾任翻译局局长，培养了一支翻译队伍。黎巴嫩学者苏赖曼·布斯达尼（1856—1925）于1904年翻译了荷马史诗《伊利亚特》，被认为是最早把阿拉伯文学与世界文学加以比较的人。后来更多的西方名著被陆续译介过来，如大仲马的《三个火枪手》，雨果的《悲惨世界》，拉·封丹的寓言，莎士比亚、莫里哀、拉辛的戏剧等。而埃及作家穆斯塔法·曼法鲁蒂则另辟蹊径。他自己不懂外文，先由别人译成阿拉伯语，再由他用优美典雅的阿拉伯文成功地改写了许多西方名著，影响很大。

当各种条件具备之后，在埃及首先出现了诗歌复兴运动，其先驱是巴鲁迪（详见本章第二节）。他继承了阿拉伯古典诗歌的传统，格律严谨，风格淳朴、凝重，同时又能用爱国与民族的感情赋予诗歌以新的生命，被人称作“新古典派”或“复兴派”。他的诗歌创作使沉寂的诗坛重新焕发生机。在此期间涌现出一批著名的诗人。在黎巴嫩有父子诗人纳绥夫·雅齐吉（1800—1871）和易卜拉欣·雅齐吉（1836—1892）。在埃及有被称作“尼罗河诗人”的哈菲兹·易卜拉欣（1871—1932），他是一位社会活动家和改革家。他的诗歌有着强烈的爱国主义与民族主义的思想，反映了时代的风云变化。在著名的爱国诗篇《丹沙微》里，他严厉地谴责了英国占领军在1906年6月31日制造的丹沙微村惨案。在“复兴派”诗歌的浪潮中，诞生了埃及的一代“诗王”艾哈迈德·邵基（1869—1932），他是从宫廷诗人走向现代民族诗人的。特别是1919年自流放地西班牙归国后，他的诗歌创作便进入一个新阶段，与民族解放斗争的洪流相汇合了。在伊拉克也出现了两位著名的诗人，朱麦勒·希德基·宰哈维（1863—1936）和马鲁夫·鲁萨菲（1875—1945）。前者以哲理诗见长，被称作“诗人哲学家”。他的诗歌涉猎的主题十分广泛，有政治、社会、宗教、哲学等问题。他提倡真理，反对盲从，主张爱国和社会改革，对王室贵族和地方豪门压榨人民的恶劣行径予以尖锐的批判。他的诗歌语言通俗易懂，十分流畅，主要诗集有《韵文》、《宰哈维四行诗集》、《山泉》等。后者是来自平民的激进诗人，他写了大量社会诗歌，揭露社会的贫富不均和种种的不公正现象。他也主张妇女解放和自由。他把自己的诗歌与爱国、民主的启蒙思想紧密地结合起来。

随着报刊的出现、普及和文化启蒙运动的开展，阿拉伯近代散文逐渐繁荣起来。散文作品大多发表在报刊上，以政论文、杂文为主。它继承了传统演说词的雄辩风格，短小精悍，富有鼓动性，其内容相当广泛，题材也多样化。著名的散文作家是埃及的曼法鲁蒂，他的散文清新、活泼，文体优美，《管见录》是他的代表作。当时著名的散文作家还有黎巴嫩的杰吉尔·宰丹（1861—1914）、叙利亚的阿卜杜·拉赫曼·凯瓦基布

(1849—1902)、伊拉克的法赫米·慕达里斯（1873—1944）等。

在新翻译运动的推动下，阿拉伯近代小说也应时而兴。最早的小说仍沿用传统的“玛卡梅”体形式，叙述富有浪漫色彩的爱情故事，针砭时弊，取得了很好的效果。著名的作家有埃及的穆罕默德·穆韦利斯（1835—1930）、黎巴嫩的希德雅格（1804—1888）、伊拉克的谢哈布丁·艾鲁西（1802—1854）等。19 世纪末 20 世纪初，黎巴嫩作家赛里姆·布斯塔尼（1848—1884）等受英国小说家司各特的影响，突破了传统形式的束缚，采用西方近代小说的写法写了许多以历史为背景的爱情小说。从此一批具有反封建倾向的阿拉伯近代优秀小说便接连问世，其中著名的有黎巴嫩“旅美派”作家纪伯伦（详见本章第三节）的中篇小说《折断的翅膀》（1911），埃及作家侯赛因·海卡尔（1888—1956）的长篇小说《宰娜布》(1914)，“旅美派”作家努埃曼（1899—1988）的短篇小说《又一年》和《不育者》(1916)，埃及作家穆罕默德·台木儿（1892—1921）的短篇小说《火车上》(1917）等。海卡尔的《宰娜布》被誉为埃及的第一部近代小说，它以现实主义笔法着重描写在封建礼教压迫下一对青年男女的爱情悲剧。作品以贫苦农民为主人公，揭示农村妇女的不幸与苦难，尤其是爱情与婚姻的不幸，笔力深刻，情调缠绵悱恻。台木儿的《火车上》则被视为阿拉伯最早的近代短篇小说，对封建传统有所批判。

戏剧方面的创作要比小说的创作逊色。1847 年，黎巴嫩的马龙·奈卡什（1817—1855）翻译并演出了莫里哀的喜剧《悭吝人》，他可以说是最早介绍西方戏剧的人。之后，叙利亚戏剧家艾布·赫利勒·格巴尼（1833—1903）组织剧团，把《一千零一夜》的民间故事改写成剧本，搬上舞台演出，获得了一定的成就。1869 年埃及建成近代的歌舞剧场，剧作家雅古布·赛努耳（1889—1912）翻译、编写了 32 部剧本在那里上演，被誉为“埃及的莫里哀”。1876 年，黎巴嫩诗人赫利勒·雅齐吉（1856—1889）写出阿拉伯的第一部诗剧《义与信》。

19 世纪中期，阿拉伯人不堪忍受奥斯曼土耳其帝国的统治，许多人移居美洲大陆。其中一些文人兴办报纸、书刊，出版了文学作品，于是逐渐形成颇有声势、成就和影响的阿拉伯“海外文学”或“侨民文学”。首先以旅居北美的作家纪伯伦和努埃曼为首成立了“笔会”(1920)，后来形成对阿拉伯近现代文学具有巨大影响的“旅美派”（“叙美派”）文学，其代表作家是纪伯伦与努埃曼。纪伯伦从 20 世纪初开始创作，他的许多著名散文诗赢得了世界声誉。努埃曼则以小说创作见长，他的小说取材于现实，批判深刻，语言幽默。他是阿拉伯近代小说的奠基者之一。后来，由于纪伯伦病逝和努埃曼回国，“旅美派”在 20 世纪 30 年代便解散了。但在它的影响下，30 年代在巴西又成立了另一个文学团体“安达卢西亚社”。它的活动一直延续到 50 年代。另外还有一位著名的旅居北美的侨民作家艾敏·雷哈尼（1876—1940），他虽然没有参加北美的“笔会”，但也是成就卓著，与纪伯伦齐名。他用多种文学形式进行创作，有小说、散文、诗歌和政论文，接触社会各种问题，文笔洒脱，思想敏锐。“海外文学”是阿拉伯近代文学的重要组成部分，它是民族文化与西方文化相冲击和相融合的产物，体现了开放、进取的时代特点。其作家的共同点是：热爱祖国，怀念家乡和亲人，歌颂祖国的山河和光荣的历史，揭露殖民统治者和封建势力的残暴，热爱人民，主张和平、民主与自由。在创作上他们更多地吸取了西方文学的形式、手法和风格，融合了现实主义、浪漫主义、象征主义的艺术方法，主张追求作家的艺术个性。

19 世纪，土耳其开始政治改革，进行“坦齐玛特”革新运动，土耳其的近代文学也开始摆脱阿拉伯、波斯的长期影响，逐渐向西方文学靠拢，采用西方文学的形式，创作出一批接近生活的小说、诗歌和戏剧，批判封建专制，宣扬人文主义思想，其先驱者是锡纳西（1826—1871）。20世纪初期“青年土耳其党”在政治上十分活跃，促进了文学的新发展，产生了一批颇有开创性的诗歌与小说，以20世纪初期的厄梅尔·赛斐汀（1884—1920）的短篇小说创作最为著名。

伊朗在18世纪建立的卡扎尔王朝摆脱了奥斯曼土耳其帝国的控制，随之成为俄、法、英的争夺对象。经过长期酝酿，终于在1905—1911年爆发了声势浩大的立宪运动，旨在进行社会改革，建立君主立宪制的政权。伊朗近代文学就是在这样一个动荡与变革的年代中诞生的。19世纪中期出现了启蒙文学，其中影响最大的是泽因努尔·玛拉卡依（1837—1910）的小说《伊卜辛姆·贝克旅行记》。小说通过爱国青年贝克回国后的种种见闻，揭露了王朝的腐败、外国侵略势力的凶残和百姓的苦难。立宪运动时期，在革命政治风云中产生了革命文学。巴哈尔（详见本章第四节）是这个时期最热情的歌手，他的诗作充满了高昂的爱国热情和坚定的反帝、反封建的精神。另一位著名的诗人阿卜杜勒·卡赛姆·拉胡蒂（1887—1957）是立宪运动的积极参与者，参加过武装斗争。斗争失败之后，流亡国外。他的早期诗歌富有政治激情，革命倾向很明显。流亡国外后，在十月革命的影响下，他积极投入无产阶级革命文学的创作活动。

第二节 巴鲁迪

迈哈穆德·萨米·巴鲁迪（1838—1904）是埃及近代著名诗人，近代阿拉伯诗歌复兴运动的先锋，也是埃及近代的著名政治家。

巴鲁迪生于开罗的一个富裕家庭，他的双亲都是塞加西亚人，是过去王室麦马立克家族的后裔。他受过良好的教育，从军事学校毕业后当了一名军官。但他热爱文学，醉心于诗歌创作。当时为政的阿拔斯一世取悦于土耳其苏丹，实行封建保守的政策。王权的后继者更不惜引入西方殖民主义者，给埃及套上更为沉重的枷锁。于是，在埃及开始兴起一场反封建、反殖民主义的民族民主斗争。

巴鲁迪不欣赏当时那种华而不实、脱离时代和现实、完全背离阿拉伯古典诗歌传统的诗歌。他从阅读大量古典诗歌入手，逐渐掌握了阿拉伯古典诗歌的精髓、韵律和特色。他感到军旅生活不适合发挥他的才能，于是去土耳其君士坦丁堡（伊斯坦布尔旧称）外交部工作，在闲暇的时候去图书馆阅读古典诗作。不久结识了埃及当权者伊司马仪，成为其幕僚。回到埃及后，巴鲁迪被委以重任，成为宫廷要员，一再晋升。这时期他过着安谧的生活。1877年爆发了俄土战争，埃及支持土耳其，派援兵参战，巴鲁迪参加了这次战争。

巴鲁迪由战场回国后，正逢民族运动兴起，他支持民族斗争，怀着民族自豪感，决心赶走外国殖民者，恢复民族历史的光荣。1879年陶菲格上台成为埃及的当权者，他屈从于外国殖民者的压力，镇压民族爱国力量，迫害爱国人士。在爱国与卖国的尖锐斗争中，民族运动再次高涨，出现了埃及近代第一个政党——祖国党，巴鲁迪成为该党主要领导人。1882年祖国党胜利，改组了政府，巴鲁迪出任新首相。同年，英国出兵入侵，埃及人民奋起反抗，但失败了。巴鲁迪及其他主要领导成员被流放到锡兰（今斯里兰卡）。

巴鲁迪在流放地被幽禁 17 年，虽然受到各种虐待，但他始终坚持爱国、民主的立场。这时期，他写下了许多诗篇，反映了他的孤独、痛苦与内心的哀伤。他还学会了英语，编选了阿拉伯古典诗歌，辑成三十余位诗人的集子《古代诗选》。1900 年巴鲁迪获赦回国，开始新的生活。1904 年诗人不幸去世，他的家族把他的诗作加以收集、整理，出版了《巴鲁迪诗集》两卷和他编选的《古代诗选》四卷。

巴鲁迪所处的时代、环境和他的经历，形成了他的个性和他的创作特征。首先，他有强烈的民族感情，为自己是历史上英雄王族的后裔而感到自豪，希望能重现昔日的辉煌。他不仅热爱、熟读古典诗歌，而且能创作出体现古典诗歌传统艺术美的诗歌。他通过歌颂祖国古代的伟大业绩来表现民族的自豪感。他在《巴鲁迪鼓舞革命》一诗中，这样来描绘举世闻名的金字塔建筑：

问问基泽大建筑，
了解你所不曾知。
千年百载尽逝去，
战胜风侵真稀奇。
尽管灾难无数计，
嵬嵬巨塔旷野立。
历史见证俱安在，
展现建者大业绩。
民族盛衰多变易，
时代更替不停息。
雄伟壮丽金字塔，
异口同声大奇迹。

诗歌充分表现了民族豪情，同时也重现了阿拉伯古典诗歌的雄浑风格和神韵。除了向古典诗歌积极汲取艺术营养，巴鲁迪也注意借鉴伊斯兰文化中其他民族的诗歌成就，如波斯和土耳其的古典诗歌。不仅如此，他还走访过英国，广泛接触了西方社会和西方文化，学习西方的文学艺术，从而大大丰富了他的艺术修养。他虽然倾心于古典诗歌的传统，但也善于融合其他民族文学的长处，尤其善于吸收西方文学的优点。他把体察到的民族和国家的种种现实以及自己的生活实践作为诗歌创作的基础，通过艺术提炼使传统诗歌重放光彩，使当时平庸的诗坛重现昔日的光彩。他为阿拉伯近代诗歌开创了一代新风，是阿拉伯诗歌复兴的先驱者。

巴鲁迪的创作反映了他曲折的生活经历，他把自己的宦海生涯、爱国的政治活动以及生活波折都紧密地与民族斗争联系在一起。因此，他的诗歌同时表达了个人的和民族的感情，具有鲜明的个人色彩和时代特色。

巴鲁迪早年的诗作反映了诗人青年时代安谧、平静的生活，以爱情诗、吟酒诗、写景诗为主，描写了生活的欢乐、青春的美好和祖国美丽的山河。民族复兴运动初起之时，诗人积极地参与，但他身为宫廷重臣，又要忠于王室，所以思想摇摆，一方面想与爱国者站在一起，一方面又告诫人民不要使用暴力，怕战争带来灾难。他在诗中写道："他们若呼唤、号召我，我就响应，我的秉性是实现理想，信守诺言。"同时也提出："我忠告民众，战争是一场悲剧，事情或许不是像想的那样的顺利。"这种矛盾的心态经常流露于诗行之中。然而，当民族运动高涨而外国殖民者进行镇压时，他的爱国热情就会全部被激发出来，从内心发出战斗的吼声。在长诗《巴鲁迪鼓动革命》中，他热情地号召：

民众啊，奋起吧！
珍惜宝贵的年华，
以各种方式和途径，
去争取我们的利益。
你们人多势众，
怎能容忍耻辱？
怎能表示无可奈何？
…………
你们若不是缄默无声的死人，
就应该奋起投入战斗，
把侮辱、欺压统统铲掉。
我呼吁，我号召……

诗人渴望民族斗争的风暴快快来临。诗中诗人常常为祖国过去的荣光而感到骄傲，为今天的衰落而感到忧伤。他写道："……我对埃及的过去感到满意，但她的现在处境不妙，我生活在埃及不感到幸福。""埃及时运不济，王室基础动摇，混乱、腐败比比皆是。"他痛恨那些卖国求荣的统治者，是他们使"独立之国遭到不幸，埃及成了谎言者、胡诌者的场合"，"到处是被凌辱的土地，不论是山丘或平原，处处是背信弃义"。他大声疾呼，要铲除这些代表外国殖民势力的败类：

这一帮歹徒，恶棍，
给民众带来比殇子更严重
的痛苦和不幸。
甚至连傻子也要把他们
从内阁中赶走。

但诗人依然充满信心，对祖国的未来寄以极大的希望。在长诗的最后部分，诗人号召人们要等待，要坚持斗争，相信"美好的未来终将实现"。这首诗的诗句铿锵有力，表现了诗人的战斗激情和崇高的爱国主义精神，确实给人以激奋的力量，扫除了当时诗坛上的委靡之风。

民族起义失败之后，诗人作为主要的领导人被流放到锡兰，处在苦难时期。这时他诗歌的基调转为悲凉，吟出他的孤独、痛苦、思念和盼望。在著名的《思乡》中，诗人写道：

背井离乡，我心凄迷。
挚友旧好，相隔万里。
形影相吊，举目无亲，
同伴见我，悲怆嘘唏。
卫国护教，昭昭天理，
强横定罪，放逐异地?!
坚忍不拔，决不翻悔。
…………
我择自尊，任凭祸临。

壮志崇高，我越坚毅。

在流放期间，妻子去世的噩耗使他万分痛苦，他运笔写下了一首感情深沉的悼亡诗《悼亡妻》：

死亡之手啊！
你打着的是一块什么火绒？
你从我心中夺走了明亮的火炬！
我是刚强铁汉，
而今你使我心灰意懒；
我似标枪一杆，
而今被你截成两半！
我仍不相信会灾难临头，
这支箭会射中我的心瓣？

巴鲁迪用诗歌表达了他内心的真实感受，描写了他的生活以及祖国的重大历史事件和壮丽的山河，笔致深刻、细致，能够动人心弦，引起读者的共鸣。

阿拉伯的诗歌在中世纪达到鼎盛，诗人辈出，作品如云，无论在思想上，还是在艺术上，都达到了很高的水平。可是在土耳其苏丹统治下的几百年，阿拉伯的诗歌却是衰落的。巴鲁迪的崛起预示阿拉伯诗歌的复兴，他给传统的诗歌形式注入了新的内容。他选择现实生活中的重大题材，反映阿拉伯人的切身问题，从而使阿拉伯诗歌获得新生。他的诗歌与阿拉伯近代的爱国、民主运动相结合，成为时代的号角，激越的檄文，为广大人民到处传诵。在他的影响下，不久在埃及近代的诗坛上便出现了诗歌复兴运动和“复兴派”，推动了埃及诗歌的发展。

在艺术和语言上，巴鲁迪的诗歌保持了古典诗歌的严谨结构，恢复了古诗具有的淳朴、简练、生动的语言特点。他的诗句多采用12至14音节的全律或长律，运用较丰富的词汇，夹叙夹议的手法，说理透彻，富有哲理含义，思想感情淋漓酣畅，充分显示出他的艺术个性：刚健，真实，韵律和谐、优美。

第三节 纪伯伦

哈利勒·纪伯伦是黎巴嫩著名的诗人、散文作家和画家，是阿拉伯海外文学（“旅美派”文学）的最为杰出的代表，阿拉伯近现代文学的奠基者。

1883年12月6日纪伯伦出生于黎巴嫩北部山区一个农庄。父亲是个牧民，贪杯好酒，生活贫困。当时在奥斯曼土耳其帝国的残酷统治之下，许多黎巴嫩人对西方文明抱有种种幻想，纷纷背井离乡迁往美洲大陆生活。1895年为了谋求生路，母亲携带哥哥、两个妹妹和12岁的纪伯伦去美国波士顿，落脚在贫困的唐人街。纪伯伦依靠母亲劳动和妹妹们缝补维持生计，进了当地一家侨民学校学习。他还在一些画家指点下，开始学习绘画。不久，才华显露，被一位女教师发现，把他介绍给一位艺术活动家法尔德·戴。戴鼓励他做一名书籍封面设计师。同时，他也开始对文学产生兴趣，阅读了美国的小说，还在诗歌创作上试笔。4年之后，他返回祖国，在贝鲁特希克迈学校学习4年，学习阿拉伯语、法语和绘画。在此期间，他游历了黎巴嫩和叙利亚的名胜古迹，增强了他对祖国的热爱和对自然的感受力。由于远离亲人，他常感到孤独和寂寞。这一时期在《觉醒》刊物上发表了他的早期诗歌习作。

1901年再次回到美国。此后一年多，他的妹妹、哥哥和母亲的相继病逝，给他以极大的打击，加深了他对祖国的怀念。1903年他在波士顿的侨民报纸发表散文诗，得到社会好评。1905年首次举办个人画展，得到当地一位女校长的赏识。两人结识后，他受到女校长的资助于1908去巴黎学习绘画。在当时著名的大师罗丹的指点下，他在艺术上有了长足的进步。他的油画《秋》获得了法国春季画展的银奖。此时他游览了罗马、布鲁塞尔、伦敦等名城，广泛接触了西方近代文明。他对意大利文艺复兴时期的画家米开朗基罗十分崇拜。他同时也涉猎了欧洲著名作家的作品，喜欢巴尔扎克、屠格涅夫、列夫·托尔斯泰和陀思妥耶夫斯基的作品，深受19世纪初英国浪漫主义诗人兼画家布莱克的影响，以至于罗丹和其他朋友称他是“20世纪的布莱克”。

1911年纪伯伦又回到波士顿，完成了中篇小说《被折断的翅膀》。翌年移居纽约，专心于文学创作。1916年与旅美作家努埃曼相见并成为挚友。1920年在他和努埃曼的努力下，广泛团结在北美的阿拉伯作家，成立了“笔会”（即“旅美派文学”），对阿拉伯的近现代文学的发展产生了巨大的影响。

纪伯伦晚年继续进行紧张的文学创作活动，但青少年时期的贫困使他过早失去了健康，为病魔所缠。他顽强地与死神搏斗，坚持文学创作直到生命最后一息。他表示过写作与绘画“是我唯一的安慰”。1931年4月10日他因长期患肺病而去世。遵照他的遗愿，他的尸体被运回祖国，安葬在自己的故乡。他曾与两位女性交往甚密，甚至有了爱情，但终身未娶，孤独地度过了一生。

纪伯伦虽是出身黎巴嫩的阿拉伯诗人，有着深厚的伊斯兰文化素养，但他从小就是一个天主教徒，尤其少年到美国以后，西方文化浸漫了他的全身。尼采曾在他的心中激起过风暴，他接受了“超人”思想，否定宗教、权力和传统，主张“重估一切价值”。从根本上来讲，他是一位东方诗人，没有放弃过灵魂、信仰和对真善美的追求。他思想非常复杂，但基点是人道主义思想，他所寻求的宗教不是传统的信仰，而是人的宗教，体现人生真谛的信仰。

纪伯伦的创作大体可分两个时期：第一个时期以阿拉伯语写作，主要以小说创作为主，表现了他强烈的反社会意识，显示他的叛逆思想。不久他中断了小说写作，改为从事散文和散文诗的创作，而且改用英语写作。他逐渐从反社会的立场转向对和谐、完善和灵魂的追求，写出许多优美的散文诗，赢得了世界声誉。

第一个时期从发表习作的1903年开始直到1918年，主要有短篇小说集《草原新娘》、《叛逆的灵魂》和中篇小说《被折断的翅膀》以及散文诗集《泪与笑》。1905年发表文论《音乐短章》，用诗的语言和抒情的格调，阐述音乐对灵魂的激发和净化作用，显示诗人对艺术的敏锐感受力。由于诗人来自贫困的山村，从小便感受到封建统治者对人民的压迫，教会头面人物利用宗教对人民的欺压以及人民生活的贫困、落后和保守。因此，早期小说作品以揭露封建统治者、教会的黑暗与虚伪和人民的不幸为基本主题。短篇小说《不信教的赫里勒》［收在《叛逆的灵魂》（1908）里］是其中思想最为激烈的一篇。出生在山村的孤儿赫里勒，在修道院做仆人，过着牛马不如的生活。修道院的宁静生活和圣书启迪了他的理智。他探索生活真理，揭发修道院背离上帝、对穷苦百姓榨取钱财的恶行。他因直言痛责修道院的虚伪与奸诈，在隆冬大雪之日被赶出修道院。他几乎冻死在路野，后被山庄善良的妇女救活。但他又以背叛宗教的罪名受到当地牧民霸主阿巴斯和狡猾的神父艾勒亚斯的制裁。他不屈服于统治者的迫害，向广大牧民直抒胸臆，痛斥封建霸主和神父对广大牧民的肆意压迫和剥削，揭露他们的骗人伎俩，号召牧民起来为争取自由而斗争。在他一呼之下，牧民起来造反，打倒了万恶的霸主，得到了自由。这是一篇激昂的文字，充满着对教会、封建统治的憎恶情感。正因为如此，《叛逆的灵魂》这部小说集触怒了当局，被勒令当众销毁，诗人也因此遭难，被开除教籍和驱逐出境。作品中的英雄赫里勒是诗人心目中的理想人物，他既有基督教耶稣怜悯、慈悲、为人类受苦受难的特色，也有尼采式"超人"藐视一切权威和传统的反叛色彩，是作家后来笔下的"疯人"、"先驱者"、"先知"等的雏形。

中篇小说《折断的翅膀》(1911) 是纪伯伦小说作品的代表作，是一篇带有自传色彩的作品。青年时代的诗人曾与富家小姐相爱，终因贫富的差距和封建习俗、传统势力的阻挠而失败。小说以"我"与富家小姐萨勒玛恋爱波折为中心内容，描写教会和封建传统势力的破坏而造成爱情的破灭和女主人萨勒玛早死的悲剧。"我"与萨勒玛一见钟情，两人很快投入爱河。但是大主教保罗垂涎萨勒玛的巨资家财，让自己的侄儿、恶棍曼苏尔贝克与她成亲。萨勒玛的父亲按照传统，答应了这门婚事。萨勒玛被迫嫁给她不爱的人，婚后生活十分痛苦。丈夫平日寻花问柳，从不关心她的死活。五年后，她怀孕了，把生活的希望全寄托在即将出生的孩子身上。但是婴儿一出世便夭折，使她丧失最后的希望。她终于在极度悲痛中默默地死去了。这篇作品借青年男女的爱情悲剧向人们指出：宗教与封建阶级是主宰社会的恶势力。大主教是宗教势力的代表，而萨勒玛的父亲是封建家长制的卫道士，他们扼杀了一对青年的纯真爱情。"我"和萨勒玛虽有向往个人自由与幸福的热情，但缺乏抗争的勇气与力量。全篇洋溢着哀婉之情和感伤情调，是一篇抒情格调的诗化小说，在弥漫着感伤的气氛中，也透露出对社会黑暗与腐败的强烈不满与深刻批判。

《泪与笑》(1913) 是纪伯伦第一部散文诗集，用阿拉伯语写成的，由 56 篇组成。这部诗集用抒情的格调、形象的意象，探索关于爱与美、自然、生命价值和人道主义的真谛，同时也对社会的黑暗面做了全面的批判。

1918 年纪伯伦发表了第一部英语散文诗集《狂人》之后，便步入以写英语的散文诗为主的第二个创作时期。这个时期的英语散文诗集有《狂人》、《先驱者》、《先知》、《沙与沫》、《人子耶稣》、《流浪者》、《先知园》等。同时也还有用阿拉伯语写成的作品问世，如散文诗集《暴风雨》、《珍趣篇》以及诗歌《行列圣歌》、戏剧《大地神》等。这个时期是纪伯伦创作上成就最大、影响最广的时期。

《狂人》和《先驱者》这两部最早的英语作品还保留着前一个时期的创作风格，以揭露与叛逆为主。《狂人》描写一个在真理的阳光下敢于反抗和呐喊的离经叛道者。他无视传统势力的攻击和诬蔑，掀起了反叛的风暴，向腐朽的旧世界冲击。作品感情激越，描写深刻，批判有力。傲视一切的"狂人"是一位乐观主义者，他是"欢笑而至，欢笑而终"。

《先驱者》继续发挥了《狂人》的思想，而且指出人人都可以成为人类的先行者，只要能发现自己身上的"神性"。作品有力地批判了奴性、愚昧和虚伪。

《真知与半知》描写了社会"以量取胜"的可悲现象，显示出尼采式的"超人"思想。作者也直露心迹：要实现自我，表现出“神性”，要作“爱的奉献”，启迪人们的“心灵”，打开“心锁”。他借“先驱者”的口说道：“我爱你们全体，巨人和侏儒，患病的与受福的，在黑夜跌仆的和在白昼起舞于山冈的，我都挚爱着。”

从愤世、孤独的叛逆者转向启迪人们良知，热爱人类的“先知”，作者这一思想变化在《先驱者》里鲜明地表现出来。他发表的作品集《沙与沫》，汇录了三百余首妙语格言，其中也有短小的寓言体故事。这部作品集主题多样化，内容丰富多彩，是对人生与艺术的深刻思考和探索。它与《先知》齐名，也是诗人的代表作品。

《先知》是诗人长期酝酿的一部散文诗集。第一批文稿是诗人在 18 岁时用阿拉伯文写成的，后来受到母亲的鼓励，继续创作，于 1923 年正式用英语出版，整个创作过程长达 30 年，可见是诗人呕心沥血之作。《先知》描写一位智者、“先知”亚墨斯达法在大海岸边城市阿法利斯居住 12 年，准备返回阔别的故乡岛国。在临别前，他回答了来自城市各个阶层的市民提出的种种问题，探讨了爱与美、生与死、哀与乐、劳与逸、善与恶、理智与感情、罪与罚、法律与自由以及宗教等 26 个问题。全部诗集由 28 节组成。

作品的先知被周围人们誉为“上帝的先知”、“至高的探索者”。他是诗人心目中的理想人物，也是诗人的代言人。不难看出，《先知》是在尼采《查拉图斯特拉如是说》的影响下写成的，不仅形式和构思相似，人物也是相对应的。但是《先知》的主人公是东方的哲人，他不是藐视一切的虚无主义的超人，而是一位充满爱心的人道主义者。在他身上有更多的悲天悯人的情感。先知在布道、解疑的回答中，突出了爱，强调了无私奉献。他说：“爱除自身外无施与，除自身外无接受。爱不占有，也不被占有。因为爱在爱中满足了。”“爱没有别的愿望，只要成全自己。”[①] 这是一种泛爱思想，把“爱”看成恩赐与奉献的人道思想。他谈论的“爱”不是交换，不是回报，而是为爱而爱的神圣情感。他赞美无私的母爱，歌颂眷念祖国家人的海外赤子之爱，盛赞情侣之间的纯美之爱，甚至认为没有爱的工作（劳动）是“空虚的”，他把这些爱的情感看成是爱的至诚至美。他为爱谱写了一曲颂歌，号召人们尽献爱心，“当爱向你们召唤的时候，跟随着他，虽然他的路程艰险而陡峻”。

先知探索了“美”，批判了关于“美”的种种世俗的理解：“美”是“未曾满足的需要”。他认为“美”是“一种欢乐”，是一种发自内心，全身心投入的“心灵感应”。他把“美”看做是“生命”的体现：“在生命揭露圣洁的面容时的美，就是生命。但你就是生命，你也是面纱。美是永生揽镜自照。但你就是永生，你也是镜子。”可以看出，先知心目中的“美”的本质就是生命的体现，它与生命共存和同在，说明诗人对人生和人类自己的价值的肯定与赞美。

先知肯定自由，认为人类存在各色各样的“奴性”，有社会压迫的等级造成不平等的“奴性”，也有来自人们内心的各种欲望、观念形成的锁链的“奴性”，他批判了暴君压制下的不自由，也批判了宗教禁锢心灵的束缚，他指出当人去掉各种“羁饰”，无所“牵挂”而无限“超腾”的时候，人“才自由了”。先知不仅提出推翻暴君，改革社会，寻求自由、解放，更强调精神的解放，心灵的自由。

先知的教言诲语是处理人与人关系的规范、法则。他的中心目的是使人从“小我”走向“大我”，成为“巨人”。他认为人有三性：神性、人性和侏儒性，只有不断提高神性，去掉侏儒性，才能成为“大我”和“巨人”，这也就是人类的明天，人类的未来。人的神性就是理性和自由。

① ［黎］纪伯伦：《先知》，冰心译，长沙，湖南人民出版社，1982。本文以下引诗均见此书。

全部《先知》就是一部对生命和人生的哲理阐解，虽然带有宗教的神秘色彩，但它是关于人、人性和人生的探索，正因为它深植于人类的自身生活之中，所以它的出版引起了世界的震动，西方人把它看成是“东方给予西方的最美好的礼物”。

《人子耶稣》(1928) 是一部形式独特的作品，它是耶稣同时代的72位人物的回忆录，重新塑造了耶稣的形象。它并不是史学著作，而是诗人对理想人物的描绘。在诗人笔下，耶稣不是神之子，而是人之子，与宗教传说的耶稣不同，不是温顺、谦卑的受难者，而是旧世界的反叛者。他呼唤人们走出黑暗，奔向真理的光明，抛弃陈腐的观念，迎接黎明的到来。他不仅遭到敌对者的迫害，也遭到了同路者的误解、怀疑与反对。他不怕孤独，在只身一人的奋斗中成长。他与《先知》中的先知一样，既有否定过去传统权威而甘当破坏者、叛逆者的一面，又有启迪人们的心灵、重建人们的灵魂的建设者、勇敢者的一面。如果说《先知》的主人公是预言者、立法者，那么《人子耶稣》的主人公则是实践者和示范者。

《流浪者》是由52篇结成的散文诗集，与《狂人》、《先驱者》和《先知》属同类型的作品，是诗人晚年的重要作品。流浪者是狂人、先驱者和先知的化身，但又是他们的同道者。他更加深沉、善良，更加睿智、成熟。他的话语同样深蕴、隽永。

《先知园》是继《先知》之后叙述先知回到自己家园的活动情况。按纪伯伦的构思要写出三部曲：《先知》是谈论人与人的关系，《先知园》是谈论人与自然的关系，还有一部是谈论人与宗教的关系，可惜因他过早病逝而没能完成。《先知园》与《先知》同样是以赠言方式写出的，但是有所不同。它是先知回到故里与亲友相聚时的谈话录。作品包括16节，用含义深刻的哲理来解答众人提出的疑惑，可以说是《先知》的深化与扩展。他再次倡导爱的福音，强调“给予”与“接受”的和谐。他突出人的思想、人的哲学与宗教，指出：“我们就是上帝!”

纪伯伦以流畅典雅的语言、丰富的想象、象征的笔法、浓郁的抒情色彩和深邃的哲理构成了独特的“纪伯伦风格”。他在小说和散文诗的创作上，为阿拉伯近代文学开辟了新的道路，他是海外文学的代表，是阿拉伯近现代文学的一代宗师。他吸收了西方文学的营养，融合了民族文学的精华，开创了以浪漫主义为主，兼有写实和象征特点的文学的一代新风。

第四节 巴哈尔

巴哈尔 (1886—1951) 的全名是密尔扎·穆罕默德·塔吉·巴哈尔，生于伊朗东部霍拉桑省玛什哈德市。他是伊朗近代最著名的诗人，是19世纪到20世纪转折时期伊朗文坛上承上启下的人物。

从19世纪初开始，伊朗便日益深入地卷入英、法、俄各资本主义国家角逐的旋涡，从而丧失了独立。19世纪中叶，国内爆发了巴布①教徒起义。起义领导者赛义德·阿里·穆罕默德自称教长。巴布起义者宣布废除私有制，主张一切财产公有，男女平权，并废除一切特权。这实质上是伊朗社会矛盾的总爆发。从国际条件看，伊朗的北邻俄国早有南进的战略野心。1723年，彼得出兵占领勒什特市以北的南高加索地区。19世纪初，俄国与怀有世界霸主野心的拿破仑签约，议定俄军可取道伊朗，南进印度。此举触犯了英国殖民主义者的利益，引起英国的反对与干预，从而造成法、俄、英在伊朗展开了一场激烈的争夺。伊朗凯伽王朝（1794—1925）的两任首相都作过改良主义的尝试，但都无法给腐朽的帝国带来生机，更无法抵御日甚一日的帝国主义的压迫与掠夺。到凯伽王朝最后30年，伊朗国内的形势已经是山雨欲来风满楼。1905年至1911年爆发的立宪运动实质是反帝反封建的人民革命。这次运动波及面广，声势浩大。运动达到高潮时，席卷全国。1905年12月在全国各大城市，如德黑兰、大不里士、设拉子等都发生了游行示威和罢工罢市。群众要求罢免反动官吏，实行君主立宪，进行民主改革，给人民以自由民主。

随着革命形势的发展，文学也发生了变化。巴哈尔在一篇论这一时期文学的文章中指出："作为革新与革命时期，顾名思义，标志着这一时期的特点是革命思想与革命文学。散文与诗歌都发生了巨大变化。新的诗风产生了，即以朴实的语言和深挚的感情创造具有爱国主义思想的政治诗歌。出现了各种流派的诗人以及形形色色的诗歌创作。同时，旧的形式也继续被利用，所以在颂诗和抒情诗方面也有所革新。"巴哈尔本人就是一位在形势骤变时期的出色歌手，他的创作既继承了悠久的波斯诗歌的传统，又体现了新的革命时期的特色。巴哈尔的父亲是凯伽王朝的"诗王"（即首席宫廷诗人）②。在父亲教育下，巴哈尔7岁开始写诗。他父亲思想开明，结交进步人士。巴哈尔青少年时代受到进步思想熏陶，早年即显示出过人的诗才。他18岁时，父亲去世。当年国王巡视霍拉桑，他获得召见，即席赋诗，深得赏识。于是，也被封为"诗王"，从此声名大振。可贵的是，这位波斯文学史上最后一位诗王并未被这一尊贵称号束住手脚，立宪运动刚一兴起，他就义无反顾地站在人民群众一边，参加这场有深刻时代意义的斗争。

1906年，巴哈尔20岁时，已经成为立宪运动的推动者。当时，他是霍拉桑省进步组织"幸福会"成员。1908年，他参与秘密刊物《霍拉桑》的出版工作，并在这一刊物上发表具有民族主义思想的诗歌。从他这一时期发表的诗歌中，我们可以听到这位大诗人前进的脚步声。1907年他在一首诗中写道：

> 君主呵！
> 请睁开你那睿智的双眼，
> 看一看未来的结局。
> 请睁开你那明亮的双眼，
> 看一看自己的下场。
> 伊朗在任人侮辱欺凌，
> 眼睁睁地遭到灭亡。③

从这些诗句中可以看到诗人对封建统治者还抱有一丝希望。但是，随着革命形势深

---

① 巴布意为首领。

② 伊朗伽色尼王朝（999—1037）国王玛赫穆德首先封宫廷诗人昂萨里（961—1039）为诗王。以后各代都承袭此制。

③ 博季努德是伊朗东北部的城市，1916年时巴哈尔被囚在该市监狱。

入发展，进步势力与反动势力斗争加剧，巴哈尔的态度也愈加明朗和坚定。1909 年他写道：

君主呵，你不要再挖自家墙脚，
不要再把国家和自己抛入屈辱深渊。
不要再穷奢极欲，自毁根基，
不要再暴虐枉法，自甘下贱，
要记住，总有最后清算的一天！

1909 年伊朗民主党在玛什哈德成立。巴哈尔被选为该党省委委员，主持出版党刊《新春》。这份刊物具有鲜明反帝的性质。《新春》被封后，他又主持出版《早春》，继续斗争。后来《早春》也被查封。巴哈尔被凯伽王朝强迫移居德黑兰。他曾两次入狱（1914 年，1929 年），多次被选为议员（第三、四、五、六及十五届议会）。1925 年到 1941 年，礼萨国王（巴列维王朝）当政时期，巴哈尔退出政界，专事著述及教学。他曾任德黑兰大学教授。1945 年后，一度出任文化部长。1946 年，主持召开伊朗第一次作家代表大会，晚年任伊朗保卫世界和平委员会主席。

巴哈尔在诗歌创作上的成就是很突出的。他熟练地利用新旧各种形式，表现具有时代意义的崭新内容。他诗歌中所体现的深厚的爱国主义思想表明他时时刻刻关注祖国的命运。1910 年，面对内忧外患中的祖国，他沉痛地歌唱：

我不解，你因何如此衰败荒寂，
呵，祖国。
外国大兵在践踏你的躯体，
呵，祖国。
你曾是我们光芒四射的明烛，
亲爱的祖国，
如今，变为他人烛火中的飞蛾，
我亲爱的祖国。
…………
俄国英国双双把我们欺凌，
蜂拥而至，带来灾难与不幸。
恶狠狠地践踏我们的国土，
反而要我们感谢他们的恩情。

1908 年，沙俄政府粗暴干涉伊朗内政，对伊朗政府提出抗议，指责伊政府对日益发展的革命形势控制不力。此举使巴哈尔感到屈辱与愤怒，他以诗歌形式表达了自己的抗议。

伊朗人，伊朗已然大难临头，
大流士的国家陷入尼古拉之手。
凯胡斯陆的国土被毒蛇吞下，
哪里还有穆斯林的尊严，
民族崛起还要等到什么时候？
我正直的兄弟，你为何如此软弱可欺？
伊朗属于你们，伊朗是你们的！

巴哈尔在二三十年代从事教学及研究工作的时期，仍然没有放下笔杆，而是继续进行诗歌创作。他于1918年出版文学刊物《学府》，以这个刊物为基地，吸引了一批作家及诗人在他的周围。后来这批志同道合的朋友们组织了“文学研究会”，30年代后期，文学研究会更名为“内扎米研究会”，其活动在伊朗现代文学发展上发挥过进步作用。

巴哈尔在二三十年代的诗歌风格更加凝练沉郁，反映出他遭遇挫折后，心情更加低沉忧伤。但是，他诗人的激情是消磨不掉的，甚至被捕入狱时，他也未曾向反动势力低头。1916年，他在狱中写了一首题名为《跳蚤颂》的诗，把敌人比作讨厌的跳蚤，充分反映了诗人对反动的封建统治者的蔑视。诗人指责他们：

无理把我囚入博季努德监牢[①]，
给我加上肮脏的罪名。
他们时而披上跳蚤的衣装，
在我身上大施其淫威勾当。
我要用雄辩语言的烈火把他们烧尽，
即便我在熊熊的烈火中葬身。

1920年巴哈尔写了一首流传很广的诗《达玛万德》。达玛万德是伊朗北部厄尔布士山的顶峰。诗人对这座伊朗的最高峰倾诉自己胸中的积郁，表达对黑暗的社会的不满以及强烈要求改变不合理的现实的愿望。诗人的这种心情是当年错综复杂的社会矛盾在他思想上的反映。1920年，对于伊朗来说是一个充满内忧外患的严峻年代。这时，第一次世界大战已经结束，各帝国主义国家之间瓜分世界的阴谋正在付诸行动，亡国的危险像乌云一样压在伊朗人民头上。在国内，1905年至1911年的革命高潮已经过去，短时间内不可能出现新的高潮。而虚弱腐朽的凯伽王朝已处于灭亡的前夜（1925年这一王朝被英帝国主义支持的军阀礼萨推翻），中央政府无力控制全国。军阀及氏族首领多拥兵自重。各派后面又都站着外国势力。这是一种令人窒息和看不到希望的局面。在这种黑云压城的形势下，诗人把伊朗北部的达玛万德山峰视为祖国和人民的象征，向其呼唤：

你应以光焰、硫黄和硝烟，
以被压迫者心焦似火的叹息，
以真主降罚的狱火的烈焰，
向雷依[②]迸射出一股浓云，
如同暴雨，洒落惊骇与恐惧，
劈开牢狱的大门，奋力冲击，
严惩那些离经叛逆的奸恶之徒。
…………
像瞬息间迸发的庞贝火山，
向世界喷发出死亡的烈焰，
压迫人的殿堂应从根基砸烂，
从根基砸烂才不致留下后患。

诗人还把达玛万德峰比作母亲，而称自己是她“苦命的儿子”，从而把个人兴衰际遇与祖国的命运紧密联系起来，令人感到自然亲切，充分体现了一个具有高度爱国热情的诗人

① 博季努德是伊朗东北部的城市，1916年时巴哈尔被囚在该市监狱。
② 雷依是波斯古城，在德黑兰以南。

因祖国的不幸而感到的切肤之痛。这首诗气势宏大，音调铿锵，感情充沛，爱国思想明确炽烈，普遍认为其是巴哈尔的代表篇章。

思考题

1. 请论述阿拉伯近代文学复兴运动的特点和成就。
2. 请论述巴鲁迪诗歌创作的特色及其在阿拉伯诗歌复兴运动中的地位。
3. “旅美派”和纪伯伦的创作在近代阿拉伯文学中的地位、作用和贡献分别是什么？
4. 请论述巴哈尔诗歌的时代内容和诗人的进步思想。

第四编

现代当代亚非文学

概论

亚非民族觉醒文学及其世界性与民族性

现代亚非文学是指从第一次世界大战和十月革命以后，一直到第二次世界大战结束这一段时期的亚非文学。当代亚非文学是指第二次世界大战后一直到今天的亚非文学。二者之间一脉相承，反映亚非各国从现代民族觉醒到民族独立的整个历史进程。

进入20世纪之后，亚非殖民地、半殖民地国家民族解放运动蓬勃发展，亚非各国人民反帝反封建的民族解放斗争，汹涌澎湃，此起彼伏，普遍高涨。中国的五四运动，朝鲜的“三一”运动，日本的“粮米暴动”，印度尼西亚的1926年民族大起义，印度民族斗争的高涨，伊朗阿塞拜疆省的武装起义，西亚、北非反帝斗争的新发展……都反映了现代历史的伟大转折，动摇了资本主义世界和它的殖民主义体系的“稳定”。

20世纪20年代亚非地区的民族矛盾加剧，30年代初，资本主义世界的经济危机致使农民相继破产，失去土地，工人也因工厂倒闭而纷纷失业。广大劳动人民进一步赤贫化，生活陷于绝境。第二次世界大战的爆发又把亚非人民卷进了战争的旋涡，进一步加深了殖民地、半殖民地的民族矛盾。整个现代时期，亚非地区反帝反封建的民族解放斗争一直在一浪高过一浪地向前发展，成为时代的主旋律。

第二次世界大战结束之后，西方几个世纪以来建立起来的殖民体系土崩瓦解，独立的旗帜在亚非地区一面又一面地庄严升起，特别是中华人民共和国的成立，给帝国主义和殖民主义以沉重的打击。但是帝国主义和殖民主义是不会自动退出历史舞台的，它们千方百计直接或间接地干涉和破坏刚获得独立和解放的亚非国家，如发动朝鲜战争、越南战争和支持对新独立国家的各种叛乱等。而冷战局面的出现又进一步使亚非新独立国家面临错综复杂的国际局势和国内的种种矛盾。为了摆脱冷战两极化的格局，维护自己独立的主权和发展权以及世界的和平，新独立的亚非国家于1954年召开了万隆亚非会议，后来又通过不结盟运动，在美苏争夺霸权中形成了第三世界的新兴力量，不断改变着亚非各国和世界的格局和面貌。

如今冷战早已结束，世界已进入全球化和多极化的时代，亚非的发展中国家已经不是被动而是主动地参与世界全面发展的进程，发挥着越来越大的作用，而东西方文化也将通过优势互补、取长补短的交流，共同促进世界文化向前发展。

现代当代亚非文学就是在这种复杂尖锐的民族矛盾和阶级矛盾的历史背景下产生并发展起来的，概括起来有如下几方面的特征。

第一，现代当代亚非文学继承并深化了近代亚非文学的光辉传统，其主流是以反帝反封建和争取民族独立、民族解放为基本内容的民族民主革命的文学。它既包括了具有反帝爱国思想的资产阶级和小资产阶级作家的创作，也包括了新兴的无产阶级作家的创作。无产阶级文学表现了新的时代主题，即共产党领导的工农反帝反封建的民族民主斗争。无产阶级文学也使工农大众在亚非文学史上第一次成为文学作品的主人公。同时登上历史舞台的资产阶级作家和小资产阶级作家则继承了民族文学的传统，在西方文学的影响下，创作出许多进步的或带有反帝反封建倾向的作品，无情地揭露了帝国主义和殖民主义的罪恶，描绘了民族的不幸和觉醒，反对封建礼教和封建的婚姻制度等，充分表达了殖民地、半殖民地人民迫切要求改变自己民族命运和争取自由解放的强烈愿望。亚非地区的许多现代作家同各自国家中的民族民主解放运动有着极为密切的关系。有一些作家本人就是反帝反殖的革命者，有的还是革命斗争的领导者。

第二，现代当代亚非各国文学在发展过程中，由于客观形势的需要，许多观点一致、兴趣相投的作家组成了共同的文学团体和派别。这些作家在他们各自的团体和派别之中研究和探讨创作问题，这对创作思想的统一、写作技巧的提高和促进文学事业的发展，都是大有益处的。

例如20世纪20年代起，在东北亚，朝鲜先后出现了“焰群社”、“帕斯求拉”和“朝鲜无产阶级艺术同盟”（简称“卡普”）。这些文学团体，对朝鲜现代文学的发展，尤其是无产阶级文学的发展，起到了不可轻估的作用。日本的无产阶级文艺运动中，也相继出现了“文艺战线”、“前艺”、“劳艺”等各派组织，最后又组成了“纳普”和“克普”。而资产阶级文学营垒中，则先后产生了“新思潮派”、“新感觉派”、“新兴艺术派”和“浪漫派”等。

在东南亚，20年代和30年代，印度尼西亚和越南都出现了无产阶级革命文学，在反帝斗争中起先锋作用。另外在印度尼西亚还出现了“新作家派”和“45年代派”，在越南出现了“自力文团”，在缅甸出现了“实验文学运动”等，对各自现代文学的发展都起了推动作用。

在印度，1936年组建了全印度进步作家协会，面对法西斯的严重威胁，该会团结所有进步作家并肩奋斗，使印度现代文学得到了蓬勃发展。

在伊朗，30年代初，出现了以萨迪克·赫达亚特为代表的创作团体——“四人小组”。他们在这一组织里经常讨论国家政治形势和文学创作问题。

在叙利亚，30年代初，建立了“迈蒙文学会”，对叙利亚现代文学的成长、发展发挥了重要作用。在黎巴嫩，30年代以后，杂志《道路》团结了许多具有民主倾向的进步作家。因而，人们称这一派作家为“道路派”。

第二次世界大战后，亚非各国的文学团体，方向更明确，组织更健全，成员更众多，有的组织还下设分支机构，对各自国家文艺运动的发展发挥了重要的领导和推动作用。如：“新日本文学会”、“朝鲜文学艺术总同盟”、“印度尼西亚人民文化协会”、“缅甸文学工作者协会”、“泰国作家联合会”、“埃及作家协会”等，对亚非各国的文学发展贡献巨大，功绩显著。

第三，在第二次世界大战前，亚非各国的现代文学主要受宗主国文学的影响，流派极少，文学观念比较简单，各派之间的不同观点和争论的问题也显得单纯。常常针对某一问题展开针锋相对的、尖锐激烈的论战。如：20 年代，在日本出现的文学阶级性问题的论战，在朝鲜产生的新倾向派和纯文学派的争论；30 年代，在越南进行的“艺术的人生”和“为艺术而艺术”的争论，在印度尼西亚开展的“西方派”与“东方派”的文化论战等。尽管双方对立，互不相让，彼此互相指摘，但是在反帝反封建和争取民族独立解放的大方向上基本还是一致的。

在取得民族独立之后，当代亚非文学已经摆脱了宗主国的束缚和局限性而直接面向世界文学的大潮流。特别是 70 年代以后，世界经济的高速增长、信息技术的迅猛发展，为亚非各国文学摆脱传统束缚，更自由和更广泛地接触世界各种文学流派、文艺思潮和创作技巧，创造了极为有利的条件。这不仅促进了亚非各国作家文学观念的更新，增强了他们学习欧美创作技巧的兴趣，而且坚定了其在批判继承民族文学传统的基础上创造性吸取欧美文学创作经验的决心。综观战后，尤其是 20 世纪末叶和 21 世纪初叶的亚非各国文学，突破了现实主义、浪漫主义的文学传统，采用了各种现代主义和后现代主义的艺术技巧，使文学视角更加多面化，使创作题材更加多样化，使创作方法更加多元化，使艺术风格更加多姿化。

20 世纪最后几十年的亚非文学，日益明显地展示了一种趋势：任何一种文学流派都不是纯而又纯地坚持和固守某种单一的创作原则；作家的创作总是彼此渗透，互相影响，进行多方互补和融合的。这一特征在许多获诺贝尔文学奖的大作家身上表现得特别明显。川端康成的创作，是日本民族文学传统和西方现代派文学技巧——新感觉派和意识流派的技巧相结合的典范，这正是当代亚非文学在发展过程中东西方文学走向融合特征的真实反映。他既不是纯粹地接受西欧现代派的影响，又不是单一地继承日本的民族传统；他出色地把握了东西方文学互相融合的奥秘，创作了既有民族性又有世界性的优秀作品。同样，尼日利亚的沃莱·索因卡，在他的戏剧创作中也体现了东西方融合的精神。无论是《森林舞蹈》、《路》，还是《沼泽地居民》都表明了西方戏剧的创作技巧和非洲戏剧传统的融合。阿拉伯当代文学的杰出代表纳吉布·迈哈福兹，也是一位重视东西文学互相融合的作家。诺贝尔奖评审委员会在颁奖辞中称他的创作是融会贯通阿拉伯古典文学传统、欧洲文学的灵感和个人艺术才能的结果。纳吉布·迈哈福兹自己也直言不讳地称其命中注定出生在这两种文明①的怀抱中，吮吸着它们的乳汁，汲取它们文学和艺术的养料，从而使他文思犹如泉涌。川端康成、索因卡和迈哈福兹，尽管他们受到西欧多种思潮、不同流派的影响，但是他们创作思想的基础依然属于各自民族的传统文化。

第四，现代当代亚非文学的发展历史表明：文学流派和创作方法总是随着社会的发展而不断变化，往往突破前代传统和固有模式，从单一化走向多样化，由简约变为复杂。尤其是在全球化浪潮的推动下，文学交流和相互影响也呈全球化的趋势。第二次世界大战前的现代文学基本上以现实主义和浪漫主义为正统。后来在苏联文学的影响下，一些国家出现了社会主义现实主义的创作方法，在日本则称之为无产阶级现实主义，在印度尼西亚称之为创造性现实主义。第二次世界大战以后，亚非文学越来越表现出不断创新的趋势和走向。由于社会生活的日新月异和世界潮流的冲击，文学的创作方法和文学流派在不断地发展和迅速地变化。例如：在日本出现了战后派、作为人派、内向一代派、推理小说等各种流派的文学，在印度尼西亚出现了荒诞派的小说和戏剧以及朦胧派诗人，在印度产生了进步主义、实验主义、边区文学、社会现实小说等流派。总之，在当代的

① 即古埃及文明和阿拉伯文明。

亚非各国，文学流派之众多，艺术风格之繁多，写作手法之杂多，文学体裁和题材之多样，都是空前的。在亚非文坛上，形成了一派姹紫嫣红、百花齐放、争奇斗艳的动人景色。因而，同世界文学发展一样，文学的多元化、多样化，是当今亚非文学的又一显著特征。同过去相比，由一两个文学流派垄断和霸占文坛的局面已经一去不复返了，多元化、多样化已经占据文学主导地位，这似乎已成定局。同时又可以看到，在全球化的大潮中，每一个流派也处于不断的、迅速的变化之中，其盛衰消长，大有瞬息万变之势。世界性的潮流已经不可阻挡，如何在迎接世界性潮流的同时，保持自己的民族性，把世界性和民族性很好地结合起来，这将是摆在当代亚非文学面前需要解决的时代课题。

思考题

1. 请简述亚非民族觉醒和民族解放斗争对亚非现代文学的影响。
2. 亚非现代当代文学的主要特征是什么？

第一章 现代当代东北亚文学

第一节 概　述

现代当代东北亚文学包括日本、朝鲜和蒙古的文学。

日本现代当代文学在近代文学较为坚实的基础上进一步向前发展，取得了相当可观的成就，在亚非以至世界文坛上的地位越来越重要。日本现代当代文学的发展过程大致可以分为以下四个时期。

一是战前时期（1919—1936）：这个时期日本文坛上有三种文学现象并存。其一是近代各种流派文学的继续和延伸。属于自然主义文学派的岛崎藤村先后出版《风暴》和《黎明前》，德田秋声则有《化装人物》付梓，显示出老作家的实力。属于唯美主义文学派的谷崎润一郎发表《春琴抄》，继续沿着自己的道路前进。属于理想主义文学派的武者小路实笃有《幸福者》和《友情》等力作问世，志贺直哉的《暗夜行路》被誉为文坛的重要收获。属于新现实主义文学派的芥川龙之介进入 20 年代后逐渐加强写实主义倾向，重要作品有《河童》、《玄鹤山房》等，菊池宽、佐藤春夫、室生犀星、葛西善藏等人也有新作发表。其二是无产阶级文学的成就。第一次世界大战前后，由于社会主义思想的传播和工人运动的开展，无产阶级文学运动随之兴起，其标志是 1920 年《播种人》的创刊。1924 年创办的《文艺战线》，使无产阶级文学迎来了新阶段。随后，要求无产阶级文学运动团结统一的呼声日益高涨，于是在 1925 年组成了无产阶级文艺联盟，1926 年又改组为无产阶级艺术联盟。之后经过几次分裂和组合，终于在1928年结成两个团体：全日本无产者艺术联盟和劳农艺术家联盟。属于无产阶级文学的重要作家作品有叶山嘉树（1894—1945）的《生活在海上的人们》、宫本百合子（1899—1951）的《伸子》、德永直（1899—1958）的《没有太阳的街》、中野重治（1902—1979）的《初春的风》和小林多喜二（详见本章第三节）的作品。其中以小林多喜二所取得的成就最为引人瞩目。其三是现代主义文学的兴起。日本的现代主义文学是在欧美文学的影响下产生的，包括新感觉派、新兴艺术派、新心理主义和唯理主义等诸多流派。新感觉派是日本第一个现代主义文学流派。1924年10月，以无产阶级文学抬头和新现实主义文学后退等为背景，横光利一（1898—1947）和川端康成（详见本章第二节）等人创办《文艺时代》，形成新感觉派。横光利一是典型的新感觉派作家，主要作品有《头与腹》和《机械》等。新兴艺术派由13人俱乐部成员和《蝙蝠座》、《文艺都市》、《文学》同人等32人组成。他们站在反无产阶级文学的立场，倡导新兴艺术；但由于缺乏具体的理念，描写都市享乐生活的作品较多，未能产生多少名篇佳作，终于分裂为新社会派、新心理主义文学和唯理主义文学等。新心理主义是在普鲁斯特、乔伊斯等人的“内心独白”、“意识流”等创作方法的直接影响下产生的，伊藤整的《新心理主义文学》（1932）在这个过程中起了指导作用。唯理主义排斥主观和感情，强调理智和理性，阿部知二的《唯理主义论》（1930）等是该派的理论著作。

二是战争时期（1937—1945）：日本当局强化所谓非常时期体制，迫使日本笔会脱离国际笔会，禁止宫本百合子、中野重治等作家执笔，日本文学进入黑暗时代。在这种形势下，不少作家自愿或被迫写作所谓“国策文学”。但这类战争文学以及大陆文学、农民文学、海洋文学之类，大多采取平板的记录文学和报告文学形式，既缺乏思想性又缺乏艺术性，没有长久的生命力。与之相反，还有一些作家克服重重困难，继续在艺术园地辛勤耕耘，这是值得称道的。

三是战后初期（1945—1960）：战后日本社会发展和日本文学发展都进入了一个新时期。这时由于战争时期的严厉思想统治破产，长期受到沉重压抑的各种思潮兴起，文学方面也呈现出多种流派和倾向并立的景象。从时间上看，战后最早出来发表作品的是一批老作家。他们在战时大体上保持沉默，没有积极参与其事，没有狂热鼓吹战争，因而也没有什么良心上的伤痕。如志贺直哉的《灰色的月亮》、谷崎润一郎的《细雪》和川端康成的《雪国》等，虽然缺乏战后的时代特色和新鲜味道，但却表现出一种安定情绪，并且在艺术技巧方面趋于圆熟。作为文学团体，首先引起人们注意的是新日本文学会，该会是以无产阶级作家为核心的统一战线组织。宫本百合子的《播州平野》和《知风草》、德永直的《妻啊，安息吧》和《静静的群山》、中野重治的《五勺酒》和《五脏六腑》等是其代表作品。适应战后新形势而初登文坛的一批新作家被称为战后派。该派主张艺术至上，反对政治干预文学。在思想内容上既重视表现社会，又强调表现自我；在艺术表现上则力图突破传统的方法，广泛吸收现代派方法。主要作家作品有野间宏（1915—1991）的《阴暗的图画》、梅崎春生（1915—1965）的《樱岛》、椎名麟三（1911—1973）的《深夜的酒宴》、武田泰淳（1912—1976）的《审判》、大冈升平（1909—1988）的《俘虏记》、三岛由纪夫（1925—1970）的《戴着假面具的自白》、安部公房（1924—1993）的《墙壁》等。当50年代第一批和第二批战后派开始从文坛第一线退却时，所谓第三批新人随之登场。他们不像前两批战后派作家那样具有明确的目的意识性和丰富的社会思想性，而是着重描写日常生活，逐步与私小说接近起来。安冈章太郎（1920—2013）的《阴郁的伙伴》、吉行淳之介（1924—1994）的《骤雨》等是第三批新人文学有代表性的作品。无赖派是在战后混乱不堪的社会背景下产生的文学流派。这派作家对于传统和权威抱着强烈的反抗意识，具有明显的颓废倾向，同时努力革新创作方法。坂口安吾（1906—1955）的《白痴》、太宰治（1909—1948）的《人间失格》、织田作之助（1913—1947）的《世态》等可以体现无赖派文学的特色。私小说作为日本特有的小说形式，在战后初期得到重新发展。当战后派那些新鲜的、费解的作品风靡文坛时，另一方面也有不少优秀的私小说作品产生出来，赢得了不少读者。尾崎一雄（1899—1983）的《小虫种种》、外村繁（1902—1961）的《梦幻泡影》、川崎长太郎（1901—1985）的《抹香町》、檀一雄（1912—1979）的《律子之爱》等堪称代表。此外，风俗小说（丹羽文雄、舟桥圣一、石坂洋次郎等）的流行，石川达三（1905—1985）、井上靖（详见本章第四节）、井伏鳟二（1898—1993）和大江健三郎（详见本章第五节）等人的小说创作，荒原派（鲇川信夫、田村隆一等）的诗歌创作，评论家（本多秋五、江藤淳、山本健吉、中村光夫等）的研究著作等，也是这个时期的重要收获。

四是战后后期（1960— ）：自60年代初以来，日本经济进入高速增长时期，逐步成为高度发达的资本主义国家。这对日本的社会、生活、风俗、文化以及文学造成了广泛而深刻的影响。这个时期的日本文坛更加令人眼花缭乱，其中比较重要的文学流派和作家作品如下：(1) 第三批新人继续活跃，并且更加突出地表现“日常”这个主题，如安冈章太郎的《花祭》、吉行淳之介的《阴暗的节日》等。(2) 随着大众传播媒介的蓬勃发展形成推理小说的空前繁荣，涌现出松本清张（1909—1992）、水上勉（1919—2004）和森村诚一（1933— ）等一批流行作家，畅销作品有《沙器》（松本清张）、《荒野的墓标》（水上勉）、《人性的证明》（森村诚一）等。(3)“作为人派”和“内向一代派”的对立。前者认为文学应当正视现实问题，表现现实问题，主要作家作品有高桥和巳（1931—1971）的《悲哀之器》、开高健（1930—1989）的《光辉的黑夜》；后者着力探索人们内心世界，主要作家作品有古井由吉（1937— ）的《杳子》、后藤明生（1923—1999）的《夹击》、黑井千次（1932— ）的《时间》等。(4) 七八十年代以来登上文坛的新作家的新动向。他们有的努力唤起人们对传统文化的热情，以便回归传统文化的世界；有的热心宣传西方文化的影响，企图将西方和日本等同视之；有的着力表现人们在高度发达的资本主义社会的孤独体验；有的重点表现人们在繁华都市里的失落感受；有的精心描绘当代青年独特的青春体验；还有的则在语言、视角、手法、情调等方面进行创新等。以村上春树为例。他的创作生涯始于1979年，第一部长篇小说《且听风吟》即获得日本《群像》新人奖，第五部长篇小说《挪威的森林》成为日本的畅销书，被称为“村上现象”。此后，他的创作热情日益高涨，在长篇小说、短篇小说、散文随笔、报告文学和翻译文学等领域取得了一系列成果。他的重要作品还有《寻羊冒险记》、《世界尽头与冷酷仙境》、《舞！舞！舞！》、《海边的卡夫卡》、《东京奇谭记》和《1Q84》等。由于成绩卓著，先后获得国内外多种文学奖项。他善于通过简洁、幽默的语言和丰富、奇特的想象，表现都市人的失落感、孤独感。如今他的作品已被译成三十余种语言，在三四十个国家和地区广泛流传。(5) 除了上述各种流派的作家以外，还有其他许多作家在自己的园地里辛勤劳作，并且取得了丰硕的成果，其中最突出的有井上靖、石川达三、安部公房和大江健三郎等。

朝鲜现代文学是在大动荡、大分化的社会背景下产生并发展起来的。它的发展过程可以分为战前和战后两个时期，而战后时期又分为北、南两个部分。

战前时期（1919—1945）：这个时期的资产阶级文学方面，有些作家宣传为艺术而艺术，倡导唯美主义和颓废主义，反对文学为民族独立斗争服务。他们的作品强调雕琢辞藻，具有幻灭色彩。属于这个行列的作家有至今仍被推举为韩国现代文坛泰斗的李光洙（详见本章第六节）以及崔南善、金东仁、廉相涉等。另有一些进步的资产阶级作家则走上了不同的道路。如小说家罗稻香（1902—1927）的短篇小说《哑巴三龙》，描写哑巴奴仆放火烧毁地主庄园的故事；诗人金素月（1902—1934）则在《招魂》和《在田畦上》等名篇中，抒发对祖国和乡土的热爱。在无产阶级文学方面，作家们显得更加富有生机和活力。20年代初，随着马克思主义的传播和工农运动的开展，早期无产阶级文学应运而生。1923年组成“焰群社”，1924年又出现“帕斯求拉”（这个名称是由参加者姓氏字母拼成的），此外还有崔曙海、赵明熙和李箕永（详见本章第七节）等人，虽不属于这两个组织，但在思想倾向上与之相近。他们的共同特点是描写工农群众和其他下层人民的生活，不仅表现他们的苦恼、遭遇，而且讴歌他们的反抗行为，展示他们的美好理想。因为他们的创作显示出前所未有的新倾向，所以被称为“新倾向派”。崔曙海（1901—1932）是该派代表作家之一，写有《出走记》等小说。1925年，崔曙海、赵明熙、李箕永和韩雪野（详见本章第八节）等一批作家，为了更好地团结起来，决定成立一个新团体——朝鲜无产阶级艺术联盟。该团体在其《纲领》里明确提出发展无产阶级艺术的目标，并且指出无产阶级艺术运动是无产阶级革命运动的一个组成部分。这时发表的优秀作品有赵明熙（1892—1942）的小说《洛东江》、宋影（1903—?）的小说《石工组合代表》、李箕永的小说《元甫》、韩雪野的小说《过渡期》、李相和（1901—1943）的诗歌等。进入30年代以后，抗日武装斗争的开展推动了无产阶级文学的进一步发展，李箕永的长篇小说《故乡》和韩雪野的长篇小说《黄昏》等名著相继问世，大大地提高了朝鲜文学的艺术水准，此外革命戏剧《卖花姑娘》和《血海》等也是这时的重要收获。

战后时期（1945—　）：战后朝鲜北部建立了朝鲜民主主义人民共和国，走上了建设社会主义的道路。1946年3月，朝鲜文学艺术总同盟宣告成立。在它的组织下，朝鲜作家开展批判反动文艺的斗争，同时积极投入革命文学的创作活动。1950年抗美救国战争爆发后，许多作家写出了大量鼓舞人民斗志的作品。1953年战争过后，文学加快了前进的步伐，作家队伍不断扩大，作品数量不断增加。当代文学作品的题材是广泛的，主题是多方面的，归纳起来大致包括以下几个方面：反映抗日武装斗争，描写土地改革运动，表现抗美救国战争，歌颂社会主义建设，描绘近代历史画面，表达和平统一愿望等。当代作家也已形成一支实力相当雄厚的队伍。其中有老一代作家，他们仍在继续起着骨干作用，并且不断有新作问世，如李箕永的《图们江》、韩雪野的《大同江》等；还有为数众多的中青年作家，他们迅速成长起来，创作水平不断提高，赵基天（1913—1951）的长诗《白头山》、千世峰（1915—1986）的小说《石溪的新春》等堪称代表。

朝鲜南部在战后成立大韩民国，走上资本主义化的道路。在40年代后半期和50年代，有一批被称为“战后文学派”的青年作家活跃于文坛，他们喜欢从不同角度批判战争和人生，在艺术表现上则深受西方现代派（如意识流小说、存在主义等）的影响，主要代表人物有孙昌涉（1922—　）、河瑾灿（1931—　）等。孙昌涉的重要作品有短篇小说《血书》等，河瑾灿的重要作品有长篇小说《夜壶》等。从60年代起，随着经济的加速发展，文学方面也产生了相应变化。一方面是强调技巧、重视感觉、表现幻梦的“新感觉派”走上文坛，金承钰（1941—　）被公认为该派代表作家，其名作为《汉城：1946年冬》。另一方面是主张反映现实、暴露黑暗的“参与文学派”与之对垒，代表作家有金廷汉（1908—?）、方荣雄（1942—　）等。70年代以后，由于现代化的进展，文学显得更加多样化，其中比较出色的作家作品有黄晳英（1943—　）的长篇小说《外乡》、赵世熙（1942—　）的系列小说《矮子射向空中的小球》、李文求（1941—2003）的《冠村随笔》、朴景利（1927—2008）的《土地》等。

蒙古于1924年成立蒙古人民共和国。蒙古现代文学的发展可以分为三个时期。

第一时期（1921—1940）：这时的文学大多以揭露旧时代的落后和黑暗，颂扬新社会的进步和光明为主题。纳楚克道尔基（详见本章第九节）的作品、索·博音尼木和（1902—1927）的剧本《黑暗的故事》、策·达木丁苏伦（1908—1986）的长诗《我的白发母亲》、敦·策伯格米德（1915—?）的短篇小说《牧羊童乃当》等是这一时期的代表作。

第二时期（1941—1960）：这时产生了第一批长篇小说，即契·洛道伊丹巴（1917—1970）的《在阿尔泰山》和勃·仁亲（1905—1977）的《曙光》；出现了许多有关战争问题的作品，如达·僧格（1916—1959）的中篇小说《阿尤希》和额·奥云（1918— ）的剧本《手足兄弟》；继续发表了不少揭露旧时代和颂扬新社会的作品，如鲁·巴达尔契（1916—1960）的短篇小说《香火》和拉·旺干（1920—1968）的《医生》等。

第三时期（1961— ）：这时文坛上又涌现出一大批有才华的新作家，作品数量显著增加，作品形式更加多样。长诗有别·雅沃胡朗（1929—1982）的《我生于何方》和登·普尔布道尔基（1933— ）的《蓝布袍》，中篇小说有德·米雅格玛尔（1933— ）的《磨面人》，长篇小说有敦·纳姆达克（1911—1984）的《动荡的岁月》和契·洛道伊丹巴的《清澈的塔米尔河》等。

第二节 川端康成

川端康成（1899—1972）是日本著名小说家，日本第一位诺贝尔文学奖获得者。

1899年6月14日，川端康成出生在日本大阪。他两岁丧父，三岁丧母。父母双亡对他产生了很大影响。他日后在《致父母的信》一文中写道："深深刻入我幼小心灵里的，便是对疾病和夭折的恐惧。"父母死后，他随着祖父母回到老家过日子。他七岁那年，祖母死去；十岁那年，唯一的姐姐死去；十六岁那年，最后的一位亲人——祖父也辞别了人世。这使他感到极端的孤单寂寞，仿佛觉得天地之间仅仅剩下自己一个人了。孤独的生活和不幸的遭遇，乃是形成川端康成孤僻性格和川端文学悲凉格调的重要原因之一。

川端康成自幼喜欢读书。入中学后，热衷于阅读文学作品，并将自作的新诗、文章和书信编为《谷堂集》，还频频向报刊投稿。1917年9月，川端考入东京第一高等学校英文科。这时他仍然热心读书，读得最多的是陀思妥耶夫斯基、契诃夫等俄国作家和志贺直哉、芥川龙之介等日本作家的作品，尤其敬佩志贺直哉。1920年9月，川端进入东京大学英文系，第二年转入国文系。在东大期间，他热心文学事业，积极参加编辑出版东大文科系统的同人杂志《新思潮》（第六届）。在这个刊物上，他发表过一些短篇小说。

1924年春天，川端从东大毕业，决心走上文坛，成为专业作家。同年10月，他参与创办同人杂志《文艺时代》，发起新感觉派运动。《文艺时代》于1927年5月停刊。其后，他又先后参加了《近代生活》杂志、"十三人俱乐部"和《文学》杂志。

进入30年代以后，日本军国主义势力在亚洲疯狂推行战争政策。在战争期间，川端大部分时间过着半隐居的生活，继续写作几乎与战争无关的作品。总的看来，川端在战争期间没有狂热地鼓吹“圣战”，没有特别积极地投身到战争风潮中去。

1945年8月15日，日本军国主义战败投降。这对川端是一个巨大冲击。他对日本战后的现实感到不满和失望。这种态度决定了他战后生活和创作的基调。由于在创作方面不断取得成果，川端在战后获得了多种荣誉头衔和奖励。1968年10月，他获得诺贝尔文学奖。1972年4月16日，他在工作室里口含煤气炉管自杀，没有留下遗书，终年73岁。

川端康成一生写了四百多篇长篇、中篇和短篇小说，此外还写了许多散文、随笔、讲演、评论、诗歌、书信和日记等。

从思想倾向来说，他的小说是相当复杂的，并且经历了一个颇为曲折的发展过程。

他战前和战时的小说可以归纳为两类：第一类小说描写他的孤儿生活和孤独感情，描写他的失恋过程和痛苦感受。《精通葬礼的人》（1923）和《十六岁的日记》（1925）等是这类作品的代表。这类作品接近于日本人所喜欢的私小说。由于所写的是他本人的经历和体验，所以描写细腻，感情真挚，具有激动人心的艺术效果；但也由于仅仅写他本人的经历和体验，并且自始至终充满低沉、哀伤的情调，所以思想高度和社会意义受到一定局限。第二类小说描写处于社会下层的人物，尤其是下层妇女（如舞女、艺妓、女艺人、女侍者等）的悲惨境遇，表现他们对爱情和艺术的追求。《伊豆的舞女》（1926）、《温泉旅馆》（1929）和《雪国》（1937—1948）等是这类作品的代表。这类作品不但比较真实地再现出被侮辱者与被损害者的不幸，比较充分地表达出他们的痛苦，而且还洋溢着作者对他们的同情和怜悯。

他战后的小说产生了相当大的变化。一方面他仍然沿着《伊豆的舞女》等的道路前进，最后完成了《雪国》，并且继续写作表现人们正常生活和感情的小说，同时反映社会存在的某些问题，表达对普通人民的同情态度，其中包括像《舞姬》（1951）、《名人》（1954）和《古都》（1962）等颇为成功的小说在内。但是，他另一方面却又在描写爱情时走向极端，写出一批以表现官能刺激、色情享受和变态性爱为主要题材的小说，如《千只鹤》（1952）、《睡美人》（1962）和《一只胳膊》（1964）等。尽管这些作品要表现的可能是他内心的痛苦和郁闷（如美的理想难以实现，对爱的追求不能得到满足，面对年老和死亡感到不安和恐惧等），但是选用这类题材毕竟会使作品的格调降低，也使他在艺术上陷入困境。

总之，从思想倾向来说，川端的小说是复杂的，甚至是矛盾的；但是除了战后一部分具有明显颓废色彩的作品以外，其余大部分作品应当说思想感情基本上是健康的，读者可以从中获得一定益处。不过，尽管川端生活在一个剧烈动荡和重大转折的时代，可是由于他不大关心社会和政治，所以他的小说一般并不表现重大的社会主题，并不描写尖锐的社会题材，也不深入开掘题材的社会意义，这就不能不在一定程度上影响他的小说的思想价值。

就艺术表现而言，他的小说也是相当复杂的，并且也经历了一个颇为曲折的发展过程。当他在20年代中期参与创办《文艺时代》、发起新感觉派运动时，一度单纯模仿表现主义和达达主义等西方现代派手法，极力强调主观感觉，热心追求新颖形式，《感情装饰》（1926）便是这种倾向的产物，因而被认为是新感觉派的代表作品。但与此同时，他又发表了《十六岁的日记》和《伊豆的舞女》等较少具有新感觉派特色的小说，语言朴素，风格自然。30年代初期，他又为乔伊斯等人的意识流小说所吸引，写出两篇纯属模仿式的小说——《针与玻璃与雾》（1930）和《水晶幻想》（1931），后者未完而辍笔，可见他已感到此路不通，决心另辟蹊径。那么，所谓新路又是什么呢？一言以蔽之，是将日本文学传统与意识流小说结合起来；或者再广而言之，是将日本文学传统与包括表现主义、达达主义以及意识流小说在内的西方现代派手法结合起来。经过长期探索，他在这条路上果然取得了进展。从《禽兽》（1933）到《雪国》标志着他在一步一步前进。用他在《文学自传》中的话说就是："我受过西方近代文学的洗礼，也曾试图加以模仿；但我在根底上是东方人，从15年前起就不曾迷失过自己的方向。"正因为如此，他的小说形成了自己的风格，即人物描写细腻入微，结构安排自由灵活，文章情调既美且悲，在艺术上颇有值得借鉴之处。

中篇小说《雪国》从1935年到1947年断断续续在几个刊物上发表，1948年出版单行本。从作者1934年年底动笔算起，到最后出版单行本为止，前后一共用了15年的时间。

《雪国》写的是岛村三次从东京到雪国和驹子交往的故事。岛村第一次到雪国是在满山一片新绿的登山季节，当时驹子给他的突出印象是难以想象的洁净。第二次到雪国是在下过初雪之后的冬季，与驹子的来往更加频繁。第三次到雪国是在又一年的秋天，即蛾子产卵、萱草茂盛的季节。小说描写的重点显然不在男主人公岛村身上，而在女主人公驹子身上。驹子出生在雪国农村，由于生活所迫，被人卖到东京当过陪酒侍女，后被一个男人赎了出来，打算将来做个舞蹈师傅生活下去。可是一年半后，那个男人又死了。驹子无奈，后来终于当了一名艺妓。

小说主要从日常生活表现和对待爱情的态度这两个方面描写驹子的性格。在日常生活表现方面，着重写她记日记、读小说和练三弦等几个细节。驹子的日记从到东京当侍女之前不久记起，一直坚持下来。对于这些日记，她自己看得很重，不肯轻易拿给别人看，甚至表示要把它毁掉再死。从这些描写看来，尽管她的日记在内容上未必有什么闪光的思想和高深的意义，只是她的生活记录，而她的生活又是不大光彩的，所以自己看着也会害羞；但是，她记日记的态度是认真的，并且表现出持之以恒的毅力。驹子从十五六岁时起就喜欢看小说，而且把看过的书都记下来。当然，她所读的小说格调并不高雅，她所记的也无非是些题目、作者、人物名字以及人物关系等；但是，这却可以说明，她有求知的欲望和顽强的毅力。驹子弹三弦的技巧比当地一般艺妓高出一筹。这是她平日刻苦练习的结果。她不但用普通琴书练习，而且还钻研比较高深的乐谱。驹子苦练三弦自然也是职业的需要，但是贯穿其中的顽强毅力也是不能忽略的。总之，从日常生活表现来看，作为一个艺妓，驹子应该算是生活态度比较认真的，意志比较顽强的，不同于那些随波逐流的人。因此，是值得适当加以肯定的。

在对待爱情的态度方面，即与岛村交往方面，驹子又是如何表现的呢？这要从她与岛村的第一次交往谈起。当时驹子虽然也到宴会上陪陪客人，但还不是正式的艺妓。她之所以一下子爱上了岛村，并且主动委身于岛村，是有原因的。简而言之，就是她觉得岛村虽然是个游客，却跟一般毫无教养、毫无感情、毫无良心的游客对自己的态度有所不同。比如，岛村开头没有把驹子当成艺妓看待，希望跟她清清白白地交朋友；而且在岛村来说，这种态度并非全是假的。这使驹子感到，岛村对自己的态度要比一般游客真诚一些，至少有几分是真诚的。又如，岛村关于歌舞的一番议论，也使驹子感兴趣，也成了吸引驹子的力量。岛村的这些知识和教养，使驹子敬佩。这就是说，驹子之所以爱岛村，是因为她发现岛村确实有些可取之处；在她所能结交的男人之中，这样的人就要算是少有的了。她想在岛村身上求得像是爱情的爱情，哪怕只有一点儿也好，哪怕只能维持一段时间也好。

当然，在我们看来，驹子对岛村的爱情无论如何也不能说是合乎常态的。首先，她把岛村这样一个极不可靠的人当成恋爱对象就是异乎寻常的。不过就作者的审美观而言，这一点恰恰表明了驹子只顾自己爱对方，不求对方爱自己的态度，即所谓“无偿的爱”；而这种“无偿的爱”正是女性美的最高表现。其次，她一下子就委身于岛村，这种恋爱方式也是异乎寻常的。但是，这种态度是由于她所处的特殊环境造成的。她的可怜境遇，她的可怜身份扭曲了她，使她不能像一个普通姑娘那样去爱真正合乎自己理想的人，也不能以正当方式去爱。她的爱情既有纯真的一面，又有畸形的一面。

总起来说，《雪国》以同情的笔调表现了驹子这个生活在社会底层的艺妓的悲惨命运，表现了她的进取精神和对纯真爱情的追求，因此具有一定思想价值。

《雪国》在创作方法和艺术表现方面比较充分地体现了川端康成文学创作的特色。

《雪国》在创作方法上的特点是东西结合，自成一格。所谓东西结合，即将日本的古典文学传统与西方的现代派方法结合起来。其具体表现为，既有一定数量具体的、客观的描绘，又在不少地方通过岛村的自由联想状物写人；在总体上基本按照事物发展的自然顺序来写，在某些局部又通过岛村的自由联想展开故事情节，适当冲破事物发展的时间界限和空间界限，形成内容上的一定跳跃。这篇小说巧妙运用自由联想方法的例子很多，其中最为人称道的是它的一头一尾。如开头一段描写岛村坐在开往雪国的火车上，凭窗眺望窗外景色。这时由于暮色降临大地，车外一片苍茫，车内亮起电灯，所以车窗玻璃变成一面似透明非透明的镜子。在这个镜面上，车外的苍茫暮色和叶子的美丽面影奇妙地重合在一起，前者成为背景，后者浮现在它的上面，构成一幅美妙无比的图画，引起岛村的遐想。这样的描写使得叶子的美貌罩上一层朦胧的、神秘的色彩，为作品增添了无限的诗意。

《雪国》在人物描写上的特点是重视感觉，刻画细腻。川端康成重视表现人物的主观感觉，表现人物的纤细感情和瞬间感受。在《雪国》里，驹子的心理矛盾和感情变化被表现得无微不至。如有一次岛村夸驹子是好女人，驹子不解其意，怀疑岛村耻笑自己，于是“她满面通红瞪眼看着岛村”，“一阵激烈的愤怒使驹子的肩膀都在发抖，脸色刷地一下变得苍白，眼泪簌簌地落下来”；当她哭得疲倦了，“就拿着银簪子扑哧扑哧地戳着铺席”。小说随后写道：“怎么也想不出这个女人会把岛村偶然说出的一句话误解到那种地步，这反而使人觉得她心中有难以压制的悲哀。”这段描写使读者具体地感受到驹子的内心痛苦和好强性情。她被迫沦为艺妓，心里藏着无限悲哀；她最怕别人蔑视自己，最怕别人耻笑自己。所以，她对岛村偶然说出的一句话产生了那么大的误解，并且作出了那么强烈的反应。

《雪国》在结构安排上的特点是自由灵活，活而不乱。川端康成的中篇、长篇小说往往近似于若干短篇的连缀，其中的第一个短篇已经写出一个可以独立存在的世界，其后的短篇乃是对于第一个短篇的不断补充和丰富；所以作为整体来看仿佛缺乏统一的构思和立体的框架，各个短篇之间的联系显得有些松散，不过仔细读来仍然能够发现一定的内在联系。《雪国》也是如此。这篇不算很长的小说分为十多个短篇，断断续续在几个刊物上发表，前后长达十几年之久。作者起初没有写成中篇的既定计划，当然也就没有固定的构思。第一个短篇成为写第二个短篇的动机，而第二个短篇又带出了新的短篇，这样连缀起来，最后变成现在我们见到的样子。

《雪国》在文章风格上的特点是既美且悲，抒情味浓。川端康成是热心探求美的作家。

他的作品常常以绚丽多彩的大自然作为背景，以自然界的季节变化作为衬托，使自然的景色和人物的感情结合起来，达到水乳交融的地步。他的作品又常常以美貌的青年女性为中心，以她们对爱情和艺术的不懈追求为主题。这些都与他对美的探求有关。《雪国》充分地体现了这一点。在这篇小说里，驹子的现实美和叶子的空幻美正是在雪国的背景上展示出来的。川端康成又是擅长表现悲的作家。他的作品往往充满失意、孤独、感伤等悲哀感情，结局往往具有悲剧色彩。《雪国》也是这样。在这篇小说里，岛村的感伤情绪和驹子的内心痛苦充溢全篇，而结尾叶子之死更使小说增添许多悲凉气氛。这是由于川端认为美与悲是相辅相成的、密不可分的，所以他总是把美与悲联系在一起加以表现，构成一种既美且悲的独特格调，抒情味浓，感染力强。

第三节 小林多喜二

日本杰出的无产阶级作家小林多喜二（1903—1933），不仅为革命事业献出了宝贵的生命，而且还用强烈的激愤和坚忍的毅力，写下了歌颂无产阶级英勇斗争的作品，为日本左翼革命文学奠定了基础。

小林多喜二生在日本本州北部秋田县一个贫穷村落的佃农家里。因为生活贫困，在他四岁时，一家人迁到北海道的港口小樽，投靠开面包坊的伯父，勉强维持生活。他小学毕业后，在亲朋帮助下，升入小樽商业学校，半工半读。1924年毕业后入银行工作。由于在贫苦农村和小樽工人区中长大，他对劳动人民生活的艰辛深有体会，这奠定了他日后的人生道路和文学方向。

小林多喜二从小就爱好文学，在商业学校学习期间开始了文学创作，并且阅读了大量的国内外著名作家的作品，像巴尔扎克、狄更斯、托尔斯泰、陀思妥耶夫斯基、高尔基等，都是他所喜爱的作家。国内作家，他尤其敬佩志贺直哉，后来与志贺直哉建立了深厚的友谊。在银行工作期间，与文友创办文学刊物《光明》，并在《光明》上发表作品。他早期的习作都是短篇小说，创作态度认真、严肃、刻苦，这为他日后创作打下了深厚的功底。

1927年小林多喜二的思想发生重大变化，他感到“时代的变化”，开始自觉学习社会科学和马克思主义著作，逐渐形成革命思想。他不仅攻读理论，而且参加工农运动，在实践中提高自己，逐步走上革命的道路。此时，他的创作也发生了变化，从描写下层人民生活的痛苦，转变为把工农的斗争置于创作中心，写出一篇篇歌颂革命斗争的作品。1927年完成的中篇小说《防雪林》，取材于北海道农民的生活和斗争，标志着作家创作上的转变。

1928年3月15日日本发生了严重政治事件，日本政府为绞杀方兴未艾的工农运动，制造了“三一五”大逮捕事件，全国许多工农运动的积极分子被捕并受到迫害。这一事件激发了小林多喜二的义愤，他经过调查和了解，在事件发生后的三个月，发表了震撼当时社会的中篇小说《一九二八年三月十五日》，大胆揭露事件真相，暴露法西斯军警的暴行，歌颂威武不屈的革命者形象。这是他的第一部革命作品，也是日本左翼文学具有划时代意义的作品，从此他步入革命作家的行列。1928年他参加日本无产阶级作家组织“纳普”，转年被选为作家同盟的中央委员，并且负责小樽分会的工作。他不仅参加革命文学组织，而且积极参加工人运动，为重建小樽工会活动，也为小樽海员工会新闻小报的编辑出版作出了贡献。在他参加工人活动的基础上，1929年创作了为作家带来世界声誉的中篇小说《蟹工船》。《蟹工船》取材于工人斗争，描写渔工和海员从自发到自觉的斗争。之后又发表了《在外地主》，描写资本家兼地主的“在外地主”对农民的剥削与压迫以及农民的抗租斗争。由于作家积极参加革命文学活动和工人活动，他被银行革职了。

1930年小林多喜二到东京，从事革命文学活动，为此曾被拘捕过。出狱后，他继续积极参加革命文学活动，并成为革命作家同盟的领导，同时加入日本共产党。在紧张的革命工作的同时，他不忘记文学创作，先后写出若干篇小说。

1932年日本政府强化军国主义统治。革命文艺组织遭到破坏，小林多喜二不得不转入地下，继续进行革命活动。1933年2月20日，他在街头进行秘密联系时，被叛徒出卖，当场被捕，随即受到严刑拷打，当晚便被迫害致死。这一血腥事件震怒了日本人民和世界人民，人们纷纷致电哀悼，谴责日本政府的法西斯暴行。我国鲁迅先生立即拍去唁电，表示深沉的悼念。唁电指出：小林多喜二的革命业绩“我们不会忘记”，中日两国人民“正在坚强地沿着小林多喜二同志的血路携手前进”。

小林多喜二的一生是短暂的，他牺牲时还不满30岁。但是这一生是为革命奉献的一生，是为日本革命文学奋斗的一生。在创作上，他不断探索、不断革新，形成刚健、质朴、奋发向上的革命现实主义文学倾向，写出不少革命文学的杰作。

小林多喜二的文学生涯可分为三个时期。早期的创作可以说是探索时期的习作，多数为短篇小说，著名的有《龙吉和乞丐》、《泷子及其他》、《腊月》、《杀人的狗》等。这些作品反映他青少年时期的生活感受，以充满同情的笔调描写下层劳动人民的不幸和悲苦，表现他们的不满和反抗心理。这些短篇洋溢着深厚的人道主义情感，笔法简洁、质朴，虽然人物刻画和情节叙述还不完美，但具有随笔的抒情性以及内在的艺术神韵，从中可以看出志贺直哉文学影响的印迹。1927年发表的《防雪林》既是这个时期探索的总结，也是作家创作转变的过渡性作品。小说取材于北海道“垦殖”农民的悲惨遭遇和他们的斗争，描写青年农民源吉在沉重的生活压迫下不断觉醒、奋起反抗的过程，最后他把地主宅院付之一炬。小说克服了这一时期作品中反映人民生活悲苦的郁愤情调，突出了农民的反抗精神。主人公源吉形象鲜明，性格坚定顽强，爱憎分明，富有反抗精神。小说粗犷的文笔，简洁的描写，强劲的笔力，预示着作家新的文学倾向正在形成。

《一九二八年三月十五日》发表之后，小林多喜二的创作转入第二个时期。从此他的创作以波澜壮阔的工农运动为背景，反映日本革命斗争的发展形势。《蟹工船》是以他参加小樽工人运动的生活经验为基础写成的，是一部歌颂工人群众觉醒和斗争的作品。作品的故事集中在北海道沿海捕捞螃蟹的渔船“博光号”上，突出表现了渔工、海员与监工浅川的斗争。由于当时社会上发生了严重的经济危机，工厂倒闭，农村破产，大量失业的劳动者流落街头。他们为生活所迫，来到渔船做苦工。渔船上非人的生活，监工浅川残酷的压迫，使渔工们逐渐认识到团结起来罢工斗争的必要。在国内、国际的革命运动的影响下，他们组织起来进行罢工，迫使浅川低头，斗争取得了胜利。可是，渔船在回到港口后，浅川又引来帝国军舰进行镇压，使渔工在斗争中得到了血的教训。这篇作品与叶山嘉树的《生活在海上的人们》同样是描写海上劳工的斗争，但是它更强调、更突出渔工们的觉醒过程：他们由分散到团结，由个别自发地反抗到有组织地罢工，反映了当时日本工人运动的发展趋势。小说在突出渔工集体形象的同时，也勾画了资本家走狗浅川的狰狞形象。罢工斗争的巨大场面，生动的渔工的形象，动人的“具体化的情节”，鲜明的政治倾向，都使这篇作品赢得了广大的读者，并且成为日本左翼文学的代表作品，与德永直的《没有太阳的街》并称为日本革命文学的“双璧”。《蟹工船》很快走出日本国土，在世界上产生了广泛的影响。在当时“左”的文艺思潮影响下，这篇小说也显露出明显的不足。一是只注重渔工的集体形象的塑造，而没有描写性格鲜明的个体渔工英雄形象；二是作品的描写有图解式、简单化的倾向，注重了宣传作用，缺乏更完美的艺术性。不久，作家发表的中篇小说《在外地主》，取材于矶野佃农的抗租斗争。小说不仅生动地刻画了资本家兼地主这种日本特殊的、带有明显封建色彩的剥削者形象，写了他们与政府、军方、财团互相勾结构成日本农村的统治势力；还写了贫苦农民奋起反抗，在农会组织和城市工人的有力支持下取得的斗争胜利。作者自己认为这部作品基本特点是描写了农民与工人的联合。

小林多喜二在来到东京之后的1930年，进入创作最后的时期。虽然这时距他牺牲的1933年不过两三年的时间，但他却写出不少有影响的作品，如《工厂支部》、《安子》、《组织者》以及未完成的《沼尾村》、《转折时期的人们》等。这一时期，他仍然把工农斗争主题置于创作中心，但是更注重情节的生动性、曲折性，尤其努力探索塑造有革命思想和鲜明个性的英雄人物。

《为党生活的人》（1932）是作家最后一部作品，也是作家总结性的作品。小说通过日本侵华战争开始后一个工厂由民用转变为军工之后，工人在日共的领导下进行反战、反法西斯斗争的故事，表现了作家在东京参加地下活动的体验。小说用第一人称自叙方式写成，“我”（佐佐木安治）是一个地下党员，受到组织的委托到工厂领导斗争。在错综复杂的斗争中，“我”以高度的政治敏感密切注视着斗争形势的变化，及时揭露厂方的欺骗行为和军国主义的宣传，把工厂斗争引向政治斗争的方向。“我”是一个在革命斗争中磨炼成长的坚强战士，把自己完全融于革命之中，衣、食、住、行无不与革命相连。为此，割舍自己的私人生活，甚至断绝跟与己相依为命的母亲的来往，并与自己的情人笠原分手。为适应革命活动，“我”经历了思想、感情的痛苦磨炼，体现了日本30年代革命战士的英雄性格。小说中母亲的形象十分感人，她来自贫苦劳动者，在儿子及其他革命者的影响下，从沉湎于母子之情转为关心献身革命的儿子的安危，思想逐步觉醒。小说以“我”的生活为纬，以仓田工厂的斗争为经，二者交织而成，结构完整，脉络清楚；还利用“我”与母亲、笠原以及其他革命同志的多重关系，突出了人物忠于革命、热爱亲人、关心同志的性格特点。宫本百合子称这部小说为日本现代文学中第一部细致地再现无产阶级先锋战士的作品。

第四节
井上靖

日本著名作家井上靖（1907—1991）1907年5月6日出生在北海道上川郡，父亲是个军医。由于父亲的工作地点不断变动，母亲无力照顾他的生活，所以他的幼年和少年时代主要靠祖母抚养。自1927年在金泽上第四高等学校起，他便逐渐对文学产生兴趣，特别喜爱诗歌。他最初的诗作是在《日本海诗人》上发表的，第一首诗题为《冬天到来的日子》。1930年，他考入九州大学英文系，但对课程没有兴致，仍然热心从事文学创作活动，相继发表过十余首诗，还写过两篇侦探小说。据他自己说，当时写诗是认真的，写小说则仅仅为了赚稿费，所以发表诗用真名，小说却用笔名，而且这类小说以后再也没有写过。1932年，他转入京都大学哲学系专攻美学。这段生活依然是放浪的，大学的门没有进过几次，还是热衷于写作，除诗歌外，也写小说和剧本，表现了多方面的才能。

1936年3月大学毕业以后不久，他的《流转》被选为《每日新闻·星期日刊》“长篇大众小说”的第一名，获得第一届千叶龟雄奖，并且由此得以不经考试正式加入每日新闻社，开始了长期的报社生活。起初，他被分配到星期日刊编辑部；后来，转入文艺科学部工作。1937年7月日本当局全面发动侵华战争，9月井上靖被征入伍，派到中国北方各地；可是由于患有脚气病，仅仅当了四个月的兵就被遣送回国，并且解除了兵役。退伍以后，他继续留在每日新闻社工作，直到战争结束以后。这段报社生活对他以后的创作产生了很大的作用，为他以后的创作打下了良好的基础。例如，他重返报社后，首先负责编辑宗教栏。由于工作需要，迫使他读了不少佛教经典。这对于他后来创作与佛教有关的小说有过很大帮助。又如，他随后担任美术栏编辑工作。为了完成任务，他又不得不阅读大量美术著作。这对于他后来创作的风格也有深刻影响。不仅如此，报社工作还扩大了他的视野，丰富了他的生活，锻炼了他认识问题和分析问题的能力，而这些乃是他成为作家必不可少的条件。

对于井上靖来说，编辑生活是作家生活的前奏，而从编辑通向作家的桥梁则是一系列的诗歌和小说创作，这些诗歌和小说是在战争结束不久产生的。他在《我的形成史》一文中说：“我迫切希望表现自己，而这种心理乃是长期在报社角落工作的人必然会受到袭击的热病似的东西，是长期被报社机构压抑的人所进行的自我反抗似的东西。战后，我动手写诗歌和小说，但没有打算成为诗人和作家，只是要以某种形式表现自己。”

井上靖战后的创作是从诗歌起步的。从1946年到1948年三年间，他连续发表了二十余首诗歌。大约与此同时，他又动笔写起小说来，并且逐渐地把主要精力集中到小说创作方面。他写的第一篇小说是《斗牛》，第二篇小说是《猎枪》。到1949年，《猎枪》在《文学界》10月号上发表，《斗牛》在《文学界》12月号上发表，引起文坛注意。第二年2月，芥川奖评选委员会一致决议授予《斗牛》第22届芥川奖。该评选委员会认为，从《斗牛》可以看出，这个作者已经熟练地掌握了小说技巧，充分地具备了作家才能。

《斗牛》是井上靖的处女作（以前的是习作），也是他的成名作。这篇小说打开了他走上文坛的大门，同时也是他结束15年编辑生涯，踏上专业作家道路的开端。1951年5月，他正式退出每日新闻社，专心从事文学创作。从那时到1991年去世，40年间他写了大量的作品，主要是小说。他的小说可以分为报纸小说、历史小说、随笔小说三类。

所谓报纸小说是指在日报上一天一天连载下来的小说。井上靖的报纸小说主要是在日本三大报纸——《读卖新闻》、《朝日新闻》和《每日新闻》上连载的。战后日本曾经出现过一个报纸小说热潮。这个热潮始于40年代末期，到50年代中期逐渐进入全盛时代。随着报纸小说热潮的出现，也涌现出一批专写报纸小说的作家。他们的作品比较通俗易懂，又提出许多大家关心的问题，并且具有引人入胜的故事情节，所以往往成为人们的日常话题，甚至有许多作品的名字或者人物的名字成为家喻户晓的流行名词。井上靖踏上专业作家道路时，正逢报纸小说迅速发展的时期。趁着这股热潮，他相继写了一系列报纸小说，获得了广大读者的欢迎，确立了他报纸小说代表作家的地位。正如有的评论家所指出的那样：作为一个新手，立即获得报纸小说代表作家的地位，这是打破文坛常规的。之所以造成这种局面，当然是由于他具有非凡的才能，但也不可忽视当时社会和文坛形势的影响。井上靖的报纸小说从主题来看有三类：以男女爱情为主题的，以人的生死为主题的，以社会问题为主题的。主要作品有《明天来的人》（1954）、《涨潮》（1956）、《冰壁》（1957）、《崖》（1962）、《化石》（1966）、《夜声》（1967）和《榉树》（1970）等。

井上靖一面写报纸小说，一面又动手写历史小说。因为在他看来，历史是考察人类命运最好的场所。更何况他从小便对日本历史和中国历史感兴趣，尤其是对东西方交通的丝绸之路怀着浪漫的梦想。他对于历史小说有自己的见解，认为历史小说必须尊重史实；不过历史小说又不是历史而是小说，所以应当允许用文学的想象去填补历史的空隙。他的历史小说创作始于 50 年代初期，从题材来看可以分为两类：国际历史小说和日本历史小说。国际历史小说大部分是有关中国的，主要作品有《天平之甍》（1957）、《楼兰》（1958）、《敦煌》（1959）、《苍狼》（1960）、《杨贵妃传》（1965）、《孔子》（1989）等；此外，有关朝鲜的，有《风涛》（1963）；有关俄罗斯的，有《俄罗斯国醉梦谭》（1968）。日本历史小说主要有《淀殿日记》（1961）、《后白河院》（1965）、《额田女王》（1969）等。

井上靖在写报纸小说和历史小说的同时，还希望通过小说的形式表现自己身边的人和事，表现自己对这些人和事的感受。有的研究者认为，这类小说不但在他的创作中所占比重很大，而且也可能是他创作中艺术水平最高的部分。这类小说大多是短篇，从形式上看常常介乎小说和随笔之间，井上靖自己也说"分不清是小说还是随笔的形式"，所以我们姑且把它们叫做随笔小说。这些随笔小说往往是在作者心有所感的情况下提笔写成的，正因为如此更能使人从中窥见井上靖身为作家的某些秘密，更能使人从中了解井上靖身为作家的某些本质。属于随笔小说的主要篇名和集子名如下：《孤猿》（1956）、《芦苇》（1956）、《幼年生活》（1973）、《桃李记》（1974）、《记我的母亲》（1974）等。

由于在创作上的丰收，井上靖在日本文艺界获得了崇高地位，担任过不少重要职务，得到过许多奖金。

中篇小说《斗牛》写的是《大阪新晚报》编辑部主任津上组织斗牛的故事。为了组织这场斗牛，津上全力以赴，费尽心机，忙得焦头烂额。然而事有不巧，举行斗牛大会的三天期间，前两天连续下雨，只有最后一天进行顺利，结果不仅没有赢利，反而损失 100 万元。

这篇小说的主人公是津上，它的主要思想也集中体现在津上身上。津上是一个孤独的知识分子形象，或者说得更简单些，他是一个孤独者形象。从表面上看，津上是积极活动的，对工作认真负责，对斗牛充满热情。报社组织斗牛可谓不务正业，但是津上决心要搞，而且要大张旗鼓地搞，坚决彻底地搞。诸如把报纸办成"牛报"，组织牛队上街游行，利用广播、广告大作宣传，结果使准备工作费用超出预算三倍，他也不以为多；当老投机家冈部要求把斗牛揽过去，让报社干等赚钱时，津上虽然知道这对报社有利，可是却讨厌冈部那对盯着自己的小眼睛，心里不由得泛起一股类似决斗的昂扬情绪，毅然拒绝了他的要求等等。这些表现说明津上是积极的、热情的，有时甚至达到不顾一切的狂热地步。这是津上性格的一面，是性格的表面。但是，从另一面看，从根底上看，津上又是冷漠的、孤独的。他之所以要搞斗牛，并非仅仅出于一般事业家的热情，更重要是想要陶醉一下自己，因为他那双未曾陶醉过的眼睛，也想体验一下从来没有体验过的陶醉。然而，斗牛并不能使他陶醉，在周围那种被他掀起的斗牛狂热中，他却反应冷淡，怎么也陶醉不了。在斗牛赛第三天，当大家都沉浸在斗牛热潮之中，都在赌输赢的时候，只有他冷眼旁观，置身局外，没赌什么输赢。正如他的情人笑子所说的那样：人人都在赌输赢，唯独你没有赌输赢。这是津上性格的另一面，性格的里面。

以上两个方面，即表面上的积极热情和骨子里的冷漠孤独结合起来，构成了津上的特殊性格。俗话说，文如其人，对办报的人来说则是报如其人。津上所编辑的报纸充分体现了他的性格特征。正如小说里所说的那样：《大阪新晚报》是一家具有知识分子赌徒倾向的报纸，它虽受城市青年知识分子的欢迎，但骨子里总有些冷漠和孤独的影子，而这正是该报编辑负责人津上自己的性格。这段话形象地说明了津上性格的两个方面及其相互关系。

综上所述，我们可以说，津上的灵魂是孤独的。他为了逃避孤独，所以积极活动，可是这积极活动不能治疗他的孤独，结果他只好一面积极活动，一面仍然孤独。津上便是这样一个无法解救的孤独者。他之所以成为这样的人，固然有个人气质等方面的原因，但同时也有明显的时代烙印。事实上，像他这样的孤独者，在日本战后社会里，尤其是在知识分子里并不少见。在这个意义上可以说，《斗牛》正是通过津上的形象，反映了日本战败以后一部分知识分子的精神面貌，反映了他们对战后社会的混乱状态、对自己的才能无处施展、对自己的事业丧失信心以及对其他种种问题的失望情绪。

《斗牛》不仅在思想内容上有深度，而且在艺术表现方面很有特色。

特色之一是注重人物性格的刻画。首先，小说集中笔墨，运用多种手法，尤其是心理描写的手法，从各个方面表现了主人公津上那不易捉摸的性格特征，成功地刻画了一个现代孤独者的形象。这样的艺术形象在日本当代文学中是第一次出现。其次，小说对于一些次要人物，特别是冈部和三浦这两个一老一少投机商人的形象，虽然花费笔墨不多，却也写得入木三分，甚至可以说达到了呼之欲出的地步。在写这两个人物时，小说充分发挥了细节描写的作用，并且处处加以对比，从而取得了良好的艺术效果。

特色之二是生动有趣，故事性强。日本有很多小说（尤其是所谓纯文学）不大注意故事情节，轻视趣味性。井上靖却不这样，他的小说往往写得生动有趣，故事性比较强，《斗牛》便是一个很好的例证。这篇小说的结构相当巧妙，意想不到的事件层出不穷，能够把读者牢牢地吸引住，直到故事的结束。不过，对于《斗牛》以及井上靖其他作品的这些特点，即所谓大众文学性，日本评论界有褒有贬，见解不一。关于这个问题，佐藤春夫的看法很有参考价值，他指出：井上一方面是美学学生，同时也是报社社员。他的作品的特异性首先便在这里。在他的小说创作中，美学式的考虑和报社式的时代感觉起着很大作用。因之，酿成了他的比较高级的大众文学性。直截了当地说，井上文学乃是深思熟虑的手工艺者的工艺品。井上完成得很出色，这是他的本领。

第五节 大江健三郎

日本著名作家大江健三郎（1935—　），出生在日本四国爱媛县喜多郡大濑村。1941年进大濑国民学校读书，1947年升入大濑中学。1950年离开家乡，考入爱媛县立内子高中，第二年转入松山东高中。1954年来到东京，进入东京大学文科二类；1956年正式成为该校法文系学生。他从农村到地方城市，再从地方城市到首都东京，这是在日本现代化过程中，许多知识青年所走的共同道路。

在东大法文系读书期间，大江健三郎深受著名教授、法国文学研究专家渡边一夫的影响，热心阅读法国存在主义作家萨特等人的作品。与此同时，他着手从事文学创作。1957年先后发表两篇短篇小说：《奇妙的工作》和《死者的奢华》。两者都以大学生到医院去勤工俭学所遇到的不愉快事件为题材，表现知识青年劳而无获的“徒劳”意识。因为在作者看来，当时的日本社会犹如一个封闭的实体，四周都是“墙壁”，而自上而下的强权统治和美军对日本的占领等，则是构成“墙壁”的内涵。这种意向可以从他1958年发表的短篇小说《饲育》（获芥川奖）、《人羊》和中篇小说《拔芽击仔》里得到证实。

大江健三郎于1959年3月从东大毕业，随即踏上专业作家的道路。在1959年至1963年的创作中，“性”意识和“政治”意识占有中心的地位。他之所以特别重视“性”，据说是受到美国作家诺曼·梅拉的启示。在第一部长篇小说《我们的时代》（1959）里，作者企图通过主人公的性生活展示日本战后闭塞的社会现状，探求通向未来的道路，但结果却得出了悲观的结论。尽管这部作品受到应有的批评，可是作者本人却置之不理，声称“我现在仍然深爱这部长篇小说”。其后发表的中篇《性的人》（1963），可以看做是《我们的时代》思想的继续和发展。作者“政治”意识的重要内容之一是对天皇制的批判，而体现这种意识的小说则有1961年相继发表的短篇《十七岁》和《政治少年之死——〈十七岁〉第二部》，两者都以社会党委员长浅沼稻次郎被刺事件为题材，谴责政治暴徒的行为，因而受到日本右翼势力的严重威胁。

1963年是大江健三郎思想和创作的转折点之一。在这一年，有两件事对他产生了深刻的影响：一是他的长子于6月出生，但这个婴儿因头盖骨异常而濒临死亡状态，经抢救后勉强活命，成为残疾儿；二是他于8月前往广岛进行原子弹爆炸后果调查，深受刺激，大有感触。前者是个人的不幸，后者是人类的不幸，而他则必须同时承受这两种不幸。所以，他把这两件事紧密地联系在一起了。围绕残疾儿问题，他在1964年发表短篇《空中怪物阿归》和长篇《个人的体验》。有趣的是，这两部小说却形成鲜明的对照。在《空中怪物阿归》里，主人公没有救活婴儿，自己也自杀身亡。在《个人的体验》里，主人公下定决心要拯救婴儿，并坚忍地活下去。这也许可以说是作者头脑里两种思想矛盾和斗争的形象表现吧。围绕核威胁问题，他于1965年出版随笔集《广岛札记》，其中真实而生动地记录了自己亲眼目睹的原子弹受害者的惨状，并且决心“以广岛和这些真正的广岛人为锉刀，来检验一下自己内心的硬度”，即以广岛人为榜样，和残疾儿一起顽强地活着。之后，大江健三郎又在一系列小说和随笔中反复探讨残疾儿问题和核威胁问题，如长篇小说《万延元年的足球队》（1967）、讲演集《核时代的想象力》（1970）、随笔《冲绳札记》（1970）和《遭受原子弹轰炸后的人类》（1971）、长篇小说《洪水涌上我的灵魂》（1973）、短篇小说系列《新人啊，醒来吧》（1983）等。

大江健三郎对于日本现实社会是不满意的，但又没有发现能够取而代之的实际楷模，于是便在自己的头脑里描绘乌托邦——理想国的形象。早在1966年，他就在一篇文章里提出了自己关于乌托邦的设想。其后，他经常不断地在自己的小说、随笔和谈话里提起这个话题，进一步充实乌托邦的内容。《同时代的游戏》（1979）是他所写的一部有代表性的长篇乌托邦小说。全书由六封信组成。其中最令人感到兴味的恐怕是第四封信“武功赫赫的50天战争”。通过这场普通村民与正规军队的战争，刻画了敢于不屈不挠与强权作斗争的英雄形象，并在他们身上寄托了作者的希望和理想。此外值得注意的是，作者心目中的乌托邦往往存在于森林和山谷之间，这表明他的“乌托邦”意识是和“森林”意识结合在一起的。在他的笔下，“森林”有时是具体的、实际的存在，但在更多的情况下则常常是抽象的、非实际的存在。《万延元年的足球队》、《洪水涌上我的灵魂》、《同时代的游戏》和长篇小说《M/T与森林的奇异故事》（1986）等都是“森林”意识的体现，而短篇小说系列《倾听雨树的女人们》（1982）和长篇小说《燃烧的绿树》（1995）等围绕“树木”展开故事的作品则可以视为“森林”意识的延续和发展。另外，他还出版了长篇小说《空翻》（1999）和被称为“后期工作三部曲”的三部小说《被偷换的孩子》（2000）、《愁容童子》（2002）、《别了，我的书》（2005）等。

总而言之，大江健三郎是一位始终密切关注现实的作家。个人生活的不幸（残疾儿等）和人类社会的不幸（核威胁等）的交织，使他对现实生活所面临的问题和危险格外敏感；但这些并没有把他吓倒，他仍然是满怀希望和信心的，而这一点大约正是他的思想和文学中极为可贵的东西吧。他问：当出现巨大的恐怖时，正常人应当如何对待呢？必须满怀希望创造根据以对抗恐怖；面对笼罩一个时代的恐怖，要树立对抗它的希望。

由于在创作上硕果累累并且充满创新精神，他于1994年获得诺贝尔文学奖，成为继川端康成之后日本第二位获此殊荣者。

长篇小说《万延元年的足球队》是大江健三郎的代表作之一，也是他获得诺贝尔文学奖的主要作品之一。

这部小说起初在1967年1月号至7月号的《群像》杂志上连载，并在同年9月由讲谈社出版单行本。小说的主人公是根所家的两兄弟。他们决定离开东京，回到位于四国的山村老家，开始新的生活。这个山村是万延元年即1860年发生农民起义的中心地，而这次农民起义又与他们家族有密切关系。两兄弟想要投身于历史中，以便重新审视自己现在的所作所为。特别是鹰四，极力要使自己同100年前领导农民起义的曾叔祖父和20年前死于朝鲜人手下的S兄重合起来，与失去独立生活能力的农村青年共同斗争，恢复农村的活力。但是，鹰四所策划和领导的骚动终于失败，鹰四自杀身亡。鹰四死后，蜜三郎似乎决心改变自己暧昧的生活态度，确定再生之路。

在这部小说里，作者有意将蜜三郎和鹰四两兄弟对立起来加以描写。蜜三郎常常冥思苦想，而鹰四则喜欢采取行动；蜜三郎对生活的态度是消极应付，而鹰四对生活的态度则是积极斗争。在1960年反对修订《日美安全保障条约》的运动中，蜜三郎不仅没有参加游行，甚至没有看过游行；但鹰四却是游行的积极参加者。当回到山村老家后，蜜三郎仍然躲在自己的小天地里，似乎无根可扎；但鹰四却很快和村里青年打成一片，重新扎下了根。在鹰四组织起青年足球队并抢劫超级市场时，蜜三郎下定决心绝对不让自己卷进去，买煤油非付钱不可。对于S兄被朝鲜人打死的问题，蜜三郎认为S兄扮演了替罪羊的角色；但鹰四却认为S兄是青年领袖和战斗英雄，死时场面极为壮烈。对于万延元年的农民起义问题，蜜三郎以为其中充满残忍的暴力，没有什么可骄傲的；但鹰四却把它描绘得有声有色，引得青年听众放声大笑。尽管后来由于鹰四所策划和领导的骚动遭到失败，再加上鹰四对于自己当年与妹妹发生乱伦关系并推卸责任因而迫使妹妹自杀的卑怯行为无限悔恨，终于自杀而亡，可是蜜三郎却觉得鹰四会被家族亡灵接受，而自己则在家族亡灵面前变得软弱无力。由是可知，作者对鹰四给予了更多的肯定。

这部小说含有广博的、丰富的内容，是作者多种创作意识（如性、政治、残疾儿、核威胁、乌托邦、森林等意识）的综合表现，其中森林意识占有突出地位。作者出生于

"森林和山谷"，长大后不得不离开"森林和山谷"，所以只好在想象里和作品里唤起对"森林和山谷"的回忆。《万延元年的足球队》便是其代表作之一。小说的主要故事是在"森林和山谷"这个舞台上展开的。小说开头写道，蜜三郎夫妇由于生下一个残疾儿，受到沉重打击，如果继续在东京生活下去，将会面临人格破坏和精神崩溃的危险，为了躲避危险才决定和鹰四一起回到故乡的"森林和山谷"中去。到小说结尾处，他们经过一段"森林和山谷"生活，似乎在一定程度上达到了预定的目的，所以最后一段写道："我、妻子和胎儿穿过森林出发了。我们大概不会再回到洼地上来了吧。鹰四的回忆已然化为'亡灵'为山谷人们所共有，那么我们也就没有必要守卫他的坟墓。离开洼地以后，我的工作是尽力让妻子从保育院接回的儿子重新回到我们的世界，等待另一个婴儿出生，同时戴上头盔喊叫斯瓦希里语，不分昼夜地击打英文打字机，过着满是汗水和污泥的非洲生活，无暇顾及自己心中所出现的问题……"可见"森林和山谷"是拥有一定魔力的。从社会背景上看，作者在1967年将这样一部小说付梓，可能与当时流行的"反现代论"有着某种联系。所谓"反现代论"，是指随着日本经济的高速发展，人们开始对于未来感到担忧，害怕日本不仅要成为经济大国，而且也成为政治大国和军事大国，害怕日本将会被更紧地绑在美国的战车上，重蹈当年发动侵略战争的覆辙，于是人们对"现代化"表示怀疑，提出"何谓现代"的问题，提出实行"反对现代和回归土著"的可能性问题。在一定的意义上说，《万延元年的足球队》也带有"反对现代和回归土著"的色彩。

《万延元年的足球队》非但具有独特的思想内容，而且具有独特的表现形式。

其一是错综复杂的结构。为了充分展示小说贯通古今的思路，作者特意安排了三个不同时间层次的事件，使之互相交织在一起，共同在一个舞台和平面上展开，显得颇为错综复杂。三个不同时间层次的事件，即100年前曾叔祖父率领附近农民起义的历史，20年前S兄在与朝鲜人部落发生冲突过程中死于非命的往事，当今以鹰四为领导的山村青年组成足球队，抢劫超级市场，对超级市场"天皇"的斗争。在鹰四的心目中，曾叔祖父和S兄都是了不起的英雄，而他自己则是英雄的后继者。正是这一点，将三个事件有机地联系在一起了。

其二是现实和想象的结合。在作者的笔下，现实的世界和想象的世界往往是结合在一起的，以至有时令人很难区分其中哪些是现实的成分，哪些是想象的成分，多少是现实的成分，多少是想象的成分。例如：森林和山谷是小说故事的舞台，作者以生动的笔调描绘了阴森可怕的森林、白雪覆盖的山谷等景色。这些描写可能是以作者故乡附近的实景为依据的，但显然也加进了若干想象的成分，以便更充分地表现作者的思想。又如：小说多次描述蜜三郎的梦境和幻觉，以便更深入地揭示他的内心世界。这种虚虚实实的写法，使这部小说显得扑朔迷离，耐人寻味。

其三是鲜明的哲理性。由于深受西方存在主义文学的影响，大江健三郎的小说也大多具有鲜明的哲理性质，注重采用文学的形式表现自己的哲学观点，通过他所体验的徒劳、墙壁、性、政治、残疾儿、核威胁、乌托邦和森林等意识来探讨现代人存在的可能、意义和价值。《万延元年的足球队》也不例外。它不属于历史小说，也不属于传奇小说，而应划入哲理小说的范畴。如小说第三章对于森林的描写，写到森林的神秘和可怕，近年来森林力量的不断壮大，根所一家过去与森林的关系和现在与森林的关系等，都具有哲理的性质，含有深刻的寓意。

第六节 李光洙

李光洙（1892—1950）号春园，是朝鲜（韩国）著名的现代作家、诗人、评论家，出生于平安北道定州郡益城村一个贫苦家庭。他对朝鲜现代文学的早期发展作出了重要贡献，是白话文运动和新文学运动的倡导人之一，但由于先后两次发表美化日本殖民统治者和玷辱自己民族的文章而遭到抨击，所以对他的评价一直有争议。

李光洙小时在私塾读过汉学，后因生活拮据中途辍学。10岁时父母双亡，兄妹三人成了孤儿，自谋生路。1903年到平安北道定州郡东学道道主朴先生家当书记员。1905年去汉城就读于光武学校。同年8月，他赴日留学，后因学费不足而多次辍学，断断续续在大成中学、明治学校中学部、早稻田大学文学部哲学专业学习。1907年他在崔南善主办的刊物《少年》发表处女作《流浪》，1909年又在明治学校同学办的学会刊物上发表日文短篇小说《爱是什么》。1913年他决定赴欧留学，可是当他抵达西伯利亚时，第一次世界大战爆发，被迫折返朝鲜。此后他边工作边写作，作品都发表在崔南善创办的《青春》杂志上。1915年他在《每日申报》上发表的连载小说《无情》被誉为韩国现代文学史上的第一部现代长篇小说。

1918年李光洙因个人婚姻问题来到北京。1919年又东渡日本参加赴日朝鲜留学生组织的“二八独立运动”，并起草《独立宣言》。过后他带着散发《独立宣言》的任务来到上海，担任“大韩民国临时政府”报纸主编。后因经费困难，报纸难以维持，他为了摆脱事业和家庭烦恼于1920年3月回到朝鲜平安道宣川。在那里他被日本警察逮捕，但不久便获释。1922年他和其他同人一起创办《白潮》杂志，并发起成立修养同友会，在《开辟》杂志5月号上发表题为《民族改造论》的文章。文章观点极为错误，不但辱没自己的民族尊严，还诬蔑知名人士，因而招致众怒，《开辟》杂志也被捣毁。

1923年，他以“丫生”的笔名在《东亚日报》先后发表短篇小说《嘉实》和长篇连载小说《先导者》，后者遭日本总督府的干预而被迫中断连载。1924年至1932年，他在《东亚日报》连续发表《再生》、《麻衣太子》、《端宗衰史》、《革命家的妻子》、《土》等作品。由于小说内容较深刻，文笔流畅生动，深受读者喜爱，他在社会和文坛上的地位得以恢复。

1933年他受聘担任《朝鲜日报》社副社长，次年辞职。大概出于对自己过错的忏悔和对当时殖民地社会政治的厌倦，他决定隐居，过读书和敬佛的生活。然而现实还是逃避不了，1937年因修养同友会事败露，他被捕入狱。后来在社会各界的声援下，日本总督府迫于压力才于1940年8月全部释放被捕人员。在狱中他仍笔耕不止，其间中篇小说《无明》（佛教用语，意“愚痴”）发表在1939年的《文章》杂志上。

李光洙的最大悲剧在于他到晚年还没能认清日本帝国主义的罪恶本质，又发表《加川校长》等数篇美化日本的文章，其中有的还被日本总督府授予大奖。这再次引起公愤，遭到民众唾弃，被斥为民族叛徒，他也不得不于1944年再次携家小到京畿道扬州郡隐居。1948年他写下《我的自白》一文，对自己的错误和罪过进行反省。同年，他被刚成立不久的韩国政府以背叛民族罪逮捕入狱，后来因病得到保释。1950 年 7 月 12 日去世，时年 58 岁。

李光洙是位多产作家，采用多种体裁进行创作，有长篇小说、短篇小说、诗歌、随笔、游记、论说文、传记、戏剧、时调、童话等。其著作在题材方面也是丰富多彩的，塑造的人物形象更是多种多样，有僧侣、道士、职员、工人、农民、商人以及生活在社会最底层的妓女、流浪汉等。1963 年韩国出版了《李光洙全集》，共 20 卷。

李光洙在 23 岁写的长篇小说《无情》是他的第一部成名之作。其实，这部作品在好些方面都还不够成熟，但它在主题思想、形式技巧、语言风格等方面对旧小说传统无疑有重大的突破。小说表现了早期知识分子刚觉醒的民族意识，通过主人公炳旭的言行举止表达了作者伤时忧国的心情和改变民族落后面貌、跟上时代步伐的决心。而在语言文体上，作者更是大胆地摈弃以文言为主、白话为辅的“文主言从”的旧传统，改用了言文一致的口语体，成为白话文与新文学运动之先声。因此小说一发表便震动了朝鲜文坛，引起世人的瞩目。

李光洙的代表作是发表于 1933 年的长篇小说《有情》。这部以歌颂爱情为主题的小说，表现了一代女性对封建传统观念的叛逆精神。作者把自己的全部同情都倾注在小说女主人公南贞妊身上。南贞妊是流亡中国的爱国志士南相灏的独生女。南相灏后来被捕入狱，不久病逝。临死前他把妻子和女儿托付给自己的好友崔晳。崔晳带着贞妊和她的母亲从中国回到朝鲜。第二年崔晳也被捕入狱，三年刑满释放后，贞妊的母亲已经离开人世，丢下贞妊一人，当时才 12 岁。崔晳也有一个女儿叫顺妊，与贞妊同岁，两人在同一班学习。南贞妊长得水灵秀美，学习成绩在班上总是名列前茅；而顺妊刚好相反，不仅面貌丑陋，而且头脑愚钝，学习成绩总排在末尾。于是两人经常发生矛盾，崔晳的妻子偏袒女儿，虐待贞妊。崔晳对此颇为不满，无形中对贞妊更加关怀，处处保护她；而贞妊也把崔晳看做是自己的慈父，怀有深厚的感情。后来，随着年龄的增长，贞妊对崔晳的感情逐渐发生变化，从称呼崔晳为爸爸改称为“哥”。在她的内心深处，过去的父女情已逐渐演变为男女爱情。她把自己的感受写在日记里。高中毕业后，学校派她留学日本。每年暑假她都要回汉城看望崔晳“哥”。有一年，贞妊在日本得了肺结核住进医院。崔晳一接到电报便立即专程赶到日本看望，并为她输了自己的血。崔晳回来一进家门就遭到妻子的臭骂，原来妻子看了贞妊留在家里的日记。妻子硬说丈夫与贞妊已有不正当关系，这次去日本是为了给贞妊打胎。妻子的吵闹使得崔晳有口难辩，无地自容，只好辞去中学校长职务，决定离家出走。临出走前他又去看望贞妊，想给她以最后的安慰。贞妊向他剖白心迹，提出“你走到哪里我就跟到哪里”的要求，但遭到崔晳的拒绝。崔晳只身一人离开日本，经汉城（今首尔）和中国一些省市来到人迹罕至的西伯利亚贝加尔湖畔。几年后，贞妊从日本回汉城，打听到崔晳隐居在贝加尔湖畔，便拖着发高烧的病身，历尽千辛万苦赶到崔晳的小黑屋。她怀着无比激动的心情走近崔晳。但就在几分钟前，崔晳在病魔的折磨下已经停止了呼吸。贞妊悲痛万分，眼泪都哭干了。她决定永远守在“哥”的身旁，从此断绝与外界的一切来往。

《有情》是一部爱情小说，但其意义已超出一般的男恩女怨故事。在封建殖民地社会里，一个少女敢于面对世俗偏见，不惜付出一切代价执着地追求自己的爱情，确实体现了一种反封建的叛逆精神。小说作者不追求故事情节的曲折而刻意于人物内心情感的揭示，采用书信、日记等形式细腻地刻画人物的心理活动，把人物内心世界的矛盾斗争和盘托出。贞妊对崔晳的感情变化是有一个发展过程的。起初，她对崔晳的感情带有浓厚的感恩成分。她在日记中写道：“噢，母亲离开人世已经十五年了，这十五年，我这个孤儿是在C先生爱的怀抱中长大的啊。这个恩德我该怎么报答呢？把我的身体和心都给他也不够啊……”后来她逐渐感觉到自己对崔皙的爱在发生变化，于是写道：“我不能把C先生叫爸爸，而要叫‘他’。不，我不能叫‘他’，而要叫‘哥’。老天爷呀，妹妹爱哥也要受惩罚吗？如果这也要受惩罚的话那我只有认了。”但是贞妊还不敢向崔皙直接吐露真情，她只好把炽热的爱情深深埋在心底，忍受着单恋的煎熬。经过长期的感情磨难，在关键时刻贞妊终于勇敢地向崔皙表白心迹；但崔皙却没有勇气接受贞妊的诚挚爱情，远远地躲到贝加尔湖畔。而贞妊一旦认定了自己的爱情，便义无反顾地执着追求，并以殉情者的悲壮向世人昭示爱情的神圣。作者在小说的结尾亮出了自己的观点，他说南贞妊与崔皙的爱情结局是凄惨的，但比起崔皙和他妻子只有婚姻而没有爱情的生活来，又不知要幸福多少。这是作者对自由爱情追求者的肯定和颂扬，也是作者向读者传达的时代呼声。正因为这样，小说一发表便受到广大读者的热烈欢迎，后来被收入《韩国文学全集》的第一卷。

第七节 李箕永

李箕永（1895—1984）是朝鲜无产阶级文学开创者之一。他出生于忠清南道牙山郡一个贫苦农民家庭，幼年丧母，后又备尝亡国和失学的痛苦。18岁那年，他为生活所迫而不得不离开故乡，到南方流浪。这期间，他生活在最底层的劳动人民中间，亲身体验到亡国奴的悲惨命运。这种饱含辛酸的生活对他的思想发展影响很大，促使他决心为祖国的独立而斗争。

1919年，朝鲜爆发“三一”反日民族起义，这给在黑暗中摸索的李箕永带来了新的希望。社会上出现的一股争取祖国解放的热潮，使很早就有志于文学的李箕永产生了一种遏制不住的写作冲动。他开始发表文章，阐述自己对国家命运和前途的看法。后来他回忆这段经历时写道：自己那时虽没想到要成为一个作家，但却迫切希望把自己的感受用文字表现出来。

李箕永在确立了自己的奋斗目标以后，就孜孜不倦地去追求。在他成长的过程中，朝鲜实学派朴趾源等人的创作，古代英雄豪杰的传记，以及具有启蒙思想内容的“新小说”等，都曾从思想上给他很大的启示和鼓舞，并在艺术上成为他创作的借鉴。但是在东渡日本以前，他对社会黑暗和罪恶产生的原因认识并不透彻。1922年4月，他怀着探索真理、拯救祖国的迫切愿望，到日本去半工半读。在日本期间，他接触到马列主义书籍、俄罗斯优秀文学和苏联无产阶级文学，尤其是读过高尔基的作品之后，开始树立革命的人生观。

1923年9月1日，东京发生大地震。日本统治阶级别有用心地把这场地震引起的火灾说成是“不逞鲜人”放火所致，对无辜的旅日朝鲜人进行了血腥大屠杀。目睹祖国同胞惨遭杀戮，他忍无可忍，于同年9月30日愤然回国。

1924 年春，由于具有强烈民主主义倾向的处女作《哥哥的密信》发表，他登上了朝鲜文坛。《哥哥的密信》作为杂志《开辟》的入选作，一发表就显露了他的艺术才华。作品通过一对中学生兄妹日常生活的矛盾冲突，以富于戏剧性的结构，辛辣地批判了“哥哥”男尊女卑的封建思想。

在“卡普”以前，李箕永属于“新倾向派”作家。他的创作题材相当广泛，有描写贫苦农民生活的《民村》，有描绘贫苦知识分子和贫农妇女走上革命道路的《贫穷的人们》和《童养媳》，还有描述青年男女因生活道路不同而分道扬镳的《彩虹》等。这一时期的代表作是《贫穷的人们》（1925）和《民村》（1925）。作者根据自己既熟悉农民又了解知识分子这一特点，在这两篇作品中结合亲身经历和切身体验，以 20 年代的朝鲜农村为背景，反映了贫苦农民的悲惨遭遇和反抗精神，塑造了具有革命意识的先进知识分子形象。

1927 年朝鲜的革命文学团体“卡普”改组。李箕永在“卡普”新纲领的指引下，在抗日武装斗争的鼓舞下，从 20 年代末到 30 年代初，写作了《小人跋扈的时代》、《埋葬反动的评论家》等评论文章，批判当时资产阶级自然主义作家抹杀文学阶级性的谬论，并反击他们对“卡普”作家的攻击。在小说创作方面，他这一时期的作品，无论是思想性还是艺术性都有很大提高，例如小说《元甫》（1928）就提出了工农联盟的主题。前期创作中的先进知识分子，这时也已发展成为用革命理论武装起来的自觉战士，如 1930 年发表的《造纸厂村》中的书生就是一个典型。

在 30 年代，日本帝国主义加强其殖民统治，朝鲜民族解放运动也进入新的历史阶段。这时李箕永继续写革命知识分子，作品有：反映教师扎根边远山区从事教育工作的《朴承镐》（1933），描述知识分子在革命运动中的动向的《寂寞》（1936），反映“三一”起义前后农村面貌的中篇小说《鼠火》（1933），还发表了著名长篇小说《故乡》（1933）。

1931 年和 1934 年，日本当局对朝鲜无产阶级文艺工作者进行大搜捕，李箕永两度被捕，并被拘禁了一年多。1936 年 1 月出狱后，他仍然坚持爱国主义和无产阶级立场进行创作。他的长篇小说《人间修业》（1936），通过小资产阶级知识分子的形象，以讽刺手法暴露了社会制度的不合理。另一部作品《春》（1934），借助朝鲜封建社会末期的现实生活，表达了在日本殖民主义统治下朝鲜人民的思想感情和愿望。日本帝国主义败亡前夕，李箕永避居山村，从事农业劳动，直到朝鲜解放。

朝鲜解放后，李箕永积极参加创建朝鲜文学艺术总同盟的工作，并很快发表了短篇小说《开辟》，表现土改后农民的新生活。1948 年春至 1949 年，李箕永创作了解放后的第一部长篇小说《土地》（第一部）。这部小说的重大意义在于反映解放前后朝鲜农民所经历的深刻变化，成功地塑造了翻身农民郭巴威的形象。郭巴威从自己在解放前后、土改前后生活的对比中，亲身体验到新旧社会的区别，并全力投身于建设和保卫新政权、新生活的斗争。他是一个淳朴、热情、刚毅和顽强的劳动者，作品通过对他忘我劳动的描写，高度赞扬了他为建设祖国所作的贡献。

1950 年 6 月，美国发动侵朝战争后，李箕永除经常在报纸上发表时事评论外，在战争和战后时期，还写了不少反映朝鲜人民英勇斗争的作品，如《复仇的记录》、《江岸村》等。1952 年夏天开始，他着手写三部曲《图们江》。这是一部规模巨大的长篇小说，分别于 1954 年、1956 年和 1961 年完成第一、二、三部。它从 19 世纪末 20 世纪初的爱国义兵斗争，写到金日成领导的抗日游击根据地，直至朝鲜人民迎接解放。

60 年代以后，年届古稀的李箕永，除继续完成《土地》第二部（1960）外，还准备写以农业合作化为题材的《土地》第三部。正如他自己所设想的那样，如果完成这个计划，他将通过小说《图们江》、《故乡》和《土地》，反映自1900年起至祖国解放战争胜利半个多世纪内朝鲜人民斗争的一个侧面。

长篇小说《故乡》是李箕永的代表作之一，也是解放前朝鲜进步文学中最优秀的作品之一。小说以1930年前后的元德村为背景，表现了该村农民在革命知识分子金喜俊的带领下，为反抗地主的残酷剥削而发起的抗租斗争，同时穿插描写了在日本人经营的纱厂中，工人们为支援农民抗租斗争而举行的同情罢工和义务捐助。小说比较全面地描绘了20年代末30年代初朝鲜的社会现实，从侧面揭露了日本帝国主义对朝鲜人民的残酷压迫和掠夺，显示了朝鲜人民逐步觉醒的过程。

李箕永在中译本序言中写道："元德村农民们反抗地主恶毒榨取的斗争是《故乡》的基本梗概。"也就是说《故乡》所反映的主要矛盾是农民与地主及其代理人之间的矛盾，而对于日本帝国主义的掠夺则由于当时苛酷的审查制度，未能直接揭露，被迫隐诸纸背。不过作者还是把殖民统治当成重要的历史背景作了必要的交代，如最初的两节，就描写了挎洋刀、穿洋服、说日语的日本警察走进二地主安承学的家，通过他们的对话，交代金喜俊的行踪。这就很自然地提起了作品反映的时代和事件的背景，点出当时存在的民族和阶级的对立关系。另外，作品对纺织公司的日本经理所作的一些描写，也不失为画龙点睛之笔。

《故乡》作为朝鲜文学中社会主义现实主义创作原则的最初尝试，其突出标志之一是把刻画具有革命意识的先进知识分子金喜俊的形象作为重要任务，在朝鲜现代文学史上第一次塑造了一个新型革命知识分子的典型形象。

金喜俊是一个出身于贫苦农民家庭的知识分子，怀着对祖国和人民的无限热爱，从日本回到故乡后，便决心同家乡的穷苦农民一道干一番事业。尽管他前进中遇到了困难和挫折，却能始终与贫苦农民休戚与共、生死相依，忘掉因早婚带来的个人不幸，全身心地投入到农民运动中去。他所从事的是异常艰巨的思想启蒙工作，虽然辛勤奔走一年，可是成效甚微。在困难面前，他没有却步不前，而是自我反省，得出自己"需要好好锻炼"[①] 的结论。在前进道路上，他一度产生了彷徨心理，"常常感到寂寞……感到孤独和空虚"，甚至想离乡远去。但在斗争最艰苦的时刻，他仍能尽力克服自己身上的"小知识分子的劣根性"，决心"高举着火炬冲破黑暗，开辟人间新的道路"。小说所描述的金喜俊的成长道路，坎坷不平，步履艰辛，真实可信。当时的朝鲜农村，广大劳苦农民身受日本侵略者和封建地主的双重压迫，生活中没有自由，没有欢乐，遇上荒时暴月，连大麦饭、菜团子都吃不上，只好去排队买喂猪的酒糟充饥。更不知有多少人离乡背井，逃荒要饭，或者被逼上吊。即使用血汗浇出一个丰收年景，待到新谷登场，在地主、高利贷者的操纵下，粮价惨跌，除交租、还债之外，还是一无所有。农民由于受压迫太深，生活太苦，精神空虚，彼此之间的关系也很复杂，有时发生矛盾，互不团结。在这样的境况下，要把农民团结在一个共同目标下开展斗争，实非易事。在没有先进组织领导的情况下，金喜俊只好在斗争中摸索前进。在头一年里，他试图从办农乐队做起，把农友们初步团结起来。青年农民们觉得他不尚空谈，讲的话有道理，自觉或不自觉地向他学习，逐渐摆脱了封建传统思想的束缚，认识到必须团结一致的重大意义。在群众有了一定觉悟的基础上，金喜俊勇敢地带领他们，以大水灾为契机，密切与工人罢工配合，不失时机地开展减租斗争，并取得了胜利。通过斗争的洗礼，人们深切地体验到工农团结的力量，一个新来的青年女工就曾悟出这样的道理："工人的贫穷并不亚于农民，农民的

① ［朝］李箕永：《故乡》，李根全、关山译，上海，上海新文艺出版社，1957。本节以下引文均见此书。

劳苦也并不亚于工人。劳苦和贫穷，这是工农的共同命运。”斗争实践终于使他们认识到工农联盟的必然性及其强大威力，并决心并肩进行新的斗争。

二地主安承学是作者在《故乡》中着力刻画的反动势力的代表，他卖身投靠日本殖民统治者，又是在外地主的全权代理人，在乡间跟广大贫苦农民直接为敌。他倚势凌人，为虎作伥，靠地租剥削和发放高利贷日子越过越富。他生活腐化，灵魂肮脏，无耻之极，甚至在子女面前炫耀自己的丑恶行径。安承学作为与金喜俊对立的形象，刻画得比较成功。

《故乡》的艺术成就也是很显著的。在作家笔下，一幅幅朝鲜农村的风俗画清晰地映入眼帘，具体生动而又细致入微，令人久久不忘。小说的人物形象，个个性格鲜明，呼之欲出，使人感到分外真切。当然作品也还存在一些不足之处。例如小说把二地主安承学当做主要攻击目标，且把农民斗争取得胜利的关键因素归之为他的女儿自献“家丑”，使他丢尽颜面而被迫低头就范。这个情节的安排是经不住推敲的。在金喜俊的形象塑造中，只突出他个人的活动，而很少看到群众的作用。作为一个无产阶级革命的先驱者，在他身上还存在着比较浓厚的小资产阶级知识分子的思想情绪。

第八节 韩雪野

韩雪野（1900—1976）是朝鲜现当代著名作家，生于咸镜南道咸州郡的一个封建家庭。其父由于从事抗日活动，曾被日本宪兵监禁。日本侵略者对朝鲜人民的暴行，在少年时代的韩雪野心中种下了仇恨的种子。

1916年他来到汉城第一高等普通学校读中学，1918年转入咸兴高等普通学校。学习期间他积极参加1919年春爆发的“三一”起义运动，被拘禁3个月。狱中革命志士为实现革命理想而英勇奋斗不惜流血牺牲的精神，给他以极大的教育，对他的思想产生了巨大影响。为了寻求救国之路，1921年他去日本留学，研究社会科学和文学，开始接受马克思主义理论。1924年回国后当中学教员，先后发表短篇小说《在那天晚上》（1924）、《饥饿》（1924）、《憧憬》（1925）等。1925年他与李箕永等一起，共同创建“朝鲜无产阶级艺术同盟”（简称“卡普”）。1927年，他又与李箕永等一起改组“卡普”，确立了以马克思主义作为指导思想的新纲领。这期间，他写了许多文学评论。在著名的《无产阶级艺术宣言》、《阶级对立和阶级文学》中鲜明阐述了文学艺术“要成为为人生和社会以及阶级服务的武器”的主张，与纯文学派展开针锋相对的论战。

短篇小说《过渡期》（1929）、《摔跤》（1929）是他实践“卡普”新纲领的产物。《过渡期》取材于日本侵略者在朝鲜建设大化工厂所引发的事件，反映了朝鲜农村破产和阶级分化的情况；《摔跤》则进一步描写这些农民在工厂里成为有觉悟的工人，他们联合起来，有组织地进行反抗斗争。这两个短篇在朝鲜文学史上占有一定的地位。主人公善（《过渡期》）和明镐（《摔跤》）是朝鲜现代文学中最早出现的工人形象。从此，他的创作便以反映工人阶级的生活和斗争为主要内容。

1930年后，他先后在左翼报刊《朝鲜之光》、《朝鲜日报》工作，积极开展反对资产阶级文艺的斗争。1934年他与二百多名“卡普”作家一起被日本警察逮捕。在狱中，得知一些变节分子宣布解散“卡普”时，他十分气愤，积极与狱中同志共商恢复“卡普”大计。获释后，从1936年至1943年，在极艰苦的条件下，他写了许多短篇小说并写了四部长篇小说:《黄昏》(1936)、《青春期》(1937)、《草香》(1938)和《塔》(1941)。《青春期》歌颂在日本帝国主义残酷镇压下，始终保持民族气节的知识分子的高尚情操;《塔》则以1919年为背景，从一个少年的生活经历反映了朝鲜复杂多变的历史时代。

朝鲜解放后，韩雪野担任文艺部门的领导工作，并继续创作活动，写了一些短篇小说。1950年美国侵朝战争爆发后，他发表中篇小说《狼》，描写几十年前一个天真无邪的儿童秀吉被杀害的悲惨事件，揭露美国传教士的伪善与凶狠。1952年他创作的长篇小说《大同江》(第一部)通过敌占城市青年工人和少年的对敌斗争，反映朝鲜人民的爱国主义精神和反抗力量。此外他还写有其他一些长篇小说、中篇小说以及儿童文学作品等。

韩雪野是一个多产作家，他广泛而深入地描写了当代朝鲜社会生活，他的创作与时代精神紧密结合，为朝鲜无产阶级文学的发展作出了杰出的贡献。

《黄昏》是韩雪野第一部长篇小说，是他前期的代表作，也是朝鲜文学史上第一部描写工人斗争的代表作品。

1929年到1933年的经济危机，席卷了整个资本主义世界。殖民地化的朝鲜经济，受到日本帝国主义经济危机的直接影响。朝鲜资产阶级为了转嫁危机，便效法日本资产阶级提出“产业合理化”运动。他们更新机器，裁减工人，把无数工人赶出工厂。同时，资本家又用减少工资、延长劳动时间、加强劳动强度等手段加紧对工人的剥削与压榨。工人生活状况更加悲惨，受到的政治压迫也更为严重。于是，他们团结起来，对资本家展开了针锋相对的斗争。《黄昏》便是这场声势浩大的斗争的一个缩影。

《黄昏》围绕工人领袖俊植对买办资本家安重书准备实行“产业合理化”的斗争开展情节，正面反映了30年代朝鲜社会尖锐的阶级矛盾，揭露了买办资产阶级的阴险、凶狠与残暴，歌颂了工人阶级大无畏的斗争精神，显示了他们团结起来的巨大力量。俊植是作家精心塑造的工人先进分子的典型形象，他出身贫苦农民，受过教育，在汉城读书时，曾因带头组织罢课反对蛮横的日本教师而被开除。进工厂后，在党的教育启发下，他由幼稚逐渐成熟。在几次与资本家进行斗争之后，他认识到了团结就是力量。在上级的指导下，他肩负成立秘密小组的任务，使这个小组成为广大工人的主心骨，而他从工人中也汲取了无穷的力量。他不断地学习马列主义理论，以提高自己的阶级觉悟与认识能力。所以他虽然中学没有毕业，但在朋友与工人心目中学问却很大。他目光敏锐，英勇果敢，和小组的同志一道分析斗争形势，搜集敌人情报，积极发动群众，揭露资本家实行“产业合理化”的阴谋。他不仅敢于斗争，还善于斗争，讲究方式与策略，能广泛团结广大群众一道为争取工人的生存而与资本家展开殊死搏斗。对同志，他关心备至;对尚未觉醒的工人，他耐心启发，谆谆引导。丽顺就是在他帮助下最后坚定地走上革命之路的。对工人中可能出现的叛徒，他十分警惕，但又尽最大努力去教育、去争取，终于将对他一直不满、嫉恨、意志消退的老工人东弼拉回到工人队伍中来。这表明他胸襟宽阔。“为了那一天，为了美好的事业”，俊植英勇地斗争着，走在工人队伍的最前列。

《黄昏》还展现出两个小资产阶级知识分子的不同道路与归宿。丽顺和俊植一样来自农村，家庭困苦使她只能寄人篱下，遭人白眼。对生活她曾经抱有许多美好的幻想，但严酷的现实将幻想击得粉碎。她好不容易在工厂谋到一个职务，却差点落入色狼社长安重书的魔掌。她倾心相恋的京才，却是一个没有任何实际能力、不敢抗争的人。当京才的父亲和京才的未婚妻联合起来威胁、利诱、侮辱，逼她与京才断绝关系时，她终于看清了她和京才之间有着不可逾越的鸿沟，便毅然斩断了情丝。为了摆脱安重书的纠缠，又果断地辞去了办公室的舒适工作。在俊植的帮助下，她成为工人阶级中的一员，受到工人的欢迎与爱戴。她代表了30年代工人阶级新女性的典型形象。京才走的则是另一条路，他自视甚高却优柔寡断。他有一定的正义感，也同情工人的苦难，憎恶寄生生活，但他永远不可能脱离原有的阶级立场。在爱情上他也是一个懦夫，既不敢去爱他所爱的丽顺，又不敢与他不爱的显玉决裂，始终处于矛盾、苦恼之中。他的性格充分体现了小资产阶级的软弱性、动摇性，最终只能和资产阶级一道步入"黄昏的世界"。他是典型的小资产阶级知识分子形象。

安重书是刻画得比较成功的买办资产阶级典型。他贪得无厌、卑劣无耻又诡计多端。他作为日本资本家的买办和走卒，靠虚伪、诈骗和贿赂发了财。当曾经有恩于他的老友金载堂在经济危机中濒于破产时，他便乘人之危夺取了工厂的实权。为了渡过经济危机，他与日本财阀相勾结，实行"产业合理化"计划。他不择手段，对工人进行欺骗、拉拢、威胁、利用，无所不用其极。当工人识破他的阴谋，提出谈判条件并准备罢工时，他立即勾结警察，妄图血腥镇压手无寸铁的群众，充分暴露了他狰狞的面目。

《黄昏》写了两个对立阶级的尖锐矛盾，正面展示了30年代工人阶级的斗争风貌。在纯艺术盛行的黑暗年代，《黄昏》的出现对朝鲜无产阶级文学来说，无疑具有重大的意义。

第九节 纳楚克道尔基

达希道尔津·纳楚克道尔基（1906—1937）是蒙古现代文学的奠基人之一。他生于中央省巴彦德尔格勒县，自幼聪颖好学，从8岁起在父亲的朋友家读书，写得一手好字。1921年，他年仅15岁便出任蒙古军事委员会秘书，以后又兼任政府秘书。1922年他参加蒙古人民党，并以代表身份参加第二次和第三次党代表大会。蒙古革命青年团中央少先队工作局成立后，他出任局长，组织少先队的各项活动，制定队章，并写了《少先队夏令营》一诗。他还积极参加各种文艺活动，向群众宣传新思想。1923年上演的歌剧《乌申达尔的故事》，歌词都出自他的笔下，其中最著名的一首是《青山翠谷》。1924年旧历新年时，青年们又编了新节目在各地巡回演出。他是这些节目的主要编写者。

1925年纳楚克道尔基赴国外学习，开始在苏联的列宁格勒（今圣彼得堡）读书，一年后转往德国，先在柏林，后到莱比锡攻读新闻。结合这一段经历，他写了《从乌兰巴托到柏林》、《到远方去学习》两首诗，表达了身在异国的游子的思乡之情，以及学成报国的心愿。1929年春，他学成回国，开始在蒙古科学院的前身科学研究所语言室工作，后转到历史研究室。在历史学方面，他搜集、整理、出版了一些书籍和资料，还从俄语、德语翻译了几本有关蒙古的书籍。他的主要文学作品是在从国外归来到1937年去世这一阶段内写的。

1932年，当局以莫须有罪名将他关押半年。在狱中他写了10首诗，有的表达他对妻子的怀念，有的抒发他不能工作、不能同朋友会面的寂寞苦闷之情，有的说出了他蒙受不白之冤、渴望早见天日的强烈要求。“左”倾路线不可能摧毁诗人的报国之心和创作激情，获释后，他以更高的热情投身到生活的洪流中。他常为研究所的墙报写诗，也为报纸撰稿，有些小诗是不署名的。由于他生前没有出过作品集，有些作品散失是难以避免的，所以他一生究竟写了多少作品，至今还没有确切的统计数字。

纳楚克道尔基的作品包括诗歌、散文、小说和剧本。收集他作品最全的1961年版的《达·纳楚克道尔基选集》中，有诗102首，散文和短篇小说30篇，还有剧作5部。

他的诗歌题材相当广泛，涉及生活许多方面。除上文提到的内容以外，还有吟咏蒙古自然风光和表现牧人日常生活的诗，反对封建迷信和崇尚科学及现代医术的诗，歌颂青年纯真的感情和追求美好爱情的诗等。他的诗写得灵巧活泼，富有生活气息。一些小诗虽系即兴之作，却显示出诗人的丰富灵感和独特视角。如《爱情》、《奇》、《两个作家》、《两个青年男女》等诗妙趣横生，让人回味不已。

他的散文作品同样多姿多彩，有的作品集中反映社会政治矛盾，有的重在展示草原上的民风民情，还有的是从现实生活中引发出来的思索。他的散文作品有三篇很有特色，即《旧时代的儿子》(1930)、《喇嘛大人的眼泪》(1930) 和《正月泪》(1932)。《旧时代的儿子》是一篇颇为特殊的散文，蒙古现代文学中没有类似的作品。文章的篇名直译是“旧孩子”。作者用凝练的笔触，勾勒出一个旧社会愚昧落后的青年牧人的形象。《喇嘛师傅的眼泪》是用诙谐幽默的笔调写成的，讽刺道貌岸然的洛登喇嘛经不起淫荡女人的诱惑，最后落得可悲而又可笑的下场。《正月泪》(又译作《白月与黑泪》) 是现实主义作品，叙述主人公策兰玛姑娘的遭遇。

纳楚克道尔基继承、发扬蒙古民间文学艺术传统，创作了长诗《我的祖国》和歌剧剧本《三座山》，为蒙古读者和观众提供了艺术精品，也极大地推动了蒙古现代文学的发展。《我的祖国》(1933) 是一首蒙古颂歌。从形式上看，它是蒙古赞词的新发展；而在内容上，则是诗人炽热爱国感情的抒发和对祖国兴旺发达的期待。这种形式是大众熟悉的，容易为大众所接受。通篇洋溢着自豪之情，气势磅礴，铿锵有力，激动人心，令人振奋。诗一开篇，诗人便列举大自然赐予蒙古的那些风貌独特的江河湖泊、山峦丛林和戈壁沙滩，而这一切正是生养诗人的热土。

哈迪、杭盖山脉的那些严峻的山脊，
还有那点缀北方的绵绵翠绿的群山，
玛浓、沙日戈那些起伏的大戈壁，
和那些南方著名的浩荡的瀚海啊——
这儿就是生长我的祖国，
美丽的蒙古地方！

克尔伦、敖嫩、图拉那些莹澈的河水，
被人传颂为“圣药”的那些小溪和温泉，
还有浮波斯古勒、敖波斯和泊丽，那些碧绿的湖泊，
和那些饲养人畜的环绕的清水啊——
这儿就是生长我的祖国，

美丽的蒙古地方！[①]

是的，蒙古大地上的一山一水、一草一木都牵动着诗人的心。杭盖地区水草丰美，固然可爱，干旱的戈壁环境奇异，同样令人神往。

从远古的时代起就是我们祖先的故乡，
也曾有过统一和繁荣的时光，
我们深深地热爱这历代居住的土地，
今天，新蒙古的红旗到处飘扬——
这儿就是生长我的祖国，
美丽的蒙古地方！

养育着我们民族的可爱的故乡啊，
假如贪婪的仇敌竟敢向你侵犯——
我们就给它致命的打击，
在这美丽的土地上建设强大的祖国，
使她在这新世纪呈现更雄伟的奇迹！

在最后两段中，诗人一面追溯历史，以民族祖先披荆斩棘的大无畏精神来激励大众；一面面对现实，针对日本军国主义的威胁，表达人民保卫家园的决心。《我的祖国》是蒙古读者最熟悉、最喜爱的一首诗，也是蒙古现代文学最有影响的作品之一。它的问世，使爱国主义成为蒙古诗歌创作中的一个重要题材。

《三座山》(1934) 是一部四场歌剧，叙述一对相爱的青年，遭到黑暗势力残酷迫害，双双殉情的悲惨故事。它紧紧围绕爱情以及善与恶的斗争展开情节。故事发生在一个名叫三座山的地方。青年猎人云登告别心爱的姑娘南丝尔玛外出去置办婚礼用品。即使是短暂的分离，两人也是依依不舍。看着云登消失在大路尽头，南丝尔玛失魂落魄，不能自持。打猎归来的巴尔刚恰巧路过此地，把南丝尔玛掳掠回府。南丝尔玛翘首盼望云登前来搭救。云登终于出现，两人见面倾吐思念之情。这时巴尔刚突然来到，将云登击昏，又把南丝尔玛抢走。巴尔刚逼迫南丝尔玛和他结婚，南丝尔玛坚决不从，设法逃走。云登前来接应，但被巴尔刚及其仆从刺死。南丝尔玛痛不欲生，拔出插在云登胸口的匕首，刺向自己的心脏。此剧虽无曲折情节，人物不多，线索单一，但却真实地表现了男女主人公热烈执着、坚贞不渝的爱情。他们生生死死不分离，为幸福和自由而献身的高尚品格深深地感染了读者。作者写此剧时，还注意从民歌《云登哥哥》和传说《苦难的三座山》中吸取营养，使该剧语汇更加丰富，比喻愈显生动。

纳楚克道尔基是蒙古成立后，最早拿起笔为振兴民族精神、创造美好未来而写作的作家之一。他的作品艺术风格独特，特别是一些草原山水诗和散文写得相当潇洒，善于把大自然的美丽以及人与自然的和谐气氛呈现在读者面前，给人一种超脱尘世的感觉。他的作品一般篇幅不长，但用词凝练、优美。他对蒙古现代文学的发展作出了重大贡献。他的作品对其他作家产生了较大影响，譬如，1943 年策·达木丁苏伦就曾在他写的《三座山》基础之上，进行了部分修改，以善良战胜强暴、有情人终成眷属作为结局。

① ［蒙］纳楚克道尔基等：《我的祖国》，伊·霍尔查、陶·谟南译，上海，新文艺出版社，1955。本节以下引诗均见此书。

思考题

1. 请简述现当代日本、朝鲜、蒙古文学发展的概况及特点。
2. 请简述小林多喜二对日本无产阶级文学的主要贡献。
3. 请简述《雪国》的思想内容和艺术特色。
4. 请分析《斗牛》的思想内容和艺术表现特色。
5. 从《万延元年的足球队》看大江健三郎的创作意识。
6. 对李光洙的评价为何一直存在争议?
7. 请分析李箕永对朝鲜无产阶级文学的贡献。
8. 《黄昏》是一部怎样的作品?
9. 请简述纳楚克道尔基对蒙古新文学的贡献。

第二章 东南亚现代当代文学

第一节 概述

东南亚文学于20世纪初步入现代阶段，以第二次世界大战为分界线，战前为现代文学，战后为当代文学。东南亚的现代文学反映民族觉醒和民族独立运动的历史进程，以反殖反封建和争取民族独立为时代特征和创作主题。东南亚的当代文学反映战后的民族独立斗争和取得民族独立后的历史演变，以捍卫民族独立成果和国内新的政治斗争和社会矛盾为主要内容。在整个历史的发展过程中，尤其在冷战时期可以看到西方的资产阶级文艺思潮和无产阶级文艺思潮同时在起重大的作用。

民族矛盾的尖锐化和西方两大思潮的传播推动了东南亚反帝、反殖和反封建斗争的蓬勃发展。1908年印度尼西亚成立了第一个民族组织“至善社”，揭开了现代民族运动的序幕，1914年成立东印度社会民主联盟，1924年改称印度尼西亚共产党，于1926年领导第一次民族大起义。1924年菲律宾成立了“菲律宾工人协会”，领导了1931年的起义。1925年越南成立了“越南革命青年同志会”（印度支共产党前身），领导了1930－1931年的义静苏维埃运动。1930年在缅甸爆发塞耶山农民起义，同年“我缅人协会”成立，领导了1938年的“缅甸一三〇〇运动”。

东南亚的现代文学就是在民族斗争的风暴中诞生的，从一开始便朝着两个不同的方向发展，一个朝资产阶级的文学方向发展，一个朝无产阶级的文学方向发展。但二者仍属同一文学范畴，即反帝反封建的民族民主革命的文学，整个过程可以分成两个阶段。

第一，第二次世界大战前的东南亚现代文学。

20世纪20年代前后的印度尼西亚现代文学可分三种类型：一是无产阶级反帝反封建的革命文学，代表作家作品有马斯·马尔戈的诗集《香料诗篇》(1918)和小说《自由的激情》(1924)、司马温的小说《卡迪伦传》(1919)等。二是民族主义文学，代表人物是阿卜杜尔·慕依斯(详见本章第二节)，其他有代表性的作家作品还有耶明的长诗《印度尼西亚啊，我的祖国》(1928)、鲁斯丹·埃芬迪的诗剧《贝巴沙丽》(1928)、萨努西·巴奈的诗集《流浪者之歌》(1931)等。三是资产阶级个人反封建文学，以反对封建包办婚姻和要求个性解放为主要内容，代表作家作品有马拉·鲁斯里的长篇小说《西蒂·努儿巴雅》(1922)、努尔·苏丹·伊斯坎达尔的长篇小说《错误的选择》(1928)等。1926年印度尼西亚共产党领导的民族起义被镇压后，无产阶级反帝革命文学便被取缔了。30年代民族斗争在政治上转向低潮而在文化上则出现东西方文化大论战。在大论战中成立的"新作家派"大大提高了小说、诗歌和戏剧的创作水平，代表作家作品有达迪尔的小说《扬帆》(1936)、阿米尔·哈姆扎的诗集《寂寞之歌》(1937)、尔敏·巴奈的小说《枷锁》(1940)、萨努西·巴奈的现代剧《新人》(1940)等。

20—30年代期间，越南最有代表性的革命作家是阮公欢(详见本章第三节)，他走过的创作道路颇有典型意义。新诗派的倡导者世旅的诗集《几行诗》(上1935、下1940)和一零的小说《决裂》(1935)，对封建包办婚姻给年轻人带来的不幸进行了有力的谴责。武重凤的小说《红运》(1936)，揭露了当时殖民主义者推行的所谓"年轻快乐"运动实质上是在鼓励享乐、贪财、纵欲。吴必素的小说《熄灯》(1939)，则描写贫苦农民一家的悲惨遭遇，揭露了官僚地主们贪婪腐朽的剥削本质。

这个时期，缅甸的代表作家是德钦哥都迈(详见本章第四节)。20年代末开始至30年代仰光大学青年师生本着"试探时代的爱好"的想法，开展一场"实验文学"运动，主张事无巨细，有感而发，文学应反映生活，代表人物有德班貌瓦、佐基、敏杜温等。诗歌的创作偏重于抒情，富有浪漫色彩，对韵律、遣词造句提倡最大限度的自由。散文、小说的创作则注重描写现实，提倡简洁生动的文风。他们的作品表现了强烈的爱国主义激情和自由、民主思想。当时有影响的作家作品还有：摩诃瑞和他反对神权迷信思想的小说《比由当冰》(1927)以及鼓励人们团结反帝的小说《咱们的母亲》(1935)、《叛逆者》(1938)等，德钦巴当和他根据哈代《苔丝》改写的描述农村姑娘玛沙乌遭受迫害的悲剧小说《班达玛沙乌》，吴登佩敏嘲讽善男信女愚昧狂热的小说《摩登和尚》(1937)等。而当世界反法西斯斗争日益高涨的时候，缅甸的进步人士仿英国左派读书俱乐部的模式于1937年成立"红龙书社"，出版进步书籍，宣传社会主义思想，推动了缅甸进步文学的发展。

20年代马来西亚的现代文学开始起步，第一部带有反封建倾向的作品是谢德·谢赫的小说《法丽达·哈努姆传》(1925)，其他还有阿赫马德·达鲁的小说《她是莎尔玛?》(1928)、哈伦·阿米努拉锡的小说《吉隆坡的茉莉花》(1930)、伊萨·哈吉·穆罕默德的《大汉山王子》(1937)等。

20年代，在中国五四运动的影响下，新加坡出现具有南洋特色的、反帝反封建的华语新文学，代表作家作品有李西浪的小说《蛮花惨果》(1925)、邱志伟的《长恨的玉钗》(1924)。1937年日本全面侵华后，新加坡也出现了抗战文学，代表作家作品有张一倩的小说《一个日本女间谍》、吴天的剧作《伤兵医院》等。

进入20世纪以后，菲律宾本土的他加禄语文学有了较大的发展，涌现出不少优秀的作家。他加禄语剧作家中最有成就的首推塞韦里诺·雷耶斯，他的剧作有四十余部，如《没有受伤》、《死者的吻》、《菲律宾之魂》等，均含有反帝爱国的内容。其他剧作还有帕布罗太的《热爱祖国》、阿巴德的《金链》、雷米西奥的《自由》等。诗歌创作成就突出的诗人是赫苏斯，他于1920年发表的诗集《金色的叶》表达了人民对殖民主义的不满，1928年又发表长诗《东方之滨》，讴歌人民的革命起义。小说创作方面的知名作家有赫尔南德斯·佩纳、德·阿·罗萨里奥等，而最有名的是诗人、小说家和评论家洛佩·克·桑托斯，写有诗集《心灵》、《谦虚者伟大》和小说《尊敬》(1927)、《命运的奴隶》(1932)等。同一时期，菲律宾的英语文学在小说和诗歌方面也有所建树，其代表人物有作家佐依罗·迦朗，他的作品《忧伤之子》(1921) 是菲律宾的第一部英语长篇小说。此外还有诗人胡斯托·胡连诺等也颇有名气。

泰国走的是君主立宪的改良主义道路，所以现代文学的成长有其独特性。1926年比里·帕依荣等人组成秘密组织"民团"，1932年6月策动政变，迫使王室接受了君主立宪制，加速了泰国文学从旧文学向新文学的转变。泰国新文学奠基人是西巫拉帕（详见本章第五节）。这个时期的代表作家和作品还有：多迈索和她的家庭小说《她的敌人》、《贵族》、《旧罪》等，揭露贵族家庭纨绔子弟的腐化堕落，针砭社会弊端；蒙昭·阿卡丹庚·拉披帕和他以国外为背景的长篇小说《人生戏剧》(1929)，用自传体描写一个泰国人的经历，以泰国人的眼光观察西方世界；高·素朗卡娘和她的小说《妓女》(1937)，描写一个被人拐骗的乡村少女沦落为妓女后贫病而死的悲剧。

1941年年底，日本帝国主义发动太平洋战争，席卷了整个东南亚。日本的入侵和占领，使西方殖民者在东南亚的长期统治顷刻瓦解。这一突变使东南亚人民看到了西方殖民主义的脆弱性，增强了争取民族独立的斗争信心。而日本法西斯的残酷统治，也使东南亚人民更加认清了世界帝国主义者乃一丘之貉，要取得真正的民族独立，只有依靠自己的斗争。日本占领的三年多，是东南亚各国人民的一场浩劫，同时也是争取民族独立的最后准备阶段。这个时期，由于日本野蛮的法西斯统治，东南亚各国文学的发展受到阻碍，有人称之为"黑暗时期"。只有印度尼西亚的情况比较特殊，那里出现了所谓的"双刃文学"，即一"刃"为日本的"大东亚战争"效劳，一"刃"为民族独立服务，鼓吹民族主义思想。到了后期，鼓吹民族主义的一"刃"越来越锋芒毕露。

第二，第二次世界大战后的东南亚当代文学。

1945年8月15日日本宣布无条件投降，第二次世界大战宣告结束。西方原殖民国家企图重返东南亚，恢复其殖民统治。但东南亚人民已经做好了抗击的准备，各国先后爆发了独立革命战争和争取民族独立的斗争。这个时期是东南亚当代文学的开端，集中反映了东南亚各国先后取得民族独立的斗争过程。而在取得民族独立后，国内的政治和社会矛盾上升为主要矛盾，东南亚当代文学的重点也逐渐转移到这方面。

1945年8月15日，日本刚投降，印度尼西亚便于8月17日首先宣布独立。荷兰殖民者妄图卷土重来，于是爆发了捍卫民族独立的"八月革命"。以"八月革命"为时代主题的印度尼西亚当代文学蓬勃发展起来了，涌现出一批杰出的青年诗人和作家，其中最有影响力的是现代派诗人凯里尔·安瓦尔和小说家普拉姆迪亚·阿南达·杜尔（详见本章第六节）。凯里尔被人称作"45年代派"的先锋，出版诗集《尘嚣》(1949)、《尖石、被剥夺者和绝望者》(1949)、《三人向命运怒吼》(1950) 等，其代表诗作《我》最能表现当时印度尼西亚人民新我与旧我彻底决裂的决心，成为时代的号角，到处被人传诵：

我

倘若我死期已到

我愿无人为我哀悼
即便是你
无须悲痛号啕

我是桀骜不驯的猛兽
为其群类遗弃而远走
即便子弹将我皮肉穿透
我仍要反抗怒吼
我将带着溃烂的创伤奋力奔跑。
奋力奔跑
直至疼痛全消失掉

我将更加不顾一切
我要再活一千个岁月

具有代表性的作家作品还有伊德鲁斯的短篇小说集《从阿芙·玛丽亚通往罗马的另一条路》(1948)，乌杜伊·达唐·宋达尼的诗剧《笛子》(1948)、长篇小说《丹贝拉》(1949)、剧作《饭店之花》(1948)，阿赫迪亚·卡尔达·米哈扎的长篇小说《无神论者》(1949)，莫赫达尔·鲁比斯的长篇小说《没有明天》(1950)和《路漫漫》(1952)等。1949年年底荷兰“移交主权”后，印度尼西亚出现了两种不同文艺路线的斗争：一方是以人民文化协会为代表的革命文艺路线，提出文艺为人民服务的口号；一方是主张“普遍性文学”和“泛人道主义”的资产阶级文艺路线。两条文艺路线的斗争贯穿始终，直到1965年发生“九三〇事件”方告一段落。“九三〇事件”后，革命和进步的文学遭到沉重的打击而沉寂下来。其他作家则以搞“试验文学”为名，纷纷向西方现代主义各流派看齐，创作形形色色的现代派作品。小说方面，伊万·希马杜邦“反小说”的小说《祭奠》(1969)最有代表性，通过描写一位画家不合理性的荒诞生活表现当代社会的荒诞性与人格的异化。其他具有代表性的作家作品还有达纳托“以图为题”和“以图为文”的短篇小说《琳特利克》(1968)、布杜·威查雅的荒诞派小说《电报》(1973)和《车站》(1974)、布迪·达尔马的《批评家阿迪南》(1974)等。1979年年底著名作家普拉姆迪亚在被监禁14年之后获释，他在被关押期间写成的布鲁岛四部曲——《人世间》、《万国之子》、《足迹》和《玻璃屋》在获释后于80年代先后公开发表，在国内外引起了巨大反响。80年代一些作家把注意力转移到回归本土文化上，出现了“文学爪哇化”的现象。代表作品有阿赫玛·多哈里的《爪哇舞伎》三部曲(1981－1986)、阿尔斯文托的《花裙蜡染匠》(1985)、里努斯的《巴利延的自由》(1986)、芒温威查雅的《织巢莺》(1988)等。

1945年越南也爆发争取民族独立的“八月革命”。法国殖民者卷土重来，越南人民进行全面抗战。“八月革命”成为越南当代文学的主要内容，当时的代表作家和作品有秀肥和他的讽刺诗集《抗战的微笑》(1952)、阮庭诗和他的小说《冲击》(1952)、素友和他的诗集《越北》(1954)等。抗法战争结束后不久，又开始了抗美救国的战争。抗战题材仍然是越南当代文学的重点，书信集《南方来信》(1963)、特写《像他那样生活》(1965)、朱文的小说《海上风暴》(上下集，1969)、友梅的小说《领空》(共3卷，1971—1980)、潘四的小说《阿敏和我》(1972)等都是当时很有影响的作品。1975年5月越南抗美救国斗争取得胜利，南北重新统一了。1977年南北文联合并，1979年开展社会主义现实主义的大讨论使文艺界活跃起来了。1986 年“革新开放”后，文艺界出现各种文艺辩论，如对杨秋香小说《幻想的那边》、阮辉涉小说《退休的将军》的讨论等，对文学的新发展起了推动作用。这期间有不少新人的新作问世。

与越南关系密切的印度支那其他两个国家老挝和柬埔寨在第二次世界大战后也开始出现当代文学作品。老挝文学一直比较滞后，第二次世界大战后随着斗争形势的变化才有所发展，涌现出一批作家和作品。诗歌创作有西沙纳·西山的《爱老挝》、乌达玛·朱拉玛尼的《占芭花之歌》（1945），小说创作有占梯·敦沙万的《生活的道路》（1970）、坎连·奔舍那的《西奈》（1970）等。

在同一时期，柬埔寨也涌现出一批作家和作品。小说创作有韦波尔·努·冈的《冬青》、色特的《挚友》、林根的《孤女》等。1953 年年底柬埔寨宣布独立，一批青年作家脱颖而出，代表作有《汽车司机孙姆》、《苦力》、《乡村教师》等。60 年代苏恩·索林发表的小说最多，有《新太阳照在旧的土地上》（1961）、《警惕》（1967）、《何罪之有》（1967）等。

第二次世界大战后，缅甸的当代文学也以反抗侵略者为主要题材，其中貌廷的小说《鄂巴》（1947）最具代表性。在世界进步文艺思潮的影响下，1946 年缅甸作家提出创作新文学的口号，开展一场关于创作目的的大辩论。吴登佩敏、德贡达亚、八莫丁昂等都有不少佳作问世。1948 年 1 月缅甸独立后，宣布成立文学宫，出版各类丛书，从 1949 年起设文学奖，1965 年起组织各种专题文学讨论会，对缅甸当代文学的发展起了重要作用。这个时期的重要作家作品有敏昂的《穹窿原野》（1948）和《作家》（1957）、加尼觉玛玛礼的《不是恨》（1955）、吴拉的《监牢与囚犯》（1957）和《战争、爱情与监狱》（1960）、吴登佩敏的《旭日冉冉》（1958）、那伽山貌基辛的《山区盛开平原花》（1964）、纳内的《缅甸北部》（1966、1967）、南达的《誓死保卫伊洛瓦底》（1969）等。60 年代初期以奈温为首的军人集团夺取了政权，对外实行闭关锁国政策，对内实行高压政策，文坛一时沉寂，反映社会现实的作品难以出版。70 年代后情况更加严重，甚至国家文学奖评奖委员会几乎无书可评。但仍有少数作家写出反映现实生活的作品，例如妙丹丁的小说《刀山火海》（1973），描述了毒品对青少年的毒害；女作家德格多妙盛的《艺坛新秀》，描写艺人的生活和缅甸的传统音乐戏剧。在新崛起的作家中，最突出的是女作家摩摩茵雅，她是位多产作家，曾多次获奖，主要作品有小说《探索》（1974）、《花儿有开有谢》（1975）、《遐迩闻名的玫瑰花》（1983）、《鱼木嫩叶枯萎的时候》（1987）等。另外，缅甸古籍的发掘整理和外国名著的翻译也受到重视。妙丹丁译的《战争与和平》（1972）、《飘》（1978）、《红楼梦》（1988）等获得了相关年度国家文学奖的翻译奖。西方各现代派的艺术手法也被一些作家尝试使用，获得了一定的成功。其中具有代表性的作家是貌达耶·玖。

第二次世界大战后至 50 年代，在泰国出现“文艺为人生，文艺为人民”的文学运动。社尼·绍瓦蓬的《婉拉雅的爱》（1950）、《魔鬼》（1957），是产生于这一运动中的代表作。在同一时期，另一营垒的作家中最有成就的是克立·巴莫，他的长篇历史小说《四朝代》（1953）深得好评。1958 年沙立政变，凡具现实主义倾向的作品都受到压制，只有色情、武打、消闲性作品充斥文坛。60 年代被泰国文学评论家们称为“黑暗时期”。1973 年年底泰国的他侬、巴博政府下台后，文坛出现了三年短暂繁荣，比较成功的作品有格莎娜·阿速信的《主根》（1974）、西法的《生活的十字路口》等。1976 年 10 月他宁·盖威钦军人政权上台，又大肆进行镇压，文坛重趋沉闷，直到 1978 年江萨内阁上台后才渐渐复苏。这时文学的发展趋向多元化，影响较大的作品有维沙·坎塔的《献给美好的爱》、素瓦·哇拉迪罗的《红鸽子》、查·勾吉迪的《交尾狗》（1982）和《平常事》（1983）等。

第二次世界大战后，马来作家中出现了“50年代派”，主张为社会而艺术，反映现实生活中人民的困苦和反殖斗争。代表作家作品有克里斯·玛斯的《种植园事件》（1950）、乌斯曼·阿旺的诗集《浪潮集》（1961）等。1957年马来西亚独立后，作品多描写底层社会的贫困、帝国主义的盘剥和国家的建设。代表作家作品有萨马德·赛义德的长篇小说《莎莉娜》（1961）、卡拉·德百塔的剧作《洋房与茅屋》（1963）、夏嫩·阿赫玛德的小说《满途荆棘》（1966）、乌斯曼·阿旺的剧作《肯尼山的来客》（1968）等。

此时新加坡的不少马来语作品也表现出民族主义倾向与革新精神，如哈伦·阿米努拉扬的历史小说《阿旺元帅》（1958）等。华语文学则强调自身的独特性，提倡爱国主义的大众文学。代表作品有丁家瑞等人集体创作的千行长诗《怒吼吧！新加坡》（1947）、岳野的剧作《风雨牛车水》（1948）和《风雨三条石》（1948）、姚紫的《秀子姑娘》（1949）、苗秀的《新加坡屋顶下》（1951）、《火浪》（1960）、李汝琳的《漩涡》（1962）等。新加坡于1965年独立后，汉语、英语、马来语、泰米尔语均为官方语言，各种语言的文学都得到了发展。这时华语文学的特色是强调新加坡国家意识和多民族的和谐，代表作品有杜红的抒情诗《我住的地方》、洪保苏的诗《新加坡河，母亲的河》、田流的独幕剧集《三万元奖金》（1972）、苗秀的小说《残夜行》（1976）等。英语文学的较好作品有吴宝星的小说《长梦悠悠》（1972）、艾德温·谭布的诗集《上帝也会死》（1977）等。马来语和泰米尔语文学也出现了一些较优秀的新作。

1946年菲律宾独立后，由于政府规定以他加禄语为基础的菲律宾语和英语为官方语言，故而两种语言的文学都得到较快的发展。作品大多以宣扬爱国主义和民族主义为基调。菲律宾语文学的代表作家作品有阿巴迪拉的诗集《我就是世界》（1955），赫尔南德斯的诗集《米粒》（1966）、小说《鳄鱼的眼泪》和《野鸟》（1969）等。英语文学的代表作家作品有哈维拉纳的小说《没有见到黎明》（1947）、华奎因的剧作《菲律宾艺术家的自画像》（1952）等。

东南亚现代当代文学在经历半个世纪的发展之后，逐渐走向成熟。如今在面对全球化的挑战时，东南亚文学要解决的历史新课题是如何处理好“世界性”与“民族性”的关系，既要继续吸收世界各先进文化文学的优点，又要坚持自己民族文化文学的特性，在继承传统和改革创新中不断提高自己民族新文学的质量和数量。

第二节 阿卜杜尔·慕依斯

阿卜杜尔·慕依斯（1886—1959）是第二次世界大战前印度尼西亚最有代表性的现代作家，1886年生于苏门答腊岛的米南加保地区，早年从事民族新闻工作，20世纪20年代曾任伊斯兰联盟中央理事会理事，1930年加入印度尼西亚民族党。他对荷兰殖民政府一直持不合作态度，曾被管制多年失去人身自由，直到荷兰殖民政府垮台为止。

20世纪初，荷兰殖民政府实行所谓的“道义政策”，兴办现代学校，企图通过奴化教育培养出他们所需要的具有洋奴思想的新一代知识分子。与此同时，荷兰殖民政府还实行种族歧视政策，把印度尼西亚殖民地社会划分为几个等级，像座金字塔，中间有条不可逾越的“种族界线”。白人在“种族界线”之上，享受殖民特权，可以作威作福。原住民和其他有色人种在“种族界线”之下，无权无势，任人欺压。如果原住民中有人想越过“种族界线”而挤进白人社会，那么他必将碰得头破血流。这就是阿卜杜尔·慕依斯当时面对的殖民地社会现实，他切身感受到民族压迫的深重，迫切需要找到改变民族命运的途径。

阿卜杜尔·慕依斯是早期民族主义者的代表，在文化上主张以本民族文化（主要是伊斯兰文化）为体，以西方文化为用，极力反对荷兰殖民统治者的种族歧视和殖民奴化教育政策。他意识到文学是民族斗争的一个有力武器，可以揭露敌人，唤起民族的觉醒，于是开始涉足文学。他的文学生涯是从介绍西方现代文学作品开始的，20年代他翻译了塞万提斯的《堂·吉诃德》、马克·吐温的《汤姆·索亚历险记》等名著。当民族运动走向高潮时，他开始写小说，直接反映他所看到的殖民地社会的丑恶现实和尖锐的民族矛盾。1928年发表的《错误的教育》是他当时最成功的一部长篇小说，被誉为战前印度尼西亚现代文学的极品。下面先将小说的基本内容介绍一下。

小说主人公汉纳非是苏门答腊素罗封建贵族家庭出身的青年知识分子。从小他母亲就把他寄养在一个荷兰人的家庭，上的是荷兰学校，让他受到最充分的洋人教育。在殖民奴化教育的熏陶下，汉纳非彻底洋奴化了，当上素罗副州长的书记官。一位美丽的土生白人姑娘柯丽与汉纳非从小一起长大，两人发生了恋情。柯丽从雅加达度假回来，汉纳非向她正式求婚。柯丽虽然深爱汉纳非，但一位白人姑娘与土著人结婚在当时是不可想象的。她一时犹豫不决，便把自己的心思告诉了父亲。父亲晓以利害，告诉她白人与土著人之间有一条“种族界线”，谁敢破坏这条界线，必遭灭顶之灾。柯丽不敢接受汉纳非的求婚，偷偷跑回雅加达。汉纳非遭此打击后，生了一场大病。痊愈后，母亲逼他按传统习俗娶他的表妹拉比娅为妻。汉纳非起初拼命反对，但最后还是不得不接受，因为他从小的一切费用都由舅舅提供，他觉得自己已“典当”给舅舅家了。婚后生了一子，但两人生活极不幸福，因为一个是彻底洋化的丈夫，瞧不起土著人，一个是典型的东方妻子，贤惠温良，逆来顺受。汉纳非把自己爱情上的不幸和满腔怨恨全发泄在拉比娅身上，经常打骂和侮辱她。有一天，正当汉纳非又向拉比娅施暴时，突然来了一只疯狗咬了他一口，汉纳非必须立刻被送往雅加达就医。在那里他又遇上了柯丽，这时柯丽的父亲已经去世，她只身一人无亲无故。两人的爱情复燃，如今两人结合的唯一障碍是汉纳非的家庭。为了能娶柯丽和实现当洋人的梦，汉纳非不惜抛弃自己的妻儿和母亲，与家乡断绝一切关系，加入了荷兰籍并设法调到雅加达工作。汉纳非以为从今往后他可以平步青云了，然而殖民地的社会现实却非常残酷。柯丽的朋友本来同意让他们俩在其父亲的庄园里举行婚礼，可是当那朋友的父亲得知汉纳非是一个土著人时便断然拒绝了。他们俩处处遭到白人的白眼和抵制，婚礼只好在凄风冷雨中悄悄地举行。婚后的生活更加不幸，不但白人社会不能容纳他们，土著人社会也把他们视为异端。柯丽作为白人所承受的伤害和痛苦更大，她失去了所有的白人朋友，一个人整日孤独地闷在家里。由于太无聊，有时她也让一些兜售货物的妇女进来聊天，其中有一人是拉皮条的。于是街坊有些风言风语并传到了汉纳非的耳里。汉纳非不由分说，一口咬定柯丽对他不忠。柯丽忍无可忍，一气之下便离家出走，到三宝垅一家孤儿院去当护理。柯丽走后，汉纳非遭到各方的谴责而更加孤立。他意识到自己错怪了柯丽，便决心要把柯丽接回来。可是当他到达三宝垅时，柯丽已经染上霍乱，他只来得及见柯丽最后一面。汉纳非遭此打击后万念俱灰，他带着绝望的心情回到素罗他母亲那里，但被拒于门外，拉比娅也带儿子回娘家去了。最后汉纳非服毒自杀，临死前他要求母亲教育好他的儿子夏费，不要让他的儿子步自己的后尘。母亲和拉比娅从错误的教育中接受了惨痛的教训，决心让夏费从小念《古兰经》，上宗教课，先接受本民族文化的充分熏陶，然后才去接受西方的现代教育，掌握现代知识。夏费也发誓，将来他去荷兰学成之后一定返回自己的家乡，为本族人的进步效力。

阿卜杜尔·慕依斯在《错误的教育》里成功地塑造了一个典型的洋奴形象，把汉纳非的灵魂和心理特征刻画得入木三分。汉纳非是殖民奴化教育的产物，他比白人更加看不起本族人，常跟荷兰人埋怨说："米南加保确实是个非常美丽的地方，只可惜住的是米南加保人。"他恨不得把米南加保变成白人的家乡。他处处模仿白人的言谈举止，妄图通过入荷兰籍而钻进白人社会。他始终不明白，为什么命运总是作弄他，最后只好以死了此一生。作者自己也没有找到正确的答案，他把汉纳非的悲剧归咎于"错误的教育"。所以作者以为只要给汉纳非的儿子夏费以"正确的教育"，悲剧就不会重演了。这是作者的局限性，他不能透过现象看本质。其实作者不是没有看到，造成汉纳非和柯丽悲剧的罪魁祸首是殖民统治者的种族歧视和奴化教育的政策，然而他只把矛头对准"错误的教育"，其中也许有其难言之隐，因为当时的政治环境是绝不允许作者公开反对殖民主义的。

尽管存在明显的不足，《错误的教育》还是深刻地反映了 20 世纪 20 年代印度尼西亚殖民地社会的民族矛盾。这部小说在思想性和艺术性方面的成就远远超过了所有同期作家的作品，走在时代的前面。

20 年代的印度尼西亚作家大都热衷于写个人反封建的小说，以反对封建包办婚姻和要求个性解放为主题，完全不敢涉及反殖民主义。阿卜杜尔·慕依斯的《错误的教育》也涉及个人反封建的问题，汉纳非与拉比娅的悲剧就是封建包办婚姻造成的。但作者写这部小说的重点不在这个问题上，他只是稍带一笔而已。后来阿卜杜尔·慕依斯又写了另一部长篇小说《美满姻缘》(1933)，专门针对封建的等级观念和强迫婚姻进行有力的鞭挞。小说描写一对不同出身青年的爱情，因门不当户不对而遭到男方贵族家庭的破坏，在经历种种磨难之后，二人终于冲破重重障碍取得美满的结果。这部小说显然大大不如《错误的教育》，仿佛只是为了补上个人反封建的一课，但作者在这个问题上所持的反封建态度比其他作家更为坚定和鲜明。

此后，阿卜杜尔·慕依斯遭到殖民政府的迫害，再也没有新作品问世，一直到独立后的 50 年代，才有两部以反殖民主义的斗争历史为题材的长篇小说先后与读者见面。1950 年他发表历史传记小说《苏拉巴蒂》，描写 17 世纪至 18 世纪著名的奴隶起义领袖苏拉巴蒂抗荷斗争的英雄事迹，讲述他如何从一个奴隶变成领导抗荷斗争的爪哇王的整个过程。故事充满传奇色彩，其中仍然贯穿着阿卜杜尔·慕依斯的民族主义思想。接着他又于 1953 年发表其续集《苏拉巴蒂之子罗勃特》，描写苏拉巴蒂与荷兰姑娘所生的儿子罗勃特在战场上与父亲相遇，两人终于因为代表不同的民族立场和不同的文化背景而无法走到一起，苏拉巴蒂建立的王国最后还是毁在罗勃特的手里。

第三节
阮公欢

阮公欢（1903—1977）是越南小说家、文学评论家，出生于一个重儒学的官僚家庭。父亲阮道康曾中秀才，为官清廉，对法国殖民者的倒行逆施深恶痛绝，常与家人谈论潘佩珠等抗法领袖的斗争事迹，对阮公欢的思想影响颇深。阮公欢自幼就接受文学艺术的熏陶，10 岁进学校读书。早年他曾亲眼见到洋人用手杖殴打越南妇女，因此他对当时的殖民统治者产生了更加强烈的反感。19 岁时他考入师范学校，毕业后从事教学工作。

阮公欢从 17 岁起开始写作，20 岁时，他的处女作——短篇小说集《红颜身世》面世。他在教书之余从事创作，经常在报纸杂志上发表文章，不久便成了一位人们所熟悉的作家。由于在作品中揭露和抨击了社会的黑暗和腐朽，对官府从不阿谀奉承，他经常受到反动当局的百般刁难与迫害。他被迫离开河内，辗转于城乡之间，过着漂泊不定的清贫生活。在此期间，他得以深入接触社会的现实生活，扩大了自己的视野，体验到生活在水深火热之中的人民大众的苦难，为他后来的创作打下了良好的基础。

20 世纪 30 年代初，他发表了几部长篇小说：《古井无波》（1933）、《丽容》（1934）、《金枝玉叶》（1935）等。1934 年后，他在《礼拜六小说》报和其他报刊上发表了许多长、短篇小说，受到读者的欢迎。特别是 1935 年出版的短篇小说集《男角四下》深受欢迎。阮公欢以幽默诙谐的笔触，生动细腻地描述了当时社会的艺人充满苦难的生活，针砭了社会弊端，抨击了种种不合理、不公平的现象。《男角四下》的出版，引起社会的轰动，当时北中南三圻 18 家有影响的报纸都相继发表了评论文章加以肯定。《男角四下》的出版使当时正在展开的“艺术为艺术”和“艺术为人生”的争论进入高潮，成为两派争论的焦点。

1936 年至 1939 年间越南工农群众斗争风起云涌，迫使法国殖民主义统治者在出版制度方面有所松动，为越南现实主义文学的发展提供了机会。这时阮公欢接触了许多共产党人，给他的文学创作以积极的影响。1935 年至 1939 年，他发表了《两个可怜虫》（1937）、《有鬼的银币》（1937）、《我友之妾》（1939）等 80 多篇短篇小说和《男主人》（1935）、《女教师阿明》（1935）、《女主人》（1936）等一些长篇小说。有时在短短的几个月内他就连续发表了 20 多篇作品。尤其值得一提的是，1938 年，他仅用 16 天就写出了一部与时代精神非常合拍的名作《最后的道路》。

《最后的道路》是一部具有较高的思想性和艺术性的长篇小说，也是作者的代表作。它描述一位勤劳善良的穷苦农民阮文坡遭议员兼地主高利贷者范赖迫害而家破人亡的故事。阮文坡一家三口只有八分薄地和一副价值 30 元（相当于现今 300 盾越币）的小货担。他身强力壮又能吃苦耐劳，妻子到外面做点小买卖贴补家用，生活勉强过得去。可是在罪恶的殖民主义制度下，那些张牙舞爪的地主、官吏是不会让阿坡这样的农民过上安稳日子的。范赖靠剥削起家，拥有土地 400 亩。他还想霸占阿坡的八分地，便进行挑拨离间，让阿坡与张诗结下冤仇，然后怂恿他们去打官司。为了打赢官司，张、阮两家各自向范赖借债以贿赂县官，而范赖早与县官串通一气，结果官司不见分晓，而他们两家都落得债台高筑。阿坡夫妇忍痛卖掉货担，将所得30元拿去还债，而范赖心怀叵测，拒不收钱。此时，又逢政府催交人头税，里长借机狠敲竹杠，阿坡两个哥哥早已离乡背井流落外地，现在却要阿坡代交人头税，这样30元钱就分文不剩全用来交税了。这时，祸不单行，偏偏又遇灾荒。水灾过后，安道乡霍乱流行，阿坡妻儿不幸染病，相继死亡。收割季节到了，范赖前来算账，扬言若阿坡一天之内不还清债款，就把八分地连同地里的稻子一起没收。残酷的现实促使阿坡觉醒，他终于走上了反抗的道路。他与另外两个也将被没收土地的农民联合起来，决心抢在范赖夺地前收回三家地里的稻子。范赖闻讯带着官兵前来抢收阿坡家还未来得及收割的稻子。这时的阿坡义愤填膺举起扁担朝范赖头上狠狠打去。但因寡不敌众，阿坡被狗腿子们捆住，连抬带拖押往县府，乡亲们跟在后面哀叹落泪。他紧握双拳对乡亲们说道："我狠狠揍了那老东西，即便下地狱，我也心甘情愿了。"作者通过阮文坡一家的悲惨遭遇，展现了20世纪30年代越南老百姓在封建压迫和殖民统治下贫困破产的情景，同时在结尾部分有力地表现了当时农民自发的反抗精神。在艺术手法上，作者出色地刻画了阮文坡和范赖这两个正反面人物的典型形象，语言生动精练，结构严密，环环紧扣，矛盾冲突达到高峰时，故事也随之结束。《最后的道路》于1938年出版后立即成为畅销书，引起社会巨大反响，报纸杂志上发表了许多赞扬文章。"友爱会"等一些工人组织纷纷要求将小说改编成戏剧搬上舞台。但法国当局却把它列为禁书，并威胁收藏此书的人将受到法律制裁，作者也因此受到密探的监视。在"八月革命"成功后，该书才有机会与读者再次见面，并多次再版，受到广大读者的欢迎。

1945年"八月革命"成功，新政权成立不久，阮公欢主办《卫国军》报，并兼任一所中级军人文化学校的校长以及由各中小学联合主办的《军人学校》刊物的主编。1948年他加入越南劳动党，在越北山区军委政治局机关工作。抗法战争结束时，他荣获"战胜"勋章。回到河内后，他任越南文学艺术联合会常务委员，1957年任越南作家协会第一届主席及多届常委。这一时期虽然他的工作很忙，但他仍能抓紧时间进行创作，先后发表的作品有《逃出牢笼》（1947）、《越南艄婆》（1948）、《农民和地主》（1955）等。

抗美救国战争开始时，阮公欢虽已年近六旬，仍以满腔的爱国热忱和高度的责任感用笔作武器与敌人展开斗争。就是在战争最紧张的年代里，他也写出不少作品，如《天亮前后》（1957）、《混耕混居》（1961）、《垃圾堆》（第1卷，1963）等。当抗美救国战争结束和越南南方刚解放时，他立即奔赴西贡（今胡志明市）和许多新解放区进行调查研究，并写出了一些反映新解放区情况的文学作品。

1977年阮公欢因病逝世。为了表彰他的创作活动，越南政府给他颁发了一枚一级劳动勋章。阮公欢的全部创作生涯可以"八月革命"为界。"八月革命"之前主要是写短篇讽刺小说，内容主要描写富人与穷人之间的冲突，揭露腐朽的封建殖民地社会的罪恶。他的笔锋触及社会的诸多方面，既有对上层社会、剥削阶级和殖民统治者的揭露和谴责，也有对劳动人民的深厚同情和关怀。阮公欢善于刻画当时社会各个阶层的典型人物形象，有贪婪成性的官僚地主，有表面道貌岸然而实际上男盗女娼的伪君子，还有那些终日当牛做马和任人欺凌的人力车夫、男仆女佣、妓女、乞丐等小人物。他刻画的人物个个栩栩如生，有血有肉，所以有人把他在"八月革命"前所写的作品誉为当时社会的"百科全书"。

"八月革命"后，他主要写长篇小说，作品在思想内容上进一步提高。他对劳动人民有了新的认识，不像以前的作品对他们只是寄予同情，只看到某种程度的觉悟和自发的反抗意识，而是肯定了劳动人民的力量，看到了他们从自发到自觉的成长过程，最后在共产党的领导下取得全面胜利。例如在《天亮前后》，特别是《混耕混居》中，可以看到作者对劳动群众在斗争中所起的历史作用予以充分的肯定。在这些作品里，农民、爱国的知识分子等已经有了民族意识和阶级觉悟，尽管斗争十分艰苦，对革命却充满必胜的信心。另外，对敌人的揭露也更加深刻和彻底了。

阮公欢在“八月革命”前的作品中，对殖民统治者的揭露批判还有所顾忌，往往采用含沙射影的方式来进行抨击。在“八月革命”后的作品中，他就毫不留情地把矛头直接指向了殖民统治者，无情地揭露他们的罪行。如《天亮前后》、《混耕混居》等作品，对反面人物及其丑态的刻画就非常尖锐，让那些老奸巨猾的殖民官吏、虚伪的牧师、陪审员、医生等的丑恶面貌个个露出原形。他这时的作品具有现实主义的深度和力度，在艺术手法上也很有特色，善于运用讽刺的笔法使人物形象更加突出，给人以深刻的印象。

阮公欢的作品具有幽默诙谐的独特风格，在越南文坛上享有很高声誉。人们称他为越南“批判现实主义文学的拓荒者”、“讽刺文学的艺术大师”。他自幼就对阮劝、陈济昌等著名诗人十分推崇，非常喜爱他们笔触犀利、幽默讽刺的艺术诗篇，并从中汲取了丰富的营养。他作品的讽刺手法是在继承民族传统的基础上博采众长，加以深化，从而形成他自己独特的艺术风格。

阮公欢在五十多年的创作生涯中给人们留下了二百多篇短篇小说，三十多部长篇小说，不少作品在世界许多国家都有译本。他不仅是一位作家，还是一位文学评论家。他对民族讽刺文学传统的研究很有成就，在越南《文学研究》杂志上发表了许多有关阮劝、秀昌、阮善继、伞沱等诗人的研究论文。同时，他的作品也对后来的作家如苏怀、裴显、阮凯、朱文等产生了较深的影响。他在越南现实主义文学中无疑占有着重要的地位，为越南现实主义文学的发展作出了卓越的贡献。

第四节 德钦哥都迈

德钦哥都迈（1875—1964）是缅甸现代著名的爱国诗人，原名吴龙。从小在寺庙中读书，19 岁时因父亲去世要赡养母亲而辍学。起初在仰光当排字工人，后来担任校对，并开始写作，其后又担任过报社编辑等职。1920 年仰光大学学生罢课，巴罕国民学院宣告成立，他辞去了太阳报社编辑的职务，忍受着生活的清贫，出任学院的缅文与历史教授。他断然拒绝了殖民当局出巨款要他赋诗歌颂英王的要求。1923 年国民学院停办后，又任大光杂志社编辑。1934 年参加“我缅人协会”，任名誉主席，改名德钦哥都迈。1948 年缅甸独立后，因年事已高，写作减少，继续从事世界和平与国内和平运动。1950 年获缅甸政府“文学艺术卓越者”荣誉称号。曾任缅甸作家协会名誉主席、缅甸国内和平委员会主席。1964 年 7 月 23 日病逝。

德钦哥都迈的创作活动大体可分为三个阶段。

第一阶段，从他19岁当排字工人步入社会时起至1911年。他从小在寺院读书，深受佛教思想的熏陶。10岁时目睹缅甸末代国王被英人劫持，一颗爱国主义的种子深深地埋在他的心田里。他以瑞当塞耶龙的笔名先后写了四十余部取材于佛本生故事的剧本，如《老虎觐拜大金塔》等。后来又改用貌达玛弟的笔名在报刊上发表一些描写大自然景物、抒发个人情感的“季节诗”，还写过《诗论》等。总的说来，他这一阶段的创作现实意义尚不明显。

第二阶段，是从1911年他进入太阳报社任编辑开始，到1948年缅甸获得独立为止。这个时期，他的创作与当时风起云涌的缅甸人民的独立斗争紧密地结合起来。诗人不但热情地歌颂人民的斗争，而且不断以自己民族的光荣历史来激发人民的爱国主义思想，鼓舞人民的斗志。这时他的创作已趋成熟，并进入极盛时期。主要作品有《洋大人注》(1914)、《嘱咐》(三卷，1916、1919、1921)、《孔雀注》(1919)、《猴子注》(1922)、《猴子注详释》(1923)、《狗注》(1924)、《罢课注》(1927)、《鲲鹏注》(1930)、《孔雀注详释》(1931)、《狗注详释》(1935—1936)、《德钦注》(1934)和一些单篇的诗歌、文章。

第三阶段是从独立后至诗人逝世。这一时期诗人仅有《烈士陵园》(1948)、《梦幻注》(1950)等长篇著作。另外还有一些单篇的四折长诗[①]，如《和平呼吁书》(1950)、《访华长诗》(1952)等。

德钦哥都迈生活在充满民族矛盾的年代，目睹祖国的种种遭遇，担忧民族的命运，表现出强烈的爱国热忱。诗文相间的“注”和“注详释”[②]。是诗人开创的独特文体。他作品中之佼佼者都是间杂于“注”或“注详释”的长篇作品或单独写成的成百首四折长诗。所以有人这样评论：吴龙用他的四折诗记载了缅甸的近代史实。

1913年至1914年，缅甸民族独立运动处于低潮，西方文化在缅甸泛滥。为了嘲弄那些崇英媚外甚至连自己的名字也冠以“密斯脱”的人，诗人选择了当时缅甸流行的小说《卖玫瑰茄菜的貌迈》中的主角——一个诡计多端的骗子“貌迈”这个名字，前面冠以“密斯脱”，以“密斯脱貌迈”作为自己的笔名。他写了《洋大人注》无情地嘲讽了假洋鬼子，歌颂了自己民族的光辉历史和灿烂文化。上缅甸的村落一直保持着自己的文化，为此诗人专门写了一首题为《上缅甸的婚礼》的诗，加以热情的歌颂。诗人联想自己民族过去的兴盛，对比今日之缅甸，心中无限感慨。他写道：

阿瓦朝时威名扬，无畏无虑不知忧。
繁荣昌盛民殷富，声威光华照四周。
全扫净昏沉黑暗，名声震南瞻部洲。
如今王朝成往事，怎不令人愁难收。

1919年，他发表了讽刺揭露英国官僚统治、激发缅甸人民爱国热忱的长篇《孔雀注》。第一次世界大战前，英帝国主义曾许诺战后将给予各殖民地自治，但后来又自食其言，引起了缅甸人民的极大愤慨。1919年8月17日缅甸佛教青年会为了反击出卖民族利益的上层分子，在仰光柔美里大厅举行大会，支持赴英的请愿代表。诗人被群众高昂的政治热情感动，他在《记1919年柔美里会堂全国大会》一诗中写道：

柔美里会堂，共同的意向。

① 缅甸一种诗体，因每首分成四节而得名。

② “注”和“注详释”，在缅甸原常用来注释巴利文佛经，作者把这种形式用于普通内容，不仅叙事而且抒情，以达到借古讽今的目的。

群众齐麇集，世间共赞赏。
不分城与乡，不分各团党。
无人来作梗，心地均善良。
僧俗人势众，无比的吉祥。
决心要英帝，公平对我邦。
开此民主会，全缅斗志昂。
为达此目标，大家发奋强。

1920年缅甸佛教青年会进一步扩大联合，组成了各团体总会，但在组织上未能把各团体力量真正统一起来，在政治见解上仍各持己见，宗派主义严重，相互攻击。英帝国主义则与从前一样，丝毫没有妥协让步。在1922年发表的《猴子注》中，我们可以看到诗人当时的忧虑和惶惑，然而他对祖国和人民的一片赤诚之心，却丝毫没有减弱。现实生活进一步教育了他，他于1924年写成了《狗注》，把那些不顾民族利益的败类比喻为狗。他写道：

底拉温达高僧著，"修行"诗篇比喻真。
遇到腥臭一群狗，相互撕咬难解分。
各地都在闹分裂，令人惆怅真焦心。
此种情景难相对，来到上缅度光阴。
孔雀日神光辉在，为国繁荣正操心。
身居孔雀宝山地，老师挥笔奋力拼。

1930年沙耶瓦底的农民在塞耶山领导下举行抗英起义，英帝国主义加以血腥镇压。至此，诗人彻底抛弃了对英帝国主义的幻想，于1930年写成了《鲲鹏注》。"我缅人协会"成立后，诗人毅然站到这一行列之中。从此他的诗文更加清晰、明朗，战斗性更强了。在《德钦注》一诗中，诗人把"我缅人协会"看做缅甸民族的希望，目睹工农群众接受德钦主义而精神面貌焕然一新，他深受鼓舞，用响亮的诗句鼓励人们坚持斗争：

傀儡领袖威势狂，联合政权太上皇，
面对全缅之民众，如剿盗匪与群氓。
"我缅人会"德钦党，灾难重重倍凄惶。
任你折磨多压迫，咬牙强忍性刚强，
宁愿粉身心碎骨，难解不平气宇昂。

诗人一直关怀着缅甸青年一代的成长，把希望寄托在他们身上。他经常说：我们的独立在你们青年、学生手中。在1936年仰光大学学生罢课斗争中，涌现出一批学生领袖，成为"我缅人协会"的新生力量。诗人以兴奋的心情写了《德钦大学》四折长诗，号召人们继续斗争：

政事乱纷纷，小人实可恨。
富者多蛮横，食我肉肥嫩。
往事成过去，如今一股劲。
屹立世界间，缅甸国威震。
我缅人国土，祖产应承认。
缅人居缅地，他人莫靠近。

缅甸独立前夕，昂山等民族领袖被帝国主义谋害，诗人无比哀痛和愤恨。1948年发表了有名的《烈士陵园》，诗中最后写道：

本该是：全民空巷普庆胜利，
举国上下协力进取，
不幸幡旗折，
七位烈士洒鲜血！
对着烈士碑陵，
先生我静思默念顶礼拜谒！
可悲的是事业未遂，
歹徒作恶得势。
恨悠悠临近胜利，
为师忧心似焚！
幢幢官阙尚未建成，
巅峰宝座尚未攀登，
胜利的花朵猝然凋零！
呜呼！昂山们捐躯全民痛心！

缅甸独立不久爆发了内战，诗人焦虑地认为“独立国家的内战只能对帝国主义有利”。他不顾年迈体弱，四处奔波，呼吁各界人士为了民族和国家利益，消除隔阂，重新携手团结。1952年发表的《和平呼吁书》一诗，表达了诗人的殷切心愿：

四年已过近五载，未见安定灾难多。
决心讲明真道理，莫蹈大鹏①覆车辙。
反抗外国侵略者，迫在眉睫不能拖。
俗说每逢紧要时，同族团结可依托，
大家积极行动起，同心同德莫畏缩。
吾师所述系真情，此举方能灭灾魔。

上引若干首诗的片段虽然只占他诗作中的极小部分，但多少已经可以看出他创作的内容和特色了。在他的诗作中，爱国主义思想像一条红线贯穿始终，诗人以独特的艺术表现手法反映了时代的精神，把缅甸文学提到了一个新高度。

德钦哥都迈是一位博闻强记、精谙历史以及佛教经典的学者。他在文学上有较高的造诣，不仅能将各种社会现象和丰富的思想感情融汇于诗文之中，而且还经常引用一些典故，使读者从中得到不少教益。他的作品形象生动新颖，具有独创性。例如他给作品取的名字就很醒目：把美丽、温柔、高贵的孔雀比喻为自己的祖国，把狡黠的猴子比喻为帝国主义，把贪婪的狗比喻为背弃人民利益和争权夺利的政客等，给人以深刻的印象。他的作品几乎都用口语体书写，显得非常自然生动，富有感染力。德钦哥都迈以他的诗作不断启发缅甸人民的民族意识，激励他们的爱国热情和反帝的斗争精神。他是缅甸独立运动的一名旗手，在缅甸现代文学史上占有非常重要的地位，享有很高的声誉。缅甸著名的文学评论家佐基在他所著《德钦哥都迈评传》中给了他这样的评价：“老先生就是用这种学识使人民从睡梦中醒来，让醒来的人坐起来，让坐起来的人站起来，让站起来的人加入到战斗的行列中来。老先生就是用他的学识，让人们由沉默转为怒吼，由胆怯

① 此处“大鹏”系指1930年塞耶山农民起义，因内部不团结而惨遭失败。

变为勇敢，使人们了解自己的祖国，热爱自己的祖国，并自觉地为自己的祖国献身。”

第五节 西巫拉帕

西巫拉帕（1905—1974）是泰国新文学的奠基人，原名古腊·柿巴立。中学时已初展文学才华。中学毕业后入曼谷法政大学深造，获法学学士学位。他担任过多种报刊主笔、总编，并出任过泰国报业协会主席。西巫拉帕也是一位为国家独立、民主、自由而战斗不息的战士。第二次世界大战期间，因反对政府的对日政策而被捕。1947年获释后赴澳大利亚考察工运，在澳停留两年。1949年回国，任泰国保卫和平委员会副主席及世界和平理事会理事。不久再度被捕，1957年泰国大赦时出狱。同年访苏，参加塔什干亚非作家会议。1958年率泰国文化代表团访华期间，因泰国发生政变而滞留中国，直至逝世。

西巫拉帕1924年开始写作，处女作是小说《情刃戮心》。1929年，与志同道合者办《君子》杂志，成立了泰国第一个新文学团体“君子社”，主张改革进步，反对陈规陋习，抨击时政权贵，要求民主自由。他是位多产作家，代表作有长篇小说《降服》、《人类的恶魔》、《男子汉》、《共存的世界》，小说集《向往》（以上皆为1928年）、《爱与恨》（1930）、《生活的战争》（1932）、《罪孽》（1934）、《画中情思》（1937）、《后会有期》（1950）、《向前看》（第一部，1955；第二部，1957）等。

他早期作品的主题大都以反对封建等级观念、主张婚姻恋爱自由、向往民主平等为主题，表现了小资产阶级知识分子的追求，向封建伦理提出了挑战，所以在当时还是有一定进步意义的。《男子汉》就是这个时期的代表作，描写一个木匠的儿子玛诺，他有男子汉的广大胸怀，不惜牺牲自己以成人之美。他在美国取得博士学位后，回国当了法官。小说中的反面典型是贵族子弟吉里，他虽然出身名门，却是个道德败坏的家伙。作者通过他所塑造的不同典型人物让读者了解贵族不一定是好人，而平民也不一定就平庸，主要在于自己的行为举止。作者通过笔下的典型人物表达他反对包办婚姻、提倡自由恋爱的主张。他借兰潘的口说道：“我们是普通人，没有来世，我们只有今生，命运有什么权利欺凌我们的爱情?!”作者对泰国的现实生活表示不满，向往西方资产阶级的民主与自由，他在作品中直言不讳地写道：“我最恨以特权谋私利。”“卑污者在社会上有名望，而正直的人却不分昼夜地工作，生活得像奴隶，合理吗?”他还写道：“再有三四个月，（玛诺）他就要动身去英国——一个具有高度艺术、科学、文明的国度——一个会给他以荣誉和地位的国家了。”这表达了作者当时比较天真的社会理想和平等自由的政治主张。

《生活的战争》和《画中情思》是作者创作上的一个重要转折，作品比较深刻地反映了当时泰国社会的现实，有着较深的思想内涵。这两部小说的成功给作者带来了声誉，奠定了他在泰国文坛上的地位。

《生活的战争》是以俄国1845年出版的陀思妥耶夫斯基的批判现实主义小说《穷人》为蓝本经过再创作而写成的一部小说。因为它真实地描绘了当时泰国社会中中层人物的现实生活，所以被认为是泰国最早的一部现实主义长篇小说。小说以书信体的形式叙述一对患难与共的情人最后不得不分手的故事。作者用生动的笔触描写了男主人公拉宾坚贞的爱情和他对穷人与弱者的同情。女主人公波芬出身于没落贵族家庭，父亲死后，她无依无靠，生活潦倒，和拉宾萍水相逢，成为一对热恋的情人。后来，波芬经不起贫困生活的折磨，到一家电影公司当了演员，终于与拉宾分手，嫁给电影公司的导演。波芬对拉宾说，她 17 岁时曾和一位地位相称的青年相爱，家庭的败落使她失去了爱情，她发誓从此对任何一个男人都不忠诚，她结婚只是需要的选择，并不是出于爱情。拉宾悲痛欲绝，饮恨而去。小说深刻地揭示了当时社会的一个问题，即不同阶级地位的人很难有真正的爱情，同时也揭露了社会的污浊和伪善。这部小说无论是主题思想，还是写作手法，在当时的泰国文坛都是别开生面的。小说优雅动人的语言以及贯穿其中的人生哲理吸引了无数青年读者。

《画中情思》① 写一个青年诺帕朋和王族贵妇人吉拉娣之间的爱情悲剧。小说以日本为背景，一位叫诺帕朋的留日学生与吉拉娣邂逅，对她一见钟情，狂热地追求她。然而，当时的吉拉娣已经是一个中年的有夫之妇，她的丈夫是父亲的朋友昭坤，比她大 20 岁。她对昭坤只有感谢之情，“就像孩子感谢一个心地善良的老人”。而昭坤对她的感情，“很可能像大人爱孩子”一样，两人之间根本没有真正的爱情。诺帕朋的出现使她那干涸的心田萌发出爱情的花蕾。但她冷静地看到：自己已开始衰老，没有什么前途，而诺帕朋却是风华正茂的未来银行家。她知道两人之间有着不可逾越的障碍，所以她冷静地把两人的关系限制在合法的范围之内。由于年龄与地位的差异，年轻的诺帕朋对贵妇人吉拉娣的恋情终于慢慢冷却下来了。6 年后，诺帕朋学成回国，昭坤早已去世，横隔在他们之间的障碍已不复存在。吉拉娣仍深深地爱着诺帕朋，当她知道诺帕朋就要和巴莉结婚时，她非常震惊。但她还是为他们俩祝福，从枕头下掏出一幅画作为结婚礼物送给诺帕朋。那幅画是吉拉娣自己画的，是他们两人在日本互相表白爱情之地——山鹰的风景画，画中还画了两个人。她说：“画得不好，但里面有我的生命，有我的心。”“你的爱情在那里萌发，也在那里消逝；但另一个人的爱情却在行将崩溃的躯体内熊熊燃烧。”吉拉娣经不起严重肺病的折磨和内心的痛苦终于含恨离开人间。她临终时感伤地给诺帕朋写下一句遗言：“我死了，没有爱我的人，但是我感到满足，因为我有了我爱的人。”作者以深刻细腻的笔触描写了两个主人公内心世界的潜流，暗示当时两个不同阶级的不同心态。吉拉娣代表在政治上受到冲击而失去权势的贵族所流露出来的那种凄凉、悲怆和没落的情绪。而诺帕朋则相反，他代表刚登上政治舞台的新兴资产阶级，对社会变革和未来充满希望，显得朝气蓬勃。

从《画中情思》到《后会有期》的创作，前后间隔了 13 年，可以发现《后会有期》的思想性较前者又有了很大的提高。如果说《画中情思》所描写的仍不离儿女私情和个人前途的话，那么《后会有期》就要广阔和深刻得多了。它表现了青年的觉悟和对人生的新探索。小说的主人公哥麦留学澳大利亚，他原是一个纨绔子弟，没有什么理想。后来遇上了一位具有进步思想和远大抱负的澳大利亚姑娘南希。在她的启发和开导下，哥麦转变成一个正直的大学生。他敢于面对现实，正视人生，对祖国人民的悲惨遭遇深表同情，对社会上种种不平现象感到痛恨。后来，他甚至觉悟到只有社会主义才能解决国家民族的出路问题。《后会有期》概括地表现了西巫拉帕本人新的理想与愿望。

《向前看》是西巫拉帕成熟的代表作（原计划写三部曲，只完成了两部，第二部也仅

① ［泰］西巫拉帕：《画中情思》，栾文华、邢慧如译，北京，外语教学与研究出版社，1982。

写了十九章，未能全部完成）。主人公詹他是一个来自穷乡僻壤的苦孩子，小说第一部《童年》主要写他的凄惨身世和他在瓦查林（他的贵族同学）公馆和贵族学校的种种遭遇以及他的几个知心朋友的生活。瓦查林公馆可以说是当时泰国封建社会的一个缩影。小说再现了1932年资产阶级维新政变前后的社会生活，真实地反映了那个时期各阶层人物的思想面貌。小说的第二部《青年》着重描写维新政变后泰国政局的动荡。作者以敏锐的观察力看出了时代的症结，他深刻而又细腻地描绘了维新政变后人们对现实的不满和失望。他写人民的苦难，理想的破灭，民主自由成了泡影。后来太平洋战争的爆发和日本帝国主义对泰国的侵略，更迫使主人公詹他和尼塔、阿成等人去认真思考问题之所在，去进一步探索真理并为之而斗争。《向前看》展示了泰国20世纪20年代至50年代社会政治的变革以及各阶层的人们不同的遭遇和命运，着重描写詹他从一个农村苦孩子成为一个为民主自由而战的自觉战士的成长过程。小说还成功地塑造了一批典型人物形象：有鼓舞教育詹他一代人奋斗的乌泰老师，有和詹他并肩战斗的以尼塔、阿成为代表的觉醒了的青年一代，有代表泰国未来希望的工人形象，还有经不住剥削阶级思想腐蚀而成为可怜的牺牲品的媚巴朗等。作者通过这些典型人物的各种表现，生动地描述了泰国现代历史的演变，揭露了腐朽势力的没落，歌颂了新生力量的崛起。《向前看》是泰国现代文学中一部优秀的现实主义代表作，对泰国文学的发展有着深远的影响。

西巫拉帕还写了许多短篇小说。他在这些短篇中也提出了严肃的社会问题，描写了生活在社会底层的劳苦大众，塑造了许多有觉悟、为真理而斗争的青年典型。1949—1951年间写的《那种人》、《回音》、《从邯郸来的慈善家》、《离群的羊》、《劳驾，劳驾》等，都是优秀的作品，在社会上产生过不小的影响。

除创作小说外，西巫拉帕还翻译过不少进步作品，如高尔基的《母亲》等，同时还写过大量的政论文章、报告文学和散文等。

西巫拉帕走过了漫长而又艰难的创作旅程。他的前期作品充满了反封建的精神，后期作品则具有更大的社会现实意义。他自己曾说过，作家的职责就是不断地改造自己的人生观和世界观，使之符合人民的要求，这样才能够写出有益于社会、有益于人民的作品。毫无疑问，西巫拉帕在泰国现代文学史上占有突出的地位。他的整个创作活动对泰国新文学的产生、发展所起的作用和影响大大超过了同时代的其他作家。正如泰国文学作品研究社在1979年11月出版《向前看》的第二部时所说的："在泰国的文坛上，西巫拉帕的作品好比一颗光彩夺目的宝石；他的作品总是走在时代的最前列……西巫拉帕在佛历25世纪最后10年（1947—1957）的作品，好像光辉灿烂的朝阳，给泰国文坛照亮了前进的道路。"

第六节 普拉姆迪亚·阿南达·杜尔

普拉姆迪亚·阿南达·杜尔（1925—2006）是印度尼西亚当代最重要和最有代表性

的作家。他经历了捍卫民族独立的“八月革命”、“移交主权”后两种文艺路线对抗时期和“九三〇事件”后军人专政时期。坎坷的人生道路，峥嵘的狱中岁月，把他磨炼成坚强的战士，同时也为他提供了丰富的创作源泉。他创作的小说不但数量最大，质量也最高，反映了印度尼西亚独立后整个历史发展的进程。普拉姆迪亚堪称印度尼西亚当代文学的第一大文豪。

普拉姆迪亚生于中爪哇的一个小城镇布洛拉。父亲在殖民统治下是一位坚定的民族主义者，母亲是虔诚的伊斯兰教徒，两人对孩子管教甚严。父母对他心灵的成长和日后的创作都有很深的影响，在他的许多作品中不时可以看到他们的影子。

普拉姆迪亚是在“八月革命”爆发后开始他的创作生涯的。1945 年 8 月底，当听到独立宣言的广播时，他立刻响应号召，去雅加达投笔从戎，参加人民保安队（印度尼西亚国民军的前身），任芝甘北前线的战地新闻军官。他参加了著名的克拉旺—勿加西的战役并开始从事创作。不久，荷兰殖民侵略者向“共和区”发动第一次“警察行动”，普拉姆迪亚被捕入狱，直到 1949 年“移交主权”的前夕才获释。狱中两年多的折磨不但没能挫伤他的意志，反而更加激发了他的创作热情，使他用文艺作为武器继续进行战斗。

出狱后，他对“移交主权”后的社会黑暗现实甚感失望和不满，感到非常苦闷和彷徨。1953 年他应邀赴荷兰进行文化考察，对荷兰资本主义社会的现实大失所望。1956 年他应邀到中国参加鲁迅逝世 20 周年纪念大会，回国后思想开始转变，更加接近进步的文艺组织。50 年代末加入左翼的人民文化协会，任属下的人民文协的文学协会中央理事会副理事长。从此他积极参加两种文艺道路的斗争，反对形形色色的资产阶级文艺思潮，努力贯彻文艺为人民服务的路线。

1965 年“九三〇事件”后，普拉姆迪亚再度被捕，在布鲁岛集中营里被关押到 1979 年年底才获释。关押期间他仍坚持创作，在极端困难的条件下写出了不少大部头的优秀作品，使他赢得了极高的声誉，被人誉为“在一代人中可能只出现一个的作家”。

普拉姆迪亚的整个创作活动大致可分成三个阶段：一是“八月革命”时期；二是参加人民文协时期；三是“九三〇事件”后的“新秩序”时期。

第一阶段的创作和主要作品：

“八月革命”时期是普拉姆迪亚创作十分旺盛的时期。他在这个时期写的长短篇小说主要反映“八月革命”的起落，描写革命烈火中出现的形形色色的人物，从独立战士到时代渣滓，呈现出纷繁复杂的时代画面。

1947 年被捕前，普拉姆迪亚发表了两部作品。一部是短篇小说《往何处去》，描写一个为了捍卫民族独立而失去双腿的青年战士，因残复员后好像被社会遗忘了，他个人的美好理想全部破灭了。他应往何处去？作者要求社会予以回答。另一部是长篇小说《勿加西河畔》，描写“八月革命”初期热血青年如何响应祖国的号召参加著名的克拉旺—勿加西战役。《勿加西河畔》据说是一部更大的长篇小说的一个部分，1947 年发表的《克兰基和勿加西陷落》为其另一部分。作者被捕时，小说全稿被荷兰特务机关没收，后来下落不明。1957 年再版的《勿加西河畔》实际上是上述两个部分的合并，不是全书，因此故事情节没有充分展开，人物形象也尚未塑造完毕，仿佛是个半成品。被捕后，普拉姆迪亚的创作进入旺季，狱中的两年多给他以充裕的时间去进行思考和创作，小说像泉水似的一部接一部地涌现出来。获图书编译局 1950 年最佳小说奖的《追捕》便是狱中之作。小说以日本占领末期保卫乡土义勇军的暴动为背景，描写印度尼西亚独立前夕的政治风云和人民渴望独立的激昂情绪。那次暴动由于叛徒的出卖而失败，领导暴动的小队长哈尔托遭日本宪兵追捕。正当哈尔托被抓住时，传来日本投降和印度尼西亚宣布独立的消息。叛徒醒悟了，前来请罪。群众要求把他处死，但哈尔托还是宽恕了他，也许因为考虑到独立战争即将爆发，需要团结所有力量一致对外。

普拉姆迪亚在狱中的代表作是《游击队之家》（1950）。这部长篇小说集中地反映了作者民族主义思想和“泛人道主义”思想之间的矛盾和冲突。小说的主人公萨阿曼是城市游击队员，他为了民族独立不得不牺牲自己的“人性”而去杀人。他先后杀死了五十多个敌人，还跟他的弟弟一起亲手杀死当荷兰雇佣兵的父亲。他感到自己罪孽深重，但为了民族独立，他没有别的选择。被捕后，他反而感到心中坦然，如释重负，因为只有死才能摆脱精神矛盾的痛苦，赎回失去的“人性”。所以当宣判他死刑时，他拒绝上诉请求赦免，甚至为他所感化的监狱长要放他逃跑时，他也予以拒绝，因为那意味着他逃跑后必须继续杀人。小说从萨阿曼被捕后展开情节，描写他的家庭在三天三夜里遭到毁灭的经过。事情都发生在以他的家为中心、方圆不出40公里的地方。人物都集中在这一家庭里。他的两个弟弟正在不远的地方浴血战斗，其中一个阵亡。他的母亲想他想疯了，到处奔跑寻找，最后死在他的坟头上。他的妹妹为了营救他而上当受骗，被敌人奸污……作者通过这个游击队之家的悲惨遭遇向我们展示上述的矛盾和冲突。这部小说所要着重表现的是战争的残酷性和印度尼西亚人民为民族独立所付出的重大牺牲。作者在序言中说：“有多少家庭毁于战争呀？不管是什么样的战争，包括由民族革命引起的战争在内。”但作者终究还是认为这是争取民族独立所必须付出的代价，他还是站在民族独立的一边，把民族独立置于“泛人道主义”之上。

普拉姆迪亚在狱中写的最长的小说是《被摧残的人们》（1951），分上下集，描写狱中各色各样的囚犯以及作者在狱中的生活经历。小说结构比较松散，缺乏典型概括和明确的主题思想，但从中也可以领略到当时社会的人生百态和殖民地监狱的黑暗。

普拉姆迪亚在狱中还写了许多短篇小说，大部分已收进他的三部短篇小说集《革命随笔》（1950）、《黎明》（1950）和《布洛拉的故事》（1952）。他的短篇小说主题和人物多集中在两个方面。一方面是童年的回忆，写童年时代家乡小人物的悲惨命运。此类作品多集中在《布洛拉的故事》里，反映第二次世界大战前印度尼西亚劳苦大众在殖民统治下过的苦难日子。另一方面是作者在“八月革命”烽火中的经历，写他的狱中见闻，讲述各种囚徒的经历。此类作品多集中在另两部短篇小说集里，内容比较庞杂，偏重于反映战争所带来的毁灭和人性的被扭曲。作者的同情始终是在被侮辱和被损害的小人物一边。

1949年年底“移交主权”后普拉姆迪亚获释，但他出狱后所面对的社会现实是：百业萧条，贪污成风，为独立斗争作出巨大贡献和牺牲的劳动人民不但没有享受到独立的果实，生活反而更加贫困。普拉姆迪亚对这样的现实感到非常失望和沮丧，对前途感到茫然和彷徨。1950年他写的短篇小说《一片漆黑》、《她认命了》和中篇小说《不是夜市》集中地反映了他当时对时局的失望和愤懑心情。这个时期他的作品更多地描写被压在社会最底层的小人物的悲惨命运，暴露和鞭挞社会的丑恶现象，愤世嫉俗之情溢于言表。这时期最主要的作品是中篇小说《镶金牙的美人米达》（1953）和《贪污》（又译《诱惑与堕落》，1954）。

《镶金牙的美人米达》描写一个天真无邪的美丽少女米达如何被黑暗社会一步步推入火坑：先是被迫嫁给已有三妻四妾的大地主，在怀孕三个月时，潜逃到雅加达；后是加入街头卖唱的行乞队伍，不但身心受摧残，爱情也被人毁了。她看透了人间的虚伪和自私，最后自己也成了玩世不恭的女人。

《贪污》是普拉姆迪亚这个时期写的最有社会意义的作品，通过一个贪污官员的自白，向人们揭示一个人在歪风邪气的包围中，如何一步一步地陷入贪污的泥坑而不能自拔。希尔本是一位廉洁奉公的科长，因清贫自守而显得寒酸，被人们瞧不起。他的同事则因贪污而生活阔绰，成为社会上的体面人物。希尔心理不平衡，终于抵挡不住诱惑，从小贪污开始，逐步走上犯罪的道路。他贪污越大，财富越多，其社会地位就越高。后来他终于堕落成为大贪污犯，抛弃了与自己共患难多年的妻儿，过着纸醉金迷的生活。但他的贪污罪行最终还是暴露了，一场春梦化为乌有。这部小说写得很成功，不但能做到一层一层地揭露贪污犯罪的演变过程，而且能深入到人物的灵魂深处去剖析其心理矛盾和斗争，把一个贪污犯的丑恶嘴脸活灵活现地勾勒出来，发人深省。

第二阶段的创作和主要作品：

1957 年普拉姆迪亚发表的文章《吊桥与总统方案》宣告了他结束自己的彷徨和徘徊，决心走上文艺为人民服务的道路。加入人民文化协会之后，他有了新的认识、新的立足点和新的奋斗目标，更自觉地深入到劳动人民中间去了解他们的疾苦和斗争。这个时期他创作的作品更富有人民性与战斗性，摆脱了暴露文学的局限性，迈向更广阔的现实主义创作道路。

普拉姆迪亚尝试改变他的创作方向，《南万丹发生的故事》和《铁锤大叔》是他第一次尝试直接描写工农斗争的中篇小说。前者以 20 世纪 50 年代初的叛乱为背景，描写贫苦农民和恶霸地主的生死斗争，在军民的通力合作下，通匪的恶霸地主终于被揭露出来而就范。后者以 1926 年的第一次民族起义为背景，描写一位修鞋工人以大无畏的革命精神参加起义的经过，在弹尽粮绝之后他仍拒不投降，最后壮烈牺牲。

这个时期普拉姆迪亚最有分量的作品是长篇小说《渔村少女》，从 1962 年开始在《东星报》连载，1965 年“九三〇事件”后中断。据作者说，《渔村少女》是三部曲中的第一部，该三部曲在 1962 年均已完稿，可惜后两部在“九三〇事件”发生时被毁了。《渔村少女》从深层的社会文化角度揭露和批判封建传统观念对现代人思想意识和价值观的牢固影响。小说讲一穷苦渔家的美丽少女成为爪哇贵族夫人后的可悲经历。她虽然已嫁给县太爷而成为“贵妇人”，但她的卑贱出身仍无法摆脱贵族社会根深蒂固的等级观念和封建传统文化的束缚，她在贵族家庭里的地位甚至还不如有点沾亲带故的下人。她在生下孩子三个月后便被县太爷休掉，并永远不准回来看孩子。这表明世纪之交民族觉醒前印度尼西亚殖民地社会的封建势力还十分强大，对人民的精神奴役还十分严重。据作者说，三部曲之二是描写父辈所进行的早期民族斗争，三部曲之三是描写作者这一代人所进行的独立斗争。可惜后两部未能与读者见面。

第三阶段的创作和主要作品：

1965 年发生“九三〇事件”，普拉姆迪亚被捕，相当长的时间内他在文坛上销声匿迹了。其实他并没有停止创作，在布鲁岛集中营里十多年的苦役中，他克服了难以想象的困难，创作出更多更优秀的作品。据说他前后创作的小说不下十部。其中最杰出的是被命名为布鲁岛四部曲的长篇小说《人世间》（1980）、《万国之子》（1980）、《足迹》（1985）和《玻璃屋》（1988）。四部曲的头两部在他获释后的第二年先后正式出版，轰动了国内外文坛。有评论家说，普拉姆迪亚以这部小说一举结束了印度尼西亚文坛死气沉沉的局面，认为这部小说将进入世界文学之林并且不会比那些荣获诺贝尔奖的巨著逊色。这四部曲小说之所以有石破天惊之功主要在于它卓绝的艺术成就。小说以高超的艺术手法和感人的艺术形象深刻地反映了印度尼西亚于 20 世纪前后出现的民族觉醒的历史必然过程。当时的文艺界和好些著名学者建议提名他为诺贝尔文学奖的候选人。

《人世间》主要讲印度尼西亚民族觉醒的萌发阶段。作者在谈到这部作品的创作时说：“故事本身是描写一个受压迫的妇女，她正是由于受压迫而坚强起来。”还说：“我只不过希望土著人被人踩在脚下时不至于被踩碎，被踩扁，不至于被踩成薄片。越是受压迫，就越要起来反抗。”这些话道出了作者在小说中所力求表现的主题思想。小说的故事发生在1898年泗水附近一家荷兰人的大农场。主人公之一是荷兰农场主梅莱玛的土著侍妾温托索罗姨娘，她生一男一女，儿子罗伯特向着白人父亲，女儿安娜丽斯向着土著母亲。这个家庭可以说是当时殖民地社会民族矛盾的一个缩影。另一个主人公叫明克，是土著贵族出生的新型知识分子。他和安娜丽斯相爱并得到温托索罗姨娘的赞同而结婚。但他们的婚事遭到白人的反对和破坏，最后白人利用殖民地法律硬把这一对新婚夫妻拆散。安娜丽斯被强行遣送回荷兰，由她的同父异母的白人哥哥监管。整个故事情节紧紧围绕着温托索罗姨娘复杂的家庭关系和明克同安娜丽斯的爱情婚姻悲剧而展开，向我们展示了19世纪末20世纪初印度尼西亚殖民地社会尖锐的民族矛盾，描述了印度尼西亚民族是怎样被荷兰殖民统治者踩在脚下以及怎样越受到压迫越要起来反抗的。印度尼西亚的民族觉醒就是从这种压迫和反抗中被激发出来的。

《万国之子》把描写印度尼西亚民族觉醒的历史画卷进一步向前铺展，呈现出更加广阔和纷繁的生活斗争画面。小说仍以泗水温托索罗姨娘的家庭为中心，但通过扩大主人公明克与外界的接触，特别是与东方被压迫民族和国内被压迫农民的接触，把体现在明克身上的民族觉醒过程置于更加广阔的国际和国内的历史背景之下，从而烘托出象征民族觉醒的明克不仅是本国之子，也是万国之子这个主题。在这部小说里，可以看到描写的重点已从温托索罗姨娘转移到明克身上。这是历史的必然，因为印度尼西亚的民族觉醒首先就产生在受西方教育的新型知识分子阶层中间，而明克正是他们的代表和典型。小说以安娜丽斯的死为开端，象征一个历史阶段的结束。从此明克开始走出个人的小天地，积极探索民族复兴的出路。他对中国清末的民族民主革命运动特别感兴趣，与中国革命志士许阿仕的交往使他明白了更多的革命道理，受到很大的启迪。后来他又直接接触到农民反对殖民统治者的夺地斗争，看到白人糖厂对农民的残酷压榨，他进一步认清了荷兰殖民统治的本质，为他日后投身民族解放斗争事业打下了牢固的基础。小说最后以白人继子毛里茨依仗殖民地法律霸占温托索罗姨娘多年苦心经营的农场而告终，从此明克彻底离开农场，走上新的征途。《足迹》就是描写明克如何开展艰苦卓绝的斗争而成为印度尼西亚现代民族运动的先驱者的。故事发生的地点已经从商业中心的泗水转移到政治中心的巴打威亚（今雅加达）。这一转移具有划时代的意义，20世纪印度尼西亚的民族运动正是从这里开始的。明克从自身的痛苦经历中，开始认识到唤起民众和组织民众去争取民族民主权利的必要性和重要性。小说通过充满传奇色彩的故事情节，步步深入地描述明克为唤起和组织民众所进行的不屈不挠的斗争。他的斗争日益受到印度尼西亚各阶层人民的积极响应，但同时也遭到荷兰殖民统治者越来越残酷的迫害。小说最后以明克被流放而告终，但他的斗争远未结束。

《玻璃屋》是四部曲的终曲，经过很长时间才得以出版。小说描写明克在民族运动初兴时期所走过的战斗历程。明克通过创办民族报刊和创建第一个民族政党在整个印度尼西亚掀起民族斗争的浪潮，荷兰殖民统治者惊恐万状，他们千方百计企图把刚刚兴起的民族运动扼杀于摇篮里，把整个殖民地变成“玻璃屋”，使土著民的一举一动都在他们的严密的监视下。明克就是在这样险恶的政治环境中不屈不挠地进行民族斗争的，而荷兰殖民统治者则从里到外，从暗到明，采取软硬兼施的卑鄙手段对他进行政治迫害，企图把他从社会上孤立起来，最后置他于死地。作者根据大量的历史资料来安排故事情节，形象地再现了这一重要时期的历史面貌。

在“新秩序”时期，普拉姆迪亚以上四部曲的出版经历了非常艰难和曲折的过程，就是出版了也立刻被列为禁书。他还有一部以西方早期的殖民入侵史为题材的长篇小说《逆潮》也一直不能出版，要到 1995 年才和读者见面。这部长篇小说生动地反映了印度尼西亚从 16 世纪西方殖民入侵开始到 20 世纪出现民族觉醒这一漫长的历史过程，可以说没有其他作家的作品在反映这一段历史本质的广度上和深度上能与此相媲美。评论家认为，普拉姆迪亚销声匿迹近 15 年后所发表的作品，证明了他仍不失为印度尼西亚迄今为止最伟大的小说家。

思考题

1. 请简述现当代东南亚文学的发展过程及其时代内容和特点。
2. 如何评价《错误的教育》所要表现的主题思想之积极和消极意义？
3. 请简述阮公欢走过的创作道路和他对越南现实主义文学的贡献。
4. 德钦哥都迈诗歌创作的主要内容和特点是什么？
5. 请简述西巫拉帕的小说创作及其在泰国现代文学中的地位。
6. 请简述普拉姆迪亚不同时期小说创作的思想内容和艺术特色。

第三章 现代当代南亚文学

第一节 概述

现代南亚各国，由于反帝、反殖、反封建的历史进程相类似，因此民族民主革命文学是现代南亚文学的主流，但南亚各国文学的发展是不平衡的。印度现代文学继近代文学之后又取得了突出的成就。孟加拉、巴基斯坦、尼泊尔和斯里兰卡等国的民族文学也比近代时期文学要成熟得多了。

现代印度文学，是指第二次世界大战前1919年印度第二次民族解放运动高涨至1947年印度取得独立这一时期的文学，它对南亚各国有广泛的影响。

现代印度文学的主流是民族资产阶级的进步文学，是在印度争取民族独立的解放斗争中发展和壮大起来的。俄国十月革命的胜利，给印度民族解放运动以深刻的影响。第一次世界大战期间，印度的民族工业有所发展，工人人数有所增长。农村农民则遭受帝国主义、地主和高利贷者的压迫和剥削，陷入苦难的深渊。印度人民和英国殖民统治者的矛盾日益加深，各阶层人民反帝、反殖的斗争情绪日益高涨。这时，印度国大党领袖甘地（1869—1948）主张以非暴力不合作运动作为争取民族独立的主要手段。1919年4月13日的“阿姆里察惨案”，激起了印度人民的反抗斗争，从而使民族解放运动逐渐高涨。在这次民族解放斗争中，广大群众突破了甘地的非暴力主义的束缚，掀起了轰轰烈烈的罢工和武装斗争的高潮。1922年，这次起义由于国大党的妥协政策而失败，但影响是极大的。1930年到1934年，印度人民再次掀起了民族解放斗争的新高潮，但又因国大党的妥协而以失败告终。不过印度人民并未停止斗争，印度工人阶级也在斗争中不断壮大起来。

随着印度民族解放运动的开展，印度进步作家的思想发生了深刻的变化，对印度民族的独立和解放产生了新的希望和信心。20世纪20年代末和30年代初，许多印度进步作家，特别是年轻一代开始放弃甘地的"非暴力抵抗"，主张开展直接的反抗斗争，有的还期望能建立像苏联那样的新的社会制度。在这种形势下，印度的现代进步文学便蓬勃地发展起来了。

1936年4月，以普列姆昌德（详见本章第二节）为首的进步作家，成立了全印进步作家协会，标志着印度现代文学开始进入一个新阶段。之后，印度的进步作家在与维护殖民制度的反动作家的斗争中得到了进一步的锻炼；同时在反对西方颓废派和个人主义文学倾向的斗争中，进一步发展了现实主义的创作，出现了更多的作家和受群众欢迎的作品。

穆尔克·拉吉·安纳德（1905—2004），是30年代出现的一位重要作家。他生于印度西北部边境的白沙瓦，早在1919年就参加过旁遮普青年的反帝爱国运动。30年代中期开始文学创作。1935年出版了第一部长篇小说《不可接触的贱民》，描绘了贱民的悲惨生活，揭露了种姓制度的荒谬和危害，号召印度人民向封建势力作斗争。接着他又写了两部著名的长篇小说《苦力》（1936）和《两叶一芽》（1937）。前者描写1928年至1929年孟买纺织工人的罢工斗争，表现了工人阶级的日益觉醒；后者描写阿萨姆种植园农业工人的穷苦生活和自发性的反抗，揭露了英国殖民统治者的残暴。30年代末到40年代初，安纳德写了《村庄三部曲》，包括《村庄》（1938）、《在黑水那一边》（1940）、《剑与镰刀》（1942）三部长篇小说。作者通过旁遮普青年农民拉尔·辛的一生遭遇，揭露了帝国主义和封建势力对农民的残酷压迫，反映了广大群众觉悟的提高和日益增长的反抗情绪，引导人们为争取民族民主和人民解放而斗争。安纳德还出版了《理发匠工会》、《拖拉机和五谷女神》等优秀的短篇小说，以清醒的现实主义的创作方法，表达了人民群众反帝反封建的愤怒心声。

西孟加拉邦诗人、小说家、戏剧家布达德卜·巴苏（1908—1974）是30年代印度文坛一颗耀眼的新星。1930年，他发表成名作长诗《囚徒之歌》。他担任季刊《诗刊》主编达25年之久，为新诗的发展和繁荣作出了重大的贡献。他的诗歌创作从总体上看是现实主义的，但也大胆地吸收了一些现代派手法。除了《囚徒之歌》，他的主要诗集还有《心声》、《迎送》等。苏尔耶冈德·德利巴提·尼拉腊（1896—1961）和苏米特拉南顿·本德（1900—1977）是印度现代著名的印地语诗人。二人均为印地语重要诗歌流派"影子主义"的代表诗人。前者曾受泰戈尔的影响，写了十多部诗集和长诗。著名的有诗集《芳香》、《无名指》等。他的诗歌中有明显的民族主义、爱国主义倾向，形式自由。他被认为是一位"叛逆诗人"和"革命诗人"。他还写了《牧羊人比勒劳尔》（1944）等一些优秀的小说。后者在他将近60年的创作生涯中创作了近20部诗集和诗剧。他早期的重要诗集《嫩叶》（1928）被认为是浪漫主义的代表作之一。30年代，本德受到进步思想的影响，写了一些反映现实生活的力作。其中以《时代之声》（1939）最有代表性，表达了诗人对劳动人民的深切同情和对新社会的憧憬。

这一时期的著名作家还有乌尔都语诗人阿利·沙尔达尔·贾佛利和印地语工人作家斯里瓦斯塔瓦。前者的诗篇《流血的诗》、《亚洲觉醒了》、《向新世界致敬》等，后者的长篇小说《烟、火、人》等，都真实地反映了印度人民的革命情绪，获得了印度劳动人民和进步知识分子的普遍欢迎。

第二次世界大战期间，印度全国许多地区成立了进步作家协会分会。1942 年特别会议上一致通过了在印度文学家中建立反法西斯统一战线的决议，促进了印度文学的进一步发展。克里山·钱达尔（1914—1977）就是活跃于这一时期的著名作家。钱达尔生于拉合尔市，30 年代开始写作，早期作品以歌唱爱情、美和艺术为内容。随着现实斗争的发展，他认识到作家的责任，逐渐克服了过去脱离现实的倾向，与现实斗争紧密结合起来。第二次世界大战成为钱达尔生活和创作的新起点。他和其他作家一起谴责帝国主义和法西斯主义。他一生写有 30 多部长篇小说、22 部短篇小说集和 30 多部电影剧本，影响最大的是《渔网》、《奇特的想象》、《花是红的》、《无花果树》、《红心王后》、《给一个死者的信》、《马哈勒米桥》等短篇小说，构思新颖，含义深刻，描写生动，富有浓郁的抒情味，深受读者欢迎。他被誉为"短篇小说之王"。

在这一时期，著名作家马尼克·班纳吉（1910—1956）也加入了进步作家的行列。班纳吉诞生在西孟加拉杜姆迦城的一个中产阶级家庭。在第二次世界大战中，他一边参加反法西斯斗争，一边从事写作。他一生写了 40 部长篇小说和近 400 篇短篇小说。著名的长篇小说有《母亲》和《帕德玛河上的船夫》等。班纳吉的作品，大都以印度劳动人民贫困生活为题材，对下层人民的悲惨命运表示深切的同情，对英国殖民统治者的压迫、剥削和统治进行无情的揭露和批判。

二战期间积极从事创作的南印度政治诗人莫哈卡维·瓦拉托尔（1879—1958），被誉为"马拉雅里民族的歌手"。谴责法西斯的野蛮，是他创作的首要主题。在《堕落》一诗中，他直接揭露了日本帝国主义侵略中国的罪行。他的爱国反帝的重要诗篇，都已收在《文学花束》这一诗集中。

在这个时期，著名的作家阿米德·阿巴斯（1914—1987）也明确地采取反法西斯主义的立场。他的不少作品都是反对法西斯主义和封建势力的。40 年代他还写了不少评论社会问题的作品。他的主要作品有长篇小说《明天属于我们》、中篇小说《黑暗与光明》、短篇小说集《革命》、电影剧本《流浪者》等。

此外，孟加拉诗人赫林德拉纳特·查托巴迪雅亚在 30 年代已开始创作，当时的作品充满单纯的抒情情调，带有宗教色彩。二战期间，他的创作有很大的转变，不再崇尚形式主义，成为一位热情的政治诗人。他在诗集《我歌唱人类》中指出："如果诗人不成为一个战士，为了被损害的人们战斗到底，时间将认为这样的诗人，不配使用笔这一武器。"他说自己的诗是"蘸着血"写成的。1944 年发表的诗集《石头的血》，具有强烈的战斗性，诗人痛斥了帝国主义反动势力的残暴，号召人民向法西斯主义作坚决的斗争。在诗集《锤子和镰刀》中，诗人还表达了工人和农民必将成为国家主人的信念。

二战以后，印度民族解放运动进一步高涨，印度文学也开始向当代迈进，许多进步作家勇敢地对帝国主义制造国家分裂的罪恶阴谋进行揭露和斗争。年轻诗人苏庚达·巴达查里亚（1926—1946）就是其中的一个，他的三部小诗集《不眠》、《苦与甜》和《断片》，在孟加拉有广泛的影响。

此外，还有不少作家也拿笔作武器进行斗争，如著名的印地语作家沃林达文拉尔·沃尔马（1889—1969），在反帝斗争高潮时，写了长篇历史小说《章西女皇》和不少历史剧本，以唤起人民对历史事件的回忆，鼓舞人民坚定地同帝国主义进行斗争。在帝国主义制造印度教和伊斯兰教教徒之间流血冲突时，不少作家写了剧本，到街头、农村进行演出，宣传共同的敌人是帝国主义和国内的反动势力，旁遮普的戏剧家巴尔万·迦尔琪，便是其中的一位代表。

印度的现代文学，继承和发展了印度近代文学反帝反封建的传统，在争取祖国独立的斗争中发挥了战斗作用，涌现出以普列姆昌德为代表的一系列进步作家。他们的创作实践为印度当代进步文学的发展奠定了坚实的基础。

孟加拉国的文学，与印度西孟加拉的孟加拉语文学有同源关系，泰戈尔家祖传的谢里达农庄，就在孟加拉国境内，所以泰戈尔的诗在孟加拉国有广泛的影响。1972 年移居孟加拉国的诗人伊斯拉姆（详见本章第三节），为孟加拉国所推崇，他死后，孟加拉国为他举行了国葬。他的出生地在西孟加拉的布德迈地区，他的创作也曾受到过泰戈尔的影响，泰戈尔曾支持他的反帝斗争，并把自己写的剧本《春天》题献给他。但毕竟西孟加拉大多数人信仰印度教，孟加拉国大多信仰伊斯兰教，文化心理也有差异，因此伊斯拉姆和查希姆乌汀的诗，成了孟加拉国诗歌的源头。

此后，萨姆苏尔拉赫曼（1929—　）也为孟加拉国诗歌的发展作出了宝贵的贡献。他的诗《血染的衬衣》，写得豪迈悲壮，富有艺术感染力，在孟加拉国有不小的影响。

孟加拉国的小说、戏剧创作比不上诗歌，但也有不少著名作家和作品。如萨登·森（1907—1981）的《孟加拉乡村小径》、赛义德·瓦里乌拉（1922—1971）的《陵墓幽魂》、《无月之夜》、《呜咽的河流》等小说都拥有广大的读者。剧作家中著名的有穆尼·乔德和希坎达尔·阿布·查法尔（1919—1975），前者写有《公墓》，后者写有《孔雀与鹅》等剧本。他们的创作对孟加拉国戏剧创作的发展作出了有益的贡献。

巴基斯坦和孟加拉国的文学，同源于印度，但有各自发展的不同走向。巴基斯坦和印度原是一个国家，1947 年按“蒙巴顿方案”实行分治，1956 年 3 月 23 日成立巴基斯坦共和国。1972 年印巴战争后，原东巴基斯坦分离成立了孟加拉国。

以乌尔都语文学为主体的巴基斯坦文学，继承了南亚古老的文化遗产，继承了波斯和伊斯兰文化的传统，同时又接受西方文化的影响，形成了自己的文学特色。老一代著名诗人中如阿尔祖、乔什·马里哈巴迪、费兹和卡斯密在印巴分治后，继续活跃在巴基斯坦文坛上，为巴基斯坦诗歌的发展作出了贡献。阿尔祖（1872—1951）有抒情诗集《悠扬的芦笛》，他的诗具有波斯文化传统，表现出幽怨的悲美情感。乔什·马里哈巴迪（1894—1981）的诗集有《文学的灵魂》、《火焰与露珠》等，他的诗带有浓郁的乡土气息，充满着浪漫主义色彩，他的政治题材的自由韵诗，呼吁印度教徒和穆斯林互相团结，号召民众摆脱奴役，争取民主自由，反映了他的进步思想。

费兹（详见本章第四节）是巴基斯坦当代著名的诗人，他曾说：“我是用我的手蘸取了心脏的血液写作的。”他的诗具有很强的时代气息，表达了人民的心声。

卡斯密（1916—?）是著名的诗人、小说家，巴基斯坦进步作家协会书记。他曾几度被捕入狱，早期也写浪漫主义抒情诗，50 年代开始写无韵诗和自由体诗。他写有《搏动》、《威严与秀丽》、《花的火焰》和《忠实的大地》等诗集。他还写过许多优秀的短篇小说，主要小说集有《棉花》、《番红花叶》、《生命市场》等。他曾说过：“啊，我的艺术和文化，我的生活和人格，我的世界——这一切都能为人类的幸福贡献力量。”他的诗和小说也正实践了他的创作原则。

除老一辈诗人外，巴基斯坦还涌现了一批中青年作家，如诗人伊赫桑、勒兹密等，他们力图以更新的表现手法，创作出富有时代感和民族特征的新篇章。

尼泊尔在 20 世纪初，空泛的颂诗和爱情诗又流行起来，追求辞藻的不良倾向有所发展。这时，诗人勒克纳特·鲍德雅尔（1884—1965）和特尔尼特尔·戈伊拉腊提出了文学应反映现实生活，并在自己的创作中加以实践。前者写有《笼子里的鹦鹉》、《年轻的苦行僧》等具有鲜明现实性的诗篇，被称为尼泊尔卓越的诗人。后者写有《祭品》等诗作，对尼泊尔的诗歌的健康发展，起过很大作用。

20世纪30年代，随着尼泊尔人民的觉醒，作家们把创作题材转向下层社会，民歌体裁的诗歌大量出现，诗体上不再用梵文和旧格律，自由诗体又有新的发展。勒·伯·德沃戈达（1908—1959）的诗集《木那马丹》就是用民歌体写成的。他的《苏罗珍那》、《乞丐》等作品，描写了真实的社会生活，他被誉为大诗人。诗人皮姆尼提迪瓦里（1911—?）是“自由体诗”在尼泊尔的开创者，后来形成了“自由体诗派”。

40年代，尼泊尔的小说和戏剧得到发展，诗歌创作有所减少。1950年英国被迫放弃对尼泊尔的特权，1951年拉纳家族的统治被推翻，从此尼泊尔文学得到了新的发展。

现代时期的斯里兰卡文学，出现了颇有影响的诗人和小说家，其中有反帝爱国诗人之称的艾斯·马亨德长老，他写的《自由真言》（1937）等诗，颇受读者欢迎。诗人姆尼达萨·古玛拉冬格和阿南德·拉加卡鲁那的抒情诗，也颇有影响力。前者写有诗篇《忆父》，后者写有《花朵》。同时还有格亚思的叙事诗也颇为著名，他的代表作是《洁白》。而特别值得一提的是，这时出现了一位多产的更有影响力的小说家，那就是魏克拉玛辛诃（详见本章第五节），他把斯里兰卡的小说创作提高到一个新水平。

第二节 普列姆昌德

普列姆昌德（1880—1936）原名腾伯德·拉耶·希利瓦德沃，是印度杰出的作家，印度现代进步文学的奠基人。他在印度文学史上的地位，如同鲁迅在中国现代文学史上的地位。1880年7月31日，普列姆昌德出生于印度贝拿勒斯附近的拉姆希村。他的父亲是乡村邮局小职员，后升邮局局长，但薪金微薄，家庭生活不比当地农民强多少。普列姆昌德8岁丧母，在他幼小的心灵上留下了创伤。他先在农村旧式学堂学波斯语和乌尔都语，后转入正规小学。15岁时，按印度旧的传统结了婚。第二年，父亲去世，他挑起了全家的生活重担。他先在贝拿勒斯一个律师家里当家庭教师，白天工作，晚上在昏暗的油灯下备课和读书；后来又当过小学副校长，月薪仅18个卢比，生活依旧十分困难，但他仍坚持刻苦自学。1902年，他考入阿拉哈巴师范学院。1904年毕业后从事教学工作，并进行业余文学创作。

1908年普列姆昌德被调至哈密普尔，升为副督学。这时，他经常去农村视察，和农民交往密切，常帮助农民解决困难。他对农民生活的深刻了解，对以后的创作有很大影响。

在印度第二次民族解放运动高潮时期，普列姆昌德在甘地倡导的不与英国殖民当局合作的思想影响下，于1921年辞去了督学职务，从此专心致力于文学活动和文学创作。当时的杂志出版者，一般不付给作者稿费，甚至有的刊物还要求作者自己缴纳发表作品的费用。因此普列姆昌德的生活日益困难。他曾与别人合伙开了一个卖手摇纺车的小店，但很快就破产了。他还做了组织手工纺织作坊的尝试，也同样失败了。这时，一个阿利瓦尔土邦的王公建议普列姆昌德做他的私人秘书，答应给他每月 400 卢比薪金，并提供小汽车和别墅等，但普列姆昌德毅然拒绝了这位王公的邀请。

到 20 年代末，普列姆昌德已成为一位著名的作家，不少出版社愿付他稿酬，这时生活才有所改善。英国殖民统治者妄图用名誉和地位来拉拢他，1929 年省总督想授予他“拉伊大人”的封号，他当场拒绝，说：“封号要是人民授给我的，那我将衷心接受。但政府授的封号，我不要。”普列姆昌德只想为祖国的独立而创作，不为土邦王公许给他的高薪厚禄所动，也不为殖民统治者给他的“荣誉”所迷惑。他在给《广阔的印度》主编的信中说：“我没有什么奢望，我最大的心愿是我们能够在独立斗争中获胜。我不希求钱财和声望，能吃饱就已足矣，我不渴望小汽车和洋房，却很想为独立斗争的胜利写出几本佳作。”

普列姆昌德的文学活动，是与印度人民反帝反封建的斗争紧密结合在一起的。1907 年，他开始用乌尔都语创作短篇小说，发表了《世界上的无价之宝》。1908 年出版了第一部用乌尔都语写作的短篇小说集《热爱祖国》，其中包括 5 个短篇，揭露了殖民制度的罪恶，号召印度人民要为祖国的独立而斗争，字里行间洋溢着爱国主义的激情。正因为如此，这部小说集一出版，就被英国殖民统治者下令禁止发行，认为“这书是鼓动叛乱”，并把未出售的书当众烧毁。普列姆昌德的文学活动也被官方禁止，但他并没有被吓倒，反而更激起斗志，用“普列姆昌德”的笔名继续发表文章。

1914 年，为了使更多的读者阅读他的作品，使文学能在印度人民的斗争中发挥更大的作用，他改用印地语写作。这年出版的《救济院》是第一部印地语长篇小说，写有关妓女的问题，作品接触到殖民制度下尖锐的社会矛盾，引起读者的普遍好评，他也成了全印著名的作家。1916 年，他发表了第一篇用印地语写的短篇小说《五大神》，为印地语短篇小说的发展开辟了道路。

俄国十月革命以后，随着印度无产阶级的壮大和民族解放运动的高涨，普列姆昌德的思想有了提高，创作也得到了新的发展。1921 年出版的《仁爱道院》是他的又一部长篇巨著。这部小说接触到农村的阶级矛盾，描写了农民反抗地主的斗争。1923 年出版的中篇小说《妮摩拉》，通过一个妇女的悲剧对不合理的封建婚姻制度提出了控诉。1925 年出版的《舞台》，通过主人公苏尔达斯保卫自己土地的斗争，反映了印度古老的农村经济，在受到新兴资本主义势力侵入后所出现的社会矛盾。这几部小说的出版，使普列姆昌德在文坛的地位得到了普遍的承认。

30 年代，随着印度人民反帝斗争的发展，印度各民族出现了许多进步作家。为了使印度进步文学工作者团结在一起，有发表作品的阵地，普列姆昌德于 1930 年创办了大型文学月刊《天鹅》和周刊《觉醒》。同时为了保障这两个刊物的出版，又在贝拿勒斯开办了沙拉斯瓦蒂出版社。由于刊物明显的进步倾向，触怒了英国殖民当局，他曾几度受到打击，《天鹅》也一度被迫停刊。这两个刊物的创办，经历了艰难曲折的道路，对印度现代文学的发展起了重大的推动作用，成了印度进步文学的一面光辉的旗帜。普列姆昌德在编辑这些刊物的同时，仍坚持创作，写了长篇小说《盗用公款》（《一串项链》）、《工地》和短篇小说集《进军》等重要作品。

1934 年，普列姆昌德为了解决经济上的困难，使《天鹅》和《觉醒》继续出刊，不得不到孟买的一家电影制片厂去工作。这时他写了《纱厂工人》、《流行犯》等几个电影剧本。拍成电影后，被孟买政府禁止上映。后来制片厂和导演竟任意删改情节，插进淫秽的东西，这使普列姆昌德无法忍受，愤然离去。

普列姆昌德从孟买回到贝拿勒斯，这已是他生命的最后两年了。在这两年中，他对印度文学的贡献是很大的。他的最优秀的长篇小说《戈丹》和短篇小说杰作《裹尸布》都在这时完成出版。另外，普列姆昌德还写有《一把小麦》、《冬夜》、《地主的水井》等短篇小说，都是具有代表性的优秀作品。《裹尸布》这部作品描写了一个妇女的悲剧命运。她生前拼命干活来供养丈夫和公公这对懒虫。在她死后，他们却把讨来为死者买裹尸布的钱都用来买酒喝掉了。作者在描写印度农民苦难的同时，也揭示了他们的劣根性，发人深省。

1936 年 4 月，普列姆昌德和其他进步作家发起成立了印度进步作家协会。在勒克瑙举行的第一次作家代表大会上，他在所作的报告中明确地指出："在优秀的文学作品里，应该具有崇高思想，具有对自由的热爱和创造的冲动，应当显示出生活的真实面貌——它应该使我们行动和斗争，使我们产生激情，而不是让我们昏昏欲睡，因为现在再要昏睡就是死亡的象征。"大会以后，他以身作则，努力贯彻大会宣言的精神，使文学进一步为现实斗争服务。

他一方面开始写自传体长篇小说《圣线》，一方面又着手筹办一个新的文学刊物，以培养更多的文学战士。可惜，正当印度人民需要这位作家发挥更大作用的时候，正当他的文学才华发展到一个新的高度的时候，他却因积劳成疾，于 1936 年 10 月 8 日逝世了。

普列姆昌德用印度的两种主要民族语言，即乌尔都语和印地语从事写作，从 1900 年开始写作第一部中篇小说《庙宇的秘密》开始，经过了 36 年的辛勤劳动，给印度文学留下了 12 部长篇小说、250 篇以上短篇小说。他还写过剧本、电影故事、儿童文学、散文评论文章。此外还翻译过高尔斯华绥、萧伯纳、法朗士、列夫·托尔斯泰的作品。

普列姆昌德的创作，具有高度的生活真实性和强烈的时代感。他的作品没有宗教的神秘色彩，也很少有世外桃源式的描写，而是"活生生的现实"，从普通的人民生活中吸取题材，塑造形象。他善于观察社会矛盾的发展、变化的趋势，提出在特定的生活条件下人民群众所关切的社会问题，表达劳动人民的愿望和要求。在 20 年代的长篇小说《舞台》里，他就看出资本主义侵入农村的新特点，描绘了农村变化的特征。在 30 年代中期，他就看清了印度民族解放运动三次高潮以后的社会变化，在作品中，尖锐地提出了为什么农民生活更加悲惨的问题，揭示英国殖民统治者与封建势力进一步勾结加重对农民的剥削和压迫的事实，唤醒劳动人民起来斗争。正因为如此，普列姆昌德的作品才能真实地反映 20 世纪初到 30 年代印度殖民地社会人民斗争的历史，表达广大人民对民族解放的渴望。

普列姆昌德的大部分作品，特别是一些优秀的小说，以农村生活为题材，塑造了受苦受难的农民形象，为几千年来深受压迫的农村妇女，尤其是寡妇和那些在印度社会中被鄙视的所谓"贱民"恢复了"人"的尊严。他的作品使那些受地主、高利贷者、祭司等压迫和剥削的农民，第一次成为正面的主人公。在他的作品中，处处可以听到苦难农民反抗压迫、反对不合理的种姓制度的强烈呼声。而在描写农民苦难命运的同时，也深刻地剖析了印度农民的劣根性，并指出这种民族劣根性是长期的封建专制和殖民统治造成的。泰戈尔曾经说过："我在等待着一位诗人——他是农民生活中的同伴，他是他们工作、谈话中的亲人，他和土地更加亲近。"而普列姆昌德就是和"土地更加亲近"的印度第一位作家，他成了千千万万印度农民的代言人。

普列姆昌德作品的语言简洁朴实，大多采用活生生的民间语言，特别是对农民日常口语的运用，使他的作品能更好地表达农民的思想感情，也更富有浓郁的乡土风味。

《戈丹》（"献牛"或意译为"牺牲"）是普列姆昌德最优秀的一部长篇小说，写于 1934 年至 1935 年，1936 年出版。它广泛反映了印度民族解放运动第三次高潮以后的社会变迁，成为印度社会的一部史诗。小说通过主要人物何利的一生，描绘了印度农民极端贫困的生活和不幸的遭遇。何利一生中唯一的梦想，就是积一点钱买一头母牛。因为在印度教社会里，母牛不但可以生产牛奶，而且也是吉祥的象征和膜拜的对象。何利开始向邻村的牧人薄拉赊买了一头母牛，不料牛才到手，却被他弟弟希拉毒死了。警察想借机敲诈，提出要搜查希拉的家，具有宗法思想的何利遇事宁可自己吃亏，不愿伤害别人，只得说母牛不是希拉毒死的，并向高利贷者借债来贿赂巡官才算了事，于是第一次买牛的美梦成了泡影。在向薄拉赊买母牛的过程中，何利的儿子戈巴尔爱上了薄拉的女儿裘妮娅，她是一个年轻的寡妇。后来，何利和妻子把寡妇收留在家里，村里长老会的长老们认为有伤风化，开除了何利的教籍，又罚他100卢比和20满粮食。何利把地里一年劳动的收入全部缴作罚款，甚至把破房也抵押出去。尽管如此，何利并没有放弃买牛的梦想，第二次他准备用卖甘蔗的钱来买牛。但高利贷者已与糖厂的资本家勾结在一起。付款时，何利的钱被扣除，结果希望又落空。不久，何利在高利贷的盘剥下，由一个佃农变成了雇工。为了缴清欠租，他甚至把二女儿变相卖给一个老头做妻子。为实现第三次买牛的梦想，何利好不容易积了20安那，但他却在地里干活时倒下了。按照印度教的习俗，临死前要行“戈丹”的仪式，请婆罗门祭司来“净化灵魂”，要买一头牛作为谢礼。于是何利生前的20安那也被祭司搜刮无遗。

何利是印度贫苦农民的典型，他善良、勤劳，一生受到地主和高利贷者的压榨，但到死还没有认识到自己受苦的原因。他的生活信条是：“住在水里不能跟鳄鱼作对。”“别人的脚踩在自己身上，只得放聪明点，在那脚底板上抓抓痒。”[①] 因此，他常和地主莱易老爷来往，以为这样可以给他带来好处。他不知道正是莱易这些人面兽心的人，才造成了他的苦难。何利之所以没有觉悟，与他受到封建礼法和宗教迷信的束缚有关；他认为一切都是由上天安排的，所以他安贫知命，“走起路来总是低着头，对什么事情也能够容忍”。作者无限同情何利的遭遇，但又批判了他的逆来顺受的性格和不敢与恶人作斗争的人生哲学。作者描绘印度普通农民的悲惨命运，目的在于尖锐地提出农民为什么越来越贫困这一社会问题，引起人们深思。

作品着力描写地主和高利贷者对农民的剥削，揭示出农民极端贫困的社会原因。作品中的莱易是30年代印度最典型的地主形象，他以农民的保护人自居。但他内心十分狠毒，农民不缴租，就不准在久旱的雨后犁地。他采用封建的剥削方式，要农民服劳役，又不给农民饭吃。他还任意加租退佃，掌握着生杀大权。他还通过与银行家、英国殖民统治者勾结，取得政治上的地位，以维护自己的利益。他是省议会的议员，后来又当上了内政部长。由于为英国主子效劳，在英国女王诞辰的那天，他获得了“拉加”的封号。随着地主莱易地位的步步上升，农民何利却接连遇难受灾。小说中高利贷者金古里·辛，是城里一个资本雄厚的高利贷者的代理人，他用利滚利的手段，像毒蛇一样缠住了农民的手脚。同时作者还进一步揭示出英国殖民主义统治的反动本质，提出“今天的世界是由银行家统治的，政府只是他们手里的玩物”，而高利贷者和地主又是“归这个政府管”的。普列姆昌德通过地主莱易等形象，深刻地指出了殖民统治者与农村封建势力的相互勾结，是造成农民越来越贫困的一个社会根源。

小说还深刻地表现了印度劳动人民不满情绪的增长，预示着反帝反殖反封建斗争的不可避免。何利的妻子丹妮亚是一个具有反抗精神的印度贫苦妇女的形象，她大胆、泼辣，与何利的性格形成鲜明的对照。她敢于当面斥责政府巡警的敲诈勒索，敢于蔑视封

① ［印］普列姆昌德：《戈丹》，严绍端译，北京，人民文学出版社，1958。本节以下引文均见此书。

建礼教收留寡妇，并对长老会的无理判决罚款提出强烈的抗议，她指出：“长老是魔鬼，道地的魔鬼，他们要把我们的田地都抢去自己受用。”她对地主的剥削越来越愤怒，她说：“无论怎样千方百计地节省，无论怎样勒紧肚皮，咬紧牙关，把每一个铜板积攒下来，临了还是要欠下租子无法交清。”她甚至对甘地主义采用自动投入监牢的反帝形式表示不满，认为“坐监牢是坐不出好政府来的”。她的不满都是从切身的感受中产生的，反映了被压迫农民的反抗情绪。作者还描写了农村青年利用“泼水节”表演歌舞的机会，尖锐地讽刺了高利贷者金古里·辛、宗教势力的代表者婆罗门达塔丁，以及地主及其走狗们，反映了被压迫人民愤怒的心声和要求改变现状的迫切愿望。作者号召人民不要再忍受了，要起来向封建残余势力和帝国主义进行斗争。

《戈丹》是普列姆昌德三十多年创作的结晶，标志着他的现实主义创作达到了一个新的水平。《戈丹》以前的作品，无论是著名话剧《斗争》或长篇小说《仁爱道院》、《工地》等，都曾提出过尖锐的社会问题，但在解决社会矛盾上，往往暴露出作者的改良主义的幻想。这些都表明作者深受甘地主义的影响，也反映了印度民族解放斗争本身的弱点。在《戈丹》里，作者对甘地的“非暴力抵抗”，顺从地进监狱的思想，通过丹妮亚的口进行了批判；同时，作者已认识到从社会制度这一根本问题上来解决社会矛盾。小说通过哲学教授梅达和女医生玛尔蒂小姐的议论，提出了“要来一个天翻地覆的变革”。这个变革就是要建立一个新的理想的社会制度。普列姆昌德曾明确说过：“有个俄国，如今建立了新制度，那里的贵族和富人都受到了惩罚，穷人都过上了好日子。有朝一日，我们也会像俄国那样。”但在小说里，作者并没有指出天翻地覆变革的道路。我们从作者写这部小说时的思想状况看，他对达到理想社会的途径是不明确的。他认为要达到理想社会，“人们的品质”很重要，认为如果我们个人不能提高，任何社会制度也不会繁荣，甚至会成为更糟糕的独裁。所以在《戈丹》里，作者赞扬了梅达教授等人言行一致、不为私利而为他人服务的品质，想以此作为人们效仿的榜样，为理想社会的到来奠定道德基础。这是一种脱离实际的幻想，实际上是作者既向往合理的社会而又不知如何达到的思想矛盾的反映。

《戈丹》所反映的社会矛盾，比作者以前的作品更为广泛和深刻。小说主要写农村生活，但通过地主莱易在城里的活动，以及何利的儿子戈巴尔进城打工，把农村和城市联系起来，揭示了城市与农村、工人阶级与资产阶级的矛盾。这不仅扩大了生活的画面，而且也进一步暴露了农村的地主和高利贷者与帝国主义、城市银行家、工厂主相互勾结，共同压榨劳动人民的罪恶勾当，揭示出印度殖民地制度的本质特征。这无疑大大提高了作品的真实性、思想性和战斗性。

《戈丹》在人物性格的刻画上，比以往的作品更具有现实性、典型性。作者注重从实际生活出发来刻画人物性格。所以作品主人公何利的性格真实而又丰富，既有善良、勤劳的品质，又有逆来顺受的弱点，使人感受到这是一个有血有肉的印度贫苦农民的典型形象。作者在刻画反面典型的性格特征时，也同样是从生活出发的。如地主莱易的形象，就是极为复杂的：他伪善、狡诈而又狠毒；他曾为印度的独立而斗争，还坐过牢，因此更具有欺骗性。他见到农民，装出满脸笑容，喜欢讲一些口是心非的漂亮话，其实他是一个洋人的走狗，农民的死敌。作者真实地概括了印度民族解放运动三次高潮之后地主阶级的本质特征。当时印度的地主阶级就是靠政治投机和欺骗，靠勾结帝国主义来维护自己的剥削的。

在小说中，作者还特别着力于人物的心理分析。他认为最优秀的小说是那种基于某种真实的心理描写的小说。《戈丹》中对农民的心理描写很出色，尤其是对何利几次买牛时内心活动的描写，更是细致、自然而真切。这与作者深入了解农民的心理特点是分不开的。因此，这部作品的人物形象不仅鲜明、生动，而且更富有现实的典型意义。

普列姆昌德曾说过，作家对人民受奴役和极端贫穷的切身感受越强烈，那么他写出的作品也就越有力量，真理也就更多。《戈丹》正是作者在对现实有深刻感受的基础上写成的，正因为如此，它才成了 20 世纪 30 年代印度社会的一面镜子。

第三节
伊斯拉姆

纳兹鲁尔·伊斯拉姆（1899—1976）是著名的孟加拉语诗人，生于原印度西孟加拉邦的一个贫苦家庭。他 8 岁丧父，因而辍学，后在好心人资助下得以复读。1917 年他弃学从军，两年后退伍回到加尔各答。

伊斯拉姆自幼受到民间口头创作的熏陶。他伯父教授他波斯语，引导他对文学产生了浓厚兴趣。家乡的民间剧团曾使他着迷，也激发了他的艺术天赋。复学后，他如饥似渴地阅读国内外文学名著。在军旅中，他有幸与一位博学的随军毛拉为伍，得以在戎马倥偬中继续研读波斯文学，并将欧玛尔·海亚姆的四行诗和哈菲兹的诗歌译成孟加拉语发表。离开军队后他就参加了文学团体。可以说，他从未想过当一名军人，而对做一位诗人却执着追求。

20 世纪初叶的印度，正处在英帝国主义的殖民统治下。宗主国将第一次世界大战带来的负担转嫁给印度，致使印度人民陷于水深火热之中。但受十月革命的影响，从 1919 年起，印度人民又开始了轰轰烈烈的反帝、反殖民主义的斗争。伊斯拉姆的诗歌创作，正是在这一时代背景下起步的。他的诗因此饱含着爱国主义的激情，表现出反抗压迫者的叛逆思想。

伊斯拉姆的诗歌创作，主要集中在 20 年代。此前，他曾发表过第一篇短篇小说《一个漂泊者的自传》（1919）和第一首叙事诗《宽恕》（1919）。

伊斯拉姆的诗歌创作可分为前后两个阶段。前期（1920—1925）的主导思想是以昂扬的爱国主义唤起国民的反帝、反殖民主义的觉悟。《叛逆者》（1922）是诗人的成名作，也是他这一时期的代表作。在这首不足 300 行的诗中，诗人用了成百个“我”，一气呵成塑造了一个顶天立地、叱咤风云的“勇敢的叛逆者”形象。这位英雄所要打破的是一个半世纪以来束缚在印度民族身上的殖民主义枷锁：

> 我是持斧罗摩手中的斧头，
> 我将砍死那些战争贩子，
> 让世界获得和平和安宁；
> 我是大力罗摩肩上的犁头，
> 我将翻垦苦难的大地，
> 让大地长出快乐和幸福。
> …………

我是真正的创造者，
我痛恨给世界带来苦难的大神，
我将把他胸脯撕裂。①

诗中所歌颂的“我”，是“热血满腔的青年”，他有七情六欲，尤其有狂飙般的激情。但这一切都是服从于他的理智的。而这理智就是：“我今天挣脱一切束缚，我已经认识了我自己。”正是这种混沌初开的觉醒，使他认识到了自己的历史使命：“我是母亲大地的忤逆之子”，“我是宇宙革命的使者”。这是印度文学史上最早、表现得最有力度的反帝爱国者形象。这首诗的想象力异常丰富。为了强化“我”的叛逆性格与鲜明形象，诗人充分发挥想象力，将大自然中一切超常的景物与事物，将人的一切典型的思想与情感，全部调用，作为塑造这一巨人英雄的形象载体，真可谓旷古穷今，令人刻骨铭心。

为了营造特殊的艺术氛围，诗人使用了“波雅尔”诗体。这是一种长短结合、韵律铿锵的民歌体。它对表达主题所需要的一气呵成的气势来说，是非常重要的手段。此外，每一大自然段的段首，排比式地反复使用“说吧，英雄！说：”这样的句式，也有助于强化这种气势，催人警醒。

这首诗是诗人长期积聚自我与民族被压抑情感喷然而发的产物。导致这种冲动的事件是，1921 年岁尾，伊斯拉姆从印度共产党创始人穆扎法尔·艾哈默德那里得知印度共产党即将成立的消息。诗人听罢，热血澎湃，一夜之间挥笔写就。当这首诗于 1922 年 1 月 6 日在《电光周刊》发表时，正值大雨滂沱，但加尔各答街头，人们争相购买，热情传颂。这一首《叛逆者》犹如霹雳当空，扫除了人民心头的政治阴霾。后来，泰戈尔在聆听了伊斯拉姆朗诵的这首诗后，竟激动地抱吻他，赞叹道：“你压倒了我……毫无疑问，你将是一位驰名世界的诗人。”伊斯拉姆一夜之间为印度人民所接受，并被誉为“叛逆诗人”。

伊斯拉姆在这一期间还发表了诗集《燃烧的琵琶》（1922），其中的许多名篇，为当时的革命者所传诵。他还创办了具有强烈反帝、反殖民主义倾向的期刊《彗星》。那上面“愿化作一颗鱼雷，飞去炸沉海盗的商船”的战斗誓言，引起了反动政权的极度恐慌。1922 年 11 月 22 日，当局以“策动叛乱罪”将其逮捕，判处一年徒刑。在狱中，他宁死不屈，并以诗明志。他在《铁链之歌》中写道：

负枷戴镣不过是我们斗争的手段，
我们用手铐砸烂你们统治的锁链。
套着绞索我们含笑培育战胜死亡的果实。
呵，哗琅琅的铁链声不是囚徒的哭泣，
而是献给解放大道上先驱们的颂歌。
受辱者将使凌辱者蒙受耻辱，
我们以骨髓点燃祖国大地的燎原大火。

诗人还以绝食相抗争，并且坚持了 39 天。伊斯拉姆以其铮铮铁骨，向国人证明他就是自己所塑造的“叛逆者”。他的壮烈行为，震动了整个社会。泰戈尔发电报向他致意，还献给他一个剧本——《春天》。

诗人出狱后，又发表了两部诗集《毒笛》（1924）与《毁灭之歌》（1924）。这同样是宣泄爱国激情的力作。所不同的是，在倾泻对黑暗世界的诅咒之时，加强了他对光明世

① 《伊斯拉姆诗选》，石真、黄宝生译，北京，人民文学出版社，1979。本节以下引诗均见此书。

界的向往："瞧见破坏何必惶恐？毁灭乃更生的阵痛。邪恶一旦铲除殆尽，崭新的生活即刻来临"，"时代的废墟生长出永恒之美，黎明的生活即将来临"。这与伊斯拉姆的世界观日益接近社会主义思想有关。

伊斯拉姆诗歌创作的后一时期始自1925年。他应共产党领导人穆扎法尔·艾哈默德之邀担任孟加拉工农党机关刊物《耕犁》的主编。这一年，他在该刊发表诗集《共产主义》。这标志着诗人的政治立场又向前迈进了一大步。在这11首构成的诗体宣言中，诗人全面阐述了他的共产主义理想："用饥饿的力量赢得甘露的天堂"；在那里，"国家是完全独立"；"下等人不再匍匐于马脚下，大地的儿子不分臣民与皇帝"；"神父、祭司、毛拉、比丘饮一杯水，印度教、伊斯兰教、基督教融为一体"。

伊斯拉姆是具有激进的社会主义革命思想的人民诗人。他接受当时流行的共产主义学说，并用之于反对民族压迫与阶级压迫，目的在于唤醒民众。他的思想深刻之处在于，在反对帝国主义与殖民主义的战斗中，能同时提出朦胧的建设社会主义的政治理想，这使得泰戈尔的以爱为核心的资产阶级人道主义显得苍白无力。伊斯拉姆的生活与思想，和人民没有任何隔阂，他所寄予厚望的"我"，有劳动者的蕴涵，因此他的爱国主义与人民更为接近。

伊斯拉姆这一时期的另一个重要作品是《无产者》（1924）。它堪称《共产主义》的姊妹篇。进入30年代，印度无产阶级运动转入低潮。1933年，穆扎法尔·艾哈默德遭受严重迫害，先是被判处死刑，后被改为无期徒刑。这给伊斯拉姆以沉重打击，他结束了这种战斗的诗歌创作而转入歌曲的创作。他一生写作了三千多首歌曲，但最有意义的是他将《国际歌》首次译成了孟加拉文。

1942年，伊斯拉姆患严重精神抑郁症而终止了文学创作。对他的病因，人们有多种解释，但有一点是可以肯定的，即他以过高的热情所憧憬的理想社会的未果，给他带来了过大的精神打击。从此，他长期瘫痪在床。1972年，他移居孟加拉国；1976年8月29日，在达卡逝世。

孟加拉国人民以国葬为他送行。这位伟大的人民诗人，身后留下了23部诗集、3部长篇小说、3部短篇小说集、4部散文集、5部电影剧本，这是数量可观的文学遗产。他善于借鉴外国文学大师们的艺术技巧，同时又能承继民族诗歌的优秀传统，注重汲取民间文学的精华，由此而成就了他的独特风格。而他的爱国主义及叛逆精神，更是不可估量的精神财富，为孟加拉语文学书写了重要的一页。

第四节
费　兹

费兹·艾哈默德·费兹（1911—1984）是巴基斯坦当代著名诗人，原名费兹·艾哈默德·汗，费兹是他的笔名。他出生在乌尔都语著名诗人伊克巴尔的故乡锡亚尔科特，从小学习乌尔都语、波斯语和阿拉伯语。1934年毕业于拉合尔公立学院，获英语硕士学位。

费兹的诗歌创作始于学生时代，早期诗歌收集在 1941 年出版的第一部诗集《诉怨》里。他最初的诗作主要仿写乌尔都语古典抒情诗，带有浪漫主义情调，着重表现个人的感伤情绪，内容常常显得空泛。他这个时期的诗遵从严格的诗歌韵律，追求辞藻华丽，有时甚至有些矫揉造作，在思想上显得还不成熟，可以拿《诉怨》一诗作为例子：

我如此想起你失去的夜晚，
像春天悄悄地走进荒漠，
像微风悠悠地拂过沙丘，
…………
今天心中充满人间的苦楚，
每一次呼吸都在抱怨，
人生空空荡荡，
呵，痛苦！你在哪里？①

费兹的创作很快便受到沸腾的社会生活的撞击。20 世纪 30 年代中期，印度民族独立斗争如火如荼，文坛上掀起了一场规模巨大的进步文学运动，许多作家和诗人都投身到这一运动中，在文学上形成了一个强大的反帝反殖阵营。费兹在拉合尔积极筹建了旁遮普进步作协分会。他的诗也从注重个人感伤转而关注祖国和民族的命运。除了抒情诗，他也采用哲理诗、自由诗等诗体来反映时代精神和现实生活。《不要向我乞求以往的爱》标志着这一转折：

除了爱，
还有痛苦。
除了与情侣相会的欢乐，
生活中还有着许多欢乐。

在费兹看来，生活已不再是一个窄小的天地，而是一片广阔的空间。生活的欢乐来自斗争，对社会的严肃思考取代了他的浪漫情调：

多少世纪以来，在血与铁的阴影之下，
亚当和夏娃的子孙经历了怎样的痛苦。
在日日夜夜进行着的生与死的搏斗中，
先辈们经历过的一切，我们也都会碰见。②

诗人在这一时期一面从事英语教学，一面参加进步作协的活动。他遵循作协指明的创作方向：热爱生活，争取民主，争取解放，把一种更为优越的生活道路展现在祖国人民面前。他这时的诗歌完全摆脱了旧诗风的羁绊，题材更加广泛，以反战、维护和平、声援民族独立斗争、支持正义事业为主要内容，更具战斗性。诗人在《致政治领袖》一诗中把矛头直接指向殖民主义，发出震撼人心的怒吼：

年复一年，饱经磨难又被紧捆着的这双手，
难以挣脱夜晚严峻的黑暗。
像稻草与大海厮斗，

① 本节中引诗除注明出处者外，其余均译自费兹的乌尔都语诗歌原文。
② 转引自山蕴编译：《乌尔都语文学史》，北京，中国社会科学出版社，1993。

如蝴蝶向山脉挑战。
而现在夜色深沉的黑暗迸裂出如此多的光芒，
只要目光所及，
光芒已经构成了一片霞光。
远远传来了晨曦发出的颤动声。
你的资本，你的希望全凭这双手，
你除了这双手还能有什么呢？
但是你不希望战胜黑暗，
你愿意这双手被砍去。
在东方地平线上颤动着的曙光，
将被埋葬在黑夜僵硬的尸体下。①

这个时期费兹的诗体现了争取民族独立的时代精神，人民在急切地等待独立的日子快快到来。在《不平静的心》一诗中，诗人充分表达了人民的心声：

不要再让夜晚的热血白白流去，
此刻的黑暗是黎明面颊上的胭脂。
天就要亮了。
躁动的心啊，你静一静！

巴基斯坦独立后，费兹期待着新生的共和国能迅速医治战争的创伤，步入民主自由富强的康庄大道。他担任巴基斯坦工会联合会副主席，先后出席国际劳工组织在旧金山和日内瓦召开的大会。正当他踌躇满志，准备为工人阶级和祖国人民的福祉大显身手之时，等待他的却是一条布满荆棘的坎坷之路。1951 年，他因进步政治倾向和涉嫌参与推翻政府的活动而被捕入狱。在铁窗下度过的将近 5 年中，他创作了大量的诗歌，一部分收入诗集《风之手》里，其余以《狱中诗抄》为题结集于 1956 年出版。

《狱中诗抄》是诗人在民主被践踏的年代所过屈辱生活的真实记录，也是他为社会进步和正义事业奋斗不息的生动写照：

夺走纸和笔有何痛苦，
我将手指浸入心中的血液；
封住我的口又何妨，
我的嘴已嵌入每节铁的锁链。

费兹在狱中据理力争，终于赢得了用他的笔继续创作的权利。他在狱中写的诗充满正义感和斗争精神，表现了诗人高尚的情操和与祖国命运的息息相关：

我们不是被单独囚禁，
每日都享受着祖国的晨风。
回忆带来了芳香，
泪水洗去了征尘。

费兹 1955 年出狱后继续从事新闻工作。1958 年，他前往塔什干参加亚非作家会议，这时国内实行军法管制，民主力量再次遭到打击。有人劝他不要回国以免再度被捕，但

① 《费兹诗选》，李宗华译，见季羡林主编：《东方文学作品选》，下册，长沙，湖南人民出版社，1986。

他毅然决然选择回国。如果为了一个崇高的目标而不得不进牢房的话，他将义无反顾。在《当我们消失在黑暗的道路上》一诗中，诗人充分表达了这种精神。

怀着对你唇边花朵的眷恋，
我们消失在牢狱干枯的枝条上；
带着对你手中烛光的向往，
我们消失在昏暗的路旁。
…………
如果地狱的火是我们的命运，
对你的爱便是我们抗争的武器。

费兹将自己对生活和真理的追求融入诗歌之中，他写诗不是供人消遣，而是为了激发人们去争取美好的明天。因此他的诗很有时代感，受到广大人民的喜爱，不少诗被谱成歌曲广为流传。

1959年4月出狱后，他担任拉合尔艺术委员会的书记。60年代移居英国两年，1964年回国，定居卡拉奇，任阿卜杜勒·哈隆学院院长。他的第四部诗集《压在石头下的手》于1965年出版。

费兹一生访问了亚洲、非洲、拉丁美洲和欧洲的许多国家，诗集《西奈峡谷》(1971)、《帝国的黄昏》(1978)和《我的心我的旅客》(1981)中许多诗歌记录了他踏遍世界各地寻求和平与友谊的足迹，寄托着他对各国人民的友好情意。1962年他获得列宁世界和平奖章，1976年获亚非文学奖。他曾访问中国，写有《北京》、《新疆》等多首歌颂中国革命和建设的诗歌。

除了写诗，费兹配合政治斗争还出版了其他作品，其中有散文集《韵律》，书信集《我铁窗里的十字架》，广播剧《蔑视法庭》、《私人秘书》、《蛇伞》、《在我面前的表演》等。

费兹于1984年因病逝世，巴基斯坦文学界纷纷集会追念这位巴基斯坦当代最优秀的诗人，但也有人认为他的诗歌政治色彩太浓。印度尼赫鲁大学教授、乌尔都语文学评论家戈比金德·纳伦格对他有这样的评价："费兹的突出之处在于，他从不向暴虐和不公正妥协，永远履行诗人的职责。他是乌尔都语进步主义诗歌大师，他从未为革命性而牺牲诗意或为诗意而葬送革命性。他用独特的创作才能将革命的思想同充满爱的诗意结合起来，使乌尔都语诗歌产生了一种新的美感。"这个评价或许比较切合实际。

第五节 马丁·魏克拉玛辛诃

马丁·魏克拉玛辛诃（1891—1976）是斯里兰卡著名作家、文学评论家，出生于南方省的科格拉村。父亲是小官吏兼小商人。魏克拉玛辛诃少时因家道中落而辍学，到商店当店员。后经刻苦自修熟练地掌握了僧伽罗语、梵语、巴利语和英语，还阅读了大量的国内外文学名著，为日后的文学创作与理论研究打下了基础。

1914年，他以处女作《丽拉》的发表而走上文坛。1920年起先后担任《太阳报》、《斯里兰卡宝石报》、《王冠宝石报》的编辑、主编。1947年脱离报界，此后，专门从事创作。在60余年中，出版了十几部长篇小说、150余篇短篇小说、4个剧本，还有中篇小说、诗歌集以及27部论文集。这多方面的成就给他个人带来了荣誉，也使他成为联合国教科文组织文学奖金和斯里兰卡总统奖金的获得者。晚年他积极参与国际和平活动，曾访问过苏联、古巴及中国等许多国家。去世后，为了更好地纪念他和研究他的创作，斯里兰卡成立了“魏克拉玛辛诃研究会”，并将其科格拉的故居改建为“魏克拉玛辛诃博物馆”。

马丁的作品顺乎时代的要求，其中所蕴含的进步思想与深刻的现实意义，对读者都是颇有启发和教育作用的。他早期的长篇小说《海市蜃楼》（1925）在展现女主人公玛丽一味追求西方生活方式的思想行径与最后服毒自尽的可悲结局的同时，着意表现了恪守东方道德的马奴瓦尔那的安适而幸福的生活情景。从两种截然不同的人生观和生活道路的对比中，读者自然会领悟到应该何去何从。历史小说《罗黑妮》（1929）是他的成名作，通过描写公元前2世纪杜主盖姆奴大帝时代的十大勇士之一阿杜拉特与贵族小姐罗黑妮的爱情故事，宣扬了自由与个性解放的进步思想。三部曲《家乡巨变》、《争斗时代》、《时代终结》是他完成于1957年的重要代表作，通过对两个家庭、四代人——玛德拉·哈米娜、南妲、比亚尔、艾兰、马林等各自的思想状况与生活经历的描写，展示了18世纪以来在资本主义的侵袭、冲击下斯里兰卡社会所发生的深刻变化。地主家庭的主妇哈米娜由自恃门第、种姓高贵而不许女儿南妲与出身寒微的比亚尔结婚，到最终不得不同意孀居后的南妲再嫁于比亚尔，比亚尔的由贫穷教员到一跃而成为富商，接受了民主思想影响的比亚尔和南妲的儿子谴责父母的为富不仁、道德败坏，以及他们的外孙马林的投身于工人运动，都表明了地主阶级的没落，资产阶级势力的增长，民主思想的深入人心以及新兴政治力量的壮大。这种种描写，既再现了复杂而又急剧变化的阶级关系，又揭示了斯里兰卡现代历史的进程，对提高人们的思想认识无疑是有积极作用的。三部曲中的第一部《家乡巨变》已被译为俄、英等多种文字，在国外享有盛誉。

同样为马丁带来一定国际声誉的《蛇岛的秘密》（1947）不仅是他的重要代表作，而且还是他众多作品中少有的儿童中篇小说。它的小主人公乌帕里7岁失去生母，父亲忙于经商，继母对他不甚疼爱。他经常逃学，在外边打架、搞恶作剧。父亲把他送到外地的学校，他又与校长的两个孩子一起干了许多淘气事。最后为了躲避惩罚，他与吉纳一起出逃，前往十分神秘的马多尔岛探险，在岛上定居下来，开荒生产。经两年多的艰苦劳动，耕种面积逐渐扩大，收获越来越多。村长想霸占他们的劳动成果，遂带来政府官员指责他们“违法开荒”。经波迪和一位好心的律师的帮助与周旋，他们才以年租金25卢比保住了开荒的权利。在夜里，岛的另一端常有火光在浮动。他与吉纳经探查，终于搞清这火光原来是一个叫巴拉普的农民故意制造的。巴拉普因为抵抗抢劫他土地的暴徒而沦为杀人犯，为了迷惑人们，他头上顶着着火的瓦锅在黑暗中行走，使人误以为岛上有妖魔而不敢前来。他们很同情他的遭遇，答应为他保密，以帮助他躲避警察的追捕。不久，又来了一个叫小少爷的小乞丐登门乞讨。他们把他收留下来，在共同劳动中结成了伙伴。后来，得到父亲病危的消息，乌帕里回家探望，并按父亲临终前的嘱托承担了赡养继母与抚养弟弟的责任。办完父亲的丧事，乌帕里回到小岛。他惦记继母与弟弟，拟让小少爷料理地里的活儿，他和吉纳再次回家探望。

本篇显然是以20世纪40年代斯里兰卡农村生活为背景的。它通过描写乌帕里的成长过程，歌颂了敢于冒险的精神，表现对劳动、开拓、创造的赞美，对平等、和睦的田园生活的向往。结合写作背景来看，这一主题的现实意义是不言而喻的。因为当时的斯里兰卡刚刚从帝国主义的侵略和压迫下解放出来，获得重新独立。长期的殖民统治已极大地阻碍了斯里兰卡经济的发展。战后的农村仍然十分荒凉，农民与封建势力以及与官吏之间的矛盾依旧异常尖锐。政府虽然颁布了“垦殖法”，但农民难以拿出租金，政府对出卖开垦权所采取的办法又是农民根本承受不了的拍卖制，因而能占有大量土地的仍是地主富豪，而广大农民则被迫离开土地。这就必然加剧阶级的对立与农村的贫困。小说中的巴拉普沦为杀人逃犯就是高价出卖土地的政策与恃财仗势的暴行逼出来的。村长妄图赶走乌帕里则是因为“村长的手下人想出价得到耕种这块土地的权利”①。连两个孩子在与世隔绝的荒岛上一锹一镐开出来的土地都逃脱不了权势者们的勒索与垦殖法的制裁，成年农民所遭受的剥削与压制就更可想而知了。

小说主题的现实意义并不限于揭示农民的不幸遭遇和某些现行规章制度的不合理性，它还通过乌帕里等离家后的经历宣扬冒险和开拓精神。乌帕里从不满足于现状，他在不断寻求新的机遇，敢进入人迹罕至的小岛，在那里开荒种地、打井建房，用自己的双手开辟一个新天地，使生活变得更充实和有意义。

《蛇岛的秘密》在人物塑造上是比较成功的，它着力刻画的小主人公乌帕里形象鲜明、丰满，栩栩如生。作者既刻画出他的性格特征，又能写出这个特征在发展中日趋成熟的过程。小说开篇时乌帕里 11 岁，故事结束时 17 岁左右。这正是从儿童到少年的年龄阶段，也正是半成熟半幼稚的年龄阶段。这个阶段的孩子，其性格中的优点常常与缺点相交织，乌帕里更是这样。他小时顽皮、任性、好奇、爱动，喜欢模仿，又缺乏对是非曲直的辨别力。他不愿意上学，就悄悄地溜出课堂，随意玩耍，玩腻了就和同伴们一起装扮“强盗”，白昼去行劫；他向往大自然，就跑进丛林扮演“原始猎人”，没有猎取的动物就以井边汲水的女孩子们为“母鹿”无理取闹地放箭射击；他恨村里那个“非常坏的坏蛋”，就模仿“盗窃队”有组织、有分工地去偷他家的枣子。这些恶作剧和他的幼稚以及性格中的缺点有密切关系。随着年龄、阅历的增长以及生活的磨炼，他的思想、素质与认识能力提高了，在成长过程中为缺点所覆盖与模糊了的优点、长处逐渐显露出来了。当年被错用于淘气和胡闹中的勇敢、冒险精神与组织才能都成为他的主要强项而得到了正常的发挥。他敢于登上无人敢去的马多尔岛并在那里开创新生活，就是他性格特征正负消长的结果。乌帕里有很强的独立自治意识，他对继母有看法，可他不强求她的呵护，也从不将自己的问题归罪于她。他说，小时“我所以变成一个小流氓，却不能怪我继母……我觉得所以这样，是因为我很像父亲，他是一个又任性又倔犟的人”。继母为他的离家出走“受到良心的责备”，他回家后她一再检讨，可他不仅坚持说继母没有做“对不起我的事”，而且还热情地照顾继母与弟弟的生活。乌帕里为人正直、善良、重义气，他对巴拉普的同情和言而有信地为他保密都表明了他的品质高尚。他与吉纳本是主仆关系，但他却始终把吉纳当做知己。小少爷刚上岛时一身坏毛病，他都能予以谅解、宽容，毫不犹豫地收留了他，供他吃喝，带领他一块儿下地干活，使他在三个月后有了很大进步。这都体现了乌帕里宽厚、重友谊、乐于助人的性格特征，具有一种人格的魅力。乌帕里能平等待人，与人为善，把各种人团结过来，吉纳与他亲密无间、形影不离，小少爷向他表示“只要你在这儿，我就在这儿”。他们变成了一个团结和互助友爱的集

① ［斯里兰卡］马丁·魏克拉玛辛诃：《蛇岛的秘密》，冀英译，北京，作家出版社，1963。本节以下引文均见此书。

体。他们以倔犟和勇往直前的开拓精神，“在没有外界帮助的情况下，和丛林做斗争……像奴隶一样忍受着艰苦和困难”，终于使沉寂百年的小岛兴旺起来。他们的产品受到了集市顾客的欢迎，被社会承认了的劳动转化为一种精神力量，鼓舞着乌帕里更加倔强、自觉地开拓和创造。他的性格也就在这种不懈的奋斗中变得更加完美。乌帕里无疑是作者理想的化身，是作者社会理想的艺术体现者。

马丁在他创作生涯的黄金时期——40 年代的中期，以宝贵的精力专门为小读者创作了这部中篇小说，并独具匠心地塑造了乌帕里这一富有个性的艺术形象，表明了他对新一代的关怀和对祖国的无比热爱。孩子正在成长，他们的思想品格、精神素质既关系到他们自身的前途，也关系到祖国的命运。如果孩子们都能像乌帕里那样勇于探险、进取，乐于开拓、创造，那么未来的斯里兰卡当会告别贫困而走向繁荣昌盛。这正是马丁的期望，也是他创作《蛇岛的秘密》目的之所在。

思考题

1. 请简述现代当代南亚文学发展的特点和印度文学所起的作用和影响。
2. 请简述普列姆昌德的小说创作和他对印度进步文学的贡献。
3. 请简述伊斯拉姆的诗歌创作和他对孟加拉语文学的贡献。
4. 请简述费兹在巴基斯坦独立前后的诗歌创作及其进步意义。
5. 魏克拉玛辛讷代表作《蛇岛的秘密》所表现的思想内容及其积极意义是什么？

第四章 现代当代西亚北非和中亚文学

第一节 概述

第一次世界大战，尤其是十月革命，有力地促进了西亚北非和中亚地区被压迫民族的觉醒，出现了民族解放斗争的新局面。在西亚地区，早在20世纪20年代或30年代就已经有好些国家先后宣布独立，如阿富汗（1919）、伊拉克（1921）、土耳其（1923）、伊朗（1925）；还有一些国家，则要到第二次世界大战结束后，经过激烈斗争，才粉碎了殖民主义的统治而宣告独立，如黎巴嫩（1943）、叙利亚（1946）、约旦（1946）、以色列（1948）和巴勒斯坦（1988）。在中亚地区，十月革命以后，土库曼、乌兹别克、吉尔吉斯、塔吉克和哈萨克等各族人民不仅获得了解放，而且建立了各自的苏维埃政权，成为苏联的加盟共和国。

在北非地区，十月革命之后，埃及的民族解放运动进入了一个新的发展阶段。1922年，英国宣布取消埃及的保护国名义，承认埃及“独立”的宣言。但一直到1953年，埃及才废除君主制，宣布成立埃及共和国。突尼斯在1954年组建了民族解放军，开展了武装斗争。1957年，废除国王，宣布成立突尼斯共和国。阿尔及利亚一百多年来一直进行反抗法国侵略者的斗争，终于在1962年7月3日正式宣告独立。

西亚、北非和中亚地区各个民族各有自己的文化和文学传统，民族解放运动的发展也不平衡，有先有后，所以各国现代当代文学的发展道路和创作成就，也就不可能相同，各有各的特点。

在西亚地区，伊朗现代文学的成就比较突出。这一时期，在小说创作上的优秀代表是贾玛尔札德（1895—?）。他创造性地借鉴了西方小说的体裁和创作方法，运用通俗的语言创作短篇小说，开创了伊朗现代小说的先河。在1921年，他的第一部短篇小说集《在很久以前》在柏林出版；传到国内，轰动了文坛，引起强烈反响。

20世纪从20年代到40年代，是伊朗现代史上的黑暗时期，礼萨·巴列维国王（1925—1941在位）的文化专制主义严重地摧残了新生的伊朗现代文学。许多文学作品被查禁、被销毁，一些进步作家惨遭逮捕和杀害，有的作家被迫逃亡国外。

诗人阿列夫·卡兹文尼（1882—1934）、埃什基（1893—1924）和法罗西·耶兹迪（1889—1939）等，在黑暗的年月里，虽然受到各种迫害，但是他们毫不屈服，坚持以诗歌为武器，坚决斗争，顽强地进行创作。他们是这一时期伊朗现代诗歌优良传统的杰出代表。

30年代初，在德黑兰出现了一个青年作家组织"拉贝"（意为"四人小组"）。它是由赫达亚特（详见本章第七节）和志趣相同的好友共同创建的。他们经常研究讨论国内文艺形势和创作上的各种问题。他们的创作，最初受到西方现代主义文学的影响，在40年代以后，又明显地趋向现实主义的创作方法。

伯佐尔格·阿拉维是伊朗现代文学史上的重要作家。他在"拉贝"中同赫达亚特一起，曾积极引进西方现代主义创作方法。他的第一部短篇小说集《箱子》（1935）出版后，颇得好评。1937年他因投身进步运动而被捕，1941年大赦时获释。出狱之后，发表了短篇小说集《狱中札记》（1941）和《五十三人》（1942），是以被囚禁的切身经历和难友所受的磨难为题材创作的。

1946年，伊朗第一次作家代表大会在德黑兰召开，大会讨论了许多重大问题，为伊朗现代文学今后的发展指出了方向。现实主义仍然是主要的创作方法，但是表现主观内心世界的现代派小说日益增多，萨迪克·秋巴克（1916—?）的政治讽刺剧《橡皮球》（1962）有西欧荒诞派戏剧的色彩，胡尚格·古尔希里（1937—　）的历史题材小说《埃赫泰贾布王子》受到福克纳"意识流"小说的影响。

土耳其现代文学，是以"民族文学"的兴起为标志的。在20世纪20年代，"民族文学"已经成为土耳其现代文学的主流，1923年共和国成立后，"民族文学"在文坛上占据了主导地位。"民族文学"的代表人物厄梅尔·赛斐丁（1884—1920）是短篇小说家、土耳其现代文学的先驱、最早的现实主义作家之一。"民族文学"的代表人物还有雅库普·卡德里·卡拉奥斯曼奥卢（1887—1974）、雷菲克·哈利特·卡拉伊（1888—1965）和哈利黛·埃迪普·阿德伐尔（1884—1964）等。

20年代，土耳其文坛上也出现了一些别的流派，如："音节派"的5位诗人、"火炬派"的7位年轻诗人等，前者一直延续到40年代，后者只存在了3个月。

30年代，土耳其现代文学又进入了一个新的阶段，产生了第一批具有探索性质的现实主义作品。萨德利·埃尔泰姆（1898—1943）以及他的弟子贝尔基·瑟克特·昆特（1905—1959）、凯南·胡卢西（1908—1943）和著名小说家萨巴哈汀·阿里（1907—1948）的小说，开创了现实主义小说的一代新风，尽管还存在着某些缺点，却深受读者的欢迎。

1924年创办的《月亮月刊》，在发展现实主义文学方面发挥了重要作用。希克梅特

（详见本章第八节）加入这个刊物以后，大力提倡社会主义现实主义文学。他在现实主义诗歌的创作上作出了突出的贡献。

在 40 年代，在短篇小说的创作上最有成就的是萨巴哈汀·阿里（1907—1948）和萨义特·法伊克（1909—1954）。前者在 1935 年出版第一部短篇小说集《磨坊》之后，相继出版了《牛车》（1936）、《声音》（1937）、《新世界》（1943）和《玻璃宫别墅》（1947）等以及长篇小说《我们心中的魔鬼》（1940）；而在 1937 年发表的《有水井的尤素夫》，是其公认的代表作和土耳其现实主义小说第一个成功的范例，赢得广泛称赞。后者从 1934 年在《存在》杂志上发表作品，总共留下了 171 篇短篇小说，共收入 13 部作品集之中，深受群众的欢迎。

到了 50 年代，土耳其文学的发展趋向多元化。反映农村生活题材的“乡村文学”成为土耳其文学的主流。亚沙尔·凯马尔（1922—　）是五六十年代“乡村文学”的杰出代表，长篇小说《瘦子麦麦德》（1955）是代表作，1969 年又出版了第二部。他的三部曲长篇小说《中流砥柱》（1960）、《铁地铜天》（1963）和《长生草》（1969），以及《铁匠铺惨案》（1973）、《如果蛇被打死》（1976）、《海在咆哮》（1978），都是深受欢迎的佳作。其中，《铁地铜天》和《长生草》曾在国外获“最佳作品奖”，《中流砥柱》被誉为土耳其最精彩的小说。

70 年代是土耳其短篇小说创作的繁荣时期，并且在文学创作上出现了多样化的特点。文学的政治化，在诗歌和小说的创作上均有明显的表现，如诗歌创作上的政治符号化，小说创作上的“城市文学”热和“事件文学”（即政变文学）热等。奥尔罕·帕慕克（1952—　）是土耳其近年来引人注目的小说家。从 1974 年开始文学创作以来，迄今他已经出版了一系列的长篇小说。由于他的成绩突出，2006 年他成为诺贝尔文学奖得主。

巴勒斯坦的现代文学，肇始于 20 世纪 20 年代初期。在反英斗争中产生的巴勒斯坦现代文学激发了民族觉醒，颂扬了爱国主义精神，讴歌了坚贞不屈的英雄气概，在民族解放斗争中发挥了重要作用。

1948 年 5 月 15 日以后，巴勒斯坦现代文学又进入了抵抗文学（又称战斗文学）的新阶段。它在斗争中发挥了号角的作用，成为抵抗运动的重要一翼。

在抵抗文学的发展过程中，涌现出许多著名的小说家、诗人和剧作家。著名的小说家有格桑·卡纳法尼（1939—1972）、陶菲格·法雅德（1939—　），杰出的诗人有阿卜杜·凯兰姆·卡尔米（笔名艾布·赛勒马）（1917—1980）、迈哈穆德·萨利米·阿拉·胡特（1917—?）、迈哈穆德·达尔维什（1941—2008）和陶菲格·齐亚德（1936—　）等。

60 年代中期以后，随着巴勒斯坦民族解放运动（法塔赫）的蓬勃发展，抵抗文学又进入了一个新的阶段。抵抗文学的作家，也是法塔赫的战士；枪和笔都是他们手中的武器。因而，这一阶段的作品最鲜明的特征是充满战斗的激情，反映了人民的高度觉悟，洋溢着英勇献身、不怕牺牲的抗争精神。前一阶段创作中的忧伤悲观情绪，再也看不到了。这一阶段的杰出代表作品是格桑·卡纳法尼的《重返海法》（1968）。作品通过主人公赛义德一家骨肉悲欢离合的不幸遭遇表现了巴勒斯坦人民被迫离开家园、背井离乡的痛苦，同时也反映了他们的觉醒和斗争决心，要为“重返海法”而开展武装斗争。这部杰作，从思想内容到艺术成就，都展示了抵抗文学的高度发展水平。

现代以色列文学是从第一次世界大战、十月革命之后开始的。从 20 年代起，到 1948 年建立以色列国为止，可以称为“渴望回乡阶段”（1918—1948）的文学。代表作家有小说家阿格农（详见本章第六节）、作家阿维·沙乌尔（1898—?）、诗人阿列克萨达尔·佩思（1906—1972）等。

1948年，以色列国建立后，又使文学进入了一个新的阶段——“国家发展阶段”（1948— ）。建国初，是继承前段传统的时期，文学创作的重要题材是犹太民族的历史命运和复兴大业，其创作方法也是传统的现实主义。

从50年代末开始，涌现出一批建国后成长起来的新作家，被称为“新浪潮一代”。这表明现代主义文学创作已经活跃于以色列文坛。在70年代末期，以色列文学又显露了多元化的倾向：赛法拉德①文学、女性文学开始兴起，文学语言更加转向口语化、生活化——作品中大量出现街头巷间的俚言俗语，创作中显示出个体化倾向——从重大社会题材转向个人生活题材。

在现代北非阿拉伯文学的发展过程中，埃及文学处于领先地位，它在政治上和文化上对阿拉伯各国的现代文学产生了极为明显的影响。

“埃及现代主义派”（又称“埃及现代派”）的出现，标志着埃及现代文学的开端。这一流派，在第一次世界大战期间开始形成，到20世纪20年代有了蓬勃的发展，在30年代进入了繁荣阶段，已经成为影响广泛的埃及现代文学的主要流派。然而，它同欧洲的现代主义派别却毫无共同之处。这一流派主张在创作中应以现实主义的态度描写社会的现实生活，表现人民群众——工人、农民、手工业者以及中产阶级——的不幸遭遇和苦难生活，并表达他们的理想和愿望，为反帝反封建的民族民主运动服务。著名的作家有艾哈迈德·邵基（详见本章第二节）、塔哈·侯赛因（详见本章第三节）、迈哈默德·台木尔、易卜拉欣·马齐尼、阿拔斯·阿卡德和陶菲格·哈基姆等。他们为埃及现代文学的发展作出了杰出的贡献。

迈哈默德·台木尔（1894—1973）是一位多产的作家，一生创作了70多部作品，其中仅小说集就多达26部，包括300篇短篇小说。他是现代埃及现实主义短篇小说的奠基人，被誉为“阿拉伯现代短篇小说大师”、“埃及的莫泊桑”。1925年他创作的第一部短篇小说集《朱麻谢赫和其他故事》一问世便震动了文坛，引起了极大的重视。1927年，又发表了《穆特瓦里大叔》，颇得好评。台木尔也从事戏剧创作，他写过历史剧，也创作过以第二次世界大战为题材的现代剧。《第13号防空洞》（1943）和《炸弹》（1943），都是现代剧中的名篇。

陶菲格·哈基姆（1898—1987）的创作，深受迈哈默德·台木尔的影响，是著名的剧作家和小说家。他早期创作的剧本《讨厌的客人》、《新女性》和《阿里巴巴》等，曾在埃及上演过，但不算成熟的作品。带有自传性的长篇小说《灵魂归来》（1933），使他一举成名。到了20世纪60年代，陶菲格运用现代派的创作方法进行试验，相继写出所谓“非理性剧”或“荒诞剧”，如《彷徨的苏丹》（1960）、《喂，爬树者》（1962）、《人人有饭吃》（1963）、《狩猎行》（1964）和《火车之旅》（1964）等。陶菲格在戏剧创作上作出了杰出的贡献，被誉为“阿拉伯现代戏剧之父”。从20世纪30年代开始，他从原来的喜剧风格转变为深沉的正剧或接近悲剧的风格，进入了“哲理剧阶段”。这一阶段的代表作有《洞中人》（1933）、《山鲁佐德》（1934）和《皮格玛里翁》（1942）等。从20世纪40年代中期开始，他的创作方向又转向现实主义；到了20世纪50年代中期，他的现实生活题材表现出维护人民的民族愿望。陶菲格还是一位理论家，写过不少关于文学艺术的论著，对埃及现代文学的发展作出了重大贡献。

在埃及，有许多新的作家登上了文坛，他们遵循的原则是：文学必须忠于人民。青

① 赛法拉德人，字面上的意思是“西班牙人”，其实是被西班牙人赶出的犹太人，以及他们与之相混合的地中海沿岸所有的犹太社团的人，除宗教信仰外，已经土耳其化。

年批评家穆拉德指出新文学是人民的、劳动群众的文学，它描述他们的生活、他们的斗争、他们对更美好未来的希望……它贯注一种希望，给人民以支持，增强人民的最美好的方面；他们应获得美好的生活、爱情和自由。从它的内容主题以及目的上看，这是一种新的文学。这一提法，被认为是当代埃及新文学的奋斗纲领。他们反对“为艺术而艺术”，在表现形式上主张继承前代的文学传统，认为必须向老前辈和当代的文学大师们学习。

这一时期涌现出来的有成就的作家很多，著名的有迈哈福兹（详见本章第四节）。他在1988年荣获了诺贝尔文学奖。

阿卜杜·拉赫曼·舍尔卡维（1920—1987），是当代埃及著名的作家。他早期的短篇小说集《斗争的土地》(1952)，长篇小说《土地》(1954)、《空虚的心》(1957)、《后街》(1958)，都是颇得好评的作品。他还是埃及政治诗的创始人之一。50年代初，他的长诗《一个埃及父亲给杜鲁门总统的公开信》，真实而生动地表现了埃及人民渴望和平、反对战争的强烈愿望。他的历史诗剧《青年麦赫朗》（1965)、诗剧《阿卡，我的祖国》(1969）和剧本《自由的塑像》(1967）等，深受称赞。

尤素福·伊德里斯（1927—1991)，也是当代埃及的著名作家。他曾当过医生，20世纪50年代开始写作。《最便宜的夜晚》(1954)、《英雄》(1957)、《难道不是这样吗?》(1958)、《光荣事件》(1959）和《爱情的故事》(1967）等，均为代表作。

阿卜杜·拉赫曼·哈米西（1920—1987）是当代埃及的著名诗人、小说家和剧作家。因为贫穷而未能读完大学，从事过多种职业，从1945年开始做新闻记者，并开始创作活动。他始终站在埃及文学的进步潮流一边，是一位同情劳动群众的作家，这可能和他自己的贫穷经历有关。他曾对提倡“高雅的”文学拥护者说：“我有理由为反对这种文学进行斗争。因为我父亲是一个简朴的贫苦农民。我在开罗街道上过了许多夜晚，而且有许多次挨饿，还没有一点粮食沾口。”[①] 他的作品有短篇小说集《血染的衬衫》(1953)、《我们决不死》(1953)，以及《永不干枯的血迹》(1956)、《罪恶之门》等，被誉为埃及无产阶级作家。

马格里布阿拉伯文学，在第二次世界大战后，有了突飞猛进的发展。“马格里布”是阿拉伯语“西方”的意思，一般泛指北非的阿尔及利亚、突尼斯和摩洛哥三国。

阿尔及利亚文学，在北非文学中占有突出地位。穆夫迪·札卡里亚（1913—1977)，是著名诗人。在青年时代，他积极投身民族解放斗争，曾5次被囚禁。在牢房里创作的《请作证》(1956）洋溢着爱国热情和革命精神，被选为国歌。

艾布·卡西姆·萨阿达拉（1931— ）的诗集《胜利属于阿尔及利亚》，充满了反帝反殖、争取民族解放的顽强意志，是人民群众爱不释手的佳作。

阿尔及利亚的小说，虽然产生得晚，但是发展迅速，反帝反殖题材的作品不断涌现，丰富多彩。穆罕默德·狄布（1920— ），是用法语创作的著名作家。他的阿尔及利亚三部曲——《大房子》(1952)、《火灾》(1954）和《织布机》(1957)，反映了劳苦大众的贫困生活和反抗殖民统治的顽强斗争。他曾以西方现代派的手法进行创作，在《记得大海的人》(1962）和《在荒凉的岸边奔走》(1964)，便有明显的反映。

马莱克·哈达德（1927—1978）的名作《最后的印象》(1958)、《我将献给你一只羚羊》(1959）和《学生与功课》(1960)，都是深受欢迎的杰作。

在突尼斯文学中，沙比被誉为“突尼斯民族之光”（详见本章第五节)。在摩洛哥文

① ［埃及］阿·拉什奇夫卡娅：《现代埃及文学》，载《新观察》，1957（2）。

学中，阿拉伯语诗人穆斯塔法·穆罕默德·阿斯·萨巴格（1927— ）、法语小说家阿赫默德·塞夫里乌依（1915—?）等人的创作，在马格里布文学中占有重要地位。

在中亚地区，吉尔吉斯的现代文学最早是在诗歌创作上取得了突出的成就。托科姆巴耶夫（1904—1988），被誉为吉尔吉斯现代文学的奠基人。他从1924年开始创作诗歌，相继出版诗集《悼列宁》（1927）、《妇女的镜子》（1929）、长诗《马纳斯的乡亲》（1941）和长篇诗体小说《曙光之前》（共两卷，1935—1947），还创作过中篇小说和剧本《誓言》（1947）、《不朽的种子》（1966）等以及吉尔吉斯国歌的歌词。马利科夫的多部诗集也颇得好评。他的剧本《在高地上》等，对吉尔吉斯戏剧的发展产生过积极的作用。著名小说家艾特玛托夫（详见本章第九节），对吉尔吉斯现代文学作出了重大的贡献。

乌兹别克现代文学，在中亚地区也是享有盛名的。著名的诗人、剧作家哈姆札·哈基姆札杰·尼亚吉（1889—1929）是乌兹别克现代文学的开创者。他的诗集《香玫瑰》（1919）是乌兹别克无产阶级诗歌的最早典范。剧本《被毒化了的生活》（1916）、《地主和雇工》（1918）以及中篇小说《新的幸福》（1915），在文学史上占有重要地位。

塔吉克现代文学，是在十月革命以后发展起来的。阿伊尼（1878—1954）既是塔吉克现代文学的奠基者又是乌兹别克现代文学的创始人之一。他创作的诗歌《自由进行曲》（1918）和《为十月增光》（1918）是塔吉克现代文学诞生的标志。中篇小说《奥金娜》（1924）和长篇小说《多洪达》（1930）以及《奴隶们》（1934）构成了史诗性三部曲，赞颂了百余年以来塔吉克人民的生活和斗争。

土库曼现代文学，在十月革命以后出现了崭新的局面。诗人们把传统的民族形式同表现新的题材巧妙地结合起来，促进了土库曼现代文学的新发展。凯尔巴巴耶夫（1894—1974）是土库曼现代文学的创始人之一。他从1923年开始发表诗作，长诗《妇女界》（1927）、《一个被奴役的女人》（1928）、《走向新生活》（1928），都是代表作。从30年代开始，他又创作了革命历史小说《决定性的步骤》（三卷，1940—1955），是以土库曼人民的革命斗争为题材的，是土库曼文学史上第一部长篇小说。

第二节 邵 基

埃及杰出诗人艾哈迈德·邵基（1869—1932），是继巴鲁迪之后阿拉伯诗歌复兴运动的中坚之一。由于他在诗歌创作方面的卓越成就，他被誉为“诗圣”、“诗王”，在阿拉伯世界享有盛名。

邵基出身于贵族官僚家庭，他的家族杂有阿拉伯、土耳其、库尔德和希腊人血统。他4岁入私塾，从小受到良好的教育，特别是受到阿拉伯文学的熏陶。上中学时开始学习写诗，显露出擅长诗歌的天赋。他不仅精通阿拉伯语，还努力学习法语和土耳其语。这三种语言为他日后成为博古通今的大诗人提供了良好的条件。1887年从法律学校毕业后，他前往法国留学。在当地广泛地接触西方文化，读了拉·封丹、雨果和拉马丁等法国文学家的作品。回国后，他在宫廷供职，任国王阿拔斯二世御前诗人达20年之久。

1914年第一次世界大战爆发，英国废黜了埃及国王阿拔斯二世，另立一贯亲英的侯赛因·卡米勒为国王。邵基写诗对此表示不满，于是英国人把他流放到西班牙。

1918年邵基回到埃及，正值民族独立运动高涨，他发觉国内政治形势发生了极大的变化。不久埃及恢复了部分独立，他也恢复了自由。从此他不再去宫中服务，专心从事诗歌创作了。邵基博闻强记，聪颖过人。他有坚实的阿拉伯文学基础，以阿拉伯中古时期大诗人艾布·努瓦斯、布赫图里、艾布·泰马姆和穆太奈比等的优秀作品为借鉴，掌握近代诗人巴鲁迪等人诗作的精髓，汲取西方优秀作家的艺术风格和表现手法，形成了自己的独特风格。他的诗歌带有某种古风，同时又体现出自己的个性和时代的精神。

流放前，他在安逸享乐中生活，利用各种机缘歌颂埃及王室和奥斯曼帝国，写下大量宫廷颂诗，风格与中古阿拔斯王朝的一些诗人相仿。有时也用"明珠玉杯镶，金银相辉映"的轻巧短韵，描写饮宴、歌舞的场面。他还效仿古人，写了不少情诗、诔诗、饮酒诗、自豪诗等等。

不过，他毕竟生活在19世纪末和20世纪初民族解放运动蓬勃兴起、反抗外国占领的斗争年代。祖国的危难不能不在他心中激起层层涟漪，他的许多诗篇抚今思昔，抒发对祖国的感情。著名史诗《尼罗河谷的巨大事件》（1894）就是在雨果《历代传说》启示下描绘的一幅埃及历史的画卷，表达了他对祖先光荣业绩的崇敬，对国家屡遭不幸的沉痛心情。此外，对祖国发生的重大事件，他也有强烈的反应，如《淡水洼的回忆》（1907）便是一篇出色的诗作。1906年一群英国军官到淡水洼村猎取家鸽，遭到农民抗议，其中一个英国人中暑而死，野蛮的殖民者竟制造借口，进行了血腥的镇压。这次大屠杀，激起埃及人民极大的愤怒。邵基在诗的最后几行愤怒地写道：

> 噢，淡水洼村啊！
> 让完全明了这事件的人们相信，
> 这是起义，也是复仇，
> 它像巨流冲向全国各地。
> 人们的脸上带着悲愤，
> 憎恨正在母亲的心田里成熟。

这首诗表现了对英国殖民者的仇恨和对敢于揭竿而起进行反抗的埃及农民的赞扬，既揭露了英国殖民者的残暴，又对淡水洼事件的遇难者及其孤儿、寡妇，表示了深切的同情。

邵基在流放期间也写下了不少著名诗篇，《尼罗河颂》便是其中的一首。他在诗中尽情讴歌礼赞自古以来哺育着埃及人民的神圣的尼罗河，倾注了对饱经蹂躏的伟大祖国的无限深情：

> 她像大海一样奔流，
> 　　用潮水
> 哺育人们
> 　　和人们栽培的庄稼。
> 她是食用的麦粒，
> 　　又是做衣裳的棉花。
> 她是我们欢乐和希望的
> 　　永不枯竭的源泉！

为人民造福——
　　是她的生活准则，
她对一切人公正无私，
　　殷勤灌溉着每块土地，
不分贫富，
　　她一律带给丰收，
你一旦收获，
　　就赶紧耕耘吧！

她永远奔流不息，
　　乍一看——却像凝然不动。
一望无际的河水倾泻奔流，
　　是如此雄浑，又如此安详；
可是只要稍微激怒，
　　汹涌的水流便泡沫飞溅，
带着雄狮般的怒吼，
　　掀起惊涛巨浪。

像甜蜜的希望，
　　她的玉液琼浆对我们无比珍贵。
像龙涎香一样，
　　她的两岸碧波荡漾，四际芬芳。
尽管她泥沙浑浊，
　　却使世界上最美丽的江河黯然失色，
神圣、浩瀚的尼罗河啊，
　　是我们永恒的母亲！

他还以举世瞩目的金字塔、狮身人面兽等古迹为题材，抒发了同样的思想感情。他身处异乡，吟出“乐园虽向往，怎及祖国好。为何大树禁黄莺，杂类乌鸦乱聒噪？”的诗句，这不但表达了他对祖国的怀念与热爱，还倾吐了伤时忧国的心情。

流放归来后，在如火如荼的民族独立运动感召下，邵基置身于运动之中，不再为国王歌功颂德，转而描写人民的民族愿望和社会的政治生活，这在他创作的道路上是一个转折。他不仅讴歌埃及人民的爱国主义精神，也表现其对伊斯兰教和阿拉伯民族的共同感情。

1924 年，埃及各政党为了自身利益，互相倾轧，邵基为此写诗，尖锐地提出：“分歧何时了？吵闹为什么？”号召各政党不要只顾闹矛盾，应该团结一致对敌。1925—1926 年，叙利亚人民进行英勇的反法斗争，邵基热情地写道：“大马士革呵，我的泪在不住地流，我向你致以问候，它比巴拉达河上的微风还亲切。”他坚信“用烈士们的鲜血染红的手，一定能打开自由之门”。1922 年，利比亚人民在民族英雄欧麦尔·穆赫塔尔领导下，进行了反对意大利占领的斗争，后来被镇压，穆赫塔尔被处以绞刑。邵基为此吟道：“沙漠中你的遗骸是一面旗帜，它日日夜夜在动员着沙谷里的人们。敌人竖起的是一座血的灯塔，它指引我们新的一代前进。”邵基以满腔热情歌咏民族民主革命，表达阿拉伯各国人民相互支援的战斗情谊。用他的话说就是：“在东方我们是同族同文的子孙，我们是同甘苦、共患难的兄弟”；“我的诗是歌唱东方的欢乐，哀叹东方的不幸”。

邵基是20世纪初埃及资产阶级启蒙运动的积极赞颂者，他的许多诗篇表达了这样的主张：通过改革教育、发展文化、解放妇女、努力工作等途径实现民族独立的目的。他也用诗歌积极反映社会生活，如成立埃及银行、建立埃及大学和发起节约一角钱运动等。他写的许多诗都能吟唱，有些成了爱国歌曲，在青年中广泛流传。如歌唱尼罗河的小曲：

尼罗河啊，你多可爱，
像条褐色的饰带。
如黄金，似白玉，
真是千姿百态！

邵基在他的晚年以法国古典派戏剧为借鉴，创作了5部古典题材的诗剧、一部现代题材的诗剧和一部古典题材的散文剧。其中以《克娄巴特拉之死》（1929）和《莱伊拉的痴情汉》（1931）最有名。前者讲的是公元1世纪末埃及抗击罗马侵略，最终亡于罗马的历史故事，后者是一部阿拉伯式的《罗密欧与朱丽叶》。将诗剧介绍到阿拉伯文学中来是他的创举，为阿拉伯文学开拓了新领域。

邵基一生创作了大量的诗歌。他的诗歌具有鲜明的艺术特色。首先，具有铿锵和谐的音韵，朗诵起来悦耳动听。他总是仔细推敲每个辅音和元音，关注词句音韵的协调。其次，想象丰富，感情细腻。诗中有美妙的幻想，细致的描写。读来意境清新，引人入胜。最后，语言凝练有力，简洁畅达。他灵活地运用古典的比喻和借喻，遣词造句灵活自如。他的诗歌具有强烈的艺术感染力，受到阿拉伯各国读者的一致赞扬。

在19世纪中叶开始的埃及文化复兴中，继巴鲁迪之后，邵基的诗歌起了承上启下的作用，把阿拉伯诗歌推向了新的高峰。他由最初的模仿古诗逐步走上了创新的道路，给阿拉伯诗歌留下了一份宝贵的遗产，为阿拉伯诗歌的发展作出了不可磨灭的贡献。

第三节 塔哈·侯赛因

塔哈·侯赛因（1889—1973）是埃及著名作家、文学家、文艺评论家和思想家。他的著述丰富，门类、体裁多样。他不仅对文学，而且对历史、哲学等都有精深的研究，成为一代文宗，被誉为“阿拉伯文学泰斗”。

塔哈出生在米尼亚县马加加城附近的乡村，父亲是制糖厂的小职员。由于家庭经济不宽裕，塔哈三岁时患眼疾未得到很好的治疗，造成双目失明。但他从小聪明好学，记忆力强，不久入学塾读《古兰经》。1902年，他随哥哥到开罗，入爱资哈尔大学预备部学习。

当时的爱资哈尔大学是埃及资产阶级改良主义运动新旧思想激烈交锋的中心。塔哈对死板、枯燥的课程不感兴趣，对学校的整套制度感到厌烦。1908年，他转入新创办的埃及大学。这里的新环境和新学习内容给予他很大的鼓舞，一些具有新思想的埃及学者讲授的课程，特别是几位欧洲东方学家的文学评论课，对他启发很大。1914年，他写出纪念中古时期阿拉伯盲诗人麦阿里的学术论文，获得埃及大学颁发的第一个博士学位。在这篇论文里，他提出了新的文学评论准则，即不受前人之见的束缚，要敢于提出自己的见解。这篇论文使年轻的塔哈崭露头角，名噪一时。

1914年11月塔哈前往法国留学，先入蒙彼利埃大学，后转入巴黎大学文学院，主攻古希腊、罗马史，同时学习希腊文和拉丁文。在校期间，他结识了一位品格高尚的法国姑娘，她给了塔哈很大的帮助，后来成了塔哈的终身伴侣。

1919年10月，塔哈回到埃及，在文学院讲授古希腊、罗马史和法国近代文学。在这期间他写了《希腊剧诗选》和《雅典人的制度》，向埃及人介绍希腊的古代文明；还翻译了古希腊索福克勒斯的几个剧作，取名《希腊戏剧文学选》。不过塔哈发现，埃及读者不很欣赏希腊文学，而当时埃及的戏剧可以说是一穷二白。于是他又向读者介绍法国剧作，1924年出版了包括几位法国著名剧作家作品的《戏剧故事集》。后来又译了拉辛的《昂朵马格》和伏尔泰的哲理小说《查第格》。1924年塔哈任埃及大学文学院阿拉伯文学教授。1925年出版历史评传《思想的领袖》一书，概述西方思想、文化发展的几个历史阶段。

以法国唯理主义哲学家笛卡儿的名言“我思故我在”作为指导思想的塔哈，1926年发表《论贾希利叶时期的诗歌》，对伊斯兰教以前的阿拉伯诗歌进行分析，认为其中许多作品是后人伪造的假古董。他的观点震动了文化界和思想界，甚至在议会里也引起强烈反响。保守派对他进行围攻，但他一直坚持战斗。他还提出西方现代文学和阿拉伯古典文学结合的新文艺批评标准。这种革新倾向并不是要全盘否定古代文化遗产，而是有取有舍，用新形式和新内容充实它，发展它。这无疑是一个可贵的贡献。

塔哈1934年年末任文学院院长。在此期间他编注了10世纪阿拉伯诗人穆太奈比的诗集，出版论著《同穆太奈比一起》（1936）和《埃及文化的前景》两卷（1939）。1942年他任亚历山大大学校长，继续进行教学、科研和创作。

塔哈在一个时期致力于中长篇小说的创作，主要作品有：《鹬鸟声声》（1934），表现牧民、农民和城市下层人民生活，描写牧民的女儿和城市知识分子因社会地位不同而不能幸福结合的故事，也反映善与恶的矛盾。《山鲁佐德之梦》（1943），通过《一千零一夜》中山鲁佐德和山鲁亚尔的故事提出当前的各种现实问题，使古老故事重新复活。《苦难树》（1944），描写一家三代人的生动形象，反映理智和科学与陈腐习惯势力之间的尖锐斗争。总之，在这些小说中，他表现了自己的民主主义和人道主义思想。

自1940年起，塔哈任阿拉伯语言学会委员。1956年埃及作家协会成立，他一直担任主席。1960年他被选为阿拉伯语言学会副会长，1963年当选为会长。他在纯洁阿拉伯语言、用阿语词汇表现日新月异的自然科学并使之规范化等方面作出了卓越的贡献。由于在文学方面建树卓著，他曾获欧洲许多大学授予的名誉博士称号。1958年获埃及政府颁发的文学表彰奖，1965年获尼罗河项链奖。

塔哈的代表作《日子》是自传性长篇小说，全书分为三部。它通过主人公对童年和青年时代的回忆，反映20世纪初埃及一部分具有新思想的知识分子同伊斯兰教经院教学代表者之间的斗争。它可以帮助人们了解当时埃及的社会面貌，看到知识分子所面临的问题以及他们为争取社会进步所做的努力。

19世纪末20世纪初的埃及，在经历了一百年动荡不安以后，政治上仍然处在极不稳定的局面之中。塔哈的童年生活，正是在祖国灾难深重的年月里度过的。

《日子》第一部出版于1929年。它记述作者童年时期的家乡生活。父亲是个小职员，有子女13个，塔哈是老七。3岁时患眼疾，被土医生治瞎了（两个眼珠都给挖掉）。小妹妹发高烧因得不到治疗而惨死。塔哈的一个哥哥死于肆虐城乡的霍乱。农村缺医少药，迷信盛行，文化落后。在这种情况下，他入村里的学塾念《古兰经》，以后又去开罗继续深造。作者描写他怎样“在家庭、学塾、法院、清真寺、督察员的住宅、学者们的座谈会和济克尔的会场上，度过了既不甜也不苦的日子”，其中主要涉及乡村的教育事业和宗教活动。小说对于不学无术的学塾教师西迪和他的助手“学长”，以及贪婪的上埃及地区教派首领等人物作了真实的描写，特别是描写小妹妹惨死和哥哥暴卒的篇章，更加深沉哀戚，感人至深。

《日子》第二部于1939年出版。它记述作者在爱资哈尔大学8年的学习生活。小说描写年轻的爱资哈尔人的宿舍生活及其周围的人物、爱资哈尔大学的教学活动，从侧面反映穆罕默德·阿卜杜教育改革的失败，并从正面表现作者对爱资哈尔经院教学的反抗。爱资哈尔大学是一所古老的宗教学府，经过土耳其人三百多年的统治和西方殖民主义近百年的蹂躏，每况愈下，徒有其名。到了19世纪末20世纪初，该校成为埃及资产阶级改良主义运动新旧思想激烈交锋的中心。当时以伊斯兰教维新派学者穆罕默德·阿卜杜等为代表的知识分子，积极倡导社会改革运动，并为此而努力奔波。塔哈来到爱资哈尔后，坚决地站在新思想一边。但是，维新派的主张和措施遇到校内外保守势力的阻挠和抵抗，在他们的压力下，阿卜杜被撤掉校委会主任的职务。然而，要求改革、要求进步的时代潮流是无法抗拒的，这场新与旧的斗争还在继续。

《日子》第三部完成于1962年，表现了塔哈进入新式大学后的喜悦心情。一些具有新思想的埃及学者和欧洲东方学家向学生传授的知识、观点和见解，使年轻的塔哈茅塞顿开，视野大为开阔，为他后来的文学生涯打下了扎实的基础。虽然作者双目失明，但他似乎看到了明亮的世界，他也要把光明带给埃及。

长篇小说《日子》描绘了19世纪末20世纪初动荡年代埃及社会的生活图景，侧重展现了埃及农村和爱资哈尔文化教育的落后状况。尽管作家的语调平静而深沉，但揭露是深刻的，它揭示的问题带有普遍的社会意义。

塔哈以坦率和细腻的笔调记述自己的童年和青少年时代的生活经历。不论是在内地乡村或是在爱资哈尔，他的思想、行动和感受都代表了一部分具有新思想并要求变革的知识分子的愿望和要求。西方的人文主义、理性主义和民族主义等对他都有影响，这在他对生活、社会、文学和文艺批评的观点中都有所反映。特别在文艺批评方面，他主张思想自由，大胆怀疑，自由探讨，不囿于传统之见，后人可以而且应该超过前人，这是很有见地的。他是这么说的，也是这么做的。要求进步、民主和科学，要求改革，是当时具有新思想的知识分子共同的愿望。年轻的塔哈，不仅从思想上紧紧地跟上这个潮流，而且见诸行动，始终站到这一新潮流的前列。

通过《日子》我们可以看到塔哈从一个可怜的盲童成为一个著名作家、学者和一代文宗的成长过程。这条道路是漫长而曲折的，充满了艰难险阻。他通过不懈努力，艰苦奋斗，既实现了自己的理想，也为国家和民族赢得了荣誉。出现在我们面前的是这样一个高大的形象：一个衣衫褴褛、双目失明的人，但他面容安详，嘴角挂着微笑，和领路人匆匆地一起向爱资哈尔走去。他脚步坚定，毫不蹒跚。在他脸上没有常在盲人脸上看到的那种忧郁的表情；在课堂上他全神贯注地听课，吸收着老师的每一句话，面带笑容，不觉痛苦，也不烦躁……这就是塔哈，他顽强地克服残疾带来的不幸，以非凡的毅力和坚定的信念克服一个又一个困难，终于达到荣誉的顶峰。

通过《日子》我们也了解到，塔哈的一生是充满斗争的一生。他同宗教界、文学界和政治界的保守势力进行过激烈的斗争，他用希腊的和西方的文学典范来教育人民，他在文学研究和小说创作领域里开辟了新的道路。凡此，我们都可以在《日子》里看到详细的描述。

塔哈的《日子》在语言方面也很有特色，即温柔、纯洁、生动、细腻。在他看来，文学之所以为文学，就是既要动听又要动人，所以他尽量使自己的语言具有音韵的效果。他不用华丽的词句，而是平铺直叙，既有音乐性，又有思想性。他用充满音韵的语言自然而流畅地表达自己的观点和看法，介绍西方的各种思想，表述自己具有独创精神的论断。

塔哈的《日子》在文体上也有很大贡献。古代阿拉伯文学的主要形式是诗歌、韵文和故事，19世纪下半叶出现了政论性杂文和历史小说，而抒情散文、长短篇小说到后来才有。塔哈的《日子》既是出色的小说，也是优秀的抒情散文作品，被认为是当代抒情散文的典范。

半个多世纪以来，《日子》这部作品不断被一代一代的阿拉伯青年传诵，而且译成了许多种文字，产生了广泛而深远的影响。

塔哈由一个令人怜悯的盲童成长为一代文豪，这在阿拉伯文学史上实属鲜见。就其全部经历和创作来看，他在阿拉伯古典文学和现代文学之间、阿拉伯文学和世界文学之间起了桥梁作用。他在19世纪末20世纪初的埃及文化启蒙运动中，在创建埃及的乃至阿拉伯的新文学运动中，在具有鲜明现实主义色彩的“埃及现代派”文学活动中，以及在创立新的阿拉伯文艺批评等方面，都作出了可贵的贡献。他于1973年去世。现已出版《塔哈·侯赛因全集》18卷。

第四节 迈哈福兹

纳吉布·迈哈福兹（1911—2006）于1911年12月11日生于开罗杰马利叶区。父亲原是个小职员，后改经商；母亲是位典型的贤妻良母。这个家庭最主要的两个特点是：笃信伊斯兰教，关心国家大事和民族命运。作家曾回忆说：“我在童年时代所学到的基本价值观念就是爱国主义。我父亲当时在家总是热情地谈起民族英雄，非常关注他们的消息。因此，从很小的时候起，家庭与世界的密切关系就印在了我的生活中。”作家所处的大环境是：埃及人民生活在英国殖民主义的统治下和土耳其及本国封建势力的压迫下，但他们又不甘心于这种命运而进行种种斗争。作家所处的小环境——杰马利叶区则是一个中、下层人民混杂的居民区。五光十色的生活、三教九流的人物形象都成了作家日后取之不尽用之不竭的创作素材。

迈哈福兹自幼聪颖好学，兴趣广泛，在浓郁的宗教和传统文化的氛围中长大。他从法老时代以来流传下来的各种优美的神话、传说、故事、传奇，还有阿拉伯人引以为荣的诗歌中吸取了充足的养料，这为他打下了坚实的语言、文学功底，培养了他熟练驾驭阿拉伯语的能力。

迈哈福兹于1930年考入埃及大学（现开罗大学）哲学系，1934年毕业。他学习、研究过世界各种哲学思想、流派和思潮，包括马克思主义在内的各种源自西方的进步思想。近现代阿拉伯文学复兴运动的先驱者和文坛巨匠也都成了他的良师益友。

迈哈福兹通晓英文、法文，又有长期坚持不辍的阅读习惯，一般来说，东西方古今各国名家名著他都阅读过。这些名著成了他在文学创作方面的外国老师或笔友。他不仅看文学作品，还看各种社会科学、自然科学方面的书籍。这一切无疑拓宽了作家的视野，为他攀登世界文学的顶峰铺平了道路。

迈哈福兹大学毕业后，曾在校务处做过书记员，后在宗教基金部任过秘书，又先后在文化部任过艺术司办公室主任、电影企业管理委员会主任、文化部顾问等职。1971年底退休后才应聘为《金字塔报》的专职作家。长期以来，他一直是业余从事创作的。在这方面，他曾将自己与美国作家海明威作过对比，不无感慨地说："他过着自己的生活，再将这些生活详详细细地转述给人们。缺少什么经历，他可以去寻求，可以飞往地球任何地方去体验，再把它写出来。而对于我来说，写作却是一件撕裂神经的受罪过程：我的政府工作占据了我白天的大部分时间，只有在夜晚我才能动笔，最多写上两小时就熬不住了。人们把我写出的东西仅仅称为文学作品，而我则要把它称为职员的文学作品。"

就是在这种情况下，迈哈福兹为阿拉伯文坛奉献出近五十部作品，其中约三十部为中长篇小说，余者为短篇小说集。其作品往往先在报刊上发表，然后出单行本，再改编为广播剧、电视剧、电影。通过这些传播媒介，迈哈福兹其人、其作品及作品中的主要人物在阿拉伯世界几乎家喻户晓，妇孺皆知。作家于1957年获国家文学奖，1962年获一级勋章，1968年获文学方面的国家表彰奖。作家的一些重要作品已被译成东西方多种文字，在世界各国广为传播。其作品的中译本也有十余种。在阿拉伯作家中，他是作品被译成中文最多的一位。

1988年10月13日，瑞典科学院宣布将当年诺贝尔文学奖授予纳吉布·迈哈福兹。对他的授奖评语曾指出，他通过大量刻画入微的作品——洞察一切的现实主义，唤起人们树立雄心——形成了全人类所欣赏的阿拉伯语言艺术。瑞典科学院常任秘书长斯图尔·艾伦先生在颁奖词中还指出：纳吉布·迈哈福兹作为阿拉伯散文的一代宗师的地位无可争议。由于他在所属的文化领域的耕耘，中长篇小说和短篇小说的艺术技巧均已达到国际优秀标准，这是他融会贯通阿拉伯古典文学传统、欧洲文学的灵感和个人艺术才能的结果。

迈哈福兹从学生时代就开始写作。他最初试图写诗，也写过侦探小说，发表过一些哲学论文。在30年代至40年代初，他写了大量短篇小说。据说，他把自己不满意的50篇撕掉了，发表的约有80篇，其中约30篇收在其第一部短篇小说集《狂人呓语》中。这些短篇小说多是揭露当时社会的黑暗、腐朽的作品。如《土皇帝》，写地主强奸村女被雇工发现，竟恼羞成怒，反诬雇工，进行迫害。《害人的钞票》，写在金钱万能的社会里，阔佬赏赐的一张巨额钞票竟诱使一个颇有天才的青年歌唱家走上堕落、犯罪致死的道路。很多短篇小说是作家日后中长篇小说或其中某些情节的雏形。曾任埃及文化部部长、著名的文学批评家艾哈迈德·海卡尔博士曾对这些小说给予很高的评价：事实上，由于这些抨击帕夏、贝克和王公大臣的小说，纳吉布·迈哈福兹被认为是对旧时代的腐败表示愤怒谴责的革命文学先驱之一。同时，由于他在小说中揭露了阶级社会的弊端，表明了对穷人和劳动人民的同情和对封建主和资本家的抨击，他被认为是现代埃及文学中社会主义现实主义的最早铺路人之一。

短篇小说的创作对于迈哈福兹来说，不过是牛刀小试，中长篇小说才是他的拿手好戏。

发轫之作是三部以法老时代的埃及为题材的历史小说：《命运的戏弄》（1939）、《拉杜比斯》（1943）、《塔伊拜战争》（1944）。这一阶段被认为是迈哈福兹的浪漫主义历史小说阶段。这实际上是作家用春秋笔法借古喻今地对当时英国殖民主义和土耳其王室的侵略和统治进行抨击，并表达了人民追求自由、独立、民主、幸福的理想。当时纳吉布·迈哈福兹像英国名作家司各特和阿拉伯擅长写历史小说的杰尔吉·宰丹（1861—1914）那样，花了很大气力去研究历史，他有一个撰写埃及历史的选题计划，共选了大约四十个题目。但后来，他“对历史的偏爱一下子消失了，就好像一下子死于心肌梗塞似的”。至于原因，作家曾做过这样的解释：“看来，我发现历史已经不能让我说出我想说的话了。通过历史，我已经说出我要说的主题：废黜国王，梦想一场人民革命，实现独立。”

从此，作家进入了一个新的文学创作阶段：现实主义社会小说阶段。先后发表了《新开罗》（1945）、《汗·哈里里市场》（1946）、《梅达格胡同》（1947）、《始与末》（1949）和著名的《宫间街》、《思宫街》、《甘露街》三部曲等。这些小说主要反映了半封建、半殖民地的埃及开罗中产阶级和小资产阶级的生活。作家往往通过一个街区、一个家庭或一个人的悲惨遭遇，表现当时整整一代的社会悲剧，对当时社会种种弊病及其制造者进行了无情的揭露与批判。如《新开罗》写了一个穷苦的大学毕业生马哈朱布为了生存和向上爬，不惜出卖人格，不顾廉耻地答应同权贵卡西姆贝克的情妇结婚，以便为他们的姘居遮人耳目，并以此跻身官场。后来由于官场上的明争暗斗，丑闻暴露，他终于身败名裂。这篇小说深刻地揭示出在那种金钱万能的社会里，人性被扭曲到何等地步。《梅达格胡同》则通过英军占领下的一条胡同里一些善良、淳朴的居民的美好生活如何遭到破坏，控诉了西方强权及其所谓的文明带给埃及人民的种种灾难：穷苦的女主人公哈米黛受骗卖身，成了英军士兵的玩物。她的未婚夫赚钱归来要救她出火坑，结果却被英军打死。《始与终》也是一部悲剧：小说以失去了父亲的兄妹四人与他们的寡母一家人在贫困中挣扎，渴望爬上更高的社会阶层开始，以弟弟得知自己上军校当军官全靠姐姐卖身所得的真相后，姐弟两人蒙羞、含恨自杀而告终。

相继发表于1956和1957两年间的《宫间街》、《思宫街》、《甘露街》三部曲，实际上早在1952年4月，即埃及革命前三个月即已完成。这部巨著被认为是阿拉伯长篇小说发展的里程碑，是作家引以为荣的代表作之一。全书通过一个开罗商人阿卜杜·贾瓦德一家三代的遭遇、变迁，生动、形象地描述了从1917年至1944年即埃及革命前夕这一历史时期整个埃及的政治风云变化和社会风貌，刻画了当时形形色色众多人物的群像。

迈哈福兹的这三部曲是一种“家族小说”。每一部侧重描写一代人的生活，并以这一代人所居住的街区为书名。第一代阿卜杜·贾瓦德是位性格复杂的人物：他在家里道貌岸然，独断专行，实行严厉的家长统治。儿女们在他面前只能唯唯诺诺，没有自由思想，更没有自由恋爱的权利，儿女的恋爱婚姻必须由他决定。妻子自结婚后，二三十年从未迈出家门一步；当她在儿女撺掇下，生平第一次跟孩子们一起去参谒了一次清真寺，回来后竟险遭他的休弃。但这位家长自己在外却放浪形骸、纵情酒色。同时，他又是一位民族主义者：不满英国的压迫剥削，具有反帝爱国意识。第二代中的大儿子亚辛终日寻花问柳，醉生梦死，庸庸碌碌。二儿子法赫米积极投身于民族解放运动，最后牺牲于反英游行示威中。在第二代中，作者着力刻画的是小儿子凯马勒。他自幼的家教使他笃信伊斯兰教，但随着激烈的时代变革，西方思潮的影响，特别是对达尔文进化论和哲学的研究却动摇了他对宗教的信仰。对真理、科学的追求与传统价值观念的束缚，理想与现实的矛盾，常使他感到苦闷、迷惘，从而陷于感情、信仰、精神危机之中。第三代人则明显地表现出他们的政治分野：孙子雷德万依附贵族，当上了部长秘书。外孙阿卜杜·蒙伊姆进了法学院，由于对宗教的狂热成了穆斯林兄弟会的骨干分子。另一个外孙艾哈迈福及其女友苏珊却走上了革命道路，成了马克思主义者，积极传播社会主义思想。小说既反映了当时人们进行的反帝爱国的民族斗争，更反映了新思想如何引导新一代向陈旧的封建传统和保守势力冲击、斗争的过程。作家自己曾指出，他写三部曲的目的是“为了分析与评论旧社会”。迈哈福兹的三部曲很容易使人联想起我国现代作家巴金的《家》、《春》、《秋》三部曲。两者确有异曲同工之妙。

三部曲可以看做是迈哈福兹第二个创作阶段即现实主义社会小说阶段的最高成就。它的问世，标志着阿拉伯现实主义小说的成熟。其影响所及不仅限于埃及作家，而且扩展到整个阿拉伯世界的作家，从而推动了阿拉伯现代小说的发展与繁荣。

埃及革命后，迈哈福兹认为革命后的艺术应与革命前有所不同，应该深思熟虑，慎重对待。为此，他辍笔达五六年。1959 年发表的《我们街区的孩子们》标志着作家又进入了一个创作的新阶段。在这一阶段中，他在西方现代主义影响下，借鉴了许多新的表现手法，如：内心独白、联想、意识流、时空交错、象征主义、怪诞的卡夫卡式的故事等。作家本人将这个阶段称为“新现实主义”阶段，以区别于传统的现实主义，并说明两者的区别是传统的现实主义的基础是生活：你要描述生活，说明生活的进程，从中找出其方向和可能包含的使命；故事从头到尾都要依赖生活、活生生的人及其详尽的活动场景。至于新现实主义，其写作的动机则是某些思想和感受，面向现实，使其成为表达这些思想和感受的手段。作者完全是用一种现实的外表形式表达思想内容的。从作品的思想内容上看，则已从前一阶段的批判社会，促进变革，而转为现代人面临危机时进行的自审；从描述一个人、一个家庭、一个家族、一条街区的遭遇，转而为对整个民族、人类命运的思考。无疑，这一时期总的来说，作品内涵的深度与广度都有所加强。

在这一阶段中，即使反映 1952 年埃及革命后的社会现实生活的作品，作家也赋予它更深的哲理与象征、寓意。如《小偷与狗》（1961），通过一个遭到社会抛弃的小偷出狱后向各种背叛他的人进行复仇、向不公的社会进行抗争而终于失败的遭遇，不仅揭示了种种尖锐的社会矛盾，也批判了种种只能同甘不能共苦、背信弃义的机会主义者。《乞丐》（1965）描写了一个原先追求革命的人，在埃及独立后却以为功成名就而变得百无聊赖，精神极端空虚，从而反映了埃及革命后知识分子心灵的危机。《尼罗河的絮语》（1966）通过一群常聚集在尼罗河上一艘浮船上的知识分子的生活及一次车祸，表现出埃及知识分子在动荡的年代、变革的现实中的那种惶惑、迷惘、牢骚满腹的处境。小说的主旨在于鼓励人们要敢于严肃地面对现实，坚定对理想的追求。《米拉玛尔公寓》（1967）则以独特的“四重奏式”的叙事方式，以一个公寓为窗口，反映了埃及社会各个阶层在 1952 年至 1962 年土地改革时期对待革命和国家的态度。

这一阶段迈哈福兹最有影响的代表作是《我们街区的孩子们》（1959—1969）和《平民史诗》（1977）。《我们街区的孩子们》是一部现代寓言小说。小说以象征主义的手法，以居住在一个街区中的老祖宗杰巴拉维及其几代子孙的演义故事，寓意整个人类社会历史的演进过程。小说反映了从先知时代直至此后的科学时代，人类为追求幸福、实现理想而坚持不断的努力，表现出在此过程中善与恶、光明与黑暗、知识与愚昧的斗争。

《平民史诗》（1977）是作家运用象征、寓意手法，从哲理的高度总结人类斗争经验的又一力作。小说侧重表现了劳苦大众对幸福的追求。它通过 11 代人几百年的斗争历史告诉人们：人类对美好理想的追求从未停止过。人类在争取一个公正、合理、幸福的社会的斗争道路上从来不是一帆风顺的。但只要他们坚持不懈，勇往直前，胜利终将属于他们。

这一阶段作家的其他主要作品还有《鹌鹑与秋天》(1962)、《道路》(1964)、《镜子》(1972)、《雨中的爱情》(1973)、《卡尔纳克咖啡馆》(1974)、《我们街区的故事》、《深夜》、《尊敬的阁下》(1975)、《爱的时代》(1980)、《千夜之夜》(1982)、《王座前》、《伊本·法国玛游记》(1983)、《生活在真理之中》(1985)、《日夜谈》(1986) 等。迈哈福兹是一位紧随时代前进的作家，他的作品随着时代脉搏跳动，表现出作家对政治强烈的参与意识。他曾说："在我写的所有作品中，你都会发现政治……因为它是我们思想的轴心。政治斗争总是存在的。"作家虽然关注政治，但其作品从不取媚于政治。作家始终不渝地和他作品中的主人公一道为追求真理、宣扬科学而斗争。同时，他又是一位社会批判家，对国家、民族，对世界、人类的命运有强烈的忧患意识。他是一位负有历史使命感的作家。他追求公正、合理、幸福、美好的社会，尽情揭露、批判人世间一切暴虐、邪恶和黑暗的势力。

在艺术手法方面，他也总是随时代前进，具有变革和创新意识。因而我们可以看到，他既继承和发扬了埃及、阿拉伯民族文学传统的各种表现手法，也借鉴了西方传统的浪漫主义、自然主义、现实主义以及包括诸如表现主义、结构主义、象征主义、意识流、荒诞派，乃至拉美的魔幻现实主义在内的各种现代主义和后现代主义流派的表现手法。正如作家自己所说："我可以说，自己是烩诸家技巧于一鼎的。我不出于一个作家的门下，也不只用一种技巧。"因此，他的作品既有民族性，又有世界性，最能体现当代世界文学的风采。

迈哈福兹的创作道路实质上体现了阿拉伯现代小说发展的历程。他荣获诺贝尔奖，标志着阿拉伯当代文学已登上世界文学的高峰，并占有一席不可忽视的地位。

第五节 沙　比

阿布-卡赛姆·沙比（1909—1934）是突尼斯现代最负盛名的一位诗人，也是阿拉伯现代文学中的著名诗人之一，1909 年 2 月 24 日出生于突尼斯南部图兹勒城附近的一个小村子里。其父毕业于埃及的爱资哈尔大学，当过法官，对沙比早期教育影响深远。1920 年，刚满 12 岁的沙比，遵从父命来到首都突尼斯城的吉图尼大清真寺所属学院接受传统的正规教育。在那里，古老陈旧的教学方法和脱离实际的课程，加之死气沉沉的环境，令年轻的沙比感到十分压抑。于是他常趁人不备溜出学院去图书馆、讲演厅，以及欧洲的咖啡馆等处活动，因此有机会同当代文化接触，进而培养了他的叛逆精神。结束了大清真寺的学习后，他于 1928—1930 年考入政法学院深造。

沙比自幼爱好文学，在突尼斯城学习期间，他就借助译本广泛阅读外国文学和期刊，其中既有阿拉伯古典名著、西方文学的阿拉伯文译本，又有远在美洲的阿拉伯侨民的新文学作品。对他影响至深的是黎巴嫩诗人纪伯伦。

1923 年，14 岁的沙比发表了处女作《啊，爱情》，从此便一发不可收拾，在《复兴报》文学副刊上接连发表诗作，自此崭露头角。1927年，沙比尚未结束学院的学业时，他的一些诗作已被收入《伊斯兰历十四世纪的突尼斯文学》一书里，牢牢地奠定了他成为诗人的基础。正当沙比准备出版一本定名为《生命之歌》的诗集时，他的父亲不幸于1928年病逝，全家人的生活重担便压在年仅19岁的沙比身上了。

1933年，对沙比来说是异乎寻常的一年，埃及《阿波罗》杂志介绍了沙比的诗歌创作，使他饮誉整个阿拉伯世界。

沙比在从事诗歌创作的同时，还注重研究阿拉伯文学的艺术规律和历史经验，曾发表过不少有独到之见的论文。他曾在“萨迪基校友会”的文学俱乐部里作过一次有名的演说，题为《阿拉伯人的诗歌想象力》，被公认为阿拉伯现代文学批评和文艺理论的重要成果。在这篇演讲中，沙比力主文学必须革新，要革新就必须把当代人放在文学创作的首位，他还批评了阿拉伯的故事和小说创作普遍存在着缺乏诗意的想象，重形式而轻内容，缺少高尚情操和对未来的憧憬。他主张诗歌创作要打破清规戒律，摆脱古代诗歌的陈腐框架，扩展题材范围，广泛反映现实生活，积极探求更为完美的艺术形式。这些主张震动了当时的保守势力，对后来突尼斯的诗歌创作，乃至整个阿拉伯世界的诗歌创作产生了积极影响。

正当诗人年富力强、精力旺盛、满怀信心地瞻望未来的时候，过重的家庭负担严重地损害了他的健康，致使他22岁便患上肺病而且再也没有康复过。这以后，祸不单行，他又患了心脏病。1934年年初，诗人抱病写完了他的名作《生的意志》，这一诗篇大大激励了突尼斯人民和整个阿拉伯世界。当年10月9日黎明，这位年仅25岁的青年诗人便与世长辞了。

沙比一生用鲜血和生命凝成的《生命之歌》是他短暂一生的唯一诗集。这部诗集直到1955年，诗人逝世20年后，才由突尼斯东方书局正式出版。《生命之歌》是沙比一生诗歌创作的总汇，共收92首诗，其中的84首是诗人生前精心编定的，另外8首是1955年诗集出版前临时补入的。

诗集的主题异常鲜明和突出：诗人热情地赞美生命、光明、爱情和真理，为黑暗和镣铐、为旧世界的统治者唱挽歌。他在《生的意志》一诗中写道：

人民一旦要生存，
命运就必须依顺。

枷锁一定会粉碎，
黑夜一定会消遁！

谁若不眷恋生命，
他就会在生活中消失，化为微尘。①

这种肯定人生，热爱生命，战胜黑暗、腐朽与死亡的调子，这种反帝反封建的大无畏精神，贯穿于他的《生的意志》、《巨人之歌》、《黑暗中的风暴》、《雷霆之歌》、《致全世界的暴君》等主要诗篇中。在《巨人之歌》中，诗人以满腔热情歌颂了顶天立地的“巨人”以及他的精神。诗中唱道：

你可在我的路上布满艰险黑暗，
可使那荆棘如云，卵石如山。

---

① ［突］沙比：《生命之歌》，杨孝柏译，北京，外国文学出版社，1987。本节以下引诗均见此书。

你可把恐怖传播，
投下毁灭的陨石、灾难的雷电。

虽如此我仍继续前进，
唱着我的歌啊，把琴儿拨弹。
…………
忍着苦难与病痛的折磨，
怀着憧憬，灼热的心灵向前！

这就是“巨人”的生活准则，不论世界风云千变万化，“巨人”既不会痛哭哀怨，也不会屈从求免，它充分体现了突尼斯人民和阿拉伯民族的觉醒，显示了他们由命运的受摆布者变成命运的主宰者的坚定信念和决心。

在《生的意志》中，诗人大声疾呼，要人们热爱生活，胸怀理想，百折不挠地去迎接光明。“宇宙中响起一个宣言：理想是胜利的灵魂，生命的火焰。心灵若渴求生存，命运就必须照办！”

诗人也歌唱爱情，在《生命之歌》中有不少诗篇是歌咏爱情的。但诗人笔下的爱情，除了有个人生活的体验外，更多地带有普遍性质，绝非是单纯的个人缠绵悱恻之情爱。沙比所歌咏的“爱情”，是基于对美的事物、对光明的前途和美好的理想的追求，如《爱情》一诗中所唱的：

爱情，
　　是生活最大的希望，
有了它，我怎会害怕，
　　在坟墓中埋葬？
…………
啊，爱情！你使我生存，
你使我自尊、倔强，
你是这黑暗时代里我的阳光，
是我的伴侣、安慰和希望！

沙比作为阿拉伯浪漫主义运动的一位先驱者，决心破除旧诗创作的清规戒律，在《生命之歌》中有意识地开掘题材，扩大题材的表现力度、深度和广度。在《牧歌》一诗中，诗人尽情地唱出了对自由和幸福的热切向往：“早晨婀娜来，在天边洒满霞光。花枝翘首，百鸟展翅，碧波荡漾。生灵世界已经醒来，正为生活歌唱……”

《生命之歌》中，有一类是诗人直抒胸臆的作品。诗人以抒情主人公的身份与人交谈、对话，以此来表达诗人对民族、祖国、人民、历史、事件的真实感受和深挚的爱。当祖国处于愚昧、落后状态时，他的诗歌充满忧伤之情：“苦难的浪涛、灾祸的风暴，扑不灭我血液中炽热的火焰。你可以尽力把我的心灵摧残，它将会坚如磐石一般……”几句话便表达了诗人与祖国、民族、人民同舟共济、生死与共的决心。像这样的诗篇在《生命的意志》、《致人民》、《无名的先知》、《啊，我的同胞兄弟》等诗集中处处都能看到。

沙比的写作技巧也独具一格，他的诗有排山倒海的磅礴气势，读后催人跃马扬鞭，奋发向上。以《雷霆之歌》为例：

雷霆放声高歌，

万物齐声应和，
像是真理的呼声，
发自生命的心窝。

雷霆之声滚滚，
在峡谷中巡行，
像是洞穴深处，
一个巨大的精灵。

诗人以雄伟的气势召唤人们为美好的未来而斗争。这是诗人强烈历史责任感的集中表现，难能可贵。

沙比诗歌的另一特点是富有节奏感，音乐性极强。他的诗往往通过反复与诗句的变换来表现这一特点，如《牧歌》中所看到的：

林中有甜蜜的香气，
　　有美景、宁静、阴凉；
有和风，
　　步态迷人，情意绵长；
有娇艳的枝丫，
　　阳光在上面起舞婆娑；
有永恒的绿色，
　　黑夜也不能抹去它的翠苍。

在排比句式的外在形式中，呈现出内在的动感，具有一种独特的韵味和情致，使读者得到了情与韵的双重美感享受。

沙比是一位浪漫主义诗人，因此在他的诗歌中比喻手法的广泛运用便成了他诗歌创作的另一特点。他经常借助自然界的各种现象来表现突尼斯乃至整个阿拉伯的社会风貌，以表达突尼斯人民争取自由解放和追求美好未来的心声。这种比喻在沙比的诗歌作品中比比皆是，而这种比喻又往往和象征紧密结合在一起，使人难以分辨哪些是比喻，哪些是象征。在《爱情》一诗中，诗人把“爱情”比喻为“光焰”、“芳魂”、“溪流”、“希望”等。这种比喻新颖别致，不落俗套。有的比喻是诗人把抒情与哲理熔铸成一个有机的整体，把比喻、象征、拟人化等各种手法加以综合运用，将诗人鲜明而细腻的感情注入诗句中，给朴实无华的诗句平添一层意蕴，加强了诗的形象性、含蓄性和抒情韵味。

第六节 阿格农

撒母尔·约瑟夫·阿格农（1888—1970）原姓恰屈克斯，是以色列著名作家，诺贝尔文学奖获得者，当他1924年返回耶路撒冷定居后改用其笔名阿格农为姓。阿格农一词系保留他的短篇小说《弃妇们》希伯来语原文字头三个辅音字母并对元音略作改动而来的，意为漂泊人生。他出生于波兰东加利西亚一个犹太人聚居的小镇上。父亲是个皮货商，曾取得过拉比（犹太教负责执行教规、主持宗教仪式者）资格，对犹太教法典颇有研究，且具较高的古希伯来文学修养。母亲也是个虔诚的犹太教徒，酷爱文学。阿格农自幼就受到深刻的宗教教育影响。他除了学习古希伯来文、意第绪语（犹太民族在散居时创造的一种犹太语）外，还受到了很好的德文教育。

阿格农很小的时候就开始学习写诗，据他自己讲，9岁以后几乎每天都要写一首小诗。16岁时他的一首题为《小英雄》的意第绪语诗正式发表，给了他很大的鼓舞。以后又发表过一些故事、短篇小说之类的作品，但那些作品都只不过是他的习作而已。

犹太民族的特殊悲惨遭遇和他从小所受的犹太传统教育对他影响很大，尤其随着犹太民族复兴意识的崛起，现代希伯来语的“复活”更是给作家以直接的激励。他放弃了用意第绪语的写作，改用现代希伯来语写作。1905年起阿格农离家在欧洲几家希伯来文报刊当编辑并撰稿。1908年初到巴勒斯坦时，“一时找不到工作，只得另谋生路”，在办事处、法庭之类机关当秘书或文书。但是，这却使他能更广泛地接触到各个阶层形形色色的犹太人，对他们的生活与情感有了深入一步的了解。1909年他发表的短篇小说《阿古诺特》（即《弃妇们》）描写一个爱情悲剧故事，使他一举成名。1913年，阿格农又离开巴勒斯坦去德国。在德国期间他当过家庭教师、报馆职员、意第绪语翻译等。1919年，与旅居德国的犹太人艾斯特·马克斯结婚，生有一子一女。1924年偕全家迁回耶路撒冷，直至1970年2月逝世。

阿格农一生因其希伯来语文学的成就多次获得殊荣。1934年、1950年两次获“比阿力克奖”。1954年、1958年两次获以色列国家级的“以色列奖”。1958年获以色列最高学府以色列大学荣誉博士学位。1966年获诺贝尔文学奖。

阿格农一生创作成果颇丰。他的第一部长篇小说《永生》是旅居德国期间写成的，可惜毁于一场火灾，未能面世。第二部长篇小说《婚礼的华盖》（1922），被视为作家最主要的代表作。另两部长篇小说是《宿客》（1930年发表，1939年重写后再发表，1950年获比阿力克奖）和《就在昨天》（1945，一译《逝去的岁月》）。他的中短篇小说很多，已出版的将近二十卷。其中为人们熟知的有：《作家的故事》（1919）、《海之深处》（1935，获比阿力克奖）、《订婚记》（1943）、《野狗》（1950）、《黛拉婆婆》、《女主人与小贩》等。他还写过《但愿斜坡变平原》（1912）等多篇故事、散文、随笔，还编过《拉比训言选》。

《婚礼的华盖》讲述一位虔诚的犹太教徒余德尔为把女儿嫁出去而四处奔波，筹措嫁金，寻找女婿的故事。虽然余德尔穷困潦倒，但虔敬上帝，每日苦读《托拉》（犹太教的圣典）。他和妻子弗鲁门特有三女：佩塞勒、布卢姆和吉特勒，都已到了婚龄，但没有婚礼钱。一位拉比叫他借几身好衣服，游走附近的村镇，求人们施舍筹措款资，同时找寻中意的佳婿。拉比为他写了封介绍信，还为他出游雇了一辆马车。他在各地遇到了各种各样的人，经历了许多困难和尴尬的场面，但也得到了不少热心人的帮助。5个月过去了，他的口袋里有了两百盾钱，但仍没有人愿意做他的女婿。他认为这样下去岂不耽误研读《托拉》这桩大事。于是他决心不再去想女儿出嫁的事，到一个名叫罗哈廷的地方后，不去募捐却住进一座客栈，关起门整日研读《托拉》。说来凑巧，他和富翁瑞布·余德尔·内桑森同名同姓同住在布洛德，只是那位富翁无子女，他们互不相识而已。人们以为他就是那位富翁，有人来为他女儿和当地富翁瑞布·沃维之子做媒。他很满意，签了婚约并订了迎娶日期，同时说定新郎父亲出一万二千块纯金币作为聘金。他也按犹太教典的要求，拿出等量的钱财做彩礼。现在他口袋里的钱花光了，女婿也找到了，所以他认为不应再穿得那样华丽求人施舍。他把好衣服包起来，重新穿上了自己的破衣服，徒步回家。当再次经过来时的地方时，有的人的态度便截然不同了，但也有些人对他仍旧照应。回到家后，妻子和女儿听说已找到女婿都很高兴，但也为他许诺将以一万二千块纯金币做彩礼而发愁。当过节的时候，新郎的父亲瑞布·沃维派人给富翁余德尔送去给新娘的礼物金耳环和金手镯。富翁感到奇怪，因为自己并没有女儿，人家送这些礼品何用？但出于礼貌，也回赠了一部非常精美的犹太教经典，并复了信，同时去打听有无一个同名富翁在聘女儿。后来新郎父亲与新郎一起来到富翁余德尔的家，这时才知道富翁根本没有女儿。最后他们在诵经堂里终于找到穷汉余德尔。余德尔答应沃维一定请他们父子吃饭，并按约完婚。弗鲁门特叫女儿去宰家中唯一的公鸡，不料公鸡跑了。母女去追赶，无意中在山洞里发现了大量金银。于是余德尔体面地为大女儿完了婚，也为二女儿和三女儿找到了新郎。

《婚礼的华盖》全书分两卷共 30 章，采用了“叙述技巧深刻而独特”① 的框架式结构，即在主干故事中插入了一系列小故事，这些小故事都有它单独的人物与情节，甚至似乎与主干故事毫无关系。但细细品味后却可以发现这是作者采用的一种结构方法，以便巧妙地将生活画卷展现得更加广阔。所有的故事都是围绕着同一个主题。用讲故事的办法阐述观点与看法是犹太民族的传统，也是古希伯来文学的一种风格。这种写法使我们联想到印度的《五卷书》、阿拉伯的《一千零一夜》等东方古代文学名著。作者向人们展示了东欧犹太人的生活画卷，比较完整地把在欧洲反犹太主义势力的欺压下，在希特勒“种族灭绝政策”的打击下已濒于灭绝的犹太文化，包括他们的社会、经济、道德风俗等各个方面展现在世人面前。所以文学评论家莱文恩称这部小说是现代希伯来文学的巅峰之作。

阿格农的第二部长篇小说《宿客》是作者在 1930 年重访故乡布阿居镇后写的，到 1939 年时又重写发表。小说描写的是一个出走多年的犹太人在第一次世界大战后回到他那毁于战火中的童年故乡布阿居的故事。他返回的目的是为了寻觅存在于自己记忆中闪烁着光辉的传统和难以忘怀的故乡生活，然而看到的却是一个完全陌生的地方，昔日的一切已不复存在，今天在这里的新一代人正过着一种与过去完全不同的生活。他反而深深感到自己是这块故土地的“异客”了。他曾多次想召集犹太人去祈祷堂祈祷均未成功，甚至连祈祷堂大门的钥匙也丢失了。他终于明白，过去的传统在故乡已无法恢复了，这里的犹太人心理已经发生了重大的变化。但小说主人公并不因此而失望，他决心返回犹太人的圣地。当他回到耶路撒冷时，意外地发现了祈祷堂大门的钥匙。作者用这个故事表现了战争对犹太人传统文化的严重摧残，同时又以象征性的描述表现了犹太人的民族传统、精神风貌必将在犹太人的故土——以色列得到真正的复兴。

《就在昨天》是阿格农的第三部长篇小说，发表于 1945 年。这是他最富现代派色彩的一部作品。这部小说一反阿格农一贯的创作手法——写犹太民族获救的梦想、对救世主的企盼、对上帝的依赖，而是按实际情况去写。小说以 20 世纪初第二次犹太移民浪潮为背景，描写了一批投身于犹太新兴城市特拉维夫城建设的拓荒者们的故事。作者没有描绘移民的理想，却侧重反映了那一代人由于受西方思想侵蚀而面临的物质与精神方面的种种问题，目的在于表现犹太民族在追求真理过程中遇到的痛苦。这是一部非现实主

① 诺贝尔奖评审委员会对阿格农作品的评语。

义小说，采用了一系列象征手法，描绘了许多引人入胜的情节与人们的内心世界。其真正含义只有作者和他那一代人依据他们的实际生活和精神状态才能理解。

总之，阿格农的作品大多围绕着同一个主题，即恢复犹太民族文化与传统精神风貌。正如诺贝尔评奖委员会的评语所述的，他的创作特点首先就在于他善于“从犹太民族的生命汲取主题”。其次，他向人们展现了一幅幅真实生动的犹太民族的生活画面。再次，他在作品中表现了犹太人崇拜的犹太教哈西德派的思想，即所谓的救世主义。他笔下的人物往往将个人的物质享受置之度外，虽然一贫如洗，食不果腹，衣不蔽体，但信仰不变，希望换来集体的被拯救，全民族的幸福。阿格农是第一位使用复活了的现代希伯来语进行创作的人。因为犹太人要恢复其民族的传统和主权地位就必须有自己统一的语言，所以他用现代希伯来语进行创作其意义就显而易见了。尤其是他在用希伯来语进行写作时经常是创造性地运用，去丰富、去推动它的发展。阿格农的作品一般具有浪漫主义风格，将现实与幻想有机地统一起来，体现了古希伯来文学的代表《圣经》文学的传统风格，也融入了犹太民间文学的艺术特色。他刻画人物也各具特性，笔法多种多样。他对创作本身更是非常严肃认真，从不满足，常常数易其稿，每次再版都会有若干修改。他说：“我对自己从不感到满足。我总觉得我必须做得更好。人不应该说：‘我已经做完了。’”这就是他的座右铭。他在诺贝尔奖授奖仪式上提到，他的作品中有一部分得到发表，大部分作品仍以手稿形式保存着。这也说明了他创作上精益求精的思想。也正因为如此，几乎他所发表的每部作品都有巨大的艺术魅力，经久不衰，为人们所称道。

第七节 赫达亚特

萨迪克·赫达亚特（1903—1951，又译赫达雅特）是伊朗现代文学中成就最高的作家，他的作品不仅为伊朗人民所喜爱，而且吸引了世界文坛的注目。赫达亚特出生于德黑兰，祖父是一位诗人，父亲是作家。他父亲主张他学理工，所以赫达亚特毕业于德黑兰圣路易中学以后，即先后赴比利时和法国学习土木工程。1930 年，他未毕业即回伊朗。1926 年到 1930 年这一时期他开始尝试写作。

赫达亚特开始在国家银行任职员，后又转入贸易部及建筑公司工作。1936 年到音乐学院任职，不久又转入美术学院任翻译。1936 年应邀到印度进行短期访问。1944 年应塔吉克大学之邀访苏，1946 年参加伊朗第一次作家代表大会。1950 年世界保卫和平大会邀请他赴会，因伊朗政府不准他出境而未果。赫达亚特 1950 年去巴黎，1951 年 4 月在巴黎自杀。社会上普遍认为失去赫达亚特是伊朗现代文学的重大损失。

赫达亚特 30 年代开始创作，这一时期是伊朗现代史上的一段黑暗时期。1925 年哥萨克军团长礼萨在英国支持下，迫使议会宣布建立巴列维王朝（1925—1979）。礼萨上台后，实行专制统治，剥夺人民自由民主权利，没有出版自由，实行严格的书报检查制度，甚至抒情诗也受到审查。赫达亚特正是在这种完全没有创作自由的年代进行创作的。

1926年，还在比利时求学时他就开始写作。当时，他写过一篇散文《死》，歌颂死亡是苦难人生的归宿，表现了他内心深处的厌世思想。这种早期表露出的悲观情绪或许和他的人生道路与最终结局有某种内在联系。这一时期，他还有其他作品，如讽刺喜剧《开天辟地的传说》及历史剧《萨珊姑娘帕尔温》等。

他的全部创作活动大体可分为两个时期：第一时期，从创作开始到1941年；第二时期，从1942年到1950年。1930年出版他的第一部小说集《活埋》，收短篇小说4篇，同年出版小说集《三滴血》，收短篇小说11篇。1933年出版《淡影》，收短篇小说7篇。

从1937年到1942年，作家实际上未发表作品，因为这一时期，礼萨国王进一步加强统治，书报检查较前更为严格。赫达亚特1936年访印归来后，深感政治压力。这一空白时期是他创作两个阶段的过渡期。

从他第一时期创作的作品中，可以明显感到一种颓废思想和悲观情绪。在艺术上受西方现代派的影响，这一点在《活埋》（1930）和《盲枭》（1936）里表现得十分突出。

《盲枭》所反映的并不是现实社会的典型环境，也没有连贯的合乎逻辑的情节。只是作者通过"我"来抒发自己内心的积郁，诉说摆脱不开的烦恼与痛苦，最终还是归结为一点：生不如死。在小说的开头，作者就明白宣告："我只是为了灯光照射到墙上的影子而写的。""这些痛苦是不能向别人宣示的。因为人们往往照例认为这种难以言状的痛苦是一种偶然的遭遇。要是有人说出来，或写出来，人们就会按照传统的观念，显露出怀疑和嘲讽的微笑。"在作者虚实结合的描写之下，《盲枭》中出现了两个情节线索。第一个线索写"我"追求内心向往的美女。这位美女忽隐忽现，终于死亡。第二个线索写"我"卧病在床，"我"的女人不但不照顾"我"，反而与人勾搭，终被"我"发现，忍无可忍，把她杀死。小说通过对荒诞不经的情节和古怪虚幻人物的描绘，把作者心目中对现实的感受传达给读者。赫达亚特的这个中篇正是这样的代表作。读者想理解作者的创作意图是要经过一番思索与分析的。根据这一特点，我们似乎可以把《盲枭》的第一情节理解为"追求"，即追求幸福；把第二情节理解为"摈弃"，即摆脱人间一切丑恶的东西。两个情节，互为补充，形成对比，意在说明幸福及美好事物并不容易得到，而丑恶与卑俗事物却又无法摆脱。

《盲枭》给作者带来了世界声誉。但是，在作者祖国伊朗的一般读者中影响并不很大。欣赏这篇作品的主要是西方的某些文学评论家。

存在决定意识。这篇作品发表于1936年。作者在这篇作品里所表现出的绝望心情和悲观情绪或许与礼萨国王统治下的压抑氛围不无关系。

作者早期的作品也并非都带有颓废思想。在《一个失掉丈夫的女人》中，描写了一个被丈夫抛弃的女人的悲惨命运和艰难处境。在《兀鹰》中，作者无情地嘲讽了一个商人的几个妻子的卑俗与贪婪。这是一群毫无人性的拜金主义者，身上散发着铜臭气味。当商人死去时，她们一心所想的就是分掉他的财产，为分财而争吵。当商人意外地又活过来时，这些贪婪卑鄙的女人们竟不认他，把他说成是鬼魂。

《达沙阔尔》是赫达亚特这一时期很出彩的一个短篇。作者在这篇小说中，刻画了一位城市中下层人物的形象。达沙阔尔具有仗义疏财、扶危济困的品质，他广交朋友，过着无忧无虑的生活，挥霍了继承来的家产。但是，这时却有一副重担落在他的肩上，一个商人临终立下遗嘱：把妻儿托他照料，店铺委托他经营。达沙阔尔初听之下既意外又懊丧。他与这商人并无深交，自己也不是经济中人，怎么可能去为商人治理家财呢？但是，出于道义上的责任，他还是把这一重担承担下来。此后，他在完成委托的使命过程中几乎变了一个人，由一个无忧无虑的闲散人变为精打细算的遗嘱执行者。在接触中，他爱上了商人之女玛尔江。但是，由于托管人的义务感，而且又感到年龄差距太大，相貌也不配，他始终把这种感情深深压在心底，没有启口求婚。当他得知玛尔江要许配给一个年龄更大、相貌更丑的男人时，他强忍痛苦为她操办婚事。在婚礼仪式上他当众交代了账目，含泪离去。当夜，与一夙敌斗殴，重伤致死。人们到他家看望时听到他堂前的鹦鹉学着他临终的话："玛尔江呵，玛尔江，是你置我于死地呵，我对谁诉说呢，是对你的爱杀死了我。"

读着这篇作品，读者的心不禁为之悸动。小说中生动地展现了具有浓郁伊斯兰风俗色彩的社会生活画面并塑造了一个既刚强又隐忍的达沙阔尔的形象。达沙阔尔受人之托，忠人之事，把爱情深埋在心底，最后，悲惨地死去，这是一个伊朗下层社会中义士、好汉一流的人物。他本质上是善良的，善良到折磨自己的地步。读者在这个活生生的人物身上似乎可以发现作者性格中的某些特点。

赫达亚特第二阶段的创作更多地转向现实。1943 年，在苏联人民与希特勒法西斯进行生死搏斗的紧要关头，他发表短篇小说《生命之泉》，热情赞美永春国的人民斗争，表达了对战胜法西斯的胜利信心。1945 年发表的中篇小说《哈吉老爷》标志着赫达亚特的创作发展到一个更高的阶段。1946 年，他目睹美国占领军在伊朗的横行霸道，写了短篇《明天》。在这篇小说中，作者描绘了一个令人痛心疾首的场面：在光天化日之下，美国大兵公然殴打伊朗妇女，竟无人敢干涉。在同篇小说中，作者还刻画了一个有觉悟的工人形象。这些作品反映作家的笔触越来越接近普通人民和国家的命运，表明作家越来越关注人民的现实斗争。

《哈吉老爷》是赫达亚特创作第二个时期的代表作。这部中篇小说在 1979 年 2 月之前一直被列为禁书，可见它有力地刺痛了伊朗的统治集团中的某些人物。赫达亚特通过对小说主人公的描绘深刻暴露了反动统治阶级代表人物的丑恶嘴脸，揭露了烂透了的社会脓疮，从而唤起人们的决心，从根本上去铲除这类人物和他们赖以滋生的社会。

哈吉老爷既是商人，又是政客。混迹政界，他有商人的圆滑与投机的本领；经营商业，他又能依仗政治上的后台。他与当年伊朗统治集团大多数人一样，是亲德派，也就是法西斯的崇拜者。1941 年，苏英进军伊朗，此举旨在制止法西斯德国勾结亲德的伊朗政府把伊朗变为进攻民主阵营的跳板。在这一重大的历史转折关头，哈吉也辨不清风向，参加了逃难者行列。但是，他很快便察觉：事情并未发生根本性的变化。他的伙伴们很快重新操纵起一切重要事务。他从中悟到：变化的只是两个字，"民主"代替了"专政"。于是，他熟练地经营起民主事业，甚至向同盟军的胜利表示祝贺。

哈吉老爷绝非一个本分商人，他买空卖空，投机倒把，伪造证券，套购物资，结交官府，行贿受贿，甚至买卖枪支，制造部族混乱。他还欺骗舆论，竞选议员，企图实现个人野心。

在哈吉个人品质上，作者告诉我们，他有三爱：一爱吃。一提起吃，他马上眉开眼笑，唾液直往肚里咽。二是好色，一见女人就"打熬不住"。虽有三妻四妾，但见到女人还是不能安分守己。三爱钱。"钱是他的心肝宝贝，妙药灵丹，是他欢乐的源泉，恐惧的因由，是他生活的唯一寄托。一提起金钱这个词儿，一听到金钱的叮当声响，哈吉的心就会像花蕾一样微微绽开。顿时，全身酥软。正是由于金钱是钱，哈吉才如此爱它。"[①] 一向谎话连篇的哈吉，对儿子提到钱时的话却是肺腑之言："所以，最根本的还是钱，在世上，只要你有钱，什么荣誉、尊严、名誉，一切都有了。人们都会无缘无故对你表示亲热，你会立即变成爱国志士和才子俊杰。人们吹捧你，奉承你，为你奔走效劳。金钱还能遮羞避短，就是偷来的钱，你也可以把它变为正当合法的，比娘奶还正当合法。有钱还能买到彼世功德和哈吉称号[②]。有了钱，今生彼世都左右逢源。有钱，可以到圣地朝

① 《赫达雅特小说选》，潘庆舲译，北京，人民文学出版社，1962。

② 朝拜过麦加的穆斯林可获得哈吉称号。

拜，到什么地方人们都欢迎你，尊敬你，请你坐上席。有了钱，连太岁头上都可以动土。总之，有了钱就有一切，无钱便一无所有。”① 这真是一个拜金主义者的无耻招供，一个极端利己的商人的最坦率的心声。

赫达亚特是一位高明的讽刺作家。他以洗练轻灵的语言，略一勾画，就把一个刻薄吝啬的商人和政客的形象展示在读者面前。明快的语言和富有内涵的细节描写是这部小说艺术手段的特色。比如，哈吉家是不愁吃喝的，但是他每天都过问全家菜谱，不许超支。家人喝茶的糖要由他本人每天分发。甚至每天买不买葱，也要问他。他还能根据李子核的数目判断出买来的李子分量够不够，因此家人吃过李子，他要数核的数目。这样一个十足守财奴的形象便鲜明地呈现在读者面前。但是，作者并未就此止步，他以更加深入的笔触，进而挖掘哈吉的内心世界，让人们看到这个所谓的教徒在神圣的宗教义务上是如何连真主也敢欺骗的。按照教法，信徒要将年收入的十分之一拿来周济贫民。哈吉想出一个既履行义务又不破财的两全之策：他先签一张大额支票，放到一个盛枣的桶里，把桶交给阿訇，作为施舍，以此履行了义务。等阿訇一抬起桶，哈吉便提出自己把这桶枣子买下，给孩子们吃。阿訇走后，取出支票烧掉。如此精明的哈吉，其知识却等于零，居然问一个即将赴美的人：“您既然打算去美国，那为什么学习英语呢?”

除了写作，赫达亚特还从事其他学术研究活动。1923 年，他 20 岁时，发表一篇论欧玛尔·海亚姆的文章《海亚姆的短歌》，文章颇有见地。他从文学与哲学角度分别对海亚姆的四行诗作了独到的分析，肯定诗人作品中的唯物主义因素和对思想自由的追求，指出海亚姆的语言淳朴自然、平实准确，超越了其他波斯诗人。此外，赫达亚特还是一位民间文学的研究者，出版过童谣民歌集。他还懂中古波斯语，即巴列维语，翻译过巴列维语古籍。这些，加上他的外语能力，形成他轻灵晓畅、准确典雅的语言特色。赫达亚特的语言是成熟的现代波斯语，既体现西方语言准确严谨的特点，又继承波斯古典文学优雅庄重的传统，也吸收民间文学语言风趣幽默的特色。他的作品中的成语民谚显然多于其他作家，这是他学习民间语言的成果。

赫达亚特于 30 年代自欧洲回国之后，与其他三位作家组成“四人小组”（即“拉贝”）。这三人是伯佐尔格·阿拉维、米诺维和玛斯乌德·法尔扎德。在他们周围聚集了一批青年作家和文学爱好者，“四人小组”提倡的现代文学创作方法，传播的新文学观点，对伊朗现代文学的发展发挥了重要的作用，留下了永不泯灭的足迹。

第八节 希克梅特

那齐姆·希克梅特（1902—1963）是土耳其杰出的诗人和无产阶级革命家，1902 年出生于伊斯坦布尔的一个大贵族家庭。中学毕业后，他考入土耳其的一所海军学校，因

① 《赫达雅特小说选》，潘庆舲译，北京，人民文学出版社，1962。

仗义执言，积极参与海员的反抗美英等列强强占伊斯坦布尔的正义斗争而被开除。1921年，血气方刚的希克梅特怀着对世界第一个社会主义国家苏联的向往而奔赴莫斯科，入东方劳动者大学。在苏联他研读马列主义经典著作，逐渐成为一个革命者。在莫斯科，他结识了苏联著名诗人马雅可夫斯基，并与之建立了深厚的友谊，这对他后来的创作产生了重要影响。

20年代中期，诗人告别莫斯科返回土耳其，开始近40年的文学创作和编辑生涯。诗人返回祖国不久，就加入了土耳其共产党，并积极参加党的各种活动，以致多次被捕入狱，前后坐牢达17年之久。在狱中，他以顽强不屈的革命精神，顶住了残酷的审问和拷打。后来由于本国人民的强烈抗议和国际进步舆论的有力声援，土耳其当局被迫在1950年把他释放出来。在长期的监狱生活中，他不畏强暴，用诗歌继续为民主与和平同敌人进行顽强不息的斗争。他在国际上声誉日隆，于1950年荣获“列宁和平奖”，并曾任世界和平理事会理事，成为人民争取民主、自由与和平的光辉榜样。

希克梅特虽然被释放出狱，但仍然受到种种迫害，他被迫逃离土耳其，再度去苏联过流亡生活。长期严酷的狱中生活，严重地损害了诗人的身心健康，他于1963年病逝于莫斯科。

希克梅特一生中写了大量的诗歌，他的重要诗集有：《八百三十五行》（1929）、《1+1=1》（1930）、《已经三个了》（1930）、《沉默的城市》（1931）、《夜间来的电报》（1932）、《致塔兰达·巴布的信》（1935）等。此外，尚有史诗《我的同胞们的群像》（1935）、叙事长诗《卓娅》（1945）等。

希克梅特除诗歌创作外，还写有长篇小说《罗曼蒂克》（1964），剧本《头盖骨》（1932）、《被遗忘的人》（1935）、《土耳其故事》（1952）、《怪人》（1955）、《爱情的传说》（1965）等。《罗曼蒂克》和《爱情的传说》是诗人去世后由他人整理后发表的。

希克梅特的诗歌创作，前后有40年之久。他从少年时代起便试练写诗，16岁时，写出《四十个贼的被捕》等诗作，已带有明显的反帝爱国的政治倾向。他的整个诗歌创作可分为前后两期。前期的诗歌，多以抒发个人感情为主，主要是抒情诗。后期的创作，突破了个人抒情诗的题材范围，以政治抒情诗为主，有的热情讴歌土耳其人民的革命斗争，有的无情揭露与鞭挞土耳其反动政府和帝国主义列强的暴行，有的则抒发诗人的革命胸怀和理想以及对新世界的热切向往。

1935年，诗人因创作史诗《我的同胞们的群像》而蜚声文坛。这部20万行的史诗真实而深刻地反映了20世纪初至第二次世界大战期间土耳其的社会和政治生活面貌，生动细致地刻画了工人、农民、地主、资本家等国内各不同阶级、不同阶层的人物群像。在土耳其的现代诗歌中，可以说是一枝独秀。

希克梅特诗歌创作的总主题是：爱国主义和国际主义，表现为对自己祖国的深切热爱以及对世界各国革命的高度赞扬和积极声援，把爱国的热情和反帝、反法西斯的精神结合起来。诗人是一个爱国主义者，同时也是一个国际主义者，他在《诗人》（1922）一诗中写道：

假如你要问
我来自世界的哪一部分，
我在哪里生活过，我见过什么，
请你看看我的皮包：
黑面包——我的午饭，

一本书：马克思的《资本论》。①

诗人坚信共产主义，始终不渝地将自己充满战斗激情的诗篇献给人民，用诗歌这把利剑刺向反动派。在20年代末，他写下了《帝国主义的墙》一诗，揭露各国反动派和帝国主义列强惨无人道地屠杀共产党人的种种暴行，愤怒地谴责发动世界大战的战争狂人。诗中表达了诗人的坚定信念：

共产党人——
就是
自己的脚步
同历史的脚步
合拍地前进的人。
共产党人——
就是
帝国主义的敌人，
就是腐朽的基础的
破坏者，
是驱逐黑暗的
未来的建设者，
新事物的寻求者，
停滞不进的死对头。

诗人不少诗篇的锋芒是直接指向法西斯主义的。1936年，当得知意大利法西斯恣意践踏阿比西尼亚（即埃塞俄比亚）的国土时，诗人义愤填膺，立即命笔写下《致塔兰塔·巴布的信》一诗，彻底揭露侵略者的狰狞面目。

在德国法西斯进攻苏联期间，诗人于1945年创作叙事长诗《卓娅》，以满腔热情歌颂了苏联人民抗击德国法西斯的英雄主义和牺牲精神，成功地塑造了女英雄卓娅的高大形象。长诗描写18岁的苏联少女卓娅，她有美好的生活憧憬和坚定的信念。当德国法西斯入侵时，她同千千万万的苏联青少年一样，参加了红军游击队。在一次执行爆炸任务时，她不幸被捕。在法西斯匪徒面前，她视死如归，表现出一个革命战士的英雄本色。在戒备森严的广场上，一群丧心病狂的刽子手把她押上了绞架，但她仍临危不惧，向围拢过来的低着头的人们喊道："同志们，把头抬高一点……我们一定会胜利！"《卓娅》的基调是悲壮的，感情激昂，诗句明快而坚定。它是现实主义与浪漫主义相结合、叙事与抒情相结合、正面描写同回忆倒叙相结合的典范之作。

国际主义是希克梅特诗歌的重要主题，这在《我的心不在这里》（1948）一诗中得到了生动的体现。有一天，医生给他检查心脏，对他说："你的心脏受了影响，不健康。"他回答医生说："我的心脏不在这里，它还在希腊，还在祖国人民中间，还在莫斯科克里姆林宫上的红星上面！"简单几句话就把诗人的国际主义精神表露无遗。特别应该提到的是，诗人对中国怀有诚挚友好的情谊，诚如一首诗中写的："我的心一半在土耳其，一半在中国。"他于1952年访问中国，看到中国欣欣向荣的新气象感到非常鼓舞，写下了热情洋溢的诗篇《新的长城》。其中写道：

① 《希克梅特诗集》，陈微明等译，北京，人民文学出版社，1952。本节以下引诗均见此书。

我看到了新中国的长城，
那砖石就是千千万万团结的人民。
它的大门为朋友而开，
敌人还没有爬上台阶，
就被斩断了头颈。

在直抒胸臆的诗篇里，诗人往往把对祖国、对人民的一片赤诚之心融入诗中，将自己坚定的革命信念写入诗里，表现出高度的革命乐观主义精神。1948年，他在狱中写道：

我从来也没有惋惜过
我生得太早了。
我是20世纪的人，
这使我觉得骄傲！
我很满意，我能在自己的人们中间
为新的世界作战……
…………
我的世纪也许还要死亡与复活几次，
然而它的未来的日子是辉煌灿烂的，
它将发出太阳的光芒……

诗人即使身陷囹圄也从不悲观，他想念自己的妻儿，但他将这种思亲之情与思念祖国之情紧紧地结合起来，把自己的命运与祖国的命运连接在一起。他在《寄自狱中的信》里这样写道：

我是多么欣慰，当我想念着你，
亲爱的，寻求那希望的语言。
我是多么欣慰，当我内心里听见
你的声音为我而歌唱，
世界上没有比这再美妙的歌曲。
…………
可是我知道：我的国家
你的命运——全土耳其的命运，
还在从艰苦的日子走向那幸福的未来。
你的儿子将恢复健康，你的丈夫
将在牢房里被释放。而你的眼睛
将放射出永不消逝的微笑的光芒。
你的命运——全土耳其的命运。

综观希克梅特的诗歌创作，有如下几个特点：(1) 有一个共同的主题——爱国主义和国际主义——贯穿全部诗歌创作的始终。无论是前期创作，还是后期创作，都表现出鲜明的阶级立场和分明的爱憎感情，充满着战斗激情和革命乐观主义精神。(2) 诗句明快、自由，铿锵有力，犹如一团烈火。他被誉为土耳其自由体诗歌的大师。(3) 现实主义与浪漫主义相结合，既反映了土耳其的社会现实和人民的苦难，也表现了对理想生活的执着追求，把握时代脉搏的跳动，跟着时代的步伐前进。土耳其人民把他看做继共和国创造者凯米尔之后最著名和最杰出的土耳其人。

第九节
艾特玛托夫

钦吉兹·托列库洛维奇·艾特玛托夫（1928—2008）是享有盛名的吉尔吉斯作家。他的作品在苏联时期就被译成七十多种文字，为他赢得了世界声誉。1983年，他被遴选为设在巴黎的欧洲科学、艺术、文学院院士。苏联解体后，他的作品不断在国外出版，尤其是在德国。奥地利授予他1993年度欧洲文学方面的国家奖金。

艾特玛托夫生于吉尔吉斯基洛夫区的舍克尔村。父亲曾任州委书记，1937年遭到清洗。1952年他开始发表作品，1953年毕业于农学院，1956年进莫斯科高尔基文学院深造。毕业后成为专业作家。他来自民间，是在吉尔吉斯民间口头文学的熏陶下长大的，又受俄罗斯古典文学和西方现代文学的影响，因而在艺术上别具一格。第一部中篇小说《面对面》（1957）描写一位吉尔吉斯妇女在丈夫从前线开小差回来后复杂的内心斗争和最后的决裂。成名作《查密利雅》（1958）叙述吉尔吉斯妇女查密利雅大胆冲破宗法观念的束缚，同青年达尼尔真诚相爱、争取恋爱自由的故事。作者将这个爱情故事写得充满了诗情画意，表现出他在人物心理刻画和自然风景描写方面有深厚的功力。

艾特玛托夫的早期创作描写了古老的吉尔吉斯土地上的新人，具有浪漫抒情色彩，情节简单，结构紧凑精巧，富有戏剧性，令人耳目一新。《群山和草原的故事》（由《查密利雅》、《我的包着红头巾的小白杨》、《骆驼眼》、《第一位老师》组成）获1963年度列宁文学奖金。1963年还发表中篇《母亲——大地》。60年代中期的创作力图涉及全社会、全民族的重大历史课题和当代问题，对矛盾的揭示更加深刻，加强了典型环境和细节的描写，创作进入新的阶段。获1968年苏联国家奖金的中篇小说《永别了，古利萨雷》（1966）是带阶段总结性的作品，揭示了吉尔吉斯现代社会生活的冲突和矛盾。小说写老牧民塔纳巴伊牵着老马古利萨雷回家，走了一夜。老马奄奄一息，老人百感交集。作者通过塔纳巴伊的回忆，再现了老人坎坷的一生，描绘了一位热爱生活和劳动、刚直不阿、全身心献给事业的牧民的形象。塔纳巴伊具有山区牧民那种粗犷率直、疾恶如仇的性格。作者将他置于社会矛盾的中心，他同区委官僚主义领导的冲突触及了社会的弊端，使小说具有深刻的社会意义。骏马古利萨雷的形象带有深刻寓意，它的一生可说是塔纳巴伊一生的缩影，他们同样有过黄金时代和辛酸的经历，性格方面也有相近之处。塔纳巴伊对古利萨雷爱护备至的态度，揭示了主人公博大的胸怀和深厚的人道主义精神。

70年代，艾特玛托夫先后发表了《白轮船》（1970）、《早仙鹤》（1975）、《花狗崖》（1977）等中篇小说。《白轮船》是一篇仿童话体小说。在描写手法上，是现实与神话交融。它通过一个7岁小男孩的命运揭示现实生活中恶势力的残暴和嚣张，表现了善与恶的冲突。孩子弱小的力量和坚强斗志所形成的反差显示出他高度的人性美。人和自然的关系是小说的第二主题。作者通过宰杀大角鹿、践踏大自然等情节形象地写出了人和自然之间的关系，对于人类掠夺自然资源、破坏生态平衡等罪行，提出了严重的警告。这时，他已经不再局限于生活事实本身或其经验教训，而是跨越时空，从哲学和道德的角度来总结人类的历史。

1980年，他发表第一部长篇小说《一日长于百年》。这是作家创作达到新高度的标志，获1983年苏联国家奖金。小说有两条情节线索：一条叙述铁路工人叶吉盖和卡赞加普的半生经历和友谊，另一条把科学幻想因素引进小说。小说构思新颖，它通过民间传说和科学幻想，把现在、过去和将来，把现实和幻想巧妙地结合起来，表现了在宇宙万物之中人最重要和最宝贵的思想。作者将叶吉盖放在各种事件的中心，通过他的遭遇和对世界的看法来反映时代的特征。"宇宙线索"也在小说中起着重大的作用。它使小说在结构上具有多层次性，扩大了叙事的规模，增加了作品的思想容量。作家通过这部小说提醒人们记住自己对地球的命运所负的责任。因此它被称为"警世小说"。

1986年，作家发表长篇代表作《死刑台》(又译《断头台》)。小说一开始描写了莫尤库姆荒原（位于苏联中亚地区）上的血腥大围猎。莫尤库姆所属州领导因完不成肉类生产计划，用荒原上的野生羚羊来顶替。他们动用了直升机和越野汽车，雇用一批无业游民，无情地追杀羚羊。母狼阿克巴拉和公狼塔什柴纳以及它们的三只头胎狼崽落入围猎圈内，夹在羚羊群中拼命逃生。大批羚羊被击毙，三只狼崽在逃跑时被踩死和打死。两只大狼来到阿尔什湖畔，又生下五只小狼。但因修铁路，沿湖几千公顷的芦苇被烧毁，五只小狼又全部死去。两只大狼又逃到山里，在伊塞克湖畔产下四只小崽。酒鬼巴扎尔拜将它们偷去换酒喝。最后，这两只狼被人打死。从结构上看，这一对狼的命运贯穿全书。但小说的核心人物是青年俄巴底亚和牧人波士顿。小说的中心是这两个人物身上所体现的呼唤人性、拯救人类的思想。

俄巴底亚是教堂职员的儿子，原是神学校的学生，因思考现代人与上帝的关系被视为异端并被开除学籍。后来，他在《共青团州报》任编外记者。编辑部要他去中亚调查野生大麻（毒品）是通过哪些途径进入苏联欧洲地区的青年中间的。俄巴底亚混进采集和私运大麻的贩毒团伙，参加了在莫尤库姆荒原采集野生大麻的全过程。他想拯救这些同伙，劝他们弃恶从善，扔掉野生大麻，向上帝忏悔，但他们把他毒打一顿后又将他从飞驰的列车上扔了下来。在采集大麻时，俄巴底亚曾同母狼和三只狼崽相遇，他对小狼的态度十分友好。母狼也没有伤害俄巴底亚。

俄巴底亚没有摔死，被人救了。在医院养伤时他爱上了以消灭大麻为己任的年轻女子英卡。他应英卡之约第二次来到中亚。但英卡因故外出。他偶然成了围猎小组的成员。这就回到了小说开头写的使人惊心动魄的那一幕。对羚羊的血腥屠杀使俄巴底亚深为震动。他要求围猎小组停止这种残忍的行为，并且忏悔，结果被打得遍体鳞伤，奄奄一息。最后他们将他的手脚绑成十字形吊死在盐木树上。临死前，俄巴底亚看见母狼向他走来，刚失去狼崽的母狼也认出这个人曾同自己的狼崽嬉戏过。他向母狼求救。他还祈求上帝拯救人类的灵魂。俄巴底亚是在人们恶毒的嘲笑声中走向十字架的。他的悲剧是当年耶稣悲剧的重现。他们两人都为人们舍身殉难，但不为人们所理解。作者让俄巴底亚像耶稣一样蒙难，是要引起读者心灵的震动。

在小说中，关于耶稣被钉上十字架的故事穿插在俄巴底亚被贩毒团伙扔出车厢昏死过去之后。作者的叙述与俄巴底亚昏迷意识中出现的历史和现实有机地交织在一起。这个故事中的耶稣完全现代化了。他不是传统观念的救世主，而是当代的救世主，即俄巴底亚的人道主义思想的体现。

如果说，俄巴底亚的形象中有不少理想化的成分，那么波士顿的形象则显得更加真实感人，接近现实。他是诚实善良、勤劳正直的普通劳动者，敢作敢为的硬汉子，想通过同恶势力作斗争来实现善和正义的理想。他是俄巴底亚所梦想的人生价值和完美人性的体现。酒鬼巴扎尔拜偷走了四只小狼，两只大狼跟踪紧追，巴扎尔拜躲进了波士顿的家。从此这一对狼每夜在波士顿家附近嗥叫和寻找狼崽，波士顿一家不得安宁。波士顿劝巴扎尔拜放还狼崽，受到嘲笑。母狼思子心切，有一天终于叼走了波士顿一岁的小儿子。波士顿在绝望中开枪射击，结果把母狼和儿子一起打死了。波士顿开枪打死了巴扎尔拜，然后去自首。波士顿本来应该有幸福的生活，但他的结局比俄巴底亚还要悲惨——亲手杀死了自己的爱子。波士顿无法唤醒巴扎尔拜的人性，也说明俄巴底亚的理想在现实中已破灭。在现实生活中，恶战胜善。波士顿的悲剧似乎是偶然的，其实包含着必然。因为人类与自然是一个整体，必然要为自己的错误付出代价。厄运落在波士顿的头上。如果要追寻厄运的根子，那么从巴扎尔拜的恶行应该追溯到莫尤库姆荒原的大屠杀。造成血腥屠杀的甚至不是偷猎者的贪欲，而是当地领导的决策。这场屠杀是动物世界的“末日”，同时夺去了善良的俄巴底亚的生命，也毁了波士顿一家。两只狼的疯狂报复象征着惩罚的力量。波士顿儿子的死象征着人类受到的最残酷的惩罚，因为孩子象征着人类的未来。在小说中，耶稣死了，俄巴底亚死了，波士顿的儿子死了，母狼和公狼也死了，这么多的悲剧和死亡。《死刑台》是人生苦难的象征。世界末日已降临在莫尤库姆荒原，难道果真会降临在人类身上？生存还是毁灭，该是人类作出抉择的时候了。

《死刑台》反映了苏联社会的许多重要问题：贩毒问题、基层体制僵化和官僚主义问题、生态平衡问题等等。这是当今人类和苏联社会的痛点。从《白轮船》开始，艾特玛托夫小说的忧患意识越来越明显，悲剧气氛一部比一部浓烈。他呼唤善良的人性，写出当代人道主义意识的危机，这是作家思想中的矛盾，也是他创作的深刻之处。

艾特玛托夫的作品往往突出一位主人公，通过平凡的生活和艰苦的环境，通过主人公同他人的关系和同时代的冲突，通过人物的内心感受和对事物的思索，深入开掘主人公的精神世界。他的作品优美含蓄，深沉隽永，构思新颖周密，有极强的艺术感染力。小说常常由两条或数条情节线索构成，结构形式不一，但本质都一样，即采用多条情节线索是为了扩大作品所反映的生活面，表现和强化哲理。他的创作吸取了民族文化的丰富营养。动物形象的塑造是艾特玛托夫创作的一大特色。《死刑台》将一个狼的家庭放在小说的中心，把这个家庭的命运、狼的心理及悲剧遭遇写得凄楚动人。狼还作为被损害的形象出现，它们一次次逃亡，它们的后代一次次惨遭杀害，天地之大，竟找不到这个狼家庭的立足之地。更为突出的是，在小说中，狼成了忠诚、宽容、正义的象征，成为评价人的善恶、美丑的尺度，而贩毒者和围猎者显得比狼更凶残，更像野兽。动物世界的出现凝聚着作者对当今生态学问题和人道主义问题的深刻思考。总之，艾特玛托夫的创作不仅丰富了吉尔吉斯文学和苏联文学，同时也丰富了世界文学的宝库。

思考题

1. 请简述现代当代中亚西亚北非文学发展的概貌。
2. 请简述邵基的诗歌在埃及新文学史上的地位。
3. 请简述塔哈自传体长篇小说《日子》所描绘的埃及风云和作者的人生旅程。
4. 请简述迈哈福兹的创作道路和文学成就。
5. 请分析沙比《生命之歌》的思想内容和艺术特色。
6. 请分析阿格农的创作特点和他荣获诺贝尔文学奖的原因。
7. 赫达亚特在伊朗现代文学中的地位和成就是怎样的？
8. 请分析无产阶级诗人希克梅特诗歌创作的特色。
9. 请分析艾特玛托夫的代表作《死刑台》所体现的呼唤人性、拯救人类的思想。

第五章 现代当代南部非洲文学

第一节 概述

撒哈拉沙漠以南的南部非洲部分，从地理上说，包括南非、西非、东非、中非以及沿海诸岛的广大地区。因当地居民绝大部分属尼格罗种黑人，故一般称之为“黑非洲”。实际上南部非洲的种族很多，语言差别很大，总的说来，大致可分为两大系统：一是属于苏丹语系的苏丹黑人，主要分布在赤道以北、几内亚湾沿岸和撒哈拉南部，其中著名的有阿散蒂人、达荷美人、约鲁巴人等。另一系统属于班图语系的班图黑人，他们居住在中非和东非，往南一直到好望角。这个语系的黑人又分成好多部族，例如在刚果南部和安哥拉北部分布着骁勇善战的巴鲁巴族，在南非还分散居住着布曼人、霍屯督人、豪萨人、祖鲁人、巴苏陀人等。

南部非洲各国的人民是勤劳、勇敢、智慧的人民，他们在长期的生产斗争和反抗民族压迫与剥削的斗争中，创造了丰富的物质财富和精神财富。大多数民族都有丰富的民间口头文学流传下来，但书面文学流传下来的却很少。南部非洲大量的文学遗产主要是靠一些职业艺人“格里奥”代代口耳相传保存下来的，而书面的现代文学是在 19 世纪末或 20 世纪初才逐步形成的。南部非洲现代文学中，既有民族语言文学，如班图语系中的祖鲁语、巴苏陀语和豪萨语文学以及东非的斯瓦希里语文学、阿姆哈拉语文学等，也有欧洲语文学，如法语、英语、葡萄牙语文学等。

南部非洲相当多的国家原来没有文字，各国现代文学的发展，由于历史、社会以及地理位置等原因，是极不平衡的，而且受到殖民统治者施行的文化政策很大的影响。西方殖民统治者在文化问题上大致有两种做法：法、葡殖民统治者执行的是同化政策，英、比殖民统治者执行的是使当地文化为宗主国服务的政策。同化政策首先意味着大力推行宗主国语言和排斥非洲语言，如非洲大陆上法国最“老”的殖民地阿尔及利亚，在法国统治时期，有些作家就不得不用法语写作。与此同时，同化政策也刺激了使用欧洲语言的文学的发展，比如，在殖民化之前，没有文字的大多数法、葡殖民地的非洲国家的文学就比英、比殖民地的文学产生得要早些。这些国家在争取民族独立斗争的时期就涌现出一批杰出的作家。但独立后的情况却相反，法语作家的创作积极性低落，而英国统治下的国家，其英语文学不仅发展得很快，而且成就也很大，尤其以尼日利亚最为显著。

南部非洲各国现代文学起步较晚，一般地说，它诞生于19世纪末或20世纪初。这主要是西方殖民主义造成的。从15世纪开始，欧洲殖民主义者就染指南部非洲，到19世纪末，终于将南部非洲瓜分完毕，确立了不同形式的殖民统治。殖民主义者空前的野蛮掠夺和残酷剥削，给那里的人民带来了深重的灾难，严重地阻碍了经济、政治和文化的发展。然而，南部非洲各国人民一刻也没有停止为夺回自由和独立而进行的斗争。第一次世界大战和俄国十月革命的胜利，进一步激发了南部非洲人民的反抗精神，使民族解放运动进入了一个新的时期。它已不再是由部落酋长领导的反抗式的暴动或部落战争，而是由斗争中涌现出来的先进分子领导的有组织的现代民族解放运动，具有鲜明的反帝反殖的性质。这一伟大的民族解放运动，在20世纪40年代逐步走向高潮，震撼了西方世界。

第二次世界大战后，特别是50年代万隆亚非会议之后，南部非洲各国人民大觉醒，纷纷起来进行反对帝国主义、殖民主义、种族歧视的斗争，人民要革命，民族要解放，国家要独立已成为不可阻挡的时代洪流。经过艰苦曲折的斗争，除个别地区和国家外，大多数国家在60年代前后陆续获得独立。当代南部非洲文学在这样的历史条件下得到了空前的发展和繁荣。

南部非洲各国现代文学是由许多国家和许多民族的文学组成的，这些国家和民族的情况千差万别，其文学的发展也有先有后。总的说来，最早出现的是诗歌，其次是小说，这两种体裁的文学发展得较早也较快，成就也最大，而戏剧的发展则比较晚。长期的民族解放斗争造就了一大批优秀的现代作家和作品。从文学发展的历史来看，南部非洲的文学可以第二次世界大战结束为界线，分为两个阶段。

第一阶段是第二次世界大战结束前的现代文学，那时最早出现的是诗歌，它和世界上其他被压迫民族的诗歌一样，是在民族解放斗争的沃土中产生和成长起来的，不仅战斗性强，而且贯穿着反对殖民主义和争取民族解放的时代精神。最常见的主题是歌颂非洲民族的光荣历史，诉说祖国和民族的苦难命运，揭露殖民主义的血腥统治，鞭挞白人种族主义隔离制度的罪恶，赞扬人民争取独立自由和追求美好未来的斗争精神。

在南部非洲各国文学中，马达加斯加的诗歌创作早在20世纪30年代就享有国际声誉，远比其他非洲国家的成就突出。让·约瑟夫·腊们阿里维洛（1901—1937）是马达加斯加杰出的代表诗人，生于伊麦利那一个破落贵族家庭。他通过刻苦自学熟练掌握了法语，熟悉法国文学，成为用马尔加什的默里纳语和法语写作的双语作家。他把一生的大部分精力用于诗歌创作，为发掘和保护本国文化遗产作了大量的工作。诗人在20年代发表的前三部诗集《灰之杯》(1924)、《树林》(1927)、《托玛》，大都为模仿性的习作。他在30年代发表的《近乎幻想》(1934)和《译自夜的语言》(1935)等诗集，代表了诗人成熟期的作品，表现出诗人的突出才华和强烈的爱国热情。

20世纪20年代至40年代，南非共和国作家在班图语诗歌方面也取得了显著的成就，他们的创作带有现实主义的倾向，触及了社会现实存在的重要问题。如1925年，用科萨语写作的克鲁内·姆卡伊(1870—1945)，在一首针对威尔士亲王访问南非的诗中，就敢于对英国殖民统治者进行辛辣尖刻的讽刺：

她给我们派来了传教士，捎来了酒瓶，
她给我们送来了《圣经》和一桶桶白兰地，
她向我们运来了大炮和炮手，
我们去把谁拥抱？
噢！大名鼎鼎的不列颠！
你给我们送来真理——你却扼杀了我们的真理，
你给我们送来生命——你又夺去了我们的生命。

祖鲁语民族诗人赫·兹洛姆(1905—1945)在他的长诗《丛山幽谷》(1941)中，采用了今昔对比的手法，歌颂祖鲁人光辉壮丽的往昔：那时祖鲁人巍然屹立，“像一座座威严的峭壁”，全国“奋起抵抗”，“嘲笑顽敌”，“大地百花竞放，争奇斗艳”；而现在在殖民统治下，祖鲁人却在希望和绝望之间辗转徘徊，祖鲁的大地也显得昏暗阴沉，一片衰败景象。本·乌·维拉卡泽(1906—1947)也是祖鲁族的大诗人，是一位语言学家和祖鲁语传统诗歌的研究者。他的创作是南非文学发展史上一个重要的里程碑。他发表过两部诗集《祖鲁人之歌》(1935)和《苍穹》(1945)。他在长诗《维多利亚大瀑布》中，用扣人心弦的优美抒情笔调，歌颂祖国大自然的迷人景色、人民不屈不挠的战斗精神和祖鲁人的民族英雄沙卡；而对殖民主义者则取另外一种态度，以愤怒的诗句毫不留情地揭露西方殖民者“传播文化使命”的实质和他们给祖鲁人带来的深重灾难。

莫桑比克现代文学史上的第一个杰出诗人是路易·德·诺罗尼亚(1909—1943)，他终生和他的人民一样饱尝痛苦。他的诗歌有力地表达了莫桑比克人民的呼声，生前发表的诗集有《十四行诗集》一卷。他去世后，1960年又出版了他的一部叙事诗《肯格勒克塞》。在索隆戈语中，“肯格勒克塞”的意思是向初升的月亮祈求幸福。他的十四行诗《起来，行动吧！》是莫桑比克文学中第一次发出的为争取民族解放而斗争的号召。

醒来吧！贪婪的乌鸦早已张开翅膀，
盘旋在你酣睡者的头上，
要破开你的胸膛挖出心脏……
醒来吧！噢，正在酣睡的奴婢，
在梦中听听那，
正在发出的进步的声音：
——呵，阿非利加！是时候了！起来行动吧！

此外，南部非洲有几位重要诗人的主要创作虽发表在第二次世界大战后，但他们在战前就已开始自己的诗歌创作，因此也在这里按出生先后加以介绍。20世纪三四十年代，前法属西非殖民地的法语诗歌得到了较大的发展，塞内加尔老诗人比拉戈·狄奥普(1906—?)因行医而走遍穷乡僻壤，曾经精心研究民间创作，提出民间文学遗产是非洲人民精神文化的宝库这一观点。他从20年代后半期即开始诗歌创作，他的优秀诗篇有

《和音》、《祖先的呼吸》、《圣像》等，都收入他的诗集《回光与闪光》中。另外，他还发表过三部故事集《阿马杜·库姆巴的故事》(1947)、《阿马杜·库姆巴的新故事》(1958)和《故事与评论》(1963)。塞内加尔的另一位著名诗人是桑戈尔（详见本章第四节），他发表过8部诗集和3部有关文学、文化和政治题材的论文集。坦桑尼亚的著名诗人夏巴尼·罗伯特（详见本章第二节）是东非卓越的文化活动家，他一生发表了包括诗歌小说在内的二十多部作品，在现代斯瓦希里语文学史上占有重要的地位，被誉为东非的莎士比亚。马达加斯加的爱国诗人扎克·腊伯马南扎腊（1913—?）从30年代就开始从事文学活动，他最早的两部诗集《幻想的羽片》和《夜将来临》是30年代出版的，1940年又出版了第三部诗集《在傍晚的台阶上》。40年代末期，诗人的创作进入了新阶段，出版的长诗《七弦琴》和诗集《千年的典礼》表现出更加鲜明的反殖民主义倾向，是争取自由和独立时代非洲诗歌中光辉的篇章。

在南部非洲各国的现代文学中，散文作品的创作，最初多是一些反映非洲传统习俗的散文作品，真正的长篇小说创作开始得也比较晚。在19世纪与20世纪之交，南非共和国有一些作家开始转向长篇小说的创作。南非共和国白人女作家奥丽芙·旭莱纳(1855—1920）的长篇小说《一个非洲庄园的故事》(1883）揭露了某些宗教教义对儿童思想的束缚，抨击了社会传统对妇女的歧视，表达了男女平等的思想。另两部长篇小说《人与人之间》(1926）和《女水妖》(1928）描写了资本主义社会中妇女在爱情和婚姻问题上的痛苦遭遇。她的作品不仅在当时是对社会的一种抗议，即使在今天也仍有其现实意义。南非作家艾维列塔·勃切扎·塞戈埃特（1858—1923）用民族语言写的长篇小说《富贵如浮云》(1910）描写了城市生活对进城打工的农民所起的腐蚀作用。南非著名散文作家托马斯·莫福洛（1877—1948）所写的历史长篇小说《沙卡》(1925）描写了祖鲁人杰出的领袖沙卡成功地把祖鲁人分散的部落团结起来的动人事迹。祖鲁作家约翰·杜贝（1871—1946）的长篇小说《黑人的敌人就是他自己》(1922）和马赫玛·富泽的长篇小说《黑人在不远的地方出现》(1922）等，都描写了到城市打工的黑人农民所过的颠沛流离的生活，提出各族人民应该团结起来反对种族主义。

西非地区各国长篇小说的发展受塞内加尔用法语创作的安的列斯作家列涅·马兰(1887—1960）的影响很大。列涅·马兰的长篇小说《巴杜阿尔：一部真正的黑人小说》于1921年获法国龚古尔文学奖。这是一部很有意义的小说，描写殖民主义者如何“闯入”非洲，在累累白骨上建立起自己的王国；他们传播的所谓文明，实质上是对非洲人强盗式的掠夺和无耻的剥削。作家强烈的反殖民主义倾向对塞内加尔以及西非各国的文学发展产生了深刻的影响，使塞内加尔的文学在30年代明显地增强了民族主义和爱国主义的倾向。事实上，塞内加尔的现代文学也在这个时期才开始形成。之后，阿赫默德·马派蒂·迪亚尼（约1890—?）的长篇小说《马立克的三个愿望》(1920)、马西拉·狄奥普（约1886—1932）的长篇小说《无家可归的人：一部关于塞内加尔姑娘的小说》(1925)、巴卡里·狄阿洛（1892—1978）的长篇小说《善良的力量》(1926)、乌斯曼·索塞·狄奥普（1911—?）的长篇小说《卡利姆：一部塞内加尔小说》(1935）和《巴黎的幻景》(1937）便相继出版了。索塞在他的两部小说中所提出的非洲文化的命运以及非洲各国的前途问题，在二战后下一代作家的创作中得到了解决，他们取得的共识是：非洲的前途在于消灭殖民主义。

第二阶段始于第二次世界大战结束之后，当代南部非洲各国文学得到了蓬勃的发展。非洲各国人民由于在战争期间参加宗主国反法西斯战争，进一步认清了帝国主义和殖民主义的本质，因而在战后便掀起了更加广泛的民族解放斗争的浪潮。60年代初，非洲多数国家虽然取得独立，但政治上的自主并不意味着独立斗争已经结束，年轻的非洲国家面临着一系列新的问题，这时的非洲文学也开始进入一个新阶段。

取得民族独立后，非洲各国作家的注意力，逐渐从殖民地与宗主国之间的矛盾转向国内的社会矛盾和内部冲突，如宗法制农村与新城市两种生活方式的冲突，本国文化与欧洲文明的相互关系，传统习俗与新风尚的冲突，资本主义发展所带来的社会不平等和劳资的矛盾，政权腐败和内战频仍给人民带来的痛苦等等，成了创作的主题。从体裁来说，长篇小说在第二次世界大战后异军突起，发展最快，成就最大；诗歌在非洲当代文学中仍占有重要地位，继续得到发展；戏剧和短篇小说也获得了可喜的收获。在以上这几方面涌现出了许多新一代的作家和作品。

第二次世界大战后，随着民族解放运动的深入发展和国家独立后面临的新问题，长篇小说这一形式因更能反映广阔的社会生活而得到长足的发展，作家辈出，名作连篇。

彼得·阿伯拉罕姆斯（1919—?）是南非共和国的著名小说家，他和南非的著名有色人种文艺批评家艾泽基耶尔·慕帕赫列列被誉为“南非文坛的两颗巨星”。他的创作活动开始得很早，20岁以前，他在南非各地寻找工作时，就已写出三百余篇短篇小说，遗憾的是大都在旅途中散失，剩下来的收在短篇小说集《黑暗的圣经》（1941）中。阿伯拉罕姆斯不仅才华出众，而且也是一位勤奋的多产作家，主要作品有长篇小说《矿工》（1943）、《雷霆之路》（1948）、《野蛮的征服》（1949）、《献给乌多摩的花环》（1953）、《该岛今日》（1966）和《夜深沉》等。作为当代非洲现实主义文学的重要代表之一，他的作品充分反映了非洲人民反抗殖民统治和种族压迫的英勇斗争过程，揭露了殖民主义者和种族主义分子所犯下的滔天罪行，展示了非洲二三百年来的历史画面。

戈迪默（详见本章第九节）是南非共和国杰出的白人女作家。她于1991年获得诺贝尔文学奖。

约翰·马克斯韦尔·库切（1940—　）也是南非共和国的优秀作家。1974年，他的第一部长篇小说《幽暗之地》问世，随后又有《内陆深处》、《等待野蛮人》、《迈克尔·K的生活和时代》、《彼德堡的大师》、《耻》、《伊丽莎白·科斯特洛：八堂课》和《慢人》等长篇小说先后出版。由于创作成绩突出，他于2003年获得诺贝尔文学奖，成为继戈迪默之后南非共和国第二位获此殊荣者。

费尔南多·蒙特罗·卡斯特罗·索罗梅尼奥（1910—1968）是葡萄牙血统的安哥拉著名小说家。他从30年代开始写作，第一阶段的作品有：短篇小说集《尼雅里，黑人的戏剧》（1938）、《暴风雨及其他故事》（1943）、《卡连加》（1945），中篇小说《惶恐不安之夜》（1939）和《没有出路的人》（1942）。这些作品描写的是葡萄牙人到来之前安哥拉人民的过去。他作为一个现实主义的作家，对宗法社会的古风一点也没有理想化，而是以历史的眼光真实地描写充满恐怖和危险的非洲人的生活。第二次世界大战后，他发表了两部长篇小说《僵死的大地》（1949）和《转折》（1957），前者严厉地批判了葡萄牙的殖民统治和对当地居民的掠夺，后者则公开嘲笑了“白人优越论”的神话。

桑贝内·乌斯曼（详见本章第五节）是塞内加尔著名小说家。在当代非洲文坛上占有十分重要的地位。

奥约诺（详见本章第七节）是喀麦隆著名小说家。由于他的作品表现了非洲人民对专横残暴的殖民主义者的愤怒抗议，因而遭到法国殖民当局的多次迫害。

蒙哥·贝齐（1932—　）是喀麦隆与斐迪南·奥约诺齐名的小说家，原名亚历山大·毕伊吉。贝齐的嘲笑和奥约诺的讽刺都把锋芒指向历史注定要灭亡的殖民统治者和那些上欧洲“主人”当的非洲人。贝齐的前期作品有中篇小说《没有恨也没有爱》

(1953)，长篇小说《残酷的城市》（1955）、《孟普的穷基督》（1956）、《完成的使命》（1957）、《痊愈的国王》（1958）等。贝齐的小说不仅批判殖民主义制度的野蛮和不公正，也谴责受殖民制度影响的一些非洲上层人物的归化，他认为非洲农民是非洲唯一的道义力量。他后期的作品有长篇小说《吕邦的回忆》（1974）和《永垂不朽》（1974），这两部小说描述了被法国殖民军杀害的喀麦隆劳工领袖吕邦·姆·尼奥勒的事迹，同时也控诉了喀麦隆当时的国家元首，把他描绘为一个醉鬼和腐化堕落的形象。

西普利安·埃克文西（1921—?）是尼日利亚著名的小说家，他发表的作品有长篇小说《城里人》（1954）、《艳妇娜娜》（1961）、《美丽的羽毛》（1963）、《伊斯卡》（1966），中篇小说《燃烧的草原》（1962），故事集《洛科城》（1966）和《不安的城市与圣诞节黄金》（1975）等。因他善于写城市人的生活，被誉为城市小说之父。

钦努阿·阿契贝（1930— ）也是尼日利亚著名的小说家，被公认是非洲文坛上杰出的天才。他生在尼日利亚东部伊博族的一个基督教家庭，独立前毕业于伊巴丹大学，之后在尼日利亚广播公司工作。他曾担任尼日利亚作家协会主席，多次去欧美各国讲授非洲文学。他的主要著作有被人称为“尼日利亚四部曲”的四部长篇小说：《瓦解》（1958）、《动荡》（1960）、《神箭》（1964）、《人民公仆》（1966）。前三部反映尼日利亚独立前殖民地时期不同阶段的社会现实，后一部反映独立后尼日利亚社会的各种矛盾和危机。1988年年初，他又发表一部新的长篇小说《荒原蚁丘》，这部作品可以说是描写当代非洲生活的一部史诗。此外，他还发表过诗集《当心啊，我的心灵的兄弟》（1971）和《比夫拉的圣诞节及其他》（1973），短篇小说集《祭祖的蛋及其他》（1962）和《战地姑娘及其他》（1972），儿童故事《契克过河》（1966）、《笛子》（1977）、《鼓》（1977）和论文集《创世日的黎明》（1975）等。

本·奥克利（1959— ）是尼日利亚新一代的优秀作家，出生在尼日利亚三角洲地区的一个乌尔霍伯人家庭。他从小酷爱文学，对本国古老的约鲁巴文化情有独钟，并深受索因卡等尼日利亚现代作家的影响。他也属于怀有忧国意识的一类作家，表现出在政治上和艺术上的早熟。他发表第一部长篇小说《花与影》（1980）时只有21岁。他的第二部长篇小说《室内景观》（1984）描写了尼日利亚内战结束后社会的动荡与绝望。他的描写尼日利亚内战的短篇小说集《圣殿中的意外事件》（1986）发表后，颇受好评，迭获1987年度的英联邦国家非洲文学奖和《巴黎评论》杂志阿加汗小说奖。他的另一部短篇小说集《新晚钟之星》（1989）描写了当代非洲生活中的种种混乱与悲剧。他的代表作长篇小说《饥饿之路》（1991）通过主人公阿扎罗这个阿比库（幽灵孩子）的形象，讽喻了非洲屡屡产生又屡屡落空的独立与民主的希望。这种希望一直孕育在几代非洲民族主义者的心头，它似乎总是不断获得出世的机会，但又总是被军阀割据、帝国主义和殖民主义操纵的政变、新生的野心家和政客、崩溃的经济……这些一个头、两个头、三个头，甚至更凶恶的多头魔鬼拉回到阴间去了。它留给读者诸多的思考与启迪。因此，这部小说一发表，不仅在尼日利亚和非洲，而且在欧美也受到了广泛的好评。为了表彰奥克利的成就，在英语文学界颇有威望的英国布克奖评委会将1991年度的布克奖授予了奥克利。

恩古吉（详见本章第三节）是肯尼亚著名的小说家、剧作家和文学评论家。

艾伊·克威·阿尔马（1939— ）是加纳著名的小说家。他1959年赴美留学，在马萨诸塞州的格罗顿学校就读，后来又在哈佛大学获社会学学位。他早期创作的一些诗歌和短篇小说发表在《大西洋月刊》和《新非洲人》等刊物上。1968年他发表第一部长篇小说《美好的人尚未诞生》，作品猛烈抨击了恩克鲁玛政权时期的腐败现象，表现了作家对一个独立的非洲竟被西方资本主义引向歧途的极大愤慨。阿尔马笔耕不辍，接连又发表了4部长篇小说：《碎片》(1970)、《为什么我们这样有福》(1972)、《两千个季节》(1973) 和《治病者》(1975)。小说不仅谴责了新贵的贪婪专横，而且谴责了他们迷恋欧洲文化并为非洲遗产感到羞愧的更深层的精神腐败。

第二次世界大战后，南部非洲当代文学中的诗歌创作继续得到发展，除原来在二战前就已开始写作的一些诗人，如列奥波尔德·塞达·桑戈尔、比拉戈·迪奥普、罗伯特·夏巴尼、扎克·腊伯马南扎腊等仍在继续写作外，又涌现出一批新的诗人。

弗拉汶·腊纳依沃（1914—?）是马达加斯加著名的抒情诗人，作为腊伯阿里维洛的继承人，他的《影子和风》(1947)、《我的日常歌曲》(1955)、《归来请罪》(1962) 等诗集，由于汲取了民间语言中丰富多彩的比喻和格言而显得富有民间文学传统中的幽默感。

贝尔纳·达季耶（1916—?）是科特迪瓦共和国（原名象牙海岸）最负盛名的诗人、小说家和文化活动家。他的诗歌创作主要有诗集《昂然挺立的非洲》(1950)、《日子的流逝》(1956)、《五洲的人们》(1967) 等。他的诗歌始终贯穿着各族人民团结友爱的思想，政论性强，充满战斗精神。

热拉多·贝萨·维克多（1917—?）是安哥拉古典派的卓越诗人，他发表的诗集有《遥远的回声》(1941)、《在马陵木琴的伴奏下》(1943)、《在天空下》(1949)、《我的土地和我的舞蹈》(1952)、《孤独的茅屋》(1958)、《穆坎达》(1964) 等。贝萨·维克多的全部创作都充满了对非洲、对它的古老文化、对它的坚强和永不气馁的人民的赞美。

安东尼奥·阿戈斯提纽·内图（1922—1979）是安哥拉革命诗歌的奠基人，也是“安哥拉解放运动”的政治活动家，在战斗的安哥拉文学中占有显著的地位。他是金本杜族人，1975年安哥拉独立后担任安哥拉的总统和作家联盟大会主席。他的主要作品有《穆桑达朋友》(1957)、《诗》(1961) 和《眼里没有泪水》(1963) 等。

若泽·克拉维林尼克（1922—?）是莫桑比克最有才华的诗人，他的主要作品有诗集《施古波》(1964)、《古德隆神颂歌》(1966) 和《话说从前》(1974) 等。在这些诗集中，克拉维林尼克怀着痛苦和愤怒的心情描写了非洲文化被毁灭的情景，对葡萄牙殖民主义者的所谓“传播文明的使命”进行了严厉的批判。他还有不少诗歌专门写那些被迫订立契约的人，描写他们被送往异国后所遭受的苦难。

桑托斯（详见本章第八节）是莫桑比克的著名诗人，同时也是莫桑比克著名的政治家和社会活动家。

马蒂普·丹尼斯·布鲁特斯（1924—?）是南非共和国卓越的诗人，他的主要作品有诗集《警笛、拶子、长靴》(1963)、《致玛莎的信及其他》(1968)、《执着的希望》(1975) 等。他的诗对南非共和国白人种族政权执行的种族歧视政策做了生动而形象的描绘。

大卫·狄奥普（1927—1960）是塞内加尔最有才华的诗人，他的诗以愤怒的笔触揭露了残酷的殖民统治下黑人的痛苦生活。他于1960年因飞机失事不幸早逝，生前只发表过一部诗集《槌击集》(1956)。

契开亚·乌·塔姆西（1931—　）是刚果著名的诗人，他从19岁起发表诗歌，主要诗集有《坏种》(1955)、《林火》(1957)、《骗心术》(1960)、《历史概要》(1962)、《饱腹》(1964) 和《弯弯的竖琴》(1970) 等。

科菲·阿翁纳（1935—　）是加纳著名的诗人，他的主要诗集有《重新发现》(1964)、《流血的夜晚》(1971)、《驾驭我吧，记忆》(1973)、《海边别墅》(1978) 等。

奥考特·普比泰克（1931—1982）是乌干达著名的诗人，用英语和罗语写作。他发表的诗集有《拉维诺之歌》(1966)、《奥考利之歌》(1970)、《囚徒之歌》(1971)、《两首歌：囚徒之歌与玛拉娅之歌》(1971) 等。

现代非洲文学中的戏剧创作始于 20 世纪的 30 年代，40 年代和 50 年代得到发展，到 60 年代日趋繁荣。它的发展与非洲传统的民间戏剧有着密切的关系。

扎克・腊伯马南扎腊不仅是马达加斯加的著名诗人，也是颇有成就的剧作家，他的三部浪漫主义剧本《马尔加什的神仙》(1947)、《黎明的航海家》(1956) 和《神宴》(1962)，在他的作品中占有重要的地位。

贝尔纳・达季耶是一个多才多艺的作家，他不仅创作诗歌，根据民间传说编写故事，并且也写了一系列的戏剧作品，如《托戈・格尼尼老爷》(1970)、《风声》(1970)、《刚果的比阿特丽兹》(1971)、《风雨岛》(1973) 等。达季耶创作的朴实风格使他成为现代非洲最优秀的戏剧家之一。

艾芙亚・特奥多拉・萨瑟兰 (1924—?) 是加纳著名的女诗人和剧作家，她在 1961 年和加纳其他剧作家一起成立戏剧社，并从日常生活中汲取素材创作剧本，她最著名的剧作是《埃都法》(1964)，此外还有《福洛娃》和《奥巴萨尼》等。

索因卡 (详见本章第六节) 是尼日利亚著名的剧作家，1986 年荣获诺贝尔文学奖。

约翰・克拉尔克 (1935—) 是尼日利亚著名的诗人和剧作家，他的主要剧作有《山羊之歌》(1960)、《假面舞会》(1964)、《奥兹迪》(1966) 等。

阿索尔・富加德 (1932—) 是南非共和国著名的剧作家，他的主要剧作有反映南非共和国黑人及有色人种痛苦生活的《血结》(1963)、《博斯曼与列娜》(1969)、《无用的星期五》(1974) 等和描写南非共和国贫穷白人不幸遭遇的《哈罗和再见》(1966)。70 年代他发表的剧作有《诺戈戈》(1974)、《西兹韦・班西死了》(1974)、《这个岛》(1974) 和《迪米托斯》(1977) 等。

第二节 夏巴尼・罗伯特

夏巴尼・罗伯特 (1909—1962) 是坦桑尼亚用斯瓦希里语写作的著名诗人和小说家，在东非享有盛誉。他 1909 年 1 月 1 日生于坦桑尼亚东部坦噶市附近的维巴姆巴尼村，尧族人，是一位虔诚的穆斯林。他于 1922 年到首都达累斯萨拉姆求学，由于在殖民地时代，一个穆斯林孩子除非皈依基督教，否则上学是不准超过五年级的，所以他只受过四年正规教育。1926 年肄业后，他先后在庞加尼海关、野生动物保护局、坦噶市行政公署等政府机关工作，直到 1960 年因病退休为止。他是坦噶尼喀语言学会、东非斯瓦希里语协会和东非文学家协会的成员。

夏巴尼・罗伯特从 1934 年开始用斯瓦希里语写诗，起初诗歌的基调比较保守，后来很快就转向进步，常写含民族主义思想的作品。为了促进斯瓦希里语的创作，他还企图在坦噶市创办一家出版社，可惜后来未能成功。他是一位多才多艺而又多产的作家，一生用斯瓦希里语创作了二十多部作品，有小说、诗歌、散文、随笔、寓言和传记等。比较重要的作品有《可信国》(1951)、《想象国》(1967)、《阿迪利和他的兄弟们》(1952)、《警世名言》(1952)、《奥玛尔：格言长诗》(1952)、《文选》(1954)、《散文与诗歌》(1959)、《夏巴尼诗集》(14卷，1959)，自传“我的一生”三部曲——《我的青少年》、《我的壮年》和《我的晚年》(1961)，以及《为自由而战》(1967)、《农夫乌图波拉》(1968)、《勤劳者的岁月》(1968)、《语言的花环》(1969)、《语言的修饰》(1969)等。他的大部分作品是在去世后才出版的，因为英国殖民统治时期是不能容许批判殖民地现实的作品出版，哪怕是童话故事也不行。

夏巴尼·罗伯特是第一位用斯瓦希里语写作的民族诗人，但他并不排斥西方文化。他的作品着眼非洲，放眼世界，以道德说教来表现他的参与意识。他把随笔这种文体引进斯瓦希里语，发扬斯瓦希里语诗歌的非宗教传统。他的大部分作品带有启蒙性质的道德说教，这从他的寓言小说《可信国》和《想象国》中可以清楚看出来。他还写了一些说教诗，比如《阿迪利和他的兄弟们》(“阿迪利”意即良好行为）这首诗就是向他儿子进行说教的，讲努力工作、端正行为、孝敬父母、尊重上帝和服从政府等的道德观和价值观。他主张通过广泛吸取西方现代文明和东方古老文明来推动坦噶尼喀的社会改革，反对愚昧落后、因循守旧和野蛮专制。不但《可信国》讲的那种专横黑暗的国家需要如此，就是《想象国》讲的那样繁荣昌盛的国家也要继续破旧立新，不断吸收外国的先进经验，才能不断进步。但他也不主张盲目接受西方资本主义文明，他在小说《农民乌图波拉》中描写主人公乌图波拉如何弃商务农，主动离开繁华的城市，放弃优厚的待遇，回到贫瘠的农村享受劳动的乐趣。作者在小说中否定看重金钱关系的西方生活方式，这点有一定的积极意义；不过他强调返璞归真，回到自然，又未免有些消极逃避，未能给人指出正确的道路。他的《西蒂·宾蒂·萨阿德的一生》写的是桑给巴尔在20世纪20年代、30年代非洲音乐厅里一位很有声誉的女歌手的传记。通过这部作品，作者直接宣扬了自己的社会伦理观——传统的伊斯兰道德观同现代的爱国主义、妇女解放的新思想相结合。《我的一生》三部曲是作家的自传，阐述他对教育、伦理和民族等问题的观点。这是一部为了使“白人”承认他的人格尊严而进行艰苦卓绝斗争的历史。作者大力宣扬友爱与宽容，谴责仇恨和妒忌。

夏巴尼的作品明显地带有启蒙主义的说教特点，但在艺术上还是下了工夫的，他的描写比较生动和能吸引人。他对斯瓦希里语民族文学走向现代化作出了重大贡献。他一方面努力把斯瓦希里语文学从殖民主义造成的濒于没落的境地拯救出来；一方面把现代思想和大众语言积极引进书面文学，使斯瓦希里语成为广大非洲人的地方通用语，从而取得今天的国语地位。

夏巴尼在坦噶尼喀摆脱英国殖民统治获得独立一年后，因肺病于1962年6月22日在坦噶市过早地逝世，他一生的绝大部分岁月是在殖民统治下度过的。作为一个具有强烈民族意识的作家，尽管由于当时的具体处境，他的某些作品不能直抒胸臆而只能采取影射或说教的形式，但仍然得到了广大读者的热烈欢迎和评论界的高度评价。这是因为他是一个土生土长的坦桑尼亚作家，与他的祖国和人民息息相通。他善于在自己的作品中把伊斯兰教的传统观念与现代化思想结合起来。他坚持用斯瓦希里语写作，以激发人们的民族自尊心和爱国热情。他有一颗非常善良的心，他相信善良与仁爱最终会得到胜利。他是一位名副其实的理想主义者。作为斯瓦希里语文学的拓荒者，他在斯瓦希里现代文学史上占有崇高的地位，被人称为“东非的莎士比亚”。

寓言小说《可信国》是夏巴尼·罗伯特的代表作之一，以象征的手法描写“可信国”

的人们控诉社会的不合理现象，要求伸张正义和法制。[①] 小说的基本情节是这样的："可信国"的马基伍劳（意即夜郎自大）已做宰相多年，是三朝元老。他生性多疑，为人奸诈阴险。他罗织罪名控告臣民卡拉马对"可信国"的制度恶语诋毁，下令将其逮捕加以审判。后来在国王的干预下，才允许卡拉马进行申辩。卡拉马在6天中讲了6位出使东南西北四方邻国和"天国"、"地邦"6个国家的故事。这6位使节在国外看到了人家是怎样治理国家和为民造福的。他们把这些国家的先进经验带回来了，但不仅不被采纳，反而遭到诽谤和诬陷，都被判刑入狱。"可信国"国王听完申辩之后，让大臣们去讨论，然后作出公正的判决。最后，卡拉马不仅被无罪释放，而且深得国王的赞赏，因为国王从他的申辩中得到了如何治国安民的启发。多年后，使节们给"可信国"带回来的先进经验开花结果了，"可信国"成为世界上最繁荣发达的国家。

不难看出，小说一方面假托虚构的"可信国"来描绘殖民统治下东部非洲的丑恶现实，一方面又刻意描绘出一个集中一切优点的未来理想国的美好图景，认为这样的"可信国"最终将成为一个繁荣幸福的理想国家。

夏巴尼的《可信国》利用了民间创作的寓意形式，作品中所描写的事件虽富于幻想性，但读者还是能理解其背后所反映的真正现实。夏巴尼在小说的序言中说，他并不复述从祖先那里代代相传的神话，虽然读者在他的书中会遇到天使和妖精，但所有这些仅仅是为了说明土地、财富和地下的宝藏，说明牲畜为什么会繁殖、商业的利益何在、遨游各地有什么好处、博爱的优点何在等等。这里叙述的一切事物都涉及地球上很多的人，甚至于全人类，涉及人们生活的各个不同方面，充满真挚的感情和人道主义精神。

《可信国》的艺术特点是广泛利用民间创作中典型的艺术手法。譬如以大故事套几个小故事而形成比较完整的情节：全书共分九章，头两章《控告》和《法学》是故事的开端，以后的六章《出使北方》、《出使东方》、《出使南方》、《出使西方》、《出使"天国"》和《出使"地邦"》，每章都是一个独立和完整的小故事，是故事的展开部分，第九章《判决》是故事的结尾，也是高潮部分。其次，中间六章的六个小故事的开头和结尾都是相同的。比如开庭的第一天，"可信国"首都"可信城"的居民有六分之一的人出庭，第二天有三分之一的人出庭，第三天有一半人出庭，第四天有三分之二的人来了，第五天有六分之五的人参加案件的审理，第六天所有的人都来了，把朝廷广场挤得水泄不通。六个小故事中，如何寻找使节以及结尾处使节如何遭到不公平的处分也都是相同的。这种一而再，再而三地多次重复相同的情节、情境、套语等，都是民间创作中特有的艺术手法。此外，《可信国》中的人名、地名和国名都有特定的象征含义，譬如："可信国"宰相的名字叫马基伍劳，意思是夜郎自大；被告的名字叫卡拉马，意思是尊敬；出使东方的使节名字叫法赛里，意思是仁慈；其他几个使节的名字也有一定寓意，卡布里的意思是和睦，阿乌尼是协助，阿米尼是忠实。书中提到的地名和国名也都有特定的含义，譬如卡布里在前往南方的路上，在"纠纠国"（意思是贪吃）被捕，书中这样描述："这是一个饕餮的可怕民族……为了满足自己的食欲，他们不分好坏，不知道什么叫正义。他们的国王叫介塔（意思是懒汉），张着血盆大口，两眼瞪着卡布里，一条大河流入他的大口，连一滴水也不会遗漏！"又如阿乌尼在"依科齐沙迪国"（意思是节俭）掉进了"马刚米给·马吐米给河"（意思是消灭浪费），说这条河是世界上流速最快、危害最大的河流之一，不少人在这条河里丧生。由于很多人不知道浪费的危害，"依科齐沙迪国"在这里建了一个水库，截断左边的支流，以告诫人们不要浪费，因此它成为一个富强的国

① 参见［坦桑尼亚］夏巴尼·罗伯特：《可信国》，葛公尚译，北京，外国文学出版社，1980。

家，人人丰衣足食，安居乐业。使用这种手法是民间创作的一种特色。此外，夏巴尼作品的语言充满了比喻、谚语、格言等，富于想象力和感染力，具有形象性、训诫性和夸张性的特色。

第三节 恩古吉

恩古吉·瓦·西翁奥（1938— ）原名詹姆士·恩古吉，是肯尼亚著名的小说家、剧作家和文学评论家，用英语和吉库尤语写作。他出生在肯尼亚利穆鲁的一个农民家庭，是肯尼亚最大的部族吉库尤族人。1964 年在乌干达的马凯雷雷大学毕业，取得英语文学学士学位，在内罗毕《民族日报》工作了几个月，又去英国利兹大学攻读研究生课程。1967 年，恩古吉回到肯尼亚，曾当过《祖卡》文学杂志的编辑，并先后在内罗毕大学、马凯雷雷大学和西北大学任教。后来他离开教职，完全靠写作维持生活。

恩古吉的创作以长篇小说最为出名。1964 年，他发表了用英语创作的第一部长篇小说《孩子，你别哭》，讲的是肯尼亚人民反殖民斗争的故事，描写“茅茅”游击战争以及一个农民家庭在战争中的悲惨遭遇。1965 年，他的第二部长篇小说《大河两岸》出版，小说描写肯尼亚独立以前吉库尤族两个敌对部落的一对青年男女的恋爱悲剧，揭示基督教与非洲传统生活方式之间的冲突，颂扬黑人捍卫自由和土地的斗争。1967 年，他的第三部长篇小说《一粒麦种》出版，小说通过一个叛徒在肯尼亚独立庆祝大会上当众交代以前变节行为的故事，揭露了殖民主义者残害肯尼亚人民的罪恶行径，满腔热情地讴歌自由战士为祖国的自由和独立而战的英雄气概。1977 年，他又发表长篇小说《血染的花瓣》，描写肯尼亚独立的果实正在被吞食，控诉有钱的地主及政客们所实行的经济不平等和社会不公正的政策，指责他们的发财致富是建立在别人苦难的基础上。1982 年，他用肯尼亚本国母语吉库尤语写成叙述性很强的寓言小说《钉在十字架上的魔鬼》，作者站在穷人、弱者和被压迫者的立场上，揭露新殖民主义的剥削压榨如何使他们蒙受巨大苦难，同时力图让农民和工人们意识到什么是实现自己生活目标的强大政治力量。此外，他还发表了中篇小说《殉难者》和《恩古吉短篇小说集》等。

恩古吉是在 60 年代初由于发表《黑隐士》一剧而登上文坛的。这个剧本是他的处女作，虽然在形式上还不够完善，但它反映了作者对独立后肯尼亚的社会现实感到失望和不满。剧本的主人公是一个叫列米的青年，他对周围发生的事情感到不满，便与世隔绝，过离群索居的生活。他的亲友把他叫回农村，要他“帮助结束部落制”。但是，他的归来却惹起了一场灾难，一个被他遗弃的姑娘眼看就要死了，而他本人也濒临绝望的边缘。作者通过这个剧本向新独立的东非国家知识分子指出：他们应该放弃“隐士”式的生活，到群众中去，克服部族矛盾和宗教矛盾等障碍，为国家建设作出贡献。恩古吉早期的剧作主要以老一代和新一代的新旧冲突为主题，后来把矛头逐渐转向当代的社会矛盾和成见。1977 年他与麦克尔·吉瑟穆戈（1942— ）合作写成的剧本《对迪但·吉玛瑟的审判》，描写了“茅茅”运动最著名的领导人在他奋斗的事业中所发生的事。1980 年，他又与恩古吉·瓦·米里（1951—　）合作写下《我想结婚就结婚》一剧，描写肯尼亚高地上农民和工人在独立后所遭受的种种剥削。这部剧在他的家乡利穆鲁上演时，触怒了地方的当权者，为此他被监禁将近一年。

恩古吉从 1964 年到 1967 年接连发表的长篇小说三部曲——《孩子，你别哭》、《大河两岸》和《一粒麦种》被认为是他的代表作。三部小说写的是吉库尤人为争取自由和土地而斗争的同一主题。若按故事发生的时间顺序，第二部小说《大河两岸》应该在前，它讲的是肯尼亚殖民化早期阶段的故事。当时（1901—1903）肯尼亚修筑的一条从蒙巴萨经内罗毕到维多利亚湖的铁路，是货真价实的“白人之路”。白人殖民主义者正是通过这条铁路大批涌入肯尼亚的，把当地居民的土地大量划归修建铁路之用。《孩子，你别哭》写的是 20 世纪 50 年代初英国殖民主义者在肯尼亚巩固自己的殖民统治后，肯尼亚人民积极参加“茅茅”游击运动、展开如火如荼的浴血斗争的故事。而第三部小说《一粒麦种》写的是 60 年代初肯尼亚独立前夕，英国殖民主义者在撤退前进行的垂死挣扎，他们继续镇压和屠杀“茅茅”运动战士和领导人，但这时肯尼亚人民已在准备庆祝自己即将来临的独立节日。

肯尼亚现代小说的创作中有一个共同的焦点，那就是基督教精神对人们的影响。而在恩古吉的长篇三部曲中贯穿的基本思想也是传教士引进的基督教同吉库尤人传统和信仰之间的冲突。恩古吉通过人物形象和他们的思想转变过程，指出一些人之所以临事犹豫，优柔寡断，甚至在紧要关头变节而成为叛徒，究其原因就是由教会学校的教育所造成的。所以他的小说，特别是这三部小说，非常强调反对这种逆来顺受和委曲求全的奴隶精神。在他写的第四部小说《血染的花瓣》中，作者仍然强调独立后存在的诸多社会问题的根源还是在过去。

《孩子，你别哭》是恩古吉长篇三部曲的第一部，也是最成功的一部。小说描写了 20 世纪 50 年代肯尼亚独立前夕的社会现实和人民争取独立自由的斗争。当时，肯尼亚正处于白人殖民统治之下，广大农民生活在自己的土地上，却没有自己的土地。正如主人公之一恩戈索在给儿子们讲故事时所说的：“在我们自己的土地上当雇工。”肥沃的土地都被白人强占了，白人强迫农民在自己的土地上进行无偿或者报酬很低的劳动，他们汗水换来的收获全被白人占有。白人还将强占的土地出租给当地农民，收取高额地租，进行敲骨吸髓的剥削。白人还制定了名目繁多的条例、法令来束缚广大农民的手脚，使他们不敢轻举妄动。广大农民实在忍无可忍，他们为了生存、自由和夺回被白人强占去的土地举行了震撼非洲大陆的“茅茅”起义。他们提出了“废除种族歧视，要求生存，要求独立，把白人抢走的土地夺回来”的斗争口号，向白人殖民者发难，展开了艰苦卓绝的斗争。

小说的故事情节是沿着两条线索展开的：一条线索描写老一代之间的矛盾冲突，主要人物是恩戈索和贾科波，一个是失去土地的贫苦农民，一个是依附白人的富翁，两家在对待土地的问题上持不同的态度，走不同的道路。富翁贾科波依仗白人殖民统治者欺压农民，站在“茅茅”运动的对立面。而恩戈索一家走的是与贾科波截然相反的道路，一家人不分老少全力支持“茅茅”运动，参与了整个的斗争过程。第一次世界大战爆发时，恩戈索还年轻，他被迫参加战争，为白人砍树、开山、铺路。战争结束后他重归故土，然已元气大伤，指望英国人能给他一点补偿，在原来的土地上耕作，重整家园。但结果不仅土地没有了，父亲也在绝望中离开了人世。现在这块土地已属于白人霍尔兰斯先生。恩戈索只能在这块原属于自己的土地上当雇工，替别人干活。他热爱原本属于自己的每一寸土地，精耕细作，把霍尔兰斯的农场搞得井井有条。他这样做不免要遭到包括自己儿子在内的年轻人的讥讽和责难，他们问他："你为什么还要为抢走我们土地的人干活呢？为什么要为这样的人效劳呢？"这样的问话不仅使他难堪，也深深刺痛了他的心。他的大儿子听了他讲的故事之后也在深思：是的，不仅父亲的遭遇可悲，他自己又何尝不是如此。他们父子埋藏在心底的怒火终于爆发了，在吉潘加城举行的一次罢工大会上，恩戈索看到自己的儿子波罗和从内罗毕来的人一起主持大会，心里感到无比自豪。大家心里清楚，这是黑人的重大日子，他为自己也能参加集会而感到高兴。波罗的朋友基阿埃里第一个发言，就在他发言刚结束时，穿黑色毛衣的警察已将整个会场团团围住了。白人警长冲上了主席台，跟着上台的还有贾科波。这时恩戈索全明白了，贾科波是个叛徒，出卖了黑人的利益。恩戈索奋不顾身地朝主席台走去，其他人好像接受了恩戈索无声的命令，也一起朝贾科波冲去。警察进行镇压，当场两人中弹而死，恩戈索和贾科波都受了伤，罢工失败了。波罗后来进入丛林，成为自由战士的领导人。他杀死了贾科波、霍尔兰斯，最后自己也被捕入狱等待处决。

小说的另一条线索是围绕着恩戈索的小儿子恩约罗格和贾科波的小女儿姆韦哈吉之间的爱情纠葛而展开的。他们俩从小一起上学，两小无猜，长大后产生了真挚的爱情。作者用细腻的笔触、生动流畅的语言描写这两个来自不同家庭背景的青年在恋爱中产生的矛盾心理。他们的爱情一直受到敌对家庭的干扰，一再发生波折，但他们的爱情坚定不移，磨难反而使彼此更加相爱。这一条线索在某种意义上更为重要，作者通过恩约罗格这个青年主人公的眼睛，揭露50年代初肯尼亚所发生的种种事件，并且通过这个人物来表达作者自己对事件的看法："恩约罗格对未来充满了希望。"他唯一能给正在哭泣的孩子以安慰的，就是对未来美好生活的期望。然而，他美好的希望在现实面前却碰得头破血流。最后恩约罗格在敌人刑讯室里惨遭酷刑逼供，他的父亲死了，哥哥也被捕等待处决，一连串血的事实终于使他明白："现在对他来说，上帝已经不会有太大的意义了。他对从前依赖过的一切已经失去了信心。什么财产、权力、知识、宗教，甚至他最后的精神寄托——爱情，都已经离他远远的了。"作者在这里不仅批判了英国教会的虚伪性和欺骗性，也明确指出了只有丢掉幻想，起来战斗，才能有人们所期待的"明天朝阳一定会从东方升起"的一天。

第四节 桑戈尔

列奥波尔德·塞达·桑戈尔（1906—2001）是塞内加尔著名的诗人和杰出的社会活动家，是非洲享有国际声誉的反殖民主义战士，1906年10月9日出生在塞内加尔姆布尔附近的一个滨海小村若阿尔。父亲是个富商，母亲生于基督教家庭，属布尔族。他的大舅父托科·瓦利是位博学的长者，经常给他讲述黑人的传说、历史掌故、风俗人情、天文地理等，在他幼小的心里埋下了黑人文化的种子。因此，尽管日后西方文化对他产生了不少影响，他的根还是深深地扎在西非的文化沃土里。

19世纪中叶，塞内加尔已沦为法国的殖民地。法国殖民统治者在文化上推行同化政策，企图把殖民地人民培养成俯首帖耳的顺民。桑戈尔7岁时被送进一所天主教会学校，8岁时又转入恩加索比尔圣灵兄弟会寄宿学校。在这所学校的8年期间，他学习了拉丁文并初步接触到法国文学。1922年，他进入达喀尔的利伯曼神学院，后来由于不满这所学院歧视非洲学生，他转入达喀尔公立中学。1928年，桑戈尔以优异成绩通过中级学位考试，并获得了文学研究奖学金，于同年10月来到法国巴黎，进入著名的高等师范学府路易大帝学堂和索邦神学院（即后来的巴黎大学）就读，专攻法国语言文学。当时他非常崇拜波德莱尔、兰波、保罗·克劳代尔，与后来当法国总统的乔治·蓬皮杜是同班好友，并结识了马提尼克的艾梅·塞泽尔（1913—?）和圭亚那的列昂·达马斯（1912—1978）。1934年，他们三人一起创办《黑人大学生》杂志，提倡“黑人性”文学。这为黑人知识分子提供了讲坛，对法国的文化同化政策进行毫不留情的批判。他们共同倡导的以“黑人性”为口号的政治文化运动，团结了不少法语黑人作家，形成了一股影响日益扩大的滚滚洪流，在思想上为第二次世界大战后非洲国家的独立运动作深入的准备，同时也为当代法语黑人文学的兴起奠定基础。然而，作为时代产物的“黑人性”运动，不可避免地具有时代的局限性，在后来非洲国家陆续获得独立后，遭到了越来越多的批评。人们认为这种理论把非洲人的目光引向非洲的过去，无助于现实和未来。事实上这个口号也往往被排斥外来文化的非洲部落主义者利用，成为社会发展的障碍。但不管怎样，桑戈尔本人对“黑人性”的解释基本上是辩证的，他只是反对白人的文化同化政策而并不主张排斥西方文化。他认为“黑人性”本身并不是目的，它只是世界文明的一个组成部分，其他文化也是世界文明的组成部分，各部分都对世界文明有自己的贡献，彼此之间并没有相互排斥的必然性。而他本人的诗歌创作就是黑非洲传统文化与西方现代文化相融合的典型，他曾戏称自己是“文化上的混血儿”。其实，作为“黑人性”文学三鼻祖的桑戈尔、塞泽尔和达马斯，他们在创作风格、思想认识，以至对“黑人性”的理解上也并不完全一致。团结在“黑人性”旗帜下的其他黑人作家更是各有各的见解。但在一点上他们的立场是相同的，那就是要为非洲的历史翻案，要确认非洲文化价值的特殊性和伟大性，唾弃白人的文化同化论，争取黑人的生存权利。桑戈尔被公认是这个政治文化运动的权威和理论阐述者，是三人中在创作上影响最大、成就最突出的诗人。1935年，桑戈尔通过了教师会考，成为第一个有资格在法国的中学和大学教授法语的非洲黑人。他在路易大帝学堂毕业后，先后在图尔和巴黎担任中学法国文学和语法教师，并在这期间开始了自己的诗歌创作。第二次世界大战爆发后，他应征入伍，参加法国军队在前线作战，1940年被德军俘虏，过了几年的战俘生活。法国解放后，他在国立海外高等学校担任非洲语言和文学的教授，并作为法国海外领地塞内加尔的代表进入法国国民议会。他不仅积极参加争取塞内加尔独立的政党活动，同样也参加宗主国法国的政治活动。1960年3月塞内加尔独立，他以塞内加尔进步联盟总书记的身份被选为第一任总统。在他连续担任总统的20年中，塞内加尔政治稳定，社会不断进步，经济上也较邻国发达。1981年年初，桑戈尔功成身退，主动辞去总统职务，退居老家波庞吉纳专心从事文学创作活动。

西非法语诗歌诞生于两次世界大战之间，桑戈尔是奠基人之一，他的诗歌创作也从那时开始，1936年发表他的第一首诗《在示巴族的召唤下》。他后来的全部诗歌创作都收在他的8部诗集之中：《阴影之歌》（1945）、《黄昏曲》（1945）、《黑色的祭品》（1948）、《给耐特的歌》（1949）、《埃塞俄比亚诗集》（1956）、《夜歌集》（增订本，1961）、《热带雨季的信札》（1972）、《主要哀歌》（1979）。此外，他在1948年还和夏尔·安德烈·朱理昂教授一起编辑出版《黑人和马尔加什人法语新诗选》，这部诗选连同让·萨特著名的序言向全世界介绍了现代“黑色种族”诗人的诗歌创作。

除了诗歌之外，桑戈尔还发表了相当数量的其他体裁的作品，其中有涉及文学、文化和政治题材的，大部分收编在《自由一集》(1964)、《自由二集》(1971) 和《自由三集》(1977) 这三个集子里。20 世纪 70 年代末，他还以同记者访谈的方式发表他整个生活历程的概述，题为《行动的诗歌》(1980)。

《阴影之歌》中的大部分作品是桑戈尔在巴黎求学和执教期间写的。他在巴黎的 7 年学生生活和 4 年教师生涯是他性格和世界观形成的时期。他在同西方文明的接触中，既透过层层的迷雾窥见了文明的光辉，从这种文明中汲取了丰富的营养，同时也透彻地看到法国殖民统治者企图否定非洲文化，进而否定非洲各国人民民族尊严的恶劣行径，从而激起了他对法国文化同化政策的反感。他在自己的诗歌《图腾》和《致诗人的信》中，充分表达了自己要在殖民主义者的历史积淀层下面寻找黑人真正的过去，重新发现非洲的信念。尽管桑戈尔在欧洲生活多年，法国殖民主义者也殚精竭虑地想把他培养成黑色的公民，但任凭岁月流逝他也没有忘记自己故乡的山川景物，没有忘记自己的“祖先、君王和神道”。在他“水井般的记忆深处”，仍时时震响着“达姆鼓的节奏”。

《黑色的祭品》中的大部分诗歌是写桑戈尔在欧洲战争期间的经历，尤其是他应征参加法国军队和后来成为德国战俘的经历。诗人在《致盖勒瓦尔》、《致埃布埃总督》、《和平的祈祷》等诗中严厉地抨击白人的野蛮残酷，对黑人所遭受的苦难表示深切的悲痛。他描述了白人士兵如何迫使黑人新兵蒙受种族歧视的耻辱，谴责黑人被作为战争的祭品献给白人的战神：“我们已沦为囚犯，受到文明人野蛮的虐待，像野猪一样遭到杀戮”；“非洲变成了白色的纯钢，非洲变成了黑色的祭品”。他有时也表现出在“黑人性”和“同化”两极之间的摇摆，并试图在黑色的非洲和白色的欧洲之间求得一种和解，但这种尝试往往是徒劳的。

《埃塞俄比亚之歌》写于桑戈尔诗才横溢和从政最成功的时期，可以说是他最有意义的诗集，收进了他许多最著名的诗篇，如《刚果河》、《致纽约》、《恰卡》等。桑戈尔这时的视野变得更加开阔。他以整个黑色种族诗人的身份出现，歌唱埃塞俄比亚，歌唱刚果河，歌唱纽约的哈莱姆区，歌唱本民族的祖先，歌唱祖鲁族的民族英雄恰卡。在这些诗歌中，桑戈尔以黑非洲生殖崇拜的观点把高耸的群峰譬作“勃起的阳物”，“高高地擎着你的天幕”；把刚果河譬作一位“伟大的女人”，“是一切有鼻息的生物的母亲，是鳄鱼河马海牛巨蜥鱼鸟的母亲，是灌溉庄稼的洪水的母亲”。他还把纽约的曼哈顿和哈莱姆作了生动鲜明的对比：一个是死气沉沉、没有生命气息的非人世界，在那里“没有水井、没有牧场……没有花朵般的孩子的欢笑……只有一些裹着尼龙袜的大腿……只有用钱购买的人造心脏”。一个是生机勃勃、洋溢着生命气息的生机盎然的世界，在那里“我看到了人声鼎沸、颜色庄严和香味闪光的哈莱姆……丝绸一样波浪形地扭动的屁股，长矛一样高耸的乳房……”诗人最后唱道：“纽约，让黑人的血流进你的血管，像生命的油一样，擦去你钢筋铁骨上的锈点……”

塞内加尔独立后，桑戈尔回到他阔别多年的祖国，沉浸在对自己童年的甜蜜回忆中，陶醉在非洲大地绚丽迷人的风光中。他的心中充满了一片宁静安逸，所以独立后他发表的诗集《夜歌集》(增订本) 和《热带雨季的信札》中大多为抒情性的爱情诗和哀歌。在《献给西涅亚尔的歌》中，他公然宣称：“我要割断与欧洲的联系，为了对一个黑人姑娘的爱情。圣餐保藏器上的名字与我何干？天堂于我是一片空虚，失去你我只有死。”在这里，黑人姑娘是祖国的象征，诗人表明他为了对祖国的爱，不惜割断与欧洲的联系，甚至对天主教的虔诚信仰。在《你的信》这首诗中，表现出桑戈尔回到祖国后，在故乡的土地上多么快活、惬意和悠然自得的心情：

我走在若阿尔-波庞吉纳的海滩上，
我的脚掌在沙子上面，这是对祖国土地的亲吻。
沙子滚动着，像丝绸一般柔软光滑，在这淡黄的沙子上
　　散步，多么愉快。

这些诗虽然不像早期的作品那样引人注意，但就诗歌的题材、富有创造性的想象力和创作的技巧方面来说，却毫不逊色于以往的作品。

桑戈尔的整个诗歌创作，从《阴影之歌》一直到《主要哀歌》，在继承传统的基础上，明显地受到法国诗歌，特别是现代派诗歌的影响。他的诗歌有辞藻华丽的特点，但不乏丰富深刻的想象描述，不乏使他的诗显得强劲有力、具有审美价值的意象与节奏。总之，“黑人性”要求它的诗人们要有一种强烈的词语韵律、丰富的非洲隐喻和意气风发的非洲个性。因此，桑戈尔的诗歌通常表现出来的特点，首先是音乐性强，富有节奏感，诗行很长，犹如庄严史诗中的诗句，表现出独特的韵律；其次是意气风发，激情洋溢，充满崇高的精神，敏锐的智慧，以及令人难以捉摸的隐喻；最后是，在使非洲宝贵的传统浪漫主义化的同时，表现出一种很强的论辩性。

桑戈尔的创作道路是曲折和复杂的，他的诗歌创作同他的政治活动一样，朝着同一目标，那就是争取非洲人在政治文化上的解放，争取黑人在世界事务中的独立地位。桑戈尔作为非洲的使者和代表诗人是当之无愧的，他是第一个以诗歌形式用欧洲语言表达非洲心声的人，他的一生体现了塞内加尔和非洲人民所经历的苦难路程。

第五节
乌斯曼

桑贝内·乌斯曼（1923—2007）是塞内加尔著名的小说家，出生在塞内加尔济金朔尔的一个渔民家庭。他受教育的经历和大多数非洲法语作家完全不同，他自幼跟随父亲在家乡的卡扎曼斯河上打鱼，作为渔夫开始自己的人生道路。父亲希望他能继承祖业，成为一个捕鱼能手。可他有不同的想法，希望自己将来能当一名工人，最后终于说服父亲，让他进马尔沙索姆的技术学校读书。他只读了三年，就因家贫辍学到达喀尔去谋生，在那里先后当过铅管工人、泥水匠、技工学徒等。第二次世界大战爆发后，他被法国殖民者强征入伍，曾经在意大利和德国境内打过4年仗。战后，他复员到法国马赛港，在船坞码头上当码头工人，参加了码头工会，成为一名工会工作者。他之所以能成为一名作家，完全是靠自己顽强的毅力和勤奋好学的精神实现的。他到欧洲后，一有空闲就如饥似渴地读书，并对文学发生了浓厚的兴趣。他开始用法语写作，主要作品有长篇小说《黑人码头工》（1956)、《祖国，我可爱的人民！》（1957)、《神的儿女》（1960)、未完成的三部曲《哈尔马坦》的第一部《全民投票》（1964)、《哈拉》（1973)，短篇小说集《上沃尔特人》（1962）和《热风》（1964)，中篇小说《白色的起源》（1965）和《汇票》（1965）等。

乌斯曼除文学创作外，还自编、自导、自演电影。1966年，他编导的电影在世界黑人艺术节放映，获得高度评价。1972年，他还编导了以反殖民主义斗争为主题的彩色故事片《艾米依达》。此外，他还把自己的作品《黑姑娘》、《汇票》和《哈拉》等小说改编成电影，搬上银幕，并获得非洲和国际电影奖。

乌斯曼的文学创作是与他自己的生活经历紧密相连的，既反映了他亲身经受的殖民主义压迫，也表现了他对自己祖国和人民的热爱。他的作品描写非洲的现代主人公，对非洲人民所遭受的殖民压迫提出控诉，因此，他被认为是代表非洲人民向殖民主义提出控诉的现实主义作家，是现代非洲"谴责文学"的主要代表。

乌斯曼在1957年至1959年间创作的长篇小说《神的儿女》① 是一部以1947年达喀尔—尼日尔铁路工人大罢工事件为素材的小说，它是一部反映二战结束后，非洲工人运动蓬勃发展和非洲工人阶级觉悟和成长过程的优秀小说。这部小说不仅如实地记录了罢工从开始酝酿到胜利结束的全过程，而且细致地描写了这次罢工在人们的生活上和思想上所引起的种种变化，展示了非洲人民开始觉醒的精神风貌。

《神的儿女》把黑人生活和白人生活的天壤之别作了鲜明的对照。在铁路局所在的提耶斯，非洲工人住的是"破破烂烂的小屋，东倒西歪的小木板房"，"房盖上铺着一张沥青油布，油布上的窟窿用些烂布、纸板、木片子、破铁罐子胡乱塞着"；而工人的孩子们"全都赤身露体，没有一天吃过饱饭，瘦得肩胛骨都凸了出来，肚皮胀得挺大"。但就在咫尺之间，同一个城市里的白人殖民者的住宅区"梵蒂冈"，却是"一幢幢白色的洋房"，"庭院里葱绿的草皮修剪得整整齐齐，平坦的小道曲曲折折……游廊的披檐的柱子上爬着葡萄蔓和常春藤……花园里有着繁茂的紫茉莉花、红玫瑰、雏菊和龙头花……成群的孩子在嬉戏追逐，有玩着小汽车的，也有玩着那浇花的橡皮管子的"。殖民统治者的悠闲舒适生活，是建立在殖民地人民的贫困和死亡之上的。

《神的儿女》对待殖民统治者和非洲罢工工人的态度非常鲜明，一方面愤怒揭露殖民统治者如何软硬兼施野蛮镇压非洲工人的反抗和逼迫他们复工，另一方面则细致描写工人和家属如何在斗争中发扬英雄主义精神坚持斗争到底。他们面对武装到牙齿的敌人的血腥镇压毫不动摇，无所畏惧，用石头、棍棒和装满沙土的瓶子对付前来袭击的敌人，虽然付出了血的代价，但得到了锻炼，他们的觉悟大大提高，增强了民族自尊心。

作者在《神的儿女》里还用大量的笔墨塑造了众多的人物形象，罢工的主要领导人巴格尤戈，更是作者所着力描写的人物，他是整个罢工运动的"灵魂"。这部作品几乎在写到四分之三处巴格尤戈才与读者见面，但在他出场之前，作者已经通过许多人的转述作了铺垫，渲染他善于领导和敢于斗争的高贵品质。之后，又通过与铁路管理当局在谈判桌上面对面的说理斗争和在群众大会上的慷慨讲演，把这个非洲工人阶级领导者的形象塑造得有血有肉，栩栩如生。作者还描绘了其他工人干部在罢工斗争的考验中逐步成长起来的过程。罢工不但使他们经受了考验，也改变了他们的生活道路。

《祖国，我可爱的人民！》② 是乌斯曼的另一部成名之作，它是一部反映非洲人民争取自由和谋求解放的现实主义小说。作者在这部作品中以高度的概括力表现了非洲人民的性格特征和生活风貌，描述殖民主义者压迫和剥削的残酷现实，同时也展示了非洲人民争取自由解放的光辉前景。小说的主人公乌马尔·法伊是一个具有代表性的非洲青年知识分子的形象，在他身上体现了非洲青年一代的要求和愿望。乌马尔是一个对殖民压迫

① 参见［塞内加尔］乌斯曼：《神的儿女》，任起、任婉筠译，北京，作家出版社，1964。

② 参见［塞内加尔］乌斯曼：《祖国，我可爱的人民！》，黎星译，北京，作家出版社，1961。

和种族歧视怀有强烈反抗意识的黑人青年。殖民主义者对非洲数百年的统治，使他在吸取母亲乳汁的同时也吸进了祖国所受的深重苦难，因此在他的意识中从小就潜藏着一种反抗压迫、争取自由的愿望。后来乌马尔被征召入伍，转战在北非和西欧各国。由于他接近了进步思想，他的这种反抗意识更加自觉化了。战后，当他听到人们谈论“我们的殖民地”时，便联想到自己是没有祖国的人。因此，他放弃了在法国的优裕生活，带着他的白人妻子回到故乡。而当他的妻子在故乡受到白人殖民者的侮辱而要求和他一起重回法国时，他满怀激愤地说：“你还想让我走，可是我上哪儿去？在别的地方我能做什么？你瞧，现在我是在自己的家里，如果我在这儿都受不到尊敬，那么在别的地方还有什么荣誉可谈呢？一个人的自尊可贵并不在于他能生男育女，也不在于他会穿漂亮的礼服，最主要的是他的祖国……我不能走，我永远也不能走。我唯一可以跟你说的话就是：你有自由，你可以走！”在这里，乌马尔的反抗性格和对祖国的深情得到了进一步深化。

作者还通过乌马尔在不同环境中的一系列行动，充分地表现出他对殖民主义者和白人种族主义分子的仇恨和对非洲人民的热爱。第一次是在他坐船回家乡的路上，看到一个白人鞭打自己的同胞，他就奋不顾身地把那个白人痛揍了一顿。第二次是他为了保护一个塞内加尔青年女搬运工不再受白人的虐待，冒着生命危险和一个法国船长以及一群法国水手进行力量悬殊的搏斗。这两次反抗行为，使大家把他看做是弱小者和被压迫者的保护人，扩大了他在当地群众中的影响。乌马尔的斗争不是孤立的，周围有一批觉醒了的年轻人和农民在支持他。当挨打的船长要警察把乌马尔送进监牢时，小戈米斯挺身而出对那船长说：“你想得倒好！不经审判随便送黑人坐牢的日子已经一去不复返了！”乌马尔的斗争甚至还得到一些正直的法国人的同情。如当地法国公司的一个职员皮尔就曾在一个会议上义正词严地说：“……我们已经不能让黑人顺从我们。‘黄金’的旧时代已经过去了。”

作者在塑造乌马尔形象的同时，对法国殖民者的丑恶嘴脸也作了无情的揭露和鞭挞。作者着重暴露殖民者的这样一种思想：他们认为自己是非洲的主人，所以可以为所欲为。他们认为非洲人不是“懒汉”就是“窃盗”，只有鞭子才能迫使他们干活。他们把非洲称为“黑暗大陆”，认为非洲人的任何一点成就，仿佛都是由白人的“文明”培养出来的，把非洲看成是他们“施行文明”的成果。像乌马尔那样的行为，他们认为是犯上作乱，自然不能允许。慑于乌马尔在群众中的威望，他们不敢明目张胆地杀害他，只好采用卑劣的暗害办法。乌马尔虽然倒了，但他的精神永远活在所有非洲人的心中。乌斯曼认为作家应走在人民和时代的前面，要为某种事业而斗争。他的长篇小说《祖国，我可爱的人民！》正是一部走在人民和时代前面的作品，它在50年代中期就预言了在60年代初期非洲大陆将出现争取民族独立解放的伟大历史潮流。

第六节 索因卡

沃莱·索因卡（1934— ）是当代尼日利亚著名的剧作家、诗人和小说家，也是当代非洲最负盛名的作家之一。他用英语写作。由于在文学创作上的独创性，特别是在戏剧创作上作出的重大贡献，他成为非洲第一个获得诺贝尔文学奖的作家。

索因卡原名阿肯旺德·奥鲁沃莱·索因卡，1934 年 7 月 13 日出生在尼日利亚西部约鲁巴族世代居住的阿贝奥库塔城，父母都是约鲁巴人，信奉基督教，父亲在当地学校任学监。索因卡在阿贝奥库塔度过了他的童年和少年，11 岁被送往离家几十英里外的伊巴丹上中学，中学毕业后在拉各斯政府医药部门工作过一段时间，18 岁考入伊巴丹大学。伊巴丹大学当时是尼日利亚的最高学府，当代尼日利亚的许多著名作家如小说家钦·阿契贝、诗人克·奥基格博、剧作家约·克拉尔克等都先后和索因卡是同学。索因卡在大学学习期间已开始他的诗歌创作。1954 年他获得一笔奖学金，前往英国进入利兹大学的英文系深造。利兹大学的学生剧团十分活跃，常常演出欧洲古典戏剧和现代戏剧，这使他对文学，特别是戏剧文学产生了巨大的兴趣。因此，在英国学习期间，他不仅参加学生剧团，还发奋攻读翻译成英文的各国文学名著。当时在利兹大学讲授世界戏剧课和易卜生戏剧课的著名戏剧评论家和莎士比亚戏剧演员乔治·威尔逊对他的影响很大，这一段学生生活为他以后的戏剧创作打下了坚实的基础。1957 年，他以优异的成绩毕业，获得英语学位，当了一段时间的教师后，便开始自己的戏剧创作。1958 年，他到伦敦皇家宫廷剧院编写剧本和担任审读。伦敦皇家宫廷剧院是 50 年代英国戏剧活动的中心，在这里，索因卡得以大量接触英美及欧洲各国的戏剧，开阔了自己的视野。他还有机会观摩许多名剧的导演和舞台设计，自己也参加了演出和导演实践。1959 年，他在伦敦举行专场演出，朗诵了自己写的著名讽刺诗《一次电话交谈》，演出了他的第一部独幕喜剧《新发明》。

1960 年，索因卡回到自己的祖国尼日利亚，他周游全国，研究民间文艺，把西方的戏剧艺术和非洲传统的音乐、舞蹈、戏剧结合起来，开创了富有非洲乡土气息的西非现代戏剧。他先后组织了由教员、公务员业余演出的“1960 年假面具剧团”和专业的“奥里森剧团”，在极端困难的条件下亲自筹资、编导、排演，使许多非洲新剧得以和观众见面。早在英国伦敦皇家宫廷剧院工作期间，索因卡创作的剧本《新发明》和《沼泽地居民》在伦敦的上演就引起了“小小的波动”，而当他回到尼日利亚后，《沼泽地居民》和他的另一部剧本《雄狮和宝石》在伊巴丹上演，也得到了观众的热烈欢迎和评论界的好评，从而确定了他剧作家的地位。此后，索因卡创作了大量的剧本、小说、诗歌和散文，撰写了许多评论文章，对独立后非洲民族戏剧的发展作出了重大贡献。60 年代末，在尼日利亚内战期间，他不顾个人安危，奔走在交战双方之间，呼吁停火和谈，被军政府逮捕，关进首都监狱。随后又被转移到北部条件恶劣的卡杜纳监狱，囚禁达两年之久。获释之后不久，他去欧洲和加纳流亡了 6 年。1976 年，他回到尼日利亚，在伊巴丹大学戏剧学院和伊费大学任教，并担任非洲作家协会秘书长。作为剑桥大学和设菲尔德大学的英语客座教授，他还定期前往欧洲。他同时也是耶鲁大学和康奈尔大学的客座教授。1985 年，他被任命为联合国教科文组织国际戏剧学院院长。1986 年 9 月被选入全美文学艺术院，成为该院聘请的第三位非洲人院士。

1986 年 10 月，瑞典文学院又将诺贝尔文学奖的桂冠首次授予了作为一个非洲作家的索因卡，使他成为东方作家中继印度的泰戈尔、以色列的阿格农和日本的川端康成之后第四位荣膺该奖的作家。在诺贝尔文学奖宣布的第二天，他被授予尼日利亚民族勋章，巴班吉达总统还授予他尼日利亚最高荣誉称号：“联邦共和国司令”。

索因卡作为非洲最有影响的作家之一，以多才多艺和最富有创新精神闻名。他的创作主要是以剧本为主，内容丰富多彩，有喜剧、笑剧和悲剧以及富有辛辣意味的社会讽刺剧和政治讽刺剧，还有荒诞离奇的哲理剧等。他的剧本充满象征和比喻，语言犀利，剧情曲折生动，并且富有哲理性。他虽然用英语写作，但他的创作却深深地植根于非洲沃土，因此他的剧本的最重要的主题是：表现急剧变化的非洲大陆上新与旧的斗争、传统与现代之间的矛盾，反思非洲文化和欧洲文化各自的价值，试图在调解这两者之间矛盾和冲突的过程中为非洲寻找出路。他的剧本包含着有力的社会批评，而且这些批评是以对人的本性的深刻理解为基础的。他的戏剧创作为当代尼日利亚以及非洲戏剧的发展作出了巨大贡献。

索因卡从20世纪50年代末起写了十多部剧本。他的戏剧创作，以1960年为分界线，可分为两个阶段：早期的戏剧创作大多是轻快、明朗的喜剧，主要有《新发明》(1958)、《沼泽地居民》(1958)、《雄狮和宝石》(1959)、《裘罗教士的磨难》(1960)、《森林舞蹈》(1960) 等。《新发明》是一部独幕喜剧，它讽刺南非政府种族歧视政策的愚蠢：某一天，一枚美国导弹偶然落到了南非，爆炸后全国所有的人都失去了皮肤中的黑色素，反动政府乱成一团，勒令科学家赶紧研究对策，设法识别谁是黑人，谁是白人。《沼泽地居民》是一部诗体悲剧，它描写独立前尼日利亚沿海一带沼泽地区的农村生活。在殖民主义统治下，城市资本主义畸形发展，农村经济凋敝，农村青年流向城市，农民受到重重剥削，还要和严峻的自然灾害作绝望的斗争。剧中年轻的主人公伊格韦祖被天灾人祸逼得走投无路，终于对封建统治势力发出悲愤的控诉，但他还是不得不背井离乡，从黑暗笼罩的沼泽地投身到那个金钱统治一切的罪恶世界。《雄狮和宝石》是一部喜剧，它通过一个美貌而头脑简单的农村少女希迪之口讽刺了三四十年代尼日利亚的一批认为“月亮也是西方好”的时髦年轻人。村里最漂亮、聪明的姑娘希迪像一块宝石，有许多追求者，剧情随着他们之间曲折有致的角逐展开。最后姑娘终于看穿了那个满口西方摩登名词的青年教师的浅薄迂腐，宁愿投入精明世故的老村长的怀抱。《裘罗教士的磨难》是一部讽刺喜剧，它描写一个机灵透顶的江湖传教士，专靠宗教迷信进行诈骗活动。戏剧情节妙趣横生，出色地塑造了一个善于察言观色、花言巧语的江湖骗子的形象。

两幕剧《森林舞蹈》是索因卡早期戏剧创作的代表作之一，它表明索因卡的戏剧创作由前期向后期的转折，标志着索因卡思想见解和创作手法已趋于成熟。这个剧本是为了庆祝1960年10月1日尼日利亚民族独立日而写的，并在庆祝活动期间由他亲自创建的伊巴丹大学剧团公演，结果获得极大成功。《森林舞蹈》是索因卡1960年至1961年潜心研究非洲民间戏剧，深入到豪萨族、伊博族、约鲁巴族、富拉尼族等主要部族采访，并汲取了祖国文化的丰富养料，在广采博取的基础上创作出来的。它是欧洲现代戏剧艺术同古老的非洲民间礼仪中的舞蹈、音乐、笑剧等传统艺术奇妙结合的产物。它寓意深刻、哲理性强，在艺术上也有所创新。剧中的主人公是约鲁巴族的奥贡神——创世主与毁世主。索因卡在1983年谈到《森林舞蹈》时认为该剧是以一种自己独特的眼光来看待被过分颂扬的非洲荣耀的过去。“从那以后，我就在我们政治的丛林里除了跳死亡舞蹈之外什么也没干。”

索因卡后一阶段的剧作大都是在60年代初到70年代末发表的，这是他戏剧创作的成熟时期。1963年发表的《强种》，揭露了非洲等地依然盛行的非人道暴行，向仍处于愚昧野蛮状态下的非洲大陆发出悲痛的控诉。1965年的《孔其的收获》(孔其在约鲁巴语中指专横跋扈的铁腕人物) 鲜明地揭露了非洲大陆一些国家独立后出现的某些小独裁者施行的专制制度和他们个人狂妄自大的野心。《路》(1965) 是他的代表作之一，虽然表现出了荒诞不经的倾向，但却反映了作者对社会、对人生的认识。《疯子和专家》(1971) 是索因卡最复杂难懂的剧本之一，它揭露了血淋淋的内战，刻画了内战引起的人性沦丧，对暴力进行了无情的鞭挞。《死神与国王的马夫》（1975）探讨自我牺牲与忠于由来已久的理想的忠诚观念。

进入80年代以后，索因卡还写了一些短小的社会讽刺剧和政治讽刺剧，如抗议在大米进口和分配中贪污行为猖獗的《失去控制的大米》（1981）、抨击石油出口空前繁荣时期种种社会弊病的《文尧西歌剧》（1977）、嘲弄算命先生的《未来学家的安魂曲》（1985）和讽刺非洲独裁统治者们的《巨头们》（1984）等。

在索因卡的后期剧作中，早期作品的真诚玩笑气氛已经不明显，其中的讥讽嘲笑也已经不仅仅是为了取乐，而变成一种失望的苦笑。索因卡在这些戏剧里十分认真地处理社会生活中的重大事件，情调从一般的社会批评转向对社会现状和未来的深刻焦虑。

除戏剧创作外，索因卡的诗歌也很出名，他早在伊巴丹大学求学时期就开始写诗。他在1959年发表的脍炙人口的讽刺诗《一次电话交谈》，嘲弄了白人房东太太既对黑人歧视而又装腔作势的可憎面目。60年代末，他在尼日利亚内战中陷入囹圄，在狱中，他在手纸上写诗。1967年，他从狱中偷送出两首诗交友人在伦敦发表，题名为《狱中诗抄》。1969年他出狱后，把在狱中构思的诗全部写出，结集为《地穴之梭》发表，反映了他对失去自由的种种思想。他在《活生生的埋葬》这首诗中写道："十六步又二十三步。他们幽禁人类和真理，动用时间去耗费殆尽他的理性。"索因卡在为庆祝莫桑比克对白人统治的罗得西亚（今津巴布韦）宣战而写的长诗《阿比比曼大神》（1976）中，高度赞扬了莫桑比克前总统马谢尔的正义举动，憧憬了黑非洲完全摆脱白人统治的光明前景，并号召非洲人民团结起来推翻白人的统治。我们从他1967年出版的诗集《伊达纳及其他诗》中可以看出，索因卡在诗歌创作上和他在戏剧创作上一样，也不愧是一位大师，诗集中的许多诗歌都是在某些导致尼日利亚的战争事件启发下写出来的。他的诗歌不仅视野开阔，涉及面广，并且具有道义上的使命感。诗的格调从悲怆到轻松，从讽刺到抒情，无所不包，无所不揽。这部诗集对生、死、人生进行了深刻的思索，对研究索因卡的整个人生观有很大价值。

索因卡也是一位优秀的小说家，他在1965年发表的第一部长篇小说《解释者》（中文译名为《痴心与浊水》），描写了拉各斯一群青年知识分子在传统与现代化之间徘徊不定的心境，同时比较深刻地揭露了社会政治生活中的种种腐败现象。小说表现出作者娴熟的叙述技巧，获得1986年英国《新政治家》周刊颁发的文学奖。1972年，他出版了《狱里的独木舟》和《那人死了——狱中纪实》，记录了他的囚徒生活，他在狱中的所见所闻、所思所想。

他的第二部长篇小说《暗无天日的岁月》（1973）描绘了一个由商人、官僚、资产阶级支配和肆意横行的虚构的非洲国家，力图正视噩梦般的人生，表现经历内战的人民的悲惨生活。这部小说也反映了他在狱中形成的许多社会观点和理想。在这前后他还发表过描写尼日利亚内战的小说《疯狗的灾祸》。

1981年，他的自传体作品《阿凯的童年》出版，这部作品用轻松愉快的笔触回忆了自己早年的生活，既表现出索因卡童年天真烂漫的情态，也可看到当时西非人民生活的些许侧影。它被评为1982年英语文学最佳作品之一。他还发表过一部论著《神话、文学与非洲世界》（1976），反映了他对文学与戏剧的某些观点和看法。

两场话剧《路》是索因卡后期戏剧创作的代表作之一，全剧剧情发生在一家"汽车配件商店"里，时间限制在仅仅一天之内，出场人物也不过四五人，其中主要人物是教授，其他人均围绕着他活动，剧情也随着他的一言一行而展开。教授曾当过教会主办学校的教师，代替教士主持过礼拜。他现在在自己开的"汽车配件商店"里，为司机们伪造驾驶执照，黑夜在教堂墓地踯躅，与鬼魂为伍；哪里有车祸，他就拿着放大镜赶去勘察，想从血肉模糊的尸体和残骸碎片上寻找说明生死真谛的"启示"。他经常不离口的一个词是"圣经"，他曾对剧中一个人物说："《圣经》是一把烈火，我们通过传道把邪恶的东西烧了。只不过这不是你所看见的那种《圣经》。"由此可见，他所说的"圣灵的启示"、"圣经"，绝不是宗教经典中所说的上帝的旨意和宗教徒们信奉的《圣经》，而是借对宗教信仰的"合法"地位来宣传民主自由的道理。教授的一些言行，如要与替反动势力服务的教会作斗争，替那些受压迫、受剥削、受种族主义歧视的文盲乡巴佬伪造驾驶执照，要同伙伴们"把形形色色的酒棚推倒，还放火把它们烧了，把毒害人们脑子的那些家伙干掉"，要同那些"注定要被踩死的蚂蚁堆"生活在一起等，看来好像荒诞不经，实际上正是说明剧本有一定的思想深度。剧本最后以教授被人用匕首刺杀作为结尾，但他在死前的谈话中已经预言道："人要有预见，就能无所畏惧。今晚，我感到自己很有力量，但这并不异常。不过，我终于感到身心一阵激动，似乎我一直盼望着的日子终于来到了。我深信我不孤独。如果我是孤独的，我岂不是白白浪费了那么些个夜晚给你们讲道!"从这几句话里，我们可以理解他口口声声说的"圣经"、"圣灵的启示"和他所讲的"道"的内容到底是什么。实际就是以死亡的题材来揭示进步的意义和代价。所以《路》的剧情和内容既不荒诞，也不晦涩难懂，它让人们对非洲、对尼日利亚的前途感到的不是幻灭和失望，而是振奋与满怀希望，因为它是有"路"可走的。

《路》在索因卡的戏剧创作中占有十分重要的位置。非洲和欧美的许多评论家一致认为它是具有非洲民间戏剧传统的特色、最能显示索因卡的哲学观和他对非洲社会现实的态度的作品。在《路》这个剧本中深刻地体现出索因卡对尼日利亚和非洲前途的探索思想，极其完整地表达了作者对非洲独立国家沉沦于灾祸因由的见解。很明显，在《路》这个剧本中，首先，索因卡认为某些非洲国家独立后，仍然存在着种种不合理的甚至是罪恶的现象，其根源在于统治阶层不顾非洲社会现实，仍然照搬殖民宗主国的统治方式和方法，仍然让西方文化和西方生活方式笼罩社会，更不注意警惕殖民主义统治势力煽起部族仇恨借以继续控制本国的阴谋。索因卡在《路》里着重强调了"背叛"是非洲各国社会改革和政治改革的最大障碍。其次，非洲大多数国家在获得独立后还存在着"理想颠倒"的现象，人们为祖国独立、民族解放进行英勇顽强的斗争，前仆后继流血牺牲，可是在取得独立后，却由于多种因素的影响，出现了一些不理想的、不合理的现象，甚至陷入混乱、腐败、罪恶的深渊，内战和军事政变不时在各国发生。因此，非洲许多正直的知识分子，特别是亿万仍然受苦受难的民众，产生了严峻的思考：倘若殖民主义的不公正被政治上的机会主义和社会上的特权阶层代替，那么国家的独立又有什么用?《路》是一出哲理剧，它从哲学和艺术上探索了死亡的实质，忠实地描述了非洲劳动人民在发展过程中所受到的压迫，探讨了古代传统观念对现代非洲客车司机所产生的影响。剧情错综复杂，剧中采用了瞬间重现过去场面的手法，还有假面舞蹈，给人留下深刻的印象。有人认为它是"荒诞派"戏剧，这是不完全切合这个剧本的实际的，因为"荒诞派"戏剧反映的是消极、悲观的思想，但索因卡并未对尼日利亚和非洲失去信心。他虽对非洲的现实并不过分乐观，但他还在进行批评，这就说明他对非洲并没有彻底失望。《路》里的人物虽然对物质贪得无厌，但他们所追求的物质财富是为维持他们的生存和起码的生活所必需的。正如《路》的结尾，教授在弥留之际所说："但愿能像路一样。碰上倒霉的日子，也能混上一碗饱饭，不让肚子空着，把生死命运掌握在自己手里……像路一样呼吸吧，变成路吧。”① 所以作为当代戏剧家的索因卡，他既不是完全按照非洲戏剧的传统手法写作，也不是对西方戏剧亦步亦趋。他是在继承非洲传统的民族戏剧形式的基础上，借鉴欧洲古代、近代甚至现代派戏剧的某些优长（包括“荒诞派”的手法在内）之处而予以创新。索因卡之所以能超越非洲一些前辈而获得诺贝尔文学奖的原因也正在于此。

第七节 奥约诺

斐迪南·列奥波尔德·奥约诺（1929— ）是喀麦隆著名作家，1929年9月14日出生于喀麦隆博洛瓦附近的恩古勒马扎村。奥约诺的父母都信仰天主教。奥约诺从小受到天主教教育，参加唱诗班，跟牧师学习天主教经典。他天资聪慧，很受父亲喜爱。小学毕业后即被送往埃博洛瓦公立中学读书。1950年，21岁的奥约诺又被送往法国普罗旺斯中学就读，不久即进入巴黎大学，攻读法律和政治经济学。

20世纪50年代中期，奥约诺回国后不久，即开始文学创作，接连发表了三部以反殖民主义为主题的长篇小说《童仆的一生》（1956）、《老黑人与奖章》（1956）和《欧洲的道路》（1960）。三部小说都以非洲独立前的历史为背景，揭露殖民主义的罪恶和他们带给非洲人民深重的苦难，展现了非洲民族自尊心、自豪感的觉醒过程以及他们对殖民者从幻想、逆来顺受到奋起反抗的历程。小说素材选取了许多作者自传性的材料。

《童仆的一生》是一部日记体小说。通过很小便做白人奴仆的杜弟·翁都阿悲惨的命运，控诉了殖民主义制度的残暴与殖民者的丑恶、卑劣。小说主人公杜弟·翁都阿是吉尔贝神父的童仆，他十分崇拜自己的白人主子。可是不久吉尔贝神父在一次偶然事故中死去。杜弟又成为白人司令官的僮仆。开始杜弟十分得意于他做了白人首领的仆人，“国王的一只狗，狗中之王”。但是在严酷的现实面前，杜弟逐渐看透了白人殖民者在“文明”、“友谊”背后的无耻与凶残。他最终受诬入狱，受尽折磨与迫害，虽然逃了出来，仍然悲惨地死去。从杜弟对殖民者盲目崇拜、抱有幻想到后来的憎恶与反抗，形象地反映了非洲黑人精神觉醒的真实过程。

《欧洲的道路》通过非洲青年阿凯·巴纳巴斯一向向往欧洲文明，决定摆脱贫困的故乡去法国发展的故事，深刻地揭露了殖民主义者对非洲青年一代思想上的腐蚀、毒害与影响。巴纳巴斯脱离自己的人民，幻想跻身于白人富人的行列。他的人生追求，注定了只能以悲剧告终。这表现了奥约诺对非洲青年一代人生道路的严肃思考。

1960年喀麦隆独立后，奥约诺在政府任职，主要从事外交工作，曾先后担任喀麦隆驻联合国常任代表、驻比利时和利比亚大使等。整整10年，他无暇顾及文学创作。直到1971年，才又发表了长篇小说《群魔殿》，但这部作品影响不大。

① 有关《路》的引文出自《非洲戏剧选》，李耒、王勋译，北京，外国文学出版社，1983。

《老黑人与奖章》是奥约诺的代表作，小说通过老黑人麦卡的遭遇，深刻地揭露了殖民者的虚伪、欺骗与暴虐，揭示了殖民者与殖民地人民之间不可调和的矛盾，令人信服地表现了对殖民主义曾抱有幻想的老一代黑人艰难的觉醒过程。小说中的老黑人麦卡，是从沉睡到觉醒的老一代非洲黑人的典型。麦卡这一族，是被称为大麦卡族的后代。祖辈曾是这块土地上顶天立地的主人，被称为“大象”、“雄狮”。无论对手多么凶猛，这一族都从来不肯弯腰。可是，殖民统治者却长期利用宗教进行麻痹与奴化教育，以此来驯化非洲人民的灵魂，达到他们长期控制、统治非洲人民的目的。这是异常狠毒的手段，许多黑人受害极深，成为甘心情愿为统治者效忠的温顺仆人。麦卡就是这样一个被驯化了的非洲黑人的代表，他是一个虔敬的基督教徒。宗教早已消弭了他对白人统治者的仇恨，以白人利益为己任的奴化思想又深深地浸透了他的灵魂。因此，第二次世界大战中，他将两个儿子送去为“保卫法兰西”充当炮灰，战死沙场。教会看中了他的土地，他又满怀敬意地将祖传的土地贡献出来。上帝的住所在他父亲遗留的土地上修建起来，他相信白人教士给他预言的美好未来，于是心甘情愿地居住在墓地下的陋室里。就这样，在白人的欺骗下，他失去了儿子，失去了土地，失去了赖以生存的生活条件。他被夺走了一切，却感到荣幸，视为当然。小说极为深刻地揭露了殖民统治者利用宗教进行欺骗和奴化教育对非洲人民心灵的戕害及造成的恶果，谴责了殖民者的罪恶。麦卡被奴化的悲剧性，在殖民者玩的另一花招中被展示得更为充分。为了“嘉奖”麦卡对法兰西的忠诚与贡献，殖民政府决定授予他一枚奖章。为了这一“殊荣”，麦卡洋洋自得，欣喜不已。作家用细腻的笔触描写了麦卡在授奖仪式前以及在授奖仪式的全过程中复杂的感情经历，深刻地揭示了麦卡的心理状态，对他遭受欺骗、愚弄、奴役竟浑然不觉的可悲可叹作了鞭辟入里的剖析。城防司令的请帖使他受宠若惊、欣喜若狂。这个一向温顺的老人骄傲地挺起了胸脯，向乡亲们复述司令的话：你做了很多事情，帮助法兰西在这个地方上的事业。你把土地捐给了教士，更早以前把两个儿子送去打仗，都光荣牺牲了。你是我们的朋友。麦卡真诚地相信了白人的话，幻想着从此跻身名流，与殖民者成为朋友，平起平坐，竟飘飘然起来。但整个领奖的过程，可以说麦卡都处于受戏弄、受侮辱的地位。白人省长姗姗来迟。观礼的白人三三两两躲在树荫下或自由地走来走去。而领奖者麦卡，仪式中的主角，却只能站在圈定的位置上，在炎阳的烤炙下一动也不能动，忍受着生理需求的折磨，忍受着脚趾钻心的疼痛，甚至连想擦汗也只好忍着。白人还不时摸摸他的脑袋，捏捏他的耳朵，把他当做一个被逗弄的对象。他全然不知，无论有没有奖章，他在白人心目中的地位都不会有丝毫改变。在检阅时，麦卡往前挪动一下，省长助理的目光就杀气腾腾，令他胆寒。神父微笑着拍拍他的肩头说他成了要人，但当他不自量力地也去拍拍神父的肩头时，“神父用令人丧胆的眼光瞪了他一眼，猛地把这个放肆无礼的人推开”。这才是真相。白人与黑人间的鸿沟不可逾越。什么“平等”、“友谊”，统统都是做出来的虚情假意，仅仅存在于麦卡天真的想象之中。这枚奖章所值几何，白人们心中是有数的，并不会拿它当一回事。因此，当授奖的闹剧一演完，便没有一个人再想起麦卡了。但此时麦卡尚在混沌之中而没有觉悟。

使整个事件发生戏剧性变化的，是麦卡受邀参加宴会后的暴风雨之夜。那噩梦般的经历使麦卡深切地感受到了白人统治者的虚伪与残暴，清楚地认识了殖民者的丑恶嘴脸，终于从麻木中清醒过来。小说细致地描写了他觉醒的整个过程。黑夜中他误入白人居住区，因而不容分说地被当成抢劫犯而惨遭侮辱、殴打、逮捕。在警察局关押的这一夜，他再度被嘲弄、凌辱与毒打，就因为他是黑人。尽管他再三申明他就是省长亲自授予奖章的麦卡，但没有人理会，反而把他当成疯子。这一夜是麦卡思想发展的一个重要转折。

从自身的遭遇，麦卡开始思索：黑人为什么会由主人而成为奴隶？白人所谓的“友谊”到底是什么货色？白人殖民者揭开了自己的伪装，让麦卡看清了他们狰狞的真面目。他终于明白了：“我是最后一个傻瓜。昨天我还相信白人的友谊。”① 看清了宗教的伪善和欺骗性，虔诚化成了诅咒，上帝的偶像也在他心中彻底地崩溃了。由糊涂而觉醒，由逆来顺受而奋起反抗，麦卡终于在付出极为沉重的代价后完成了他的转变。

奥约诺对老一代黑人在长期殖民统治下形成的弱点的剖析是十分深刻的。这些黑人和麦卡一样，尽管对白人并不信任，但多少存有幻想，也大多带有麦卡似的奴性。围绕麦卡获奖，作家活画了一些老黑人受精神奴役的心态。他们对白人“恩赐”给麦卡奖章感恩戴德，欣羡不已。村中的长者、麦卡的亲族纷纷闻讯前来，分享这份“荣耀”。最突出的是麦卡的舅子安冈巴。他在遥远的山村听到消息，欣喜若狂，高声狂呼：我是领奖章的人的舅子了！其洋洋自得的样子让人嗟叹不已。这说明，精神上的奴役与毒害比物质上的搜刮更加可怕，其后果也更为严重。麦卡的受辱像当头一棒，使狂喜顿时化为乌有，随之而来的是痛苦与悲愤。他们深深地受到震撼，也不同程度地有所觉悟。但和麦卡一样，他们还是比较软弱的。

与老一代黑人相对比，作者写了青年黑人的清醒与自尊。他们目光敏锐，对殖民者的面目有较深的认识。对于麦卡先前的执迷不悟，他们常常采取讥嘲的态度，挖苦取笑他对白人的“忠诚”。他们公然藐视白人酋长，嘲骂洋奴翻译官，揭露殖民者侈谈“友谊”的骗局，对用奖章之类笼络的手段嗤之以鼻。他们嘲讽：应该给麦卡全身挂上奖章，他的全部土地和两个儿子难道是白送的吗？特别在结尾处，让麦卡“将奖章挂在拉比（短裤头）上”的嘲笑，表明了他们对殖民统治者的蔑视与仇恨，反殖民主义的情绪跃然纸上。尽管这些描写仅寥寥几笔，但可以看到奥约诺对青年一代黑人寄托了无限的希望，他们是喀麦隆的前途与未来。

小说还描写了殖民统治带给非洲人民的极度的贫困与苦难。安冈巴深夜赶路途中经过的小山村，就是黑人悲惨生活的缩影：十几间东倒西歪的茅屋，黑人们一只手遮住从一块脏布下露出的小肚子，一只手伸给客人。小说用白描的手法活画出他们一无所有的赤贫。麦卡一生头一次穿上皮鞋，而那顶破旧不堪的软木帽则是为了在颁奖的大典上显得庄重才特地戴上的。这种极度贫困的生活，正是殖民者残酷压榨与疯狂掠夺的直接结果。

小说结构严密，分为三个部分，构成情节发展中三个相互联系的阶段。第一部分，写获奖之前，麦卡及其亲友、同乡的热烈反应。作家对此极力渲染、烘托，将麦卡及其亲友狂喜、自得的心态描绘得入木三分，为下一阶段颁奖作好了充分的铺垫，给人以期待，制造了悬念。第二部分是小说的高潮、重点，写获奖的过程和获奖之后麦卡受辱的经历。情节大起大落，跌宕起伏，极富于戏剧性。授奖仪式、宴会与被关押，三个场面强烈对比，极有说服力地表现了麦卡由极度兴奋到彻底幻灭的思想历程。第三部分写麦卡受辱在乡亲们中的强烈反响，与第一部分相互映衬，有力对比，生动地表现了黑人的觉醒。三个部分紧密相连，环环相扣，紧凑明晰，表现了作家选材、剪裁与结构的功力。生动的心理描写是小说的一大特色。作家善于从不同角度多层次地开掘人物复杂的内心世界。

心理描写不仅对于刻画人物性格起到了重要作用，也大大丰富了作品的内涵。小说对麦卡的心理活动有几段极为精彩的描写。如他站在圈子里等待领奖一段，展示了极丰富的思维活动：有长久等待在烈日下产生的焦躁心情，有看到白人们在树荫下逍遥自在产生的不平心理，有生理的不适（急于小便和脚趾疼痛）而希望奖章快快颁发的渴求，

① ［喀麦隆］奥约诺：《老黑人与奖章》，王崇廉译，北京，中国青年出版社，1959。

有对上帝的祈祷，也有对麦卡族历史的遐想，还有关于“两个世界”的抽象思考等等。作家运用“心理时间”，将现实与历史交织，大大扩展了时空范围，表现了心理描写的丰富性与生动性。奥约诺还善于运用幽默与夸张。他常常用调侃的语调，夸张地突出人物某方面的细节特征，使之漫画化。这样，他笔下的人和事往往被蒙上一层淡淡的喜剧色彩，给读者留下极为鲜明、深刻的印象。

第八节
桑托斯

马尔塞林诺·道斯·桑托斯（1929—　）笔名里利尼尤·米凯亚，是莫桑比克著名的诗人。1929 年生于莫桑比克南部山甘纳部族住区的隆仓村。他在莫桑比克首府罗伦索——马贵斯读过小学，后在葡萄牙受中等教育，1951 年到巴黎进了索尔朋（今巴黎大学）的社会学系。读书期间，他因参加反殖民主义统治的活动，被法国警察当局驱逐出境。桑托斯是莫桑比克著名的政治和社会活动家。1961 年他当选为葡属非洲殖民地民族主义组织执行局总书记。60 年代以后，他以从事政治活动为主。莫桑比克独立后，他曾任外交部长，后曾主管过经济部门的工作，又被选为莫桑比克人民议会常务委员会书记、解放阵线党中央书记。

桑托斯的创作活动开始于在巴黎读大学期间，从那以后，诗歌就成为他积极参与政治斗争的重要组成部分和有力的战斗武器。为了避免殖民主义者的残酷迫害，很长一个时期，诗人都用里利尼尤·米凯亚等笔名发表诗歌和政论文，直到与殖民主义者的斗争公开化以后，诗人才宣布米凯亚就是桑托斯。1954 年诗人曾访问过北京，参加新中国成立五周年的庆典；1955 年和 1957 年他先后参加了在华沙和莫斯科举行的世界青年与学生和平友谊联欢节。1958 年和 1962 年，诗人两次参加亚非作家会议。他在社会活动以及诗歌创作中成绩都十分突出，是非洲政治家兼作家的杰出代表。

桑托斯以写作政治抒情诗为主。他的诗充满了爱国主义的热忱，表达了对祖国母亲的无限热爱，对殖民主义者带给非洲大地苦难的愤怒谴责和对未来前景的胜利信心。祖国，是他创作的主题和中心思想。他的每一首诗，几乎都写出了莫桑比克人民和诗人自己对祖国的无限热爱。在他的《怀念祖国》、《母亲——大地》、《给我的祖国》、《我们就在这儿诞生成长》等诗中，都熔铸了这种赤子对母亲的深挚感情。在《我们就在这儿诞生成长》一诗中，他写道：

我和你，
曾经在这儿诞生成长……
这一片炎热的、美好的大地呀，
这一片被欢乐的太阳照耀着的大地呀，
这一片有着辽阔的田野的青绿色的大地呀，
正像一个身材丰满的

美丽的女人一样，
她整个献身给我们，
她的心里满怀着无限的热望……
于是我们成长起来，
祖国大地上的
自由飞翔的鸟儿，
用歌声把我们送进梦乡。
这样，
在我们生活的园地上，
从远古的时代起，
就涌现出了一个
对祖国的永不能摧毁的、真诚的热爱。①

可是，从15世纪末起，几百年来，美丽、富饶的祖国便在葡萄牙殖民主义者的奴役之下遭受着无尽的痛苦和磨难。诗人对祖国的爱与对殖民者的恨是紧紧连在一起的。他在《怀念祖国》里愤怒地揭露殖民者的罪恶，控诉他们给祖国带来的深重灾难：

在那儿，大海正在倾诉着
这片大地所遭受的残酷的惨剧，
那些从海外来的人们，
把这片大地呀，
蹂躏得遍体鳞伤……
…………
哦，大地呀！
现在你所看见的太阳，
那只是反映在一滴滴汗珠上的光亮，
那只是反映在宽阔的血海里的光亮……
血呀，汗呀……
汗呀，血呀……
它们沿着光裸的、饥饿的黑人们的，
被像毒蛇一样呼啸着的皮鞭
拷打的身体上流淌……

祖国和母亲在诗人笔下几乎是同义语。他常常把祖国拟人化，在《母亲——大地》一诗中，母亲在悲愤地诉说她的儿子们被殖民者抢走贩卖到遥远的地方做奴隶，有的死在异国他乡的惨景；他揭露那些海外来的殖民者，披着基督教的外衣，用枪炮、仇恨和死亡，抢走了黄金、象牙和黑人兄弟，给自由的非洲人民钉上了镣铐（《怀念祖国》）；他悲愤地诉说黑人变成了奴隶，正在饥饿和贫困中挣扎，在烈日下受鞭笞，在阴暗的矿井里死亡的惨景（《献给你的诗》）；他指出文明人的每一块金币，都闪耀着黑人奴隶的血腥的光亮（《真实的爱情之歌》）。在《给我的祖国的孩子》一诗中，他讲述了一个浸透了血和泪的故事：14岁的黑孩子艾迈特·梯尔在美国被活活打死了。艾迈特·梯尔被打伤的面孔埋在污泥里，他的鲜血“流进了他爷爷们用血汗灌溉过的大地”，“被践踏在种族主

① 《米凯亚诗选》，戈宝权译，北京，作家出版社，1962。本节引诗均出自此书。

义者的仇恨的肮脏的泥塘里”。从这个悲惨的故事中，诗人要让祖国的黑人们永远不要忘记这令人发指的暴行，记住在黑人奴隶用双手兴建起的大陆上，白人是怎么残酷地连一个黑人小孩也不放过的罪恶。其悲愤之情溢于言表。

桑托斯对殖民者的侵略本质的认识是十分深刻的。他的诗歌对他们的揭露与鞭笞从来就毫不留情。在《对立的感情》一诗中，诗人对殖民者的阴险与狰狞面目的揭露十分尖锐而严厉：

当你最初出现的时候，
你讲话的声音是那样的恭敬，
你向我们伸出手来，
表示友谊和爱情……
但同时你却把利刃
深深地刺进我们的胸膛，
你每走一步——
都充满着血腥的罪行。
…………
你获得了
你想要攫取的一切；
阴险和掠夺——
带来饥饿和疾病……
阴险和掠夺——
带来饥饿和卖淫……
阴险和掠夺——
带来饥饿和死亡……

桑托斯不仅用犀利的笔锋揭露殖民者的罪行，他还有力地表达了反抗殖民统治、让祖国获得自由与新生的爱国主义热忱，表达了黑人“要自由地生活在自己的大地上”，“要作为一个人而存在”的“强烈的意志与愿望”（《怀念祖国》）。他描绘出“沉重的枷锁已被粉碎，黑暗和愚昧无知也被我战胜”，“在我们大地上田野将会重新苏醒”，“变得一片青绿和充满生机”（《原谅我吧，妈妈》）的美丽前景。他抒发了一位黑人妈妈在饥饿与被迫害中，梦想着光明的世界，在那儿，她的儿子要“成为一个自由国家自由的人”（《黑妈妈的梦想》），他们将受到教育，获得幸福的美妙憧憬。这种对自由和幸福的强烈的渴求，贯穿于他的整个作品之中，无疑代表了莫桑比克以及整个非洲人民的心声。

桑托斯是一位伟大的爱国主义战士。为了让祖国人民摆脱殖民主义的统治，他用诗歌作为武器向殖民主义者发起猛烈的进攻。他的诗歌充满了战斗的激情与恢宏的气势，是非洲人民战斗的号角和进军的鼓点。他在《给我的祖国》一诗中发出庄严的号召：“现在，我的祖国，是时候啦，从你的身上把污秽洗刷干净吧！”他呼唤祖国的儿女们，团结起来，把折磨人的利爪，从背脊上拔出，让复活的喜讯传遍大地。

著名的长诗《山甘纳》是桑托斯的代表作，写于 1955 年。山甘纳是居住在莫桑比克南部的一个部族的名称，又是班图族黑人很流行的人名。作家以他为长诗主人公命名，是把他作为被压迫的黑人的总代表，作为莫桑比克的儿子的象征。诗中山甘纳是莫桑比克的一个穷苦的孩子，一个为自由而战斗的歌手。他乘坐在独木舟上，顺着大河向前漂荡。他一边漂荡，一边高声歌唱。他的歌声，控诉殖民者掠夺了祖国的财富，让碧绿的田野变成了“涩的苦黄”，雪白的棉花、大米被抢走了，剩给黑人的只有凌辱与苦难。他用歌声，告诉黑妈妈们警惕殖民者的歹毒心肠，要保护好自己的孩子们不受残害。他悲痛而愤怒的歌声，传到了遥远的地方，号召所有的黑人兄弟起来起义反抗，“把外国强盗带来的污秽洗刷精光”，让莫桑比克的大地变成“一片燃烧的火海，自由就要从它当中孕育成长”！山甘纳的歌声传遍了祖国大地，也得到了莫桑比克人民的响应：

因为山甘纳航行过的路线，
正是人们都要走过的地方，
其他的人们
也乘坐在独木舟上，
他们一面向前漂荡，一面在高声歌唱：
在大海洋上，
在茅屋顶下，
在星星下面，
在沙地上面，
哦，美丽的莫桑比克呀，
你的儿女们编出的歌声，
正传遍了四面八方！

在诗歌的结尾，诗人对祖国获得自由解放充满了必胜的信心。他深情地期待着：“结着最甜蜜的果实的大地呀！你不久就会听到，自由的坚强的呼声在召唤！”长诗成功地塑造了一个莫桑比克的优秀儿女，一个为民族解放事业英勇斗争的战士与歌手的形象。

桑托斯的诗歌具有民歌风格，语言质朴，富于节奏感与音乐性。他的许多诗都爱用复叠的手法，以鲜明的音乐节奏强化诗歌的主旋律。如《山甘纳》共五章，每一章都有这样的诗句：

山甘纳乘坐在独木舟上，
从遥远的地方顺着大河向前漂荡，
河水不停地滚滚流向大海洋，
山甘纳坐在独木舟上，
他一面向前漂荡，一面在高声歌唱……

像歌曲里的副歌，反复咏叹，给人以音乐般的节奏与美感。此外，联想与比喻手法的运用，也使桑托斯的诗歌增强了艺术的表现力与感染力。

第九节 戈迪默

纳丁·戈迪默是南非现当代文学史上最重要的作家之一，1991 年诺贝尔文学奖得主。

戈迪默是白人女作家，1923年11月出生于约翰内斯堡附近的种族隔离区斯普林斯镇。其家庭由欧洲移民组成：父亲来自立陶宛，是犹太人；母亲则来自英国。从小学到大学，她都是在国内接受教育。成名后，她曾多次到非洲其他国家以及欧洲和美国旅游与讲学，但始终定居国内。

戈迪默在9岁或10岁时候就开始写作了。1936年，她在约翰内斯堡《星期日快报》儿童版上发表的一篇寓言，标志其文学生涯的开始。此后的60余年里，她笔耕不辍，已出版了10部长篇小说、11部短篇小说集，以及大量的杂文、两本文学评论集和一些政论文章。她曾获法国、英国、意大利和德国的多项文学奖，两次美国现代语言协会奖，三次南非最高文学奖CNA奖。她是在欧美地区产生较大影响的现代非洲作家，从1981年起，她的名字便出现在诺贝尔文学奖提名名单上。最终，她成为非洲大陆也是东方国家中获得诺贝尔文学奖的首位女性。

戈迪默具有罕见的社会责任感与政治勇气。她的文学创作，是其实现政治理想的具体行动。她不是政治家，但毕生都保持着反对南非种族歧视制度战士的姿态。她从小就耳闻目睹严重的社会不平等现象。在接受民主主义思想后，她便选择了以文学为武器，反对南非白人种族政权的正义事业。为此，她受到白人极右势力的长期迫害，她的几部重要著作多次被当局宣布为禁书。作为白人，她的人道主义精神还要遭受广大黑人群众的不理解。但这一切都未改变这位维护人权女作家的初衷。她不仅从未放下手中作战的笔，而且还在1988年公开为被镇压的非洲人国民大会辩护，并在1990年正式参加了该组织。正因如此，她在听到获得诺贝尔奖的消息时说，这是最近两年里第二件使她激动的事，第一件是纳·曼德拉的获释。她说也许它们代表了自己生活中的两个方面。戈迪默不愧为20世纪东方文学中的“斯托夫人”。她以其卓越的成就，实践了自己的宣言：“艺术在被压迫者一边。”

戈迪默鲜明的政治态度与进步的社会理想，构成了其文学作品的全部内容。她的60余年的文学活动，与南非半个多世纪的民主与反民主斗争进程息息相关。因此，其创作历程带有明显的时代烙印，可以以年代来划分。

1948年，南非国民党执政，开始确立并强化种族隔离制度。戈迪默的创作激情从1946年开始涌动，其第一个浪头正面遭遇了这股逆流。她在这一时期，出版了故事集《面对面》(1949)、短篇小说集《蛇的低语》(1952)和《六英尺土地》(1956)。这一时期的力作是《说谎的日子》(1953)和《陌生人的世界》(1956)这两部长篇小说。它们拉开了作家反种族政治主题创作的序幕。由此开始的戈迪默式的政治—爱情模式，始终展示着一个白人女人冲破种族樊篱去爱一个黑人男性的“情结”。《说谎的日子》通过一位白人女青年因其男友与黑人共事而被迫割舍爱情的故事，揭示了现实社会种族制度对人的情感的严密控制，谴责了所谓“新政府”自1948年以来推行的强化种族歧视的政策。《陌生人的世界》则是通过一位来自英国的白人男青年目睹约翰内斯堡白人区与黑人区的巨大差异，以及对这两个世界同时产生的陌生感，写出了种族隔离制度导致的社会分裂、人际关系的隔膜和友谊的荒芜。作家自己认为，这两部作品在很大程度上反映了她的生活经历，只不过后者中的主人公是以男性面目出现而已。

60年代伊始，南非白人统治者不惜动用暴力推进种族强权政治。1960年的沙佩维尔惨案，打死抵制通行证制度的示威群众六七十人。血腥的镇压导致被压迫者更猛烈的反抗。黑人在1961年举行全国大罢工。在非洲人国民大会与泛非大会被取缔后，黑人转入广泛而持久的地下斗争。戈迪默的反种族主义思想，在这种现实的砥砺下得到深化。前期的《爱的花季》(1963)仍然继续50年代的主题：通过一对相爱青年渴望打破种族隔离铁壁但未遂的悲剧，控诉了高压政策的反人性。后期的《已故的资产阶级世界》(1966)，则表明作家开始介入重大的政治题材。它通过一个白人少妇在白人社会中产生的孤独与失落感，提出了非洲白人不是欧洲白人，不应有成为他人主宰的优越感。戈迪默已经认识到，只有从思想上割断这些新贵与欧洲宗主国的联系，才能割断南非与殖民主义历史的联系，才能结束现实的丑恶。戈迪默的人道主义从此显露出更加犀利的思想锋芒。而这一批判角度，成为作家后期一直把握的一个主攻方向。小说因此激怒了当局，被宣布为禁书。60年代，戈迪默还发表了短篇小说《星期五的足迹》(1960) 和《不是为了出版》(1965)。

70年代，非洲黑人民主解放运动进入高潮。南非白人政权为巩固其统治而加剧了白色恐怖。戈迪默出自文坛的进击也更自觉，更猛烈。她的长篇创作进入高潮。《贵宾》(1970) 以肯尼亚为背景，通过来自英国的一位白人官员目睹这块土地上十多年间的政治风云，因同情黑人运动和鄙视白人政权所带给他的情感转变及不幸遭遇，重述了清理白人优越感的主题。但作家对独立运动所产生的新政权感到失望，在描写中流露出一丝悲哀。《自然资源保护论者》(1974) 仍然是深化这一主题的长篇。小说通过一个没有明确的欧洲血统归属的白人实业家呕心沥血、苦心经营农场，渴望成为这块土地的主人而不能如愿的故事，寓意这类白人的“非洲主人梦”的破灭。值得注意的是，戈迪默的清理白人种族优越感的主题创作，至此告一段落了。

发表于1979年的《伯格的女儿》，在戈迪默创作中具有重要意义。它由直接揭露与批判白人种族沙文主义的主题，转向塑造正面白人形象，弘扬进步白人的民主主义思想与人道主义精神的创作。小说通过白人女性罗莎接受父辈的革命洗礼，经过漫长而艰苦的政治斗争磨炼，成长为反种族主义的人权战士的经历，揭示了南非尖锐的社会冲突，展示了南非进步白人前赴后继的民主追求，也通过对这类白人的高度献身精神的讴歌，表达了作者的政治信念。

罗莎取自著名女革命家罗莎·卢森堡之名。她是医生的女儿，本来可以在欧洲成长，但由于父亲参加反种族主义斗争身陷囹圄，她从小就是在漫长的探监活动中度过的。这种铁窗教育，奠定了罗莎的民主思想基础，强化了她的性格，也规定了她的人生道路。在父亲惨死狱中后，她经过思想斗争，放弃了在欧洲的流亡，做出了投入南非民主运动的抉择。她以自己的医术救治索维托事件的受害者，帮助黑人儿童。最终，因涉嫌介入黑人学生运动而被捕，在接受父辈洗礼的地方，完成了自身的普罗米修斯精神的锻造。罗莎这一形象，令人很自然地想到了泰戈尔笔下的戈拉。但她比戈拉更高大，因为从开始，她就有后者所没有的一种自觉性。罗莎展示了民主主义者的最高境界。她也是作者民主精神的形象外化。

这部小说的艺术特点也体现了戈迪默成熟的风格。此前，她经历过对现实主义文学传统的模仿与继承的阶段。在《自然资源的保护论者》中，她开始尝试意识流的表现方式。其实在创作《伯格的女儿》时，她已经采用了意识流的表现手法。罗莎的内心活动包容了小说的基本内容。这也决定了小说的结构特点。而且这种精神活动不只是平面的单向的流动。有时，她同时与多个人物在心中交谈。这就形成了立体化的互动的交流网络。显然，这种意识流表现手法已达到较高水准。

小说的叙事风格也颇富特色。无论何种惊心动魄的事件，无论怎样痛苦的心路历程，罗莎都能以一种异常平静的口吻娓娓道来。与其说这是过于残酷的社会斗争麻木了她的心灵，不如说这是以一种刻意营造的散文化的风格，刻画这位女革命家的恬然心境与博大心胸。在70年代，戈迪默还将其短篇小说的创作推向了高峰。在这一时期出版的小说集《利文斯敦的伙伴》(1972)、《小说选》(1975)、《一定是某个星期一》(1976) 中，显露出作家的短篇小说创作才华。她自述承继契诃夫的风格最重。评论界也公认，她的短篇艺术，在结构、语言及叙事的客观性方面，确有契诃夫及莫泊桑之美。

进入 80 年代，南非白人种族歧视制度面临世界范围内变革大潮日益猛烈的冲击。世界性的谴责、制裁已经预示出这一政权的没落。戈迪默以其特有的敏感，更是以其对理想社会的企盼，书写迎接南非新时代的长卷。《朱利家的人》(1981) 以虚构的全面内战为背景，通过一家白人为躲避战火而藏于黑人村庄的经历，写出了黑人对白人的仁爱，以及这爱对白人根深蒂固的种族偏见的克服。小说的思想意义还在于预言性地揭示了南非阶级关系的历史变化。作者在作品中表明要写出新旧政权的交替，以此来代替对新时代的预言。

戈迪默真正写出了对新时代的预言的作品是《自然的变异》(1987)。这是她另一部具有重要意义，也有评论界认为是具有代表性的力作。作家在这里结束了她从 50 年代便开始了的政治思考，将其反种族歧视的战旗插上了最高峰。小说通过白人姑娘海丽拉十多年间流亡非洲各国，参与黑人运动，先后与黑人运动领袖和国家领导人结合，最终成为确立起新政权的黑人总统的夫人的曲折经历，从更广阔的领域表现了波澜壮阔的非洲民主与民族解放运动，畅想了反对种族歧视斗争胜利的美好未来。小说塑造了献身民主政治的白人妇女形象；通过她的归宿，宣扬了非洲人血统高于一切种族血统的思想。

女主人公海丽拉两岁起成为孤儿，19 岁起在流浪中结识流亡的革命者，22 岁时与非洲泛非主义者大会领导人、黑人惠拉结合，生下一女儿，并以曼德拉夫人的名字命名。惠拉因组织武装斗争遭暗杀后，她流亡到过许多国家。后又与非洲某国总统罗埃尔结婚。随其夫在政变后逃亡，又协助他夺回了政权。最终，她以非洲统一组织主席夫人的身份参加了南非黑人国家的开国大典。

海丽拉是戈迪默塑造的最具理想色彩的形象。这体现在，海丽拉没有罗莎那种颇具真实性的革命经历以及悲剧结局；她所体验的胜利，在当时还只能存在于幻想之中，她所能达到的生活与事业高度，距离现实过大。但她所展示的理想社会，即南非结束种族隔离制度这一事实，在小说发表后的第三个年头开始成为事实。1990 年曼德拉获释出狱，而后当选为南非总统。几年后，在戈迪默这部小说中所预言的“南非共和国第一任黑人总统”将监禁他的监狱甩在身后，乘车检阅军队与群众的场面，奇迹般但又是绝对真实地出现在南非大地上。这就是她所体现的代表历史发展趋势的典型性。

海丽拉这一形象还是戈迪默毕生思考消除南非种族隔离制度的终结形象。从 50 年代起，她就通过作品表现出以血统的改变来改变种族对立的思想。她先是谴责阻断白人女性与黑人男性通婚的种族制度；后是揭示白人没有先天的高贵血统；再次是讴歌为黑人解放而献身的白人女性；最终，她写到了进步白人女性嫁给黑人领袖，从而完成了这种血统革命。由此可以看出，戈迪默相信，非洲白人与黑人的血一旦流在了一起，就会荡涤一切反民主的社会制度。

在 80 年代，戈迪默还出版了长篇小说《专制的人》(1981)，短篇小说集《士兵的拥抱》(1980)、《影影绰绰》(1984)。

90 年代初，戈迪默出版了她的另一部长篇小说《我儿子的故事》(1990)。它体现了作者对新南非更多方面的思考。在喜获诺贝尔文学奖的日子里，已逾古稀之年的女作家，又向读者献上了一部短篇小说集《跳跃》(1991)。

思考题

1. 请简述现代当代南部非洲文学概貌及其特点。

2. 请简述夏巴尼寓言小说《可信国》的思想内容和艺术特色。

3. 请简述恩古吉代表作三部曲的主题思想及其所反映的肯尼亚独立前夕的社会状况。

4. 请简述桑戈尔提倡的“黑人性”文学和他的诗歌创作实践。

5. 如何评价乌斯曼的《神的儿女》和《祖国，我可爱的人民！》？

6. 请分析索因卡的戏剧创作和《路》所显示的作者的哲学观及其对非洲社会现实的态度。

7. 请分析奥约诺代表作《老黑人与奖章》所揭示的老一代黑人艰难觉醒的过程。

8. 请分析桑托斯的政治抒情诗和他的代表作《山甘纳》。

9. 戈迪默在创作中如何实践“艺术在被压迫者一边”？《自然的变异》对新时代的预言是什么？

附　录

阅读书目

导论　亚非文学的定义、地位和特征

季羡林，张光璘，编选．东西方文化评论集（上下册）．北京：经济日报出版社，1997.

何乃英，主编．东方文学概论．北京：中国人民大学出版社，1999.

梁立基，李谋，主编．世界四大文化与东南亚文学．北京：经济日报出版社，2000.

梁立基，陶德臻，主编．亚非文学作品选读．北京：中国人民大学出版社，1998.

第一编　古代亚非文学

古代埃及故事．倪罗，译．北京：作家出版社，1957.

亡灵书．锡金，译．长春：吉林人民出版社，1957.

世界第一部史诗——吉尔伽美什．赵乐甡，译．沈阳：辽宁人民出版社，1981.

摩诃婆罗多插话选．金克木，等，译．北京：人民文学出版社，1987.

［印］蚁垤．罗摩衍那．季羡林，译．北京：人民文学出版社，1980—1984.

佛本生故事选．郭良鋆，黄宝生，译．北京：人民文学出版社，1985.

五卷书．季羡林，译．北京：人民文学出版社，1959.

张鸿年，选编．波斯古代诗选．北京：人民文学出版社，1995.

圣经·旧约．香港：联合圣经公会，1981.

张玉安，陈岗龙，等．东方民间文学概论（四卷）．北京：昆仑出版社，2006.

第二编　中古近古亚非文学

万叶集．杨烈，译．长沙：湖南人民出版社，1984.

[日] 紫式部．源氏物语．丰子恺，译．北京：人民文学出版社，1980—1983.
春香传．冰蔚，张友鸾，译．北京：作家出版社，1956.
[越] 阮攸．金云翘传．黄轶球，译．上海：上海文艺出版社，1959.
[印] 迦梨陀娑．沙恭达罗．季羡林，译．北京：人民文学出版社，1956.
[印] 杜勒西达斯．罗摩功行之湖．金鼎汉，译．北京：人民文学出版社，1988.
古兰经．马坚，译．北京：中国社会科学出版社，1981.
阿拉伯古代诗选．仲跻昆，译．北京：人民文学出版社，2001.
[阿拉伯] 伊本·穆格发．卡里莱和笛木乃．林兴华，译．北京：人民文学出版社，1958.
一千零一夜．纳训，译．北京：人民文学出版社，1982—1984.
[伊朗] 菲尔多西．列王纪全集．张鸿年，宋丕方，译．长沙：湖南文艺出版社，2001.
[伊朗] 海亚姆．鲁拜集．张鸿年，译．长沙：湖南文艺出版社，2001.
[伊朗] 萨迪．果园．张鸿年，译．长沙：湖南文艺出版社，2001.
[伊朗] 萨迪．蔷薇园．张鸿年，译．长沙：湖南文艺出版社，2001.
哈菲兹抒情诗全集．邢秉顺，译．长沙：湖南文艺出版社，2001.

第三编　近代亚非文学

二叶亭四迷小说集．巩长金，石坚白，译．北京：人民文学出版社，1985.
[日] 岛崎藤村．破戒．柯毅文，陈德文，译．北京：人民文学出版社，1982.
夏目漱石选集．胡雪，由其，等，译．北京：人民文学出版社，1958.
[菲] 黎萨尔．不许犯我．陈尧光，百群，译．北京：人民文学出版社，1977.
[菲] 黎萨尔．起义者．百群，译．北京：人民文学出版社，1977.
泰戈尔作品集．石真，等，译．北京：人民文学出版社，1960.
[印] 萨拉特．斯里甘特（一）．石真，译．北京：人民文学出版社，1981.
伊克巴尔诗选．邹荻帆，陈敬容，译．北京：人民文学出版社，1958.
伊克巴尔诗选．王家瑛，译．北京：人民文学出版社，1977.
[黎] 纪伯伦．先知．冰心，译．长沙：湖南人民出版社，1982.
巴哈尔诗选．邢秉顺，译．北京：外国文学出版社，1987.

第四编　现代当代亚非文学

小林多喜二选集．适夷，等，译．北京：人民文学出版社，1958—1959.
[日] 川端康成．雪国·千鹤·古都．高慧勤，译．桂林：漓江出版社，1985.
[日] 井上靖．猎枪·斗牛．海涛，译．长沙：湖南人民出版社，1985.
叶渭渠，主编．大江健三郎作品集．北京：光明日报出版社，1995.
[朝] 李箕永．故乡．李根全，关山，译．上海：上海新文艺出版社，1957.
[朝] 韩雪野．黄昏．武超，等，译．上海：上海文艺出版社，1959.
[蒙] 纳楚克道尔基，等．我的祖国．霍尔查，漠南，译．上海：上海新文艺出版社，1955.
[泰] 西巫拉帕．画中情思．栾文华，邢慧如，译．北京：外语教学与研究出版社，1982.
[印尼] 慕依斯．错误的教育．陈霞如，译．北京：作家出版社，1958.
[印尼] 普拉姆迪亚．人世间．北京大学普拉姆迪亚研究组，译．北京：北京大学出版社，1982.
[印尼] 普拉姆迪亚．万国之子．北京大学普拉姆迪亚研究组，译．北京：北京大学出版社，1983.
[印尼] 普拉姆迪亚．足迹．张玉安，居三元，译．北京：北京大学出版社，1989.

[印] 普列姆昌德．戈丹．严绍端，译．北京：人民文学出版社，1958.
伊斯拉姆诗选．石真，黄宝生，译．北京：人民文学出版社，1979.
[斯] 魏克拉玛辛诃．蛇岛的秘密．冀英，译．北京：作家出版社，1963.
[埃] 塔哈·侯赛因．日子．秦星，译．北京：作家出版社，1961.
[埃] 迈哈福兹．宫间街．朱凯，等，译．长沙：湖南人民出版社，1986.
[埃] 迈哈福兹．思宫街．朱凯，等，译．长沙：湖南人民出版社，1986.
[埃] 迈哈福兹．甘露街．朱凯，等，译．长沙：湖南人民出版社，1986.
[突] 沙比．生命之歌．杨孝柏，译．北京：外国文学出版社，1987.
赫达雅特小说选．潘庆舲，译．北京：人民文学出版社，1962.
希克梅特诗集．陈微明，等，译．北京：人民文学出版社，1952.
[吉] 艾特玛托夫．死刑台．陈锌，等，译．北京：中国文联出版公司，1988.
[坦] 罗伯特·夏巴尼．可信国．葛公尚，译．北京：外国文学出版社，1980.
[肯] 恩古吉．孩子，你别哭．蔡临祥，等，译．北京：外国文学出版社，1984.
桑戈尔诗选．曹松豪，吴奈，译．北京：外国文学出版社，1983.
[塞] 乌斯曼．神的儿女．任起莘，任婉筠，译．北京：作家出版社，1964.
[尼] 索因卡．狮子和宝石．邵殿生，等，译．桂林：漓江出版社，1990.
[喀] 奥约诺．老黑人和奖章．王崇廉，译．北京：中国青年出版社，1959.
[莫] 桑托斯．米凯亚诗选．戈宝权，译．北京：作家出版社，1962.

1983年第一版前言

亚洲和非洲是世界上两个最大的大陆，土地辽阔、人口众多、民族复杂、历史悠久、文化传统源远流长。不管是古代还是现代，这一地区众多民族所创造的丰富多彩的文学，都是世界文学宝库中极为重要的组成部分。

亚非是人类文化的发祥地，也是世界文学的摇篮。当世界上绝大部分地区还处在混沌蒙昧阶段时，在非洲北部尼罗河流域的古代埃及人，在西亚幼发拉底河和底格里斯河流域的古代巴比伦人，在南亚恒河流域的古代雅利安人，在东亚的黄河和长江流域的古代中国人，就已进入了氏族社会末期或奴隶社会初期，创造了人类最早的精神文明，结出了世界文学中最早的硕果。这一时期的神话传说、民间故事、史诗、诗歌、戏剧、宗教箴言等等反映出人类童年时期的历史印迹，表现出古代人类为征服自然所进行的艰苦斗争，记载了人类历史上最早的重大变革；尤其可贵的是它还最先传达出社会阶级斗争的信息，反映了奴隶们对奴隶制度的不满与反抗的情绪。它代表了古代世界文学的最高成就，成为人类历史上珍贵的精神财富。

由于生产力的发展，亚非少数国家和民族，在公元前三四世纪就开始跨进了封建社会，创造出灿烂的封建文化。到10世纪前后，亚非一些主要的国家、民族相继进入了封建社会。由于高度发展的封建政治、经济、军事，亚非地区出现了一些强大的封建帝国（如阿拉伯帝国、印度孔雀王朝、中国的汉王朝和唐王朝等等），对中古世界历史的发展起了巨大的推动作用。亚非中古文学随着封建政治、经济和文化的发展，也得到了发展和繁荣。这一时期的文学不仅有丰富的民间口头创作，还涌现了大批优秀作家的作品；不仅题材多样，深刻地反映了中古亚非的社会面貌，而且形式多彩多姿，极大地丰富和发展了世界文学。亚非中古文学取得了当时辉煌的文学成就，它的优秀作品成为千古绝唱的文学典范，对世界文学的发展产生了深远的影响。

从15世纪起，亚非地区经济发展缓慢。17世纪以后，亚非地区相继遭到西方殖民主义者的侵害，到19世纪，除日本以外大多数地区和国家沦为殖民地、半殖民地，亚非地区进入了近代史时期。由于西方殖民主义者野蛮的殖民统治，亚非优秀文化遭到了严重的摧残，有的甚至濒临消亡的境地。虽然如此，亚非近代文学在各民族的反殖民主义、反封建专制的民族解放运动中，仍然取得了新的成就。它在继承东方文学优秀传统的基础上，积极吸取西方先进的民主文学的营养，创造出近代民族文学的新成果。

十月革命的炮声使世界历史发生了转折。在无产阶级革命的影响下，亚非人民觉醒，开展了波澜壮阔的民族独立解放运动，迅速改变政治落后的局面。政治形势的变化，带来了亚非文学新的发展。在广阔的亚非大地上涌现了大批优秀的作家，他们创作了大量成功的作品，为争取民族国家的独立、自主，为争取民主、自由的政治局面和繁荣民族文化事业，作出了积极的贡献。一些国家（如中国、日本、朝鲜、印度尼西亚等）由于无产阶级革命运动的出现，也形成了以马克思主义为指导的无产阶级文学运动，有力地配合了民族、民主革命运动的发展。尤其在第二次世界大战后，随着亚非各国人民进一步觉醒和民族解放运动的高涨，出现了亚非文学新的复兴。亚非文学已在当今的世界文学百花园里重放光彩。

亚非文学成就很高、影响很大，本应受到应有的重视，但是由于西方殖民主义者的摧残和资产阶级学者“西方中心论”的偏见，亚非文学长期遭到忽视和冷遇，许多优秀的文学仍然被埋没在古籍之中或停留于口头文学阶段，缺乏整理和研究。因此，用科学的方法和马克思主义的观点予以整理和研究，是当前一项艰巨的任务。

本教材与《外国文学简编》[欧美部分]是姐妹篇。它力图以马克思主义的观点对几千年亚非文学的发展概貌作一简明的介绍，对亚非文学中有突出成就的国家（民族）的文学及其代表作家、作品给以扼要的评述，为读者了解和研究亚非文学提供最基础的知识。

根据亚非文学发展的特点，我们采取历史断代的编写方法，分为古代、中古、近代和现代（一般写至20世纪50年代）等四编。每编在简要阐述这一时期文学发展特征之后，列专章专节评述有较突出成就的国家（民族）的文学及其代表作家、作品；对作家的评述，着重于创作道路和创作倾向的分析，对有代表性的作品予以重点的评介。现代非洲文学的发展与亚非其他国家和地区的文学不同，它在20世纪五六十年代随着民族解放、国家独立开始了蓬勃发展的新纪元，是世界文学中的新兴文学，因此我们另辟一章作综合的评介。此外，还有一些亚非国家在文学上也颇有成就，但由于我们力量有限或材料不足，未能一一介绍，有待今后补写。

本教材是由15所高等院校的外国文学教师共同编写的。本书在编写过程中，各执笔者注意吸收了国内外亚非文学研究的新成果；但由于我们水平的限制和资料的不足，虽经反复修改和易稿，疏漏和错误仍在所难免，望同志们予以批评和指正，以便经过一段时期的教学实践后，再作进一步的修改。

最后，需要特别提出的是，在编写和出版过程中，我们曾得到协编院校有关领导和其他兄弟院校许多同志的大力支持；得到了北京大学季羡林教授、金克木教授、颜保教授，上海复旦大学杨烈教授以及中国科学院外国文学研究所东方文学研究室和中国人民大学出版社有关人士的热情帮助，在此一并向他们表示衷心的感谢。

1980年12月

1998 年修订版（第二版）前言

1983 年，在朱维之、雷石榆、梁立基三位主编的主持下，我们编写出版了全国高等学校第一部东方文学教材——《外国文学简编》[亚非部分]。该书受到了使用院校师生的欢迎和好评，在社会上产生了较大的影响。到目前为止，它多次加印，已发行了 120 多万册，在外国文学教学和研究方面发挥了重要作用。

从 1983 年问世，到现在已过了 14 个春秋。这十几年，国内外形势发生了巨大变化，伴随着我国改革开放步伐的跃进以及与东方国家经济交流和文化交流的加强，特别是面临着东方国家文化和文学的飞速发展以及我国翻译、研究、出版东方文学的繁荣局面，我们深深感到，原教材在许多方面已不能适应客观形势的发展和教学的需要了。为此，根据广大师生和读者的意愿和要求，我们决定对原教材进行重大修订，并成立了修订本的编委会。参加本次修订工作的，除原有的一部分执笔人外，又邀请十几位在东方文学教学和研究方面颇有成就的同志参加。这就有力地保证了本书的修订质量。

我们感到，本次修订无论在教材内容、在教材编写体例等方面都有所加强和革新。

首先，它极大地丰富充实了教材内容，使之更能反映亚非文学的全貌，体现时代精神。如在古代文学一编中，增设了古代波斯文学专章；从中古时期开始，纳入了中亚文学的内容；增加了一些重要作家的专节，特别是补进了最近几十年来东方国家获诺贝尔文学奖的作家评述；扩大了非洲文学的讲授范围等。

与此同时，为适应客观形势的发展和跨世纪的时代要求，在教材编写体例上进行了重大调整，主要是将原来专章上以国别为主的评述方法改为以地区为主。如对亚洲文学部分，分为东亚、东南亚、南亚、西亚、中亚文学进行评析；对非洲文学部分也大体上按北非（作为阿拉伯文学的一部分，与西亚文学在一起叙述）、东非、西非、中非、南非的顺序加以概括。这种结构体系不仅扩大了教材的涵盖面，也比较全面地反映了亚非文学的面貌和主要成就。

在本次修订过程中，我们既重视对东方文学理论的探讨及对作品思想内容的开掘，又重视对作品艺术成就、艺术特色的剖析；既重视教材的学术性、知识性，又重视它的通俗性和实用性，并且力求篇幅短小、文字简洁、点面结合、重点突出。全书内容比原书虽增加了许多，但篇幅增加不多。在列入专节的六十几个作家、作品中，重点突出 20 个作家及其作品。如古代部分突出了《吉尔伽美什》、《摩诃婆罗多》和《罗摩衍那》、迦梨陀娑，中古部分突出了紫式部、《一千零一夜》、菲尔多西、萨迪，近代部分突出了夏目漱石、泰戈尔、纪伯伦，现代部分突出了川端康成、大江健三郎、普拉姆迪亚、普列姆昌德、迈哈福兹、阿格农、艾特玛托夫、索因卡、戈迪默等。

此外，为了帮助学员和广大读者掌握、理解教材专节中所列作品的思想内容和艺术成就，我们还另编选了一部《亚非文学作品选读》作为本书的配套教材，供大家阅读或自学参考。

尽管我们做了很大努力，但由于主客观条件的限制，不足之处在所难免，敬请专家和广大读者批评指正。

在本书编写过程中，我们得到了北京大学、北京师范大学、南开大学、天津师范大学等校领导的热情支持，特别是中国人民大学出版社领导和责任编辑陈泽春同志的大力协助，在此，一并表示衷心的谢意。

1997年12月20日

2004年修订版（第三版）前言

本书于1983年6月初次出版，1998年1月修订再版，迄今又过了6个年头。进入21世纪之后，全球化的趋势在加速发展，亚非国家在世界的地位和作用越来越重要，东西方文化的相互交流和吸收已成为推动世界文化发展的重要动力。在这种形势下，作为东方文化重要内容的亚非文学（东方文学）越发受到我国社会各方面的重视。全国高等学校的外国文学课程都包含了亚非文学部分。本书一直受到高等学校师生和文学爱好者的欢迎，从初版到再版，发行量已逾140万册。

为了适应21世纪形势发展的需要，根据东方文学研究的新成果，我们决定再进行一次修订，使本书能跟上时代的步伐，进一步得到完善。这次修订的重点是：

1. 从世界四大文化的作用和影响来阐明亚非文学的发展规律和历史特点；
2. 对各章节作必要的调整和补充，增加新内容；
3. 每一章之后附上思考题，便于读者掌握要点；
4. 附上主要参考书目，便于查阅。

本书第一版的主编朱维之教授和雷石榆教授已先后过世，第二版的主编陶德臻教授不久前也与世长辞，这是我国东方文学研究领域里的巨大损失，他们对推动我国东方文学研究事业，特别是对编写本书所作出的重大贡献永志难忘。我们第三版编委会将继承他们的事业，努力把第三版的修订任务完成好。

这次本书的修订，继续得到各方面领导以及专家学者的热情支持，特别是中国人民大学出版社的领导以及编审陈泽春同志的一贯支持，在此一并表示我们衷心的感谢。

2004年3月

2010年修订版（第四版）前言

亚洲和非洲是世界上两个最大的大陆，土地辽阔、人口众多、民族复杂、历史悠久、文化传统源远流长。不管是古代还是现代，这一地区众多民族所创造的丰富多彩的文学，都是世界文学宝库中极为重要的组成部分。

亚非是人类文化的发祥地，也是世界文学的摇篮，创造了人类最早的精神文明，结出了世界文学中最早的硕果。上古时期的亚非文学反映了人类童年时代的历史印迹，记载了人类历史上最早的重大变革，代表了古代世界文学的最高成就。

亚非在公元前三四世纪就开始跨进封建社会门槛，到10世纪前后一些主要的国家创造了灿烂的封建文化。亚非中古文学得到了更大的发展和繁荣，涌现出大批优秀的作家作品，对世界文学的发展产生了更为深远的影响。

亚非在17世纪以后，相继遭到西方殖民主义者的侵害，到19世纪，除日本以外大多数地区和国家都沦为殖民地、半殖民地。亚非优秀文化遭到了严重的摧残，有的甚至濒临灭绝。尽管如此，亚非近代文学在各民族的反殖民主义、反封建专制的民族民主运动中，仍然继续向前发展，在继承东方文学优秀传统的基础上，积极吸取西方先进的民主文学的营养，创造出近代民族文学的新成果。

亚非在20世纪出现民族觉醒，开展波澜壮阔的民族独立解放运动，涌现出大批优秀的作家作品，开始了亚非文学新的复兴。亚非现当代文学在当今世界文学百花园里重放光彩，其成就和影响越来越大。毫无疑问，在进入全球化的时代，亚非文学将和欧美文学一起共同推动整个世界文学的发展。

亚非文学成就很高、影响很大，本应受到重视，但是由于受“西方中心论”的影响，在我国外国文学的研究和教学领域里，长期遭到忽视和冷遇，没有给予应有的地位。改革开放伊始，高等院校开始恢复外国文学的课程，中国人民大学出版社准备出版《外国文学简编》，起初只有［欧美部分］而无［亚非部分］，这不能给学生以完整的外国文学知识。于是由15所高等院校的外国文学教师用将近四年的时间共同编写了［亚非部分］，使《外国文学简编》成为我国第一部最完整的外国文学教科书。

本书自1983年问世以来，一直受到全国各地高等院校师生和文学爱好者的欢迎，后来又经过不断的修改补充，迄今已经出版三版，印刷量达140余万册，可以说是亚非文学方面历史最悠久、发行最广泛的教材。这是因为最初参加本书编写工作的主要是我国第一代多年从事亚非文学教学和研究工作的教师，后来在他们的带动下，又不断增加了新生力量。我国的亚非文学研究从此也大有起色，逐渐形成了一支老中青结合的亚非文学教学研究队伍。

本书的出版过程如下：1983年出版第一版，参加编写工作的包括15所高等学校的26位教师。1998年出版第二版，参加编写和修订工作的包括10所高等学校的23位教师。2004年出版第三版，参加编写和修订工作的包括10所高等学校的24位教师。这次出版的是第四版，参加编写和修订工作的包括10所高等学校的24位教师。（详见各版编委会和执笔者名单。）

在这个过程中，先后担任本书主编、编委和编写工作的朱维之、雷石榆、刘振瀛、陶德臻、邬裕池、陈友书、史习成等先生先后过世。这是我国亚非文学教学和研究领域的巨大损失，他们对推动我国亚非文学教学和研究事业，特别是编写本书所作出的重大贡献我们将永世不忘。我们第四版编委会要继承他们的敬业精神，努力把第四版的修订任务完成好。

这次第四版修订的重点如下：一是根据世界和亚非社会形势的变化，修改若干已经过时的观点和提法；二是根据亚非文学的发展情况，补充若干新的资料；三是对于全书的格式和文字重新加以整理和润色。由于时间紧迫，这次修订工作未能充分征求每位编写者的意见，敬请谅解。

最后，我们谨向曾为本书作序、刚辞世不久的东方学泰斗季羡林先生表示深切的悼念，他一直支持本书的编写工作。同时，我们也向一贯支持本书编写出版工作的各高等院校的领导和中国人民大学出版社的责任编辑表示衷心的感谢。

2009年12月31日